BASTEI LÜBBE

LESLIE L.
LAWRENCE

Das Auge von Sindsche

Roman

Ins Deutsche übertragen
von Roberto Kohlstedt

BASTEI
LÜBBE

BASTEI-LÜBBE-TASCHENBUCH
Band 13 782

Erste Auflage
August 1996

Original erschienen bei: Albatrosz
könyvek, Budapest 1983
Kentaur könyvek, Budapest 1989
Mit freundlicher Genehmigung
des Autors und der Agentur
Sheliak, Arenshausen

Deutsche Lizenzausgabe 1996
Bastei-Verlag Gustav H. Lübbe
GmbH & Co., Bergisch Gladbach
Originaltitel: Sindzse szeme
Lektorat: Anke Schäfer/
Stefan Bauer
Titelbild: IFA-Bilderteam
Kartenzeichnung:
György Balássy, Budapest
Umschlaggestaltung:
Quadro Grafik, Bensberg
Satz: KCS GmbH,
Buchholz/Hamburg
Druck und Verarbeitung:
Brodard & Taupin,
La Flèche, Frankreich
Printed in France

ISBN 3-404-13782-5

Der Preis dieses Bandes
versteht sich einschließlich der
gesetzlichen Mehrwertsteuer

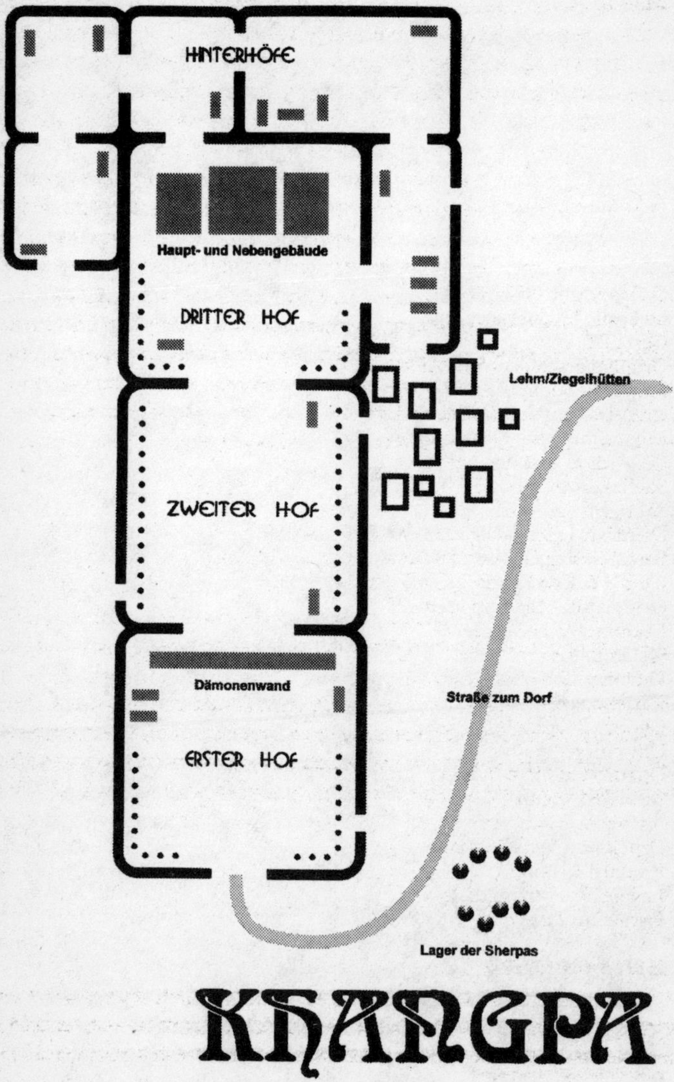

HINTERHÖFE
Haupt- und Nebengebäude
DRITTER HOF
Lehm/Ziegelhütten
ZWEITER HOF
Dämonenwand
Straße zum Dorf
ERSTER HOF
Lager der Sherpas
KHANGPA

1

Der Sturm legte sich mindestens genauso schnell, wie er aufgekommen war. Aus den Wolken, die mit Eilzuggeschwindigkeit auf die glitzernden Bergspitzen zurasten, erhob sich majestätisch die rotgelbe Scheibe der Sonne.

Die Jaks senkten ihre Köpfe und schnaubten leise. Dann blieben sie stehen und schüttelten den Schnee von ihrem Fell; dabei wäre auch ich beinahe runtergefallen, also griff ich mit beiden Händen nach den Zügeln, die ich beim Betrachten der Sonne unvorsichtigerweise gelockert hatte.

In diesem Moment tauchten zwei auf ihren Jaks zusammengesunkene, menschenähnliche Wesen neben mir auf, das Risiko außer acht lassend, daß wir dadurch alle leicht von unserem schmalen Pfad einige hundert Meter tief in den sicheren Tod fallen konnten. Einer der beiden zog die Fellkappe zurück, und unter der Kapuze lugte keck eine von der Kälte gerötete Nase hervor.

»Hey!« meinte der Besitzer der Nase und winkte mir dabei zu.

»Hey!« erwiderte ich, hütete mich aber davor, die Zügel auch nur mit einer Hand loszulassen.

Der Wind fing wieder an zu pfeifen, und bei der Gelegenheit verfluchte ich ungefähr zum fünftausendsten Mal den Moment, in dem ich mich auf diese blöde Reise eingelassen hatte. Rotgesicht konnte selbst den Wind überschreien.

»Sie auch?«

Wenn ich erreichen wollte, daß auch sie mich hörte, war ich gezwungen, ebenfalls zu schreien.

»Was, ich auch?«

»Hat man Sie auch übers Ohr gehauen?«

»Wie Sie sehen …«

»Also mich haben sie jedenfalls reingelegt. Mir wurde gesagt, ich könne die schönsten Berge der Welt bewundern und bekäme auch noch Geld dafür … Kein Wort von Kälte, Sturm und diesem verdammten Tier unter meinem Hintern. Wie war es denn bei Ihnen?«

»Ich glaube, ähnlich.«

Sie lenkte ihren Jak noch näher neben meinen und begutachtete mißtrauisch mein Gesicht.

»Sie habe ich irgendwo schon mal gesehen!«

Sie können mir glauben, ich hatte wirklich keine Lust, mich in dieser eisigen Kälte zu unterhalten. Außerdem verschwand die Sonne gerade hinter den Wolken, so daß es jederzeit wieder schneien konnte.

Natürlich war dies kein Grund, unhöflich zu sein; also zwang ich ein Lächeln auf mein festgefrorenes Gesicht.

»Tatsächlich?«

»Da können Sie Gift drauf nehmen. Ich vergesse nie ein Gesicht ...«

Sie hielt inne, und naiv wie ich bin, hoffte ich schon, die beiden würden zurückbleiben.

Statt dessen starrte mich Rotgesicht weiter an, und ihre Stirn legte sich in Falten.

»Haben wir uns nicht letzten Sommer in der Schweiz getroffen?«

»Ich war letzten Sommer nicht in der Schweiz. Eigentlich war ich seit zehn Jahren nicht mehr in der Schweiz ...«

Darauf mußte sie seufzen.

»Schade. Es ist ein so schönes Land. Sie haben gar nicht richtig gelebt, wenn Sie noch nie Züricher Maronen gegessen haben ... Übrigens, mögen Sie gebrannte Maronen?

»Ich hasse sie.«

»Weil Sie noch nie welche aus Zürich gegessen haben! Wissen Sie, die werden dort nicht einfach zusammengebrannt, sondern ...«

Ein dichter, roter Nebel zog sich vor meinen Augen zusammen, und ich merkte, wie sich mein Blutdruck veränderte. Außerdem froren meine Füße ganz schön in den Stiefeln, und meine Finger umkrampften zitternd die Zügel.

Rotgesicht plapperte ungestört weiter:

»Dann haben wir uns sicher in London getroffen ... Übrigens, Sie haben nicht zufällig einen Seidenpinscher?«

»Nein, ich hatte in meinem Gepäck keinen Platz mehr«, gab ich auf.

Sie lachte, klingelnd und schrill, wie eine Weihnachtsglocke.

»Ach, wie lustig Sie doch sind! … Ich meinte nicht hier, sondern bei Ihnen zu Hause. Ich könnte schwören, daß ich Sie auf dem Kongreß der Seidenpinscherzüchter in London getroffen habe. Ich glaube, Sie waren es, der dagegen gesprochen hat, den Hund abzurichten, wenn er im selben Moment …«

Zum Glück pfiff gerade der Wind vorbei, und so wurde ich für ein paar Momente verschont. Als ich sie wieder hören konnte, war sie schon ein paar Ecken weiter.

»Andere schwören natürlich auf die Chinesischen Schloßpinscher. Aber wenn Sie auf mich hören, lassen Sie sie links liegen! Kleine, hinterlistige Viecher sind das, die imitieren nur die Liebe … Wenn Sie nicht aufpassen, beißen sie Ihnen ins Hosenbein. Übrigens, wie heißen Sie doch gleich?«

Ich versuchte den Wind zu übertönen: »Lawrence!«

Ich sah meine Begleiterin lachen, hören konnte ich sie zum Glück nicht. Ihre Stimme schwebte irgendwo über uns, zusammen mit den Schneeflocken. Bis ich dann doch einige Worte vernahm.

»Und … sagen Sie … sind Sie … auch ein Spion?«

Fast wäre ich vom Jak gefallen.

»Was?«

»Na, wie Ihr Namensvetter.«

»Mein wer?«

»Oberst Lawrence. Haben Sie noch nie von ihm gehört? Was sind Sie bloß für ein Engländer …«

»Ich bin kein Engländer!«

»Dann eben Amerikaner. Ach ja, das Empire State Building! Wenn ich doch noch einmal den Ausblick von seinem Dach genießen könnte … Vor meinen Füßen liegt Manhattan …«

»Ich bin auch kein Amerikaner.«

»Oh, dann …«

Der Gedanke, sie könnte alle Staaten des ehemaligen British Empire aufzählen, erschreckte mich zutiefst. Also beugte ich mich näher zu ihr hinüber und schrie ihr ins Gesicht: »Ich reise unter einem falschen Namen!«

Vor lauter Schreck blieb ihr der Mund offen.

»Was zum Teufel … Und warum?«

»Damit sie mich nicht finden.«

»Wer, um Gottes willen?«

Ich versuchte, ein sehr ernstes Gesicht zu machen. Angesichts der Umstände fiel mir das auch nicht besonders schwer.

»Meine Frauen … Ich hatte keine andere Wahl. Entweder sie oder der Himalaja … Und Sie werden sicherlich verstehen, daß ich letzteres vorgezogen habe. Kindergeld, Unterhaltszahlungen und so weiter … Hier gibt es nur die Einsamkeit, die fallenden Schneeflocken und den leichten Südwestwind …«

Der neu entfachte Sturm trieb faustgroße Schneeballen in unsere Gesichter und ließ dadurch auch mich verstummen. Von irgendwo aus der Ferne stürmte eisige Kälte zu uns herüber, als ob sie direkt aus der Hölle käme, um uns zu begrüßen. Ich meine natürlich aus der kalten Hölle der Buddhisten.

Als sich nach einigen Minuten der Sturm legte und ich meinen Kopf wieder heben konnte, sah ich mit Grausen, daß die beiden immer noch neben mir waren und die Dame mir gerade lächelnd zuwinkte.

»Ihr leichter Südwestwind … Und sagen Sie, was zum Teufel machen Sie hier eigentlich?«

Ich war nahe dran, ihr irgendeine Gemeinheit zu sagen, aber dann verließ mich doch die Kraft. Die Wahrheit schien die kürzeste und einleuchtendste Antwort zu sein. Da mußte ich wenigstens nicht lange nachdenken.

»Ich bin Entomologe.«

»Insektenforscher?«

»Genau das.«

Jetzt schien sie wirklich entsetzt zu sein.

»Hier?«

»Wieso?«

Sie hob ihre Hand und deutete auf die paar Meter des Bergkammes, die wir sehen konnten.

»Wo um Himmels willen wollen Sie denn hier Käfer finden?«

Ich stöhnte innerlich und gab den Kampf auf. Meine Zehen

brannten, als ob man sie mit feurigen Messern aufschlitzen würde, anstelle meines Gesichtes spürte ich nur noch eine eisige Maske, und ich war mir ziemlich sicher, daß langsam auch das Blut in meinen Adern gefror.

»Käfer gibt es überall«, preßte ich aus meinen Mundwinkeln hervor.

Anstelle einer Antwort streckte sie mir ihre Hand entgegen.

So war auch ich gezwungen, mich hinüber zu beugen, wodurch sich der Schmerz in meinen Füßen natürlich nur vergrößerte.

»Baxter!« sagte, beziehungsweise schrie sie mit ihrer rauhen Stimme: »Miss Baxter!«

Ich öffnete meinen Mund, und schon wurde er vom Wind mit einem Schneeball vollgestopft.

»Wie ... bitte?« brachte ich heraus, während ich verzweifelt versuchte, gleichzeitig den Schnee auszuspucken.

»Miss Baxter ... Soll ich buchstabieren?«

Mit einem Wink versuchte ich ihr zu verstehen zu geben, daß dies überflüssig sei.

»Haben Sie noch nie von mir gehört?«

Ich nickte unbestimmt, in der Hoffnung, sie würde daraus machen, was ihr am besten gefiel.

Also blühte sie auf und lächelte stolz.

»Dabei habe ich das Kalifornit entdeckt! Wissen Sie, was das ist?«

Ich senkte meinen Kopf. Ich Armer hatte natürlich keine Ahnung, was das für ein Zeug war ...

»Typisch Käfersammler! Sie kümmern sich nur um ihre kleinen Dinger, während die Welt in Riesenschritten an ihnen vorbeirennt«, stellte sie hochnäsig fest.

Ich hatte nicht das Gefühl, daß dies der richtige Zeitpunkt war, um die Ehre der Entomologen zu verteidigen, also schwieg ich lieber.

»Ich bin Miss Baxter, die Mutter des Kalifornits! Zumindest schrieb man sowas Ähnliches in den Zeitungen, als ich es entdeckt hatte. Niedlich, nicht wahr?«

»Ja.«

Sie hielt für eine Weile inne und starrte mich wieder an.

»Wieso habe ich Sie nicht im Dorf gesehen?«

»Ich bin erst heute früh angekommen … So um sechs Uhr herum. Ich hatte gerade noch Zeit, in diese Maskerade zu schlüpfen …«

»Und wofür wurden Sie verpflichtet?«

»Gute Frage, natürlich um Käfer zu finden.«

»Was für welche?«

»Alle möglichen Arten … Was ich halt finde. Man kann ja nie wissen, was einem über den Weg läuft. Sind Sie Geologin?«

»Mhm.«

»Sehen Sie, Sie wissen ja auch nicht immer, was für ein Gestein Sie gerade mit dem Pickel bearbeiten. Oder doch?«

Sie gab keine Antwort, schob nur ungeachtet des eisigen Windes und der herumfliegenden Schneebrocken ihre Kapuze zurück.

»Wer hat Sie denn verpflichtet?«

Ich dachte darüber nach, ob ich mich ausfragen lassen wollte und entschied mich letztlich dafür. Warum auch nicht? Unser Team-Kollege hinter Miss Baxter hörte uns schweigsam zu.

»Ein gewisser Sir Thompson …«

»Persönlich?«

»Aber nein. Per Brief, und was sehr überzeugend war, zusammen mit einem kleinen Barscheck.«

»Mhm. Und da haben Sie natürlich sofort zugesagt?«

»Wieso auch nicht? Schließlich ist es doch meine Arbeit, Käfer zu suchen.«

»Aber hier? Im Himalaja?«

»Ich habe Ihnen doch schon gesagt, daß es Käfer überall gibt. Und was wäre, denken Sie mal nach, wenn ich wirklich eine neue Art entdecken würde … Der Himalaja wurde noch nicht intensiv erforscht. Und selbst in bekannten Gebieten findet sich so manche Überraschung.«

Als mein Blick auf ihr Gesicht fiel, bemerkte ich, wie sich ihre Augenbrauen zusammenzogen und sie nachdenklich wurde.

»Stimmt irgend etwas nicht?« fragte ich laut, damit mich auch die andere Person hören konnte.

Sie schüttelte langsam ihren Kopf.

»Natürlich nicht.«

»Und was, wenn ich fragen darf?«

»Wozu man Sie hier braucht.«

Langsam verlor ich meine Geduld.

»Mein Gott, ich sage es Ihnen nun schon zum dritten Mal: Ich bin Entomologe; ich bin hier, um Insekten zu suchen!«

Sie schüttelte erneut ihren Kopf.

»Mein armer Freund, Sie werden hier keine Käfer sammeln.«

»Wie meinen Sie?«

»Sie werden gar keine Zeit dazu finden.«

»Das verstehe ich nicht. Würden Sie es mir ein wenig näher erklären?«

Wütend zog sie im aufbrausenden Wind ihre Kapuze herunter und schrie mir zu: »Weil wir alle erfroren sind, bevor wir dieses verfluchte Kloster erreichen ...«

Zum Glück legte sich ein Schneemantel über uns und trennte mich damit endgültig von ihnen.

2

Sehen konnte ich zwar nichts, aber ich spürte, wie sich der Boden unter den Beinen des Jaks senkte, sofern man das glitschige Etwas, auf dem wir uns an ungemütlich tiefen Schluchten entlang bewegten, überhaupt Boden nennen konnte. Manchmal, wenn sich sogar die Sonne hervortraute, blitzte der Schnee auf den Felsbrocken unter uns.

Erleichtert stellte ich fest, daß Miss Baxter endgültig zurückgeblieben war. Lange konnte ich aber nicht die mit Schneestürmen untermalte Einsamkeit genießen; aus der dunklen Masse schälte sich jemand heraus und rutschte mit seinem Tier neben mich. Ich zog zur Seite, damit er mich wenigstens nicht mit sich riß, falls er in die Schlucht stürzte. Es war nicht Miss Baxter, aber genaueres konnte ich nicht erkennen, da das Gesicht mit einer Pelzkapuze bedeckt war.

Er lenkte sein Tier neben meines, so daß sich die beiden schon fast berührten, und hob seinen Kopf. Selbst so konnte ich nur seine schmalen, zusammengepreßten Lippen sehen.

»Habe ich die Ehre mit Mr. Lawrence?« fragte er mit starkem nepalischen Akzent. Seine Lippen verzogen sich dabei zu einer Art Lächeln.

»Ja, der bin ich«, brummte ich als Antwort, achtete aber darauf, im richtigen Moment abspringen zu können, sofern mein Jak an den Rand der Schlucht torkeln sollte.

»Sehr erfreut«, kam es zurück, und er warf seine Kapuze in den Nacken. Ein schlitzäugiges, asiatisches Gesicht lächelte mich an. »Ich bin Sera. Hauptmann Sera, von der nepalischen Polizei.«

»Wie geht es Ihnen?« fragte ich höflich.

Er murmelte etwas, worauf die Kapuze auf seine Nase fiel. Mit einer schnellen Bewegung schob er sie wieder zurück und schrie mich an: »Wie gefällt Ihnen die Reise?«

»Überhaupt nicht. Eben erst sagte jemand, wir würden sie nicht überleben … Was meinen Sie dazu, Hauptmann?«

Ich sah ihn zwar lachen, aber der Ton erreichte mich nicht. Darauf beugte er sich noch näher zu mir herüber, bis sein Mund fast an meinem Ohr hing.

»Hat Sie Miss Baxter erschreckt?«

»Oh, sie hat es höchstens schlimmer gemacht. Wissen Sie, ich bin nicht dazu geschaffen, über tibetischen Schluchten herumzuklettern.«

Der Hauptmann schüttelte den Kopf.

»Ich glaube, Sie irren sich. Sie haben keinen Grund zur Sorge. In den letzten zehn Jahren bin ich mindestens dreißigmal über den Salu-Paß gekommen, und diese Reise ist noch die angenehmste.«

Ich wußte nicht, ob er mich damit nur beruhigen wollte, oder ob er es wirklich ernst meinte.

»Wütet der Wind in dieser Gegend immer so?«

Ein seltsames Lächeln überzog sein Gesicht.

»Nur, wenn Fremde kommen ...«

»Wie?«

Einige Sekunden starrte er mich gedankenverloren an; wahrscheinlich fragte er sich, ob er mich mit der Wahrheit beleidigen würde.

Schließlich entschied er sich zu reden.

»Nur, wenn Fremde die Ruhe der Götter stören.«

»Fremde?«

»Ja. Europäer ... So sagen es zumindest die Einheimischen. Die Götter dulden hier keine Eindringlinge. Zuerst versuchen sie, sie abzuschrecken.«

»Mit diesem Unwetter?«

»Zum Beispiel. Manche kehren dann um und halten nicht mehr an bis Katmandu.«

»Jetzt wo Sie es sagen, hätte ich auch nicht wenig Lust dazu ...«

»Bald kommen wir in die Große Salu-Schlucht«, sagte er und zeigte in die graue Suppe vor uns. »Die Sherpas bauen die Zelte auf, und in einigen Tagen erreichen wir das Kloster von Khangpa. Sofern es die Götter zulassen.«

Ein komisches Gefühl regte sich in mir. Ich mag es irgendwie nicht, wenn sich ein Polizist andauernd auf Götter beruft ...

»Hören Sie, Hauptmann«, schrie ich ihn an, »Sie sagten vorhin, dieses Wetter sei eine Warnung der Götter. Und auch nur die erste. Wollen Sie damit andeuten, es kommt noch mehr?«

Er wurde ernst und klopfte den Schnee vom Fell seines Tieres.

»Ich kenne die Legenden nicht sehr gut, Mr. Lawrence«, antwortete er ausweichend. »Auf jeden Fall scheinen die Götter in der letzten Zeit ihre Geheimnisse immer widerwilliger preisgeben zu wollen.«

»Widerwilliger?«

»Schauen Sie«, sagte er und stülpte dabei seine Kapuze wieder über den Kopf, »ich bin nur Polizist, kein Mönch ... Ich unterhalte mich nicht mit den Göttern. Obwohl es unumstritten ist ...«, und beinahe verlegen wirkend, hörte er auf zu sprechen.

Der Wind zog wieder an, als ob wirklich die Götter ihrem Ärger Luft machen wollten. Scharfe Eissplitter bohrten sich in mein Gesicht, und lange Minuten wußte ich überhaupt nicht, in welche Richtung wir zogen. An mir lag es bestimmt nicht, daß wir nicht in der Schlucht neben uns landeten.

Als ich meine Augen wieder öffnete, waren nur noch bauschige Streifen am Himmel. Der Schneefall hatte so plötzlich aufgehört, als hätte jemand mit einem riesigen Stöpsel das Loch in der Decke von Frau Holle dichtgemacht.

Ich drehte mich im Sattel um, und der sich bietende Anblick ließ mich erschauern. Mein Atem stand still, als ob jemand meinen Hals zugeschnürt hätte. Der Schnee blitzte immer gleißender in den Strahlen der emporsteigenden Sonne, und zwischen diesem Funkeln zog sich eine endlose Schlange von Jaks auf dem schmalen Pfad am Hang des riesigen Berges hin. Hinter ihnen, entsetzlich weit weg, tobte der Schneesturm. Über uns stiegen die Spitzen des Kandschendzönga in den Himmel empor; die Luft schien sich nicht zu bewegen.

Ich schreckte auf, als neben mir jemand sein Tier tätschelte.

»Wahrlich ein herrlicher Anblick, nicht wahr?« wandte sich lächelnd Hauptmann Sera zu mir.

Unfähig etwas zu sagen, konnte ich nur nicken.

»Achttausend und ein paar hundert Meter.«. Er zeigte auf die Spitzen. »Einer der schönsten Berge ... und der blutrünstigste.«

Ich mußte ungewollt lachen.

»Blutrünstig? Es ist doch die vollkommene Schönheit.«

Auch der Hauptmann lächelte.

»Manchmal ist das vollkommen Schöne am grausamsten. Denken Sie daran, auch Sir Cromwell hatte ihn so gesehen.«

Diese Bemerkung nahm mir sofort meine gute Laune.

»Wissen Sie ... hierzulande sind die Berge Götter. Jeder Gipfel hat einen eigenen, der die Gläubigen schützt und die ungläubigen Eindringlinge tötet ... So lehren es zumindest die Mönche.«

»Was wissen Sie über Lord Cromwell?« fragte ich ihn.

Er schüttelte den Kopf.

»Nichts. Aber ich bin seinetwegen da; um herauszufinden, was passiert ist.«

»Ich hoffe, Sie haben ein paar Kollegen mitgebracht. Irgendwie glaube ich nicht daran, daß der Kandschendzönga seine Expedition verschwinden ließ.«

Er wandte sich ab und begutachtete die Reihe der herabsteigenden Jaks.

»Ich bin allein«, sagte er schließlich, ohne mich anzuschauen. »Sie werden verstehen, daß seine Exzellenz eine wissenschaftliche Expedition nicht mit Polizisten vollstopfen konnte. Das ist auch der Grund, daß ich mich mit Ihnen unterhalte, Mr. Lawrence ... Man erzählt, Sie waren früher bei der britischen Abwehr.«

Meine Stimmung sank weiter. Läßt einen denn seine Vergangenheit nie in Ruhe?

Er hatte wohl meine Reaktion aus den Augenwinkeln bemerkt, denn er fügte hinzu:

»Verstehen Sie mich nicht falsch. Ich will nichts von Ihnen ... Was mich angeht, bin ich überzeugt, daß Sir Cromwell und seine Expedition einem Unfall zum Opfer fielen. Vielleicht eine Lawine ... aber ...«

»Aber?«

»Nun ja ... Falls ich doch etwas Hilfe brauche, kann ich auf Sie zählen?«

Ich mußte wohl oder übel nicken.

»Natürlich, Hauptmann.«

Scheinbar hatte ich ihn damit ungemein beruhigt.

»Danke, Mr. Lawrence.«

»Nichts zu danken, Hauptmann.«

3

Als auch der letzte Jak den Bergkamm verlassen hatte, schien die Sonne schon so stark, daß ich meine Brille aufsetzen mußte. Die hellblaue Tönung verschönerte zwar die Welt, verstärkte aber auch gleichzeitig das Schimmern. Heftig blinzelnd versuchte ich, mein Auge an die neuen blauen Strahlen zu gewöhnen, als mein Jak aufheulte; es war wohl als Begrüßung der fast hundert Artgenossen gedacht, die inzwischen gelangweilt im Sonnenschein badeten.

Ich war gerade dabei, vom Rücken meines Tieres zu rutschen, als jemand meinen Namen rief.

Mit einem leichten Druck meiner Füße lenkte ich den Jak in Richtung der sich rasch nähernden, winkenden Figur.

»Mr. Stewart suchen dich«, vernahm ich eine Stimme.

Irgendwie gelangte ich durch die Reihe der Lasttiere und erreichte den Boten. Er trug die übliche Kleidung der Sherpas: mit Stickereien verzierte Wollmütze, Filzstiefel und einen dicken Seidenkaftan.

»Mr. Stewart suchen dich«, wiederholte er aufgeregt und hob seine zum Gebet gefalteten Hände vor die Stirn. »Geh dahin!« Er deutete mit den Händen in Richtung des Gebirgspasses. In der gezeigten Gegend, vielleicht hundertfünfzig, zweihundert Meter von den Tieren entfernt, stand ein Mann und schaute auf die freundlich glitzernden blauen Bergspitzen. Ich sprang von meinem Jak, tätschelte seinen Hals und überließ ihn dem Sherpa. Dann ging ich auf Mr. Stewart zu.

Schon beim Absteigen stach der Schmerz in meine Beine, so daß die darauffolgenden Schritte zur Qual wurden. Ich fühlte mich wie damals, in den schlimmsten Tagen des Krieges, als ich in der Mandschurei tagelang auf einem kleinen mongolischen Pferd vor den Japanern geflüchtet war. Auch damals hatte mein Knie so weh getan, wie …

Der Mann drehte sich zu mir um und winkte freundlich.

Ich winkte zurück.

Er tat einige Schritte mit ausgestreckter Hand in meine

Richtung, dann erreichte er mich, ergriff die meine und schüttelte sie kräftig.

»Ich grüße Sie, Mr. Lawrence. Ich grüße Sie. Ich bin sehr froh, Sie kennenzulernen.«

»Sehr erfreut«, murmelte ich und versuchte dabei, sein Gesicht zu erkennen; angesichts der großen Sonnenbrille allerdings ohne viel Erfolg. Sein langer, nach unten hängender Schnauzbart war das einzig erkennbare Merkmal.

»Entschuldigen Sie bitte, daß ich Sie einfach so kommen ließ. Solange die Zelte nicht aufgebaut sind, können wir uns nirgendwo unterhalten. Bitte verzeihen Sie auch, daß ich Sie nicht schon gestern abend aufgesucht habe, aber«, er winkte niedergeschlagen ab, »selbst im letzten Moment wird man noch mit den unmöglichsten Dingen konfrontiert. Auf jeden Fall freue ich mich, daß Sie das Angebot von Mr. Thompson angenommen haben.«

»Ja, inzwischen freue ich mich auch wieder ... Aber noch vor einer halben Stunde hätte ich ihn zum Teufel gewünscht.«

»Nun ja«, gab er besorgt zu, »es fing nicht gerade wie eine Vergnügungsreise an. Aber hoffen wir auf ein glückliches Ende. Mr. Thompson wünscht, daß jeder hier sein Bestes gibt und wir mit guten Ergebnissen zurückkehren ... Ich hoffe, es war nicht sehr unangenehm für Sie, Ihren Urlaub zu unterbrechen.«

»Wenn mir jemand vor einer Woche erzählt hätte, ich würde heute in Nepal am Salu-Paß mit den Göttern ringen, hätte ich ihn sicher für verrückt gehalten ... Bedenken Sie mal, über mir der blaue Himmel, Palmen, in meinen Ohren das Rauschen der Wellen. Und jeden Abend die braungebrannten Mädchen, nur mit einem Bastrock bekleidet ...«

In hohem Bogen warf er seine Zigarette weg.

»Mir ging es genauso ... Ich machte gerade Urlaub an der Costa Brava, da bekam ich ein Telegramm von Mr. Thompson, wonach ich sofort nach Nepal reisen und die Führung der Expedition übernehmen sollte. Verstehen Sie? Einfach so.«

»Mhm.«

»Was sollte ich tun? Ich rief die besagte Bank in Madrid an, bei der ich laut dem Telegramm Erkundigungen einholen sollte. Und als man mir sagte, welche Summe für die Leitung der Expedition hinterlegt wurde, packte ich meine Sachen und fuhr los.«

»Ha. Und wer war in Katmandu für die Organisation zuständig?«

»Irgendein Reisebüro. Die Papiere sind zwischen der Ausrüstung. Zumindest die Vorbereitungen waren bereits getroffen.«

Er nahm die Sonnenbrille ab und rieb seine Augen. So konnte ich endlich sein Gesicht begutachten. Von seinem rechten Auge zog sich bis zum linken Teil des Kinns eine breite, weiße Narbe, die sein knochiges, dürres Gesicht noch markanter machte. Der herabfallende Schnauzer gab seinem Aussehen einen eigenartigen, asiatischen Zug.

»Und Mr. Thompson?« fragte ich und sog nebenbei genüßlich die frische Luft ein.

Er zuckte mit den Schultern.

»Normalerweise müßten wir uns in einigen Tagen im Kloster treffen … Obwohl ich keine Ahnung habe, wie er da raufkommen will. Vielleicht mit einem Hubschrauber.«

»Haben Sie sich nicht abgesprochen?«

»Ich?«

»Sie sind doch sein Vertreter, oder? Der Leiter der Expedition.«

Ein leichtes Lächeln umspielte seine Mundwinkel.

»Ja, der bin ich. Nichtsdestotrotz auch nur ein Angestellter wie Sie.«

Ein seltsamer Verdacht machte sich in mir breit.

»Sagen Sie … Mr. Stewart. Wann haben Sie ihn zum letzten Mal gesehen?«

»Ich? Wen?«

»Ihren Mr. Thompson.«

Kindliches Staunen spiegelte sich auf seinem Gesicht.

»Ich? Noch nie im Leben! Ich habe ihn noch nie gesehen. Ich sagte doch schon, das Angebot kam per Telegramm zu mir.«

Ich spürte, wie sich neben der kalten Luft der herannahenden Dämmerung auch noch etwas anderes, kälteres unter meinem Anorak breitmachte und langsam meinen Rücken hinaufkroch.

»Und Sie haben angenommen? Ohne zu wissen, wer er ist? Wer das Angebot gemacht hat?«

Verstört schüttelte er den Kopf.

»Na, und Sie? Sie haben doch das gleiche getan!«

»Nur hat man mich nicht als Leiter angeheuert, sondern um Insekten zu finden. Das scheint mir ein kleiner Unterschied zu sein, oder?«

Nachdenklich streichelte er seinen Schnauzer.

»Vielleicht war ich etwas voreilig«, brummte er. »Aber Sie wären an meiner Stelle auch nicht mißtrauisch geworden. Dem Telegramm war eine Liste der Teilnehmer beigefügt ... Alles Dozenten, bekannte Forscher. Eine erlesene Gesellschaft sozusagen. Warum sollte ich da an etwas Schlechtes denken? Und außerdem ... Alle sind da, wir haben das Unwetter überlebt, mit einem Wort, alles läuft prima. Oder?«

»Nun ja, eigentlich schon«, sagte ich unbestimmt. »Und dieser rätselhafte Mr. Thompson wird auch schon noch auftauchen. Aber, Sie wollten mit mir reden, Mr. Stewart ...«

»Ich wollte eigentlich nur den Tagesbericht abgeben und die Route für morgen festlegen.«

Ich war so verdutzt, daß ich beinahe vergaß, Luft zu holen.

»Mit mir?«

»Mit wem denn sonst, um Himmels willen! Sie sind doch der Bevollmächtigte von Mr. Thompson!«

Wäre ich vor Überraschung nicht sprachlos gewesen, hätte mein lautes Lachen sicher den Gott des Kandschendzönga empört.

»Ich? Wo nehmen Sie denn diesen Blödsinn her?«

Nervös fuhr er mit der Hand in seine Tasche, zog ein zusammengefaltetes Papier hervor und hielt es mir vor die Nase.

»Bitte sehr!«

Ich nahm es und tat einen Schritt zurück.

»Was zum Teufel ist das?«

»Lesen Sie nur, wenn Sie mir nicht glauben wollen.«

Ich entfaltete das feine, handgeschöpfte Papier, auf dem drei mit roter Tinte geschriebene Zeilen standen. Mit einem Blick überflog ich den Text, dann blickte ich auf, und mein Gesicht dürfte dabei wohl kaum an das eines griechischen Weisen erinnert haben.

»Was zum Teufel soll das sein?«

Er nahm das Schriftstück wieder an sich und versenkte es in seiner Tasche.

Bekam ich heute morgen, kurz vor unserem Aufbruch … Hat übrigens ein Bote gebracht. Bevor ich ihn weiter befragen konnte, war er schon wieder verschwunden.

Es dauerte eine Weile, bis ich den Inhalt verdaut hatte. Die drei Zeilen besagten, daß Mr. Thompson Mr. Lawrence als seinen persönlichen Bevollmächtigten dem Expeditionsleiter gleichstelle; außerdem sei dieser jeden Abend verpflichtet, dem Bevollmächtigten über den Tagesverlauf sowie die bevorstehende Route einen Bericht abzugeben. Unterschrift: *P. Thompson.*

Ich versuchte, damit klarzukommen.

»Sehen Sie, Mr. Stewart, ich habe keine Ahnung, wieso mich Mr. Thompson als seinen Stellvertreter auserkoren hat. Ich habe ihn noch nie gesehen oder jemals von ihm gehört … Auf jeden Fall finde ich das äußerst seltsam. Überhaupt, warum ist er nicht hier bei uns?«

Stewart zuckte nur mit den Schultern.

Und dann fiel mir etwas ein.

»Mr. Stewart …«

»Ja?«

»Sagen Sie, haben Sie eine Ahnung, wieso Mr. Thompson gerade Sie mit der Leitung der Expedition beauftragt hat?«

Er breitete seine Arme aus.

»Nun … eigentlich nicht. Vielleicht nur, weil ich Bergführer in den Alpen bin … Die letzten zehn Jahre lebte ich in Österreich. Ich verstehe etwas vom Bergsteigen.«

»Aber der Himalaja ist etwas anderes als die Alpen.«

Ein Lächeln huschte über sein Gesicht.

»Natürlich. Aber auch dieses Gebiet ist mir nicht ganz unbekannt. Im Krieg habe ich in fast jedem Gebirge Asiens gekämpft. Damals hat man sogar viel über mich geschrieben. Major Stewart, der Held der Berge und so weiter. Die Japaner glaubten schon, ich wäre unverwundbar.«

In dem Moment hob lautes Geschrei hinter uns an, und wir drehten uns beide um. Im trüben Dämmerlicht konnten wir die fertigen orangefarbenen Zelte erkennen; die Sherpas waren mit den Jaks beschäftigt. Aus den Tragsätteln streuten sie eine gelbe Substanz vor die Tiere, die diese gleichmütig verzehrten.

»Die Zelte stehen schon«, sagte Stewart und deutete auf das Tal.

»In einer halben Stunde muß ich meine erste Ansprache halten … Wie sagt man das unter Zivilisten?«

»Vielleicht Sitzung«, sagte ich lustlos.

»Nun denn … auf zur Sitzung«, sprach unser Leiter, und wir gingen auf das Lager zu.

4

Mindestens zwanzig Leute drängten sich im größten Zelt. Wer keinen Stuhl ergattert hatte, saß auf den Gepäckstücken an der Wand. Einige scharten sich um den leise summenden Ölofen. Nachdem die Sonne hinter dem Salu-Paß verschwunden war, fegte ein eisiger Wind durch das Tal. Die Temperatur sank innerhalb einer halben Stunde um zehn Grad, und die aufleuchtenden Sterne schickten ihre eisigen Strahlen in das Tal.

Hinter einem Campingtisch saß Stewart, der nachdenklich in seinen Papieren blätterte. Dann endlich hob er einen Stift und klopfte damit an sein Glas.

»Meine Damen und Herren!« begann er und streichelte sorgenvoll seinen Schnauzbart. »Zuerst möchte ich vorschlagen, von gewissen Formalitäten abzusehen. Ich bleibe sitzen, und auch Sie können es sich bequem machen. Also: Viele von Ihnen kennen mich schon, mein Name ist Kevin Stewart.

Mein Beruf ist Bergführer, und ich bin nach dem Willen von Mr. Thompson der Leiter dieser Expedition. Natürlich bin ich nur für die Organisation verantwortlich, nicht für die wissenschaftliche Arbeit … Die bleibt Ihnen überlassen.«

Die Gruppe brauste auf einmal auf. Ein großes, flachsblondes Mädchen, das auf einem Rucksack gesessen hatte, meldete sich, wie in der Schule. Dann merkte sie wohl, daß sie sowieso nicht zu Wort kam und fing deswegen gleich mit ihren Beschwerden an.

»Was denn für eine wissenschaftliche Arbeit, Mr. Stewart? Wir hatten ja noch nicht mal die Zeit uns vorzubereiten. Ich konnte gerade noch so meinen Urlaub organisieren. Zuerst glaubte ich, in Katmandu alles planen zu können, aber mir blieben nur drei Tage. Wer hat denn hier schon ein wissenschaftliches Programm?«

Aus jeder Ecke kam zustimmendes Gemurmel.

»Ich habe schon an einigen Expeditionen teilgenommen«, fuhr sie fort, »aber eine, die einfach so zusammengetrommelt worden wäre wie diese, habe ich noch nie erlebt. Ich habe fast das Gefühl, die Forschungsarbeit ist gar nicht so wichtig … Übrigens bin ich Eve Pickford, Orientalistin und Kunsthistorikerin.«

In der allgemein aufbrausenden Zustimmung strich sich Stewart nervös über den Bart.

»Bitte, bitte, meine Damen und Herren! In einigen Tagen erreichen wir das Kloster von Khangpa, wo Mr. Thompson alles erklären wird. Dort werden Sie auch sicher Zeit haben, Ihr Programm auszuarbeiten.«

Aus der Gruppe neben dem Ofen meldete sich ein hagerer, rothaariger Mann mit Brille zu Wort.

»Kann ich was fragen, Mr. Stewart?«

»Nur zu.«

»Es würde mich interessieren, wer hier der Boß ist. Wer ist dieser Mr. Thompson? Eine Privatperson oder der Verwalter einer Stiftung? Und überhaupt, wie konnte er von den nepalischen Behörden die Erlaubnis erhalten, eine Forschertruppe in den Himalaja zu entsenden?«

Stewart erhob sich, setzte sich dann aber wieder hin.

»Die Wahrheit ist: Ich weiß es nicht. Ich bin auch nur ein Angestellter wie Sie alle. Ich weiß nicht mehr als Sie. Ich hoffe, all diese Dinge klären sich in Khangpa auf … Etwas muß ich Ihnen allerdings jetzt schon mitteilen.«

Das aufgeregte Murmeln verebbte langsam, und eine frostige Stille legte sich über das Zelt.

»Mr. Thompson wies mich schriftlich an, Ihnen allen folgendes zu übermitteln: Ziel dieser Expedition ist die umfassende Erforschung abgeschlossener Gebiete des Himalaja. Alle wichtigen Forschungsgebiete sind durch Sie repräsentiert … Außerdem haben Sie sicher schon davon gehört, daß vor einem halben Jahr Sir Cromwell eine ähnlich komplexe Expedition gestartet hat, in dasselbe Gebiet hier in Tibet.«

»Wurde die auch von Mr. Thompson organisiert?« vernahm ich eine bekannte Stimme.

Als ich hinüber sah, verband sich mein Blick mit dem von Miss Baxter.

Sie schüttelte ihre rote Mähne, und mir schien, als habe sie ein freudiges Lächeln auf ihren Zügen.

»Keine Ahnung«, sagte Stewart.

»Und wo ist jetzt Sir Cromwell?«

»Nun, das ist es ja gerade«, gestand Stewart und strich sich wieder über seinen Schnauzbart. »Er ist verschwunden … Mitsamt den Forschern. Soweit ich weiß, haben sie sich vor anderthalb Monaten das letzte Mal über Funk gemeldet. Seitdem gibt es keine Nachricht von ihnen.«

Eine Weile war es still im Zelt.

»Und … hat man sie denn nicht gesucht?« fragte jemand.

»Nein«, antwortete Stewart.

»Warum?«

Stewart zuckte mit den Schultern.

»Es mag tausend Gründe geben. Das Wetter und noch einiges mehr. Außerdem werden wir sie suchen. Wir nehmen denselben Weg, haben denselben Auftrag.«

»Davon war keine Rede im Angebot!« rief der große Rothaarige neben dem Ofen.

»Bitte, bitte!« versuchte Stewart die Unzufriedenen zu beruhigen.

»Mr. Thompson versprach mir, daß jeder, der es sich anders überlegen sollte, von Khangpa aus umkehren könne. Und er braucht nicht einmal den Vorschuß zurückzuzahlen. Ich glaube, das ist ein akzeptables Angebot.«

Danach kamen, wie das so der Fall ist, etliche langweilige und überflüssige Fragen an die Reihe. Der arme Bergführer konnte natürlich kaum Rede und Antwort stehen und verbrachte die meiste Zeit damit, seinen Bart zu streicheln.

Vorsichtig erhob ich mich von dem Gepäckstück, auf dem ich saß, und schlich zum Ausgang. Stewart schien mir zwar einen mißbilligenden Blick zuzuwerfen, aber das störte mich nicht weiter.

Zwischen den Zelten der Sherpas herrschte ebenfalls viel Betrieb.

Der Rauch etlicher Lagerfeuer zog gen Himmel, und der vertraute Geruch von gebratenem Lammfleisch kitzelte meine Nase.

Ich schaute hoch zu den Sternen. Sie blinzelten spöttisch über dem Salu-Tal, und die vom Wind getriebenen Wolken zogen einen leichten Schleier vor den Mond. Alles war friedlich und ruhig, wie das Elfenland im Februar.

Ich stand kaum einige Minuten am Rande des Lagers, als hinter mir Schnee knirschte und sich leises Stimmengemurmel näherte.

Ich dachte noch nach, ob ich hinter den Zelten verschwinden sollte, als mich Miss Baxter schon entdeckt hatte und mir zurief: »Sind Sie es, Sie Böser? Haben Sie vielleicht etwas Schlimmes vor?«

Ich mußte mich ihr zuwenden. Sie war in Begleitung des hageren Rothaarigen, der so viele Fragen gestellt hatte.

Ich lächelte sie stumpf an, in der Hoffnung, sie würden sich bald wieder verziehen, so daß ich weiter meinen Gedanken nachhängen könnte. Miss Baxter aber fiel mich an und klemmte sich an meine Anorakschnur.

»Na, was sagen Sie dazu, Hübscher? Jetzt sitzen wir aber schön in der Tinte, was?«

Ich versuchte wieder zu lächeln.

»In der Tinte? Übertreiben Sie da nicht etwas?«

»Keine Angst, Hübscher! Apropos, ich habe Sie ja noch gar nicht vorgestellt. Äh ... wie heißen Sie doch gleich?«

»McCormack«, sagte der Rothaarige und lächelte über beide Ohren.

Ich verbeugte mich, als ob wir auf der Blumenparade von Monte Carlo wären.

»Leslie L. Lawrence.«

»Ich habe schon von Ihnen gehört.«

»Tatsächlich?«

»Und sogar einige Ihrer Artikel gelesen ... Den letzten zum Beispiel, über die Eintagsfliegen.«

Ich bin zwar nicht sehr eitel, was meine wissenschaftliche Tätigkeit angeht, doch wie ich zugeben mußte, schmeichelte mir sein Interesse sehr.

»Ein Kollege?« fragte ich mit ehrlicher Neugier.

Er zwinkerte mir zu.

»Wie man es nimmt. Wir essen sie ...«

Ich muß wohl ziemlich dumm ausgesehen haben, denn er lachte kurz auf.

»Da staunen Sie, was? Dabei habe ich recht! Ich bin Ornithologe. Meine Vögel fressen Ihre Insekten. Sozusagen.«

Miss Baxter rieb sich Nase und nickte anerkennend.

»Sie haben Humor, aber den Spaß werde ich Ihnen schon noch verderben.«

»Tatsächlich?« McCormack blitzte mit seiner Brille zu ihr hinüber.

»Denn auch ich habe etwas mit Ihren Sachen zu tun«, ihre Stimme wurde auf einmal sehr ernst.

»Und zwar?« erkundigte sich höflich der Rothaarige.

»Und zwar? Wie Sie wissen, bin ich Geologin ... Und unter meinen Steinen werden solche lustigen Jungs wie Sie begraben.«

Nun, sie hatte uns wirklich den Spaß verdorben.

5

Stumm spazierten wir bis zum Ende des Tales, von wo aus der Bergkamm anstieg. Es wurde spürbar kälter, und aus der Ferne kamen seltsame, knackende Geräusche. Unter unseren Stiefeln knirschte der vereiste Schnee, und der stolze Kandschendzönga verhüllte sich wieder in einen Nebelschleier.

»Wie gefällt Ihnen die Sache?« fragte uns McCormack.

Miss Baxter hob den Kopf.

»Wieso sollte es mir nicht gefallen?«

»Na, dort oben, auf dem Salu-Paß waren Sie aber noch nicht so selbstsicher ...«, stänkerte ich.

Beleidigt zog sie den Kopf wieder zwischen die Schultern.

McCormack starrte lange auf den Kandschendzönga. Gedankenverloren fing er schließlich an zu reden: »Ich ließ mir von Stewart die Teilnehmerliste geben. Hab' sie gerade durchgeschaut, und ich muß schon sagen, so eine seltsame Aufstellung habe ich noch nie gesehen, obwohl ich schon an einigen Expeditionen teilgenommen habe. Als ob ein Irrer sie zusammengestellt hätte.«

»Wie meinen Sie das?« fragte ich vorsichtig.

Er wandte sich uns zu und dämpfte seine Stimme, als ob er Angst davor hätte, der Berg würde sich über uns beugen und belauschen, was er zu sagen hatte.

»Interessant, wer alles dabei ist ... Ich meine damit nicht, ob es gute oder schlechte Fachleute sind. Das könnte man so schnell sowieso nicht feststellen.«

»Sondern?«

»Meiner Meinung nach sind drei Viertel der Leute überflüssig.«

»Na also!« schrie Miss Baxter zufrieden auf.

»Was, na also?« brummte ich sie an.

Sie stieß mit dem Zeigefinger gegen meine Brust.

»Habe ich Ihnen denn nicht schon auf diesem verdammten Berg gesagt, daß man Sie hier niemals brauchen wird? Ich wollte Sie nur nicht direkt beleidigen.«

»Danke, sehr lieb von Ihnen ...«

»Aber jetzt im Ernst. Denken Sie mal nach. Wozu braucht man hier einen Insektenforscher?«

Plötzlich wurde ich sehr wütend.

»Also hören Sie mal! Meine Käfer haben denselben Nutzen wie Ihre Steine. Und wenn Sie glauben, im ewigen Eis gäbe es keine Insekten ...«

Als ob er die Situation retten wolle, redete McCormack dazwischen: »Oder ich zum Beispiel. Wenn ich bloß wüßte, wozu ich hier gut sein soll?«

»Keine Angst, Vögel gibt es hier mindestens genauso viele wie Käfer ...«, bemerkte Miss Baxter eisig.

Der Rothaarige lächelte.

»Aber ich beschäftige mich nur mit den Papageienarten. Und die sind, wie Sie sicher wissen, tropische Tiere. In dieser Höhe und bei der Kälte gibt es nur wenige Vögel und sicherlich keine Papageien.«

»Dann suchen Sie eben andere Vögel!« versuchte Miss Baxter das Thema mit ihrer gewohnten Bestimmtheit abzuschließen.

»Nur habe ich von nichts weiter eine Ahnung«, erwiderte McCormack sanft. »Nie im Leben habe ich mich mit etwas anderem befaßt. Für mich existieren nur Papageien. Die anderen Vögel sind für mich uninteressant, wie ... wie ...«

»Steine«, half ich ihm aus.

»Ersticken Sie dran!« Miss Baxter lächelte.

»Wie die Kaltblüter, zum Beispiel. All meine Abhandlungen habe ich über Papageien geschrieben ... Ich will ja nicht prahlen, aber sechs Universitäten haben mich nur wegen dieser bunten Vögel in ihre Reihen aufgenommen. Verstehen Sie?«

Langsam fing ich an, ihm ernsthaft zuzuhören.

»Mit einem Wort, was zum Teufel suche ich hier, wo kein normaler Mensch nach Papageien suchen würde.«

Nachdenklich starrten wir auf den Schnee vor uns.

»Dann ist da noch Brunning. Marc Brunning. Sein Fachgebiet ist die Zuckerrübenzucht. Können Sie sich vorstellen, daß hier jemand Zuckerrüben pflanzen will?«

Nun, die Idee erschien mir wirklich ziemlich bizarr.

»Warum haben Sie dann zugesagt? Sie und dieser Bunning, oder wie er auch heißen mag«, beklagte sich Miss Baxter.

»Wohl wegen des Geldes. Eigentlich sicher deswegen ... Und möglicherweise wegen dem ›Vielleicht‹ ...«

»Was für ein blödes ›Vielleicht‹?«

»Vielleicht springt am Ende doch noch etwas dabei heraus. Wir kennen viele große Entdeckungen, die am Anfang unsinnig erschienen ... Und dann hat das Glück jemandem zugelächelt.«

»Und Sie, Mr. Lawrence, warum sind Sie hier?« Miss Baxter lächelte mich zuckersüß an.

Ich wollte mich nicht schon wieder mit ihr streiten, also setzte ich mich lieber mit McCormack auseinander: »Und wo haben Sie diese große Freundschaft mit den Papageien geschlossen, Mr. McCormack?«

»Im Süden«, sagte er langsam, »in Ozeanien ..., Burma; mal hier, mal da. Ich habe mich regelrecht verliebt in sie, obwohl ich damals wirklich nicht viel Zeit hatte. Sie wissen schon, der Krieg ...«

»Infanterie?«

»Kriegsmarine. Ich war der Adjutant von Admiral Pedersen.«

In diesem Moment ertönte irgendwo zwischen den Zelten lauter Gesang. McCormack verstummte, und wir drehten uns in die Richtung der Ruhestörung.

Aus der Dunkelheit löste sich ein langer Schatten und kam zügig näher. Haare flogen zu den Seiten, und das Knirschen des Schnees wurde immer lauter. Erst als sie schon ganz nah war, erkannte ich sie. Es war das große, blonde Mädchen, das sich als Eve Pickford vorgestellt hatte. Heftig keuchend kam sie näher.

»Retten Sie mich, bitte, retten Sie mich!«

McCormack war zur selben Zeit neben ihr wie ich. Sie war nicht verletzt, nur vom Laufen erschöpft.

»Was ist passiert?« fragte ich und versuchte mich so zu plazieren, daß ich sie jederzeit auffangen konnte, falls sie in Ohnmacht fallen sollte. Eve Pickford allerdings hielt das wohl nicht für notwendig.

»Dieser verrückte … Er hat mich gejagt. Besoffen wie ein Schwein und …«

Das Singen wurde lauter, und der Eigentümer der Stimme torkelte zwischen den Zelten hervor. Er war ein gedrungener Kerl mit heiserer Stimme und unverkennbar irischem Akzent.

»O'Hara«, brummte McCormack, »Geophysiker.«

Der trinkfreudige Forscher kam geradewegs auf uns zu, sofern man seinen Gang als gerade beschreiben konnte. Scheinbar fühlte er sich blendend, in der Linken hielt er eine grünlich schimmernde Flasche. Einige Schritte von uns entfernt blieb er plötzlich stehen und drohte Eve Pickford, die sich gerade hinter Baxter und McCormack verbergen wollte, mit seinem Finger.

»Na, spielen wir Verstecken? Darf man denn so etwas? Komm schon vor, Schnurrimaus!«

Miss Baxter trat wie eine kampfbesessene Feministin drohend vor.

»Schämen Sie sich nicht, Professor O'Hara? Als gebildeter Mann benehmen Sie sich wie ein …«, sie versuchte offenbar, ein bildhaftes, aussagekräftiges Beispiel zu finden, das, der Situation entsprechend, grob genug war.

O'Hara hielt für einen Moment inne und schrie dann laut auf:

»Schaut mal, ein anderes Häschen! Nur ein bißchen lang und zu rot … Aus meinem Weg, Schatzi, ich will meine Schnurrimaus!« Damit zog er in Richtung Pickford.

Ich hielt die Zeit für gekommen, mich einzumischen. Ich trat zu ihm und hielt ihn am Kragen fest.

»Seien Sie vernünftig, O'Hara«, sagte ich und nahm ihm die Flasche weg. »Es wäre besser, wenn Sie jetzt in Ihr Zelt zurückkehren und sich hinlegen würden … Wenn Sie wollen, begleite ich Sie zurück.«

»Nehmen Sie Ihre dreckige Hand weg!« schrie der kleine stämmige Mann und versuchte, sich aus meinen Händen zu winden. »Geben Sie mir meinen Whiskey zurück und lassen Sie mich durch zu meiner Schnurrimaus, sonst haue ich Ihr Gesicht zu Brei!«

Ich gab die Flasche McCormack, der sie hinter sich zu

Boden fallen ließ. Dann packte ich O'Hara wortlos auf meine Schultern und ging, ohne mich um seine herumtrampelnden Füße zu kümmern, auf die Zelte zu. Ich hoffte, ihn auf irgendeinem Feldbett ablegen zu können, wo er dann seinen Suff ausschlafen sollte.

Hinter mir hörte ich, wie Eve Pickford in Tränen ausbrach. Es dürften wohl die Aufregung und der Schock über das Verhalten ihr gegenüber gewesen sein. Sie fiel Miss Baxter um den Hals und schluchzte wie ein kleines Kind.

»Hören Sie, Freundchen«, O'Hara zappelte auf meiner Schulter, »wie wär's denn, wenn Sie mich absetzen würden, hä? Wer hat Sie gebeten, eine neue, kostenlose Fluglinie zu eröffnen?« Er rülpste, und ich sah förmlich den Kampf, den die Whiskeywolke gegen die frische Luft des Salu-Tales austrug.

»Seien Sie ruhig, O'Hara!« sagte ich und versuchte, seine Hände und Füße zu fixieren, damit er sich nicht bewegen konnte. Seine Stiefel trafen auch so noch viel zu oft in die Nähe meiner Nieren, und der Alkoholdunst schwebte vor meiner Nase.

Das Weinen von Miss Pickford begleitete mich bis zu den ersten Zelten. Ich schubste meine Last etwas weiter nach hinten und überlegte dabei, welche Bleibe ich für ihn finden sollte, als plötzlich ein Sherpa vor mir auftauchte und mich anlächelte.

»Geben nur mir, mein Herr«, flüsterte er und verbeugte sich ehrfurchtsvoll. »Ich schon nehmen Mister schlafen ...«

»Der Himmel hat Sie geschickt«, murmelte ich erleichtert und ließ O'Hara auf den Boden gleiten, wo dieser nach ein paar unsicheren Schritten halbwegs stabil stehenblieb.

»Fahren Sie zur Hölle!« bemerkte er niedergeschlagen. »Sie haben mir meinen Whiskey weggenommen. Fahren Sie zur Hölle!«

»Wissen Sie, welches sein Zelt ist?« fragte ich den Sherpa, lauschte aber schon wieder in Richtung der anderen. Irgend etwas zog mich zurück zu Baxter und den anderen. Das leise Weinen von Eve Pickford vernahm ich immer noch sehr deutlich.

»Ja, ich wissen«, antwortete der Sherpa. »Wir bauen Zelte.

Jedes Zelt zwei Mister. Mr. O'Hara und Mr. Paddington ein Zelt.«

»In Ordnung«, sagte ich ungeduldig und suchte in meiner Tasche nach etwas Geld für ihn. Außer ein paar Münzen fand ich aber nichts.

»Wie heißt du, mein Junge?« fragte ich, um ihm am nächsten Tag ein paar Dollar geben zu können.

»Purbu, mein Herr.«

»Also dann, Purbu ...«

In dem Moment aber machte sich O'Hara unsere Unaufmerksamkeit zunutze und flüchtete torkelnd zwischen die Zelte. Fast wäre er schon verschwunden gewesen, als es plötzlich krachte und der angetrunkene Professor fluchend zu Boden ging.

»Zum Teufel mit diesem ganzen verdammten Zirkus!« erklang seine vorwurfsvolle Stimme. »Ich scheiße auf Sie alle, nur damit Sie es wissen ... und ich scheiße auf Ihren Thompson ... Was für ein verfluchter Ort! Geben Sie mir meine Flasche zurück, ich verlange, daß man mir meine Flasche zurückgibt!«

Ich spurtete los und erreichte ihn nach einigen Metern. O'Hara lag auf dem Schnee, und das Spannseil, das ihn zu Fall gebracht hatte, war ganz um sein Bein gewickelt. Als ich mich über ihn beugen wollte, schlug er mit der Faust nach mir.

»Und was mischen Sie sich ein, hä? Verschwinden Sie hier. Ich scheiße auf Sie und auch auf meine Schnurrimaus! Ich scheiße auf dieses blöde Land und die blöden Berge ... Ich scheiß' auf euch Berge!«

Inzwischen war auch der Sherpa dazugekommen, und ich spürte seinen heftigen Atem in meinem Nacken.

»Nicht, mein Herr ... nicht machen ... Du beleidigen Götter. Nicht machen! Götter nehmen Rache!«

Um das Lagerfeuer der Sherpas herum war es totenstill, und ich hätte schwören können, daß unsere Gepäckträger alle hinter den angrenzenden Zelten hockten und lauschten.

O'Hara kam langsam hoch und begutachtete mit glasigen Augen den Sherpa. Dann lachte er schrill auf.

»Von wegen Götter! Ich scheiß' auf die Götter.«

Er breitete seine Arme aus und wandte sich an den im Sternenlicht glitzernden Berg.

»Hörst du, Kandschendzönga! Ich scheiße auf dich! Und auf alle anderen Götter! Peter O'Hara scheißt auf euch!«

Hinter den Zelten vernahm ich erschrockenes Gemurmel. Wahrscheinlich rannten die Sherpas außer Hörweite, um das gottlose Fluchen des weißen Mannes nicht ertragen zu müssen.

Mein Sherpa allerdings bewegte sich nicht und zeigte auch sonst keine Zeichen des Schreckens. Als ob seine Furcht von vorhin vollkommen verflogen wäre. Er schaute mich an und wartete auf einen Befehl.

Ich hatte genug von O'Hara und seinem Whiskeygestank und legte meine Hand auf die Schulter des Sherpas.

»Bringen Sie ihn schnell in sein Zelt und bleiben Sie bei ihm. Wenn er aufstehen will, lassen Sie ihn nicht. Am besten, Sie verschließen das Zelt von außen. Wenn er in der Nacht herumspaziert, wird er noch erfrieren.«

Der Sherpa sagte kein Wort, nahm einfach nur den Betrunkenen auf die Schulter und ging los.

Ich drehte mich um und machte mich auf den Weg zu den anderen.

6

Als ich sie erblickte, lächelte Eve Pickford bereits und entschuldigte sich gerade bei McCormack.

»Denken Sie nicht, daß ich eine hysterische Gans bin. Nur diese Berge … Als ob sie einen erdrücken wollten. Immer wenn ich in solchen Gegenden bin, möchte ich am liebsten nur weinen. Und … und … ich bin dann irgendwie nervöser als sonst.«

»Sind Sie öfters hier … im Himalaja?« fragte McCormack höflich.

»Oft genug. Ich erkunde die tibetische Sprache und den Buddhismus. Und doch ... Ich glaube, ich werde mich nie an diese riesigen Berge gewöhnen.«

Ich erreichte sie während der letzten paar Worte. Miss Baxter nutzte gleich die Gelegenheit, um zu stänkern.

»Bedrücken auch Sie die Berge, Mr. Lawrence?« fragte sie spöttisch.

»Eher noch solche Gefährten wie dieser O'Hara.«

Eve Pickford schaute mich an und schüttelte ihre blonde Mähne.

»Vielen Dank, Mr ....«

»Leslie L. Lawrence.«

»Oh, ja. Ich bin Eve Pickford, sehr erfreut. Es tut mir furchtbar leid, daß Sie wegen mir Unannehmlichkeiten hatten. Aber der Kerl hat mich wirklich fertiggemacht.«

»Morgen wird er sich entschuldigen.«

Abwehrend hielt sie ihre Hände hoch.

»Ach! Sie glauben doch nicht, daß ...«

In diesem Moment zerriß ein furchtbarer Schrei die Ruhe des Salu-Tales. Wir standen wie gelähmt vor Schreck, und für einen Moment herrschte Totenstille um uns herum.

»Mein Gott!« Eve Pickford fuhr mit beiden Händen zum Gesicht. »Was war das?«

»Jemand hat wohl den Löffel abgegeben«, antwortete Miss Baxter lakonisch.

McCormack erstarrte und horchte in die Nacht.

»Es kam von den Zelten«, sagte Baxter und ging auch als erste von uns los. Der Schnee knirschte laut unter ihren energischen Schritten.

Ich berührte McCormacks Arm.

»Gehen Sie da lang!« Ich deutete auf die rechte Seite des Zeltlagers. »Und halten Sie Ihre Fäuste bereit ... Beim kleinsten Zeichen schlagen Sie zu!«

Seine Augen blitzten gefährlich hinter der Brille.

»Haben Sie um mich keine Angst! Ich sagte doch, ich war bei der Marine ...«

Ich fing an zu laufen und versuchte, von links in das Lager zu kommen. Überall in den Zelten gingen Taschenlampen an, und ihr Licht hüpfte aufgeregt über die Stoffwände. Ich sprang über die Spannseile und fand mich etwas später McCormack gegenüber.

»Nichts?« keuchte ich.

Er schüttelte den Kopf.

»Nichts«, bestätigte er, »nur die Sherpas scharen sich ums Feuer ... Wahrscheinlich beten sie.«

Ich hielt mich an einem Seil fest.

»Woran hat Sie denn der Schrei erinnert?«

Er sah mir geradewegs in die Augen.

»Vermutlich an dasselbe wie Sie. Nach einigen Jahren Frontdienst irrt man sich bei sowas nicht mehr, oder?«

Ich wollte gerade antworten, als die Stimme von Miss Baxter durch das Lager hallte: »Hey! Lawrence! McCormack! Wo zum Teufel sind Sie?«

»Wir kommen, Miss Baxter!«

»Zur Hölle mit Ihnen«, hörten wir sie beim Näherkommen sagen. »Hier wird gerade jemandem das Licht ausgeblasen, und Sie machen Spaziergänge«, und damit trat sie hinter einem Zelt hervor.

»Na, endlich!« Erleichterung schwang in ihrem Ton. »Haben Sie jemanden gefunden?«

»Keine Seele.«

»Vielleicht ist gar nichts ...«, fing sie an, aber ein neuer Schrei ließ sie verstummen.

»He! Oh, zur Hölle. Kommt endlich jemand? Mr. Stewart! Man hat ihn umgelegt!«

Schon waren wir wieder mit McCormack unterwegs. Vor dem dritten oder vierten Zelt stand ein Mann im Schnee und deutete aufgeregt ins Innere seiner Behausung.

»Sie haben ihn umgebracht!«

»Wen?« schrie ich ihn noch im Laufen an.

»Diesen Säufer ..., O'Hara. Er hat den ganzen Tag gesoffen. Ich dachte, er würde mal an einer Alkoholvergiftung sterben, aber nein! Jemand griff dem Whiskey unter die Arme.«

Durch den auseinanderklaffenden Eingang konnte ich einen Blick in das Zelt werfen. An den beiden Wänden stand je ein Bett. Auf dem einen lag ein Schlafsack mit offenem Reißverschluß, der ziemlich zerwühlt war; offensichtlich war gerade jemand hastig aufgestanden. Das andere Bett war mit einer gelben Kunststoffdecke bezogen, und auf dieser Decke lag O'Hara ... Neben ihm auf dem Boden wurde die Blutlache immer größer.

McCormack sah mir über die Schulter und seufzte.

»Mit dem ist es wohl vorbei ... wie ist das passiert?«

Ich trat ein und hockte mich neben den Toten. Das Blut kam aus seiner Brust, aus der Nähe des Herzens. Dort steckte ein seltsam bearbeiteter bronzefarbener Griff; geschnitzte Blumen blitzten drohend im Lampenlicht.

»Ist hier irgendwo ein Arzt?« Ich drehte mich zu McCormack.

Der Rothaarige zuckte mit den Schultern.

»Ich weiß soviel wie Sie.«

Da drückte mich jemand mit einer energischen Geste zur Seite und irgendwie war mir klar, daß dies nur Miss Baxter sein konnte.

»Na gehen Sie mal da weg, mein Hübscher«, sagte sie, keinen Widerspruch duldend.

»Sind Sie Ärztin?«

»Auch«, sagte sie und kniete sich neben das Bett.

»Aber Sie sagten doch, Sie seien Geologin?«

Sie sah mich an, und in ihrem Blick bemerkte ich eine ungewohnte Gereiztheit.

»Wollen Sie mein Diplom sehen? Haben Sie noch nie davon gehört, daß man auch in mehreren Fächern einen Abschluß haben kann? Das Schlimme an Ihnen ist, daß Sie die geistigen Fähigkeiten anderer Leute an den Ihren messen. Na los, verschwinden Sie hier!«

Nun, wenn ich auch nicht verschwand, ging ich doch einige Schritte zur Seite.

Baxter zog ihre Handfläche über O'Haras starre Augen, tastete nach seinem Puls und warf dann wütend seine Hand wieder auf die Decke.

»Der ist mausetot! Her mit der Polizei!«

Letzteres sollte wohl ein Scherz gewesen sein, denn sie

selbst war am meisten überrascht, als tatsächlich Hauptmann Sera durch den Eingang kroch.

»Nichts anfassen!« schrie er aufgeregt und zog immer noch die Reißverschlüsse an sich hoch, als er schon neben dem Toten stand. »Polizei!«

Miss Baxter konnte es nicht lassen.

»Ach nein! Woher denn das auf einmal?«

Sera war endlich fertig mit seinem Anzug.

»Aus Katmandu. Ich bin Hauptmann der nepalischen Polizei. Ich begleite die Expedition … Machen Sie bitte Platz hier!«

Er beugte sich über den Toten, rührte ihn aber nicht an.

»Ist vielleicht ein Arzt unter Ihnen?«

»Da kommen Sie zu spät, Hauptmann«, sagte Baxter. »Ich habe ihn schon untersucht, er ist tot. Man hat ihn mit dem Messer dort umgebracht.«

Sera nickte schlechtgelaunt.

»Das sehe ich. Wie lange ist er Ihrer Meinung nach tot?«

»Genau fünf Minuten.«

»Woher wollen Sie das denn so genau wissen?«

»Ich habe auf die Uhr geschaut.«

»Auf Ihre Uhr? Wann?«

»Als ich den Schrei hörte. Beziehungsweise als wir ihn hörten … Ich stand dort mit ein paar Leuten am Rande des Zeltlagers. Mr. Lawrence, dann Mr. McCormack, Miss Pickford und ich. Haben Sie es nicht gehört?«

Sera schüttelte den Kopf.

»Ich habe nichts gehört, nur geschlafen. Erst als mich Mr. Stewart weckte, bekam ich mit, daß irgend etwas passiert ist.«

Baxter drehte sich um.

»Mr. Stewart? Aber wo ist denn Mr. Stewart?«

Draußen wurde es unruhig, dann betrat der Expeditionsleiter das Zelt.

»Wo ich bin? Hier. Habe mich draußen nur ein bißchen umgesehen.«

»Und?« fragte Sera interessiert.

Stewart verneinte.

»Der Schnee ist zusammengetrampelt worden, als ob eine

Jakherde darübergerannt wäre. Ganz zu schweigen davon, daß ein Stiefelabdruck wie der andere ist. Das bringt uns nicht weiter.«

Währenddessen lag die Leiche vor uns, und langsam gerann das Blut auf der ausgefransten Innenseite des Anoraks.

Sera kratzte sich am Kopf und schaute den toten O'Hara ratlos an.

»Tun Sie endlich etwas, Hauptmann!« fiel Miss Baxter ihn an. »Oder wollen Sie, daß wir hier bis morgen früh stehen und ihn anschauen?«

Sera hörte mit dem Kratzen auf und stammelte: »Ja, natürlich ... Vielleicht die Fingerabdrücke ...«

Dann passierte etwas Unerwartetes. Miss Baxter trat zu dem Polizisten und stieß ihm ihren Zeigefinger in den Bauch.

»Jetzt passen Sie mal auf, Sera«, sagte sie, und über ihr hübsches Gesicht zogen bedrohliche Schatten auf, »wenn Sie Polizist sind, dann fresse ich meinen Federhut, obwohl ich den bis jetzt erst einmal getragen habe, nämlich als man mich am Trafalgar Square zum Ehrenmitglied der Heilsarmee ernannt hat ... Und wenn doch, so habe ich meine Meinung über die nepalische Polizei.«

Was Miss Baxter von der nepalischen Polizei hielt, erfuhren wir nie, denn langsam richtete sich Sera, immer noch leicht stöhnend, auf und versuchte sich zu verteidigen.

»Bitte glauben Sie mir ... Ich bin wirklich Polizist. Nur ...«

»Nur?« fragte drohend Miss Baxter und hielt wieder ihren Zeigefinger nach vorne.

Sera beobachtete mit immer größerer Angst diesen Finger und stöhnte leise: »Nur, vom Drogendezernat.«

»Drogendezernat?«

»Ja« nickte er, »Opium, Haschisch, Kokain.«

»Und was zum Teufel suchen Sie bei dieser Expedition? Etwa Marihuana in unseren Taschen, oder was?«

»Nein, nein«, wehrte sich Sera, langsam wieder zu Kräften kommend. »Aber versetzen Sie sich mal in die Lage der nepalischen Polizei ...«

»Wir versetzen uns«, versprach Baxter.

»Wissen Sie, wie viele Expeditionen pro Jahr in die Berge starten? Viele. Sehr viele. Ganz zu schweigen von den Bergsteigern. Und jeder bräuchte zu seiner Sicherheit einen Beamten, damit bloß nichts passiert ... Wir haben es zu tun mit gelangweilten Millionären, Dandys und Filmsternchen. Alle haben den Drang, den Kandschendzönga im Mondschein zu sehen, oder irgendeinen anderen Berg, um dann durch eine Unachtsamkeit ihr Leben zu riskieren. Deswegen bin ich da ... Sie werden verstehen, daß unsere Polizei nicht jeder Expedition einen ausgebildeten Kriminalisten zur Seite stellen kann ... Und außerdem ... Wer hätte gedacht, daß bei einer friedlichen wissenschaftlichen Expedition jemand ein Messer zwischen die Rippen bekommt?«

Eine Weile war es still im Zelt. Wirklich, wer hätte das gedacht?

Wieder einmal war es Miss Baxter, die sich zuerst faßte.

»Also, was können wir erwarten, Hauptmann Sera?«

»Was immer in meiner Macht steht, Miss Baxter, das werde ich auch unternehmen ... Leider ist, wie schon gesagt, Kriminalistik nicht meine stärkste Seite.«

»Demnach sollen wir nichts weiter tun, als uns schlafen zu legen und darauf zu warten, wer als nächster schreien wird?«

Aus den Augenwinkeln konnte ich beobachten, wie Miss Pickford leichenblaß zur Zeltwand zurückwich.

In diesem Moment löste sich der bis dahin stumm gebliebene Stewart aus seiner Versteinerung und trat neben das Bett: »Na, na. So aber nicht!« Er blinzelte mich vielsagend an. »Ich habe das Gefühl, wir befinden uns in einer außerordentlichen Situation.«

»Nun, ich würde sagen, ziemlich außerordentlich«, brummte McCormack.

»In diesem Fall«, fuhr Stewart fort, »müssen wir genau die Anweisungen von Mr. Thompson befolgen.«

Baxter pfiff laut vor sich hin.

»Schau her; woran der gute, alte, unsichtbare Mr. Thompson alles gedacht hat! Und was sollen wir tun, Mr. Stewart? Sagen Sie's schnell, denn ich brenne schon ...«

Stewart unterbrach sie ernst: »Ich glaube, die Situation ist schlimm genug. Bitte verschonen Sie mich daher mit Ihren geistreichen Bemerkungen. Und was die Anweisungen von Mr. Thompson angeht, nun ... Es sieht so aus, daß bei einer außerordentlichen Situation Mr. Lawrence die Leitung der Expedition übernehmen soll. Ich bin nur für die wirtschaftlichen Fragen verantwortlich.«

Miss Baxters Brille rutschte ihr tief ins Gesicht. Dann zeigte sie mit ihrem furchtbaren Zeigefinger auf mich.

»Der?« sagte sie in solch einem beleidigenden Ton, daß ich ihr am liebsten eine Ohrfeige gegeben hätte. »Na dann mal los, Sherlock Holmes ... Jetzt, wo Sie zum Meisterdetektiv ernannt worden sind ...«

Ich ging zu dem Toten und zeigte dann auf die Leute vor dem Ausgang.

»Gehen Sie alle schlafen, bitte. Morgen kommt eine schwierige Strecke. Am besten verschließen Sie den Eingang Ihrer Zelte.«

Nach einigem Hin und Her bemerkte ich, wie die Neugierigen meinen Rat befolgten. Als auch Baxter sich entfernen wollte, hielt ich sie fest: »Miss Baxter! Könnten Sie sich uns noch ein paar Minuten zur Verfügung stellen?«

Ihr Lächeln erinnerte an jemanden, der gerade in ein faules Ei gebissen hat.

»Wenn ich Sie beim Nachdenken beobachten darf, sogar für Stunden ...«

»Danke sehr. Und auch Sie, Miss Pickford und Mr. McCormack, könnten Sie noch eine Weile bleiben? In Ordnung?«

Alle nickten.

»Danke. Mr. Paddington?«

Der stumm dastehende stämmige Mann hatte bis jetzt nur O'Hara angestarrt. Beim Klang meiner Stimme riß er sich erschrocken los.

»Sie wünschen, Mr. Lawrence?«

»Könnten Sie uns etwas Näheres über diesen bedauernswerten Vorfall erzählen?«

Er zog seine Augenbrauen in die Höhe.

»Über den Mord? Nicht sehr viel. Ich schlief schon, als man ihn umgebracht hat ... Zum Glück.«

»Sie sind also durch den Schrei aufgewacht?«

»Genau. Ich schlief sehr fest, zuerst dachte ich, ich würde träumen, aber dann schreckte ich auf. Ich hörte, wie jemand auf das andere Bett fiel. Zuerst dachte ich an gar nichts Schlimmes. Ich wußte ja, daß er den ganzen Tag getrunken hatte ... Ich glaubte, er sei stockbesoffen.«

»Und dann?«

»Und dann? Als er aufs Bett fiel, machte ich das Licht an. Ich wollte mir seinen Zustand anschauen. Ich dachte, wenn er nicht in seinen Schlafsack kommt, kann man ihn am nächsten Morgen gleich begraben.«

»Und was sahen Sie?«

»Na, daß er hin war. Ich sah den Griff des Messers ... Und natürlich das Blut, das den Anorak durchtränkte. Im Lampenlicht blitzte das Messer, ich mußte es einfach sehen.«

»Und dann haben Sie sofort geschrien.«

»Genau. Ich wollte nichts anfassen, sondern Mr. Stewart holen. Er ist ja der Leiter. Egal, ob Unfall oder ..., auf jeden Fall ist das seine Sache.«

»Und Sie haben niemanden hereinkommen oder flüchten sehen? Vielleicht einen Schatten?«

Paddington schüttelte den Kopf.

»Niemand. Als ich mich hinlegte, war ich alleine im Zelt. Ich schlief fast sofort ein und wachte erst durch den Schrei auf.«

»Danke, Mr. Paddington«, sagte ich und wendete mich an unseren Führer: »Mr. Stewart ...«

»Ja?«

»Könnten Sie mir bitte die Teilnehmerliste zeigen? Wie Sie ja wissen, bin ich später als die anderen eingetroffen und weiß noch nicht einmal, wer meine Reisegefährten sind.«

»Natürlich. Sie ist in meinem Zelt. Nur einen Moment«, und schon war er weg.

Baxters Augen blitzten.

»Und was jetzt? Was wollen Sie machen, Süßer?«

Warnend zog ich meine Augenbrauen zusammen und fragte Paddington: »Mr. Paddington, würden Sie mir den Gefallen tun und für heute nacht in meinem Zelt schlafen? Mr.

Stewart zeigt Ihnen den Platz und bringt mir dann meine Sachen.«

Paddington freute sich sichtlich über mein Angebot.

»Natürlich. Mit einem Toten ... Obwohl ich Naturwissenschaftler bin ... aber Sie wissen ja ....«, er lächelte uns verlegen an, nahm seinen Schlafsack und verließ das Zelt. »Also dann, gute Nacht!«

Ich setzte mich auf sein Bett und bedeutete auch den anderen, es sich bequem zu machen.

»Ich hielt Sie zurück, weil ... Egal, wie wir es nennen, nur wir können mit Sicherheit behaupten, daß wir unschuldig sind ...«

Miss Baxter zog die Nase hoch: »Wir vielleicht. Aber Ihr Alibi, junger Mann, scheint mir etwas hohl zu sein. Oder?«

»Was meinen Sie damit?«

»Nun, Sie haben das Opfer an einen unbekannten Ort geschleppt. Was mich angeht, habe ich O'Hara das letzte Mal auf Ihren Schultern lebend gesehen. Und ich glaube, die übrigen könnten auch nichts anderes sagen ...«

Eve Pickford starrte auf den Boden, und McCormack fand einen Fleck auf der Zeltwand sehr interessant.

Ich mußte wohl oder übel auf ihr kindisches Alibispiel eingehen.

»Also jetzt hören Sie mal«, sagte ich mit fester Stimme, »ich hatte ihn zwar mit mir genommen, aber nur, um ihn von Ihnen fernzuhalten.«

»Was dann wohl auch ziemlich gut geklappt hat, nicht wahr?«

»Das konnte ich ja wohl kaum ahnen. Außerdem, als O'Hara aufschrie, war ich schon längst bei Ihnen, war' s nicht so?«

»Doch«, Baxter nickte.

»Bis dahin passierte folgendes: Ich wollte ihn zu seinem Zelt bringen, ging los und versuchte herauszufinden, welches wohl das seine sein könnte, als plötzlich ein Sherpa vor mir stand.«

»Ein Gepäckträger?«

»Genau. Er sagte, er würde O'Hara gerne in sein Zelt bringen ... Natürlich überließ ich ihn daraufhin dem Sherpa.«

»Natürlich, mhm ...«

»Was gibt's da zu staunen? Es ist nicht meine Pflicht, besoffene Expeditionsmitglieder in ihr Zelt zu eskortieren.«

Keiner erwiderte etwas, also fuhr ich fort: »Nachdem der Sherpa O'Hara mitgenommen hatte, ging ich zurück zu Ihnen. Den Rest wissen Sie ja auch.«

»Was war das für ein Sherpa?«

»Was meinen Sie damit?«

»Welcher das war, will ich wissen. Davon haben Sie natürlich keine Ahnung, Süßer, nicht wahr?« fragte Baxter ironisch.

»Doch, habe ich«, antwortete ich erleichtert. »Ich hatte ihn gefragt, wie er heißt.«

»Dann ist ja alles in Butter.« McCormack hob seinen Kopf. »Wir suchen diesen Jungen und holen die Wahrheit aus ihm heraus ...«

»Also raus damit, wie hieß er?« machte sich Baxter bereit und tat eine Bewegung in Richtung Ausgang.

Auf einmal spürte ich, wie mein Gesicht rot wurde; ich schämte mich wirklich sehr.

»Ich hab's vergessen«, gab ich stöhnend zu.

Eve Pickford stöhnte auch und setzte sich etwas weiter weg von mir.

Auch McCormack schien es nicht zu verstehen.

»Sie haben es vergessen?«

»Ja ... Wieso, hätten Sie es für wichtig gehalten, sich den Namen eines unbedeutenden Sherpas zu merken? Außerdem heißen sie sowieso alle gleich ... Ihr Name endet immer auf -bu und so. Sind alle gleich, äußerlich. Wie schön, daß Sie nicht verlangen, ich sollte ihn vom Gesicht her erkennen ...«

»Gar keine schlechte Idee!« Miss Baxter nickte.

»Ich sah nur seine Augen«, gab ich verlegen zu.

»Nur seine Augen?«

»Seine funkelnden Augen.«

»Muß ja richtig furchtbar gewesen sein ...«, meinte Baxter. »Wenn ich Zeit finde, erschrecke ich mich, gut? Also haben wir hier einen unbekannten, nie gesehenen, aber verdächtigen Gepäckträger, dessen einziges Merkmal ist, im Mondschein funkelnde Augen zu haben. Bravo, Mr. Lawrence!«

Ich wollte ihr gerade etwas Entsprechendes erwidern, als der Eingang zur Seite geschoben wurde und Stewart mit verdrießlichem Gesicht eintrat. In seiner Hand hielt er ein Blatt. Er schaute kurz auf die Leiche und drehte dann das Gesicht weg.

»Hier ist die Liste, Mr. Lawrence … Die Zelteinteilung ist nicht eingetragen, aber wenn Sie es wünschen …«

Ich winkte ab und las halblaut vor:

Kurt Zimmermann – Botanik,
Marc Brunning – Botanik,
William Wilson – Paläontologie,
Guy Cohen – Ethnologie,
Rich Abramson – Ethnographie,
Pietro Rollo – Linguistik,
Susanne Baxter – Geologie,
Peter O'Hara – Geophysik,
Leslie Lawrence – Entomologie,
John McCormack – Ornithologie,
Eve Pickford – Linguistik, Kunstgeschichte,
Frank King – Anthropologie,
Marc Paddington – Meteorologie …

»Dreizehn Leute«, murmelte Baxter.

»Außerdem natürlich noch Mr. Stewart und Hauptmann Sera.«

»Und die Sherpas?«

»Wir haben einundzwanzig Gepäckträger …«

»Das macht sechsunddreißig.«

»Nur fünfunddreißig«, sagte Miss Baxter und zeigte auf die Leiche. »Ihn dürften wir wohl aus der Liste streichen.«

Erneut herrschte bedrücktes Schweigen im Zelt. Ich beobachtete die Gesichter in der Hoffnung, ihre Gedanken lesen zu können. Schließlich wendete ich mich wieder an Stewart: »Hauptmann Sera ist schlafen gegangen?«

Stewart zuckte mit den Schultern.

»Würden Sie ihn bitte herbeiholen, Mr. Stewart?«

Plötzlich meldete sich die bisher stumm gewesene Eve

Pickford zu Wort. Ihr Tonfall verhieß den Anfang eines hysterischen Ausbruches.

»Aber wozu, um Gottes willen? Was wollen Sie denn von diesem armseligen Drogenfahnder? Lassen Sie uns Feuer machen, oder was weiß ich … Morgen früh gehen wir sofort zurück, so schnell wie möglich. Es ist ja nicht unsere Aufgabe, den Mörder zu finden! Und … und … ich will zurück nach Katmandu! Ich hab' die Schnauze voll!«

Baxter zog sie an sich heran und flüsterte ihr beruhigend etwas ins Ohr. Dann, immer noch Miss Pickford streichelnd, fragte sie mich: »Wirklich! Was wollen Sie denn von Sera?«

Ich versuchte kühl und besonnen die Lage aufzuzeichnen. »Schauen Sie … Ich hoffe doch, Sie sind sich darüber im klaren, was passiert ist! Das war Mord, und dafür haben wir, wo und vor wem auch immer, Rechenschaft abzulegen. Hier ist eine Leiche und ein Messer. Ich kann nicht entscheiden, was damit geschehen soll! Offiziell ist Sera der einzige Beamte hier, auch wenn er nur vom Drogendezernat ist! Verstehen Sie? Sera muß darüber entscheiden, was passieren soll …«

»Sie haben wohl recht«, half mir McCormack aus.

Miss Baxter dachte eine Weile nach und nickte dann.

»Okay. Soll er kommen, dieser Drogenpolizist.«

Stewart zog los, und wir anderen betrachteten abwechselnd den Boden und die Leiche. Kein Wort wurde gesprochen.

Nach einer Weile erschien Stewart mit dem Hauptmann.

»Ich war bei den Zelten, die ganze Zeit«, sagte Sera. »Habe versucht etwas zu entdecken. Aber …«, und er breitete theatralisch die Arme aus.

»Hören Sie, Hauptmann«, fing ich an, »Sie sind hier der einzige, der das nepalische Gesetz vertritt. Wir müssen etwas mit der Leiche unternehmen. Und ich würde nicht raten, sie zu begraben.«

»Sondern?«

»Meiner Meinung nach müßten wir sie mitnehmen, mindestens bis Khangpa …«

Sera starrte mich mit weit geöffneten Augen an.

»Sind Sie verrückt?«

Sein plötzliches Aufbrausen überraschte mich.

»Wieso? Wollen Sie vielleicht ...«

»Sie schlagen vor, weiterzugehen? Nach allem, was geschehen ist? Sie glauben doch wohl nicht, daß ich das zulasse ... Als Bevollmächtigter der nepalischen Polizei habe ich das Recht, die Expedition zu stoppen. Und das tue ich auch hiermit. Schluß! Ende!«

Wenn nicht O'Haras Leiche gewesen wäre, hätte ich wohl bei diesem Aufkeimen behördlichen Pflichtbewußtseins laut aufgelacht.

Auch Baxters Augen funkelten mißtrauisch, und McCormack schluckte nur.

»Was also soll mit dem Toten passieren, Hauptmann Sera?«

»Nun ... vielleicht, in dieser Kälte ...«

»Besorgen Sie irgendwo eine Plane, Stewart. Und Sie, Hauptmann, ziehen das Messer aus dem Opfer!«

Sein Selbstbewußtsein schien sofort wieder zu schwinden.

»Ich?«

»Sie sind der einzige Beamte hier! Sie haben sogar das Recht, die Expedition zu stoppen, erinnern Sie sich? Wollen Sie etwa sagen, Sie hätten Angst, ein Messer aus einer Leiche zu ziehen?«

Der Hauptmann näherte sich langsam O'Hara, senkte seine Hand und flüsterte dabei: »Die Sache ist die, daß ... bei der Drogenfahndung ..., also ...«

Letztendlich war es Baxter, die des Wartens überdrüssig wurde. Sie schob Sera zur Seite, holte ein Taschentuch hervor, wickelte es um den Griff und zog die Mordwaffe mit einer Bewegung aus dem Toten.

»Hier, nehmen Sie! Aber mit dem Tuch, Freundchen, sonst verwischen Sie die Fingerabdrücke. Falls überhaupt welche drauf sind.«

Sera griff gerade danach, als Eve Pickford aufschrie: »Purbu!«

Alle drehten sich zu ihr um.

»Was?« Miss Baxter horchte auf.

»Purbu... Opfermesser.«

»Das hier?«

»Ja, auf jeden Fall.«

Sera schaute entgeistert auf seine Hand, als ob sich eine Schlange um sie winden würde, bereit, jeden Moment zuzubeißen.

»Bedeutet das irgend etwas?«

»Ich weiß nicht …«, flüsterte Eve Pickford. »Ja, vielleicht …«

»Wozu wird es denn normalerweise benutzt?« fragte ich.

»Am Anfang, vor dem Buddhismus, hat man es in der alten tibetischen Religion, dem Bon, als rituelles Messer für Menschenopfer betrachtet und verwendet. Damit wurden die Auserwählten vor den Altären der Götter hingerichtet. Der Buddhismus brach natürlich mit dieser Tradition, aber das Purbu kam zu den anderen magischen Objekten der Lamas. Es wird gelehrt, daß das Purbu die Ungläubigen bekehrt, natürlich nur im übertragenen, magischen Sinne. Die Buddhisten töten nicht … Es ist ja das größte Verbrechen für sie, das Leben eines anderen zu nehmen. Und wer so etwas tut, wird in der nächsten Inkarnation dafür büßen.«

Ich begutachtete das Messer in Seras Hand. Es sah ziemlich stumpf aus, dies schien auch der zerfetzte Stoff von O'Haras Anorak zu bestätigen. Es mußte mit ungewöhnlicher Kraft und Präzision in die Brust des Armen gestoßen worden sein.

Ich hielt die Zeit für gekommen, ihnen meine eben erst gemachte Entdeckung mitzuteilen.

»Wie heißt nochmal dieses Ding?« fragte ich Eve Pickford.

»Purbu.«

»Dann hab' ich es«, seufzte ich glücklich auf. Alle schauten mich an.

»Was haben Sie?« fragte Miss Baxter.

»Den Namen des Sherpas, den ich vergessen hatte.«

»Tatsächlich?« Sie verzog den Mund. »Und wie heißt der Mann?«

Ich deutete auf das Objekt unserer Unterhaltung.

»Wie das Messer: Purbu. Jetzt erinnere ich mich deutlich. Er sagte Purbu, als ich mich nach seinem Namen erkundigte. Nur wußte ich da noch nicht, was es bedeutet.«

Eine kurze Weile war es still. Der Ölofen fing an zu knattern, und Stewart füllte etwas Brennstoff hinein.

»Haben Sie so einen Mann?« fragte Baxter Stewart.

Der Bergführer schüttelte den Kopf. »Eben erst habe ich mir die Papiere angeschaut … Es gibt keinen Purbu. Obwohl …«

»Obwohl?«

»Sehen Sie, Mr. Lawrence, kein Mensch kann mit diesen Namen klarkommen. Der eine hat gerade mal einen Namen, die anderen gleich drei oder vier. Wenn Sie sich wirklich davon überzeugen wollen, ob ein Purbu unter ihnen ist, gehen Sie am besten raus zu ihrem Lagerfeuer. Die Sherpas sitzen dort und unterhalten sich. Keiner von denen schläft. Ich glaube, sie sind noch mehr schockiert als wir.«

»In Ordnung«, sagte ich und zog meinen Reißverschluß hoch. »Ich gehe und suche mir meinen Mann. Wer kommt mit?«

Nach einigem Hin und Her folgten sie mir schließlich alle, nur Sera und Stewart blieben, um die Leiche in eine Plane einzuwickeln.

Der riesige Teller des Mondes zog schon in Richtung Bergspitzen, irgendwo heulte ein Wolf. Der eisige Schnee knirschte unter unseren Füßen, und nach einigen Schritten biß sich die Kälte des Salu-Tales in unseren Gesichtern fest. Über uns erhob sich irgendwo der Kandschendzönga, und dahinter, in unendlich scheinender Ferne und trotzdem so nahe, der Ceringma.

In der Mitte des Kreises, den die Zelte bildeten, brannte lodernd das Holz und Jakmist verzehrende Feuer, umringt von unseren Sherpas. Einer von ihnen sprach leise auf die anderen ein.

Als sie uns bemerkten, stand dieser eine, wahrscheinlich der älteste von ihnen, auf und schaute uns erwartungsvoll an. Das Feuer knackte, die Flammen warfen gelbe Schatten auf den Schnee.

»Sprechen Sie Englisch?« sprach ich ihn an. Wahrscheinlich vermutete ich nur, daß er alt war, weil ein stattlicher Bart unter seiner Kapuze hervorlugte.

»Ja, Herr.« Er nickte.

Einer von den Trägern stand auf, verschwand für einen Moment und kam dann mit einem Armvoll Jakmist zurück. Vorsichtig legte er ihn aufs Feuer, und bald verdeckte eine dicke Wolke die Sterne.

»Ich suche einen Sherpa namens Purbu«, sagte ich und versuchte ihm dabei in die Augen zu schauen. Dies war zumindest so lange erfolglos, bis das Feuer wieder aufloderte.«

»Ein Sherpa namens Purbu?« wiederholte er.

»Ja.«

Eine Weile schwieg er, dann schüttelte er mit dem Kopf. »So einen Sherpa gibt es nicht, Herr. Weder hier noch sonstwo.«

»Wieso? Was soll das heißen?«

Der Alte krächzte; anscheinend war der Gestank selbst für seinen Hals zu viel.

»Es gibt keinen Sherpa mit diesem Namen«, stellte er noch einmal fest. »Zumindest habe ich noch nie von ihm gehört. Noch nie.«

Miss Baxter räusperte sich ebenfalls hinter mir; entweder war die Wolke auch für sie zuviel, oder sie machte sich über uns lustig.

»Vorhin habe ich einen Sherpa getroffen«, versuchte ich es geduldig, »dort hinter den Zelten. Und er sagte, sein Name wäre Purbu.«

Der Mann zuckte mit den Schultern, drehte sich um und sagte etwas zu seinen Leuten, die noch immer mit gesenkten Köpfen neben dem Feuer auf dem Boden saßen, als ob sie um O'Hara trauern würden.

Nach und nach antworteten sie dem Alten. Ich kannte zwar die Worte nicht, verstand aber deren Bedeutung.

Der Sherpa drehte sich wieder um und zeigte auf die anderen Lastträger:

»Ich habe sie gefragt, Herr. Keiner von ihnen heißt Purbu.«

Ich wollte gerade etwas erwidern, als ich einen warnenden Druck auf meinem Arm verspürte. Aus den Augenwinkeln erkannte ich, daß es McCormack war, der so signalisierte, selber reden zu wollen.

»Dieser Herr«, er zeigte auf mich, »hat vor einiger Zeit bei den Zelten einen Gepäckträger getroffen, als er einen Betrunkenen begleitete. Der Sherpa half ihm, den Mann in sein Zelt zu bringen, und nun möchte ihn Mr. Lawrence für seine Hilfe belohnen. Verstehen Sie? Vielleicht hieß er gar nicht Purbu, und Mr. Lawrence hat ihn nur mißverstanden. Wer von Ihnen war es denn, wer hat Mr. Lawrence geholfen?«

Unser Mann übersetzte McCormacks Worte, ohne Ergebnis. Die Sherpas starrten alle stumm ins Feuer, keiner meldete sich.

»Fehlt vielleicht jemand?« hielt ich mich am letzten Strohhalm fest.

Der Alte schüttelte den Kopf.

»Keiner. Wir sind alle hier.«

Wütend drehte ich mich um und wollte zu den Zelten zurückgehen, als er mir vorsichtig auf die Schulter tippte.

»Herr ...«

Hoffnungsvoll schaute ich zu ihm.

»Bitte.«

Er guckte seine Leute an, als ob er Ermutigung suchte, und sagte dann leise: »Du bist der Führer, Herr. Dir sage ich es also. Wir gehen nicht weiter. Wir gehen morgen zurück. Und wir geben auch den Vorschuß zurück, Herr ...«

Plötzlich wurde ich sehr zornig. Am liebsten hätte ich ihn geschlagen, obwohl er gar nichts für unsere Lage konnte.

»Habt ihr Angst?« schrie ich ihn an. »Die Hosen voll?«

Er nickte und bestätigte sanft: »Ja, wir haben Angst, Herr. Über dieser Expedition liegt ein Fluch, genauso wie bei der Cromwell-Gruppe.«

»Was sagst du da?«

»Mr. Cromwell ist verschwunden, Herr. Und wir wollen nicht genauso enden.«

»Unsinn!« brach es aus mir heraus.

»Wir gehen nicht weiter, Herr!« murmelte der Alte geduldig. »Der besoffene Mann, der herumgebrüllt hat, wurde getötet. Und du suchst Purbu. Wir gehen nicht weiter, Herr.«

Baxter, Pickford und McCormack hielten ihren Atem hinter mir zurück.

»Also weißt du doch etwas über diesen Purbu?«

Der Mann zitterte plötzlich vor Angst.

»Purbu ist ein Messer, Herr. Ein Messer, welches die Ungläubigen bestraft und auch über die Srinpos siegt.«

»Wer oder was sind Srinpos?«

»Dämonen«, hörte ich Eve Pickford in meinem Nacken flüstern. »So heißen Dämonen auf tibetisch.«

»Herr, darf ich dir eine Geschichte erzählen?« fragte der Alte.

Das Flüstern unter den Sherpas erstarb. Anscheinend verstanden doch einige unsere Sprache.

»Vor sehr langer Zeit starb der König vom Himalaja. Ein neuer König kam und schickte die frühere Königin weg. Arme Königin, sie mußte wandern, lebte bei mittellosen Sherpas und vom einfachen Käse der Bauern. Eines Tages, als sie beim Wandern eine Weide erreichte, war sie plötzlich so müde, daß sie nicht weitergehen konnte. Sie legte sich also auf das grüne Gras, um zu schlafen. Und was träumte sie, Herr? Daß ein hübscher Jüngling, ganz in Weiß gekleidet, zu ihr kam, sich neben sie legte, ihr Kleid hochschob und sie begattete. Als die Witwe später zu sich kam, sah sie, wie der Jüngling schon weit entfernt mit leichten Füßen über die Felsen sprang, höher und weiter als das kräftigste Steinwild. Vor lauter Sehnsucht und Schmerz schrie sie ihm nach, und er drehte sich noch einmal um und rief ihr zu: Bring dein Kind zur Welt und begründe die tibetische Königsfamilie!«

»Wer war denn dieser Jüngling?« kam mir McCormack zuvor.

Der Sherpa senkte sein Gesicht und schaute dann wieder auf.

»Auch die Königin hatte danach gefragt. Da zeigte der Junge auf die Bergspitze, die vor ihm lag. Ich bin der Kandschendzönga, sagte er, und das war er wirklich. Der Gott des Berges. Und dann sagte er der Königin auch seinen zweiten Namen …«

Der alte Mann verstummte, als ob die Geschichte beendet sei.

Fast ungewollt stieß ich heraus:

»Und? Was war sein anderer Name?«

Der Sherpa schaute mich traurig an und sagte nur ein Wort:

»Purbu.«

7

Ich hörte, wie Eve Pickford hinter mir aufseufzte. Aus der Ferne ertönte wieder das Wolfsgeheul und eisiger Morgenwind fegte den trockenen Schnee auf die Zeltplanen. Die Spannseile vibrierten, als ob ein riesiger Finger auf ihnen spielen würde.

Der Alte schwieg lange und sagte dann schließlich: »Es gibt keinen Purbu unter uns. Kein Sherpa gibt seinem Kind diesen Namen. Der Gott würde Rache nehmen, wenn ein gewöhnlicher Sterblicher seinen Namen trüge. Keiner hat ein Recht auf diesen heiligen Namen, nur er. Der Gott des Kandschendzönga.«

Ich wollte etwas erwidern, aber der Sherpa berührte mich sanft am Arm.

»Es liegt kein Segen über dieser Reise, Herr. Du weißt jetzt, wer Purbu war, gib also den Befehl, zurückzukehren. Der Kandschendzönga hat sich gegen Euch gewendet, Herr. Und er hat Rache genommen.«

»Aber … warum?« fragte Eve Pickford.

Der Mann zeigte in die Richtung des Zeltes, wo wir O'Hara gefunden hatten.

»Weil man ihn beleidigt hat! Dieser Mensch hat Worte benutzt, die den Kandschendzönga mit Recht wütend machten. Deswegen mußte Euer Begleiter sterben, Herr! Und du wirst vergebens nach Purbu suchen!«

Der Wind fachte das Feuer an, und für einen Moment schienen die Zelte in einem Flammenmeer unterzugehen. Ich drehte mich um und stapfte los, konnte aber noch die Worte des Sherpas vernehmen: »Morgen kehren wir um, Herr! Wer sich dem Kandschendzönga widersetzt, der stirbt! Und wir wollen nicht mit Euch vernichtet werden!«

Als wir unser Zelt erreichten, waren Stewart und Sera gerade mit dem Einpacken der Leiche fertig.

»Weitere Befehle, Mr. Lawrence?« fragte der Bergführer.

Ich ließ mich auf Paddingtons freies Bett fallen.

»Ich fürchte, die Expedition ist hiermit beendet. Die Sherpas wollen nicht weitergehen. Sie behaupten, daß Purbu persönlich O'Hara umgebracht hat und unsere Pläne unter einem ungünstigen Stern stehen.«

»Ich kann mich dieser Meinung nur anschließen«, sagte Miss Baxter.

»Purbu? Also haben Sie ihn gefunden?«

»Natürlich«, und ich deutete auf die Zeltkuppel. »Dort oben, auf dem Berggipfel.«

Stewart schaute verdutzt drein.

»Wie bitte?«

»Purbu ist der Gott des Kandschendzönga und verbringt seine Freizeit damit, als hübscher Jüngling verkleidet, Königinnen zu begatten.«

»Seien Sie nicht so ordinär, Lawrence«, brummte mich Baxter an.

»Das hat der Alte so erzählt. Wort für Wort.«

Baxter rümpfte die Nase.

»Nur, was aus dem Munde eines Kindes der Naturvölker Folklore ist, wird in Ihrem zu einem faulen Apfel.«

Stewart ging schnell dazwischen.

»Und dieser Purbu soll O'Hara umgebracht haben?!«

»Das war ihre Meinung.«

»Und was meinen Sie?«

»Ich habe keine Ahnung. Aber eins ist sicher, wer auch immer sich mir als Purbu vorstellte, tat es nicht ohne Grund. Egal, ob Sherpa oder nicht.«

»Sehr interessant«, Baxter setzte sich neben mich. »Vorhin hätten Sie schwören können, daß es ein Sherpa war, der Ihnen helfen wollte.«

»Vorhin hätte ich es auch geschworen, weil mir gar nicht in den Sinn kam, daß es jemand anders hätte sein können. Zumindest hatte er dasselbe an wie unsere Lastenträger.«

»Und sein Akzent?«

Ich zuckte mit den Schultern.

»Jeder kann ihren Akzent nachahmen, der sie ein bißchen beobachtet. Und wir haben ja auch Linguisten unter uns. Für sie ist es überhaupt nicht schwierig.«

»Sie wollen damit sagen, daß jeder O'Hara hätte töten können?«

»Jeder«, sagte ich bestimmt. »Selbst Purbu, der Gott des Kandschendzönga. O'Hara hat ihn ja wirklich beleidigt. In jeder Hafenspelunke der Welt hätte man aus weit geringerem Anlaß ein Messer in ihm versenkt ...«

»In Ordnung«, sagte Baxter, stand auf und stellte sich breitbeinig vor mich hin. »Purbu hatte also einen Grund. Und wenn er es doch nicht war?«

»Dann weiß ich nicht mehr weiter«, gab ich resigniert auf. »Ich kenne meine Reisegefährten ja nicht einmal. Jeder von ihnen hätte etwas gegen ihn haben können. Und kaum einer hat ein Alibi.«

»Sie eingeschlossen«, brummte Baxter. »Sie hätten es genauso tun können!«

Sera sprang von seiner Kiste und stellte sich wie ein Prophet, der gerade Missetäter bekehrt, zwischen uns.

»Na na, Miss Baxter! Im Grunde fällt das schon in die Kategorie der Verdächtigungen.«

Baxter drehte sich zu ihm herum und schaute ihn herausfordernd an.

»Sie halten sich da raus! Und überhaupt, wieso betont er denn immer, daß er ein Alibi hat! Als ob er etwas damit verbergen wollte. Obwohl er gar keines hat!«

»Was, ein Alibi?« fragte jetzt schon etwas leiser der eingeschüchterte Sera. »Sie sagten doch, als O'Hara schrie, war Mr. Lawrence schon bei Ihnen. Oder war es nicht so, Miss Baxter?«

Baxter lächelte mich ungewohnt höflich an.

»Natürlich. Genau so.«

»Also dann?«

Baxter spazierte zuerst an Eve Pickford und McCormack vorbei, blieb dann neben Sera stehen und schnipste ein unsichtbares Staubkörnchen von seinem Anorak.

»Ich habe eine nette kleine Geschichte für Sie, Hauptmann Sera. Möchten Sie sie hören?«

Sera starrte sie wie verhext an.

»Also hören Sie sich meine Version an. Ich betone nochmals, es ist nur eine Geschichte, ein Märchen. Alle Personen und Ereignisse sind erfunden, und jede Übereinstimmung mit der Wirklichkeit ist pures Versehen. Ich übernehme keine Verantwortung, falls sich jemand wiedererkennen sollte, klar?«

Der Hauptmann nickte gezwungen.

»Nehmen wir also an«, begann sie, »daß Mr. Lawrence aus einem uns unbekannten Grund tiefen Groll gegen O'Hara hegt. Er macht ihn betrunken, gesellt sich dann in der Hoffnung zu uns, dieser würde bald nach seinem Saufkumpan suchen. Vielleicht macht er ihn sogar selber auf Eve Pickford, die Schnurrimaus, aufmerksam.«

»Also, ich bitte Sie ...«, regte sich Miss Pickford auf.

»Nur ein Märchen, Schätzchen«, beruhigte Baxter sie lächelnd und fuhr fort. »Mr. Lawrence steht neben uns und übt sich in Small talk. Auf einmal erscheint der arme O'Hara, Eve Pickford verfolgend. Unser Mr. Lawrence bietet sich an, ihn uns vom Leibe zu halten und verschwindet mit seinem Opfer zwischen den Zelten. Dort macht er dann mit ihm, was er will. Zum Beispiel zückt er so ein Messer ... Wie hieß es doch gleich?«

»Purbu«, half ich ihr aus.

»Danke, Herr Verdächtiger. Also, er bringt ihn in sein Zelt und sticht zu ... Schön leise natürlich, um Paddington nicht aufzuwecken, der nebenbei seinen Tiefschlaf hält. Oder er erledigt O'Hara schon irgendwo zwischen den Zelten und schleppt dann nur noch die Leiche in das Zelt. Sie dürfen sich das aussuchen.«

»Dann müßten ja Blutspuren zwischen den Zelten sein ...«, murmelte Sera.

»Bravo, Hauptmann! Wenn wir lange suchen, würden wir

sie vielleicht sogar finden, falls unser kaltblütiger Mörder ihn nicht doch erst im Zelt umgebracht hat.«

Ich kann nicht behaupten, daß mich die Geschichte besonders amüsiert hätte, aber ich mußte gute Miene dazu machen. Immerhin war tatsächlich ein Mord geschehen, und sicherlich war auch ich verdächtig.

»Danach schlendert Mr. Lawrence schön langsam zu uns zurück und erwähnt lächelnd, daß ein lieber, netter Sherpajunge geholfen hat, den besoffenen O'Hara in sein Zelt zu bringen. Und er erntet zufrieden unseren Dank, wie eine Kreuzung aus Superman und Pfadfinderbübchen.«

Sera lächelte plötzlich und nickte ihr überlegen zu.

»Eine wunderbar aufgebaute Theorie, gnädige Frau, aber leider hat sie einen großen Fehler.«

»Und zwar?«

»Sie berücksichtigt nicht, daß O'Hara schrie, als Mr. Lawrence schon bei Ihnen war. Falls Ihre Vermutungen zuträfen, hätte Mr. Lawrence gleichzeitig an zwei Orten sein müssen. Und da er nun mal neben Ihnen stand, kann er nicht der Mörder sein. Demzufolge wären Sie gut beraten, gnädige Frau, wenn Sie etwas vorsichtiger mit Ihren Theorien umgehen würden.«

»Demzufolge hören Sie mir lieber bis zum Ende zu, gnädiger Hauptmann«, fiel sie ihm ins Wort. »Nehmen wir an, daß Lawrence nicht alleine O'Hara töten will. Nehmen wir an, er hat einen Helfer in der Mannschaft.«

»Wen?« fragte Sera, durch diese neue Wendung verblüfft.

»Zum Beispiel Sie, lieber Hauptmann!«

Sera wurde bleich.

»Das reicht jetzt aber, das verbitte ich mir! Ich vertrete hier die nepalische Polizei und außerdem unseren König! Jede verantwortungslose Verdächtigung ist eine Beleidigung unseres Monarchen! Ich habe Ihnen vieles durchgehen lassen, aber ...«

Baxter stellte ihn mit einer Handbewegung wieder ruhig.

»Sie mögen wohl keine Scherze, Hauptmann.«

»Das ist kein Scherz! Und außerdem scherzt man nicht mit einem Mord!«

Plötzlich fiel McCormack dazwischen.

»Lassen Sie doch, Sera. Nehmen Sie es sich nicht zu Herzen. Miss Baxter sagte doch am Anfang, es sei bloß ein Märchen. Betrachten Sie es als eine Geschichte!«

»Nun also«, träumte Baxter weiter, »Mr. Lawrence hat einen Helfershelfer. Wenn Mr. Sera so empfindlich ist, nennen wir ihn einfach ›X‹. Mr. Lawrence bringt mit Hilfe von ›X‹ O'Hara um, kommt dann zu uns zurück und unterhält sich weiter, als wäre nichts passiert. Plötzlich hören wir alle den Schrei, und dann finden wir O'Haras Leiche. Natürlich ist jeder davon überzeugt, daß er geschrien hat.«

»Wieso, wer denn sonst?« hakte Sera nach.

»Zum Beispiel ›X‹.«

»›X‹?«

»Genau so, Hauptmann! ›X‹ wartet, bis Lawrence wieder bei uns ist, vergewissert sich vielleicht sogar, und als er dann das Gefühl hat, daß alles in Ordnung ist, schreit er ganz fürchterlich, als ob er das Messer in die Brust bekommen hätte.«

»Phantastische Geschichte«, Sera schüttelte nur mit dem Kopf.

»Aber nicht bar jeder Grundlage. Und durch diesen Schrei glaubt dann Mr. Lawrence, ein felsenfestes Alibi zu erhalten. Zumindest solange, wie man meine Geschichte nicht berücksichtigt.«

Es wurde still im Zelt. Sera kratzte sich am Knie, Baxter schaute ihm dabei zu, McCormack und Stewart guckten in die Luft, nur Eve Pickford sah mich mit weit aufgerissenen Augen an. Sie war auch die erste, die das Schweigen brach.

»Mr. Lawrence … Mr. Lawrence, bitte! Sagen Sie doch etwas! Mein Gott, es stimmt doch nicht, oder? Es stimmt doch nicht?«

Ich hielt es für meine Pflicht, sie anzulächeln.

»Natürlich nicht. So wenig, daß ich gar nicht vorhabe, mich mit derartigen Märchen zu befassen. Obwohl ich einiges hinzufügen könnte …«

»Bitte sagen Sie es doch, bitte«, flehte sie mich an.

»Nun, Miss Baxter hat natürlich recht, auch so hätte man

den Mord begehen können. In dieser Hinsicht wäre auch ich verdächtig.«

McCormack schaute interessiert auf.

»Schlimm ist nur«, ich blickte Baxter mit meinem süßesten Lächeln an, »daß der Kreis der möglichen Täter trotzdem noch immer ziemlich groß ist.«

»Genau«, Sera nickte.

»Um genau zu sein, kann jeder außer Miss Baxter, Miss Pickford und McCormack den armen Teufel umgebracht haben. Die Kollegen, die Sherpas, sogar Purbu, der Gott des Kandschendzönga. Soviel zu Ihrer Geschichte, Miss Baxter.«

Sie nickte zufrieden.

»Ich wollte auch nichts weiter erreichen, als daß Sie auch mit auf die Liste der Verdächtigen kommen. Natürlich würde ich niemanden des Mordes beschuldigen ... Aber Sie hätten es auch sein können!«

Langsam wurde es hell und der Wind spielte immer lauter auf den Seilen.

Der Ölofen brummte leise vor sich hin, konnte es aber kaum noch mit der Kälte aufnehmen.

Inzwischen hatte ich genug von der ganzen Sache. Ich spürte, wie sich Müdigkeit in mir breitmachte.

»Mr. Stewart«, sagte ich unserem Führer, »bitte versuchen Sie, mit Katmandu Verbindung aufzunehmen. Oder mit der nächstbesten Stadt. Erzählen Sie, was passiert ist, und fragen Sie, was wir tun sollen. Auf jeden Fall werden wir morgen umkehren, da die Sherpas nicht weiterwollen. Wenn Sie fertig sind, kommen Sie bitte zurück, und ...« Ich ließ den Satz unbeendet.

Stewart zog seine Kutte zusammen und schaute sorgenvoll in Richtung Ausgang.

»Es wird eine Weile dauern«, sagte er mürrisch. »Das Funkgerät ist nämlich nicht ausgepackt.«

Da keiner antwortete, seufzte er laut und verließ das Zelt. Durch die Öffnung kam ein wahrer Schneesturm ins Innere.

Baxter begutachtete die Schneeflocken, die im Lampenlicht aufblitzten, und fragte: »Waren Ihre Sherpas da nicht zu optimistisch, was unsere Rückreise heute angeht? Mir scheint, das gestrige Unwetter war ein Kinderspiel gegen das, was auf uns zukommt.«

Wir saßen still da und lauschten dem inzwischen wirklich stürmischen Wind.

Sera stand schließlich auf und klopfte auf seine Tasche.

»Ich verpacke die Mordwaffe; nicht, daß sie verschwindet«, und damit ging auch er in das Schneetreiben hinaus, weiteren Flocken den Weg ins Innere weisend. Eve Pickford starrte mich immer noch an, McCormack und Baxter fanden die Zeltwand interessanter.

Ich zog den Ärmel meines Anoraks etwas höher und schaute auf die Uhr. Es war zehn vor fünf. Langsam kämpfte ich mich hoch, reckte mich und wollte gerade etwas sagen, vielleicht, daß es jetzt langsam an der Zeit wäre, uns fertig zu machen, als plötzlich Sera eintrat.

»Huh! Keine zwei Schritte weit kann man bei diesem Wetter sehen. Die Sherpas haben übrigens den Tee fertig, soll ich auch Ihnen welchen bringen?«

Wir nickten alle sehr lebhaft. Ich spürte schon den feinen Geschmack des heißen Getränks im Munde, auch wenn ich wußte, daß die Sherpas grünen Tee bevorzugten.

Sera verschwand, und jetzt standen auch die anderen auf, um sich ein bißchen zu bewegen. Wir schauten uns kaum an, besonders Baxter und ich. Warum hatte sie wohl dieses Spielchen getrieben?

Die Plane, die als Tür diente, wurde auf einmal zur Seite gerissen und in Begleitung der obligatorischen Schneewolke trat Stewart ein. Er zog den Reißverschluß des Zelteingangs hinunter, wischte sich den Schnee aus dem Gesicht und trat keuchend in unsere Mitte.

»Mr. Lawrence!«

Sein Tonfall verriet mir, daß er wohl kaum nur wegen des schlechten Wetters so aufgeregt war. War die Antwort aus Katmandu denn so schlimm?

»Mr. Lawrence!« stöhnte er wieder und lehnte sich gegen den kleinen Tisch. »Ich kann … ich kann Katmandu … nicht erreichen … und auch niemand anderen. Keine Verbindung … es wird wohl auch keine mehr geben …«

Ich griff nach seinem Arm.

»Was soll das, Mann! Reden Sie vernünftig. Stört der Sturm die Frequenzen?«

Stewart schüttelte den Kopf.

»Ach was, nein. Der Sturm kann nichts dafür ...«

»Sondern?«

»Mr. Lawrence ... Jemand hat das Gerät zertrümmert!«

8

Ich rannte vorneweg, hinter mir kam Stewart, und dann kamen die anderen. Falls man zu dem verzweifelten Versuch, uns durch den orkanartigen Wind und den erbarmungslosen Schneefall voranzukämpfen, überhaupt rennen sagen durfte. Entschlossen und verbissen führten wir einen Kampf gegen die Elemente, als ob unser Leben davon abhinge; nur, um das zerstörte Funkgerät der Expedition mit eigenen Augen sehen zu können.

Als ich schließlich die Überreste sah, konnte ich selbst ohne Fachkenntnisse sicher sein, daß das uralte, noch aus dem Krieg stammende Röhrengerät am Fuße des Kandschendzönga den Heldentod gestorben war. Aus dem zersplitterten Kasten hingen wahllos Drähte, die zerbrochenen Lampen wurden langsam vom Schnee bedeckt. Wer auch immer es gewesen war, er hatte ganze Arbeit geleistet.

»Sind Sie vom Zelt direkt hierher gekommen?« fragte ich Stewart.

Der schüttelte den Kopf.

»Zuerst ging ich zu den Sherpas. Ich trug ihnen auf, in jedes Zelt eine Kanne Tee zu bringen.«

»Wieviel Zeit dürfte das in Anspruch genommen haben?«

Stewart zuckte mit den Schultern.

»Vielleicht ein oder zwei Minuten, mehr nicht. Ich sagte nur Bescheid und kam auch schon zurück, um den Kasten mit dem Funkgerät zu suchen.«

»Und wo war der?« fragte Miss Baxter. »Könnten Sie uns das zeigen?«

Stewart deutete unbestimmt auf den Schnee.

»Na, hier irgendwo ... Unter den anderen Gepäckstücken.«

Vor uns türmte sich ein Berg mit etlichen Holzkisten, Gepäckballen und anderem Zeug, mindestens so hoch wie unsere Zelte.

»Was glauben Sie, wie lange hat wohl der Täter gebraucht, um die entsprechende Kiste zu finden?«

»Keine Ahnung«, murmelte Stewart. »Es steht zwar auf der Seite drauf, aber falls das Gerät ganz unten war ... Ich glaube, er hätte es gar nicht alleine hervorziehen können. Bestimmt hätte er Hilfe gebraucht.«

»Und falls die Kiste oben lag?«

Stewart lächelte sauer.

»Sehen Sie, Mr. Lawrence, ich habe nicht viel Ahnung von polizeilichen Ermittlungen, aber ich bin mir sicher, daß der Täter schon gestern abend wußte, wo er das Funkgerät findet. Und daß er sich darauf vorbereitete, es zu zerstören.«

»Glauben Sie?«

»Ich glaube es nicht, ich bin mir sicher. Versetzen Sie sich doch in seine Lage: er hat O'Hara umgebracht. Offensichtlich mußte er damit rechnen, daß seine Tat entdeckt wird und wir mit Katmandu in Verbindung treten wollen. Und das will er verhindern.«

»Aber warum denn?« fragte Eve Pickford.

»Fragen Sie nicht mich! Auf jeden Fall ist das Funkgerät unbrauchbar.«

»Könnte man es nicht irgendwie zusammensetzen?« bäumte sich Baxter nochmal auf.

Stewart lächelte spöttisch.

»Das da? Wer auch nur ein bißchen davon versteht, sieht doch sofort, daß der Wasserkocher der Sherpas noch eher Funksignale an Katmandu abgibt als dieser Kasten ...«

In diesem Moment hörten wir einen markerschütternden Schrei hinter uns. Blitzschnell drehte ich mich um, sah aber nur Sera mit weit aufgerissenen Augen.

»Was zum Teufel geht hier vor?« herrschte er uns an.

Baxter wischte sich die Flocken aus dem Gesicht und sagte leise: »Noch so ein Scherz, Hauptmann, und Sie können mich neben O'Hara legen! Was schreien Sie hier so rum wie ein Schakal?«

»Was ist passiert? Was ist das hier? Doch nicht etwa ...«

»Sie sehen es ja«, sagte ich, und hätte ihn am liebsten verprügelt. Meine Beine zitterten immer noch vor Schreck, und ich sah, wie sich Eve Pickford verkrampft auf McCormack stützte. »Miss Baxter hat recht ... Was schreien Sie hier so rum und erschrecken die Leute zu Tode?«

»Bitte, bitte«, sagte Sera beleidigt und zerrte an seinem Anorak, als ob er eine Uniform zurechtzupfen würde. »Es tut mir leid, daß ich die Beherrschung verloren habe. Aber ich muß erfahren, was passiert ist!«

»Schauen Sie sich's an«, erwiderte Baxter und wandte sich ab, um in ihr Zelt zu gehen.

»Hey! Warten Sie mal bitte!« Der bis dahin schlafende Löwe wachte in Sera auf. »Keiner bewegt sich, bis ich nicht weiß, was hier abläuft!«

Baxter drehte sich um, und ich sah, daß sie etwas wirklich Schlimmes antworten wollte. Dann überlegte sie es sich wohl doch noch anders, und mit ungewöhnlich ruhiger Stimme versuchte sie den Wind zu übertönen.

»Irgend jemand hat das Funkgerät auseinandergenommen. Geben Sie den Gedanken auf, mit Katmandu zu sprechen, Hauptmann! Sie werden schon noch warten müssen, bis wir da sind, um zu erfahren, ob Sie befördert wurden!«

Sera schaute mich mit ernstem Gesicht an.

»Was ist hier los, Mr. Lawrence?«

»Man hat unser Funkgerät zertrümmert.«

»Wann?«

»Das ist es ja gerade ... Ich kann es Ihnen leider nicht sagen, Hauptmann. Mr. Stewart fand die Teile.«

Die anderen hatten langsam genug vom Herumstehen. Eve Pickford hakte sich bei Miss Baxter ein, und bald darauf verschwanden sie hinter dem Schneeschleier. Kurze Zeit später waren auch McCormack und der Bergführer nicht mehr da.

Sera wurde beim Betrachten der Überreste immer nervöser.

»Wozu war das, für wen auch immer, notwendig?«

»Sicherlich wollte man nicht, daß wir Kontakt mit Katmandu aufnehmen.«

»Aber aus welchem Grund?«

»Vielleicht hatte der Täter vor den Schritten, die man dort beschließen würde, Angst.«

»Wie meinen Sie das?«

»Sagen wir, man pfeift uns zurück. Oder sie schicken einen Hubschrauber mit lauter Polizisten, die den Tatort untersuchen.«

»Heißt das, Ihrer Meinung nach wollte er damit erreichen, daß die Außenwelt nichts von uns erfährt?!«

Ich zuckte mit den Schultern.

»Wie gesagt, ich stelle nur Vermutungen an.«

In Seras Augen sah ich Furcht aufflackern.

»Wissen Sie, was das bedeutet?!«

Ich nickte stumm.

»Sie glauben auch, daß der Mörder Angst hat, Katmandu könnte ihn bei seinen Plänen stören? Daß noch mehr Verbrechen geschehen werden …, mehr Morde?«

Wieder mußte ich nicken.

Sera dachte eine Weile nach.

»Aber er hat sich verrechnet«, sagte er dann erleichtert.

»Und zwar?«

»Er konnte nicht ahnen, daß wir sowieso nach Katmandu zurückkehren, weil die Sherpas nicht weitergehen wollen. Und der Mörder muß jetzt, ob er will oder nicht, mit uns zurückkommen.«

»Glauben Sie?«

Sera verlor plötzlich die Nerven.

»Was soll dieses ›Und zwar?‹ und ›Glauben Sie?‹ Sie reden mit mir wie mit einem kleinen Kind! Mr. Lawrence, ich achte Sie sehr und habe immer höflich mit Ihnen gesprochen. Aber auch Sie müssen akzeptieren, daß ich ein Offizier der nepalischen Polizei bin. Und Sie können nicht so mit mir reden!«

Ich mußte einsehen, daß ich wirklich seine Ehre verletzt

hatte. Besänftigend legte ich meine Hand auf seinen Arm und schaute ihm in die Augen.

»Ich wollte Sie nicht kränken, Mr. Sera. Nur denke auch ich nach. Und dabei stelle ich diese Fragen mehr an mich selbst … nehmen Sie an, ich würde an meinen eigenen Gedanken zweifeln.«

Großen Erfolg hatte ich damit nicht.

»Hören Sie, Hauptmann. Wir haben kein Funkgerät, also sind wir von der Außenwelt abgeschnitten. Sie sagen, wir drehen sowieso um, und deswegen können wir spätestens übermorgen mit den Behörden reden. Aber ich bezweifle das nun mal sehr.«

Sera schaute erschreckt auf.

»Sie bezweifeln es? Aber warum denn?«

Anstelle einer Antwort zeigte ich in Richtung des Gebirgspasses, der natürlich im Schneegestöber nicht zu sehen war. Ganz oben zwischen den Bergspitzen, konnte man aber einen blaßgelben Schimmer erkennen, die Strahlen der aufgehenden Sonne.

»Ich kenne mich in Nepal nicht aus«, sagte ich und drehte den Überresten des Radios meinen Rücken zu, »aber ich habe einiges gelesen; auch auf dem Weg hierher, im Flugzeug. Und wenn mich nicht alles täuscht, Hauptmann Sera, dann werden wir einige Wochen nicht über den Salu-Paß gehen können.«

Er faßte mich beim Arm und schrie mir in die Ohren: »Was?«

Ich hielt es für überflüssig, mich zu wiederholen; ich war mir sicher, er hatte alles gehört. Ich ließ ihn also alleine, und als ich mich nach einigen Schritten umdrehte, stand er immer noch mit gesenktem Haupt neben dem zerstörten Funkgerät. Hätte ich ihn nicht besser gekannt, hätte ich geglaubt, er weine leise vor sich hin.

9

Zurück im Zelt fiel mein erster Blick auf O'Hara, beziehungsweise die Plane, in die der arme Wissenschaftler gewickelt worden war. Ich seufzte, ließ mich auf das freie Bett fallen und versuchte nachzudenken. Die seltsamen Vorfälle der vergangenen Stunden ließen mir keine Ruhe, und dabei dachte ich noch nicht einmal an O'Haras Tod.

Der Reißverschluß der Eingangsplane bewegte sich, und Stewart schlüpfte herein.

»Entschuldigung«, sagte er und warf seine Kapuze nach hinten. »Man kann an diesen verdammten Dingern nicht anklopfen.«

»Macht nichts«, ich stand von Paddingtons Bett auf. »Es ist doch hoffentlich nicht schon wieder etwas passiert?!«

Stewart nickte.

»Doch ... Zum Glück kein neuer Mord ...«

»Sondern?«

»Die Sherpas möchten Ihnen etwas sagen. Sie haben den Alten geschickt, der auch heute nacht schon stellvertretend für sie gesprochen hat.«

Ich wußte genau, was die Sherpas sagen wollten. Innerlich schmunzelte ich zufrieden. Nun, mein erstes Erfolgserlebnis, seitdem ich Katmandu verlassen hatte. Obwohl, wer weiß, was noch alles geschehen mußte, bis ich vollständig zufrieden sein konnte ...

»Wo ist der Alte?«

»Vor dem Zelt.«

»Lassen Sie ihn rein.«

Stewart beugte sich hinaus und ließ den Sherpa eintreten.

Sein Schnauzbart war wieder weiß von Schnee, genau wie bei unserer ersten Begegnung. Er schob ebenfalls seine Kapuze zurück, ließ aber seine bestickte Filzmütze auf.

Automatisch griff ich nach der Teekanne, um ihm etwas anzubieten, bemerkte aber sofort, daß der Inhalt inzwischen kalt geworden war.

Zum Glück lehnte der Alte ab.

»Danke, Herr. Es tut mir leid, daß ich dich störe, aber wir müssen miteinander reden.«

»Ich höre, mein Freund.«

»Herr ... Das Auge von Sindsche ist am Himmel erschienen.«

Ich sah Stewart an, Stewart sah mich an, und wir machten wohl beide keinen sehr intelligenten Eindruck.

»Das Auge von Sindsche?« fragte ich.

»Genau, Herr. Und das bedeutet, daß wir auf jeden Fall weiter müssen nach Khangpa.«

»Das Auge von Sindsche?« echote auch Stewart und kratzte sich am Bart. »Wer ist Sindsche?«

Der Sherpa verbeugte sich und senkte die Augenlider.

»Der Gott des Todes. Sindsche ist der Herrscher der Hölle. Der Herr des Grauens. Der Herr von allem.«

Stewart begutachtete den Alten mit zusammengekniffenen Augen. Offensichtlich wußte er nicht, was den Sherpa erschreckt haben konnte.

»Und ... wo erschien dieses Auge?«

Der Mann wies auf die Kuppel des Zeltes.

»Dort. Über dem Paß.«

Am liebsten wäre ich aufgesprungen und hinausgerannt, um dem Todesgott in die Augen zu schauen. Aber zum Glück hatte ich schon lange Zeit im Orient verbracht und wußte daher, daß man in solchen Momenten lieber still sitzen bleibt.

Stewart schüttelte den Kopf.

»Mir kommt das alles ein bißchen zu plötzlich. Zuerst Purbu, und dann dieser Sindsche.«

Der Sherpa blickte auf und sah ihn mit unheilverkündendem Lächeln an: »Sindsche tötet nicht mit Messer, Herr! Purbu ist der Gott des Berges, er darf es tun. Aber Sindsche steht hoch über ihm, selbst wenn er in der Unterwelt lebt. Sindsche tötet nicht einzelne Menschen. Sindsche tötet uns alle zusammen.«

Eine Weile war es still im Zelt. Stewart kaute an seinem Bart und starrte dabei seine Stiefel an. Augenscheinlich wollte er alles Weitere mir überlassen.

»Und woher kann man wissen, daß uns der Herr der Toten bedroht?«

»Von seinem Auge.«

»Von seinem Auge?«

»Wenn sein Auge am Himmel erscheint, strahlt der Tod aus ihm. Sindsche schickt einen Sturm, der alles Lebende mit sich in die eisige Hölle reißt. Und über dem Paß kannst du jetzt sein Auge sehen. Kommst du, Herr?«

Ich zog den Reißverschluß meines Anoraks hoch.

»Also los.«

Wir gingen vor das Zelt. Der Schneefall hatte etwas nachgelassen und mir schien, daß auch der Wind etwas schwächer wehte. Von der Spitze des Ceringma blitzte mich die große, rotgefärbte Scheibe der Sonne an. Auf jeden Fall war das Wetter besser als am vorigen Tag oder gar der Nacht.

Der Alte faßte mich am Ellbogen und zeigte hoch zum Salu-Paß.

»Siehst Du, Herr?«

Ich schaute in die angezeigte Richtung. Vor Erschöpfung und wegen der Kälte tränten meine Augen, aber auch so konnte ich den schwarzen, unbeweglichen Fleck über dem Gebirgspaß sehen.

»Das Auge von Sindsche«, sagte der Sherpa.

»Das Schwarze da?«

Er nickte.

»Und falls wir doch umkehren? Tötet uns dann Sindsche?«

Der Alte drehte sich mit einem traurigem Lächeln zu mir um.

»Herr ... Ich bin schon oft den Weg um den Kandschendzönga oder den Ceringma gegangen und habe viele junge Frauen und Männer getroffen, die nicht an die Götter der Berge glaubten. Sie kamen, so wie ihr, vom anderen Kontinent und versprachen uns sehr viele Dollars, wenn wir sie begleiten. Ich bin oft mitgegangen. Natürlich versäumte ich es nie, den Göttern der Berge ein Opfer in ihre Tempel zu legen. Aber wenn ich das Auge von Sindsche sah oder im Frühling der Windreiter über die Bergkämme ritt, blieb ich zu Hause. Sie lachten uns aus; sie lachten über die Götter und sagten, ihrer sei mächtiger. Sie zogen los, und ihre Körper dürften noch heute im ewigen Eis liegen, falls sie nicht

Sindsche zusammen mit ihren Seelen in die Unterwelt mitgenommen hat.«

Ich hatte keinen Grund, seinen Worten zu mißtrauen. Natürlich stimmten sie mich deswegen auch nicht fröhlicher.

»In Ordnung. Zurück können wir also nicht. Aber wir haben doch genug Lebensmittel, um abzuwarten, bis der Paß wieder frei wird!«

Der Sherpa schüttelte seinen Kopf.

»Wenn du das Auge von Sindsche siehst, Herr, mußt du mindestens dreißigmal schlafen, bevor der Salu-Paß wieder frei begehbar ist. So lange werden von den Priestern seines Tempels Opfer dargebracht. Dreißigmal muß die Sonne hinter dem Ceringma aufgehen.«

»Was schlägst du also vor?«

»Hier können wir nicht bleiben, Herr. Sindsche ist über dem Paß, und wenn er zuschlägt, sind wir direkt vor seinem Auge. Wir müssen weitergehen.«

»Nach Khangpa?«

»Ja.«

»Und der andere Paß, der noch vor uns liegt?«

Der Alte blickte ernst in meine Augen.

»Über dem Kleinen Salu, dem Salu Tschung, siehst du sein Auge noch nicht. In die Richtung ist der Weg noch frei. Aber wir müssen uns beeilen. Vielleicht haben wir nur noch ein paar Stunden. Wenn wir bis übermorgen nachmittag Khangpa erreichen, haben wir es geschafft. Bleiben wir hier, oder drehen wir um, sind wir alle tot.«

»Ihr geht natürlich auf jeden Fall zu dem Kloster?«

Der Sherpa nickte.

»Das Leben ist teurer als der Dollar.«

Ich mußte mich entscheiden, obwohl es eigentlich keine große Wahl gab. Schon deswegen nicht, weil ich keine Lust verspürte, dem Herrn der Unterwelt ins Auge zu schauen.

Ich seufzte und sagte zu dem ungeduldig wartenden Sherpa:

»Baut die Zelte ab, zäumt und bepackt die Tiere; in zwei Stunden geht es los!«

10

Stewart begleitete mich zurück ins Zelt. Er setzte sich mir gegenüber auf einen kleinen Stuhl und legte das Fernrohr, das er in der Hand gehalten hatte, auf den Tisch.

»Ich habe Sindsche ins Auge geschaut«, murmelte er.

»Und?«

»Ich meine auch, daß wir hier so schnell wie möglich verschwinden sollten.«

»Was haben Sie denn gesehen?«

»Schnee. Eine Unmenge von Schnee. Und natürlich auch Wind ... Das Barometer fällt seit Mitternacht wie wild. Was auch immer dieses Auge des Sindsche sein mag, der Alte hat auf jeden Fall recht. Wer versucht, den Großen Salu-Paß zu besteigen, wird wahrscheinlich im eisigen Vorgarten der Hölle erwachen.«

»Also haben wir keine andere Wahl.«

»Wohl kaum.«

»Meinen Sie, daß ich mich richtig entschieden habe?«

»In Anbetracht der Umstände mit Sicherheit. Und ... Mr. Lawrence?«

»Ja?«

»Ich wollte Ihnen nur noch sagen, daß Sie, was immer auch passieren mag, mit mir rechnen können. Und daß ich Ihnen in jeder Situation beistehen werde.«

»Danke, Mr. Stewart.«

Er drehte sich um und ging, um das Packen zu beaufsichtigen. Ich blieb alleine und entschied, die wenigen Sachen zu verstauen, die ich seit gestern abend aus meinem Rucksack hervorgeholt hatte. Bevor ich allerdings auch nur damit anfangen konnte, öffnete sich wieder der Eingang, und zwei Männer traten ein. Den kleinen mit den dunklen Augen erkannte ich sofort: es war Pietro Rollo, der italienische Linguist. Der Name seines um zwei Köpfe größeren Begleiters fiel mir im Moment nicht ein.

»Mr. Lawrence ... Wir möchten mit Ihnen reden!« schrie mich Rollo voll südländischen Temperaments an und warf sich auf mein Bett. Dann sprang er wieder auf und rannte wie eine kleine Maus im Zelt hin und her.

»Bitte entschuldigen Sie, daß wir hier so einfach reinplatzen, aber … die anderen haben uns geschickt. Ja, genau. Wir vertreten auch die anderen.«

Ich merkte sofort, daß die englische Sprache nicht zu seinen Stärken gehörte. Es nervte mich, daß er vor mir herumrannte, und ich versuchte ihn zu stoppen, damit er nicht zufällig durch die Zeltwand in das Salu-Tal hinauslief.

»Möchten Sie sich nicht setzen, Mr. Rollo?«

Der quirlige Wissenschaftler nahm gar keine Notiz von meinem Vorschlag. Er sprang ein paarmal in die Höhe, während die Worte nur so aus ihm heraussprudelten. »Das ist doch wirklich unglaublich, meinen Sie nicht? Zuerst gibt es keinen Boß, dann sagt Mr. Stewart, daß Mr. Lawrence der Boß ist. Aber bitte, Mr. Lawrence, Sie sind Wissenschaftler und kein Boß! Und dann, bitte, wird einfach – puff – O'Hara erstochen, obwohl er, bitte sehr, betrunken ist. Und keiner hat den Mörder ermittelt, weil es keinen Boß gibt. Und wo ist Mr. Thompson? Ich habe schon in Katmandu gesagt, daß diese Expedition ein großer Blödsinn ist! Das wird ein ganz böses Ende nehmen! Viele Professoren sind alleine nichts wert, bitte sehr. Es muß jemand da sein, der sie organisiert … Aber den gibt es hier nicht! Man sagt, Sie sind nur vorübergehend der Boß. Aber wo ist der wirkliche? Wo ist ein genauer Plan, wo ist Mr. Thompson? Nichts und niemand ist da, nur eine Leiche. Das ist nicht gut! Das gibt einen Riesenskandal! Das sagt jeder. Und daß wir am besten sofort nach Katmandu umkehren. Und wenn Mr. Thompson die Expedition braucht, soll er erscheinen und sie normal organisieren, nicht wahr, bitte sehr?«

Als der kleine Mann für ein paar Sekunden innehielt, nutzte ich die Gelegenheit, um seinen Begleiter anzusprechen.

»Und Sie, Mr …«

»Cooper … Emil Cooper.«

»Es freut mich, Mr. Cooper.«

»Nun, was mich angeht, kann ich mich nur der Meinung

von Professor Rollo anschließen. Die Vorzeichen sind nicht die besten, Mr. Lawrence. Ich will die Argumente nicht noch einmal wiederholen, aber es ist unser aller Wunsch umzukehren. Wir haben keine Ahnung, wozu uns Mr. Thompson braucht, aber mir gefällt das Ganze auch nicht. Es hat mir noch nicht mal gefallen, als der arme O'Hara noch gelebt hat.«

»Mir gefällt auch vieles nicht«, bemerkte ich.

»Dann ist ja alles in Ordnung«, sagte der Italiener und sprang wieder in die Luft. »Nur, die Sherpas haben gesagt, wir ziehen über den Kleinen Salu-Paß weiter nach Khangpa, anstelle den anderen nach Katmandu zu nehmen ... Wer hat denen denn diesen Befehl gegeben?«

»Ich.«

»Sie?«

»Leider, Mr. Rollo, sah ich mich dazu gezwungen.«

»Gezwungen? Was soll das heißen? Warum?«

»Das Auge von Sindsche.«

»Was?« stammelte der kleine Professor und schaute mich entgeistert an. Auch Cooper wunderte sich scheinbar sehr.

»Das Auge von Sindsche? Was soll das denn sein?«

»So nennen es die Sherpas ... Schauen Sie doch mal in Richtung des Salu-Passes. Unsere Lastenträger meinen, daß ein riesiges Unwetter naht. Der Paß wird mindestens einen Monat lang nicht begehbar sein. Wir können einfach nicht anders als zu versuchen, so schnell wie möglich Khangpa zu erreichen. Und wenn wir Glück haben, können wir auf diese Weise sogar Mr. Thompson treffen.«

Rollo schwieg ausnahmsweise und starrte ernst vor sich hin. Dann zuckte er zusammen und sah mich mit seinen schwarzen Augen an: »Entschuldigung, Mr. Lawrence. Ich rede nur dummes Zeug zusammen. Ich bin Linguist, mein Spezialgebiet ist die tibetische und nepalische Sprache. Und ich habe alte Chroniken gelesen; auch über das Auge von Sindsche ...«

»Und?« fragte Cooper. »Was schreiben sie darüber?«

»Wer darüber schrieb, hatte es nur von weitem gesehen ... denn wer näher dran war, konnte nichts mehr berichten. Das

Auge von Sindsche ist der Tod selbst … Und dann ist ja wohl Khangpa und diese verfluchte Expedition besser als der Tod!«

Darin waren wir uns einig.

11

Sie wollten gerade gehen und ich gerade packen, als zur Abwechslung Hauptmann Sera eintrat. Auf seinem Gesicht vermischten sich Wut und Furcht, und ich hätte nicht sagen können, welches der beiden Gefühle im Moment das vorherrschende war …

»Das ist doch unmöglich, Mr. Lawrence«, sagte er und stemmte die Arme gegen die Hüften. »Das ist einfach unmöglich!«

Die beiden Wissenschaftler starrten erschrocken den aufgewühlten Polizisten an.

»Keiner hört hier auf mich«, beschwerte er sich; anscheinend hatten Furcht und Verzweiflung den inneren Kampf gewonnen. »Die Sherpas brechen die Zelte ab. Sie sagen, daß Sie den Marschbefehl gegeben haben. Und zwar nicht nach Katmandu, sondern nach Khangpa … Das ist wirklich unfaßbar!«

Vorerst sagte ich nichts in der Hoffnung, daß er sich beruhigen würde.

»Natürlich habe ich es ihnen verboten. Sie kennen wohl Ihre Lage nicht, Mr. Lawrence! Aber die Sherpas bauen weiterhin alles ab, als ob ich ein Geist wäre! Im Namen der nepalischen Polizei verbiete ich es ausdrücklich, daß Sie weitergehen! Ich muß Ihnen mitteilen, daß Sie für alles verantwortlich gemacht werden … Ich will Ihnen nicht drohen, Mr. Lawrence, aber in Katmandu werden Sie dafür büßen müssen.«

Mir schien, daß ihm die Luft ausgegangen war, und so konnte ich auch endlich zu Wort kommen.

»Ich glaube, Hauptmann, daß auch Sie unsere Lage nicht

kennen. Haben Sie mit den Sherpas nicht über das Auge von Sindsche gesprochen?«

Sera zuckte zusammen.

»Über was?«

»Sie wissen, wer Sindsche ist?«

»Natürlich! Der Gott des Todes und der Unterwelt … Aber was hat der denn damit zu tun, ob wir nach Katmandu umkehren oder nicht?«

»Werfen Sie einen Blick auf den Salu-Paß. Sie werden dort einen riesigen schwarzen Fleck sehen. Das ist das Auge von Sindsche.«

»Und?«

»Ob es wirklich sein Auge ist, weiß ich nicht. Aber daß es das Auge des Todes ist, davon bin ich überzeugt! Hören Sie, Sera! Die Sherpas haben in diesen Sachen mehr Erfahrung als jeder andere. Und sie behaupten, daß wenn dieses schwarze Etwas über dem Paß erscheint, selbiger für mindestens einen Monat nicht zu begehen ist. Und das Tal wird von gewaltigen Schneemassen begraben.«

»Zum Teufel!«

»Uns gefällt das auch nicht, glauben Sie mir. Ich gehe nicht aus reinem Spaß mit einer Leiche im Koffer nach Khangpa. Aber ich habe keine andere Wahl. Dies ist die einzige kleine Chance für uns, dieses Abenteuer zu überleben.«

Sera erblaßte.

»Kleine Chance?«

»Der Salu Tschung liegt noch vor uns. Und wenn wir noch lange herummachen, kann auch dort das Auge von Sindsche erscheinen. Und dann sitzen wir wirklich in der Tinte, Hauptmann. So sieht es aus!«

Sera setzte sich auf einen Stuhl und begrub sein Gesicht in den Händen. Die beiden Wissenschaftler schauten zuerst einander, dann mich an. Augenscheinlich hatte das Verhalten des von den nepalischen Behörden als Schutzmann zugeteilten Polizisten nicht gerade ihr Vertrauen gewonnen.

Auch ich machte mir langsam Sorgen, daß vielleicht noch etwas anderes passiert sein konnte, was Sera verschwieg.

Ich wollte gerade zu ihm hingehen, als er seinen Kopf hob.

In seinen Augen glitzerte Entsetzen, und leise flüsterte er: »Ich möchte mit Ihnen reden.«

»Bitte, Hauptmann.«

Er blickte nervös auf die anderen.

»Aber ...«

»Sprechen Sie ruhig«, unterbrach ich ihn. »Wir sitzen sowieso alle in einem Boot.«

Gebrochen, mit leiser Stimme sagte er: »Also gut ... Ich wollte nur keine Panik machen ...«, verstört hielt er inne, dann fuhr er fort: »Die Sache ist die ... nun ja ... die Tatwaffe ist einfach verschwunden.«

Für einen Moment bekam ich kaum Luft.

»Wie bitte?«

»Das Messer ist verschwunden. Das Purbu.«

Eine eisige Welle glitt über meinen Rücken, und wie aus der Ferne vernahm ich meine eigene, etwas rostige Stimme: »Von wo?«

»Aus meinem Zelt.«

»Wann?«

»Das kann ich nicht so genau sagen. Entweder in der Nacht oder heute früh.«

Pietro Rollo hüstelte leise, aber bedeutungsvoll.

»Mr. Lawrence, wir müssen jetzt leider gehen. Wir würden gerne unser Gepäck beaufsichtigen; Sie werden verstehen, nicht wahr?«

Ja, natürlich verstand ich das. Als wir zu zweit waren, nahm ich mir wieder den verzweifelten Sera vor.

»Denken Sie nach, Sera! Wo haben Sie das Messer hingetan?«

»Ich sagte doch schon, in mein Zelt.«

»Und etwas genauer?«

»Nun ... auf den Tisch.«

»Nur so auf den Tisch?«

»Natürlich nicht«, verteidigte er sich. »Es war in ein Taschentuch gewickelt. Ich weiß gar nicht mehr, wem es gehörte; vielleicht Miss Baxter oder Mr. McCormack.«

»Sie haben also das mit einem Tuch umwickelte Messer auf Ihren Tisch gelegt?«

»Ja, genau.«

Am liebsten hätte ich ihm etwas auf dem Kopf zertrümmert.

»Und Sie dachten nicht daran, daß es möglicherweise irgend jemand entwenden könnte? Daß es ein wichtiges Beweisstück ist? Wäre es nicht besser gewesen, es wegzuschließen?«

Er breitete die Arme aus.

»Wohin denn? In meinem Rucksack wäre es auch nicht besser aufgehoben gewesen.«

Nun, in dieser Hinsicht hatte er wohl recht.

»Wann haben Sie es denn zum letzten Mal gesehen?«

»Wahrscheinlich, als ich es hingelegt habe.«

»Und später? Wieso haben Sie nicht bemerkt, daß es verschwunden ist? Es soll doch auf dem Tisch gewesen sein! Seitdem waren Sie ja wohl oft genug in Ihrem Zelt! Und Sie sahen nicht, daß ein auffälliges Taschentuch mitsamt Inhalt nicht mehr dalag?«

»Hören Sie, Mr. Lawrence«, stöhnte er, sich verteidigend, »als ich das zertrümmerte Funkgerät sah, brachte mich das so sehr aus der Fassung, daß ich einfach dieses verdammte Messer vergessen habe. Als mir klarwurde, daß das Funkgerät hin ist – wie gesagt, ich hab' mich schrecklich gefühlt – rannte ich einfach in mein Zelt.«

»Haben Sie geschlafen?«

»Zuerst schüttete ich noch Öl in den Ofen. Dann legte ich mich hin und versuchte nachzudenken. Wahrscheinlich bin ich dabei auch eingeschlafen, ja. Habe ein wenig gedöst.«

Sein Geständnis bereitete mir nicht gerade viel Freude. Das Purbu verschwand sicherlich nicht aus purem Zufall. Es schien nicht ausgeschlossen, daß es der Mörder erneut benutzen wollte.

Sera saß immer noch mit gesenktem Kopf da, als zwei Sherpas das Zelt betraten. Mit eindeutigen Gesten bedeuteten sie mir, daß sie das Zelt abbauen wollten.

Wider besseres Wissen versuchte ich, Sera Mut zu machen.

»Kopf hoch, Hauptmann. Das wird schon nichts Schlimmes bedeuten. Es ist unnütz, alles in sich hineinzufressen.

Seine Exzellenz wird Sie dafür schon nicht köpfen lassen. Sie vertreten ihn hier, also halten Sie Ihre Augen offen.«

Als er endlich ging, trat ich zu meinem Rucksack, holte meine alte 38er heraus und verstaute sie in der Jackentasche. Dann schloß ich wieder mein Gepäck.

Anscheinend wurde die Sache langsam ernst.

12

Bevor Sera das Zeichen zum Aufbruch geben konnte, brach die Hölle los. Der Wind verstärkte sich um das Zehnfache, riß an unseren Kleidern und stemmte sich gegen die Jaks. Das Auge von Sindsche war inzwischen schon doppelt so groß, und es war nur eine Frage von Minuten, bis es auch vom Kleinen Salu-Paß Besitz ergreifen würde.

Die Sherpas waren immer noch mit den Tieren beschäftigt und versuchten die Lasten möglichst so anzubinden, daß der Wind sie nicht losreißen konnte. Endlich steuerte ihr Führer sein Tier zu Stewart und sagte ihm etwas. Der nickte und hob seine Hand. Die ersten Sherpas zogen los, um so bald wie möglich den Salu-Tschung zu erreichen; danach würde es noch zwei Tage dauern, bis das Kloster von Khangpa in Sicht kam.

Der tobende, Schnee treibende Wind überzog in wenigen Sekunden mein Gesicht mit einer festen Eisschicht. Ich zog meine Kapuze so weit ich konnte in die Stirn und versuchte, mich am Sattelknauf festzuhalten. Mein Gott, was würde oben auf dem Paß los sein, wenn es hier unten schon so stürmisch zuging!

Die Jaks ließen sich allerdings nicht vom Wetter stören. Mit langsamen, ruhigen Schritten zogen sie in Richtung der Anhöhe, wo der Weg zum Kleinen Salu hochführte, und mir schien, sie würden Schnee und Wind trotzend bis in alle Ewigkeit so mit uns dahinschlendern, falls wir es wollten.

Als dann der Boden immer steiler anstieg, rutschten auch

die Jaks häufiger aus. Am Knacken in meinen Ohren spürte ich, daß wir stetig höher stiegen. Die Sonne verschwand wieder hinter dunklen Wolken, und der Schnee fiel immer dichter.

Wenn ich meinen Kopf ein wenig hob, konnte ich durch den Schleier gerade noch das nächste Tier vor mir ausmachen; aber beim besten Willen hätte ich nicht sagen können, wer auf ihm saß. Da der Paß noch nicht zu eng war, trotteten mehrere Jaks nebeneinander, sofern es die Reiter wünschten. Die Reihenfolge konnte sich dabei natürlich ändern.

Ich spürte, daß es Zeit war, ein wenig nachzudenken und die Sache zu überarbeiten, je eher desto besser. Schließlich hatte ich kaum eine ruhige Minute gehabt, seit O'Hara letzte Nacht ermordet worden war. Wenn ich doch nur eine halbe Stunde hätte! Eine ruhige halbe Stunde, wie zu Hause, in der Stanley Street, wo ich mich in meinen bequemen Sessel setzen könnte und Jimmy, mein schwarzer Kater, schnurrend seinen Kopf auf meine Füße legte …

Eine kräftige Stimme unterbrach jäh meine Träume: »Na, Hübscher, machen Sie ein kleines Nickerchen?«

Baxter trieb ihr Tier dicht neben meines und versuchte, den Sturm zu übertönen.

»Na, was meinen Sie, werden wir das auch noch überleben?«

»Wahrscheinlich. Das haben schon viele überlebt.«

»Haben Sie von diesem verrückten Auge gehört?«

»Ja.«

»Und? Ist da was dran?«

»Wenn ich es nicht glauben würde, hätten wir uns nicht auf den Weg gemacht. Für kein Geld der Welt. Oder glauben Sie, daß ich aus purer Laune bei so einem Wetter unterwegs nach Khangpa bin?«

Sie gab komische Laute von sich; anscheinend lachte sie.

»Sie wären dazu fähig. Ich hörte, man hat das Purbu aus Seras Zelt geklaut. Was sagen Sie dazu?«

»Ich freue mich nicht besonders.«

»Ihre Ruhe möchte ich haben! Meinen Sie, der es war, wird es auch wieder benutzen?«

Die kalte Luft brannte in meiner Kehle, also antwortete ich erst gar nicht. Sie versuchte es noch ein paar Mal, aber zum Glück verstand ich kein Wort. Nach einer Weile gab sie es auf und fiel zurück.

Allerdings kam da auch schon Stewart angetrottet.

»Alles in Ordnung, Mr. Lawrence?« schrie er mich an.

Ich nickte, dann hielt ich meinen Daumen zu einem stilisierten O.K. hoch. Er winkte, dann reihte auch er sich hinter mir ein. Ich seufzte, das hieß, ich stieß eine riesige Dunstwolke aus und nahm mir vor, die nächste halbe Stunde nur mit Nachdenken zu verbringen, was immer auch geschehen mochte.

Das sollte sich als Irrtum erweisen.

13

Der Paß wurde einige Minuten später sichtbar enger. Auf der einen Seite zog sich eine Felswand in die Höhe, zuerst leicht geneigt, dann fast rechtwinklig zum Boden. Auf der anderen Seite gähnte eine tiefe Schlucht, deren Grund irgendwo unten in einer Wolke aus trostlosem, pausenlos fallendem Schnee zu finden war. Vor mir schlenderte ruhig ein Jak mit einem meiner Kollegen, und als ich mich umdrehte, sah ich gerade noch in Sichtweite ein anderes Tier aus dem Nebel stapfen.

Wer weiß, wie oft ich erfolglos versucht hatte, die eingefrorenen Tränen aus meinen Augenwinkeln zu kratzen; schließlich mußte ich mich die ganze Zeit festhalten, um nicht vom hin und wieder ausrutschenden Jak zu fallen. Es war ein seltsam kribbelndes Gefühl, eine erschreckend tiefe Schlucht direkt neben sich zu haben.

Es war wohl an der chinesischen Front, daß ich das letzte Mal mit offenen Augen geschlafen hatte. Wer es schon mal ausprobiert hat, weiß, daß bei solch einem Schlaf die Traumbilder mit denen aus der Realität verwischen, zusammenfließen. Ein irritierendes, sinnloses Durcheinander entsteht, und die verschiedenen Teile kämpfen miteinander, bis man entweder richtig einschläft oder wach wird.

Zur Zeit lag ich gerade am sandigen Strand von Liliokalani und spürte, wie der leichte Meereswind mein Gesicht streichelte. Über den Wellen in der Ferne fiel in riesengroßen Flocken der Schnee und überzog die Palmen, die aus dem Ozean wuchsen, mit einem weißen Kleid. Plötzlich erreichte der kühle Atem des Winters auch den Strand, und Hunderte von nackten Mädchen setzten sich auf und verhüllten ihre Körper in karierten Decken.

Der Schneefall kam immer näher, und die Decken der Damen wurden weiß. Dann war ich plötzlich alleine am Meeresstrand, während die Wellen tonlos den Sand überschwemmten. Soweit ich blicken konnte, war nirgendwo ein anderes Lebewesen; ich war vollkommen allein.

Ich spürte sogar im Traum, daß irgend etwas nicht stimmte. Zuerst schaute ich auf die Palmen, dann zu den Schneewolken. Schließlich auf den schwarzen Fleck, der gerade über dem Ozean erschien und immer größer wurde.

»Das Auge von Sindsche!« hörte ich von irgendwoher eine Stimme, und ich fühlte, wie inzwischen auch meine Schultern unter einer karierten Decke waren. Mißtrauisch beobachtete ich den schwarzen Punkt, der fast schon den halben Himmel füllte.

Ich hatte Angst. Ich erinnerte mich an Wirbelstürme, die ich in Fernost und in der Karibik erlebt hatte, und ich wußte, daß ich sterben würde, wenn ich nicht sofort von hier verschwände.

Und dann passierte ein Wunder. Die schwarze Wolke verengte sich zu einem Strang, der bis zu dem sandigen Boden reichte; es sah genauso aus wie der verhökerte Dschinn aus dem Märchen, der in seine Lampe zurückschlüpfte. Der schmale Streifen verwandelte sich in einen Jak, der mit gesenktem Kopf neben den Wellen stand und traurig die Person anschaute, die regungslos zu seinen Füßen im Sand lag.

Angst und Erschütterung ließen den Traum verblassen. In Sekundenschnelle verschwand der Strand von Liliokalani, die Palmen, die Mädchen mit den karierten Decken und die den Sand streichelnden Wellen des Meeres.

Der Jak blieb. Und auch der Körper, der reglos mit ausgebreiteten Armen im Schnee auf dem Boden lag.

Ich zog an den Zügeln und sprang von meinem eigenen Tier.

Der Mann lag auf dem Rücken und sah mit seinen ausgestreckten Gliedern wie ein riesiger Vogel aus, der kurz vor dem Abheben stand. Die Kapuze war von seinem Kopf gerutscht, das unerbittliche Schneetreiben hatte sein Haar weiß gefärbt. Aus der Blutlache stiegen kleine Wolken auf.

Automatisch drückte ich auf meine Seitentasche, um zu sehen, ob die 38er noch da war. Der harte Knauf gab mir etwas Selbstbewußtsein, obwohl es mich ziemlich beunruhigte, daß ich kaum drei Schritte weit sehen konnte. Ich versuchte nicht daran zu denken, daß auch ich in Gefahr sein könnte und kniete mich neben das Opfer. Es dauerte nicht lange, bis ich festgestellt hatte, daß er keinen Puls mehr besaß; mein Mann war tot. Und er war erst vor wenigen Minuten umgebracht worden …

Ich spürte, wie jemand hinter mir stehenblieb. Blitzschnell drehte ich mich um, bereit, meine Waffe aus der Tasche zu ziehen. Die Bewegung erstickte aber, als ich Baxters blinzelndes Auge erkannte.

Erschrocken öffnete sie den Mund, wollte schreien, aber noch bevor es soweit kommen konnte, sprang ich zu ihr hin und griff nach ihrem Arm.

»Geh zurück zu deinem Jak! Warne die anderen, daß sie stehenbleiben sollen. Jeder soll dem ihm Folgenden Bescheid sagen … Wenn wir nicht aufpassen, keilen sich die Tiere zusammen, und wir stürzen alle in die Schlucht.«

Sie stand einige Sekunden wie erstarrt da, als ob der Blitz sie getroffen hätte. Dann faßte sie sich, drehte sich um, rannte los und winkte mit ihrem Arm. Sie schrie auch etwas, doch das konnte ich nicht mehr hören. Dann verschwand sie im Schneesturm.

Und ich blieb allein mit der Leiche.

Es mußte Zimmermann sein, dachte ich, der deutsche

Botaniker. Ich griff unter seine Schultern und schleifte ihn an den Rand des Abhanges. Die beiden Jaks waren schon sehr nervös, und ich wollte nicht, daß sie in ihrer Angst in die Tiefe stürzten.

Irgendwo in der Ferne hörte ich Schreie, dann erschienen schwarze Umrisse in der Schneewand. Ich erkannte sie erst, als sie fast schon neben mir standen. Sera war der erste, in der Hand hielt er eine Pistole, mit der er geradewegs auf meinen Kopf zielte.

»Halt!« kreischte er. »Stehen Sie auf, Lawrence, und heben Sie die Hände hoch!«

Ich stemmte mich aus meiner halb knienden Haltung hoch und herrschte ihn an: »Stecken Sie das blöde Ding weg, Hauptmann! Sonst geht es noch los, und dann ist bald keiner mehr aus dieser verdammten Expedition am Leben.«

Er senkte etwas die Waffe herab, zielte aber immer noch auf mich.

»Was ist passiert? Wer ist dieser Mann?«

»Zimmermann!« schrie Stewart und kam zwei Schritte näher. »Professor Zimmermann.«

»Haben Sie ihn gefunden, Mr. Lawrence?« fragte Sera und versteckte mit einer flinken Bewegung die Waffe. »Womit hat man ihn getötet?«

Ich lächelte spöttisch, falls man das verkrampfte Zucken meines erfrorenen Gesichtes ein Lächeln nennen konnte.

»Mit Ihrem verschwundenen Beweisstück, Hauptmann!«

Sera starrte mich verblüfft an und sah dann auf die langsam unter dem Schnee verschwindende Blutlache. Inzwischen tauchten immer mehr Leute um uns herum auf.

»Sie meinen, mit dem … Purbu?«

Wortlos beugte ich mich über Zimmermann. Wie O'Hara war auch er direkt ins Herz getroffen worden. Die stumpfe Spitze des Messers hatte wahrscheinlich die Hauptschlagader zerrissen.

»Wer konnte so etwas tun? Zum Teufel nochmal!« fluchte der Polizist und betrachtete mit Abscheu den bronzefarbenen Griff, der jetzt im Halbdunkel nicht mehr so funkelte.

»Jeder«, sagte ich, und mein Blick wanderte zu Eve Pickford, die ihre Hände vor die Augen hielt. »Jeder! Sie, ich, der Gott des Kandschendzönga …«

»Aber … aber warum?«

Ich spürte, wie meine Zehen langsam in den Filzstiefeln erstarrten.

Ich winkte Stewart und den Hauptmann näher heran.

»Mr. Stewart … Bitte sorgen Sie dafür, daß ein Lasttier freigemacht wird. Wickeln Sie Zimmermanns Körper in irgend etwas und …«

»Die Sherpas haben Angst, Mr. Lawrence …«

»Dann holen Sie ein Jak.«

Stewart verschwand, und ich beugte mich wieder über die Leiche. Dabei spürte ich den Atem von jemandem in meinem Nacken. An ihrem Duft erkannte ich Miss Baxter.

»Nun?« fragte sie. »Wieder die aufgewühlten Götter?«

Mit einer schnellen und kräftigen Bewegung zog ich das Messer aus dem Toten.

»Haben Sie irgendein Tuch bei der Hand?«

Sie holte aus ihrem Anorak ein rosafarbenes Taschentuch hervor und gab es mir.

»Bitte.«

Ich wickelte das Purbu ein und steckte es in meine eigene Tasche.

Sera schluckte zwar, sagte aber nichts.

Stewart kam mit dem Führer der Sherpas zurück. Der Alte verbeugte sich tief vor dem Toten und murmelte: »Om mani padme hum!«

Sera drehte sich plötzlich zu mir um.

»Das kann ich nicht zulassen, Mr. Lawrence! Wenn wir die Leiche mitnehmen, vernichten wir alle Spuren! Wir haben jetzt schon alles zertrampelt!«

Ich wollte antworten, als Miss Baxter wütend hinter mir auflachte.

»Das ist ja wirklich der Gipfel! Bei minus fünfunddreißig Grad wollen Sie im Himalaja Detektiv spielen? Dann ist es besser, wenn Sie gleich Mr. Lawrence verhaften.«

»Wieso denn das?« wunderte sich der Hauptmann.

»Weil es immer verdächtiger wird, daß jeder Mord etwas

mit ihm zu tun hat ... Ich an Ihrer Stelle würde keinen Moment zögern!«

Sera staunte mit offenen Mund und dachte wohl eine Weile ernsthaft über diese Möglichkeit nach. Dann entschloß er sich anscheinend, daß Miss Baxter ihn nur auf den Arm nahm. Vorerst ließ er sich großzügigerweise nicht zu meiner Verhaftung hinreißen.

»Sie wissen nicht, was Sie da sagen!« herrschte er Miss Baxter an. »Wenn Mr. Lawrence verdächtig ist, kann man dasselbe auch von Ihnen und mir behaupten ...«

»Bravo, Hauptmann«, sie verbeugte sich vor ihm.

Inzwischen nahmen Stewart und der Sherpa den langsam erstarrenden Körper von Zimmermann und wickelten ihn in eine Plane. Der Sherpa packte ihn auf die Schulter, kam aber nochmal zu mir, bevor er ihn mitnahm.

»Die Rache des Kandschendzönga, Herr. Das Auge von Sindsche ist nicht aus Versehen erschienen. Wir sind alle verflucht, Herr!«

Ich weiß ja nicht, wie die anderen in dem Moment dazu standen, aber langsam fing ich an daran zu glauben.

Als der Lastenträger mit der Leiche verschwunden war, fragte mich Baxter. »Waren Sie die ganze Zeit vor mir?«

»Höchstwahrscheinlich.«

»Sind Sie sich sicher?«

»Ich bin mir gar nicht sicher. Seit unserem Gespräch im Sturm habe ich nicht mehr auf Sie geachtet. Warum ist das so wichtig?«

»Ich versuche die Reihenfolge der Tiere zu rekonstruieren.«

McCormack seufzte bitter auf: »Was denn für eine Reihenfolge? Hier gibt es doch gar keine Reihe! Jeder kann zurückbleiben, wenn der Paß gerade breit genug ist. Bei dem verdammten Schnee ist dieser Verbrecher besser aufgehoben als in der dunkelsten Nacht!«

»Wie haben Sie es bemerkt?« erkundigte sich Baxter.

Ich zuckte mit den Schultern.

»Muß wohl eingeschlafen sein. Jedenfalls lag plötzlich dieser Körper vor mir auf dem Boden. Das ist alles.«

»Kann es sein, daß Zimmermann vor Ihnen war?«

»Möglich.«

»Und wieso haben Sie dann nichts bemerkt?«

Langsam wurde ich wütend.

»Wieso? Hätten Sie es vielleicht bemerkt, wenn man mich umbringt?«

»Was sollen wir tun?« fragte Sera dazwischen. »Wir können nicht bis in alle Ewigkeit hier stehenbleiben! Eben wollten Sie nicht, daß ich die Spuren untersuche, und jetzt streiten Sie sich um irgendeine blöde Reihenfolge ... Haben Sie das Purbu?«

»Ja.«

»Würden Sie es mir bitte geben?«

»Nein.«

Meine Antwort schockierte ihn sichtlich, sein Mund zuckte nervös.

»Das ... das ... und warum?«

»Ich glaube, bei mir ist es besser aufgehoben.«

Das war leider wieder ein Irrtum.

14

Ich stand etwas unschlüssig da, so daß sich Baxter die Gelegenheit bot, ihren Sarkasmus zur Schau zu stellen.

»Soll ich den Leichenzug anführen?«

Da Stewart und der Sherpa mit dem Toten verschwunden waren, hatten wir keinen Grund mehr, weiter in der eisigen Kälte herumzustehen und möglicherweise zu erfrieren.

Ich nahm mir vor, den bequemen Sessel, meinen Kater und den Strand von Liliokalani zu vergessen. Und sogar die nackten Mädchen.

Ich saß auf meinem Jak und versuchte herauszufinden, wer wohl das nächste Opfer sein könnte. Ich hätte mich nicht darüber gefreut, den Rest des Weges nach Khangpa in eine Plane gewickelt verbringen zu müssen.

Kurz nachdem wir wieder losgegangen waren, breitete sich der Paß aus. Die steile Felswand blieb, aber der Abgrund war nicht mehr zu sehen. Ich umklammerte fest den Sattelknauf, schloß meine Augen und wollte etwas nachdenken; dabei hätte ich mich schon daran gewöhnen sollen, daß ich auf dieser Reise kein Glück damit hatte.

Plötzlich hörte ich ein seltsames, metallisches Geräusch; ich hob den Kopf und starrte in den Schneefall. Vor mir trottete Miss Baxter auf ihrem Jak, hinter mir sicherlich McCormack. Ich konnte sogar die Umrisse einiger anderer Tiere vor und neben mir erkennen, ein paar Schritte entfernt.

Ich spitzte die Ohren und versuchte herauszukriegen, was meine Aufmerksamkeit erregt hatte. Mein Jak schien etwas unruhiger zu werden, er stolperte hin und wieder, und der hölzerne Sattel tänzelte unter mir.

Mechanisch tätschelte ich die Seite des Tieres und spürte selbst durch die Handschuhe eine feuchte, warme, klebrige Stelle auf. Ohne weiter zu überlegen, schwang ich mein Bein über den Sattel und ließ mich auf der anderen Seite auf den Boden fallen.

Ich war noch in der Luft, als ich das Mündungsfeuer sah. Der plötzliche Sprung hatte mir wahrscheinlich das Leben gerettet; die Kugel, die mit einem leisen Knall abgefeuert wurde, zerfetzte die Kapuze dicht unter meiner Kehle, so daß sie meine Haut ansengte.

Gleich auf dem Boden griff ich nach meiner Pistole, um in die ausgemachte Richtung zu schießen, als ein riesiger Körper mich einfach mit sich riß. Sekunden vergingen wie Minuten, bis wir rutschend die vorher noch so weit geglaubte Schlucht erreichten und natürlich abstürzten. Plötzlich blieb mein Gürtel an irgend etwas hängen. Im Schneegestöber konnte ich nichts erkennen, aber ich war mir sicher, daß ich irgendwo am Rande des Abgrunds in der Luft hing wie damals Mohammeds Sarg.

Eine Weile traute ich mich nicht, mich zu bewegen. Ich tastete erst dann meine Umgebung ab, als ich über mir, Gott sei Dank noch nicht einmal so weit entfernt, laute Stimmen vernahm.

»Hey!« hörte ich durch das Rauschen des Windes die sorgenvolle Stimme von Baxter. »Jemand ist abgestürzt! Halten Sie endlich diese verdammten Tiere an! Wollen Sie alle den gleichen Weg gehen?!«

Ein lauter Chor in nepalischer Sprache antwortete ihr. Die Sherpas versuchten verzweifelt die Lasttiere aufzuhalten.

Vorsichtig bewegte ich mich an der steilen Felswand aufwärts. In greifbarer Nähe, in einem Spalt, vegetierte ein Strauch mit dicken Wurzeln. Seine Zweige hatten meinen Fall abgebremst. Mein Gürtel hatte sich derart in den Ästen verfangen, daß ich sicher sein konnte, er würde mich noch Jahre halten, und ich müßte doch nicht die eisige Hölle dort unten besuchen.

Oben stand schon ein ganzer Chor und betete für mich, als meine Füße endlich auf einem ziemlich breiten Sims Halt fanden. Der Vorsprung war etwa anderthalb Meter breit, so daß ich auch ohne die Hilfe des Strauches sicher stehen konnte.

Langsam griff ich in meine Tasche und holte das Purbu hervor, Hauptmann Seras Lieblingsbeweisstück. Ich schaffte es sogar zu lächeln, als ich an sein Gesicht dachte, wenn sich herausstellte, daß ich mit Absicht die Fingerabdrücke und andere Spuren verwischte. Viel Zeit zum Nachdenken blieb mir allerdings nicht, denn beim Sturz hatte ich auch meine Handschuhe verloren, und ich spürte, wie sich langsam meine Finger nicht mehr bewegen ließen.

Ich nahm das Purbu am Griff, hielt es hoch, und ließ den Wind Baxters Tuch weit wegtragen. Wie ein riesiger Schmetterling entfaltete es sich und flog zum Himmel, in eine weitere Schneewolke hinein.

Ich streckte mich soweit ich konnte und zerschnitt meinen in die Länge gezogenen Gürtel. Dann ließ ich das Messer wieder vorsichtig in die Tasche gleiten und zog den Reißverschluß zu.

»Hey! Ist da jemand?« hörte ich McCormack rufen. »Sind Sie das, Mr. Lawrence?«

Ich lehnte mich an die Felswand und formte einen Trichter aus meinen vereisten Händen.

»Könnten Sie ein Seil runterlassen?«

»Können Sie sich noch halten?«

»Keine Sorge«, schrie ich so laut ich konnte, »und lassen Sie endlich den verdammten Strick runter!«

Oben wurde es stiller, wahrscheinlich holte gerade jemand ein Seil. Der Wind blies mir Schnee ins Gesicht und griff mich an, als ob er mich in die Tiefe stürzen wollte.

»Haben Sie was zum Festhalten?« hörte ich wieder McCormacks Stimme. »Hauptmann Sera ist zu den Sherpas gerannt, um ein Seil zu holen. Halten Sie durch, Mr. Lawrence! Noch ein paar Minuten, und wir haben Sie!«

Also mußte ich durchhalten. Dauernd hauchte ich mir in die Finger, um sie einigermaßen am Leben zu erhalten. Selbst so schien eine Ewigkeit zu vergehen, bis Sera endlich zurückkam.

»He«, vernahm ich seine Stimme, »hören Sie mich, Mr. Lawrence?«

»Natürlich«, schrie ich zurück.

»Wir lassen jetzt das Seil runter ... Rufen Sie, wenn wir ziehen können.«

Ich sagte nichts weiter, wartete auf den Strick. Er kam dann auch, aber auf der linken Seite, etwa drei Meter entfernt. Ich hätte ihn zwar mit ein wenig Anstrengung erreichen können, aber ich wollte die Götter heute nicht mehr in Versuchung führen. Sie hatten sowieso schon genug mit mir zu tun gehabt.

»Ziehen Sie ihn wieder hoch«, rief ich in die Schneewirbel über meinem Kopf, »und lassen Sie ihn dann drei Meter weiter rechts wieder runter. Verstanden? Drei Meter weiter rechts!«

»Okay!« schrie jemand, und das Seil verschwand fürs erste.

Ich lehnte mich wieder an die Wand und betete zum Himmel.

Plötzlich geschah etwas Seltsames: irgend etwas setzte sich in meinem Kopf in Bewegung und ließ mir keine Ruhe mehr. Zuerst versuchte ich, den Gedanken zu ignorieren, dann aber wuchs er zu einem leisen Verdacht an, den ich schließlich nicht mehr loswurde.

»Das Seil kommt, Mr. Lawrence!« hörte ich Sera rufen. »Es kommt!«

Das orangefarbene Rettungsseil glitt direkt an meiner Schulter vorbei, und sein Ende verlor sich irgendwo unterhalb des Felsvorsprungs. Soweit ich es sehen konnte, war es sicher und unzerreißbar.

Mit einer schnellen Bewegung schnappte ich es und riß daran. Darauf schrie Sera laut: »Na endlich! Er hat es! Können wir ziehen, Mr. Lawrence?«

Bevor ich antwortete, zerrte ich noch einmal daran.

»Warten Sie einen Moment! Wenn ich rufe, können Sie anfangen!«

Ich griff mir das Ende des Seils und wickelte es fest um den Strauch. Ich wartete ordnungshalber noch einen Moment, dann rief ich: »In Ordnung! Ziehen Sie, aber vorsichtig!«

Das Seil spannte sich, und ich konnte förmlich sehen, wie sie sich oben abmühten.

»Es hängt wohl fest«, sagte McCormack. »Mr. Lawrence? Ist was passiert?«

»Noch nichts«, brummte ich leise vor mich hin, »aber wenn mich nicht alles täuscht …«

Ich konnte nicht zu Ende denken, denn das Rettungsseil riß in diesem Moment mit einem lauten Knall. Das freie Ende fiel neben mir in die Tiefe.

»O mein Gott!« schrie Baxter. »O mein Gott! Das Seil!«

»Was?« Sera erschrak. »Wieso das Seil? Das ist unmöglich …«

»Mr. Lawrence! Antworten Sie … Wie geht es Ihnen? Antworten Sie!« rief mich McCormack, und ich sah ihn direkt vor mir, wie er aufgeregt am Rande des Abgrunds herumtänzelte …

Ich glaubte, die Zeit sei gekommen, um jemandem seine gute Laune zu verderben.

»Ich bin hier … Irgendwer hat das Seil angeschnitten!«

»Er ist da!« freute sich McCormack. »Er ist nicht runtergefallen! Geht es Ihnen gut, Mr. Lawrence?«

Langsam hatte ich genug davon, daß sich jeder um mein

Wohlbefinden kümmerte. Ich hielt mich fest und schrie hoch: »Hauptmann Sera!«

»Bitte, Mr. Lawrence?!«

»Nehmen Sie Ihre Waffe!«

»Was?«

»Ich sagte, nehmen Sie Ihre Waffe!«

»Aber, ich ...«

»Verstehen Sie doch, es geht hier um Leben und Tod! Haben Sie sie endlich?«

Nach einigen Sekunden kam die Antwort: »Wie Sie es wünschen.«

»Jetzt gehen Sie mit der Waffe in der Hand mit dem Sherpa zurück und holen ein neues Seil! Verstanden?«

»Ja, aber ...«

»Sind Sie schon unterwegs?«

Sera gab auf.

»Ja.«

Dem Wind standhaltend und die Kälte abblockend, hielt ich mich weiter fest.

Erneut verging eine halbe Ewigkeit, bis ich die Stimme des Drogenpolizisten hörte. »Hier ist das Seil! Soll ich es runterwerfen?«

»Nein!« schrie ich zurück. »Wickeln Sie es ab und prüfen Sie nach, ob es nicht irgendwo eingeschnitten oder ausgefranst ist! Klar?«

»Klar!«

Nach einer kurzen Pause meldete er sich wieder.

»Alles in Ordnung, Mr. Lawrence. Das Seil ist ganz.«

»Legen Sie es an den Rand!«

»Ja, aber ...«

»Legen Sie es hin!«

»Schon passiert!«

»Mr. McCormack!«

»Ja?«

»Schauen Sie es sich auch nochmal an. Sera!«

»Was denn?« schrie der Hauptmann nervös. »Kann ich endlich meine Waffe wegstecken?!«

»Im Gegenteil. Solange Mr. McCormack das Seil herunterläßt, halten Sie sie in der Hand; und falls sich jemand dem Strick nähert, erschießen Sie ihn!«

»Erschießen?«

»Genau! Und jetzt her mit dem Seil!«

Einige Sekunden später baumelte wieder ein orangefarbener Strick neben mir. Ich hoffte nur, daß dieser sich von seinem Vorgänger in einer wichtigen Kleinigkeit unterscheiden würde ...

Ein großer Ruck und ein wenig Herumgebaumel und schon landete ich in den Armen von Hauptmann Sera.

Ich war gerade noch einmal davongekommen.

15

»Kann ich jetzt die Pistole wegstecken?« brummte Sera, als ich mich aus seiner Umarmung befreite. »Und würden Sie mir auch gleich verraten, wozu dieser Zirkus gut sein sollte?«

Alle scharten sich um mich, in einigem Abstand sogar die Sherpas.

Ein paar Sekunden war ich mir nicht sicher, ob ich ihnen alles erzählen sollte; schließlich entschied ich mich dafür, hatten sie doch alle ein Recht auf die Wahrheit. Vielleicht würde gerade dann jemandem etwas über den Mörder einfallen ...

»Jemand hat sich einen kleinen Scherz erlaubt«, sagte ich und versuchte vergeblich im Schnee irgendwelche verräterischen Spuren zu entdecken.

»Einen Scherz?« hörte ich Eve Pickford aus der zweiten Reihe, »wie können Sie nur so etwas sagen?!«

»Jemand hat auf mich geschossen.«

Sera zuckte zusammen.

»Was sagen Sie da?«

»Ich wiederhole, jemand hat auf mich geschossen ... Leider sah ich das erste Mündungsfeuer nicht. Ich spürte nur, wie die Kugel mein Jak traf. Zu seinem Pech hat dieser Jemand nicht gut gezielt.«

»Deswegen sind Sie in die Schlucht gefallen?«

Ich nickte.

»Und hatte wahnsinniges Glück, daß mich ein starker Strauch auffing.«

Eve Pickford schrie plötzlich auf.

»Mein Gott, Sie bluten ja!«

Ich griff an mein Kinn und spürte, wie ein stechender Schmerz bis zu meiner Schläfe hinaufkroch.

»Nur ein Kratzer. Trotzdem wäre es nett, wenn jemand ein Pflaster holen würde.«

Aus den Augenwinkeln sah ich Eve zu den Sherpas rennen und zwischen den Gepäckstücken nach dem Erste-Hilfe-Kasten suchen.

Viel Zeit durfte ich meinem Wehleiden allerdings nicht widmen, wenn ich ernsthaft darauf hoffen wollte, noch irgendwelche Spuren sicherzustellen.

»Hauptmann Sera!«

»Bitte sehr?« brummte der Rauschgiftfahnder.

»Würden Sie mir bitte für einen Moment Ihre Waffe geben?«

»Wozu wollen sie die denn haben?«

»Ich möchte sie mir gerne ansehen.«

»Warum denn, wenn ich fragen darf?«

»Wie schon gesagt, wollte mich vorhin jemand umbringen. Ich habe ein Recht darauf, mich zu vergewissern, ob aus Ihrer Pistole in der letzten Zeit geschossen wurde.«

Sera wurde bleich im Gesicht, er trat ein paar Schritte zurück.

»Sie verdächtigen mich also?«

»Überhaupt nicht, Hauptmann. Nur würde ich gerne Ihre Waffe sehen!«

»Na, darauf können Sie lange warten! Ich bin als Polizist der nepalischen Behörden dazu befugt, eine Waffe zu tragen. Sie hingegen sind überhaupt nicht befugt, an meiner Pistole herumzuspielen. Verstanden?«

Ich seufzte laut.

»Ich muß Sie trotzdem darum bitten, Hauptmann! Die Spielregeln haben sich leider geändert; das hier ist jetzt eine

Jagd, und sie wird auf Menschen gemacht. Und ich hasse es, wenn mich jemand aus Spaß erschießen will!«

Er zögerte immer noch.

»Und wenn ich sie doch nicht zeige?«

»Das würde ich an Ihrer Stelle nicht versuchen«, drohte ihm McCormack und tat einen Schritt in seine Richtung.

Der Polizist schaute sich hilfesuchend um, fand aber keinen Beistand. Resigniert stöhnte er auf.

»In Ordnung. Da, nehmen Sie und werden Sie schlau daraus«, damit holte er seine Waffe aus der Tasche und übergab sie mir.

Es war eine 38er, genau wie meine. Ich roch am Lauf, konnte aber außer dem leichten Ölgeruch nichts Verdächtiges feststellen. Seit Tagen war mit ihr nicht mehr geschossen worden.

»Danke, Hauptmann«, ich gab sie ihm zurück. »Hat sonst noch jemand einen Revolver?«

Pietro Rollo kam etwas näher.

»Ich habe noch einen. Kleines italienisches Modell, eher ein Spielzeug.«

»Dürfte ich es sehen, Mr. Rollo?«

Der kleine Italiener nickte.

»Natürlich. Allerdings müßten Sie dazu alle Gepäckstücke auseinandernehmen. Ich hab' ihn unten in meiner Kiste.«

Da sich sonst keiner weiter meldete, blieben diese ersten Ermittlungen fruchtlos.

»Wie kann man nur ohne Waffen auf so eine Expedition gehen?« ließ ich meinen Ärger an dem herumstehenden Stewart aus.

Der lächelte nur erstaunt.

»Wieso denn ohne Waffen? Wir haben doch welche! Mehrere Gewehre und Munition. Alles sorgfältig verpackt in einer der Kisten. Zugenagelt. Da kommt kein Mensch so einfach ran ...«

Inzwischen war Eve Pickford mit einem Verbandskasten angekommen und nahm sich meinen Hals vor. Im Laufe der nicht allzu professionellen Behandlung füllte sich die Wunde unter meinem Kinn mit Jod und fing fürchterlich an zu brennen. Ich stöhnte und meine Augen tränten.

Baxter schob Eve beiseite und riß die halb in der Wunde klebende Mullbinde herunter.

»Gehen Sie, Kleines! Baxterchen macht das schon, nicht wahr, mein Süßer? Geben Sie das auch gleich her …«

Ich weinte fast schon, und mein Hals tat weh, als ob sie ihn mit einer glühenden Eisenstange traktieren würde. Aber sie arbeitete schnell und sicher. Nach einigen Sekunden saß ein kunstvoller, straffer Verband auf der Wunde.

»Sooo! Und beim nächsten Mal passen Sie besser auf! Nicht daß etwas Wichtigeres verletzt wird!«

Glauben Sie mir, ich konnte gar nicht genug bekommen von ihren Scherzen …

16

Die Sherpas gruppierten die Jaks um und gaben mir ein neues Reittier. Es war genauso schwarz wie mein vorheriges und schaute mit seinen kleinen dunklen Knopfaugen auch mindestens so listig drein. Auch hatte ich mindestens genausowenig Vertrauen in diesen Jak wie in den anderen. Oder in die gesamte Gesellschaft um mich herum.

Wir wollten gerade losreiten, als Eve Pickford zu mir kam. Das war schon deswegen sehr seltsam, weil sie bis dahin nicht unbedingt meine Nähe gesucht hatte.

»Ich freue mich sehr, daß Sie noch am Leben sind«, sagte sie und blinzelte mich schüchtern an. »Es wäre furchtbar gewesen, wenn Ihnen was passiert …«

»Das ist sehr nett, daß Sie sich so um mich sorgen.«

Sie wurde rot, bis hin zur Nasenspitze.

»Natürlich … Aber sagen Sie, wie kann es sein, daß wir überhaupt nichts gehört haben?«

»Sie meinen den Schuß?«

»Ja.«

»Ich weiß es nicht. Wahrscheinlich hat der Wind einfach den Knall übertönt. Selbst jetzt müssen wir fast schreien, obwohl wir nebeneinander stehen … Natürlich ist es möglich, daß er einen Schalldämpfer benutzt hat.«

»Und Sie haben keine Ahnung, wer es gewesen sein könnte?«

Traurig schüttelte ich den Kopf.

»Meine Liebe, falls ich es wüßte, hätte ich ihm schon längst das Gesicht zu Brei geschlagen, da können Sie sicher sein.«

Sie lächelte nicht, blickte vielmehr nachdenklich zu Boden.

Nach einigen Sekunden schließlich machte sie sich Luft. »Wissen Sie … als McCormack aufschrie, daß jemand abgestürzt sei, sah ich, wie …«

Wie bei einem elektrischen Schlag zuckten meine Muskeln zusammen.

»Was haben Sie gesehen?«

»Naja …, ich weiß nicht richtig.«

»Oh, zum Teufel, sagen Sie es endlich«, brach ich aus, aber als ich den schmerzhaften Zug auf ihrem hübschen Gesicht sah, nahm ich ihre Hand und drückte sie.

»Keine Angst, Eve! Sagen Sie es, selbst wenn Sie sich nicht sicher sind! Hier werden Menschen umgebracht. Wenn Sie auch nur einen kleinen Verdacht haben … Wir können ja nicht wissen, wer als nächstes dran glauben soll …«

Sie senkte den Kopf und nickte.

»Sie haben ja recht. Ich will nur nicht jemanden ohne Beweise verdächtigen. Die andere Seite wiederum ist die … Also, als Sie abstürzten, sah ich, wie jemand vor mir aus dem Schnee auftauchte …«

»Und?«

»Aus der Richtung, wo Sie abgestürzt sind.«

»Das ist alles?«

»Naja … Die Person hat mich nicht gesehen. Sie warf irgend etwas in die Schlucht. Irgendwas Schwarzes …«

»Sahen Sie, wer es war?« fragte ich aufgeregt.

Wieder senkte sie ihren Blick.

»Ich bin mir fast sicher.«

»Wer?«

»Baxter. Susanne Baxter …«

Sie schwieg, starrte mich erschrocken an.

»Was werden Sie jetzt tun?«

»Konnte dieses Etwas auch eine Pistole sein?« umging ich ihre Frage.

»Ich weiß es nicht«, flüsterte sie, aber dieses Flüstern hätte in einem stillen Raum wie ein Schrei gewirkt. »Ich weiß nicht … Auf jeden Fall war es schwarz.«

Aus dem Schnee traten plötzlich Sera und der alte Sherpa hervor.

»Ist der Jak in Ordnung?« fragte der Alte und lächelte mich an.

»Sicherlich. Da ich nichts von Jaks verstehe …«

»Ein ruhiges Tier«, sagte er, »steht sicher auf den Beinen.«

Sera schob ihn zur Seite.

»Hören Sie, Mr. Lawrence … Was sollte das eben mit den beiden Seilen? Ich fange langsam an zu glauben, daß …«

Nun, dafür hatte ich keine Zeit.

»Jetzt passen Sie mal auf, Sera«, ich wurde lauter als beabsichtigt, »ich weiß nicht, was Sie glauben, aber ich habe die Nase voll! Vor einer halben Stunde hat man zweimal auf mich geschossen, beinahe wäre ich in diese verdammte Schlucht gefallen, und mein Leben hing nur an einem seidenen Faden, nämlich an dem Gürtel meines Anoraks. Und dann schmeißen Sie mir ein Seil runter, das schön sorgfältig von jemandem präpariert wurde …«

Sera sperrte den Mund weit auf.

»Präpariert?«

»Mit einem Messer oder so angeschnitten. Wenn ich nicht so mißtrauisch gewesen wäre, würde ich jetzt irgendwo da unten herumliegen …«

»Aber … das … das ist ja … unmöglich«, stotterte er leichenblaß.

Zwischenzeitlich hatten sich einige der anderen, schon auf ihren Tieren, zu uns gesellt.

»Können wir endlich starten?« fragte Stewart. »Der Wind wird stärker, wir müssen los, wenn wir den Rastplatz bis zur Dunkelheit erreichen wollen.«

Sera interessierte sich aber im Moment wenig für den Rastplatz.

»Hören Sie, was er gesagt hat?« schrie er die anderen an. »Der Strick ist nicht versehentlich gerissen! Das behauptet er zumindest. Jemand soll daran herumgeschnitten haben ...«

Ich mußte ihnen in einigen Sätzen die Geschichte erzählen. Alle standen stumm und bewegungslos, als ob der immer kälter und stärker werdende Wind sie in Eisstatuen verwandelt hätte ... Als erster faßte sich natürlich der kleine Italiener und schüttelte ernst den Kopf.

»Und ich dachte, sowas passiert nur im Kino! Hier muß ein dunkles Geheimnis im Hintergrund sein. In Filmen gibt es immer so ein Durcheinander. Und so viele Leichen.«

Die anderen schauten ihn an, und verstört hielt er inne. Dann brummte er noch etwas und verschwand im Schneesturm.

Seine Vorstellung war anscheinend nicht sehr erfolgreich gewesen.

17

»Das hat ja gerade noch gefehlt!« schrie Stewart. »Ein Verrückter muß unter uns sein! Ich werde auf jeden Fall mein Messer bereit halten. Und ich sage es hier und jetzt: falls jemand auch nur eine verdächtige Bewegung macht, kann er leicht hineinrennen! Ich rate jedem, auf sich selbst aufzupassen. In diesem verdammten Schnee ist der Kerl bestens geschützt!«

»Mr. Lawrence! Geben Sie mir bitte das Purbu«, sagte der Hauptmann. »Wie soll ich in Katmandu erklären, was passiert ist, wenn ich nicht ...«

»Sofern Sie dann noch am Leben sind, Sera«, unterbrach ihn Baxter grob. Und irgendwie klang es sehr bedrohlich.

18

Sera wollte nicht von meiner Seite weichen. Er kam dicht an mich heran und bearbeitete mich weiter.

»Bitte, Mr. Lawrence«, er versuchte dabei einen vertraulichen Ton anzuschlagen und schrie dementsprechend aus Leibeskräften, so daß sogar die letzten Sherpas es mitbekommen konnten, »ich habe ein Recht darauf! Und Sie dürfen nicht einfach die Mordwaffe verschwinden lassen! Wenn in Katmandu …«

Ich war wütend, sehr wütend. Ich hätte ihn am liebsten von seinem Jak gestoßen.

»Was betteln Sie hier rum?« schrie ich aufgeregt zurück. »Sie hatten es ja schon einmal … Und Sie haben es auf einen Tisch gelegt und es sich gemütlich gemacht. Als Sie schliefen, verschwendeten Sie garantiert keinen Gedanken an den Mörder, oder ob dieser es vielleicht mit derselben Waffe noch einmal versuchen würde. Wenn Sie sich damals keine Sorgen gemacht haben, brauchen Sie es jetzt auch nicht zu tun! Keine Angst, es ist in meiner Tasche. Und da wird es auch bleiben.«

Mit diesen Worten schlug ich zufrieden auf meine Anoraktasche. Und riß die Zügel zurück. Das Tier blieb abrupt stehen und starrte mich einfältig an.

Ungefähr so, wie ich Sera anstarrte.

Mein Schlag hatte eine leere Tasche getroffen. Das tibetische Opfermesser war verschwunden!

19

Sera ahnte wohl etwas von dem Sturm in meiner Seele, denn auch er ließ sein Tier anhalten. Er tätschelte dem Jak den Hals und schrie mich an: »Na, was ist, haben Sie es sich anders überlegt?«

Mein Gesichtsausdruck war anscheinend nicht sehr

freundlich und vertrauenswürdig, denn er schreckte zurück, als er sich nahe herüberbeugte.

»Was ist denn mit Ihnen los?«

»Das Purbu!« stöhnte ich. »Das Purbu!«

»Was ist damit?«

»Es ist verschwunden ...«

Er schwankte im Sattel, und für einen Moment glaubte ich schon, er würde runterfallen.

»Verschwunden?«

Langsam beruhigte ich mich wieder. Ich sprang von meinem Jak und gab Sera die Zügel.

»Halten Sie, Hauptmann! Ich muß zurück zur Schlucht. Bevor Sie mich raufgezogen hatten, war es noch in meiner Tasche. Ich hatte damit den Gürtel durchgeschnitten.«

»Vielleicht haben Sie es verloren!«

»Unmöglich«, ich schüttelte den Kopf. »Von alleine konnte es nicht aus der Tasche rutschen: Ich hatte den Reißverschluß zugezogen.«

»Also dann?«

Stewart erschien plötzlich hinter uns, in seinem Gefolge McCormack. Der Bergführer hielt in der einen Hand die Zügel, in der anderen sein gezücktes Messer. Er sah dabei aus wie eine dieser furchteinflößenden, reitenden Götterfiguren aus dem Pantheon der Lamas.

Als er uns entdeckte, hielt er sein Messer drohend nach vorne und fragte dabei erschrocken: »Was denn, ist schon wieder etwas passiert?«

Sera blinzelte mich vorwurfsvoll an und erwiderte selbstzufrieden: »Mr. Lawrence ... Mr. Lawrence hat das Purbu verloren!«

»Verloren?«

Der Drogenfahnder antwortete nicht, behielt mich nur weiter im Auge.

»Stimmt das, Mr. Lawrence?«

Inzwischen war ich mir vollkommen sicher. »Nein, das stimmt nicht! Jemand hat es aus meiner Tasche geklaut, als ich aus der Schlucht gezogen wurde. Ich schwöre, ich habe es nicht verloren!«

Stewart steckte kopfschüttelnd seine Waffe weg.

»Vielleicht sollten wir umkehren und es holen.«

»Ich wollte gerade gehen«, sagte ich, »als Sie erschienen.«

»Mr. Lawrence ... soll ich mitkommen?« fragte McCormack.

Ich glaube, wir hatten einen Punkt erreicht, an dem keiner mehr allein mit einem anderen sein wollte.

»Kommt gar nicht in Frage!« schrie Sera dazwischen. »Ich will auch dabei sein!«

»Gehen wir halt alle zusammen«, schlug Stewart vor.

So verblieben wir dann auch. Der Bergführer rief nach vorne, um die Sherpas anzuhalten.

Zu Fuß machten wir uns auf den Weg. Nach zweihundert bis zweihundertfünfzig Metern erreichten wir die Schlucht, dort bogen wir dann ab, um die Stelle zu finden, an der ich meinen unfreiwilligen Sturz erlebt hatte. Es dauerte fast eine halbe Stunde, bis wir diesen Ort erreichten. Wind und Schnee hatten inzwischen alle Spuren unbrauchbar gemacht, überall vor uns glitzerte die weiße Decke. Und nur ein paar Meter entfernt, am Rande des Abgrunds, lauerte der kalte Tod.

Sera sog laut die Luft ein, als er die Stelle durch die aufgetürmten Schneemassen wiedererkannte.

»Passen Sie auf, daß es Ihnen nicht so ergeht wie Mr. Lawrence!«

Stewart und McCormack knieten sich nieder, um irgendwelche Hinweise zu entdecken. Sera und ich standen nur herum und dachten nach.

Stewart stand schließlich enttäuscht auf und breitete die Arme aus.

»Vielleicht ist es hier irgendwo unter dem Schnee ... Und da wird es dann wohl auch bis zum Frühling bleiben ...«

»Na toll«, grämte sich Sera. »Wer wird mir das bloß glauben?«

McCormack verstand seine Aufregung nicht.

»Was wollen Sie? Es ist doch gut aufgehoben hier! So kann es jedenfalls keiner erneut benutzen!«

»Aber ich brauche in Katmandu Beweise ...«

»Was denken Sie, Mr. Lawrence?« fragte mich Stewart.

»Ich fürchte, das Purbu liegt nicht unter dem Schnee begraben ...«, ich schüttelte den Kopf. »Aus dieser Tasche kann unmöglich etwas versehentlich rausfallen ... unmöglich!«

»Wollen Sie damit sagen, daß es jemand mit Absicht gestohlen hat?« fragte McCormack ernst.

»Aus der Tasche«, ich nickte.

»Ja? Und wie?«

»Ich weiß es nicht. Aber jeder hätte es tun können. Als Sie mich hochgezogen hatten, standen alle um mich herum. Sie, McCormack, haben, glaube ich, den Schnee von meinem Anorak gefegt. Stewart hob mich hoch, als ich über den Rand kletterte, und auch Sie, Sera! Sie standen herum wie ein ...«

»Also, ich bitte Sie«, protestierte Sera.

»Natürlich«, übernahm Stewart das Wort, »jeder hätte es sein können. Zumindest theoretisch. Miss Baxter verband Ihren Hals, und auch die Sherpas waren in der Nähe. Nicht zu vergessen der allgegenwärtige Gott des Kandschendzönga ...«

Wir schwiegen ernst. Stewart hatte natürlich recht. Jeder von uns hätte das verdammte Messer an sich nehmen können.

Stewart war aber schon in Fahrt.

»In diesem Fall können wir nur einen von dem Verdacht befreien ...«

»Wen zum Teufel«, Sera wurde hellhörig.

Der Bergführer deutete auf mich.

»Na, natürlich Mr. Lawrence.«

Soweit ich sein Gesicht unter der Kapuze erkennen konnte, wurde der Drogenpolizist ziemlich rot.

»Ach ja?« rief er aufgeregt. »So aber nicht! Und wenn er das Messer immer noch bei sich hat? Wenn das Ganze nur ein Trick ist, um den Verdacht von sich abzulenken, damit er das Purbu in Ruhe benutzen kann, wann er will?«

Anstelle einer Antwort trat ich zu ihm und krempelte meine Taschen um.

Als nur mein Taschentuch und ein paar andere unwichtige Dinge herausfielen, lächelte der Polizist schief.

»Das beweist noch gar nichts. Sie können es ja auch versteckt haben ...«

Dem konnte ich natürlich nichts mehr entgegensetzen. Also standen wir nur da und starrten uns gegenseitig feindselig an.

Schließlich wischte sich Stewart die Stirn ab und hob beruhigend seine Hand.

»Na na, meine Herren, bewahren Sie doch Ihre Ruhe! Es ist ja gar nicht gesagt, daß es einer von uns vieren war! ... Das Purbu ist verschwunden. Vorerst. Hauptmann, möchten Sie, daß wir den Rand der Schlucht nochmal untersuchen?«

Sera zögerte und nickte dann unbestimmt.

»Wenn es nicht zuviel Mühe macht ...«

Wir entfernten uns einige Meter voneinander und suchten nach dem Messer. Der Schnee fiel immer heftiger, ich konnte die anderen nicht mehr sehen.

Ich kniete mich auf den Boden, um halbherzig nach dem Beweisstück zu graben, als plötzlich ein schreckliches Gefühl in mir aufkam. Als ob jemand hinter mir stehen würde und mich in die Schlucht stürzen wollte, aus der man mich vor einiger Zeit gerade noch hatte retten können.

Ich griff nach meiner 38er, sprang auf und wirbelte herum. Hinter mir war aber niemand, nur der Wind trieb pausenlos Schneeflocken in mein Gesicht.

So stand ich dort, unbeweglich, und suchte nicht mehr nach dem Opfermesser. Ich war mir sicher, daß es mir jemand geschickt aus der Tasche gezogen hatte, als man mich aus der Schlucht rettete.

Da zerriß ein Schrei das monotone Pfeifen des Windes: »He! Hilfe! Laß mich los, du Schwein! Hilfe!«

Die Pistole in der Hand, rannte ich in die Richtung, aus der ich den Hilferuf vernommen zu haben glaubte. Nach einigen Schritten tauchte Sera vor mir auf; er saß mit vor Schreck geweiteten Augen zitternd und keuchend auf dem Boden.

»Was ist passiert, Hauptmann?« schrie ich ihn an.

Er stand langsam auf und sah mich an, als ob ich ein Gespenst wäre. Dann holte er langsam seine Waffe hervor und richtete sie auf mich.

So standen wir uns gegenüber, jeder mit einer Waffe in der Hand.

Und so fanden uns auch die anderen.

»Was zum Himmel geht hier vor?« schrie Stewart. »Was machen Sie denn da?«

Sera tat einen Schritt rückwärts und antwortete fast schon weinerlich: »Bleiben Sie mir fern ... Wer näher kommt, wird erschossen! Verstanden?«

Natürlich. So sehr, daß ich meine 38er sicherte und in der Tasche verschwinden ließ. Die ganze Aktion beobachtete er äußerst mißtrauisch.

»Jetzt stecken Sie endlich Ihre Waffe weg, Hauptmann«, versuchte ich ihn zu überzeugen. »Und erzählen Sie uns, was Sie so nervös gemacht hat!«

Er dachte gar nicht daran, die Pistole zu senken.

»Bleiben Sie, wo Sie sind, Lawrence! Und Sie auch! Verdammte Mörder!«

Seine Hand zitterte, und langsam fing ich an, wirklich Angst zu bekommen. Zu oft hatte ich im Krieg miterlebt, wie Leute in Panik die Beherrschung verloren und einfach losballerten. Und Kugeln sind bekannterweise nicht sehr wählerisch.

Stewart dachte wohl an dasselbe, denn er schaute mich ermutigend an und übernahm den gefährlicheren Teil der Sache. Zuerst hob er den Arm, als ob er den Drogenfahnder angreifen wollte, dann sprang er zur Seite auf den Boden. Sera drehte sich zu ihm herum und wollte schießen ...

Anscheinend hatte man die Leute bei der nepalischen Polizei nicht auf den Kampf Mann gegen Mann vorbereitet. Es war nämlich ziemlich einfach, ihn mit meiner Rechten zu Boden zu schicken, während ich mit der Linken schon längst die Pistole aus seiner Hand gedreht hatte.

Dort winselte er dann auf dem Schnee und betastete sein Kinn; aus seinem Mundwinkel sickerte etwas Blut. McCormack trat zu ihm, half ihm auf die Beine und hielt ihn solange fest, bis er einigermaßen stabil stand. Es war ein bewegendes Bild, so wahr mir Gott helfe!

»Würden Sie jetzt bitte verraten, was Sie so aus der Fassung gebracht hat?« wiederholte ich meine vorherige Frage, mit dem Unterschied, daß jetzt keine 38er als Antwort auf mich gerichtet war.

»Wer von Ihnen war es?« flüsterte Sera so leise, daß wir die Frage nur von seinen Lippen ablesen konnten. Langsam kam er wohl zu sich und griff nach der Pistole. Nach kurzem Zögern gab ich sie ihm dann auch.

»Und jetzt reden Sie endlich, Herrgott nochmal!«

Sera steckte seine Dienstwaffe ein und schüttelte den Kopf.

»Es gibt nicht viel zu sagen. Zumindest einem von Ihnen. Demjenigen, der mich ich die Schlucht stoßen wollte. Aber Hauptmann Sera ist auch nicht von gestern!«

An dieser Stelle sollten wir wohl Angst kriegen. Die Geschehnisse der letzten zwei Tage hatten uns aber schon abgehärtet, also waren wir uns sicher, daß Sera nicht ohne Grund geschrien hatte.

»Man wollte Sie also in die Schlucht stürzen?« fragte ich.

»Genau.«

»Und … wie?«

Sera deutete auf den Rand des Gebirgspasses.

»Wie? Ganz einfach! Ich habe dort Ihr verdammtes Messer gesucht, als mich jemand packte und nach vorne schubste. Allerdings hatte sich der Kerl verrechnet. Beinahe wäre er selber abgestürzt!«

»Und … Sie konnten ihn nicht erkennen?«

Er lächelte sauer.

»Glauben Sie, dann würde ich hier noch lange mit ihm diskutieren? Er hätte schon längst eine Bleivergiftung!«

»Mr. McCormack, wo waren Sie, als Sie den Hauptmann schreien hörten?«

Der rothaarige Wissenschaftler deutete irgendwo in das trübe Einerlei des Schneetreibens.

»Irgendwo da.«

»Haben Sie Stewart dabei gesehen?«

McCormack schüttelte den Kopf.

»Als ich den Schrei hörte, nicht. Wir sind zwar gemeinsam losgegangen, haben dann aber verschiedene Abschnitte untersucht. Ich blieb mit Ihnen ungefähr auf einer Höhe, während sich Mr. Stewart etwas rechts hielt. So war es doch, Mr. Stewart?«

»Genau so.«

»Also haben Sie Mr. Stewart nicht gesehen und er Sie auch nicht?«

»Zumindest im Moment des Aufschreis.«

»Und Sie, Mr. Stewart? Konnten Sie jemanden erkennen?«

Der Bergführer schüttelte ebenfalls den Kopf.

»Nein. Allerdings habe ich auch gar nicht darauf geachtet, dazu war ich viel zu sehr mit der Suche beschäftigt. Ich fand sogar einige ältere Spuren.«

»Und?« Seras Interesse erwachte.

»Nichts Besonderes. Die Spur des Jaks konnte man deutlich verfolgen. Es rutschte auf seiner Seite bis zum Abgrund. Sie hatten wirklich Glück, Mr. Lawrence! Eine Sekunde später hätten Sie nicht mehr abspringen können, und dann wären Sie jetzt sicher tot ...«

»Und Sie, Mr. Lawrence? Hat Sie jemand gesehen?« fragte der Polizist, und in seiner Stimme schwang leise Ironie mit.

»Bestimmt nicht«, verneinte ich. »Als Sie sich entschieden zu schreien, lieber Hauptmann, war niemand in der Nähe, nur die großen Schneeflocken ...«

»Natürlich ...«, murmelte er.

Wir schwiegen eine Weile. Schließlich faßte ich das Ergebnis zusammen: »Es sieht so aus, meine Herren, als ob jemand Mr. Sera in die Schlucht stoßen wollte. Entweder ich oder Mr. McCormack oder Mr. Stewart ... Leider hat keiner von uns etwas gesehen. Außer dem Täter natürlich. Gibt es noch etwas hinzuzufügen?«

Es war schon irgendwie lächerlich, wie wir inmitten eines Schneesturms Detektiv spielten. Stewart hatte anscheinend genug davon, denn er zog sich verärgert die Kapuze ins Gesicht.

»Ja, ich habe noch etwas auf dem Herzen!« schrie er schlechtgelaunt. »Wer zum Teufel hat Ihnen geflüstert, daß nur wir es sein konnten? Bei diesem Wetter hätte jeder unbemerkt hinter uns herkommen und Hauptmann Sera angreifen können. Wieso suchen Sie den Täter gerade unter uns?«

Das war natürlich eine Überlegung wert.

»Es hätte wieder mal jeder sein können?« grübelte ich laut.

»Genau wie bisher. Ich bin sicher, neunzig Prozent der anderen hätten auch kein hieb- und stichfestes Alibi.«

Die Züge in Seras Gesicht glätteten sich ein wenig.

»Wollen Sie damit sagen, daß es nicht unbedingt einer von Ihnen war, der mich töten wollte? Daran hatte ich gar nicht gedacht! ... Wissen Sie, eigentlich sind Sie drei mir noch am sympathischsten aus der ganzen Bande! Ich hätte es wirklich bedauert, wenn ...«

Stewart winkte ernst ab:

»Deswegen müssen Sie uns nicht gleich um den Hals fallen, Hauptmann. Wir können Ihnen ja auch nicht voll vertrauen ...«

Sera wurde wieder stutzig.

»Wie meinen sie denn das jetzt?«

»Sie könnten uns ja auch böse verkohlen.«

Der nepalische Drogenfahnder griff verzweifelt an sein Herz: »Ich?«

»Ja, Sie.«

»Aber um Gottes willen, wie denn?«

»Wie? Na wenn Sie zum Beispiel gar nicht angegriffen wurden ... Wenn Sie gar keiner in die Schlucht schubsen wollte ... Wenn Sie diese kleine Geschichte aus purem Spaß inszeniert hätten ...«

Seras Augen weiteten sich, und ich spürte förmlich, mit welcher Anstrengung er das Gehörte zu verarbeiten suchte.

»Ich habe es inszeniert? Sie behaupten, daß mich gar keiner umbringen wollte? Daß ich nur so tat, als ob ... Aber warum denn? Wozu wäre das gut gewesen?«

Stewart zuckte mit den Schultern.

»Wieso? Wieso hat man O'Hara und Zimmermann umgebracht? Wozu ist diese ganze Expedition gut? Und wieso sollen wir unbedingt nach Khangpa? Wieso?«

Wir waren schon längst auf dem Weg zurück, als ich mir immer noch Gedanken über diese Fragen machte.

20

Stewart befahl fünf Sherpas, nach vorne zu gehen; die anderen kamen hinter uns, und wir Forscher hatten eine festgesetzte Reihenfolge. So wußte jeder, wer vor oder hinter ihm war. Stewart hatte uns alle angehalten, sofort Bescheid zu geben, wenn irgend etwas Verdächtiges passiert.

Die Sonne blitzte nun häufiger durch die dahinrasenden schwarzen Wolken und in ihrem Schein glitzerten verspielt die Schneeflocken. Es fielen immer weniger vom Himmel und so hatten wir gute Aussichten darauf, daß der Schneesturm bald aufhörte.

Ich schob meine Kapuze in den Nacken und drehte mich um. Hinter mir wand sich wie eine Schlange die Karawane der Forscher und Sherpas. Als ich mich wieder zurückdrehte, sah ich, wie Miss Baxter vor mir die Sonne bestaunte.

Sie spürte wohl meinen Blick, denn sie sah nach hinten, entdeckte mich und winkte.

»Endlich! Da sind Sie ja wieder ... Ich dachte schon, Sie wären auf dem Paß geblieben!«

»Wie Sie sehen, bin ich noch da.«

»Und ... ist keiner zurückgeblieben?« Sie lächelte mich an, doch ihre Stimme blieb seltsam ernst. »Ich meine ...«

Ich wußte genau, wie sie es meinte.

»Wenn wir die Zelte aufgeschlagen haben, machen wir eine Volkszählung«, beruhigte ich sie. Inzwischen senkte sich der Gebirgssattel, und wir ritten auf eine Flußniederung zu, die gespenstisch an das Salu-Tal erinnerte, nur daß sie mir nicht so abgeschlossen erschien. Die riesige Spitze des Kandschendzönga war etwas in den Hintergrund gerückt, und der Ceringma war noch nicht nah genug, um eine Veränderung an ihm ausmachen zu können.

Ich streckte mich, und ein angenehmer Schauer jagte mir den Rücken runter. Kein verdammter Paß mehr mit rätselhaften Todesfällen! Übermorgen würden wir, falls nichts dazwischenkam, Khangpa erreichen.

Nun ja, falls nichts dazwischenkam.

21

Während die Sherpas mit den Zelten beschäftigt waren, versammelten wir uns an einem riesigen Steinbrocken, der genau in der Mitte des ehemaligen Flußbettes lag, als ob ihn ein Geodät mit peinlicher Genauigkeit dort plaziert hätte.

Miss Baxter breitete ihre Arme wie ein großer, rotgefiederter Vogel aus und gurrte mit ihrer allseits bekannten Stimme:

»Ist das nicht herrlich? Wir sind auf dem Dach der Welt!«

Eigentlich fanden wir erst jetzt die Zeit, uns damit zu befassen, wo wir überhaupt waren.

Der Kandschenzönga schien hinter seinem Wolkenkragen gutmütig zu lächeln, und der Ceringma erstrahlte in den warmen, roten Strahlen der untergehenden Sonne. Irgendwo in der Ferne erhob sich ein vielleicht noch größerer Berg, dessen Gipfel aber zwischen weißen Tupfern am Himmel verschwand. Möglicherweise wollten ihn die Götter vor uns verstecken.

»Das da ist der Mount Everest«, deutete Sera auf ihn, »der höchste Berg der Welt.«

Wie verzaubert betrachteten wir den Riesen.

»Die Berge sind hier Götter!« flüsterte Eve Pickford. »Götter ...«

Die langsam versinkende Sonne umhüllte die Gegend mit ihrem rötlichen Schimmer. Der leise rauschende, eisige Wind zog wie der Atem der Berge an uns vorbei, und hätte jemand gesagt, daß uns der Gott des Kandschendzönga oder des Ceringma bald einen Besuch abstattet, hätte ich es ihm blind geglaubt.

»Wunderbar«, brummte neben mir Pietro Rollo, »wunderbar ... Wie der San Gennaro im Sommer. Nur ist das hier anders. Aber auch dort kann man spüren, daß ... Gott nah ist ... Nur etwas anders.«

Einige Jaks brüllten, und die Sherpas klopften fleißig mit ihren Hämmern. Wie farbige Fallschirme auf einer Flugparade öffneten sich vor unseren Augen die orangefarbenen Pilze der Zelte.

Der Italiener legte die Hand auf meinen Arm.

»Wissen Sie, was das Interessante an dieser Expedition ist, Mr. Lawrence?« fragte er.

»Was denn?« brummte ich zerstreut.

»Dieses Khangpa muß ein seltsamer Ort sein … Keiner will dahin; weder wir Wissenschaftler noch die Sherpas. Noch dazu mordet hier einer wie wild, nur um uns zur Umkehr zu bewegen. Und wir müssen trotzdem dahin. Weil es nicht anders geht. Ist das nicht seltsam?«

Wer recht hat, hat recht. Es war tatsächlich seltsam.

22

Als ich mich von meinen Gedanken erholt hatte, die durch die Worte des kleinen Italieners inspiriert worden waren, kam ich mir wie in einem schlechten Traum vor. Rollo redete jetzt gerade über Sorrento und eine Bootsfahrt, die er noch als kleiner Junge mitgemacht und die auf dem stürmischen Meer beinahe ein böses Ende genommen hatte.

Die anderen waren inzwischen verschwunden; einige spazierten zu den nunmehr fertig aufgebauten Zelten, der Rest wählte, wahrscheinlich um sich die Beine zu vertreten, den auf der anderen Seite des Tales liegenden Berghang, wo sich nach fünfzig bis hundert Metern ein kleiner Wald aus Bergkiefern ausbreitete. Die Zwergtannen luden freundlich mit ihren schneebedeckten Zweigen winkend zum Spazieren ein, und ich spürte förmlich die seltsame Anziehungskraft, die anscheinend auch auf einige meiner Kollegen wirkte.

Während Pietro Rollo weitersprach, schlenderten wir langsam zum Berghang. Die Luft schien etwas wärmer zu sein, und auch die Sonne spielte Verstecken mit den Bergspitzen wie ein kleines Kind, das noch nicht ins Bett will. Oder, dem Himalaja entsprechend, in den Schlafsack.

Über den Reihen der Zwergtannen schimmerten Felsenvorsprünge, wo ihre schwarze Außenschicht nicht vom

Schnee bedeckt wurde. Es waren wohl Geschwister des Riesen unten im Tal, um den wir uns versammelt hatten.

Die runde Scheibe der Sonne versank langsam im Westen, und ein trübes, rötliches Halbdunkel legte sich über das Tal. Aus der Ferne erklangen fremdartige Töne: zuerst leises Dröhnen, dann lautes Rattern, als ob ein Zug zwischen dem Kandschendzönga und dem Ceringma verkehren würde.

Rollo zog seinen Anorak fester zusammen, und seinem Gesichtsausdruck nach zu urteilen trauerte er gerade um die Strände seiner Heimat. Ich betrauerte natürlich den von Liliokalani. Und so standen wir nebeneinander vor den Füßen der Bergriesen in der Dämmerung und dachten wohl beide an das Gleiche. So schön und majestätisch das Panorama hier auch sein mochte, sosehr es sich bei den in den Himmel emporsteigenden Bergspitzen auch um Götter handeln mochte, trotzdem würde all das hier fremd für uns bleiben. Und die Berge würden nie unsere Freunde sein, so wie die weißen Felsen vor Dover oder der Strand von Sorrento.

Ich schwelgte in meinen etwas düsteren und vom Heimweh benebelten Gedanken, als ein fürchterlicher Schrei ertönte, der mich gleichzeitig lähmte und zur Tat aufrief. Von irgendwoher zwischen den Bäumen kam dieser weibliche Schrei und zerriß die Stille des Tales; weitere verzweifelte Rufe folgten.

»Hilfe! Mörder! Hilf ...«, dann erstarben die Worte und wir hörten das Weinen einer Frau.

Ich griff nach meiner Pistole und rannte in Richtung der Bergkiefern. Ich hörte, wie hinter mir der Schnee knirschte; Rollo war mir offensichtlich auf den Fersen. Schon nach wenigen Schritten spürte ich tausend kleine Nadeln, die unnachgiebig in meine Lunge stachen. Ich schwitzte trotz der Kälte, und wegen des Sauerstoffmangels in dieser Höhe bekam ich keine Luft mehr. Ich glaube, auf den letzten Metern transportierte mich mein Wille und nicht meine Füße. Mit letzter Kraft schleppte ich mich zu den ersten Bäumen und hielt mich an einem dicken Ast fest, den ich gleich wieder losließ. Ich spürte, daß ich ihn sonst nie wieder freigeben würde, so erschöpft war ich. Rollo keuchte ein paar Meter hinter mir und fiel dann mit dem Kopf nach vorne zwischen die ersten Zwergtannen. Er röchelte, als ob es mit ihm zu Ende gehen würde.

»Was … war … das? Wer …?« keuchte er. Dann schloß er die Augen und fauchte nur wie eine ausgemusterte Dampflok.

Ich sah sicher auch nicht besser aus, denn als Hauptmann Sera direkt vor mir aus dem Wäldchen auftauchte, erschrak er, als hätte er es mit einem Geist zu tun. Er entdeckte die Waffe in meiner Hand und zog darauf mit einer ziemlich schnellen Bewegung seine Pistole hervor. Allerdings zielte er diesmal nicht auf mich.

»Was ist los, Mr. Lawrence?« fragte er und beobachtete dabei verunsichert den sich auf dem Boden herumwälzenden Pietro Rollo.

»Wurden Sie angegriffen?«

Wortlos schüttelte ich den Kopf, da das Stechen in meiner Brust immer noch nicht nachgelassen hatte.

Sera wurde immer ungeduldiger.

»Wer denn sonst? Er?« und deutete damit auf den sich langsam hochrappelnden Italiener.

»Es ist nichts mit uns … Jemand hat um Hilfe gerufen … Von weiter oben …, ganz oben …«

Inzwischen ging es mir etwas besser, und aufgeregt schrie ich den Polizisten an: »Sera! Da oben hat jemand um Hilfe gerufen. Eine Frau … wahrscheinlich Eve Pickford … Kommen Sie, Hauptmann!«

Ich löste mich von den Bergkiefern und watete zwischen den Bäumen nach oben. Steine lösten sich unter dem knietiefen Schnee, als ich über sie lief; ich hörte, wie auch Rollo und Sera intensiv mit ihnen zu kämpfen hatten und deswegen laut fluchten.

Nach einigen Schritten, kurz vor den letzten Tannen, fand ich einen frischen Pfad, der aus dem Tal zu den höher gelegenen Felsvorsprüngen führte. Wahrscheinlich umging er den kleinen Wald und wand sich am südlichen Ende weiter nach unten.

Ich drehte mich um und rief dem sich unsicher nähernden Sera zu:

»Sehen Sie, Hauptmann? Da ist ein Pfad, der nach oben führt …«

Der Rauschgiftfahnder blieb stehen, wischte sich die Stirn und keuchte mit offenem Mund: »Es könnten auch … meine Spuren sein … Ich war … oben … ganz oben. Dann kehrte ich wieder um … und traf Sie beide …«

»Haben Sie nichts gehört?

Er holte mich ein und schüttelte den Kopf.

»Nichts … Obwohl … ich auch nicht aufgepaßt hatte … Ich …«

»Kommen Sie! Um Himmels willen, reißen Sie sich zusammen!«

Dieser Zuspruch galt wohl hauptsächlich mir selbst, und mit frischer Kraft kletterten wir den Berghang aufwärts. Auch Rollo war noch hinter uns und schleppte einen dicken Stock mit sich. Ich muß zugeben, ich sah schon wieder eine mit einer Plane umwickelte Leiche vor mir, und dieser tote Körper war der von Eve Pickford. Der wunderschönen Eve. Ich versuchte den Gedanken daran aus meinem Kopf zu jagen, zwängte mich durch die letzten Tannen und sprang auf die verschneite, ansteigende Lichtung. Unweit vor mir sah ich die Silhouetten zweier Menschen über dem Boden.

Hätte jemand meine Zeit gestoppt, könnte ich sicherlich über eine neue persönliche Bestzeit stolz sein. Ich glaube, ich flog förmlich über den Schnee, meine Waffe nach vorne richtend. Auch die anderen waren schnell: als ich Miss Baxter und in ihren Armen die unbewegliche Eve Pickford erkannte, waren auch schon Rollo und Sera neben mir.

Ich senkte die Waffe und spürte große Verzweiflung. Und irrsinnige Wut, als ich die leblose Gestalt von Eve Pickford anschaute.

»Ist sie tot?« platzte die Frage aus mir heraus, als ich mich neben Baxter kniete.

Sie blickte mich an, und zum ersten Mal sah ich wirkliches Entsetzen in ihren Augen.

»Beruhigen Sie sich, es ist nicht schlimm«, murmelte sie heiser und tätschelte Eve Pickfords Rücken. »Lassen Sie sie in Ruhe weinen.«

Da merkte ich erst, daß die Schultern von Eve manchmal zuckten, und langsam hörte ich auch ihr leises Wimmern.

»Was ist denn nun passiert?« herrschte ich Baxter an.

Seltsamerweise war sie nicht beleidigt und versuchte auch nicht zu scherzen.

»Ich habe keine Ahnung. Als ich hier ankam, lag sie schon auf dem Boden und heulte wie ein kleines Kind … Ich hoffe, daß ich sie einigermaßen beruhigen konnte.«

»Schauen Sie nur«, Sera zeigte in das Halbdunkel hinauf, »von dort ist sie heruntergerollt … Wohl kaum von allein, das arme Mädchen.«

Man konnte tatsächlich die breite Spur sehen, die Eve Pickfords Körper im weichen Schnee hinterlassen hatte.

Ich dachte zwar einen Moment daran, die Spur nach oben zu verfolgen, aber dann hielt ich es doch für sinnvoller, sie in Sicherheit zu bringen.

Ich beugte mich über ihr Ohr, um ihr ein paar beruhigende Worte zuzuflüstern, als mit lautem Getöse McCormack aus dem Wald stürzte. Auch er hielt einen großen Knüppel in der Rechten. Als er uns sah, schrie er verzweifelt: »Was ist passiert? Mein Gott, doch nicht etwa …«

Er wagte nicht, den Satz zu beenden.

Eve Pickford hörte auf zu weinen und setzte sich langsam auf. Baxter umarmte sie sanft und streichelte ihre Hand wie bei einem verstörten Kind.

»Ist ja gut … Ist alles in Ordnung, Kleines. Reißen Sie sich zusammen. Sehen Sie, alle sind hier und passen auf Sie auf! Baxterchen wird nicht zulassen, daß Ihnen etwas geschieht.«

Eve schneuzte noch ein paarmal, dann beruhigte sie sich langsam. Ihr Gesicht war immer noch leichenblaß, als ob es sich an der vorherrschenden Farbe der Außenwelt orientieren würde.

»Mein Gott«, flüsterte sie. »Wo ist er?«

»Wer denn, mein Kleines?« fragte Baxter besorgt.

»Na, dieser Mann …«

»Welcher Mann?«

»Dort … dort in der Höhle!« Sie zeigte dabei nach oben, von wo aus sie heruntergerutscht war.

»Eine Höhle?« wiederholte Sera staunend. »Wo ist denn hier eine Höhle?«

Eve stand auf, sich immer noch auf die Schulter von Miss Baxter stützend.

»Dort. Etwa fünfzig Schritte entfernt. Dort ist die Höhle … Und da war dieser Mann!« Sie fing wieder an zu zittern.

Wir schauten alle hoch auf den Berg, konnten aber nirgendwo einen Eingang entdecken.

»In welcher Richtung?« fragte Sera.

Die junge Frau antwortete nicht, was aber auch nicht notwendig war; wenn wir ihre Spur verfolgen würden, kämen wir schon an. Vorher wollte ich allerdings noch einiges in Erfahrung bringen.

»Miss Pickford«, wendete ich mich an sie und versuchte so freundlich und geduldig wie möglich zu wirken. »Fühlen Sie sich stark genug, um mit einigen Worten zu berichten, was dort oben passiert ist? Oder sollen wir das verschieben?«

Sie schüttelte energisch den Kopf.

»Nein … Danke, Mr. Lawrence, mir geht es wieder gut …«

»Vielleicht ist es besser, wenn ich Ihnen Fragen stelle«, schlug ich vor und lächelte sie dabei an. »Sind Sie alleine in die Höhle gegangen?«

Eve nickte.

»Ja. Ich kam durch den Wald …«

Mißbilligend schüttelte ich den Kopf.

»Das war nicht sehr klug, Miss Pickford! Sie hätten daran denken müssen, daß …«

»Es ist ja gar kein richtiger Wald«, verteidigte sie sich. Sie holte eine kleine Parfümflasche aus der Tasche und tröpfelte sich daraus etwas auf die Schläfen. »Ich sah schon von unten, daß er nur aus ein paar Baumreihen besteht. Höchstens zwanzig Meter breit. Ich hätte nicht gedacht, daß …«

»Wieso haben Sie nicht jemanden mitgenommen?«

»In dem Moment war keiner in meiner Nähe. Außerdem macht doch jeder in der letzten Zeit einen großen Bogen um die anderen.«

Ein leiser Vorwurf schwang in ihren Worten mit.

»Und … Sie sahen niemanden in Ihrer Umgebung?«

Sie senkte den Kopf und starrte zu Boden. Anscheinend konnte sie sich nicht entscheiden, ob sie es sagen sollte oder nicht. Dann nickte sie aufseufzend.

»Doch.«

»Und wen?«

»Mehrere Personen … Zum Beispiel Hauptmann Sera.«

»Und?«

»Und … Miss Baxter und McCormack. Und ich sah, wie Sie und Professor Rollo hinaufkamen. Von da oben hat man eine tolle Aussicht.«

»Weiter haben Sie niemanden entdeckt?«

Sie zog die Stirn in Falten und dachte nach.

»Nun ja …, vielleicht doch.«

»Was soll das heißen? Ja oder nein?«

Sie zuckte mit den Schultern.

»Ich könnte es nicht beschwören … Als ich mich durch die Zwergtannen kämpfte, hörte ich von links und auch von rechts einen Ast knacken. Und ich sah etwas Orangefarbenes, vielleicht einen Anorak. Oder zwei.«

»Konnte es nicht einer von uns sein?«

»Unmöglich. Sie waren alle noch zu weit weg. Sie konnten doch kaum an zwei Orten gleichzeitig sein.«

Nun, das war einleuchtend.

»Und, was sahen Sie noch?« fragte ich, aber meine Gedanken waren ganz woanders.

Sie dachte nach und hielt dabei komischerweise den Kopf etwas schief.

»Noch? Naja … die Sherpas, wie sie unsere Zelte aufbauten; Mr. Stewart stand bei ihnen. Bestimmt hätte ich auch noch die anderen erkannt, wenn ich aufgepaßt hätte … Aber woher sollte ich wissen«, sie breitete unschuldig die Arme aus, »daß das irgendwann mal wichtig sein sollte?«

»Und dann?« fragte Sera ungeduldig.

»Ich dachte, jemand von Ihnen käme nach oben, daher hatte ich keine Angst. Ich habe gar nicht daran gedacht, daß etwas passieren könnte.«

Ihre Stimme wurde etwas zittriger, als sie fortfuhr: »Alles war doch so schön! Die blauen Bergspitzen, die riesige, rote

Sonne, der weiße Schnee ... Es war wie Weihnachten. Ich wartete schon darauf, daß irgendwo Glocken erklängen ...«

Sera machte eine nervöse Bewegung mit der Hand, sagte aber nichts.

»Wissen Sie, als ich den hellen Anorak zwischen den Tannen sah, wollte ich rufen, habe es mir dann aber anders überlegt.«

»Anders?«

»Nicht daß etwas verdächtig gewesen wäre oder so. Ich wollte nur nicht diese Weihnachtsstimmung verderben, verstehen Sie?«

Ich sah es den anderen an, daß auch sie sich keinen Reim darauf machen konnten.

»Und dann wollte ich noch etwas höher gehen.«

»Warum?« warf Sera die Frage dazwischen.

Damit brachte er sie auch prompt in Verlegenheit.

»Sie meinen, Hauptmann, warum ich höher wollte, obwohl man doch auch von hier das ganze Tal überblicken kann? Ich kann es Ihnen nicht sagen. Dies hat vielleicht auch etwas mit Weihnachten zu tun. Immer wenn ich mich so fühle, möchte ich fliegen, höher und höher; wenn ich daran glauben würde, könnte man sagen, ich suchte nach der Nähe Gottes.«

Verlegen standen wir herum und trauten uns kaum, einander anzuschauen.

»Nun«, erzählte sie weiter, »danach kletterte ich dann hoch. Zu der Zeit dachte ich noch nichts dabei ...«

»Wobei?«

»Naja ..., als ich diese Spuren sah.«

»Spuren?«

»Im Schnee. Als ich den Wald verließ, merkte ich, daß mir schon jemand zuvorgekommen war. Obwohl ich glaubte, die erste zu sein, die da oben ankommt ... Aber dann sah ich diesen Pfad.«

»Waren es menschliche Abdrücke? So wie diese hier?« Ich zeigte auf unsere in der Umgebung.

»Natürlich«, sagte Eve. »Und sie waren frisch; der Mann mußte eine Minute zuvor noch dagewesen sein ... Das lief alles in meinem Gehirn ab, aber dann hatte ich es auch schon wieder vergessen. Ich sagte schon, in meiner Stimmung ...«

»Natürlich«, ich nickte.

»Ich ... folgte einfach diesem Trampelpfad. Und freute mich, daß ich mir somit wenigstens die Kraft sparte.«

»Und dann? Weiter, Eve!«

»Dann fiel mir etwas auf. Ich erinnere mich noch gut daran. Ich dachte sogar ein paar Sekunden darüber nach ...«

»Haben Sie ihn gesehen?« flüsterte Sera.

Miss Pickford winkte ab.

»Ich hab' niemanden gesehen. Und das war es ja! Jemand war etwa eine Minute von mir entfernt, und ich konnte ihn nicht sehen! Verstehen Sie?«

»Und was haben Sie daraus geschlossen?« fragte ich geduldig.

Sie zuckte wieder mit ihren hübschen Schultern.

»Das könnte ich so nicht sagen. Es war schon komisch, aber diese Weihnachtsstimmung hatte alles verändert. Ich dachte wohl, daß er sich irgendwo hinter einen Felsen gesetzt hat, um sich auszuruhen. Das hätten Sie doch auch gedacht, oder?«

Sera starrte mit zusammengezogenen Augenbrauen in die Ferne, McCormack blinzelte Miss Baxter an, und ich betrachtete sie dabei. Ich war mir ziemlich sicher, daß es sich keiner von uns so leicht gemacht hätte wie Eve Pickford. Ich glaube, der Weihnachtszauber hätte bei uns nicht gewirkt.

»Also spazierte ich weiter, ich weiß gar nicht, warum. Als ob mich etwas magisch angezogen hätte. Ich erinnere mich, ich wollte singen und tanzen ... Ich weiß nur, daß ich mich sehr glücklich fühlte.«

McCormack und ich schauten uns an. Natürlich! Die durch Sauerstoffmangel hervorgerufene Euphorie, die sogenannte Bergkrankheit, hatte unsere Freundin erwischt!

»Was haben Sie danach getan?« versuchte ich sie aus ihren Träumen zu reißen.

Sie zuckte zusammen, und das liebliche Lächeln verschwand von ihrem Mund.

»Danach? Ich folgte dem Pfad. Und stand plötzlich vor der Höhle.«

»Und die Spuren?«

»Führten geradewegs hinein.«

»Und Sie sind ... Sie sind doch nicht reingegangen?«

Sie schüttelte den Kopf.

»Nein, nein! Ich wunderte mich nur, warum wohl jemand in dieses Loch gekrochen war.«

»Wieso Loch?«

»Naja, es ist eigentlich gar keine richtige Höhle da oben. Eher eine Art Spalt. Sehen Sie die beiden großen Felsen dort?« Sie wies auf den oberen Teil des Berghanges.

Wir sperrten die Augen weit auf, konnten aber in der hereinbrechenden Dunkelheit nur schattenhafte Umrisse erkennen.

»Also eher ein Bergspalt. Und darin verloren sich dann die Spuren ... Ich hab' mich dann gebückt und reingerufen.«

»Was?«

»Ja! Was gibt es da zu staunen? Ich dachte, daß vielleicht Hauptmann Sera oder ein anderer von Ihnen drinnen ist.«

»Was passierte dann?«

»Nichts. Ich rief, es hat sich aber darauf nichts gerührt. Als auch mein zweiter Versuch erfolglos blieb, dachte ich, daß der Besucher der Höhle schon wieder fort ist.«

»Sie sind doch wohl nicht hineingeklettert?« McCormack klatschte die Hände über dem Kopf zusammen.

Eve verneinte lächelnd.

»Natürlich nicht ... Ich hasse eigentlich Höhlen. Seit meiner Kindheit kann ich dunkle Löcher nicht ausstehen. Ist bestimmt auch so eine Phobie ... Ich wollte einfach nicht weiter. Es schien wie gesagt sowieso leer zu sein; ich glaubte, mein Vorgänger habe schon längst die Bergspitze erreicht. Ich war müde, und meine gute Laune war fort. Ich wollte mich kurz vor dem Spalt ausruhen und dann wieder zurückkehren zum Lager.« Sie sackte ein wenig in sich zusammen wie die lebendige Skulptur der Müdigkeit. »Ich wollte schon wieder aufstehen, als ... als ... diese furchtbare Sache passierte.« Plötzlich zuckte ihr ganzer Körper, ihr Kopf fiel nach vorne, ihre Schultern bebten vor Aufregung. Baxter tätschelte beruhigend ihren Arm.

»Was für eine furchtbare Sache?« fragte ich schnell, damit es ihr nicht wieder schlecht wurde.

Ihr wurde aber nicht schlecht, sie fand sogar die Kraft, langsam Baxters Hand wegzuschieben.

»Danke, es wird schon«, flüsterte sie, »mir geht es besser ... Ich spüre immer noch diese Hand ...«

»Hand?«

»Sie war stark und ... und ...«

»Und?«

»Also ... ich weiß nicht, wie man es am besten ausdrückt. Vielleicht ... ja: erbarmungslos. Es war eine erbarmungslose Hand.«

»Hat er sie geschlagen?«

Sie schüttelte den Kopf.

»Er griff nach meinem Hals und drückte zu. Ich kriegte keine Luft mehr.«

»Miss Pickford, bitte ... Das ist jetzt sehr wichtig! Sie sagen also, daß Sie vor der Höhle saßen?«

»Ja. Mit dem Rücken zum Spalt; ich ... ich beobachtete das Lager und die Sonne. Die Zelte glänzten wie riesige Apfelsinen im Schnee.«

»Hörten Sie etwas von innen?«

»Aus der Höhle?«

»Ja.«

»Nichts ... beziehungsweise ...«

»Ja?«

»Ein seltsames Rascheln vielleicht. So als ob kleine Perlen den Felsen herunterrollen. Es könnten Steine gewesen sein ...«

»Also hatte sich der Schweinehund in der Höhle versteckt«, brummte McCormack.

»Und Sie dachten gar nicht daran, daß Ihnen jemand etwas Böses wollte?« fragte Sera überrascht.

»Ich erinnere mich nicht. Alles ging so schnell, daß mir gar keine Zeit zum Nachdenken blieb. Wahrscheinlich war ich überrascht, etwas hinter mir zu hören. Aber ich hatte es wohl nicht für wichtig gehalten. Es war nichts Erschreckendes in der ganzen Gegend. Das Hämmern der Sherpas klang noch in meinen Ohren, als ob sie direkt neben mir arbeiten würden. Und dann ergriff plötzlich von hinten jemand meinen Hals und drückte zu. Da spürte ich dann diese erbarmungslosen Hände … Ich weiß gar nicht, ob ich geschrien habe oder mich einfach nur in seinen Armen wand.«

»Haben Sie sein Gesicht zufällig gesehen?« Sera beugte sich näher heran.

»Nein. Ich sah nur seine Hände. Beziehungsweise nur das Handgelenk, da er Handschuhe anhatte. Solche wie jeder von uns sie hat. Braune Expeditions-Einheitsware. Sein Arm war vom Anorak verhüllt. Von einem orangefarbenen, natürlich.«

»So kommen wir nicht weiter!« seufzte Sera.

»Sie leisteten also Widerstand?« stellte McCormack fest.

Eve nickte.

»Genau. Und Sie sagen ja, ich hätte auch um Hilfe geschrien.«

»Und wie ging es dann weiter?«

Sie starrte eine Zeitlang vor sich hin, antwortete dann schleppend: »Ich weiß nicht. Das nächste, an das ich mich erinnern kann, ist mein Rutschen im Schnee. Und ich dachte dabei immer nur an das eine.«

»An was?«

»Das ich tot bin, und … und … jetzt in die eisige Hölle falle …«

Sie zuckte zusammen, verstummte.

»Das ist alles?« fragte Sera.

Eve Pickford nickte zustimmend.

Eine Weile war es still, keiner von uns sagte etwas. Schließlich meldete sich Pietro Rollo zu Wort, bis jetzt ein stummer Zeuge.

»Vielleicht … sollten wir klären, wer vorhin was gemacht hat. Alle, die wir hier sind.«

»Und dieser Mörder entkommt!« Sera war außer sich. »Wir haben ohnehin schon viel zu viel Zeit vergeudet … Mr. Lawrence und ich gehen vor, die anderen bleiben hier, falls der Unbekannte schießen sollte.«

Es wurde nun richtig dunkel, und mir war aus Erfahrung

klar, daß wir schon zu spät waren. Vermutlich waren wir es schon gewesen, als Eve Pickford um Hilfe gerufen hatte und wir immer noch im Tal herumrannten. Ich war mir sicher, daß derjenige, der Eves Schwanenhals bedroht hatte, schon längst gemütlich in seinem Zelt saß und heißen Tee trank.

»Es hat keinen Sinn, Sera«, sagte ich. »In dieser verdammten Dunkelheit würden wir nicht mal einen Elefanten finden!«

In diesem Moment aber erschien die volle Scheibe des Mondes am Himmel, die Wolken machten Platz, und er spendete helles, silberfarbenes Licht. Alles war beinahe ebenso deutlich zu sehen wie am Tag.

Seras Gesicht erhellte sich ebenfalls.

»Jetzt können Sie nicht nur einen Elefanten, sondern auch eine Maus finden. Oder haben Sie plötzlich Angst bekommen? Soll ich alleine gehen?«

Es war nicht sein mißbilligender Ton, der mich nervte. Ich hatte eher Angst, die anderen würden nicht verstehen, warum ich nicht mit ihm mitgehen wollte. Ich schnappte mir wieder meine 38er und tat so, als habe mich auch das Jagdfieber gepackt.

»Sie haben recht, Hauptmann! Jetzt treffe ich sogar eine Maus! Vorausgesetzt, ich begegne einer …«

23

Sera näherte sich der Spalte von links, ich von rechts. Die Umgebung der Höhle lag trotz des hellen Mondscheins im Dunkeln, und ich wußte, daß wenn sich jemand entgegen meiner Überzeugung doch darin befinden würde, wir die besten Ziele der Welt abgäben, während er vollkommen unsichtbar bliebe.

Fünfzig Schritte von dem Spalt entfernt spürte ich wieder den Sauerstoffmangel. Ich ließ mich auf den Schnee fallen, keuchte wie ein Hund in der Mittagssonne und ließ wahrscheinlich sogar meine Zunge heraushängen, um so viel Luft wie nur möglich zu bekommen. Ich glaube, wenn mich ein Produzent dabei gesehen hätte, würde ich sofort die komischste Rolle Hollywoods erhalten haben. Selbst die humorlosesten Menschen hätten sich bei dieser Pose zu Tode gelacht.

Ich schaute zu Sera. Der Hauptmann lehnte sich an den Stamm eines einsamen Tannenbaumes, der weit entfernt von seinen Artgenossen auf dem kahlen Berghang wuchs. Der Polizist hing zwischen seinen Ästen wie zerbrochener Weihnachtsschmuck.

Mindestens zehn Minuten lang keuchten wir um die Wette. Dann standen wir wie abgesprochen gleichzeitig auf, um die letzte Etappe zu meistern. Unter meinen Füßen knirschte der Schnee, und die ganze Zeit über hatte ich das ungute Gefühl, daß ich mit meinem hellen Anorak ein einfaches Ziel für jeden Sonntagsschützen abgeben würde. Sera schien sich dessen nicht bewußt zu sein, denn er marschierte unbekümmert weiter in Richtung Höhle.

Plötzlich blieb ich stehen, ohne erklären zu können, warum. Meine Hand krampfte sich um den Griff der Pistole, meine Augen wanderten über unsere Umgebung. Blaue Dunstwolken entstiegen meinem Mund und wurden sofort von der Luft des Kleinen Salu-Tales in Stücke gerissen. Und dann entdeckte ich den orangefarbenen Anorak neben dem Eingang des Spaltes.

In der nächsten Sekunde lag ich schon auf dem Boden und rollte mich zur Seite, um nicht allzu leicht getroffen zu werden.

»Passen Sie auf, Sera!« schrie ich. »Da ist einer in der Höhle!«

Aus den Augenwinkeln sah ich, wie sich der Drogenfahnder ebenfalls in den Schnee fallen ließ. Hinter mir hörte ich es knirschen. Einer oder mehrere waren uns gefolgt; vorsichtig schaute ich mich um und sah zu meiner Bestürzung Eve Pickford auf mich zukriechen.

Ich hob meine Hand und winkte: »Zurück! Sofort zurück! Zurück!«

Eve hörte nicht auf mich. Sie kam immer näher, und als ich sie fast schon hätte berühren können, sah ich in ihrer Hand etwas aufblitzen.

Einen großkalibrigen Armeerevolver.

24

Ich muß zugeben, ich war ziemlich durcheinander. Vor mir der orangefarbene Anorak, hinter mir Eve Pickford, die mit einem Revolver herumspielte. Trotz der Kälte tanzten Schweißtropfen auf meinem Rücken. Meine Nerven tanzten auch; möglicherweise einen heißen Rock 'n' Roll.

»Was suchen Sie denn hier? Und wo haben Sie dieses ... Ding her?« herrschte ich sie an.

Ihre Augen verengten sich, und ich sah, daß die Hand mit der Waffe zitterte.

»Wo ist er?« fragte sie heiser, als wir Kopf an Kopf lagen.

Ich wollte antworten und dachte dabei darüber nach, ob ich ihr den Revolver aus der Hand reißen sollte, als sie einfach, ohne ein Wort zu verlieren, aufstand und zweimal in die Dunkelheit ballerte. Im nächsten Moment lag sie wieder neben mir, denn ich hatte ihr die Füße weggezogen. Dabei spürte ich, wie ihr ganzer Körper in einem Weinkrampf zitterte.

Einige Meter entfernt bellte auch Seras Pistole, dann wurde es still. Ich hielt das Mädchen fest und versuchte, sie zur Seite zu ziehen. Wenn schon jemand auf uns schoß, sollte er nicht unbedingt unsere Köpfe treffen ...

In der Höhle blieb es aber seltsamerweise still, der orange Anorak hatte überhaupt nicht vor zurückzuschießen.

Eve lag im Schnee und weinte. Ich bückte mich und hob ihre Waffe auf; es war ein 38er Kaliber.

»He!« hörte ich Sera rufen. »Was ist passiert? Hat er auf Sie geschossen?«

»Sie können das Feuer einstellen!« rief ich zurück. »Die Schüsse kamen nicht aus der Höhle.«

»Haben Sie ...?«

»Später, Sera! Lassen Sie uns jetzt endlich hingehen und nachschauen, wer es ist!«

»He!« schrie der Polizist aufgeregt. »Sind Sie verrückt? Der durchlöchert Sie doch!«

Ich stand schon längst aufrecht und näherte mich dem Spalt. Die paar Schritte hatten aber schon genügt, um zu sehen, was los war. Vor dem Eingang saß eine bewegungslose Gestalt. Die Arme waren in den Schoß gelegt und der Kopf nach vorne gebeugt, als ob sie schlafen würde.

Ich drehte mich um und winkte dem Hauptmann zu.

»Sie können aufstehen, Sera! Hier schießt keiner auf Sie!«

Er kam langsam näher, sah zuerst mich an, dann die sitzende Figur.

»Mein Gott, Lawrence! Wir haben ihn umgebracht!«

Eve Pickford hinter mir weinte, und ich hörte, wie sich Baxter wieder um sie kümmerte. McCormack und Rollo rannten zu uns hoch.

»Haben Sie ihn erschossen?« fragte aufgeregt der Schotte.

Ich schüttelte den Kopf.

»Wohl kaum. Aber kommen Sie mit.«

Im Gänsemarsch legten wir die restlichen zwanzig Meter zurück. Dann sammelten wir uns stumm vor der Höhle. Eve Pickford hatte recht gehabt: es war eher eine Spalte, sicherlich nicht länger als zehn oder zwanzig Schritte. Auf die Wände waren tibetische Schriftzeichen gemeißelt; über dem Eingang bezeugte ein »Om Mani Padme Hum« den ewigen Ruhm der drei Edelsteine: Buddha, die Lehre und die Kirche.

Zerknitterte Tannenbäumchen auf den Felsen zitterten in der immer kälter werdenden Nacht, und auch der Mond beugte sich neugierig zu uns herunter. Es gab ja auch genug zu sehen. Unten das Lager, weiter höher das kleine Wäldchen, hier oben die leise vor sich hin weinende Eve Pickford, die sie tröstende Miss Baxter und schließlich wir vor dem Höhleneingang. Und natürlich der Eigentümer des orangen Anoraks. Wir standen um ihn herum und starrten ihn an. Er nahm, einem Schlafenden gleich, keine Notiz von uns, saß reglos im kalten Schnee mit herabhängendem Kopf.

Und wenn kein Purbu in der Höhe seines Herzens gesteckt hätte, wäre es sogar möglich gewesen, daß er sich nur von den Anstrengungen des Bergsteigens erholte.

Aber es steckte nun mal das Opfermesser in seiner Brust.

25

Pietro Rollo starrte die Leiche mit weit aufgerissenen Augen an.

»Dio! Man hat ihn umgebracht … Wer ist das?«

McCormack beugte sich über den Toten und griff nach seinem Arm. Der Mann fiel daraufhin langsam zur Seite.

»Cohen!« rief McCormack. »Guy Cohen, der Ethnologe!«

»Dio!« wiederholte sich der Italiener. »Mit dem ist es aus! Tot, ermordet!«

Ich stand da, an die Felswand gelehnt, und mir fiel einfach nichts Gescheites ein, höchstens, daß falls es so weitergehen sollte, wir wahrscheinlich mit einem extrem niedrigen Aufgebot in Khangpa eintreffen würden.

»Was ist da oben los?« hörten wir Baxters Stimme. »Sollen wir raufkommen?«

Ich hörte Eves Weinen nicht mehr, also schien es Miss Baxter gelungen zu sein, sie zu beruhigen.

»Bleiben Sie, wo Sie sind!« rief ich zurück. »Beziehungsweise … gehen Sie ins Lager!«

Baxter schwieg, und wir schauten uns an.

»Das ist schon der dritte!« sagte Sera drohend.

»Wer könnte es gewesen sein?« fragte Rollo.

»Der, der auch Miss Pickford umbringen wollte«, brummte McCormack.

»Und wenn er es war?« Sera deutete auf den Toten.

»Ach kommen Sie, Hauptmann!« regte sich der Schotte auf. »Guy Cohen, für den Nobelpreis vorgesehen, erwürgt keine Frauen. Könnten Sie sich vorstellen …«, und er winkte traurig ab.

Sera antwortete nicht, murmelte nur etwas vor sich hin.

In dem Moment knirschte hinter uns der Schnee, und erschrocken drehten wir uns alle gleichzeitig um. Es war nur Miss Baxter, die Eve Pickford mit sich brachte.

»Habe ich nicht gesagt ...«, wollte ich schon loslegen, aber Baxter hob ihre Hand und schnitt damit mein Wort ab.

»Ja, ist ja gut. Schalten Sie sich ab. Ich habe mindestens genausoviel Recht, hier zu sein, wie Sie! Wenn ich mich nicht irre, geht es bei diesem Spiel auch um meine Haut, oder?«

Das entsprach leider den Tatsachen.

»Sie hätten wenigstens das Mädchen ins Lager bringen können ...«

Daraufhin war natürlich Eve Pickford beleidigt.

»Ich bin kein Mädchen ... Außerdem geht es mir besser. Und ich will hierbleiben.«

Nun, es wäre sinnlos gewesen, sich dagegen zu wehren.

»Entschuldigung«, sagte ich und machte ihnen Platz. »Schauen Sie sich nur ruhig um. Das hier ist eine Höhle, und das dort ist eine Leiche. Züricher Maronen habe ich leider nicht dabei.«

Baxter blitzte mich von der Seite an.

»Schämen Sie sich!«

Ihre Worte waren so scharf wie ein Messer. Wenn ich das doch bloß auch von meinem Verstand hätte behaupten können!

26

Das Ganze ähnelte einem gutgemachten Horrorfilm: der Eingang einer Höhle, die vom Mondlicht nur spärlich beleuchtet wird, eine Leiche mit einem Opfermesser in der Brust und fünf seltsame, verunsicherte, in orangefarbene Kutten gehüllte Leute, die zwar zur Zeit noch am Leben waren, aber, jedwede Etikette außer acht lassend, über dem Toten in einen heftigen Streit verwickelt sind.

Alle redeten durcheinander, mein Kopf fing langsam, aber sicher an weh zu tun. Ich hob die Hand und nach einer Weile waren alle still.

»Miss Eve ... Sie sagten vorhin, als Sie durch den Wald kamen, sahen Sie einen Anorak aufblitzen. Stimmt das?«

Sie nickte stumm.

»Und daß es vielleicht nicht nur einer war, sondern eventuell sogar zwei, die Sie überholt hatten?«

Wieder nickte sie, jetzt nicht mehr so sicher.

»Ich weiß nicht; ich hatte so ein Gefühl, daß es zwei waren ...«

»Weswegen?«

»Zuerst ... hörte ich ein Geräusch von links. Ich schaute dahin, und ... Ja, jetzt erinnere ich mich wieder an die sanft schwingenden Äste und den herunterrieselnden Schnee. Irgend etwas blitzte zwischen den Stämmen auf, ein leuchtender Anorak. So wie Ihrer oder meiner. Ja, es war ein Anorak ... Als ich richtig hinsehen wollte, war er schon wieder verschwunden.«

Während sie das alles erzählte, hielt sie ihre Augen geschlossen; als ob sie es noch einmal durchleben wollte.

»Erzählen Sie weiter!« warf ich ungeduldig ein.

»Dann tat ich ein paar Schritte und hörte wieder ein Geräusch, fast von derselben Stelle wie vorher. Und wieder sah ich einen Anorak, so wie vorher ... Das ist alles.«

Und damit öffnete sie ihre Augen.

Sera war unzufrieden.

»Das ist alles? Das ist doch Mist, kein Beweis! Was Sie da erzählt haben, kann höchstens beweisen, daß eine Person dort war, nämlich der arme Cohen!«

Ich unterbrach ihn: »Eve, Sie sagten, daß der Anorak zweimal an derselben Stelle auftauchte?«

»Ja, fast.«

»Und Ihrer Meinung nach, Hauptmann, bedeutet dies, daß dort nur ein Mann war?«

»Natürlich! Was denn sonst?«

»Genau das Gegenteil.«

»Wieso denn das?«

»Passen Sie mal auf: Miss Pickford klettert durch den Wald nach oben. Das Schneetrampeln ist ziemlich mühselig, wie wir ja alle aus eigener Erfahrung wissen. Man muß sich schon anstrengen, um hoch zu kommen.«

»Natürlich«, sagte Sera.

»Im Wald ist es ja noch schwieriger. Man muß den Tannen ausweichen, die Äste zur Seite halten und aufpassen, daß der Schnee von den Zweigen einem nicht ins Gesicht fällt. Stimmt's?«

»Ja, zum Teufel! Aber worauf wollen Sie hinaus?«

»Warten Sie einen Moment, Hauptmann! Also, Miss Pickford klettert hoch, im knietiefen Schnee, umgeht dabei die Bergkiefern und hält die Äste von sich fern. War es so?«

»Genau so«, antwortete das Mädchen.

»Dann hört sie ein Geräusch. Sie schaut nach links, und was sieht sie? Einen orangen Anorak, der kurz aufblitzt und dann wieder verschwindet … Oder?«

»Kann sein«, brummte Sera.

»Miss Pickford bleibt für einen Moment stehen, will dann aber weiter.«

»Ich bin auch weitergegangen.«

»Wie weit?«

»Das weiß ich nicht … Aber sicher nicht viel. Vielleicht zwei Schritte.«

»Und dann?«

»Also … Ach ja. Ich blieb wieder stehen und schaute noch mal dahin zurück.«

»Warum denn?«

»Wieso, warum? Ich dachte, daß es einer von Ihnen sei. Ich habe sogar gerufen, Ihren Namen, Mr. Lawrence.«

»Wieso denn gerade meinen?«

»Also …darauf kann ich jetzt wirklich nicht antworten.«

»Nun gut. Fahren wir fort. Was glauben Sie, warum hat Miss Pickford den ersten Anorak gesehen?«

»Was soll denn dieser Blödsinn?« Auch Baxter wurde mißtrauisch.

»Natürlich, weil sie hingeschaut hat.«

Ich schüttelte den Kopf.

»So meinte ich es nicht … Aber ich will Ihnen helfen: weil dieser jemand in dem Anorak ebenfalls nach oben kletterte. Und die Zweige genauso zur Seite schob wie Miss Pickford. Und Sie konnte ihn deswegen nur für eine Sekunde sehen, weil dann die Zweige wieder zurückschlugen und den Mann verdeckten. Stimmt das?«

Pickford schloß wieder die Augen.

»Wenn ich mich richtig erinnere, stand ich auf einer kleinen Lichtung.«

»Wunderbar! Unser Mann erschien Miss Pickford für einen Moment und ging gleich weiter.«

»Aber wieso in Gottes Namen blieb er nicht stehen, wenn ihm Eve schon zugerufen hat?« fragte Baxter schlechtgelaunt.

»Weil Miss Pickford nicht ihm, sondern seinem Verfolger zugerufen hatte!«

»Was denn für ein Verfolger schon wieder?« jammerte Sera.

»Denken Sie nach, Hauptmann! Miss Pickford hörte etwas knacken, machte zwei Schritte und vernahm von derselben Stelle wieder ein Geräusch. In beiden Fällen sah sie einen orangen Anorak.«

Sera kratzte sich am Kopf und blickte mich verzweifelt an.

»Mr. Lawrence, mir wird schwindelig von Ihren Anoraks!«

»Halten Sie noch ein paar Sekunden durch! Also erschien ein zweiter Anorak. Und das bedeutet, daß jemand dem Eigentümer des ersten gefolgt ist. Beide mußten denselben Ast zur Seite ziehen, wenn sie weiterkommen wollten, also hat Miss Pickford auch zweimal einen Anorak gesehen.«

Alle schwiegen und dachten ein wenig nach.

»Das klingt logisch«, murmelte McCormack. »Das würde also bedeuten, daß jemand, wahrscheinlich Cohen, den Hang hinauf wollte, und von einem Zweiten verfolgt wurde …«

»Genau.«

»Als Miss Pickford aus dem Wald kam, sah sie nur noch einen Pfad, der zur Höhle führte. Cohen kam hierher, und der andere folgte ihm in seinen Spuren.

»Richtig.«

»Dann klingt das alles sehr überzeugend«, sagte der Schotte.

»Einen Moment«, warf Sera ein, »für mich klingt das noch gar nicht so überzeugend. In Ordnung, sie sind gemeinsam hier hochgekommen, aber dann?«

»Dann«, fuhr ich fort, »während Cohen nichtsahnend die Gegend bestaunte, schlich sich unser Mann an ihn heran oder näherte sich ihm offen; vergessen Sie nicht, der arme Cohen konnte ja nicht ahnen, daß der Mörder vor ihm steht. Und so wurde er einfach abgestochen.«

»Brrr!« Eve Pickford zuckte zusammen.

»Dann aber hörte er Miss Pickford kommen. Er schnappte sich die Leiche und verschwand mit ihr in der Höhle.«

»Oh, mein Gott!« Eve wurde blaß, griff sich automatisch an den Hals.

»Miss Pickfords Glück war sicherlich, daß sie nicht in die Höhle wollte. Wenn sie es getan und den Mörder entdeckt hätte, wäre sie jetzt bestimmt auch tot.«

»Dio!« seufzte der Italiener. »Was für ein Monster!«

»Eve ging zum Glück nicht hinein, schaute sich nur draußen um. Trotzdem fühlte sich der Mörder nicht besonders wohl.«

»Warum denn?« fragte Miss Baxter.

»Weil er mit dem Toten im Spalt war. Als er nach oben kam, hatte er sicher entdeckt, daß mehrere andere auf dem Weg hierher waren. Hauptmann Sera, Professor Rollo und ich, McCormack und Miss Baxter ... Nun, zu Recht hätte er erwarten können, daß einige von uns, erstmal angekommen, auch einen Blick in die Höhle geworfen hätten. Und das mußte er natürlich verhindern.«

»Oh, mein Gott«, wiederholte Eve flüsternd und wurde noch blasser.

»Er hatte zwei Möglichkeiten: entweder bringt er Miss Pickford um, oder er erschreckt sie so sehr, daß er in dem darauffolgenden Tumult durch den Wald entkommen kann ... Aus irgendeinem Grund hat er, Gott sei Dank, die zweite Variante gewählt.«

»Hat sie ihm etwa leid getan?« Sera schüttelte den Kopf.

Ich sah, wie Eve am ganzen Leib zitterte, und durfte davon ausgehen, daß sie bald wieder zu weinen anfing. Um dies zu verhindern, beendete ich schnell meine Folgerungen: »Ich weiß es nicht. Unser Mörder ist nicht der Typ, dem irgend jemand leid tun würde. Möglicherweise war es ihm wichtiger, daß Eve eine Panik verursacht ... Für ihn war es besser, daß sie einen Nervenzusammenbruch bekommt, anstatt zu sterben.

»Das klingt ein wenig geheimnisvoll«, brummte McCormack.

»Zugegeben«, sagte ich, »aber mir fällt nichts Besseres ein. Ich versuche mich nur in seine Lage zu versetzen.«

»Und wie gefällt es Ihnen dort?« stichelte Baxter; ich ging aber nicht darauf ein.

»Natürlich kann es genausogut sein«, fuhr ich fort, »daß er darauf hoffte, die Schreie von Miss Pickford würden uns von der Höhle ablenken. Was dann ja auch geschah.«

Eine Weile wurde es still, und ich glaube, wir dachten dabei alle an dasselbe. Schließlich war es Sera, der die Frage laut aussprach: »Und ... wenn alles so passiert ist, wie Sie es sagen, Mr. Lawrence, wo ist dann Ihrer Meinung nach der Mörder?«

»Der Mörder?« fragte ich absichtlich langsam. »Der Mörder? Ohne Zweifel unter uns ...«

27

Eisige Stille lag über dem Eingang zur Höhle und wieder war es der Hauptmann, der das Schweigen brach: »Blödsinn!« fluchte er. »Woher wollen Sie das so genau wissen? Dann können Sie ihn ja gleich beim Namen nennen ... Ich schwöre Ihnen, ich bringe ihn zu Fuß in Handschellen nach Katmandu!«

Baxter belächelte den Drogenpolizisten.

»Haben Sie überhaupt Handschellen, Sera?«

Mit blutrünstigen Augen starrte er sie an.

»Ich habe das nur symbolisch gemeint, und das wissen Sie ganz genau! Ganz genau!«

»Was soll denn das schon wieder heißen, Sera?«

Mir schien, daß sich die Spannung bis ins Unerträgliche gesteigert hatte. Also wollte ich ein bißchen Luft rauslassen: »Was ich sagte, war nur eine Vermutung ...«, fuhr ich zwischen die beiden.

Professor Rollo nutzte die Gelegenheit und schloß sich mir an.

»Natürlich! Nur eine Vermutung! Es kann ja sein, daß der Mörder schon längst unten im Lager ist.«

»Unmöglich«, behauptete Eve Pickford. »Dann hätten wir ihn sehen müssen. Zwischen den Zwergtannen und dem Zeltlager ist eine halbe Meile lang rein gar nichts. Keiner kann ungesehen darüberlaufen ...«

»Vielleicht hatte er sich irgendwo versteckt. Zwischen den Bäumen. Und jetzt, im Schutze der Dunkelheit, ist er dann entkommen.«

Wir diskutierten nicht weiter, obwohl wir alle wußten, daß Rollos Vermutung relativ unwahrscheinlich klang. Den blendend gelben Anorak hätte man von hier oben auch zwischen den Zwergtannen entdeckt, selbst wenn der Täter ihn ausgezogen hätte. Er wäre unseren Blicken nur entkommen, wenn er sich im Schnee verbuddelt hätte.

Ich beschäftigte mich allerdings schon längst mit etwas anderem. Ich hatte immer noch Eve Pickfords Revolver in meiner Tasche. Und diesbezüglich hätten mich noch ein paar Kleinigkeiten interessiert. Zum Beispiel, warum sie ihn vor mir versteckt hatte, als ich auf dem Paß danach fragte.

28

Wir standen immer noch vor der Höhle und beobachteten einander mißtrauisch. Wer von uns konnte es wohl sein, der kaltblütig die unschuldigen Wissenschaftler umbrachte? Und überhaupt … Waren sie denn wirklich unschuldig gewesen?

Da sich keiner rührte, hielt ich die Zeit für gekommen, die Sache mit Eve Pickfords Waffe zu klären. Ich holte sie aus meiner Tasche hervor und hielt sie ihr vor die Nase.

»Miss Pickford …«

Sie griff nach dem Revolver, doch ich zog ihn schnell zurück. »Entschuldigen Sie bitte, aber vorher hätte ich noch ein paar Fragen.«

Sie errötete leicht, und ihr Gesicht wurde irgendwie härter.

»Mit welchem Recht?« fragte sie scharf; ich konnte nichts mehr von der vorherigen Verzweiflung oder Ratlosigkeit in ihrer Stimme entdecken. Wenn ich sie in dem Moment zum ersten Mal gesehen hätte, würde ich nicht glauben, daß sie auch weinen konnte.

Die plötzliche Metamorphose hatte mich etwas stutzig gemacht, also nahm ich mich zusammen.

»Ich berufe mich nicht gerne auf irgendwelche Rechte, aber unser Brötchengeber, Mr. Thompson, hat angeordnet, daß ich in einer außerordentlichen Situation die Leitung übernehmen soll. Und drei Leichen könnte man als eine außerordentliche Situation auffassen, oder?«

Ärgerlich zuckte sie mit den Schultern.

»Mr. Thompson? Sagen Sie mal, glauben Sie überhaupt noch an dieses Phantom?«

Ich wollte antworten, aber Sera war schneller. »Es ist vollkommen egal, wer dieser Mr. Thompson ist. Es ist auch egal, ob er überhaupt existiert. Wir existieren auf jeden Fall und leider auch der Mörder. Wir sind in einer Notlage. Und wir vertrauen alle Mr. Lawrence, oder?«

Die anderen sagten nichts, selbst Miss Baxter blieb still.

Eve Pickford schaute sich um, fand aber keinen Zuspruch.

Also ergab sie sich schließlich mürrisch: »Von mir aus … Fragen Sie, was Sie wollen.«

Ich hielt ihr wieder die Waffe vor das Gesicht.

»Miss Pickford … Gehört der Ihnen?«

Sie blickte mich an und nickte.

»Es scheint so.«

»Können Sie sich erinnern, daß ich oben auf dem Paß jeden fragte, ob er oder sie eine Waffe besitzt? Nachdem man auf mich geschossen hatte. Wieso haben Sie es da nicht zugegeben? Hatten Sie vielleicht Angst?«

»Warum ich es nicht sagen wollte? Das hat sogar zwei Gründe. Wollen Sie sie hören?«

»Wenn es Ihnen nichts ausmacht.«

»Nummer eins: Ich wollte nicht verraten, daß ich bewaffnet bin. Vor allem, nachdem man auf Sie geschossen hatte! Sollte doch der Mörder denken, daß ich schutzlos bin, nicht wahr? Das ist doch logisch!«

Nun, das war es zweifelsohne, allerdings mit einem kleinen Fehler. Natürlich hielt ich es nicht aus, ihn nicht zu erwähnen: »Glauben Sie, daß Ihnen der Revolver viel geholfen hätte?«

Sie dachte gar nicht daran, mir zu antworten, hielt nur ihren Zeigefinger hoch.

»Nummer zwei: Ich wollte mich auch Ihnen nicht ausliefern und verraten, ob ich eine Waffe habe oder nicht. Wieso auch?«

»Darauf habe ich eben schon etwas gesagt.«

»Naja«, sagte sie kühl, »aber was ist, wenn Sie der Mörder sind?«

»Sehen Sie«, versuchte ich ebenso ruhig zu bleiben, »die ersten beiden Morde könnten Sie mir ja noch anhängen, aber mit diesem hier kämen Sie nicht weit …«

»Ach ja?«

»Sie vergessen, daß ich den ganzen Weg bis zur Höhle mit Professor Rollo zusammengewesen bin. Keine Minute haben wir einander aus den Augen verloren. So war es doch, oder?«

»Oh, natürlich … natürlich«, bestätigte der kleine Italiener.

Eve Pickford lächelte.

»Aber mir reicht das nicht! Ich möchte die Aufmerksamkeit der Anwesenden auf ein wichtiges Detail lenken: als Professor O'Hara ermordet wurde, hatte Miss Baxter einen wunderbaren Einfall, nämlich daß Mr. Lawrence der Mörder sein könnte.«

»Zweifellos ein wunderbarer Einfall«, brummte ich.

»Na, na«, Baxter erhob ihren Zeigefinger, »das war kein konkreter Verdacht. Ich wollte nur die Möglichkeit klarstellen, daß sein Alibi nicht hieb- und stichfest ist.«

»So wollte ich es auch formulieren«, Miss Pickford nickte. »Miss Baxter nahm an, daß das Alibi von Mr. Lawrence wertlos sei. Nachdem er O'Hara getötet hatte, gab er die Leiche seinem Komplizen, der auch den fürchterlichen Schrei fabrizierte. Natürlich erst, als Mr. Lawrence schon wieder bei uns war.«

»Eine ziemlich ... dumme Theorie«, murmelte Hauptmann Sera.

»Warum denn dumm?« gab Pickford zurück. »Jetzt ist die Situation doch wieder mal dieselbe! Keiner hat ein Alibi, nur Mr. Lawrence. Ist das kein günstiger Zufall?«

Pietro Rollo merkte erst bei diesen Worten, worauf das Spiel hinauslief. Er sperrte den Mund auf und stammelte: »Dio! Wollen Sie etwa sagen, daß ... daß Mr. Lawrence ein Verbrecher ist?«

Eve Pickford stemmte die Hände in die Hüften.

»Warum denn nicht? Nur weil Mr. Lawrence der Beauftragte dieses nie gesehenen Phantoms Mr. Thompson ist? Wenn Gefahr droht? Wer hat je gehört, daß Sie dazu verpflichtet wurden? Haben Sie einen Zeugen?«

»Stewart«, antwortete ich.

»Ach! Und womit kann Stewart das beweisen? Wenn er auch lügt? Was ist dann?«

In diesem Moment schüttelte Baxter den Kopf und nahm Eve wieder in ihren Arm.

»Vielleicht haben Sie ja recht, Eve. Aber wir erreichen nicht viel mit grundlosen Verdächtigungen. Damit helfen wir nur dem Mörder. Wenn Anarchie ausbricht, fressen wir einander auf wie die Kannibalen.«

Auch McCormack nickte heftig.

»Lassen Sie uns Mr. Lawrence als Mr. Thompsons Beauftragten anerkennen. Etwas Besseres können wir sowieso nicht machen.«

Unerwartet schnell gab Eve Pickford auf.

»In Ordnung. Ich habe nur meine Zweifel aufgezählt. Allerdings gibt es noch einen Grund, warum ich Ihnen nicht meinen Revolver geben wollte, Mr. Lawrence!«

»Und zwar?«

»Vielleicht werden Sie es mir nicht glauben, aber es ist ein Familienstück. Er hat meinem Vater gehört, im Weltkrieg ...«

Ihre Stimme klang traurig, aber sie konnte mich nicht erweichen.

McCormack hob sein Gesicht wie ein Soldat, der die Trompete hört.

»Familienstück?«

»Ja. So unglaublich es auch klingen mag.«

»Nein, nein, Sie verstehen mich falsch«, verteidigte er sich. »Ich glaube es, nur ... wie ist er zu Ihnen gekommen, Miss Pickford?«

Das Mädchen senkte den Kopf, schwieg ein paar Sekunden und antwortete dann zögernd:

»Es gehört zwar nicht hierher ... und ist absolute Privatsache ... aber ... also, man hat meinen Vater getötet, und ich hab' die Waffe geerbt.«

Zufällig schaute ich gerade Sera an, als Eve die letzten Worte aussprach, und so sah ich, daß seine Nasenflügel zu beben begannen wie bei einem Jagdhund, der Beute wittert.

»Das wird ja immer interessanter«, murmelte er, »also wurde Ihr Vater ermordet?«

Eve nickte stumm.

Plötzlich erschien ein kleines Licht, eine winzige Flamme in der hintersten Ecke meines Gehirns. Meine Nasenflügel bebten in diesem Moment wahrscheinlich genau wie Seras.

»Wie hieß Ihr Vater, Miss Pickford? Doch nicht ...?«

»Ich weiß nicht, an wen Sie denken«, sagte sie stolz, »aber mein Vater war Admiral John Pickford.«

»Picky!« brach es aus McCormack heraus.

Sera war verblüfft.

»Kannten Sie ihn?«

Der Schotte zog sich zurück.

»Mhm«, brummte er, »noch im Krieg ... Es war aber nur oberflächlich ...«

Ich sah, daß McCormack es schon bedauerte, sich verraten zu haben, also wollte ich ihn nicht mit Fragen belästigen.

Sera ließ sich aber nicht so leicht abwimmeln.

»Halt, halt! Einen Moment! Miss Pickford, Sie sagten doch eben, daß Ihr Vater umgebracht wurde?«

Sie war etwas blaß, versuchte aber, einen gleichgültigen Gesichtsausdruck zu machen.

»Ja. Mein Vater wurde getötet ...«

»Im Krieg?«

»Nein. Nach dem Krieg. In London.«

»Wer?«

»Ich weiß es nicht. Es war wohl ein Raubmord. Die Polizei konnte den Täter nicht fassen. Aber das ist auch nicht mehr wichtig. Der Fall wurde abgeschlossen. Ich habe es nur erwähnt, um zu erklären, warum ich so an diesem Revolver hänge. Ich glaube, das ist alles, was ich sagen kann!«

Sera hatte immer noch keine Ruhe.

»Na, so einfach ist das aber nicht! Vielleicht ist da ein Zusammenhang zwischen dem Tod Ihres Vaters und diesen Morden hier!«

»Was denn für einer?« griff ihn McCormack scharf an. »Es wurde ja nicht Miss Pickford umgebracht, sondern ein paar Wissenschaftler, die noch nicht mal von John Pickford gehört haben. Oder täusche ich mich da?«

»Nein«, versicherte Eve, »sie kannten ihn nicht. Woher auch?«

Sera brummte noch etwas, gab dann aber auf. McCormacks Argumente schienen ihn überzeugt zu haben. Also versuchte ich, die Fakten zusammenzufassen: »Auf jeden Fall war es ein Fehler, Miss Pickford, mir nicht den Revolver zu zeigen. Es fehlt nämlich immer noch die Waffe, aus der auf mich geschossen wurde. Mit Recht könnte ich jetzt annehmen, daß es Ihre war.«

Eve wurde wieder blaß.

»Ich verbitte mir diese Verdächtigungen, Mr. Lawrence! Ich habe meinen Revolver in Katmandu kontrolliert. Und geladen. Sie können es ja nachprüfen, wenn Sie wollen.«

»Genau das werde ich tun«, beruhigte ich sie , »aber erst muß ich etwas klarstellen. Hauptmann Sera?«

»Bitte?« antwortete der Drogenfahnder, der noch immer Eve Pickfords Gesicht studierte.

»Wie viele Schüsse haben Sie gehört, bevor wir diese verfluchte Höhle stürmten?«

»Sie wollen wissen, wie oft Miss Pickford geschossen hat?«

»Genau.«

Er kratzte sich an der Nase.

»Zweimal.«

»So hatte ich es auch in Erinnerung. Dann bleibt nichts weiter übrig, als die Waffe von Miss Pickford gründlich zu kontrollieren!«

Mit diesen Worten klappte ich das Magazin in meine Hand und schob der Reihe nach alle verbliebenen Patronen heraus.

Alle starrten auf die gelben Hülsen, und jeder bewegte zählend die Lippen.

Als ich fertig war, schaute ich erwartungsvoll Eve Pickford an.

Im Verlauf des Abends gesehen, war sie wohl in diesem Augenblick am blassesten; fast schreiend verneinte sie: »Das kann doch nicht sein! Nein! Ich verstehe das nicht ...«

Aus dem Magazin fehlten exakt vier Kugeln.

29

»Also ...«, begann Sera mit einem erstaunten Gesichtsausdruck, »was sagen Sie denn dazu, gnädige Frau?«

Eve Pickford hielt sich an Baxters Arm fest und konnte ihren Blick nicht von den Kugeln abwenden.

Ein paar Sekunden Stille folgten auf Seras Frage. Es hätte

mich wirklich interessiert, wer gerade an was dachte. Miss Baxter ließ mir aber wieder mal keine Zeit zum Nachdenken.

»Schon wieder einer Ihrer schmutzigen Tricks?« wandte sie sich erbost an mich. »Wollen Sie denn dieses arme Kind zu Tode erschrecken?«

Das ›arme Kind‹ fing dementsprechend fahrplanmäßig an zu weinen; allerdings gewöhnte ich mich langsam daran. Gleichzeitig spürte ich, wie sich mein berechtigter Zorn breitmachte.

»Was für schmutzige … Tricks?« empörte ich mich. »Sie glauben doch nicht …?«

Mit herrischer Geste gebot sie mir zu schweigen.

»Keine Ausflüchte! Ich durchschaue Sie, Mr. Lawrence!«

Sie sagte das mit einer betonten Feierlichkeit, die man höchstens bei drittrangigen Kammertheater-Produktionen erwartet hätte.

»He, he! Einen Moment!« mischte sich Sera ein und kratzte sich am Kopf. »Was für Tricks? Ich glaube, Miss Pickford hätte es eher nötig, sich zu verteidigen, als Mr. Lawrence. Oder etwa nicht?«

»Oder etwa nicht«, äffte Baxter nach. »Sind Sie vielleicht auch auf ihn reingefallen?«

»Worauf reingefallen?«

»Na, also gut, hören Sie mir alle mal zu! Miss Pickford hatte, wie wir inzwischen ja wissen, ihre Gründe, den Revolver zu verbergen. Ich glaube, das sind akzeptable Gründe, oder? Vor allem, wenn man in Betracht zieht, daß auch Mr. Lawrence eine Waffe hat.«

Ich schluckte, unterbrach sie aber nicht.

»Also: Miss Pickford war aufgrund der Geschehnisse natürlich nervös und hatte zweimal auf ihren vermuteten Angreifer geschossen. Ich finde, auch das ist nachvollziehbar.«

Niemand traute sich, ihr zu widersprechen.

»Des weiteren: gleich danach, als Miss Pickford geschossen hatte, nahm ihr Mr. Lawrence den Revolver ab und behielt ihn bis jetzt bei sich. Er hatte ja wohl genügend Zeit, zwei zusätzliche Kugeln verschwinden zu lassen. Und jetzt kann er leicht die ganze Schießerei auf dem Salu-Paß dem armen Mädchen in die Schuhe schieben …«

Ich muß zugeben, sie hatte auf eine wirklich clevere Weise Eve aus dem Netz der Verdachtsmomente befreit. Und tatsächlich meinen Trick durchschaut.

Sera sah mich mißtrauisch an.

»Was sagen Sie denn dazu, Mr. Lawrence?«

»Natürlich stimmt kein Wort von alldem.«

Baxter blies darauf zum Rückzug.

»Das kann ja jeder sagen. Außerdem hatte ich nie vor, Mr. Lawrence mit irgend etwas zu beschuldigen. Nur wollte ich im Namen der Gerechtigkeit seine angeblich unfehlbaren Schlüsse in ein anderes Licht rücken. Meiner Meinung nach ist Mr. Lawrence mindestens genauso verdächtig wie Eve Pickford. Oder wie wir alle …«

»Aber die Kugeln auf dem Paß stammen doch aus Miss Pickfords Revolver!« behauptete störrisch der Drogenpolizist.

»Wieso sind Sie sich denn da so sicher, Hauptmann?«

Sera öffnete den Mund, um etwas zu sagen, schloß ihn dann aber wieder.

Denn für seine Behauptung gab es natürlich keinen einzigen Beweis.

30

Wir hatten weder die Kraft, in die Höhle zu gehen, noch uns auf den Weg nach unten zu machen. Diese Unfähigkeit nagelte uns förmlich auf das Plateau vor dem Eingang.

»Wir sollten uns zumindest davon überzeugen, daß es nicht einer von uns getan hat«, sagte Sera und schaute dabei ziemlich ratlos aus. »Ich kann nämlich nicht glauben, daß … irgendeiner von uns …«

»Eigentlich hat keiner ein richtiges Alibi«, sagte Baxter.

Ich entschied mich dafür, ihr zu widersprechen.

»Außer Professor Rollo und mir.«

Sie ging nicht darauf ein, winkte nur gelangweilt ab.

»Ihr Alibi! So verläßlich wie eine Latrine im Wirbelsturm.«

»Dio!« bemerkte der Italiener mit ehrlicher Bewunderung. »Was für ein Stil!«

»In Ordnung«, sagte ich. »Nehmen wir an, unser Alibi ist nicht einwandfrei. Aber was soll man dann zu Ihrem sagen?«

»Ist mindestens genauso rostfrei wie Ihres.«

»Das werden wir ja gleich sehen … Miss Pickford sagte schon, daß sie einer unerklärbaren Euphorie zum Opfer fiel. Hatten Sie dasselbe Gefühl, Miss Baxter?«

Sie rümpfte die Nase.

»Erst als ich Sie entdeckte. Haben Sie das noch nicht bemerkt?«

Ich antwortete nicht, schaute sie nur ernst an. Und als die anderen auch nichts sagten, hörte sie mit ihren Späßen auf.

»Soll ich erzählen, wie ich hier hochgekommen bin?«

Wieder waren wir alle still.

»Also gut«, sagte sie, »ich ging unten los, weil ich die Schnauze voll hatte von allem. Von Ihnen und dem Rest. Ich kam zwischen den Bäumen nach oben und – so komisch Sie das jetzt auch finden werden – habe nachgedacht. Und falls Sie interessieren sollte worüber, kann ich es Ihnen verraten: über diese verdammte Expedition, jawohl! Wozu man sie braucht und so weiter. Ich schnappte mir einen heruntergefallenen Zweig und spazierte einfach drauf los …«

»Haben Sie irgendwelche Spuren vor sich entdeckt?«

Sie dachte eine Weile nach. Dann schüttelte sie bestimmt den Kopf.

»Nein. Wo ich lang kam, war der Schnee noch unberührt.«

»Und dann?«

»Naja, ich kann nicht behaupten, in eine ähnliche Euphorie wie Miss Pickford gefallen zu sein, aber der frische Schnee und die Zwergtannen gefielen mir besser als Ihre Gesellschaft. Ich hoffe, Sie verzeihen mir.«

»Und wo waren Sie, als Miss Pickford um Hilfe rief?«

»Ungefähr am Ende des Wäldchens. Es standen noch ein Paar Bergkiefern vor mir; ich hörte die Schreie so klar und deutlich, als erklängen sie direkt neben mir. Dann verließ ich den Wald und rannte hoch auf den Bergkamm. Sofern dabei von rennen die Rede sein kann. In knietiefem Schnee in dreitausend Meter Höhe ...«

»Ja ...«

»Und dann stolperte ich förmlich über Eve. Sie lag dort auf dem Boden; ich sah, daß sie von oben heruntergefallen war. Als ich mich neben sie kniete, um mich um sie zu kümmern, merkte ich sofort, daß ihr zum Glück nichts Schlimmes passiert war ... So ungefähr hat sich alles ereignet, Mr. Lawrence. Ich hoffe, damit Ihrem wählerischen Geschmack entsprochen zu haben.«

Ich lächelte.

»Also geben Sie zu, aufgrund der Tatsachen ebenfalls der Angreifer sein zu können?«

Sie lächelte zurück und zuckte mit den Schultern.

»Ohne weiteres.«

Ich wandte mich an den Schotten.

»Und Sie, Mr. McCormack?«

»Ich könnte in etwa dasselbe erzählen wie Miss Baxter. Ich war auf dem Weg nach oben, als ich die Schreie hörte. Dann sprang ich aus dem Wald und sah Miss Baxter, wie sie neben Miss Pickford kniete. Dann kamen Sie.«

»Hatte Sie jemand bis zu diesem Zeitpunkt gesehen?«

Er schüttelte den Kopf.

»Soweit ich weiß, nicht.«

Seufzend drehte ich mich zu Sera um.

»Jetzt bleiben nur noch Sie, Hauptmann. Was glauben Sie, hat Sie jemand beobachtet, während Sie auf dem Weg nach oben waren?«

Auch er verneinte.

»Wohl kaum. Außerdem war ich der erste, der hier oben war.«

»Der erste?«

»Ja. Der allererste. Zumindest glaube ich das.«

»Sie waren bei dem Spalt, bevor ... ?«

Er nickte.

»Ich hatte ihn schon von unten entdeckt.«

»Entdeckt?«

Ich schaute ihn nachdenklich an, aber er beruhigte mich sofort.

»Sehen Sie, Mr. Lawrence, ich bin ein Einheimischer. Und ich weiß, daß nach jedem Paß irgendwo ein heiliger Ort sein muß, wo sich der Reisende bei den Göttern bedanken kann, daß sie ihn ohne Zwischenfälle durch die Berge geleitet haben. Haben Sie denn nicht den Steinhaufen gesehen?«

»Ich habe gar nichts gesehen.«

Auch die anderen schüttelten den Kopf.

»Macht nichts«, sagte Sera, »ist auch nicht wichtig. Auf jeden Fall ahnte ich, daß es hier irgendwo einen Felsspalt oder eine Höhle geben muß. Ich hatte den Abhang schon von unten gründlich mit meinem Fernglas überprüft. Und dann sah ich diesen Eingang hier.«

»Deshalb waren Sie hierher unterwegs!«

»Genau. Ich wollte noch vor den anderen oben sein.«

»Und wozu sollte diese Eile gut sein, Hauptmann?«

Er senkte den Kopf.

»Ich wollte beten«, sagte er einfach.

Das brachte mich zum Schweigen; schließlich war es absolut logisch, was er da sagte. Als gläubiger Buddhist hatte er es sicher nötig, ein wenig in sich selbst zu versinken; in der letzten Zeit hatte er ja wahrlich kaum Zeit dazu gehabt.

»Ich konnte von unten sogar die Aufschrift erkennen«, fuhr er ruhig fort. »Früher kamen Mönche hierher und hielten zu Ehren von Majtreja, des Kommenden Buddha, Gottesdienste ab. Heutzutage aber besuchen kaum noch Lamas diesen Ort.«

»Wieso glauben Sie das?«

»Die Höhle ist voller Unrat ... Vielleicht waren hier Räuber oder Ungläubige. Ohne diese heilige Stätte zu säubern und zu segnen, darf man sie nicht zum Beten benutzen. So ein Gebet würde nur Böses bringen, kein Glück!«

Ich fing an, ihn zu verstehen.

»Also kamen Sie hier hoch, und als Sie den Zustand der Höhle entdeckten, kehrten Sie wieder um?«

Er nickte.

»Genauso war es. Ich zog mich zwischen die Tannenbäume zurück, breitete meinen Anorak aus und meditierte.«

»Wie lange?«

Geheimnisvoll lächelnd schüttelte der Hauptmann den Kopf.

»Das weiß ich nicht. Während einer Meditation vergeht die Zeit wie im Fluge. Und die Außenwelt hört auf zu existieren.«

»Sie vernahmen gar nicht die Schreie von Miss Pickford?»

»Nein. Ich kam erst zu mir, als mich jemand, wahrscheinlich Mr. McCormack, beinahe überrannte. Damit war natürlich die Meditation beendet.«

Meine Fragen ebenfalls.

31

Wir standen immer noch vor dem Eingang der Höhle und waren kein bißchen klüger geworden, wirklich kein bißchen. Den Mord hätte jeder von uns begehen können; das zumindest behaupteten die anderen. Sera riß sich als erster zusammen. Er drehte sich um und deutete auf den immer noch auf dem Vorsprung sitzenden Cohen.

»Wir müssen ihn wohl mit nach unten nehmen. Ich glaube nicht, daß die Sherpas es tun werden.«

Eve Pickford zog sich erschrocken zurück, und ich bemerkte, daß sich auch der kleine Italiener nur ungern damit befaßte; andererseits war klar, daß der Tote wohl kaum auf eigenen Beinen den Hang herabsteigen würde. Wenn er doch bloß nicht hinaufgestiegen wäre! Ich wollte ihn schon anheben, als Sera meine Hand festhielt.

»Und das Purbu?«

Das tibetische Opfermesser in Cohens Brust glänzte im Mondschein, unmittelbar über dem kleinen Blutfleck auf seinem Anorak.

Ich winkte resigniert ab.

»Es gehört Ihnen, Hauptmann.«

Zu meinem größten Erstaunen aber schüttelte er den Kopf.

»Nehmen Sie es nur, Mr. Lawrence. Ich bin sicher, ein Rolang lebt in ihm. Und daher ist es vollkommen unwichtig, wer von uns es hat; wenn es will, wird sich das Purbu sowieso wieder auf den Weg machen ...«

»Rolang? Ich glaube, ich habe schon einmal davon gehört ...«

Sera verzog seinen Mund zu einem unsicheren Lächeln.

»Ist mir nur so rausgerutscht.«

»Trotzdem ... würden Sie uns bitte verraten, was das ist?«

Sera war es sichtlich ungemütlich in seiner Haut. Er verkreuzte die Arme vor der Brust, dann ließ er sie wieder hängen. Dabei nahm er die ganze Zeit über nicht den Blick von der Leiche.

»Der Rolang ist eigentlich nur ein ... Märchen. Die Bergleute glauben natürlich daran ...«

Plötzlich fiel es mir wieder ein.

»Ich glaube, ich habe in der Mandschurei darüber gehört.«

»Kann sein«, Sera nickte, »schließlich sagt man, Rolangs gibt es auf der ganzen Welt. Nur werden sie überall anders genannt. Aber von allen sind diejenigen am gefährlichsten, die hier, zwischen den nepalischen und tibetischen Bergen, leben!«

Die anderen schauten uns nur zu, als ob sie im Kino wären.

Schließlich war es wieder einmal Miss Baxter, die als erste die Nase voll hatte und uns energisch unterbrach: »Hallo! Glauben Sie nicht, daß ich Sie stören will, aber wenn wir hier nicht bald verschwinden, sind wir zu Eiszapfen gefroren! Der Mörder und die zukünftigen Opfer inbegriffen. Was war übrigens dieses unverständliche Zeug, das Sie da gebrabbelt haben?«

»Wir sprachen über den Rolang«, sagte Sera gepreßt.

»Was zum Teufel soll denn das sein?«

Der Hauptmann schluckte; man sah ihm an, daß er das Thema am liebsten vergessen wollte. Also war ich gezwungen, selber zu antworten: »Beinahe Teufel, tatsächlich ... Aber nicht ganz.«

»Vielen Dank für die erschöpfende Auskunft! Und wenn er kein ganzer Teufel ist, was ist er dann?«

»Naja ... So eine Art Geist.«

»Geist?«

»Ja. Rolang bedeutet auf tibetisch soviel wie verzauberter Leichnam. Er kann fliegen, unsichtbar werden oder in einen lebenden Körper schlüpfen und ihn zugrunde richten.«

Nachdenklich schaute sie mich an.

»Wollen Sie mir klarmachen, daß Sie an solchen Unsinn glauben?«

Ich versuchte zwanglos mit den Schultern zu zucken.

»Wieso auch nicht? Wer so lange in Fernost gelebt hat wie ich, der glaubt noch ganz andere Dinge! Wieso soll es nicht möglich sein, daß einige Rolangs zwischen Bergen herumwandern? Wenn die schottischen Schlösser ihre eigenen Geister haben dürfen? Oder Loch Ness das Ungeheuer?«

Baxter schaute mich noch eine Weile an, wendete sich dann jedoch seufzend ab. Sie ging zu Cohen, riß ihm das Messer aus der Brust und gab es mir, und zwar so, daß dabei die blutige Spitze geradewegs auf mein Herz gerichtet war.

»Nehmen Sie es, Hübscher, oder haben Sie Angst davor? Ihr Hauptmann hat doch eben behauptet, daß diese Rolangs auch leblose Gegenstände beherrschen können! Vielleicht ist auch in diesem Purbu einer?«

Kleine Schweißtropfen rannen über das Gesicht von Hauptmann Sera, obwohl wir eigentlich dem Tod durch Erfrieren näher standen als je zuvor.

»Wieso denn nicht?« sagte ich. »Und falls ein Rolang in ihm wohnt, ist es besser, wir passen auf. Dann kann es sein, daß das Purbu von sich aus in jemandem landet. Übrigens, könnten Sie es vielleicht nach unten richten?»

Ohne ein Wort zu verlieren, griff sie in ihre Tasche und holte erneut ein Seidentuch hervor. Nach meinen Berechnungen das dritte seitdem die Morde angefangen hatten. Es hätte mich wirklich interessiert, wie viele dieser nicht gerade damenhaften Taschentücher Miss Baxter aus der Oxford Street bis in den Himalaja mitgeschleppt hatte.

Sie wickelte das Opfermesser darin ein.

»Also? Was soll mit dem Purbu passieren?«

»Behalten Sie es«, murmelte ich.

Sera runzelte die Stirn, traute sich aber nicht, etwas zu sagen. Beweisstück hin oder her, anscheinend war er wirklich überzeugt davon, daß ein böser Rolang im Messer versteckt war.

Ich wendete mich dem stumm dastehenden, in sich versunkenen McCormack zu.

»Helfen Sie mir bitte, John?«

»Gerne, Leslie …«

So fingen wir an, einander beim Vornamen zu nennen.

32

McCormack packte Cohen an der einen Seite, ich an der anderen, und langsam zogen wir die Leiche den Abhang hinunter. Zugegeben, ich habe auch schon würdevollere Leichenzüge gesehen, aber im Moment hatten wir keine große Auswahl, was die Zeremonien betraf.

Die anderen rutschten stumm vor uns her und stolperten manchmal, hauptsächlich wegen Eve Pickford, die augenscheinlich am Rande eines Nervenzusammenbruchs stand. Wir wollten ihr ersparen, neben dem Toten herumzuspazieren zu müssen. Obwohl es sicherlich auch nicht angenehm war, den seligen Professor Cohen hinter sich zu wissen …

»Übrigens …, was zum Teufel ist denn nun ein Rolang?« fragte mich McCormack, als wir die erste Reihe der Zwergtannen erreichten.

Je tiefer wir in den kleinen Wald eindrangen, desto dunkler und unheilvoller erschien er uns.

»Der Rolang?« fragte ich nachdenklich zurück und spürte, wie sich Erinnerungen an lang vergessen geglaubte Expeditionen in die Mandschurei oder Mongolei wieder in mir regten. Die rätselhaften Ereignisse, der Schneemensch … Zu der Zeit hatte ich das erste Mal etwas davon gehört, von Gunga, dem Burjäten.

Vorsichtig wichen wir den Bergkiefern aus, damit der arme Cohen nicht an einer hängenblieb.

»Viel mehr als das, was Sera da oben erzählt hat, weiß ich auch nicht ... Bei den Tibetern, Sherpas und Mongolen gibt es Legenden über ihn. Wahrscheinlich aus den Zeiten, wo der Buddhismus noch keinen Einfluß auf die Völker des Himalaja hatte. Der Rolang ist ein unruhiger, oder besser rastloser Toter, der die Lebenden zugrunde richtet. Die Burjäten erzählen, daß häufig aus jungen Mädchen Rolangs werden, wenn man irgendeinen Fehler bei ihrem Begräbnis begeht.«

»Fehler?«

»Zum Beispiel einen Feuerstein mit in das Grab legen. Dann verwandelt sich das Mädchen hundertprozentig in einen Rolang.«

»Interessant ... Aber warum will es dann den lebenden Menschen schaden?«

»Warum? Nun, aus Rache vielleicht. Ein Rolang hat es anscheinend auch nicht leicht. Anstatt ruhig in seinem Grab zu liegen und darauf zu warten, daß seine Seele aus dem Körper befreit wird, um in einem anderen Lebewesen wiedergeboren zu werden, muß er in der Welt herumgeistern und auf unschuldige Reisende Jagd machen.«

»Äußerst anregender Gedanke. Und ... wie lange hält dieser ... Zustand an?«

Ich schüttelte den Kopf.

»Keine Ahnung. Darüber gibt es keine allgemein akzeptierte Meinung. In einigen Gebieten ist man der Ansicht, er lebe ewig so weiter, dann gibt es wieder welche, die glauben, daß er erlöst wird, wenn er selber jemanden in einen Rolang verwandelt ... Das ist dann wohl der Preis der Erlösung.«

Inzwischen hatten wir die Grenze des Waldes erreicht. Die anderen waren schon auf dem nackten Abhang, und aus dem Zeltlager vernahm ich erleichterte Rufe.

»Endlich sind Sie da! Ich dachte schon, es wäre etwas passiert. Ich wollte noch ein paar Minuten warten, und dann wäre ich Ihnen nachgekommen! Was zum Teufel haben Sie denn so lange da oben gemacht?«

Ich erkannte Stewarts Stimme.

Und kurz darauf die gereizten Töne von Baxter.

»Schauen Sie etwas höher, mein Lieber! Aber schließen Sie Ihren Mund, nicht daß er zufriert!«

Anscheinend blieb der Mund unseres Bergführers trotz des gutgemeinten Ratschlages offen, denn es dauerte eine Weile, bis er wieder etwas sagen konnte.

»Du lieber Himmel!« stöhnte er dann. »Was ist denn nun schon wieder passiert?«

»Professor Cohen wurde ermordet«, sagte Sera mit zittriger Stimme.

»Wer hat ... Wer?«

»Na, der auch die anderen umgebracht hat!« bemerkte Miss Baxter lakonisch und faßte ihn am Arm.

»Dieses arme Mädchen hier braucht etwas Ruhe. Könnten Sie mir ihr Zelt zeigen?«

Stewart konnte kaum ein Wort hervorbringen, starrte mit weit aufgerissenen Augen auf die Leiche. Dann drehte er sich wortlos um und ging in Richtung des Lagers. Baxter und Eve Pickford folgten ihm, die anderen schauten uns nur an, und wir machten weiter Konditionstraining mit dem Toten.

33

Als wir endlich Cohens Leiche in eine Plane gewickelt und neben den beiden anderen Toten verstaut hatten, machte ich mich auf den Weg, mein Zelt zu suchen. McCormack und Sera trotteten hinter mir her, und ich wußte auch ohne Erklärung, daß keinem von ihnen nach Schlafen zumute war. Was ich sehr gut nachempfinden konnte, denn auch ich wäre nicht gerne mit einem tibetischen Opfermesser in der Brust aufgewacht. Wobei ich allerdings meine eigene Meinung, besonders über Rolangs, hatte.

Nachdem er Miss Baxter und Miss Pickford die Zelte gezeigt hatte, bat Stewart die Sherpas, Tee zu kochen. Auch in dieser Nacht loderte ein riesiges Lagerfeuer auf einer kleinen

Lichtung zwischen den Zelten, und die Lastträger diskutierten in kleinen Gruppen herumsitzend die Ereignisse. Für sie war die Sache natürlich vollkommen klar. Mit Recht nahmen sie an, daß der beleidigte Gott des Kandschendzönga, Purbu, unsere Belegschaft dezimierte … Und die Morde würden sich fortsetzen, bis wir in Khangpa endlich ein richtig großes Opfer im Tempel erbracht hätten.

Im Zelt angekommen, heizte Stewart den Ölofen an, und wir scharten uns um die Wärmequelle wie hungrige Feldmäuse um die Käsedose. Wir waren müde, lustlos und gereizt; schlafen konnte man in diesem Zustand nicht.

Stewart verteilte den Tee, und nachdenklich schauten wir den kleinen Dunstwolken nach, die von der heißen Oberfläche emporstiegen. Der intensive Duft des grünen Tees erfüllte meine Unterkunft, und die ersten Schlucke lösten unsere Zungen.

»Sie … Sie glauben wirklich, daß es einer von uns ist?« fragte Sera. »Daß der Mörder zwischen uns sitzt?«

Zu der Zeit entwickelte sich bereits ein Plan in meinem Kopf, also verneinte ich.

»Wenn ich jetzt darüber nachdenke, ist es gar nicht so sicher. Vielleicht haben wir einander nur verdächtigt, weil … weil … wir einfach jemanden verdächtigen mußten …«

»Meinen Sie?« fragte Stewart skeptisch, und auch McCormack hob ungläubig den Blick.

Immer mehr versteifte ich mich auf den Gedanken, daß der Mörder nicht unter uns zu suchen war.

»Denken Sie über alles noch einmal nach«, versuchte ich zu erläutern. »Dort oben hätte jeder jeden umbringen können. Ich könnte mir sogar vorstellen, daß es jemand war, der überhaupt nicht zur Expedition gehört. Vielleicht schleicht er hier herum und …«

Stewart senkte seinen Becher und erhob sich.

»Entschuldigen Sie mich … Ich muß noch nachprüfen, ob mit den Sherpas alles in Ordnung ist. Morgen geht es nämlich schon früh los, und …« Er ließ das Ende offen und stapfte in die Nacht hinaus.

»Natürlich ist es auch denkbar, daß sich jemand zwischen

den Sherpas versteckt. Und die wollen ihn aus irgendeinem Grund nicht verraten.«

McCormack stand ebenfalls auf und schlich zum Ausgang. »Also, ich werde mich jetzt abseilen … Gute Nacht!«

Sera hockte noch eine Weile neben mir und starrte in das Flimmern, das aus den kleinen Schlitzen des Ölofens herausschien, als ob er dort den Namen des Mörders entdecken wollte. Als ich dann aber ansetzte, meine Gedanken weiter auszuführen, winkte er nur resigniert ab.

»Lassen Sie nur, Mr. Lawrence. Wahrscheinlich wissen nur die Götter, wer der Täter ist … Und so wie ich sie kenne, werden sie seinen Namen nie preisgeben.«

Als er weg war, legte ich mich auf mein Bett. Ich konnte gerade noch in den Schlafsack schlüpfen; die Müdigkeit streckte mich nieder, so daß ich selbst vergaß, den Eingang zu sichern.

Immerhin nahm ich mir vor dem Einschlafen noch vor, wenn es nötig sein sollte selbst die Götter zum Reden zu bringen; koste es, was es wolle!

34

In der Morgendämmerung ging es weiter, und inzwischen überraschte es mich überhaupt nicht mehr, daß es wieder einmal aufwärts ging. In der Nacht hatte sich aber ein kleines Wunder ereignet: der Wind hatte die Schneewolken weit weg getragen, und eine riesige, rote Sonne stieg rasch zwischen den blauen Bergspitzen empor. Das Thermometer zeigte fünfundzwanzig Grad minus an; Menschen wie Jaks stießen gleichermaßen kleine Dunstwolken aus.

In der sauberen, herrlich frischen Höhenluft konnte man enorm weit blicken; als ich mich umdrehte, sah ich wieder die riesige Schlange aus Jaks, die sich schon die letzten Tage hinter mir gewunden hatte. Die würdevoll stampfenden Tiere mit den unter Planen verschnürten Gepäckstücken erinnerten mich an frühere Expeditionen, als die Entdecker in noch unbekannte Gebiete vorstießen.

Nur wenn ich auf diejenigen schaute, von denen die eingewickelten Leichen herunterbaumelten, verfinsterte sich mein Blick.

Die blauen Berge und die erstochenen Gelehrten paßten irgendwie nicht zusammen.

35

Es dürfte so um die Mittagszeit gewesen sein, als der Kopf der Karawane einen neuen Hügel erklomm und abrupt stehenblieb. Die Sherpas schauten bewegungslos in die Ferne auf irgend etwas, das ich selber noch nicht erkennen konnte. Mit ein paar Klapsern trieb ich mein Tier an und trottete neben den anderen den kleinen Hang hinauf.

Stewart unterhielt sich gerade mit dem Führer der Sherpas. Als ich die beiden erreichte, vernahm ich ein wichtiges Wort:

»Khangpa!«

Ich blickte nach vorne und fand das Ziel unserer Reise vor mir, fast in greifbarer Nähe. Die Sonne blitzte in den herrlichsten Farben auf den grünen Ziegeldächern des so entfernt geglaubten Klosters. Taubenschwärme flogen kleinen Schäfchenwolken gleich über dem Gebäude, um dann wieder unter den Giebeln zu verschwinden.

Khangpa war eigentlich gar kein Kloster, sondern eher eine ganze Klosterstadt. Wie Wespen ihre Nester, hatten auch die Mönche und die nepalischen Arbeiter ihre Behausungen in die Felswand eines bewaldeten Bergabhangs gegraben und die Lehmwände auf das harte Gestein gestützt. Außerhalb der Mauern grasten Jaks und Kühe, und ein kleiner Bursche, der anscheinend auf sie aufpaßte, winkte uns aus der Ferne vom Rande eines zugefrorenen Flusses zu.

Wir standen also auf der letzten Anhöhe; der Weg führte jetzt nur noch abwärts. Unten im Tal stand eine Reihe Lehm-

und Steinhäuser außerhalb des Klosters. Um sie herum bewegten sich kleine schwarze Punkte: die Bewohner von Khangpa.

Erleichtert sog ich die Luft ein, mein Blick suchte nach Baxter. Als sie mich sah, lächelte sie flüchtig und schaute dann wieder weg.

Die Sherpas vom Ende des Zuges sprangen von ihren Tieren und beeilten sich, nach vorne zu kommen. Sie umringten ihren Anführer und unterhielten sich leise. Eine silberne Gebetsmühle kam zum Vorschein, wurde herumgereicht, und jeder drehte kurz an ihr. Wie ein monotones Lied erklang das sich immer wiederholende ›Om Mani Padme Hum‹.

Etwas zehn Minuten dauerte dieses verhaltene Ritual, das trotz der Kälte keiner von uns stören wollte. Hauptmann Sera stand ruhig neben mir, aber ich konnte beim besten Willen keine Freude auf seinem schmalen Gesicht entdecken. Im Gegenteil; besorgt blickte er auf das Kloster hinab und überlegte anscheinend gerade, was einen leidgeplagten Drogenfahnder wohl zwischen diesen Mauern erwarten würde.

Auf einen leisen Befehl hin gingen die Sherpas wieder zu ihren Tieren, und so konnten wir endlich den Abstieg beginnen. So glaubte ich es zumindest. Auf halber Strecke aber blieb die Karawane stehen. Dicht neben dem Pfad stand ein seltsames Gebäude. Auf den ersten Blick achtlos aufeinandergetürmte Steine bildeten den unteren Teil, und aus dem oberen Teil stieg ein langer Pfahl in die Höhe. Am Ende steckte der blutige Rest eines frisch abgehackten Jakkopfes und blickte mit leeren Augenhöhlen in Richtung des Klosters.

Es war kein sehr schöner Anblick.

Unter dem Kopf wehte eine zerknitterte Fahne im leichten Wind – sofern man in dieser Kälte überhaupt von leichtem Wind reden konnte. Auf jeden Fall erschien er mir beinahe angenehm, wenn man ihn mit den Schneestürmen der letzten Tage verglich.

Die Sherpas stiegen wieder von den Jaks, scharrten je einen Stein unter dem Schnee hervor und warfen ihn mit einer bedächtigen Bewegung auf den Haufen.

Nachdenklich schaute ich mir ihre feierlichen Gesichter an

und besann mich, wieviel schon die Menschheit auf dieser Erde ihren angeblichen Göttern geopfert hatte, nur um etwas Frieden zu finden. Und wenn ich dabei an die lateinamerikanischen Indianer dachte, die die Herzen ihrer Gefangenen als Opfer anbeteten und Jungfrauen in tiefe Schluchten stürzten, oder an andere Völker, die sogar im Namen ihrer Gottheit die Feinde aufgegessen hatten, erschien mir dieses Schauspiel außerordentlich harmlos.

Der Rest der Fahne flatterte im Wind, und die Gebete der Sherpas wurden lauter. Zwischen den Steinen flogen einige Buchseiten herum, ein Zeichen dafür, daß Schreibkundige einen Teil ihrer Bibliothek geopfert hatten.

Ich hob mein Gesicht und erblickte Eve Pickford neben meinem Jak.

Als ob eine riesige, besorgte Hand alle Aufregung und Angst des Vortages von ihren Zügen gewischt hätte, blickte sie mich frisch und freundlich an. Sie deutete auf die Sherpas.

»Was sagen Sie dazu? Interessant, nicht?«

In dem Moment fiel mir ein, daß ich damals, in der inneren Mongolei, wo ich mich als Einheimischer verkleidet vor den Japanern versteckte, selber so ein Obo, einen Steinhaufen gebaut hatte … Und etliche Male schlief ich auf Gebirgspässen, im Schutze ähnlicher Hügel …

Ich lächelte zurück und nickte.

»Sehr interessant. Aber warum tun sie das?«

Sie kam etwas näher und schaute mich ernst an.

»Wollen Sie es wirklich wissen?«

»Wirklich«, sagte ich.

Dankbar blickte sie mir in die Augen.

»Wissen Sie, das ist mein Beruf und gleichzeitig meine große Liebe«, flüsterte sie, vielleicht ein wenig zu sentimental. »Diese Berge und diese Menschen …«

Oho! … Als ob in der letzten Nacht eine neue Eve Pickford geboren worden war. Inzwischen hatten sich auch andere zu uns gesellt: McCormack, Rollo, der Brillenträger Wilson, Sera, und auch Baxter kam auf uns zu.

»Was zum Teufel machen die da?« deutete Wilson auf die Lastträger.

»Anscheinend beten sie«, brummte Stewart. Miss Pickford schüttelte aber den Kopf.

»Das kann man wohl kaum beten nennen ... Eher eine Opfergabe. Sie zeigen damit dem Gott des Passes ihre Dankbarkeit, daß er sie unversehrt ziehen ließ. Aber warten Sie ...«, damit rannte sie auf den Führer der Sherpas zu. Ein paar Sekunden später kam sie mit ihm zusammen zurück. Der Alte verbeugte sich vor uns.

»Die Dame hat mich gebeten, Euch zu erklären, was wir hier tun ...«

Gespannt schaute er uns an, also nickten wir trotz der Kälte munter. Wir wollten ihn ja nicht beleidigen.

»Auf dem Paß lebt ein Geist«, sagte der Alte und zeigte auf die Berge um uns herum. »Er heißt ›Herr‹ ... Und ist der Herr von allem hier. Wenn er uns mag, hilft er uns, wenn nicht, bringt er uns um.«

O mein Gott, dachte ich, noch ein Mörder!

»Der Herr wird nur dann böse, wenn ein Reisender vergißt, ihm ein Opfer zu bringen. Dieser Steinhaufen gehört ihm. Alles, was darauf ist, gehört ihm.«

»Und was nimmt er am liebsten?« fragte der Paläontologe Wilson.

Der Sherpa lächelte.

»Dem Herrn ist es egal, was er bekommt. Hauptsache, du tust etwas auf den Haufen. Ein Stein ist genausogut wie ein Stück Gold ...«

»Und der Jakkopf?« erkundigte sich Stewart.

Der Sherpa wurde ernst.

»Jemand hat ein Jak geschlachtet. Ein Lebewesen getötet. Deswegen wird er büßen müssen ... Bei der nächsten Wiedergeburt wird er vielleicht gerade als ein Jak erscheinen und muß viele Qualen erleiden. Zum Beispiel kriegt er einen bösen Eigentümer. Deswegen will jeder, der ein Jak getötet hat, vermeiden, daß er eine schlimme Wiedergeburt erfährt. Versteht ihr?«

Wir nickten stumm.

»Derjenige, der das Jak getötet hat, geht zu den Lamas und bringt ihnen ein Geschenk. Und die Mönche beten für ihn, daß man sich seiner Seele erbarmt.«

Er verstummte und schaute nachdenklich vor sich hin.

Nach einer Weile unterbrach Wilson das Schweigen.

»Und wie kommt der Jakkopf auf den Stock? Ziehen ihn die Lamas da hinauf?«

Der Alte schüttelte den Kopf.

»Nicht die Lamas. Sie mögen weder den Steinhaufen noch seinen Herren. Die Herren herrschten hier, als die Mönche noch keine Klöster in den Bergen gebaut hatten«, damit drehte er sich um und ging wieder zu den anderen.

Wilson, der anscheinend kein Gespür für mythische Traditionen hatte, runzelte die Stirn und spuckte wütend aus.

»Das verstehe ich nicht ... Lauter Blödsinn!«

Eve Pickford hielt heftig dazwischen: »Das kommt davon, wenn man sich nur mit naturwissenschaftlichem Schwachsinn befaßt!«

Wilson schreckte zurück.

»Haben Sie das vielleicht verstanden?«

Eve nickte zornig.

»Natürlich ... Dieser Mann hat Angst. Angst, daß der Gott des Kandschendzönga auch ihm ein Purbu zwischen die Rippen sticht. Und es stimmt, daß die Lamas keine primitiven Opferstätten mögen. Die sind nämlich Überbleibsel aus der alten, vorbuddhistischen Religion, dem Bon. Aus der Zeit, wo anstelle der buddhistischen Götter noch Geister und Dämonen über die Berge des Himalaja herrschten. Und es gab noch keine Wiedergeburt ...«

Apropos Wiedergeburt, Miss Pickford wurde letzte Nacht gründlich wiedergeboren!

36

Als wir uns langsam dem Dorf näherten, wurde es plötzlich sehr geschäftig. Die Bewohner rannten aus den Häusern und kleinen Geschäften, um in kichernden Gruppen unsere Ankunft zu feiern. Die Sherpas vorne wurden mit lautem

Geschrei begrüßt; die Leute rannten zu den Jaks und rieben ihre Nasen an den Stiefeln der Reiter. Selbst der kleine Junge am Fluß, der die Kühe gehütet hatte, kam über die Wiese und gesellte sich zu den anderen.

Die zwei- oder sogar dreistöckigen Häuser wirkten freundlich. In den Fenstern standen buntgekleidete Frauen und lachten uns ohne Scheu neugierig an. Mehrere Kinder tollten um die Jaks herum. Wenn unser Einmarsch auch nicht an die Triumphe der römischen Kaiser erinnerte, so konnten wir doch recht stolz auf ihn sein.

Die eben noch in wichtige Transaktionen verstrickten Händler rannten aus ihren Räumen auf die Straße und priesen uns ihre Waren an. Die farbigen Teppiche, schmucken Kopfbedeckungen und geschnitzten Sättel hätten uns ein anderes Mal vielleicht zum Halten veranlaßt, jetzt konnten sie uns aber nicht in ihren Bann ziehen: Der Gott des Kandschendzönga, Purbu, hatte unser Verständnis für lokale Spezialitäten arg strapaziert.

Wir hatten gerade die Mitte der Siedlung erreicht, als irgendwo aus der Ferne zwischen den blauen Bergspitzen seltsames Gebrumm ertönte, das langsam die gesamte Straße füllte. Die lächelnden Frauen verschwanden in den Häusern, selbst die Kinder wurden etwas ernst. Die Händler gingen in ihre Geschäfte zurück, und die anderen Neugierigen traten wieder in den Schatten der Häuserwände zurück.

Inzwischen hatten alle Jaks die kleine Hauptstraße erreicht und scharten sich zusammen wie Formel-1-Wagen, wenn einer von ihnen nach der dreißigsten Runde quer auf der Fahrbahn steht.

Ich kletterte von meinem Tier und half auch Miss Baxter bei derselben Aufgabe. Aus Dankbarkeit lächelte sie mich sogar an.

»Hätten Sie geglaubt, daß wir mit dem Leben davonkommen?«

Ich wollte schon Ermutigendes sagen, als Sera dicht neben uns aufschnaubte: »Davongekommen? Wer hat Ihnen denn das erzählt?«

Irgendwas in seiner Stimme gefiel mir nicht. Aber der Himmel war blau, die Sonne spielte hinter den Bergen Verstecken, und selbst die Jaks schienen freundlich zu lächeln.

So bemerkte ich gar nicht, wann dieser seltsame Laut aufgehört hatte. Erst als er wieder ertönte, wurde er mir bewußt. Es klang traurig, wie die Alphörner in der Schweiz. Stewart erschien neben uns und rief noch im Laufen: »Haben Sie eine Ahnung, warum wir stehengeblieben sind, Mr. Lawrence?«

Ich zuckte mit den Schultern, aber bevor ich noch etwas antworten konnte, rannte er weiter zu den Sherpas.

»Wirklich ... Was ist denn schon wieder passiert?« fragte mich Baxter.

»Hören Sie denn nicht die Hörner?« fragte Sera mürrisch.

»Natürlich höre ich sie«, brummte Baxter. »Würden Sie mir auch verraten, lieber Hauptmann, wer uns mit diesem Trompetenschall begrüßen will?«

Sera machte ein verzweifeltes Gesicht, schluckte und versuchte zu lächeln.

»Nicht Trompete, sondern Horn. Und zwar ein Blashorn. Es wird bei verschiedenen Zeremonien benutzt«, er wies nach oben auf die Pagodendächer. »Sie werden sie im Kloster noch näher betrachten können.«

»Meinetwegen, Blashorn«, akzeptierte sie. »Und deswegen mußten wir uns jetzt hier zusammenziehen wie eine Schlange, die Bauchweh hat?«

Sera drehte sich wortlos um und ging auf die Sherpas zu. Lustige kleine Funken glitzerten in Baxters Augen, als sie mich anblickte.

»Nun?«

»Es sind wirklich Blashörner«, sagte ich.

»Ich weiß«, antwortete sie, »habe schon genug gehört.«

»Wozu sollte das gut sein?«

»Was?«

»Dieser Zirkus mit Sera.«

»Ich hasse es, wenn er so überlegen tut. Obwohl er soviel Ahnung vom Buddhismus hat, wie ...«

Ich schüttelte den Kopf.

»Da bin ich anderer Meinung. Er ist nicht so dumm wie er

es uns glauben lassen will … Die Drogenfahndung stellt keine Schwachköpfe ein.«

Ich verstummte, weil ich Stewart auf uns zukommen sah.

»Worauf warten wir, Chef?« fragte Baxter ihn in ihrem sehr eigenen Tonfall.

»Wir stehen wegen dem Horn. Die Sherpas sagen, wir müssen warten, wenn es ertönt. Irgend jemand kommt aus dem Kloster und holt uns ab … So lange dürfen wir hier nicht weggehen.«

»Du lieber Gott!« Baxter drehte die Augen zum Himmel. »Und ich hoffte schon, in einer halben Stunde in einer großen Wanne mit schönem heißen Wasser zu sitzen!«

Stewart mußte lachen.

»Ich fürchte, Miss Baxter, damit müssen Sie sich noch etwas gedulden. Wenn die Lamakklöster so gebaut sind, wie ich sie aus Reiseführern kenne, werden Sie wohl kaum die Gelegenheit kriegen, sich auf diese Weise zu erwärmen …«

Ich wollte mich nicht einmischen, mußte ihm aber innerlich recht geben. Diese Lamaklöster sind sogar noch viel schlimmer!

37

Fast zwei Stunden standen wir auf der einzigen Straße von Khangpa, bis endlich ein weiterer tiefer Ton den Sherpas ankündigte, daß die Empfangskommission unterwegs war.

Erleichtert kletterten wir auf unsere Tiere. Auf dem schmalen Pfad zum Kloster konnten wir die langsam näherkommenden Mönche erkennen. Sie bewegten sich nicht sehr schnell in ihren riesigen, etwas plump aussehenden Stiefeln, und man konnte sich unschwer ausmalen, daß es mindestens eine halbe Stunde dauern würde, bis sie uns erreichten.

Ich seufzte laut und wollte mich schon der beschaulichen Umgebung widmen, als Stewart neben mir erschien.

»Mr. Lawrence, bitte, könnten wir etwas unter vier Augen besprechen?«

Als ich mich umschaute, konnte ich sowieso nur Baxter entdecken; trotzdem gingen wir etwas zur Seite.

Ich wandte mich an den Bergführer: »Bitte sehr, Mr. Stewart.«

Erleichtert stöhnte er auf.

»Mr. Lawrence! Ich wollte Ihnen nur sagen, daß mein Auftrag hiermit abgeschlossen ist. Ich sollte die Expedition nach Khangpa bringen, und das habe ich auch getan. Ich muß zugeben, daß ich auch schon erfolgreichere Arbeit geleistet habe, aber unter diesen Umständen … Ich glaube, ich kann stolz sein.«

»Ich bin es ebenfalls, Mr. Stewart«, sagte ich lächelnd.

»Danke, Mr. Lawrence. Jetzt möchte ich aber, daß Sie die vollständige Leitung übernehmen und selber mit den Mönchen reden …«

Ich muß zugeben, das überraschte mich ein wenig, genauso wie damals, als er mir mitteilte, daß ich laut Mr. Thompson in außerordentlichen Situationen die Verantwortung tragen sollte …

»Ich verstehe nicht recht, warum«, sagte ich. »Schließlich wartet im Kloster schon Mr. Thompson auf uns und … übernimmt in spätestens einer Stunde die Leitung.«

Stewart blieb stur.

»Bitte, Mr. Lawrence … Sprechen Sie mit den Mönchen! Ich bin nur ein einfacher Bergführer und … also, es wäre besser, wenn Sie diese Leute empfangen würden. Das tun Sie doch, oder?«

Was sollte ich schon antworten? Obwohl ich mir sicher war, daß mir Stewart nicht den wahren Grund seiner Bitte verraten hatte, wäre es dumm gewesen, mich darauf zu versteifen. Im Kloster würde sowieso Thompson warten und alles in die Wege leiten.

Wenn er denn nun wirklich im Kloster wartete …

38

Baxter holte ihr Fernglas hervor und richtete es auf die näherkommenden Mönche. Lange beobachtete sie sie, dann senkte sie das Glas und schaute nachdenklich vor sich hin. Sera stand dicht neben ihr und sah sie nervös an.

»Also?«

Baxter lieh ihm das Fernglas.

»Wollen Sie selber mal nachschauen?«

Sera griff schon fast danach, überlegte es sich aber doch anders.

Er merkte wohl, daß er, um etwas zu sehen, erst mal auf sein Jak klettern müßte.

»Wie viele sind es?« fragte er schließlich.

»Sechs.«

»Und …?«

»Alles nur Mönche. Kein Europäer unter ihnen. Also auch kein Mr. Thompson.«

Gute zwanzig Minuten später erreichten die Mönche den Dorfeingang.

In ihren langen, roten Kutten sahen sie aus wie riesige rote Vögel, die über dem weißen Schnee schwebten. Es war keine gewöhnliche Leistung, auf diese Weise den weiten Weg nach unten zu machen. Der Schnee reichte bis zu ihren Knien hinauf.

Die Mönche aber keuchten noch nicht einmal, als sie die Sherpas erreichten. Ich selbst stand inzwischen neben dem Alten, an der Spitze der Wissenschaftler. Stewart zog sich langsam zurück.

Der vordere Klosterbruder drehte eine Gebetsmühle in der Hand, seine Lippen bewegten sich wortlos dazu. Die anderen konnte ich noch nicht richtig erkennen, da sie alle sorgsam hintereinander gingen. Schließlich trennten mich nur noch wenige Schritte von dem ersten Mönch, als dieser aufblickte, stehenblieb und zu beten aufhörte. Er schaute uns an, wendete dann den Blick auf die Berge, den Horizont, und sah mit seinen schmalen, glänzenden Augen vielleicht sogar bis in den Himmel hinauf, in Regionen der Götter, die ein normaler Sterblicher nur selten zu sehen bekommt. Dann blickte er uns wieder an und reichte die Gebetsmühle nach hinten. Jemand nahm sie ihm ab und legte dafür ein blaues Seidenband in seine Hände. Er ließ das Band über die beiden Handgelenke in die offenen Hände gleiten, drehte sich blitzschnell um, und als er uns wieder in die Augen sah, stand ein kleines, braunes Etwas auf dem seidenen Band.

Er verbeugte sich und lächelte mich an.

»Mr. Lawrence?«

»Ja«, sagte ich überrascht, »woher kennen Sie meinen Namen?«

Der Lama antwortete nicht, sondern überreichte mir sein Geschenk.

Als ich es näher betrachtete, sah ich, daß es ein Kuchen war und einen Chorten, also einen Standfuß für Götzen, stilisierte. Mit solchen Kuchen werden in Tibet Götter und willkommene Gäste begrüßt.

Auch ich verbeugte mich und übernahm, vorsichtig meine beiden Hände unter das Tuch schiebend, das Geschenk, ohne daß es auch nur einen Millimeter verwackelte. Damals in der Mongolei hatte ich Gelegenheit genug, es zu üben.

Mit einer halben Umdrehung reichte ich den Chorten weiter und ich spürte, wie ihn jemand, Stewart oder der Alte, übernahm. Ich wußte, daß ich jetzt selber an der Reihe war, etwas zu geben, ich hatte aber leider nichts vorbereitet. Der Lama merkte wohl meine Verlegenheit, denn er nahm schnell wieder seine Gebetsmühle, drehte daran und lächelte mir ins Gesicht.

»Mr. Lawrence ... Der gnädige Herr, der Lebendige Gott wartet schon ungeduldig auf Euch! Wir befürchteten schon, es sei etwas passiert auf der langen Reise ... Das Auge von Sindsche erschien über dem Salu-Paß. Und das bedeutet den Tod.«

»Leider wurde unterwegs unser Funkgerät defekt«, sagte ich vorsichtig. »So konnten wir Sie nicht über unsere genaue Ankunftszeit informieren.«

»Das wäre sowieso nicht geglückt, Herr. Seit drei Tagen haben wir selber keine Funkverbindung mehr.«

»Warum denn das?« fragte ich, etwas Schlimmes ahnend.

»Jemand hat das Funkgerät zerstört«, antwortete er schlecht gelaunt und verstummte. Er sagte dann auch kein Wort mehr, bis wir das Kloster erreichten.

39

Als wir die Mauern des Klosters erreicht hatten, blieben wir stehen und rutschten von den Jaks. Aus irgendwelchen Nischen stürmten in braune Kutten gehüllte Bedienstete herbei und nahmen lächelnd unsere Tiere in ihre Obhut. Die Sherpas folgten ihnen mit dem Gepäck. Nach ein paar Minuten standen nur noch die Wissenschaftler herum. Der Mönch mit der Gebetsmühle nahm den großen Eisenring, der von dem roten Holztor herunterhing, und klopfte damit einmal laut an. Fast im selben Moment öffnete sich die Pforte, und wir fanden uns nach wenigen Schritten schon im ersten geschlossenen Hof.

Kleine Glocken, an den Pagodendächern befestigt, klingelten ununterbrochen, ihr silberner Ton füllte die Innenhöfe. Es wirkte gar nicht störend; nach einer Weile gewöhnte ich mich sogar daran. Seltsam war nur, wenn sie bei einer kurzen Windstille plötzlich verstummten.

Die Gebetsfahnen neben den Glöckchen mit der obligatorischen Aufschrift ›Om Mani Padme Hum‹, wehten fröhlich im Wind, als ob sie uns begrüßen wollten. Gedankenverloren murmelte ich den Text in meiner Muttersprache: »Du Zierde der Lotusblume, bitte für uns …«

Neben den Wänden des ersten Hofes standen riesige Gebetsmühlen, fast schon Gebetszylinder. Aus jeder von ihnen ragten jeweils zwei waagerechte Stäbe, damit die Mönche sie nach Lust und Laune drehen konnten. Die aufgeklebten kleinen Zettel zeugten davon, daß die Bewohner Khangpas nicht müde wurden, ihre Bitten von Zeit zu Zeit den Göttern vorzutragen.

Im Gänsemarsch ging es voran. Wir umgingen die Dämonenwand, und ich bemerkte, wie meine Gefährten neugierig die verschiedenen Götterbilder bestaunten. Selbst die Naturwissenschaftler waren verblüfft, als sie Sindsche, dem Gott der Unterwelt, direkt gegenüberstanden. Das Relief in der Wand war furchterregend und erfüllte sicherlich den Zweck, für den es geschaffen worden war.

Die Mönche bemerkten, daß wir langsamer wurden, also verkürzten auch sie ihre Schritte. Leise wechselten sie ein paar Worte und blieben dann stehen.

William Wilson, der Paläontologe, nahm seine Pfeife aus dem Mund und deutete mit dem Stiel auf Sindsche.

»Wer ist dieser Bursche?«

Ich wollte schon antworten, als mir Rich Abramson zuvorkam.

»Der Gott der Toten«, sagte er, das plastische Bild anlächelnd.

»Ich habe selten ein so hübsches Exemplar gesehen …«

Der Fossilienforscher saugte an seiner Pfeife.

»So was gefällt Ihnen?« fragte er erstaunt und schüttelte den Kopf voller Unverständnis über eine derartige Geschmacksverirrung. »Ich kann nur sagen, daß ich noch nie in meinem Leben so einen häßlichen Kerl gesehen habe … Meinen Sie nicht, Mr. Lawrence?« Ich mußte wohl oder übel Sindsche verteidigen, ohne daß er mich darum gebeten hätte.

»Ich glaube nicht, Professor. Die Geschmäcker sind verschieden. Es gibt bestimmt Leute, denen dieser Gott besser gefällt als Ihre Fossilienknochen …«

Wilson schreckte zurück.

»Moment mal! Wie können Sie denn so etwas behaupten? Einen herrlichen Dinosaurier mit dieser … Abscheulichkeit zu vergleichen?«

»Sie haben wohl recht, Professor«, stellte eine unbekannte Stimme hinter uns fest. »Ein altes chinesisches Sprichwort besagt, daß es schwer ist, einen Seidenpinscher mit einem Regen bringenden, gutmütigen blauen Drachen zu vergleichen. Trotzdem sind beide für den Menschen wichtig. Der Seidenpinscher beißt dem Dieb im kaiserlichen Palast in die

Beine, und der Drache sorgt für eine gute Ernte ... Doch aus menschlicher Sicht ist ein Drache nicht sehr schön. Manchmal läßt uns die Funktion die ästhetischen Mängel vergessen. Ganz zu schweigen von der Tatsache, daß selbst das Häßliche eine gewisse Ästhetik besitzt ...«

Überrascht drehten wir uns um. Ein großer Mönch stand vor uns. Er trug eine riesige gelbe Haube auf dem Kopf. Die Arme hatte er vor der Brust verschränkt. Sein Gesicht war ernst, aber ein freundliches Lächeln umspielte seine Mundwinkel. Sein Englisch war so perfekt, daß selbst ein Musterschüler aus Oxford ihn darum beneidet hätte. Sichtlich zufrieden konstatierte er unsere Verwirrung, kam auf uns zu und reichte dem gerade vorne stehenden Stewart seine Hand.

»Seid gegrüßt im Kloster von Khangpa, Freunde!« Mit diesen Worten nahm er Stewarts zögernd ausgestreckte Hand fest in den Griff und drückte sie sich aufs Herz.

Stewart lächelte verlegen und deutete schließlich mit der wieder freigegegebenen Hand auf mich.

»Das dort ist Mr. Lawrence, momentan der Leiter der Expedition.«

Ich trat vor, und die Zeremonie wiederholte sich. Der Lama hatte feine Finger und eine kräftige, energische Handfläche. Schließlich verbeugte er sich vor der Gruppe und stellte sich immer noch lächelnd vor: »Ich bin Karma Damtschö, der Führer dieses Klosters. Und der Lebende Gott!« Letzteres klang fast verschämt.

»Sie sprechen ausgezeichnet Englisch«, versuchte ich ihn höflich zu loben.

Augenscheinlich tat ihm das gut.

»Obwohl ich schon viel vergessen habe. Einen Teil meiner Kindheit konnte ich glücklicherweise im Lande Ihrer Majestät verbringen.«

»In London?«

»Dort und auch anderswo. Ich habe mit den Jungs auf den Straßen von Manchester gespielt ... Auch aus dieser Zeit blieb etwas an mir hängen.«

Den letzten Satz sprach er in waschechtem Slang.

»Ich hoffte, Sie würden heute früh eintreffen«, sagte der

Lebende Gott, wieder richtiges Englisch benutzend. »Leider hatten wir ein kleines Problem mit unserem Funkgerät und konnten Sie deswegen nicht erreichen.«

Ich wollte schon erwähnen, daß der andere Lama etwas davon erzählt hatte, überlegte es mir aber doch anders.

»Ein fatales Mißgeschick«, fuhr er fort und verbarg dabei geschickt seine Arme unter dem Mantel. »Wir hatten ein sehr starkes Gerät … Normalerweise brauchen wir es auch, um mit Katmandu in Kontakt zu bleiben.«

»Wegen den herumstreunenden Banden in den Bergen?« fragte Stewart.

Karma Damtschö schüttelte den Kopf.

»Die stören uns nicht besonders. Sie sind nicht so ruchlos, die Bleibe der Götter anzugreifen. Außerdem können wir uns ganz gut verteidigen«, fügte er mit einem rätselhaften Lächeln hinzu. »Aber die Hungersnot … Wissen Sie, in dieser Gegend wächst so ziemlich nichts. Wir sind ausschließlich auf den guten Willen Katmandus und der kirchlichen Obrigkeit angewiesen. Ebenso das Dorf. Wenn unsere Vorräte verbraucht sind, müssen wir Hilfe aus der Hauptstadt erbitten. Das passierte schon zweimal in den letzten fünf Jahren. Und auch die diesjährige Ernte war leider ziemlich schlecht.«

Dann machte er eine schnelle Wende in seiner Rede.

»Ich sehe, die Dämonenwand hat Ihre Aufmerksamkeit erregt. Aber sie hat eine sehr nützliche Aufgabe zu erfüllen …«

»Und zwar?« fragte Wilson.

»Sie verjagt die Dämonen.«

»Tatsächlich?«

»Natürlich. Denken Sie mal nach. Die Dämonen kommen also aus Norden, denn, wie Sie sicher wissen, ist die nördliche Halbkugel die Heimat der Dämonen und Geister. Also kommen sie, um zum Beispiel das Kloster Khangpa zu besetzen, die Menschen zu verderben und sie in den Tod zu führen …«

Seine Stimme stockte, und sehr ernst fuhr er fort. »Sie kommen an, fliegen durch die Gemäuer und sind besessen von dem Gedanken, daß das Kloster bereits ihnen gehört und die menschlichen Seelen nur noch darauf warten, abgepflückt zu werden, wie reife Früchte ... Doch nein! Wir sind ebenfalls mächtig, und keiner ist mächtiger als ich!«

Diese letzten Worte schrie er beinahe mit blutunterlaufenen Augen, die Arme ausgebreitet und zum Himmel emporgehoben, so daß die Ärmel seines Kaftans bis zu den Ellbogen rutschten.

»Vergebens kommen die unheilvollen Geister, vergebens! Denn gleich darauf stoßen sie auf die Dämonenwand! Sie schrecken zurück vor Sindsche und seinen Dämonentötern! Mit blutigem Gesicht fahren sie zurück in den dunklen Norden. Die Dämonenwand beschützt uns.«

Diesen letzten Satz sprach er wieder leise, fast schon schamhaft. Schweißperlen tanzten auf seinen Schläfen, und seine Hände zitterten, als er seine Kutte zurechtzupfte.

Wir waren alle ziemlich betroffen von diesem Monolog. Was mich anging, hätte ich nicht sagen können, ob wir gerade Zeugen eines gut einstudierten Schauspiels waren oder Karma Damtschös Nerven nicht mehr in der besten Verfassung waren. Lange konnte ich mir allerdings nicht darüber den Kopf zerbrechen, denn der Lama wechselte erneut das Thema.

»Also haben wir kein Funkgerät ... Die letzte Nachricht aus Katmandu haben wir vor fünf Tagen empfangen. Man sagte uns, daß Sie schon auf dem Weg seien ... Ich wundere mich, daß wir danach, bis zu dem Tag, an dem das Funkgerät ausfiel, trotzdem nicht mehr gerufen wurden ...«

»Ich hörte, daß mit Ihrem Gerät etwas nicht stimmt. Daß es zerstört wurde.«

Karma Damtschö horchte auf.

»Wer hat Ihnen das erzählt?«

Ich wollte den Mönch nicht verraten, aber die Situation war auch so völlig klar. Der Lebende Gott warf einen wutentbrannten Blick auf den vor Angst zitternden Lama.

»Unsinn! Unwissende Hornochsen! Bringen alles durcheinander. Keiner hat hier etwas zerstört. Es war ein Mißgeschick. Der Bediener hat das Gerät fallen lassen. Er war unvorsichtig und hat auch schon seine Strafe bekommen. Zwanzig Stockschläge. Die Strafe der Ungeschickten und der Schwätzer.«

Der für unseren Empfang bestellte Mönch stöhnte auf. Ich wollte gerade ein paar gute Worte für ihn einlegen, als mir jemand von hinten warnend den Arm drückte.

»Nicht!« hörte ich Eve Pickford flüstern. »Mischen Sie sich nicht in die Sachen des Klosters ein!«

»Und so stehen wir ohne Funkgerät da«, Karma Damtschö breitete die Arme aus.

»Und Mr. Thompson?« fragte ich. »Ist denn etwa sein Funkgerät auch defekt?«

Er starrte mich an, als ob ich ein herumstreunender Geist wäre, der es doch geschafft hatte, die Dämonenmauer zu überwinden.

»Mr. Thompson? Wieso fragen Sie mich?«

Diesmal war ich überrascht.

»Ja, wen denn sonst? Er ist doch hier im Kloster!«

Ungläubig schüttelte er den Kopf.

»Das höre ich jetzt zum erstenmal. Ist er denn nicht bei Ihnen? Ich dachte, er würde mit der Expedition reisen …«

Inzwischen kümmerte ich mich nicht mehr darum, daß ich mit einem lebenden Gott sprach und fuhr ihm schnell dazwischen: »Entschuldigen Sie bitte … Ihre Heiligkeit … ich meine …«

»Nennen Sie mich einfach Karma Damtschö«, sagte er mit einer leichten Handbewegung.

»Danke. Also: In Katmandu hat man uns gesagt, daß wir unseren Mäzen und Organisator der Expedition, Mr. Thompson, hier im Kloster von Khangpa treffen würden. Die für die Organisation verantwortliche Agentur hatte es so mit Mr. Thompson abgesprochen. Wir sollen an diesem Ort die konkreten Aufgaben zugeteilt bekommen.«

Der Lebende Gott schüttelte nur mit dem Kopf.

»Unmöglich. Hier ist überhaupt kein Mr. Thompson.«

»Wer denn sonst?«

»Keiner. Zumindest keiner außer uns Klosterbrüdern«, er schüttelte noch mal den Kopf und legte seine Hand auf meinen Arm. »Sehen Sie, Mr. Lawrence, die Sache war für uns bisher recht einfach. Da Khangpa die letzte Station zwischen Katmandu und den bis heute unerforschten Grenzgebieten ist, macht fast jede Expedition, die sich dorthin begibt, bei uns Rast. Hier wird die letzte Basis vor dem Unbekannten errichtet. Ein wenig übertrieben könnte ich sogar sagen, daß dies ein kleines Touristenzentrum ist. Aber Sie werden verstehen, daß wir sonst kein Einkommen haben. Und seit dem Krieg fließt auch die staatliche Unterstützung nur noch spärlich.«

»Ich dachte immer, Kloster finanzierten sich über die Spenden der Gläubigen?«

Er lächelte und seufzte dann tief auf.

»Ich möchte Sie nicht beleidigen, Mr. Lawrence, aber Sie haben sich diese Meinung sicherlich aufgrund Ihrer Leseerlebnisse gebildet ... Nun ja, in den alten, feudalistischen Zeiten war es auch tatsächlich noch so. Als noch blühende Großbesitze an den Berghängen bebaut wurden ... Der Krieg und die langen Freiheitskämpfe, Tschiang Kai-schek und die Whampao- Offiziersclique, führten zum Verlust der traditionellen Einkommensquellen. Entweder besaßen die Klöster Felder, die die Bauern der angrenzenden Dörfer zusammen mit den Klosterbrüdern bestellten oder der Großgrundbesitzer half den Mönchen. Er füllte die Kammern und sorgte auch für ein wenig Flüssiges. Sie verstehen?«

Ich hätte nie gedacht, daß der Leiter eines Klosters, der zudem auch noch der Lebende Gott war, so klar die Zusammenhänge der Geschichte und der Wirtschaft sah.

»Auf die Bewohner der Dörfer kann man heute kaum noch zählen«, fuhr er fort. »Sie haben ja selbst kaum genug. Wenn wir darauf hoffen würden, daß sie uns durchfütterten, wären wir schon längst verhungert. Deswegen freuen wir uns, daß Khangpa gerade hier gebaut wurde, und daß die Expeditionen, ob sie wollen oder nicht, hier Halt machen müssen.«

Seine Worte waren in vielerlei Hinsicht sehr interessant, aber mir ging es vorerst um Thompson.

»Und Mr. Thompson?«

Es war allerdings schwer, den Lebenden Gott von etwas abzubringen, das er sich bereits vorgenommen hatte.

»Mit einem Wort, die Expeditionen kehren bei uns ein. Und oft sind wir die letzten, die sie lebend sehen. Zumindest in dieser Inkarnation.«

Wieder ein bemerkenswerter Gedanke. Aber weiter jetzt! Wo zum Teufel war Thompson?«

»Wie schon gesagt, haben wir ein Funkgerät, mit dessen Hilfe wir regelmäßigen Kontakt mit Katmandu halten. Zwei Brüder bedienen das Gerät, beide haben monatelang das Funken in der Hauptstadt geübt. Und jetzt dieses Mißgeschick!«

Das letzte Wort betonte er exakt so, wie man es auf dem Piccadilly Circus tut, wenn man jemandem versehentlich auf den Fuß getreten ist.

»Vor ungefähr zwanzig Tagen hat uns das Fremdenverkehrsamt informiert, daß die zuständigen Regierungsstellen einem Mr. Thompson die Erlaubnis gegeben haben, eine Expedition in die unbekannten Gebiete des Himalaja zu führen. Die Details wurden ebenfalls über Funk geklärt.«

»Was für Details?«

»Wirtschaftlicher Art. Wie viele Leute kommen, mit wie vielen Tieren, und was Sie sonst noch brauchen könnten. Lauter offizielle Sachen.«

»Könnten Sie mir sagen, mit wem Sie gesprochen haben?«

»Natürlich. Mit dem Mitarbeiter der Behörde, der auch sonst diese Dinge regelt.«

Ich ging nicht weiter darauf ein.

»Und Mr. Thompson?«

Er zuckte mit den Schultern.

»Ich weiß nichts über ihn. Entsprechend der Ankündigungen, haben wir Ihre Unterkünfte vorbereitet, ebenso die Verpflegung für die Jaks. Über Mr. Thompson hörte ich nur, daß er der Leiter der Expedition sei. Ich persönlich hatte bis dahin noch nie von ihm gehört. Obwohl dieser Name, wenn ich mich richtig entsinne, im Angelsächsischen ziemlich häufig vorkommt.«

Die Sache wurde immer rätselhafter.

»Sehen Sie, Mr. Karma … Wir bekamen von derselben Behörde die Nachricht, daß uns Mr. Thompson im Khangpa Kloster erwarte.«

»Hat man das Ihnen persönlich gesagt?«

»Ja. Beziehungsweise … Mr. Stewart …«

Stewart stellte sich schnell neben mich.

»Für die Angelegenheiten der Expedition, solange Mr. Lawrence verhindert und Mr. Thompson nicht vorhanden war, trug ich die Verantwortung. Und die Aussage, daß ebendieser Mr. Thompson hier auf uns warten würde, war eindeutig.«

»Kennen Sie diesen Thompson?«

»Nein«, sagte Stewart, »ich habe im Leben noch nie von ihm gehört. Ich habe nur, ich meine, wir haben nur ...«

Ich konnte ihn unbemerkt anstoßen, und er verstummte auch sofort.

Der Lebende Gott kratzte sich am Kopf, dort, wo die Haare unter der Kapuze hervorschauten.

»Vielleicht sollte man das mit den Behörden klären. Wenn wir natürlich ein Funkgerät hätten ... Es ist unverständlich, warum man uns nicht informiert hat. Außer der Tatsache, daß Sie unterwegs sind, natürlich.«

Die anderen spazierten während dessen im Hof herum oder sahen sich die Dämonenmauer an. Ich tat ein paar Schritte, um den Lama wegzulocken. Er folgte mir sogar, blieb dann aber entschlossen stehen. Inzwischen waren wir aber zum Glück weit genug von den anderen weg.

»Es gibt da noch etwas, Karma Damtschö, das wir unbedingt besprechen sollten.«

»Bitte sehr«, antwortete er zuvorkommend.

»Ich will Sie nicht beunruhigen, aber ...«

Erwartungsvoll blickte er mir in die Augen.

»Es passierte etwas mit der Expedition auf dem Weg hierher ...« Abwehrend hielt er seine Hände hoch.

»Bitte, Mr. Lawrence, ich will davon nichts wissen. Meine Aufgabe ist nur, Sie entsprechend den Anweisungen des Fremdenverkehrsamtes zu versorgen. Innere Angelegenheiten gehen mich nichts an.«

»Trotzdem, wenn Sie mir vielleicht zuhören könnten, Eure Heiligkeit.«

Mißmutig seufzte er auf.

»Nun denn, falls es mich doch angehen sollte ... Um was geht es, bitte?«

»Um drei Leichen.«

Er sah mich an, als ob ich ein Rolang wäre, auf dessen Kopf freudig ein Geist herumtanzt, der gerade die Dämonenmauer überwunden hat.

»Wie bitte?«

»Drei Leichen. Sie lebten natürlich noch, als wir aus Katmandu loszogen. Jetzt warten sie in Planen gewickelt, daß Ihr Buddha ihnen einen neuen Körper für die Wiedergeburt zur Verfügung stellt.«

Er erbleichte und fing an zu zittern, wie das Laub im Herbst. Seine Ruhe war wie weggeflogen, und wenn der Gedanke nicht zu profan gewesen wäre, hätte ich gedacht, er bete zu sich selbst.

»Ein Unglück?« stöhnte er schließlich und lehnte sich an die Dämonenwand. Der Gott der Toten schaute ihn scheinbar voller Mitleid an.

»Wie man es nimmt. Für die Toten bestimmt und sicher auch für die Angehörigen. In der Kriminalistik allerdings nennt man so was Mord.«

»Wie ist es passiert?« fragte er heiser.

»Sehr einfach. Jemand hat ihnen ein Purbu ins Herz gestochen.«

Das gab ihm den Rest. Mit beiden Händen hielt er sich an der Mauer fest, und selbst so bewahrten ihn nur seine großen Stiefel vor einem Sturz.

Ich legte meinen Arm um seine Schultern, als ob wir alte Freunde wären.

»Geht es Ihnen nicht gut?«

Er stöhnte nur in meinen Armen. Der zähnefletschende Sindsche öffnete sein Maul, um mich zu fressen. »Ruhig, ruhig«, versuchte ich den blutrünstigen Gott zu zähmen, »ich will doch deinem Chef nur helfen«, und holte die kleine Flasche Whisky aus meiner Tasche, die ich für solche Fälle bereithielt. Ich steckte sie dem Lama in den Mund und ließ ihn einen kräftigen Schluck davon trinken. Er hustete, aber sein Gesicht gewann langsam wieder an Farbe.

»Entschuldigen Sie«, murmelte er und entzog sich meinem Griff, »nur ein vorübergehender Schwächeanfall.«

»Kommt vor«, versuchte ich ihn zu trösten.

»Wissen Sie, Mr. Lawrence ... wir gläubigen Buddhisten töten keine Lebewesen und sind in solchen Fällen immer besonders betroffen. Und dieses Purbu ...«

»Schlimm?«

»Die Morde selber schon, ja. Und dann werden sie auch noch mit einem heiligen Dolch begangen!«

»Können Sie sich vorstellen, daß ein Buddhist so etwas tun würde?«

Empört antwortete er: »Aber Mr. Lawrence! Das ist einfach unmöglich! Wer so etwas tut, verdient noch nicht einmal den Titel Mensch, geschweige denn Buddhist!«

Da konnte ich ihm nur beipflichten.

»Und ... und ... wo sind die Leichen?« fragte er mit immer noch zittriger Stimme.

»Die Sherpas haben sie mitgenommen.«

»Unmöglich! Kein Sherpa rührt einen Ermordeten an.«

»In diesem Fall taten sie es. Finanzielle Interessen erwirken anscheinend Kompromißbereitschaft.«

Augenscheinlich nahm er sich das zu Herzen, denn eine Weile schwieg er.

Leise sagte er dann: »Ich ... werde mich darum kümmern. Sie werden in eine Eishöhle gelegt, bis ...«

»Danke, Mr. Karma«, unterbrach ich ihn, »aber die Leute sind todmüde, und ich fürchte, auch halb erfroren. Wenn Sie vielleicht ...«

Plötzlich wurde er wieder munter und schob sich von der Dämonenwand weg.

»Oh, natürlich! Und entschuldigen Sie bitte, daß ich hier lauter Unsinn zusammenrede. Ich hoffe, Khangpa bringt Ihnen Glück!«

Ich hoffte es auch, nur glauben konnte ich irgendwie nicht daran.

40

Wir betraten den zweiten, dann den dritten Innenhof, welche mit breiten Durchgängen verbunden waren. Von den feuerroten Ziegeln auf den Pagodendächern der Eingänge grienten mich furchterregende Götterfratzen an. Die Müdigkeit hatte uns aber schon fest im Griff; wir waren zu kraftlos, um zu erschrecken. Am liebsten hätten wir uns direkt auf den Boden gelegt.

Am anderen Ende des dritten Hofes entdeckten wir drei Tempel. Der mittlere war der größte: auf seinem Pagodendach klingelten ununterbrochen die Glöckchen, wehten die Gebetsfahnen. Bei unserer Ankunft schauten neugierige, glattrasierte Köpfe aus den Toren und verschwanden beim Anblick des Hauptlamas auch gleich wieder.

Der Lebende Gott zeigte auf den Eingang des linken Tempels.

»Das ganze Gebäude steht zu Ihrer Verfügung. Es ist zwar nicht sehr komfortabel, aber schließlich ist das hier ein Lamakloster und kein Hotel. Trotzdem hoffe ich, daß Sie sich wohl fühlen werden. Bruder Thinka zeigt Ihnen den Weg. Sollten Sie etwas benötigen, wenden Sie sich vertrauensvoll an ihn.« Damit verbeugte er sich und ließ uns alleine.

Thinka hatte sich bis jetzt im Hintergrund gehalten. Als das Tor hinter seinem Herrn zufiel, seufzte er tief, verzog aber im selben Augenblick seinen Mund zu einem Lächeln.

»Ich bitte Euch, folgt mir«, sagte er und öffnete mit großer Geste die Tür.

Wir traten in die riesige Halle, aus der mir kalte, etwas stockige Luft entgegenschlug. Die wenigen, von außen kommenden Lichtstrahlen brachen an den Oberflächen der vier großen Götterstatuen, die paarweise neben dem Tor standen und uns mit Glotzaugen anstarrten. Thinka zeigte lächelnd auf sie.

»Die hütenden Götter. Die Hüter der Vier Himmelsrichtungen.«

»Und wen hüten sie?« wollte McCormack wissen.

»Uns alle«, sagte Thinka. »Sie verhindern, daß Dämonen und unsittliche Seelen in das Gebäude eindringen.

»Schon wieder diese nervtötenden Dämonen«, brummte Wilson kopfschüttelnd.

»Reicht also die Dämonenmauer doch nicht?« fragte maliziös Marc Brunning, der Botaniker.

Der Lama tat, als hätte er nichts gehört; Hauptmann Sera aber, der in der letzten Zeit auffallend still gewesen war, ging wütend auf ihn los:

»Ich würde an Ihrer Stelle keine Witze machen, Mr. Brunning. Sie sollten auf den Glauben anderer Rücksicht nehmen.«

Der Botaniker wurde bis zum Haaransatz rot.

»Entschuldigen Sie bitte«, murmelte er verlegen. »Es ist mir nur so rausgerutscht. Ich wollte niemanden beleidigen.«

Schlecht gelaunt schleppten wir uns auf der breiten Treppe nach oben, wo unsere Zimmer lagen. Gerade als ich mich umdrehte, wurde die Eingangstür zugeschlagen. Und die hütenden Götter schauten mich – so schien es mir zumindest – irgendwie drohend an.

41

Die Holzdielen auf der alten Treppe knarrten unter unseren Schritten, als wir uns der ersten Etage näherten. Unter uns im Halbdunkel lag der riesige ehemalige Gebetsaal. Man konnte erkennen, daß die Holztreppe erst später eingebaut worden war, als man sich entschloß, den Tempel dem Gott des Tourismus zu weihen. Wahrscheinlich war auch damals erst die obere Etage aufgezogen worden. Die tief nach unten hängenden Pagodendächer und die darunter angebrachten, bemalten Holzplatten verdeckten aber die Spuren der Bauarbeiter.

Oben angekommen, betraten wir einen langen, dunklen Flur. Links und rechts waren Türen, wie ich schnell zusammengerechnet hatte, auf jeder Seite acht.

Thinka blieb in der Mitte des Ganges stehen und richtete das Wort an mich:

»Hier sind die Zimmer, Herr. Ich fürchte, daß sie nicht jedem entsprechen werden. Aber die Aussicht wird Euch entschädigen! Die Sherpas sind im Gebäude im Hinterhof untergebracht. Die Tore bleiben, solange Ihr da seid, Tag und Nacht offen.«

Er sprach wie ein erfahrener Hotelier.

Ich öffnete die mir nächstgelegene Tür und schaute in das Zimmer. Viel konnte ich nicht entdecken, da dicke Gardinen vor den Fenstern hingen, aber es war angenehm warm und leider etwas weniger angenehm stockig.

»Seit gestern abend heizen wir, Herr«, sagte Thinka stolz. »Die Sherpas bereiten schon Euer Abendessen vor. Macht es Euch bequem!«

Mit Würde verließ uns Thinka wieder, und wir blieben zusammengestaut auf dem engen und dunklen Flur stehen. Ich hielt die Zeit für gekommen, etwas Entschlossenheit zu zeigen. Vor allem auch, weil mich jeder erwartungsvoll anstarrte, und ich würde nicht sagen, mit unbekümmerter Freude in den Augen.

»Bitte, meine Damen und Herren!« begann ich und zeigte auf die Türen. »Insgesamt stehen uns sechzehn Zimmer zur Verfügung. Da wir gerade dreizehn sind, würde ich sagen, jeder besetzt eines, und in die restlichen drei packen wir unsere überflüssigen Sachen. Stimmen Sie mir darin zu?«

»So weit, ja«, murmelte Paddington. »Aber was dann? Wo bleibt unser Herrchen?«

»Ich habe keine Ahnung. Vorerst können wir nichts weiter tun, als es uns so bequem wie möglich zu machen. Immerhin haben wir es warm in unseren Zimmern. Wenn wir uns ausgeruht haben, sagen wir mal, morgen früh, können wir unser weiteres Vorgehen überlegen.«

»Wir sollten lieber Mr. Thompson suchen«, sagte Frank King, der Anthropologe.

Ich ließ die Bemerkung außer acht.

»Meine Damen und Herren, ich wäre Ihnen sehr verbunden«, sagte ich, »wenn jeder seine Visitenkarte an die Tür hängen oder kleben würde … Damit weiß ich, wen ich wo finden kann.«

Sera lächelte bitter.

»Sollen wir nicht auch gleich unser Foto danebenheften? Damit der Mörder auch ja nicht die Tür verwechselt?«

Dafür hätte ich ihn wirklich gerne in den Hintern getreten.

42

Zehn Minuten später hatten die Sherpas die Feldbetten aufgestellt, und ich mußte mich wirklich zusammenreißen, nicht sofort auf meinem einzuschlafen. Zuerst wollte ich aber noch einer Sache auf den Grund gehen. McCormack war mein Nachbar. Ich klopfte an der Zimmerwand.

»Sind Sie das, Leslie?« kam die Antwort.

»Könnten Sie für einen Moment rüberkommen?«

»Liebend gerne«, und im nächsten Moment öffnete sich die Tür.

»Wollen Sie baden?«

»Und ob«, sagte er.

»Dann wird es wohl das beste sein, wenn wir uns selber darum kümmern. Kommen Sie mit zu den Sherpas?«

»Natürlich.«

Wir schlenderten die Treppe runter, vorbei an den Dämonenschrecken, und umrundeten dann das Gebäude auf dem Weg in den hinteren Hof. Die Sherpas hatten ihre Zelte auf dem Schnee aufgestellt, und inmitten der orangefarbenen Pilze loderte unter einem riesigen Topf das Feuer.

Nach einigen Minuten angestrengten Erklärens, konnten wir einen Holzbottich, eine Holzwanne und einen langen Stock für die Wasserkannen besorgen. Eine halbe Stunde später saßen wir so sauber in meinem Zimmer, daß ich mich fast schon fremd fühlte in meiner eigenen Haut.

McCormack war nicht allzusehr auf eine Unterhaltung erpicht. Schweigend saß er am Ende meines Bettes und schaute interessiert zu, wie die Sherpas die Überreste des Bades wegbrachten.

»Legen Sie sich hin?« fragte er schließlich, als sie das Zimmer verlassen hatten.

Ich schüttelte den Kopf.

»Ich möchte einen Hügel besteigen.«

Er schaute mich an, sagte aber nichts.

»Und Sie?«

»Wenn es Sie nicht stört, würde ich Sie gerne begleiten.«

Ich nickte und freute mich, daß er nicht weiter nachfragte. Einen netteren Begleiter als McCormack hätte ich mir gar nicht wünschen können.

43

McCormack ging in sein Zimmer zurück, und wir trafen uns einige Minuten später auf dem Flur. In der Ecke des Ganges auf einem kleinen Tischchen brannte schwach eine Petroleumlampe. Sicherlich hatten die Sherpas sie dahingestellt. Ich spazierte an den Türen vorbei und konstatierte zufrieden, daß jeder seine Karte befestigt hatte. Nur auf einer fand ich keinen Zettel; es war wohl die von Sera, der sicherlich keine Visitenkarte dabeihatte. Ich klopfte an, bekam aber keine Antwort, ebenfalls an drei weiteren Türen.

Daraufhin mußte ich leise fluchen: »Zum Teufel! Muß denn jeder gerade jetzt spazierengehen …«

Da öffnete sich mit lautem Kettengeklirre die Tür von Baxter, und der rote Drachen schaute mir direkt in die Augen.

»Genau wie Sie … Was wollen Sie denn schon wieder?«

McCormack zog sich vorsichtig zurück, als ob er nichts mit mir zu tun hätte.

»Ich wollte mich nur erkundigen, ob Ihnen nichts fehlt.«

»Die ganze Bande ist verschwunden. Ich wundere mich, daß Sie es nicht gehört haben.«

»Ich hatte gebadet.«

Interessiert sah sie mich an.

»Baden Sie immer mit Ohrenstöpseln?«

Aus den Augenwinkeln sah ich, daß McCormack unterwegs nach unten war. Ich wollte etwas sagen, aber Baxter kam mir zuvor: »Na, gehen Sie ruhig. Suchen Sie die anderen. Ich bin mit der Restauration von Eves Gesundheit befaßt.« Damit zwinkerte sie mir zu und schloß die Tür vor meiner Nase.

Ich rannte McCormack nach, der neben den Hütern auf mich wartete.

»Was kann wohl in diesem Raum sein?« Er deutete auf den Eingang des ehemaligen Betsaals, aus dem die Kälte und der Gestank einer offenstehenden Gruft zu uns drang.

Ich strengte meine Augen an, konnte aber in der Dunkelheit nur ein paar Säulen und Tempelfahnen erkennen. Und die vagen Umrisse eines riesigen Menschen schimmerten im Hintergrund.

Ich rieb meine Augen.

»Morgen früh schauen wir es uns genauer an. Wenn ich richtig vermute, sind dort Statuen, Opfertischchen, Banner und ähnliche Sachen.«

McCormack nickte, und wir spazierten auf den Hof.

Die sinkende Sonne verabschiedete sich mit rotem Strahlen von Khangpa und verlängerte unsere Schatten. Der Gebirgspaß aber lag noch fast im Tageslicht, und wir hörten ganz deutlich die Schreie des kleinen Jungen, der die Kühe und Jaks von der Weide neben dem Fluß nach Hause trieb.

McCormack schaute sich die zugegebenermaßen wunderschöne Umgebung anerkennend an und drehte sich dann zu mir herüber.

»Wo entlang?«

Ich zeigte nach oben, auf einen Hügel, der einige hundert Meter oberhalb des Klosters lag, in der entgegengesetzten Richtung, aus der unsere Karawane gekommen war. Wortlos stapften wir durch den Schnee nach oben; der Pfad sah irgendwie ganz anders aus als der, auf dem wir Khangpa erreicht hatten. Hunderte von Spuren führten in die Höhe; ein Zeichen dafür, daß hier reger Betrieb herrschte.

Wir waren schon gute fünf Minuten unterwegs, als hinter

einer Schneewehe Sera auftauchte. Er hielt ein Fernglas in der Hand und keuchte, als ob man ihn gejagt hätte.

»Na, Sie?« fragte er nicht gerade höflich.

»Wir gehen spazieren«, antwortete McCormack.

Sera hatte anscheinend keine gute Laune an diesem Abend.

»Mr. Lawrence«, fing er an und ließ das Fernglas hängen, »ich habe langsam genug von der ganzen Sache.«

Ich nickte zustimmend.

»Ich auch.«

»Und das sagen Sie so einfach? Tun Sie endlich was, um Himmels willen!«

Ich versuchte heiter und optimistisch zu antworten: »Beruhigen Sie sich, Hauptmann! Sie werden sehen, alles wird gut ...«

Dadurch verlor er dann gänzlich seine Beherrschung.

»Sprechen Sie nicht mit mir wie mit einem kleinen Kind! Was zum Teufel suchen wir hier überhaupt? Wir müssen endlich zugeben, daß uns jemand gründlich verarscht hat. Ich schwöre, wenn wir zurück in Katmandu sind, breche ich ihm das Genick! Ich befehle Ihnen, morgen zurück nach Katmandu zu gehen. Es gab nie und wird auch nie eine Expedition geben!«

Eigentlich hatte ich nicht viel Lust, mit ihm herumzustreiten. Mich interessierte vielmehr, was er vom Hügel aus gesehen hatte.

»Sehen Sie, Hauptmann«, sagte ich ebenfalls lauter werdend, »erstens ist noch nichts zu Ende. Wir haben alle das Geld, also ist es unsere Pflicht, noch mindestens vier Tage zu warten! Können Sie sich vorstellen, daß jemand viele tausend Dollar in eine Phantom-Expedition steckt, nur um sich in einem warmen Zimmer über uns totzulachen?«

»Ihre Argumente interessieren mich nicht, hören Sie! Ich will zurück, und fertig! Und die anderen kommen auch mit!«

»Nur ist das leider unmöglich, Sera. Wie Sie ja selbst wissen, kann für mindestens einen Monat keiner den Salu-Paß passieren. Und jetzt, bitte, lassen Sie uns durch ...«

Er sah uns noch nach, als wir schon längst die Kuppe der Anhöhe erreicht hatten.

44

Ich nahm mein Fernglas aus der Tasche und begutachtete die Umgebung. Die entfernten Bergspitzen schienen sehr nah, und ich hatte das Gefühl, ich könnte sie mit der ausgestreckten Hand erreichen. Das abendliche Stimmengewirr aus dem Dorf klang bis zu uns hinauf, und aus den Rauchlöchern der Dächer stiegen kleine Wolken gen Himmel.

Die Schatten an den Füßen der Berge waren schon sehr lang, und die rötliche Scheibe der Sonne versank langsam am Horizont, also mußte ich mich beeilen. Es war ein Abend für Poeten, wie geschaffen für fruchtbare Begegnungen mit der Muse. Allerdings konnte man Sera keine Dichterseele abverlangen. Als er in das Sichtfeld meines Feldstechers kam, scharrte er gerade mit den Füßen im Schnee und kratzte sich hinter dem Ohr. Auf einmal schien es mir, als habe er meine Anwesenheit gespürt; er drehte sich um und schaute mir geradewegs in die Augen. Einige Sekunden lang starrten wir einander an, dann wendete er sich ab und ging den Weg zurück zum Kloster.

Ich schaute mich weiter um und beobachtete die angrenzenden Berge, die abgelegenen Häuser des Dorfes, dann die Wiesen. Ich ging methodisch vor, wollte nichts auslassen.

In den folgenden zwanzig Minuten wurde ich in das alltägliche Treiben eines typischen Himalajadorfes eingeweiht. Ich sah eine alte Frau, die die Tontöpfe ihres Nachbarn in der Dunkelheit stahl und sie unter ihr Kleid gehüllt in ihr Haus mitnahm; ich sah Verliebte, die hinter einer Scheune trotz der Kälte ein eindeutiges Spiel begannen. Nur was ich suchte, konnte ich nicht entdecken.

Und dann sah ich plötzlich Miss Baxter, wie sie alleine in Richtung Dorf schlenderte. Später entdeckte ich auch Stewart: umgeben von Sherpas traf er irgendwelche Anordnungen auf dem Klosterhof. Für einen kurzen Augenblick erblickte ich das Gesicht von Paddington und Pietro Rollo, dann wieder den Rücken von Sera.

Ich ließ das Fernglas sinken und starrte nachdenklich in den Schnee. Hatte ich mich getäuscht?

McCormack stand stumm neben mir, trieb mich nicht zur Eile an. Als ich aber nur noch herumstand, eindeutig meine Rundschau beendend, hielt er seine Hand hin.

»Darf ich?«

Er nahm den Feldstecher und schaute sich wortlos die Berghänge und Wiesen an, dann die Gemäuer des Klosters.

Ich hätte schwören können, er suchte dasselbe wie ich.

45

Ich wollte ihn schon warnen, daß wir langsam losgehen müßten, wenn wir noch vor Einbruch der Dunkelheit wieder in unseren Zimmern sein wollten, als plötzlich das Fernglas in seiner Hand erzitterte und er aufschrie:

»O mein Gott! Schauen Sie ... O mein Gott!«

In seiner Stimme schwang so viel Entsetzen mit, daß ich ihm sofort das Glas aus der Hand riß. Aber obwohl ich alles durchkämmte, was mir unter die Augen kam, konnte ich nichts Außergewöhnliches entdecken; Baxter schlenderte immer noch ruhig auf das Dorf zu, Stewart war noch in das Gespräch mit den Sherpas vertieft ...

»Wo? Ich sehe nichts!«

Mit bebender Hand wies er auf den nächsten, etwas niedrigeren Hügel. »Dort! Dort oben!«

Endlich fand ich, was ich suchte und ließ im selben Moment fast das Fernglas fallen. Ich habe schon viele furchtbare Dinge gesehen, und auch die chinesische Front war kein Zuckerschlecken, aber was ich im Feldstecher erblickte, trotzte jeder Beschreibung und ließ sogar mich erschauern.

McCormack faßte sich als erster. Er nahm meinen Arm und rannte los. »Los! Kommen Sie, sofort ...«

Den Rest sagte er schon im Laufen, und die zweite Hälfte des Satzes wurde durch sein Keuchen unverständlich. Wir rannten, als ob es noch etwas zu retten gegeben hätte.

46

Der Weg nahm ungefähr zehn Minuten in Anspruch. Während dieser Zeit halfen wir uns immer gegenseitig aus dem Schnee hinaus, bis wir endlich zum Umfallen erschöpft den höchsten Punkt des Hügels erreicht hatten.

Der Schnee war hier von den Bewohnern des Klosters glattgetrampelt worden und knirschte unter unseren Füßen, als wir uns auf den Obo, den Opfersteinhaufen, zubewegten. Er war etwas größer und vielleicht auch würdevoller, als sein stämmiger Partner auf dem Weg zum Kloster an der anderen Seite des Tales. Auf beiden Seiten hingen eingerissene Gebetsfahnen, und zwischen den Steinen raschelten Buch- und Heftseiten. Fast ganz oben, direkt neben dem Holzmast, lag eine Gebetsmühle, daneben unbesohlte Stiefel. Und die Stiefel öffneten ihr zahnloses Maul, als ob sie uns anschreien wollten.

Der Mast war lang und dick. In seinen jüngeren Jahren hatte er wohl als Achse eines der zweirädrigen Wägelchen gedient, die auch heutzutage noch zu Tausenden in den Dörfern des Himalaja benutzt werden. Die alles verschönernde Zeit hatte seine Oberfläche glattgeschmirgelt. Die Spitze zeigte stolz auf die Sterne wie ein riesiger Zeigefinger.

Das dunkle, runde Etwas aber, das auf sein Ende gespießt worden war und mit hervortretenden Augen ins Nichts starrte, war kein abgehacktes Jakhaupt, sondern der Kopf des Paläontologen William Wilson.

Die letzten Strahlen der Sonne blitzten in diesem Augenblick in den Gläsern seiner heruntergerutschten Brille.

47

McCormack keuchte lange neben mir, dann stöhnte er auf und griff sich an den Kopf.

»O mein Gott ... ich ... Dann winkte er ab und führte seinen Gedanken nicht weiter aus. Er wischte sich die Stirn ab und ließ sich dann langsam auf den Schnee nieder. Er nahm eine Handvoll eiskalten Schnee und rieb sich damit sein Gesicht. Dabei murmelte er etwas Unverständliches.

Ich spürte, wie sich eine seltsame Erschöpfung in mir breit machte, und auch meine Beine begannen zu zittern. Fast wäre ich ebenfalls neben McCormack gesunken. Mein Magen meldete sich, ich spürte, daß mir schlecht wurde. Ich kämpfte gegen den Brechreiz an, mußte aber immer und immer wieder den Kopf ansehen, so sehr sich auch mein Verstand – und mein Magen – dagegen wehrte. Ich wollte mich mit Absicht an den Anblick gewöhnen. McCormack hatte wohl mit dem- selben Problem zu kämpfen, denn er ließ den restlichen Schnee fallen und starrte, immer noch keuchend, Wilsons Haupt an.

»Wie haben Sie es bemerkt?« fragte ich und lehnte mich an die Seite des Steinhaufens.

»Aus Versehen«, brummte er. »Ich weiß gar nicht ... Den Stock hatte ich schon vorher bemerkt, fand ihn aber nicht wichtig. Vielleicht erinnerte ich mich an den Jakkopf und schaute deshalb etwas nach oben.«

»Den ... den Körper ... haben Sie nicht entdeckt?«

Wortlos schüttelte er den Kopf.

Ich nahm mich zusammen und schaute hinter die Steine, aber außer ein paar Stoffetzen konnte ich nichts entdecken. Und lilafarbener Stoff hatte sicherlich nichts mit Wilson zu tun.

»Was machen wir mit ihm?« fragte heiser McCormack.

Ich seufzte, hatte aber keine Idee. Eins war sicher: Wir konnten ihn nicht hierlassen, seine Überreste den wilden Tieren aussetzen.

»Wir müssen ihn mit nach unten nehmen.« Ich deutete auf das Kloster.

Jetzt war McCormack an der Reihe aufzuseufzen. Außerdem zog er auch noch seelenruhig den Reißverschluß seines Anoraks runter, schälte sich aus der Jacke und breitete sie wie für ein Picknick auf dem Schnee aus.

Ich kletterte auf die Spitze des Steinhaufens, denn McCormack hatte seinen Teil zur Sache ja schon beigetragen. Wie man es auch nahm, jetzt war ich dran. Ich schnappte mir den Mast und zog ihn zu mir herab. Und dann hatte ich nur noch Zeit, mich zu ducken.

Der Kopf des armen Professors plumpste auf den Boden wie eine reife Birne.

48

Wortlos legten wir den Weg zum Kloster zurück. McCormack trug unter seinem Arm den Anorak mit dem Kopf, ich hatte Wilsons Brille in der Tasche. Ich spürte irgendwie, daß wir die Sache noch besprechen sollten, bevor wir die anderen trafen, konnte aber kein Wort herausbringen. Ich fühlte mich wie in einem bösen Traum.

Als wir nur noch einige Schritte vom Eingang entfernt waren, nahm ich mich zusammen und berührte McCormack am Arm.

»John ...«

Er lehnte sich an die Mauer und legte das Bündel neben seine Füße.

»Ich höre, Leslie.«

»Die Frage ist jetzt, was wir den anderen sagen sollen.«

»Meinen Sie, daß wir es überhaupt sagen sollten?«

»Ich weiß nicht«, murmelte ich unentschlossen, »das Schlimme ist ja, daß ich keine Ahnung habe, was wir machen sollten ...«

»Wenn Sie es erzählen, bricht Panik aus.«

»Das stimmt«, ich nickte, »aber dann gibt wenigstens jeder auf sich acht. Wenn wir es verleugnen oder vertuschen ...«

»Glauben Sie, er mordet weiter?«

»Warum nicht?«

»Aber wie lange noch, Leslie, wie lange noch?«

»Wenn wir nichts unternehmen, so lange, bis wir alle tot sind.«

»Auch bis jetzt hat schon jeder aufgepaßt«, brummte er. »Glauben Sie, die werden sich überhaupt darum kümmern, was um sie herum passiert?«

»Ab jetzt müssen wir noch besser aufpassen. Und ich schwöre …«

In diesem Moment zerriß ein fürchterlicher, weiblicher Schrei die Stille des Klosters.

»Nein! Nein! Hilfe! O Gott, sie haben ihn umgebracht!«

McCormack schnappte sich sein Gepäck und klemmte es unter den Arm. Ich weiß nicht mehr, wann und wie meine Pistole in meine Hand kam, aber als wir den ersten, und dann den zweiten Hof überquerten, hielt ich sie schon nach vorne gerichtet wie eine Lanze bei einer großen Schlacht.

In zweien der drei Gebäude regte sich nichts, in der dritten Tür aber lag eine dunkle Gestalt auf dem Boden: Eve Pickford.

Ich sprang über ihren Körper und trat mit einem einzigen, wohlgezielten Fußtritt das Tor ein. Das flackernde Licht einer Petroleumlampe schien mir in die Augen, und ich hörte eilige Füße auf der Treppe nach oben verschwinden. Ich sprintete durch die vier Dämonentöter und fand mich direkt vor Sera, der entsetzt auf meine Waffe starrte.

»Du lieber Gott!« Seine Mundwinkel bebten, als er mich ansah. »Schon wieder?«

»Wo ist er?« schrie ich ihn an.

»Wer, zum Teufel?«

»Das Mädchen schrie, daß jemand umgebracht würde.«

Inzwischen vernahm ich auch von oben her Stimmen; Türen wurden aufgemacht und wieder zugeschlagen. Zuerst kam Rollo, dann kamen auch die anderen nacheinander die Treppe runter.

»Wo ist Baxter?« fuhr ich sie an.

»Was passiert denn hier schon wieder?« stieß Stewart hervor. »Baxter? Keine Ahnung … Sie ist doch nicht …?«

Wie ein Verrückter rannte ich in den Betsaal, wo es natürlich stockdunkel war. Also hetzte ich die Treppe rauf und riß ihre Tür auf.

Das Zimmer war leer.

Als ich zurückkam, kniete McCormack neben Miss Pickford und versuchte Leben in sie zu hauchen. Das Mädchen lehnte sich an den Türpfosten und atmete schwer.

»Wo ist Baxter?« fuhr ich sie an.

Sie schaute mich an, ihr Mund bewegte sich, aber es kam kein Ton aus ihr heraus. Am liebsten hätte ich sie jetzt geschüttelt, doch ich nahm mich zusammen, kniete mich ebenfalls hin und nahm ihre Hand.

»Miss Pickford, bitte antworten Sie, bitte! Wo ist Miss Baxter?«

»Ins … Dorf gegangen«, brachte sie endlich hervor.

Ein riesiger Stein fiel mir vom Herzen, größer und schwerer wahrscheinlich als all die Berge um uns herum.

»Wen hat man getötet?«

Wieder bewegte sie nur stumm ihre Lippen und starrte mich mit vor Entsetzen geweiteten Augen an.

»Wer ist denn nun tot?« schrie ich sie an.

»Ich … ich weiß es nicht.«

»Was soll das denn heißen? Woher wollen Sie dann wissen, ob überhaupt jemand umgebracht wurde?«

»Ich sah … die Leiche! Es war furchtbar!« Und wieder vergrub sie ihr Gesicht in den Händen.

McCormack schaute mich vielsagend an, ich ihn ebenfalls. Wenn tatsächlich das passiert war, was wir vermuteten, dann hatte unsere arme Miss Pickford wirklich jeden Grund, durcheinander zu sein.

Vorsichtig schälte ich ihre Hände vom Gesicht und zärtlich, wie es meiner Aufgabe entsprach, versuchte ich, mit ihr ins Gespräch zu kommen.

»Es ist ja alles gut … Wir sind doch alle da!«

Ihre Schultern zuckten noch, aber sie riß sich zusammen.

»Bitte glauben Sie mir, es war so schrecklich … Und … und … nach dem, was ich bis jetzt schon durchstehen mußte, habe ich mich fürchterlich erschreckt.«

»Wo haben Sie die Leiche gesehen?«

Sie erhob sich halb und zeigte auf den Betsaal.

»Dort drinnen ...«

Ich lehnte sie an den Pfosten zurück und wünschte mir, Baxter wäre hier, um sie zu trösten.

Die eine Tür des Saales stand offen, die andere schien wie festgenagelt zu sein. Unangenehmer, modriger Geruch, an Räucherzeremonien längst vergessener Gottesdienste erinnernd, driftete uns entgegen. Ansonsten war die Stille und die Dunkelheit perfekt.

Eve Pickford hatte sich inzwischen auf McCormack gestützt hochgestemmt.

»Ich ging hinein, ich weiß selber nicht, warum ... Als ob mich etwas magisch angezogen hätte. Obwohl mir mein Verstand sagte, ich solle nicht gehen. Und dann sah ich ihn ... und ich weiß nur noch, daß ich um Hilfe schrie ...«

Ich holte wieder meine Waffe hervor und näherte mich der Tür. Vielleicht erwarteten mich da drin neben dem Toten noch ein paar Lebende. In der Tür konstatierte ich aber, daß ich eher eine Lampe brauchte. Im Saal regte sich nichts, und ich konnte nicht glauben, daß sich der Mörder so leicht fangen ließ. Außerdem wußte ich, daß wir vor Wilsons Leiche im Moment keine Angst zu haben brauchten.

Sera las anscheinend in meinen Gedanken, denn er holte eine Lampe von oben. Das schwache Licht kämpfte mit den flackernden Kerzen am Eingang, und wir hätten nur noch etwas Eulengeschrei zum Mitternachtshorror gebraucht!

»Heben Sie die Lampe etwas an, Hauptmann«, bat ich ihn und starrte gespannt auf den hellen Kreis, den das Licht in den Saal warf.

Ich mußte feststellen, daß anscheinend jeder Betsaal in jedem Kloster im Himalaja gleich aussah. Es war ein etwa fünfzehn Meter breiter und ebenso langer Raum. Von der Decke und den Geschnitzten Säulen schauten etliche Götterfiguren auf uns hinab, und überall an den Wänden standen Regale mit kleinen Götzenfiguren. Vor ihnen lag auf silbernen Tablettchen die Opfergabe: Getreidekörner, Fettstückchen und der spitze Opferkuchen, der Torma. Zu Staub zerfallene

Kerzenstümpfe zeugten davon, daß hier schon lange kein Gottesdienst mehr abgehalten worden war – und dementsprechend lange auch nicht geputzt.

Gegenüber vom Eingang stand oder besser, saß eine menschengroße Statue mit selbstzufriedenem Gesichtsausdruck: Majtreja, der Kommende Buddha.

Ein dünner Strahl von Mondschein schlich sich zwischen den Spalten in den Saal und beleuchtete eine ansonsten verborgene Ecke. Und was dort zu sehen war, hatte Eve Pickford zu recht erschreckt.

Ich muß sagen, ich hätte ein schlimmeres Bild erwartet. Ich war schließlich überzeugt, ich würde im Betsaal die geköpfte Leiche von Professor Wilson finden. Aber ich lag auch diesmal, wie schon so oft in den letzten Tagen, völlig daneben.

Der Mondschein und das Licht aus Seras Lampe fielen auf den Kopf eines Ungeheuers: die Haut war pergamentdünn, gelblich verfärbt und hatte sich über dem Schädel zusammengezogen. Die schulterlangen Haare und die gebleckten Zähne zeugten allerdings davon, daß wir es hier mit einem echten Menschen zu tun hatten. Allerdings war mir seine Herkunft unbekannt ...

Gefahr ging von dieser Leiche aber sicher nicht mehr aus. Sie ruhte in einem Metallsarg, nur der Deckel war aus Glas. Neben dem Kopf lagen Bücher, eine Gebetsmühle und beschriftete Seidenbänder.

Erleichtert seufzte ich auf und steckte meine Waffe weg. Ich wendete mich an die anderen, die sich inzwischen hinter mir zusammengeschart hatten.

»Dieses eine Mal ist kein Mord passiert ... Zumindest nicht hier.«

»Mist!« sagte Stewart unfein. »Wer ist das denn?«

»Das? Eine Mumie?« antwortete Pietro Rollo.

Der Betroffene schien zu nicken.

Irgendwo im Hintergrund begann sich Eve Pickford zu regen und starrte, die Hand vor dem Mund, auf den Sarg.

»Jesus! Und ich dachte, es wurde jemand umgebracht! Wie das Mondlicht so auf ihn fiel ... Verstehen Sie bitte, es war furchtbar!«

»Haben die denn nichts Besseres zu tun, als im Gästehaus Mumien aufzustellen?« empörte sich Paddington.

»Sie sind selber schuld, wenn Sie hier reinrennen«, nahm Sera die Lamas in Schutz. »Was geht es Sie an, was hier im Betsaal aufbewahrt wird? Wer einfach in einem Kloster herumspaziert, sollte auf solche Überraschungen gefaßt sein.«

Keiner widersprach ihm, denn jeder spürte wohl, daß er damit recht hatte. Und wenn sie erst gewußt hätten, was McCormack und ich gefunden hatten ...

Einige Sekunden standen wir unschlüssig herum, als ob man Ramses mit einer Sondermaschine zu unserer Ausstellung gebracht hätte.

»Ich wußte gar nicht, daß auch hierzulande mumifiziert wird«, brummte Paddington.

Frank King, der Anthropologe, lehnte sich an den gläsernen Sargdeckel.

»Überall wird mumifiziert, Marc. In dieser sauberen Höhenluft bleiben die Leichen besser erhalten. Man weiß ja, daß in feuchteren Gebieten ...«

Mit einem Wort, wir hatten gerade viel Spaß an der Sache.

Ich dachte schon daran, in die Luft zu schießen oder etwas Furchtbares anzustellen, damit sie endlich abhauten, als Paddington eine letzte Frage stellte:

»Interessant ... Ich hörte, alle Lamas hätten eine Glatze. Und der hier sieht eher aus wie ein Einsiedler ...«

Eve Pickford, die sich bisher in der hintersten Reihe aufgehalten hatte, kam nach vorne und begutachtete den Inhalt des Sarges seelenruhig, als ob es gar nicht sie gewesen wäre, die vor zehn Minuten zu Tode erschrocken herumgeschrien hatte.

»Es war wohl ein Roter Mönch«, sagte sie gefaßt.

»Was?« staunte Paddington.

»Ein Roter Mönch ... Wissen Sie, der Buddhismus begann im Himalaja seinen Siegeszug so ungefähr im siebten Jahrhundert. Der erste Verbreiter war Padmasabhava, der als indischer Zauberer ziemlich wenig mit den Lehren des Buddha zu tun hatte.«

»Genau«, bestätigte Rollo.

»Padmasabhava ließ Kloster in Tibet bauen, und die Lamas, die darin lebten, trugen rote Hauben. Natürlich waren auch sie eher Zauberer als Prediger des Buddhismus. Sie hielten rätselhafte Zeremonien in den Klöstern ab, sie riefen und bannten den Teufel, und man sagt, daß sie selbst vor Menschenopfern nicht zurückschreckten ...«

»Dafür gibt es keine Beweise«, brummte Rollo.

»Und dann, nach mehreren Jahrhunderten, wurde der Buddhismus reformiert. Die Lamas trugen gelbe Hauben, um ihre Abkehr vom Teufel zu bezeugen und wandten sich auch von den Freuden des Lebens ab, um sich ganz dem Studium der heiligen Schriften zu widmen. Sie rasierten ihre Haare und schworen ewige Ehelosigkeit.«

»Der Geist Europas«, bemerkte Paddington.

»Die Roten Mönche mußten fliehen. Sie zogen sich in Höhlen oder unwirtliche Gegenden zurück und erkannten die neue Macht nicht an. Die einfachen Hirten und Bauern akzeptierten beide Sorten von Mönchen und gewährten den Roten sogar Zuflucht, wenn die Gelben mal wieder genug von der Konkurrenz hatten und sie erwischen wollten.«

»Ich verstehe langsam ...«, murmelte King.

»Die Kirche sah die Roten Mönche als Feinde an und jagte sie offiziell, die Gelben aber hielten sie doch irgendwie für Brüder. Es kam oft vor, daß sie einzelne kranke oder verlassene Rote Mönche in den Bergen auflasen und sie ins Kloster transportierten. Sie pflegten sie und wenn sie doch starben, wurden sie beerdigt. Manchmal sogar verehrten sie jemanden so sehr, daß er wie ein hoher Kirchenfunktionär einbalsamiert und zwischen die anderen Reliquien gestellt wurde.«

»Demnach ist das auch ein Roter Mönch!« rief Paddington.

»Ganz bestimmt«, bestätigte Eve Pickford.

Sera ließ sich aber davon nicht weiter beirren.

»Ich verstehe nur nicht, warum Sie herumgeschrien haben, als ob man Sie bei lebendigem Leibe häuten würde, wenn man Ihnen all das so schön beigebracht hat?«

Eve wurde wohl rot, was man allerdings bei der Beleuchtung nicht genau sagen konnte.

»Glauben Sie etwa, mir wären die Mönche eingefallen, als … als dieser Tote mich angelächelt hat?«

Ich merkte Sera an, daß er für heute genug von der ganzen Sache hatte. Ich dachte schon darüber nach, wie ich eine mögliche Konfrontation verhindern konnte, als eine fröhliche, zufrieden klingende Stimme vom Eingang ertönte: »Guten Abend! Bin ich hier richtig im ersten Semester Religionsgeschichte?«

Natürlich war es Miss Baxter, die in der Tür stand. Ich war sehr erleichtert und mußte zudem feststellen, daß sie wieder mal im richtigen Moment gekommen war.

Sie verschränkte die Arme hinter dem Rücken und lächelte schelmisch.

»Anstatt Ihren Knochen ein wenig Bewegung zu gönnen, hocken Sie hier drin? Wissen Sie überhaupt, wie gut den Nerven ein wenig frische Höhenluft tut?«

Sie sah die Mumie nicht und erzählte fröhlich weiter, als ob sie einen getrunken hätte. Ich war mir sicher, daß irgend etwas passiert war, das sie so belustigte. Ich wollte sie schon warnen, als sie die Hände nach vorne riß und etwas darin herumschwang.

»Na, was ist das, ihr Ungezogenen? Wem gehört denn das Zeug? Ein ordentliches Päckchen sucht sein unordentliches Herrchen!«

Wie ein Weihnachtsgeschenk hielt sie McCormacks orangefarbenen Anorak in ihrer Hand.

Man sagt mir nach, daß ich in unerwarteten Situationen blitzschnell reagieren und die passende Lösung finden kann. Jetzt aber stand ich einfach nur da wie die Salzsäule von Sodom und konnte mich nicht bewegen.

Auch McCormack klebte am Boden fest, selbst seine Augen starrten unbeweglich auf die Hand von Baxter. Ein gurgelnder Laut verließ seinen Hals; ich glaube nicht, daß er damit etwas Bestimmtes sagen wollte …

Baxter stand nur da, die roten Hexenhaare in der Stirn, und lächelte. »Na, was ist? Wem gehört es? Fast wäre ich darüber gestürzt, weil es ein Verrückter vor der Tür liegengelassen hat …«

Dann bemerkte sie, daß nur McCormack ohne Anorak in seinem Jacquard-Pullover dastand. Sie reichte ihm, jetzt bestimmter, das Päckchen.

»Also, Mr. McCormack! Sind sie taubstumm? Es scheint Ihrer zu sein ... Hier, nehmen Sie! Und dann erzählen Sie mir endlich, was Sie in diesem kalten Loch hier gemacht haben. Doch nicht etwa Geister gejagt ...?

Mit einer gutgezielten Bewegung warf sie McCormack den Anorak zu.

Was danach passierte, übertraf all unsere bisherigen Abenteuer. Der Anorak öffnete seine Flügel und schwebte gemächlich vor unseren Augen zu Boden.

Das herausgefallene ›Päckchen‹ dagegen fiel mit einem hohlen Ton auf die Holzdielen, rollte an einigen Füßen vorbei, wich vorsichtig McCormack aus und landete schließlich dicht neben Eve Pickfords Knöcheln.

Ich bin kein Lama, aber ich war mir sicher, daß dieser Raum noch nie so ein vollkommenes Schweigen erlebt hatte. Als ob hier ein Kongreß für Taubstumme stattfände. Eve Pickford trat einen Schritt zurück und zeigte auf Wilsons Kopf mit einem Gesichtsausdruck, den selbst bestens vorbereitete Psychologen jahrelang analysiert hätten. Dann lächelte sie plötzlich, winkte ab und sank mit Hilfe des herbeieilenden Paddington sanft zu Boden.

Nur einige Millimeter von Professor Wilsons Kopf entfernt.

Und wenn soeben noch Totenstille das richtige Wort für die Situation im Betsaal war, so könnte ich den darauffolgenden Lärm am besten mit der Panik auf der sinkenden Titanic beschreiben. Die Säulen erzitterten, alle Glasteile des Raumes klirrten, alleine die Mumie schlief seelenruhig weiter.

Baxter riß die Hand vor das Gesicht und schrie so laut, daß ich mir ernsthafte Sorgen um mein Trommelfell machte. Die anderen Anwärter für Nobelpreise rannten aufgescheucht durch die Tür. Irgendwo draußen auf dem Hof knallte ein Schuß; wahrscheinlich hatte Sera in die Luft geballert.

Wenn sie Glück haben, dachte ich, hat er niemanden getroffen.

49

Als ich mich wieder einigermaßen im Griff hatte, waren wir nur noch zu viert im Betsaal: McCormack und ich, Baxter, an einen Pfeiler gelehnt, und die zufrieden lächelnde, ohnmächtige Eve Pickford. Die Mumie und Wilsons Kopf natürlich nicht mitgerechnet.

Baxter öffnete den Mund, dann lehnte sie sich mit der Stirn an die Säule. Die Kälte hatte wohl eine positive Wirkung auf sie, denn nach einigen Sekunden schon kehrte die Ruhe auf ihr hübsches Gesicht zurück.

»Was … ist … passiert?« fragte sie, immer noch schwer atmend. »Sie … Sie wußten, was … darin war?«

McCormack nickte wortlos.

»Aber warum … zum Teufel … haben Sie ihn dann vor der Tür liegengelassen?«

Eve Pickford stöhnte leise auf, und das erweckte sofort den Krankenschwesterninstinkt in Miss Baxter.

»Armes Kind«, brummte sie, kniete sich neben Eve und bemutterte sie, wie schon so oft auf dieser Reise. Urplötzlich huschte mir der Gedanke durch den Kopf, daß es von nun an immer so sein würde: Wenn ich an den Himalaja dächte, würde ich keine Berge vor mir sehen, sondern Miss Baxter mit ihren roten Haaren, wie sie sich über Eve Pickford beugt und ihr zuflüstert: »Armes Kind!«

Tatsächlich aber tätschelte sie ihr das Gesicht und blickte dabei hinter sich, auf den Kopf von Wilson. Nervös zuckte sie mit den Augenlidern.

»Würden Sie das vielleicht verschwinden lassen?«

McCormack und ich sprangen gleichzeitig los; er legte den Anorak über den Kopf, und ich …

Am besten, wir vergessen das.

50

Als das grauenerregende Paket endlich unter dem Sarg der Mumie verstaut war, hörte Baxter auf, Eve zu ohrfeigen und erkundigte sich bei uns leise:

»Wie ist es passiert?«

Zusammen konnten wir einigermaßen deutlich erklären, was vorgefallen war. Ich verschwieg weise, daß ich sie beim Abstieg zum Dorf beobachtet hatte, und seltsamerweise verlor auch McCormack kein Wort darüber. Als wir fertig waren, hatte sie schon wieder ihr seelisches Gleichgewicht wiedergewonnen, stand auf und trat vor die Mumie. Nach ein paar Sekunden des Kennenlernens bückte sie sich und holte das kleine Bündel hervor. Dann breitete sie es mit einem großen Seufzer vor McCormack aus. Dieser war total verblüfft und brummte erschrocken: »Also ich bitte Sie ...!«

Baxter schaute ihn an, und kleine Funken sprühten aus ihren Augen.

»Wie ich schon einmal erwähnt habe: Ich bin Ärztin.«

Allerdings könnte ich nicht behaupten, daß sie Wilsons Kopf sehr eingehend untersucht hätte. Sie schaute ihn sich eher beiläufig an. Als er dann wieder verpackt war, machte sie eine schnelle Bewegung; vielleicht bekreuzigte sie sich.

»Das war alles?« fragte sie.

Ich nickte.

»Und der Körper?«

Da keiner von uns antwortete, fragte sie auch nicht weiter. Plötzlich drehte sie sich um und starrte auf die Eingangstür: irgend etwas kratzte daran. Dann erschien Sera im Halbdunkel.

»Nichts!« rief er wütend. »Dabei habe ich ihm sogar nachgeschossen!«

»Wem?« brummte ihn McCormack an.

»Na, dem Mörder ... oder was weiß ich! Als dieser Kopf hier auf den Boden fiel, dachte ich, der Täter muß hier irgendwo sein. Vielleicht direkt vor der Tür. Wie sonst hätte er dort das Päckchen deponieren können und noch dazu in ihrem Anorak?«

»Ich hab' es hineingetan«, sagte McCormack.

Sera blieb bei dieser Nachricht der Mund offen stehen. Er starrte den Schotten an, als ob er nicht richtig gehört hätte.

»Sie?«

»Ich. Nachdem ich ihn da oben gefunden hatte.«

»Da oben?«

»Ja. Auf einem Hügel ... Er war auf ein Obo gesteckt worden, oder wie auch immer diese Steinhaufen genannt werden. Anscheinend wollte man ihn dem Herrn des Passes opfern.«

Langsam kehrten auch die anderen wieder in den Saal zurück, und es sah so aus, als fehlte keiner. Pietro Rollo war leichenblaß, und auch die anderen schienen sich erleichtert zu haben. Das war übrigens gar nicht so seltsam: In ähnlichen Fällen war mir am Anfang das gleiche passiert. Später dann, besonders in China, verging einem der Brechreiz, besonders, weil wir im Gegensatz zu den alltäglichen Schrecken mit Nahrung nur sehr spärlich versorgt waren. »Wissen Sie etwas darüber?« fragte Sera leise und starrte dabei wie verhext auf das Bündel.

Ich schüttelte den Kopf.

»Eigentlich gar nichts. Höchstens, daß wir gerade Ihnen auf die Anhöhe gefolgt waren.«

Sein Gesicht wurde ernst.

»Was wollen Sie damit sagen?«

»Daß Sie Ihre Augen besser offenhalten sollten. Sie vertreten hier das Gesetz, und vor Ihren Augen werden wir alle nacheinander umgebracht! Tun Sie endlich was, um Himmels willen!«

Ich versuchte, gereizt und ängstlich zu klingen.

McCormack schaute mich überrascht an, blickte aber wieder weg, nachdem sich unsere Blicke getroffen hatten.

»Ich tue ja alles, was in meiner Macht steht«, jammerte wie gewohnt Sera, »aber was soll ich machen, wenn mir immer nur die Leichen zufallen ... Wenn ich doch diesem Halunken Auge in Auge gegenüberstehen könnte ...«

Zu unserem Leidwesen sollten wir nie erfahren, was Sera

in so einem Fall getan hätte, denn mit lautem Krächzen kam Eve zu sich und bat um etwas Wasser.

McCormack nahm sein Päckchen unter den Arm, und wir schlenderten hinaus auf den Hof.

51

Thinka sah nicht besonders überrascht aus, als wir ihm mitteilten, daß ein Mord geschehen war. Eine Weile schwieg er, dann schüttelte er den Kopf.

»Nichts auf der Welt passiert aus Versehen. Auch dies dürfte einen Grund haben. Ich hoffe, daß ihm die nächste Wiedergeburt mehr Freude bringt.«

Wir plazierten den Anorak neben die drei anderen in Planen gehüllten Leichen und verließen die kellerartige Höhle, die dem Kloster als Totenkammer diente. Traurig klingelten die Schlüssel in Thinkas Hand, als er sich umdrehte und das Gitter verschloß.

»Das Leben endet rasch. Wer nicht den Segen der Erleuchtung gewinnt, rennt in der Welt herum wie ein vom Wind getriebenes Blatt im Herbst. Wer von uns wird wohl der nächste sein?«

Kalt fuhr es mir den Rücken herunter. In dieser Sekunde wurde mir mit ihrer ganzen furchtbaren Realität die Tatsache bewußt, daß der Mörder nicht nur andere, sondern auch mich umbringen könnte.

Wenn ich ihn nicht vorher erwischte.

52

Als wir zurückkehrten, standen die anderen immer noch neben den Dämonentötern beim Eingang; keiner wollte nach oben gehen. Einige umringten Stewart und verlangten nach Waffen.

Der Bergführer seufzte erleichtert auf, als er mich entdeckte.

»Gott sei Dank! Kommen Sie, Mr. Lawrence! Die Herren wollen unbedingt Waffen bekommen. Ich kann natürlich nicht nach eigenem Gutdünken handeln ...« Er breitete die Arme aus.

»Bitte, Mr. Lawrence«, wandte sich der Botaniker Marc Brunning an mich, »wir haben ein Recht darauf, uns zu verteidigen ... Wir wollen keine Panik machen, aber Hauptmann Seras Annahme, irgendein rätselhaftes Phantom würde uns dezimieren, ist einfach lächerlich ... Bitte ... das Phantom ist hier unter uns. Vielleicht Sie oder ich ... Oder ein anderer. Wer, das weiß ich natürlich nicht. Aber ich habe ein Recht darauf, mein Leben zu schützen, so gut ich es kann. Wenn schon sonst keiner da ist, der dazu fähig erscheint.«

Damit schaute er zuerst Sera und dann mich vielsagend an.

Die anderen – Cooper, Abramson, Paddington und King – nickten beifällig.

»Wir waren alle bei der Armee, Mr. Lawrence«, sagte Frank King. »Es ist ein Ding der Unmöglichkeit, daß sie uns auf diese Weise abschlachten.«

»Ich habe sowieso einen Revolver«, fügte Pietro Rollo hinzu, »allerdings in meinem Gepäck.«

Mir war schlecht von dem Gedanken, daß wir uns möglicherweise gegenseitig umbringen würden mit den ausgeteilten Waffen. Allerdings war auch klar, daß ich ihre Bitte nicht so einfach ablehnen konnte. Schließlich war ihr Leben der Einsatz bei diesem Spiel, und bis jetzt hatte sie wirklich keiner beschützen können.

Trotzdem hatte ich das Gefühl, daß ich, wenn ich ihren Wunsch auch nicht ignorieren konnte, doch zumindest den

Zeitpunkt der allgemeinen Mobilmachung noch etwas hinauszögern mußte.

Ich sah Stewart in die Augen, der erwartungsvoll meiner Entscheidung entgegenfieberte.

»Natürlich werden wir den Wünschen der Herren entsprechen, Mr. Stewart …«

»Ja?«

»Wenn die Sherpas die Gepäckstücke auseinandergenommen und die Waffen ausgepackt haben …«

Stewarts Augen weiteten sich.

»Aber …«

»Sobald die Sherpas morgen diese Arbeit erledigt haben, geben Sie jedem eine Waffe mit der entsprechenden Munition. Ist das so in Ordnung, meine Herren?«

Ich sah ihnen natürlich an, daß dieser Aufschub überhaupt nicht in Ordnung war. Am liebsten hätten sie schon die heutige Nacht mit einer Pistole im Bett verbracht.

»Könnten wir nicht schon heute …?« nörgelte Brunning.

»Absolut unmöglich«, sagte Stewart bestimmt. »Die Sherpas sind schlafen gegangen, und wie Sie sicherlich auch spüren, ist es mittlerweile minus dreißig Grad kalt. Sie können niemanden bei diesen Temperaturen zu irgendeiner Arbeit zwingen.«

Darauf erwiderte keiner mehr etwas. Verdrießlich nahmen sie den Waffenstillstand bis zum nächsten Tag zur Kenntnis.

Sera nahm die Lampe und leuchtete nach draußen.

»Vielleicht sollten wir schlafen gehen …«

Ich fühlte, daß sie noch ein paar Worte von mir erwarteten, bevor die lange, lange Nacht begann.

»Wir gehen jetzt gemeinsam die Treppe hoch«, sagte ich entschieden. »Dann geht jeder in sein Zimmer. Die Türen sind allesamt von innen mit einer Kette gesichert, die Sie leicht einhaken können … Keiner von Ihnen sollte vergessen, das zu tun! Und spazieren Sie, wenn möglich, nicht herum in der Nacht. Ich will Ihnen ja keine Angst einjagen, aber …«

Paddington fluchte leise.

»Angst einjagen? Zum Teufel … Nach alledem? Eines sage ich auf jeden Fall jetzt schon: Ich verschließe meine Tür und warne jeden davor hereinzukommen. Denn daß dann einer von uns nicht mehr lebend den Raum verläßt, ist sicher!«

Danach gingen wir, Sera als Vorhut, gemeinsam auf die Etage; auf jeden Fall war es ein unangenehmes Gefühl, daß auch der Mörder zwischen uns spazierte und sicherlich schon überlegte, wer als nächster von uns dran glauben sollte.

53

Als die Tür hinter mir ins Schloß fiel, legte ich sorgsam die Kette vor und begann mir einen Kaffee zu kochen. Ich zündete meinen kleinen Spirituskocher an und konstatierte zufrieden, daß der Duft frischer Kaffeebohnen den kleinen Raum füllte. Langsam bekam ich das behagliche Gefühl, in irgendeinem Skiort in den Alpen meinen wohlverdienten Urlaub zu genießen.

Ich trank eine Tasse von dem heißen Gebräu, dann legte ich mich auf das Bett und dachte ein wenig nach. Die Hände unter dem Kopf verschränkt starrte ich in die bläuliche Dunkelheit. Die Flamme des Spirituskochers hatte ich mit Absicht hoch gestellt, um mit dem Licht auch die hintersten Ecken zu erleuchten. Ich wußte, daß ich im Dunkeln wenig produktive Gedanken hatte, besonders, wenn ich müde war.

Ich machte es mir also bequem und seufzte zufrieden. Obwohl wir schon fast eine Woche unterwegs waren, konnte ich die Minuten an den Fingern abzählen, die ich alleine verbracht hatte. Obwohl ich mir so oft vorgenommen hatte, mich für ein paar Stunden zurückzuziehen und meine Gedanken zu ordnen! Endlich also schlug die Stunde des Homo Sapiens!

Doch bald mußte ich feststellen, daß ich mich nicht auf die Morde, den möglichen Täter oder die Umstände der Geschehnisse konzentrierte; statt dessen schlich sich eine alte Erinnerung in meine Gedanken. In den vierziger Jahren hatte ich in der Mandschurei und in Burma mit Major Fox zusammengearbeitet, dem Chef der Abwehr der Royal Air Force. Er war ein kleiner Mann mit ewig hochrotem Kopf und spitzem Schnurrbart und wirkte mit seinen quietschenden Gummistiefeln eher wie ein Schweinezüchter als wie ein Geheimagent. Da er schottischen Whiskey als besten Freund ansah, verbrachten wir viele Stunden in der Kantine mit abwechslungsreichen Unterhaltungen. Und jetzt, wer weiß aus welcher Assoziation heraus, kam mir plötzlich sein Schnauzer in den Sinn, und ich hörte seinen immer gleichen Rat:

»Die blöden Rindviecher haben gar keine Ahnung, was wir für eine tolle Arbeit haben! Stimmt, du kannst auch mal ein Messer zwischen die Rippen bekommen, oder die Japaner hacken dir den Kopf ab, aber das alles ist ja immer noch besser, als mit hundert Jahren immer noch Schnee schaufeln zu müssen vor den Häusern dieser reichen Arschlöcher. Nur eins mußt du dir merken, mein Sohn: Der Mensch braucht immer einen Partner, einen Freund, auf den er sich verlassen kann, wenn er brenzlig wird, wie die Deutschen so schön sagen. Ohne eine gut ausgebaute Organisation oder einen verläßlichen Partner bist du nur ein Hasardeur, kein Geheimagent! Also besorg dir einen, zum Teufel! Du willst mir doch nicht weismachen, daß keiner von der gegnerischen Seite so denkt wie du? Natürlich gibt es einen! Nur ist der, das muß ich zugeben, nicht leicht zu finden. Eigentlich ist es sogar sehr schwer. Aber ein guter Agent findet ihn und arbeitet auch mit ihm zusammen … Prost, mein Junge …«

Der Schnauzer von Major Fox verschwand wieder, und ich blieb erneut alleine mit meinem Spirituskocher.

Ich setzte mich auf und hätte ihm am liebsten einen Kuß hinterher geschickt. Die Idee war vorzüglich, die Umsetzung jedoch schwierig. Unzweifelhaft würde ich mir die Arbeit erleichtern, wenn ich einen verläßlichen Verbündeten finden konnte.

Ich ließ meine Füße vom Bett baumeln, als plötzlich ein eisiger Griff mein Herz umklammerte. Was, wenn ich gerade den Mörder in mein Vertrauen zog? Dies war wohl das Risiko, von dem Fox gesprochen hatte. Und ein guter Agent findet den richtigen Partner …

Ich sank wieder auf die Decke zurück, legte die Hände

unter den Kopf und dachte weiter nach. Major Fox kam nicht mehr zum Vorschein, also konnte ich mich nur auf mich selbst verlassen. Zumindest vorerst.

Die anderen Probleme schob ich erst mal zur Seite und konzentrierte mich auf die Frage, wen ich einweihen konnte in das, was ich schon in Erfahrung gebracht hatte. Wen sollte ich auswählen, die Last mit mir zusammen zu tragen?

Ich hob eine Hand und zählte mit den Fingern die Möglichkeiten ab.

Es war klar, daß ich mit den Sherpas nichts anfangen konnte; schließlich waren wir fast immer getrennt, und eine der Hauptbedingungen war ja gerade, daß man sich in jedem Moment auf den anderen verlassen und ihn erreichen konnte. Außerdem kannte ich nur den Alten; dann gäbe es da noch gewisse sprachliche Schwierigkeiten, denn nur wenige beherrschten das Englische ... Ganz zu schweigen, daß die Identität dieses Purbu, der womöglich O'Hara und vielleicht auch die anderen umgebracht hatte, noch immer nicht geklärt war ... Es konnte ja sein, daß der Mörder doch zwischen den Sherpas saß, obwohl ich mir das eigentlich kaum vorstellen konnte.

Die Sherpas kamen also nicht in Frage.

Damit schloß ich einen meiner ausgestreckten Finger: Die erste Möglichkeit fiel weg.

Die zweite waren die Wissenschaftler. Von ihnen kannte ich aber nur Pietro Rollo, den Italiener, und Marc Paddington etwas näher. Sofern man dies nach den wenigen Gesprächen während der Reise überhaupt sagen konnte.

Nacheinander ließ ich sie vor meinem geistigen Auge passieren, doch bei keinem spürte ich diesen bestimmten Blitz der Erkenntnis. Marc Brunning, der Botaniker, dann der Völkerkundler Rick Abramson, Pietro Rollo, Linguist, Marc Paddington, Meteorologe, und schließlich Frank King, der Anthropologe wanderten in meinem Geist herum, hinterließen aber keine ausgeprägten Spuren.

Ich schloß auch den zweiten Finger und spürte, daß ich auf die Wissenschaftler verzichten mußte. Und nicht nur, weil aus einigen Gründen der Mörder auch unter ihnen sein konnte, sondern auch, weil mir irgendwie keiner für die Aufgabe geeignet erschien. Vielleicht noch am ehesten Frank King, der Anthropologe … Mein Finger bebte leicht, aber dann ging ich weiter. Die Professoren ließ ich erst mal außer acht.

Die dritte Gruppe der möglichen Anwärter bestand aus meinen näheren Bekannten. Wie zum Beispiel Eve Pickford … Ich starrte in die Luft, ob nicht wieder Major Fox erschien, obwohl ich mir ziemlich sicher war, was er über sie sagen würde. So sehr er auch das weibliche Geschlecht verehrte, hatte er doch seine eigene Meinung über seinen Nutzen in Geheimdienstoperationen.

Kevin Stewart? Anscheinend war er in jeder Hinsicht der Richtige. Ich glaube kaum, daß er einen Grund für die Morde gehabt hätte, obwohl ich mir zur Zeit ohnehin keinen Grund dafür denken konnte … Außerdem war Stewart Soldat im zweiten Weltkrieg gewesen, noch dazu in Fernost …

Ich wartete noch einen Moment, dann stand ich auf und ging zur Tür. Vorsichtig löste ich die Kette und ließ sie durch meine Hand gleiten, damit sie kein Geräusch verursachte. Dann trat ich auf den Flur und schloß die Tür wieder hinter mir.

Eine leichte Brise wehte durch den Gang und brachte kalte Luft mit sich. Ich schaute mich um, ging dann zu McCormacks Tür und klopfte leise daran.

»Wer ist da?« kam augenblicklich die Frage von innen.

»Lawrence.«

Ich hörte, wie seine Kette rasselte, und dann öffnete sich die Tür. Im Spalt erschien McCormack, vollständig angezogen, als ob er Besuch erwarten würde.

»Bitte. Treten Sie ein«, sagte er und machte die Tür ganz auf, ohne eine Spur von Angst oder Mißtrauen in seiner Stimme.

Ich kratzte mich am Kopf.

»Um ehrlich zu sein, wollte ich, daß Sie zu mir rüberkommen. Ich habe einen starken Kaffee gekocht …«

Ganz ernst nickte er.

»Ich weiß.«

»Woher?«

Er schnüffelte in die Luft.
»Kam durch die Wände.«
Während er das sagte, stand er auch schon auf dem Flur und zog die Tür hinter sich zu.
»Also los dann! Nicht daß er kalt wird!«
Der Gang war immer noch leer und still, als ich meinerseits die Tür wieder von innen schloß. Ich hoffte, daß keiner etwas bemerkt hatte.
Ich deutete auf den bequemen kleinen Klappstuhl und setzte mich selbst auf den Rand meines Bettes. Dann goß ich uns beiden etwas Kaffee ein.
Nachdem wir davon getrunken hatten, setzten wir wohlerzogen die Tassen ab und schauten einander abwartend an. Wir wußten beide, daß wir mitten in der Nacht nicht zum Kaffeetrinken zusammengekommen waren. Schließlich fiel mir ein, daß ich anfangen mußte.
»Sie ahnen, warum ich Sie in mein Zimmer gebeten habe, John?« erkundigte ich mich.
»Ungefähr. Sie wollen sich wahrscheinlich mit mir unterhalten.«
»Stimmt. Major Fox hat Sie mir empfohlen.«
Überrascht schaute er mich an.
»Wer?«
»Major Fox, von der Abwehr der R.A.F …«
Es wurde ihm sichtlich unbequem auf seinem Stuhl, und er sah mich ziemlich seltsam an.
»Könnten Sie das vielleicht etwas näher erläutern?«
Damit er nicht glaubte, ich sei wirklich verrückt geworden, erzählte ich ihm von Major Fox' Besuch.
»Ist wahrscheinlich alles eine Folge von Müdigkeit und Erschöpfung. Er erschien einfach vor mir in der Luft und gab mir einen wirklich guten Rat …«, schloß ich meinen Bericht.
McCormack war immer noch etwas mißtrauisch.
»Sie haben vorhin Whiskey erwähnt.«
Ich mußte ihn beruhigen.
»Keine Angst, ich bin nicht besoffen. Und auch nicht verrückt. Zumindest nicht mehr als der größere Teil der Menschheit.«

»Und der kleinere Teil?«
»Der ist noch verrückter.«
»Okay. Fahren Sie fort.«
»Nun ... wissen Sie, damals war ich oft mit Major Fox zusammen. Unterstützt von einer Menge Whiskey, erzählte er mir von seiner Karriere beim Geheimdienst. Das war, glaube ich, seine einzige Leidenschaft. Und als ich mich eben hinlegte, fielen mir seine Worte ein. Nämlich, daß der erfolgreiche Agent immer einen Partner braucht; alleine ist er nur ein halber Mensch ... Verstehen Sie?«
Er nickte ernst.
»Natürlich. Aber sagen Sie mal, sind Sie ein Agent?«
Ich lächelte.
»Aber nein! Ich bin ein Käfersammler. Aber ich will diese Morde aufklären. Denn ich habe den furchtbaren Verdacht, daß uns der Täter, falls wir ihn nicht schnappen, ebenfalls umbringen wird. Sie, und mich auch. Ganz klar.«
»Wahrscheinlich«, stimmte er zu.
»Nun denn, wenn ich ihn erwischen will, brauche ich jemanden, der mir hilft. Alleine werde ich es wohl kaum schaffen.«
»Ich hoffe, Sie wollen keinen Doktor Watson aus mir machen?«
»Ach was! Ich brauche einfach Hilfe.«
Er lehnte sich zurück und schloß die Augen.
»Vertrauen Sie mir wirklich?«
»Wirklich«, antwortete ich wahrheitsgetreu.
»Aber warum? Sie kennen mich doch gar nicht.«
»Sie sagten einmal, Sie wären der Adjutant von Admiral Petersen gewesen. Ich könnte mir keine besseren Referenzen vorstellen.«
Da griff er in seine Tasche, holte eine .38er hervor und reichte sie mir mit dem Lauf in der Hand.
»Was sagen Sie dazu?«
»Ihre eigene?« fragte ich nach einer Pause.
Er nickte.
»Meine eigene.«
Ich nahm sie und roch am Lauf. Er stank intensiv nach Waf-

fenöl, und ich konnte mir sicher sein, daß sie in der letzten Zeit nicht benutzt worden war.

»Also haben Sie es nicht zugegeben, als ich danach fragte, wer eine Waffe hat«, konstatierte ich.

»Genau.«

»Haben Sie mir nicht vertraut?«

»Woher denn? Kenne ich Sie? Nein! Wer sagt mir denn, daß nicht Sie die Leute haufenweise umbringen? Keiner! Ich wäre schön blöd gewesen, Ihnen oder jemand anderem meine Pistole zu geben.«

»Und jetzt?«

Er nahm sie wieder und steckte sie zurück.

»Ich bin einigermaßen überzeugt, daß nicht Sie es sind, den wir suchen ... Diese Sache da auf dem Paß war nicht gestellt. So was kann man nicht inszenieren, man wollte Sie wirklich umbringen ... Und noch etwas. Seit wir aufgebrochen sind, beobachte ich Sie! Und ich bin immer mehr davon überzeugt, daß wir auf einer Seite stehen ...«

»Danke. Also volles Vertrauen?«

»Ich denke, ja.«

»Nehmen Sie mein Angebot an?«

»Natürlich.«

Ich stand auf, ging zu meinem Rucksack und holte meinen Flachmann heraus. Brüderlich teilte ich den Inhalt in zwei gleiche Hälften, und wir stießen damit an.

»Prosit! Auf unsere Zusammenarbeit!«

»Okay. Daß wir den oder die Mörder erwischen!«

Mit einem Zug schütteten wir das Getränk herunter und waren sehr bestürzt, daß es nur so kurz gedauert hatte. Die Whiskeyvorräte der Expedition waren immer noch zwischen den Gepäckstücken, und wir konnten noch nicht einmal sicher sein, daß durch die Kälte nicht vielleicht die ganzen Flaschen zerbrochen waren.

Da der Nachschub also absolut unerreichbar war, versuchte ich auf das Thema zurückzukommen. Ich lehnte mich an die Wand und dachte darüber nach, womit ich anfangen sollte. McCormack hob sein Gesicht und schaute mich an.

»Sie sind kein Engländer, oder?«

»Ich bin britischer Staatsbürger.«

»Südafrikanischer Herkunft?«

Ich wußte zwar nicht, warum ihn meine Abstammung interessierte, aber wenn ich sein Vertrauen genießen wollte, durfte ich nichts verheimlichen. Zumindest nicht allzuviel.

»Nein«, sagte ich deshalb wahrheitsgemäß. »Nicht Südafrika, sondern Osteuropa.«

»Jugoslawien?«

»Nein. Ungarn.«

Überrascht rutschten seine Augenbrauen in die Höhe.

»Ungarn? Sieh mal einer an! Vor dem Krieg war ich mal in ihrem Land ... Diese wunderbaren Brücken über die Donau!«

Ich hatte nicht viel Lust, mich mit ihm über die Schönheit Budapests zu unterhalten.

»Ja«, sagte ich lustlos. »Diese schönen Brücken lagen noch bis vor kurzem im Wasser. Die Nazis haben das arrangiert ... Und ich bin seit 1938 britischer Staatsbürger.«

Damit waren die persönlichen Verhältnisse erst einmal vom Tisch.

»Wo fangen wir an?« Er sah mich erwartungsvoll an.

Ich seufzte. Wirklich, wo zum Teufel sollten wir beginnen?

»Vielleicht mit der Abreise ...«, schlug er vor.

»In Ordnung«, stimmte ich zu. »Fangen Sie an, John, oder ich?«

»Besser, Sie machen das, Leslie.«

»Also: Wir haben eine Expedition, die anfängt wie ein surrealistischer Roman ...«

»Einen Moment, Leslie!« warf er dazwischen. »Und die andere Expedition?«

»Gibt es da einen Zusammenhang?«

»Warum denn nicht?«

»Sind Sie sich sicher?«

»Auf keinen Fall. Aber warum fangen wir nicht damit an? Sie lag doch zeitlich vor der unseren.«

»Aber wenn wir die Cromwell-Expedition vorziehen, nehmen wir ja automatisch an, daß sie etwas mit unserem Fall zu tun hat. Und das könnte uns auf eine falsche Fährte locken.«

»Ich behaupte trotzdem, wir sollten das nicht außer acht lassen. Sie werden bald verstehen, warum.«

»Wie Sie wollen, John. Also?«

»Die Cromwell-Expedition.«

»Die Wahrheit ist, daß ich nicht sehr viel darüber weiß. Nur das, was in den Zeitungen stand.«

»Dann also ich«, er hob seinen Zeigefinger. »Passen Sie mal auf! Es gibt in London einen gewissen Mr. Tyron Peters, der Erdölprospektor ist. Und nebenbei einer meiner besten Freunde. Seit vielen Jahren schon beschäftigt er sich mit der Ölgewinnung auf dem Meeresgrund. Seine fixe Idee ist, daß unter der kontinentalen Platte der Britischen Inseln ein riesiges Ölfeld liegt. Er arbeitet im Harrison-Institut, hält Vorträge über seine Forschungen; mit einem Wort, er hat es gut. Eines Tages wird er von Lord Cromwell aufgesucht, der übrigens Mitglied des Oberhauses ist. Cromwell ist furchtbar reich und furchtbar rastlos. Er war schon auf Löwenjagd in Afrika, auf Tigerjagd in Indien, und man erzählt, daß ihm ein Zuluhäuptling nach einem ausgiebigen Mahl eines Nachts alle seine dreihundert Frauen geliehen hat. Und Lord Cromwell ist kein Mensch, der solch ein Angebot abschlagen würde ...«

»Das soll was heißen«, ich nickte anerkennend.

»Nun, Cromwell besucht Tyron und bietet ihm an, mit seiner Expedition nach Nepal zu kommen, wo Cromwell die besten Wissenschaftler der Welt vereinen will. Sinn der Sache sollte die komplexe Erforschung des Gebietes sein, also die detaillierte Untersuchung des nepalischen Himalaja-Gebietes. In der Expedition sollten mehrere Wissenschaftler vertreten sein.

Tyron zögert und bittet um etwas Bedenkzeit. Obwohl es ihm schmeichelt, daß ihn Cromwell mit den berühmtesten Forschern auf eine Stufe stellt, weiß er natürlich selber, daß die Zeit bei der Expedition ungefähr so sinnvoll verbracht wäre wie bei einem Campingausflug unter der Waterloo Bridge. Also absolut unnütz. Es wäre verrückt, unter den Bergspitzen des Himalaja nach Öl zu suchen. Und das sollte auch Cromwell wissen.

Cromwell aber ist hartnäckig, und wenn er sich etwas in

den Kopf gesetzt hat, spart er auch nicht mit Geld. Er bietet solch eine hohe Summe an, daß Tyron der Atem stockt. Und da er gerade in der Zeit von seiner Frau geschieden wird und die entsprechenden Belastungen nicht unerheblich sind, nimmt er Cromwells Angebot an. Er tut es nicht gerne, möchte ich hinzufügen, aber es ist sehr verlockend. Und noch etwas: Tyron war noch nie im Himalaja! Er denkt, daß es am besten wäre, das ganze als einen Ausflug zu betrachten.

Ich erwähnte bereits, daß Cromwell Tyron mit den Worten überredete, er würde mit den besten Wissenschaftlern der Welt zusammenarbeiten. Und wenn dies so auch ein wenig übertrieben war, landete er doch in einer ziemlich illustren Gesellschaft, die sich in Katmandu zusammenfand, um an der Sache teilzunehmen.«

»Allesamt so ungern wie Tyron?«

»Nein. Für viele von ihnen war es eine sehr erfolgversprechende Unternehmung. Biologen, Meteorologen, Geologen konnten sich wie im Paradies fühlen ...«

»Ich verstehe.«

»Nun, die Forscher sammelten sich in Katmandu. Lord Cromwell hatte es leicht, die Erlaubnis von den nepalischen Behörden zu erhalten. Entsprechend den bestehenden Gesetzen hätte sowieso die hiesige Regierung am meisten von den Ergebnissen profitiert, und den größten Teil der Fundstücke hätte man in nepalischen Museen ausgestellt. Ohne viel Aufhebens startete die Expedition; Cromwell wollte keine Bretter machen, bevor er das Holz dazu hatte. Er gedachte, erst dann Ergebnisse preiszugeben, wenn sich diese auch als solche entpuppten.«

»Was meinen Sie damit?«

»Ich? Gar nichts. Und an was er dachte, weiß nur der Himmel allein. Vielleicht hat er ebenfalls an gar nichts gedacht. Vielleicht hoffte er, etwas zu finden, das viel Staub aufwirbelt. Möglicherweise werden wir es nie erfahren ...«

»Das könnte passieren.«

»Ungefähr einen Monat lang kann man ihrer Route folgen. Sie nahmen von Katmandu aus denselben Weg wie wir. Sie waren in Khangpa und gingen dann von hier aus weiter.«

»In welche Richtung?«

»Die genaue Richtung weiß ich nicht. Auf jeden Fall nach Norden. Auf die Grenze zu.«

»Nach China?«

»Ja. Irgendwo da lang.«

»Und dann?«

»Eine Weile kamen regelmäßige Meldungen. Sie hatten ein ziemlich starkes Funkgerät bei sich. Wie gesagt, eine Weile klappte alles, und dann schien irgend etwas passiert zu sein ...«

»Und zwar?«

»Nun ... zum Beispiel starb der Funker.«

»Er starb?«

»Ja. Zumindest kam diese Nachricht nach Katmandu.«

»Und ... wie?«

»Gerade das wurde nicht geklärt. Als die Zentrale in Katmandu die Nachricht empfing, hatte ein Sherpa namens Norbu gesendet ... Angeblich verstand außer dem Funker nur er etwas von dem komplizierten Gerät, da er im Krieg in der Zentrale von Okinawa als Funkoffizier gearbeitet hatte. Später fand man heraus, daß in Okinawa tatsächlich ein nepalischer Mann namens Norbu gedient hatte. Somit war diese Sache abgehakt.«

»Ich verstehe.«

»Es ist da aber noch was, das die Sache etwas seltsamer gestaltet ...«

»Und zwar?«

»Sehen Sie, die Funkzentrale in Katmandu empfing zwar die Sendung von Norbu, verstand aber nicht, warum anstelle von Norbu nicht der Geophysiker Redhull am Radio saß, der ein ausgezeichneter Funkamateur war. Es kam aber keine Antwort auf diese Frage, entweder, weil Norbu das Funken unterbrach, oder weil die Verbindung schlechter wurde.«

»So was!«

»Warten Sie noch einen Moment ... Die Zentrale in Katmandu wurde mißtrauisch und versuchte verzweifelt, wieder den Kontakt aufzubauen. Nach drei Tagen konnten sie wieder eine Nachricht empfangen.«

»Und?«

»Es war wieder Norbu. Er teilte mit, daß er wegen starker Stürme nicht vorher hatte senden können. Und was die Frage von vor drei Tagen anging, hatte er sie zwar gehört, konnte aber nicht mehr antworten, da direkt neben ihm der Blitz einschlug. Die Sache wäre leider die, daß nicht nur der Funker Bill Harrison von der Lawine erfaßt worden sei, sondern auch der Physiker Redhull. Und außer ihm sei keiner mehr da, der etwas von Funkgeräten verstünde.«

»So weit, so gut.«

»Blödsinn! Also sagte Norbu, daß alle wohlauf seien, ausgenommen natürlich die beiden Opfer, und daß die Reise in das abgesprochene Gebiet fortgesetzt werde. Damit wurde dann die Sendung unterbrochen.«

»Was meinten Sie vorhin damit, es wäre nicht alles in Ordnung?«

»Ich meinte damit den Funker. Ich kenne Tyron, wir sind seit unserer Kindheit Freunde. Und ich weiß, daß er im Krieg eine ausgezeichnete Funkoffiziersausbildung erhalten hat. Genauso wie Norbu.«

»Wirklich seltsam.«

»Und wie! Es kommt sogar noch besser! Das Fremdenverkehrsamt und das zuständige Ministerium wurden mißtrauisch, daß irgend etwas um die Expedition herum nicht in Ordnung sei. Und nicht nur wegen den zwei Todesfällen. Die Mitglieder waren alle ehrenhafte Professoren, die meisten britische Staatsbürger. Es hätte ein schlechtes Licht auf den nepalischen Staat geworfen, wenn sich herausgestellt hätte, daß er nicht die Sicherheit seiner Besucher, die ja wichtige Forschungsarbeit in dieser Region leisteten, garantieren konnte. Besonders heutzutage, wo nach meinen Informationen ein Hauptteil der Einnahmen dieses Staates aus dem Fremdenverkehr stammt.«

»Ich verstehe.«

»Also beschlossen die Sicherheitskräfte, eine gemeinsame Aktion mit dem Fremdenverkehrsamt zur Auffindung der Cromwell- Expedition zu starten. Das Ergebnis aber verwirrte mehr, als es Erkenntnisse gebracht hätte.«

»Wie denn das?«

»Erstens kamen die ausgeschickten Hubschrauber unverrichteter Dinge zurück. Später auch die Flugzeuge. Obwohl sie so detailreiche Aufnahmen von dem gesuchten Gebiet gemacht hatten, daß man selbst die Vögel auf den Bäumen hatte ausmachen können. Die Expedition aber war nicht zu entdecken.

»Unglaublich.«

»Aber wahr. Flugzeuge und Helikopter untersuchten jeden Quadratmeter der Gegend, in der sie die Forscher vermuteten. Aber die waren nirgends zu finden.«

»Kann es denn nicht sein, daß sie inzwischen weitergezogen waren?«

»Natürlich hatte man auch daran gedacht. Es wurde das ganze Gebiet durchkämmt, wo nach menschlichen Berechnungen die Expedition hätte sein können. Umsonst. Cromwells Leute waren wie vom Erdboden verschwunden.«

»Und das kann nicht sein?«

»Was?«

»Na, daß sie wirklich vom Erdboden verschwunden sind. Zum Beispiel in den Boden. Durch eine Lawine oder ein Erdbeben.«

»Theoretisch, ja; praktisch, nein. Norbu sendete nämlich inzwischen noch einmal. Er gab die Koordinaten durch und versicherte, daß alles in Ordnung sei und die Erforschung weiterhin im Gange wäre.«

»Und?«

»Die nepalische Luftwaffe überflog sofort das bezeichnete Gebiet, fand aber auch diesmal nichts.«

»Mhm.«

»Danach wurde eine neue Spur verfolgt. Nachdem sich herausgestellt hatte, daß ein Sherpa namens Norbu im Krieg auf Okinawa stationiert gewesen war, es später sogar in der amerikanischen Armee bis zum Unteroffizier gebracht hatte, trat man mit den amerikanischen Behörden in Verbindung. Die Nachforschungen ergaben, daß Norbu auf eigenen Wunsch 1946 entlassen wurde und nach Nepal zurückkehrte. Genauer gesagt in ein Dorf namens Pem. Die Beamten der Sicherheitskräfte gingen nach Pem und suchten nach Norbu. Und was, denken Sie, haben ihnen die Sherpas gezeigt?«

»Ich ahne Schlimmes.«

»Richtig. Sie zeigten ihnen das Grab von Norbu, der 1953 durch einen Steinschlag ums Leben gekommen war.«

»Sicher?«

»Absolut. Sie können sich vorstellen, daß sich die Beamten damit nicht zufrieden gaben. Sie öffneten das Grab und untersuchten die Überreste. Dabei wurde dann festgestellt, daß es tatsächlich Norbu war.«

»Wie?«

»Aus amerikanischen Archiven hatten sie medizinische Daten.«

»Wer zum Teufel war es dann, der Norbus Identität angenommen hat?«

Er lächelte mich an und nickte heftig.

»Wenn wir das wüßten, Leslie, hätten wir wohl die Lösung des Falles in greifbarer Nähe. Und auch unseren Mörder.«

»Sie denken immer noch, daß die beiden Fälle etwas miteinander zu tun haben?«

»Ich bin mir sogar sicher. Aber warten Sie! Ich will Ihnen noch etwas erzählen, was Sie vielleicht auch interessiert ... Zu Hause im guten alten England wußte ich natürlich noch nichts von alledem, höchstens, was die Nachrichtenagenturen verbreiteten. Und das war ziemlich wenig. Die Nepaler behandelten die Sache diskret, auch wegen des Tourismus. Und so bekam ich nur wenig mit, bis sich herauskristallisierte, daß mein guter Freund Tyron wahrscheinlich ziemlich in der Tinte saß. Und da wir alte Freunde sind, hatte ich mir vorgenommen, der Sache mit den Bergen nachzugehen ... Ich war sowieso noch nie in dieser Gegend.«

Plötzlich keimte in mir ein Verdacht auf, den ich allerdings noch nicht auszusprechen wagte.

»Zunächst konnte ich noch nichts mit meinen Plänen anfangen. Was bringt es mir, wenn ich nach Katmandu fahre? Meine Mittel waren zu begrenzt, um einen eigenen Suchtrupp zu organisieren, selbst wenn die Regierung einverstanden gewesen wäre. Und außerdem: Ich kenne mich in den Bergen überhaupt nicht aus, und es wäre wahrscheinlich, daß auch ich draufginge. Zumindest dachte ich damals noch so. Der Zufall half mir aber. Wie schon das Sprichwort sagt: Wo die Not am größten, ist die Hilfe am nächsten. Ich sage Ihnen, wäre ich kein eingefleischter Atheist, würde ich laufend solche Sprichwörter an die Wände schmieren.«

»Aha.«

»Ich bin gleich fertig, keine Angst ... Also, als ich mir gerade überlegte, wie ich doch noch eine Truppe zusammenkriegen sollte, lud mich jemand auf eine Party ein. Und dort machte ich eine Bekanntschaft.«

»Ihre letzten Sätze scheinen mir ziemlich vage zu sein.«

»Es wird schon gleich klar werden, was ich meine. Ich traf also jemanden, der mir erzählte, daß ein gewisser Mr. Thompson eine Expedition in den Himalaja starten will, annähernd in dasselbe Gebiet wie Cromwell. Und daß er selber ebenfalls in diese Forschertruppe geladen worden sei.«

»Ich verstehe.«

»Es erleichterte mir meine Arbeit, daß dieser Mann überhaupt nicht im Sinn hatte loszufahren. Er brauchte zwar das Geld, glaubte aber, daß man auf seine wissenschaftlichen Fähigkeiten im Himalaja ruhig verzichten konnte.«

Inzwischen verstand ich wirklich alles.

»Dieser Mann war natürlich McCormack.«

Anerkennend lächelte er mir zu.

»Bravo, Leslie! Sie haben es schneller rausgekriegt, als ich dachte. Ja, es war John McCormack, der Ornithologe, der sich ausschließlich mit tropischen Papageien beschäftigt. Er hatte keine Ahnung, warum ihn dieser Thompson haben wollte. Was ich übrigens auch nicht verstehe. Könnten Sie mir dabei vielleicht helfen, Leslie?«

»Vorerst leider nicht«, sagte ich. »Aber fahren Sie fort.«

»Ja. Also wurde die Sache einfacher, als ich es erhofft hatte. Ich bat Professor McCormack, mir für die Expedition seinen Namen zu leihen, und er war so nett. So wurde ich John McCormack, Mitglied der Thompson-Expedition, Papageiennarr und Ornithologe.«

»Jetzt bleibt mir nur noch eine Frage … zumindest, was Sie angeht.«

»Wer zum Teufel ich denn nun bin, nicht wahr?«

»Genau.«

Er stellte sich in Positur und gab mir seine Hand.

»Erlauben Sie, daß ich mich vorstelle: Ich bin Erwin Long, stellvertretender Redakteur des Daily Telegraph.« Wir schüttelten die Hände und setzten uns wieder hin.

Er schaute mich an und wartete neugierig auf meine Reaktion.

»Ich dachte mir schon so etwas«, sagte ich leichthin. »Von Papageien haben Sie nämlich nicht viel Ahnung …«

»Teufel aber auch! Dabei habe ich so aufgepaßt! Ich wollte kaum davon sprechen.«

»Gerade das war Ihr Fehler … Erwin.«

»Ich wäre Ihnen sehr verbunden, wenn Sie mich weiterhin John nennen würden. Ich möchte nicht, daß die anderen etwas erfahren.«

»Sie haben recht. Also, John … Gerade durch Ihr Schweigen wurden Sie verdächtig. Sie kennen die Wissenschaftler nicht. Keiner hält es länger als eine halbe Stunde aus, nicht von seinem Fachgebiet zu sprechen. Kennen Sie die Geschichte des Khans mit den Eselsohren?«

»Nein. Aber wie paßt das hierher?«

»Ganz einfach. Also es war einmal ein Khan in der Mongolei, der hatte Eselsohren. Und wahrscheinlich wuchs auch sein Haar ziemlich schnell. Von Zeit zu Zeit rief er immer einen geschickten Burschen herbei, der seine Haare abschneiden sollte. Und wer es tat, wurde auch gleich um einen Kopf gekürzt. Und warum? Weil keiner erfahren durfte, daß der Khan Eselsohren hatte. Der Khan war sich nämlich sicher, daß keiner seiner Friseure den Mund halten konnte … Also ließ er sie lieber hinrichten.«

»Ziemlich große Schweinerei.«

»Nur kam dann eines Tages ein armer Bauernjunge an die Reihe. Und der backte sich aus Muttermilch Plätzchen, die er, während er die Haare des Khans schnitt, ruhig knabberte. Der Khan roch den feinen Duft und bat um ein Stück … Er biß ab und fragte dann, woraus die Plätzchen seien, weil er noch nie so etwas Feines gegessen hatte.«

»Mhm.«

»Der Bursche erzählte ihm daraufhin, daß sie mit Muttermilch gemacht worden seien. Und der arme Eselsohr geriet in Panik.«

»Warum denn?«

»Weil nach den ungeschriebenen Gesetzen der Nomaden diejenigen, die dieselbe Muttermilch zu sich nehmen, Blutsbrüder werden und nie die Hand gegeneinander erheben dürfen.«

»Na, so was!«

»Der arme Khan stand unschlüssig herum, mußte aber schließlich den neuen Bruder laufen lassen. Zum Abschied aber nahm er ihm noch das Versprechen ab, das Geheimnis zu wahren, daß der Herrscher des Reiches Eselsohren hatte.«

»Warum soll denn ein Khan auch keine Eselsohren haben dürfen?«

»Weil man ihn stürzen würde und außerdem die Geschichte keine Pointe hätte. Sie glauben doch wohl nicht, die Untertanen würden die Herrschaft eines Khans mit Eselsohren dulden?«

»Aha.«

»Der Junge ging also nach Hause, schwieg und wurde schließlich krank. Krank, weil er das Geheimnis niemandem erzählen durfte. Dem Märchen nach lag er schon im Sterben, als er eine wunderbare Idee hatte. Er ging zum nahen Flußufer und flüsterte das Geheimnis in das Schilf hinein ... und wurde auch gleich wieder gesund.«

»Also Happy-end.«

»Im Gegenteil. Denn was passierte? Jemand ging zum Fluß, schnitzte sich aus dem Schilf eine Flöte, und was meinen Sie, Erw ... John, was da für eine Musik rauskam?«

»Ich ahne Schlimmes«, brummte er todernst.

»Daß der Khan Eselsohren hat! Der Khan hat Eselsohren!«

»Schrecklich.«

»Natürlich. Die Leute wußten Bescheid, rebellierten und stürzten ihn vom Thron.«

»Ich glaube, ich verstehe, worauf Sie hinauswollen.«

»Die Wissenschaftler sind genauso wie der Junge. Wenn sie etwas tun oder entdecken, sterben sie vor Verlangen, es jemandem erzählen zu können. Unmöglich, daß sie es länger als eine halbe Stunde aushalten!«

»Präzise beobachtet.«

»Die anderen haben sich ja auch dementsprechend verhalten. Pietro Rollo hielt mir einen Vortrag über buddhistische Phraseologie, Emil Cooper und der arme Wilson über die paläontologischen Funde im Himalaja und Paddington über die interessanten Wolkengebilde der Bergwelt. Nur Sie schwiegen über Ihre Papageien … Ich wußte zwar nicht, wer Sie sind, aber ich war mir ziemlich sicher, wer Sie nicht sind.«

»Und Sie hatten sich trotzdem für mich entschieden?«

»Natürlich. Schließlich ist es ja egal, wer Sie sind und wie Sie heißen. Wichtig ist, daß ich Ihnen vertrauen kann. Daß einer da ist, dem ich beruhigt den Rücken zudrehen kann.«

»Verstehe. Und warum tun Sie das?«

»Was?«

»Na, diese ganze Sache. Wieso spielen Sie Detektiv, wieso suchen Sie einen Verbündeten, und wieso wollen Sie den Mörder fassen?«

»Sehr einfach. Obwohl es auch eine längere und kompliziertere Antwort gibt.«

»Vielleicht fangen Sie mit der einfachen an.«

»Okay. Wenn ich ihn nicht erwische, erwischt er mich. Klar?«

»Absolut. Und die kompliziertere Version?«

»Jeder Mörder muß gefaßt werden. Wer es auch sein mag, und wann immer es auch geschehen mag. Aber die Täter müssen für ihre Verbrechen büßen. So einfach ist das.«

Er lächelte mich so freundlich an wie noch nie zuvor.

»Ich glaube, wir werden uns gut verstehen, Leslie.«

»Das hoffe ich.«

Wir schüttelten uns wieder die Hände, und es tat mir wirklich leid, daß ich ihm nicht alles erzählen konnte, was ich vermutete oder wußte. Eigentlich noch nicht einmal zehn Prozent davon.

54

Erneut setzte ich den Wasserkocher auf die Spiritusflamme. Wir fuhren erst fort, als der frische, heiße Kaffee vor uns auf dem Tisch stand.

»Also dann, wie geht es weiter?« wandte McCormack sich an mich, nachdem er etwas getrunken hatte.

»Wir müßten noch mal alles von vorne durchgehen«, bot ich an, »vielleicht entdecken wir so etwas.«

»Okay«, er nickte. »Aber diesmal reden Sie, und ich höre zu. Wir fangen mit Katmandu an.«

Ich versuchte meine Gedanken zu ordnen.

»Ich würde damit beginnen, daß die Thompson-Expedition die seltsamste ist, von der ich je gehört habe. Sie sind Reporter. Wissen Sie, was eine komplexe Expedition ist?«

»So ungefähr.«

»Nun, selbige wird dann zusammengestellt, wenn man ein unbekanntes Gebiet bekannt machen will. Wie soll ich sagen? Wenn man ein Gebiet erforscht, das noch nie oder nur selten besucht wurde. Wie zum Beispiel im achtzehnten Jahrhundert Afrika oder Australien. Diese Art der Expeditionen ist eher in früheren Zeiten typisch gewesen. Eine Forschertruppe wurde zusammengestellt, in der fast jede Wissenschaft vertreten war, setzte sich irgendwo fest und sammelte alles, was sie finden konnte. Der Insektenkundler sammelte Insekten, der Ethnologe Märchen, der Linguist Texte, der Geologe Steine. Diese Art von Erkundung hatte natürlich seine Vorteile: Jeder Wissenschaftler konnte ungefähr bestimmen, wie wichtig das Gebiet für seinen Zweig war. Der bis dahin weiße Fleck wurde langsam bunt.«

»Aha. Also ist dieses Gebiet, in das wir gehen werden, ebenfalls so ein weißer Fleck?«

Ich schüttelte den Kopf.

»Überhaupt nicht. Und das ist es, was mich ein wenig mißtrauisch gemacht hat.«

»Auch im Falle der Cromwell-Expedition?«

»Zum Beispiel.«

»Weiter, Leslie.«

»Mit einem Wort, heutzutage werden keine komplexen Expeditionen mehr losgeschickt. Es stimmt zwar, daß gewisse Gebiete des Himalaja unbewohnt sind, aber deswegen zu behaupten, die Welt wäre noch voller weißer Flecken, wäre übertrieben. Im Zeitalter der Luftaufklärung kann man schlecht etwas vor der empfindlichen Optik verstecken.«

»Und womit erklären Sie sich dann, daß innerhalb kürzester Zeit gleich zwei solche, wie Sie es nannten, unmoderne Expeditionen gerade in dieses Gebiet geschickt wurden? Und außerdem, wie sieht denn Ihrer Meinung nach überhaupt eine ›moderne Expedition‹ aus?«

»Wie? Sie besteht aus Fachleuten, aber nur aus ein und demselben Gebiet. Öltechniker zum Beispiel, bei denen Sie sicherlich keinen Entomologen oder Folkloristen finden werden. Wozu auch? Es wird nach Öl gesucht und nicht nach Käfern oder Volksliedern. Und was Ihre Frage angeht, warum gleich zwei Trupps so einen Unsinn veranstalten, nun, da kann man nur raten.«

»Also lassen Sie uns raten!«

»Im Falle Lord Cromwells ist die Ursache womöglich der Lord selber.«

»Meinen Sie?«

»Sehen Sie, Sie haben doch selber erzählt, daß er viel Geld hat und Tiger, Löwen sowie Zulu-Königinnen bereits gejagt hat. Wieso sollte er nicht auch einmal den Himalaja ausprobieren?«

»Das könnte er auch alleine oder mit seinem Butler tun.«

»Natürlich. Nur dann würde er den Abenteuern aus dem Weg gehen und die wahrscheinlich ihm. Lord Cromwell ist sicher kein Mann, der den Ceringma oder den Kandschendzönga vom Balkon seiner Hotelsuite aus beobachten möchte. Er muß zu den Bergen gehen. Und dort muß unbedingt etwas passieren, das die ganze Reise rechtfertigt.«

»Wenn das sein Ziel war, hat er es erreicht.«

»Wahrscheinlich. Außerdem hätte er noch einen anderen Grund haben können.«

»Und zwar?«

»Eitelkeit.«

»Eitelkeit?«

»Ja, die Eitelkeit der Reichen. Denken Sie mal nach, wie viele von uns Millionen opfern, nur um ihren Namen für die Ewigkeit zu erhalten. Sie gründen eine Bibliothek, ein Kranken- oder Armenhaus und wer weiß was noch alles. Und andere wiederum wollen unbedingt teilhaben an irgendeiner großen wissenschaftlichen Entdeckung.«

»Ich verstehe.«

»Wenn zum Beispiel in der Cromwell-Expedition der Entomologe eine neue Insektenart entdeckt oder ein Geologe ein neues Gestein oder ihr Freund Tyron ein Ölvorkommen, würden sie ihre Entdeckung sicherlich nach ihrem Mäzen benennen, eventuell mittels ein wenig Nachdruck. Und das ist schließlich ein paar Millionen wert, oder?«

»Besonders für den, der sie hat. Und wie steht es mit unserer Expedition?«

»Das weiß ich nicht. Vor allem, weil ich auch diesen Mr. Thompson nicht kenne. Ich gestehe, ziemlich unüberlegt in diese Sache gesprungen zu sein, aber ich hätte nicht im Traum daran gedacht, daß sie sich entwickeln würde.«

»Damit stehen Sie nicht alleine.«

»Na ja. Theoretisch könnte das eben Gesagte auch auf Mr. Thompson zutreffen.«

»Wäre es nicht ein seltsamer Zufall? Zwei Millionäre, denen mit zweimonatigem Abstand dasselbe einfällt, noch dazu mit denselben Rahmenbedingungen? Selbst der Ort ist identisch!«

»Es wäre wirklich komisch. Und eigentlich habe ich das Gefühl, daß Thompson gar keine Forschungsergebnisse haben will. Oder sie vielleicht nur als Vorwand benutzt, um die Wissenschaftler zu kriegen. Zumindest diejenigen, die es überleben werden.«

»Kriegen? Wozu?«

»Das ist es ja, was ich selber nicht weiß. Ich tappe vollkommen im dunkeln. Aber es liegt auf der Hand, daß Thompson etwas mit uns vorhat.«

McCormack wurde bleich und legte die Stirn in Falten.

»Kann es sein … glauben Sie, er will, daß wir alle … sterben?«

Ich nickte.

»Könnte möglich sein. Ich hab' auch schon daran gedacht.«

»Danke. Sehr beruhigend.«

»Wieso denn nicht? Wir wissen ja noch nicht einmal, um wen es sich dabei handelt. Ein Millionär oder die Mafia oder einfach nur ein Verrückter. Auf jeden Fall gibt es jemanden unter uns, der die Anweisungen planmäßig ausführt.«

»Glauben Sie, daß Mr. Thompson das Ganze befohlen hat?«

»Wer denn sonst? Obwohl, wenn ich so richtig nachdenke, ist selbst das nicht sicher. Es kann auch sein, daß jemand auf Mr. Thompsons Feuer kochen will.«

»Vielleicht ist auch Mr. Thompson tot?«

»Alles ist möglich.«

Er stand auf und starrte in die tanzenden Flammen des Spirituskochers, als ob darin die Antwort läge.

»Aber in einem bin ich mir sicher.«

»Und zwar?«

»Wenn wir unsere Morde aufklären, wissen wir auch, was mit meinem Freund Tyron passiert ist.«

»Ich wünsche es mir für Sie, John.«

»Was sollen wir also tun?«

»Ich würde sagen, gehen wir die Ereignisse durch, seitdem wir Katmandu verlassen haben.«

»In Ordnung. Fangen Sie an.«

»Zuerst wird O'Hara ermordet. Scheinbar ohne Vorwarnung.«

»Jetzt übertreiben Sie aber, Leslie! Vergessen Sie nicht, daß er den Gott des Kandschendzönga beschimpft hatte.«

»Na und?«

»Ich glaube, er wurde gerade deswegen ermordet.«

»Wer hätte etwas davon, auf diese Art für die Gotteslästerung Rache zu nehmen?«

»Die eindeutige Antwort lautet: Der, der an die Götter glaubt.«

»Ja, nur gläubige Buddhisten töten nicht. Nicht mal Tiere,

geschweige denn einen Menschen. Noch dazu mit einem Purbu, einem Opfermesser!«

»Was also ist die Erklärung?«

»Jemand wollte Panik verursachen. Und vielleicht nicht nur bei uns, sondern auch bei den Sherpas. Er wollte, daß sie nicht weiterziehen ... Gegeben ist ein ungläubiger Europäer, der betrunken lautstark die Götter beschimpft, beziehungsweise einen, der genauso genannt wird wie das besagte Opfermesser. Und der Gott nimmt gerade mit diesem Messer Rache. Dafür bin ich Zeuge. Ich traf diesen unbekannten Sherpa, der sich als Purbu vorstellte und danach wahrscheinlich O'Hara umgebracht hat. Das war ganze Arbeit. Entweder war es Purbu oder ich.«

»Oder jemand anders.«

»Na ja. Auf jeden Fall kriegen es die Sherpas mit der Angst zu tun und wollen umkehren. Und wenn diese Wolke, das Auge von Sindsche, nicht erschienen wäre, hätte die Expedition ihre Reise abgebrochen. So, wie es der Mörder geplant hatte.«

»Genau.«

»Aber er hatte Pech. Das Unwetter verhinderte die Rückkehr nach Katmandu, und die Sherpas sahen ein, daß sie mit uns nach Khangpa ziehen mußten, wenn sie überleben wollten. Ich glaube, sie sind bis heute davon überzeugt, daß Purbu die Morde verübt hat ... Und daß er solange mordet, bis er endlich Rache genommen hat.«

»Ja ... Aber fahren wir fort.«

»Der Mörder sieht ein, daß er zwar gute Arbeit geleistet hat, aber die Natur ihm einen Strich durch die Rechnung gemacht hat. Die Sherpas haben Angst, doch sie müssen weitergehen. Da schreitet er wieder zur Tat und zertrümmert das Radio.«

»Warum wohl?«

»Warum? Vielleicht ahnt er, daß die Sicherheitsbehörden in Katmandu etwas für ihn Unangenehmes entdeckt haben. Also zerstört er das Funkgerät und mordet weiter, schließlich wurde er dafür angeheuert. Er klaut das Purbu aus Seras Zelt, das dieser Mann dort einfach so liegengelassen hatte.«

»Dazu mußte er natürlich wissen, daß das Messer bei Sera liegt.«

»So ist es. Und das spricht wieder dafür, daß wir den Mörder nicht bei den Sherpas suchen sollten. Schließlich konnten sie ja nichts über den Verbleib des Messers wissen.«

»Und das schränkt dann auch die Anzahl der möglichen Täter ein.«

»Scheinbar ja. Nur ein paar Leute wußten von dem Purbu.«

»Ich glaube, Sie vergessen da noch jemanden.«

»Wen?«

»Diesen rätselhaften Purbu selber. Den Gott des Kandschenzönga.«

»Meinen Sie, ich sollte ihn dazuzählen? Irgend etwas sagt mir, daß dieses geheimnisvolle Wesen gar nicht existiert. Daß eine allzu lebendige Kreatur hinter der Figur der Gottheit des Kandschendzönga steckt.«

»Aber Sie haben doch selbst erzählt, daß ein Sherpa Ihnen den besoffenen O'Hara mit dem Versprechen abnahm, ihn in sein Zelt zu bringen. Oder?«

»Ja, nur konnte dieser angebliche Sherpa jeder von uns sein. Selbst die Nasenspitze war unter der Kapuze kaum zu erkennen. Wenn schon vorher etwas vorgefallen wäre, hätte ich ihn mir sicher besser angeschaut, aber zu dem Zeitpunkt, wer hätte da an etwas Schlechtes gedacht? Wir hatten den bösen Salu-Paß hinter uns, die Sonne ging unter, überall war es ruhig und friedvoll. Selbst der besoffene O'Hara konnte mir meine Laune nicht verderben.«

»Zweifellos.«

»Auf jeden Fall sah ich mir meine Männer nicht genauer an. Ich kann die Sherpas sowieso nicht auseinanderhalten. Dazu braucht ein Europäer mindestens ein paar Tage, selbst dann, wenn er sie mehrmals sieht. Dieser aber brummte nur durch seinen Schal hindurch, wenn ich mich richtig erinnere, was letztendlich auch nicht so ungewöhnlich war bei minus fünfundzwanzig Grad. Und ich war froh, daß ich meine Last jemand anderem übergeben konnte.

»Und der Sherpa hatte kein besonderes Merkmal?«

Ich schüttelte den Kopf.

»Nichts. Höchstens, daß er sein Gesicht verbarg. Aber selbst das wurde mir erst im nachhinein bewußt, als wir von dem Mord erfuhren.«

»Hätte es auch einer von uns sein können?«

»Selbstverständlich.«

Er seufzte und stützte sich auf die Ellbogen.

»Damit haben wir nicht viel erreicht. Jeder hätte ihn ermorden können.«

»Nun, nicht ganz. Einige, und Sie gehören ja auch dazu, haben ein Alibi.«

»In diesem einen Fall, sicherlich.«

»Sie drei: Miss Baxter, Eve Pickford und Sie waren die ganze Zeit zusammen. Oder nicht?«

»Doch.«

»Also war es keiner von Ihnen dreien, und es konnte auch kein Sherpa sein.«

Nachdenklich starrte er in die Luft, dann sah er mich an.

»Sagen Sie, kennen Sie diese Baxter schon von früher?«

»Wieso?«

»Mir ist da etwas eingefallen.«

»Und zwar?« fragte ich unruhig.

»Sie tat alles, um den Verdacht auf Sie zu lenken. Haben Sie es denn nicht gemerkt?«

»Ich habe es gemerkt«, brummte ich.

»Was glauben Sie, warum?«

»Keine Ahnung. Vielleicht bin ich ihr unsympathisch …«

»Ach«, er schüttelte den Kopf, »das glaube ich nicht. Wegen einer einfachen Antipathie macht man keinen Reisegefährten zum Mörder.«

»Sondern?«

»Es gibt zwei Möglichkeiten«, sagte er nachdenklich. »Grundsätzlich zwei Möglichkeiten.«

»Und zwar?«

Nachdenklich schaute er mir in die Augen, dann fuhr er leise fort.

»Nun, zum einen könnte sie überzeugt sein, daß Sie der Mörder sind. Sie hat etwas gesehen oder gehört, was sie dazu veranlaßt. Vielleicht hat sie unterwegs etwas gefunden.«

»Und warum spricht sie es dann nicht aus?«

»Weil sie keine Beweise hat.«

»Wie meinen Sie das?«

»Man hat sie ihr geklaut.«

»Geht bei Ihnen da jetzt nicht etwas die Phantasie durch?«

Er zuckte mit den Schultern, war aber nicht beleidigt.

»Möglich. Aber wir sind ja wach geblieben, um alle Möglichkeiten durchzusprechen.«

Nun war ich ein wenig beschämt.

»Entschuldigen Sie. Ich bin es nur nicht gewohnt, als Verdächtiger herzuhalten.«

»Ich wollte Sie gar nicht verdächtigen. Aber vielleicht fahren wir lieber fort.«

»Bitte.«

»Nun, ihr zweiter Grund hätte sein können, daß sie von der Schuld eines anderen überzeugt ist.«

»Wie denn das?«

»Sie ist sich sicher, wer der Mörder ist.«

Im Augenblick hatte ich wohl keinen sehr intelligenten Gesichtsausdruck.

»Entschuldigung, daß ich nicht folgen kann, aber warum nimmt sie dann immer mich aufs Korn?«

»Entweder … oder.«

»Was soll das denn schon wieder heißen?«

»Es gibt wieder zwei Varianten. Entweder weiß sie, wer der Mörder ist und weiß, daß der Mörder keine Ahnung davon hat, daß sie ihn entlarven könnte. In diesem Fall ist es am einfachsten, zu schweigen und zu beobachten. Dazu aber muß sich der Mörder vollkommen in Sicherheit wiegen, also greift Miss Baxter dauernd Sie an und verwirrt damit den Täter. Denn, so leid es mir tut, es stimmt doch, daß wir die halbe Nacht damit verbracht haben, herauszufinden, welche Vorteile Sie vom Tod O'Haras gehabt hätten.«

»So weit, so gut.«

»Also, ich fahre fort: Die zweite Möglichkeit ist, daß Miss Baxter den Mörder kennt, dieser es wiederum ahnt. Baxter nimmt an, daß der Mörder weiß, er wird verdächtigt. Können Sie mir folgen?«

»Bis jetzt noch, ja.«

»Baxter muß sich also verteidigen. Sie nimmt an, daß sich der Täter über die Entlarvung nicht sicher ist. Er wartet also ab und beobachtet Baxter. Und das Mädchen weiß das. Sie weiß auch, daß sie sich mit einem kleinen, verräterischen Zeichen in Lebensgefahr bringen kann. Also inszeniert sie ein Ablenkungsmanöver.«

»Ich beginne zu verstehen ...«

»Sie beschuldigt Sie und hofft, damit den Täter zu beruhigen.«

Ich spürte, wie warme Schweißtropfen meinen Rücken herabrannen.

»Die Vorfälle zeigen, daß ihr Plan funktioniert hat. Noch wurde sie nicht umgebracht.«

»Sie glauben also, Baxter weiß, wer der Mörder ist?«

»Oder sie ahnt es zumindest.«

»Warum ... sagt sie es dann nicht?«

»Weil sie niemandem vertrauen kann. Würden Sie es tun? Wir wissen nicht mal, was mit uns geschehen wird. Und der Mörder befindet sich unter uns.«

»Äußerst deprimierend, was Sie da sagen«, langsam kam ich zu mir.

»Hab' leider nichts Besseres. Aber machen wir weiter.«

»In Ordnung. Es folgt Zimmermanns Tod. Er wurde auf dem Paß mit dem Purbu getötet. Durch den Schneesturm konnten wir die eigene Nasenspitze kaum noch sehen. Jeder hätte jeden umbringen können.«

»Außer die Sherpas.«

»Und warum?«

»Ich erinnere mich, daß der Paß sehr eng war. Unmöglich, daß einer von hinten unbemerkt bis zu Zimmermann vordringen und ihn dann töten konnte.«

»Vorne gab es auch Sherpas.«

»Richtig. Etwa drei. Und mindestens genauso weit von Zimmermann entfernt. Jemand hätte sie gesehen, während sie auf dem schmalen Grat waren.«

»Also sind die Sherpas ihrer Meinung nach unschuldig?«

»In diesem speziellen Fall, sicherlich. Es konnte nur einer

von uns sein, und zwar jemand, der in Zimmermanns Nähe ritt.«

»Wissen Sie, wie unsere Reihenfolge war?«

Er schüttelte den Kopf. »Woher denn? Es gab ja gar keine. Jeder reihte sich ein, wo er wollte. Erst nach dem Zwischenfall hat Stewart dann Ordnung geschaffen.«

»Ja, auch ich habe es so in Erinnerung.«

»Nun, wieder einmal hätte es jeder tun können.«

»Dem läuft ein wenig die Tatsache zuwider, daß man mich zuerst erschießen und dann in die Schlucht fallen lassen wollte.«

»Zweifellos. Zumindest auf den ersten Blick.«

»Was soll das denn heißen?«

»Sehen Sie«, sagte er ruhig, »eben hatten wir ja schon festgelegt, daß Miss Baxter eventuell den Mörder kennt. Nehmen wir einmal an, Sie wären es ...«

»Also bitte ...«

»Wie gesagt, nur eine Annahme. Baxter beobachtet Sie und ist nicht so schreckhaft wie vorhin angenommen. Zimmermann wird getötet, Baxter verdächtigt Sie oder hat Sie bei der Tat gesehen ... Verstehen Sie? Deswegen will sie Sie loswerden. Obwohl Baxter Sie am liebsten der Polizei übergeben würde, sieht sie ein, daß in den Bergen des Himalajas nur ihre eigene Pistole die Gerechtigkeit vertritt. Und weitere Morde können nur auf eine Weise verhindert werden, wenn Sie sterben. Also nimmt sie all ihren Mut zusammen, schießt ... und trifft leider nicht.«

»Was heißt hier leider?«

»Nun, aus ihrer Sicht natürlich. Und Sie fallen – platsch – in die Schlucht. Baxter hat wieder Pech, denn Sie werden von einem Gestrüpp aufgefangen ... In dem großen Durcheinander, als jeder wie wild herumrennt, schneidet sie den Strick ein und will Sie damit hochziehen lassen. Unglücklicherweise klappt auch dieser Plan nicht.«

»Danke.«

»Sie klettern aus der Schlucht, und Baxter darf wieder von vorne anfangen, nachdem sie die Existenz ihrer Waffe natürlich nicht zugegeben hatte.«

»Glauben Sie wirklich, daß es so gewesen ist?«

Unschlüssig breitete er die Arme aus.

»Ich habe keinen Schimmer. Die Theorie ist aber gar nicht so schlecht, oder?«

»Abgesehen von dem Detail, daß ich darin als Mörder fungiere.«

»Machen wir weiter?«

»Also los«, ich winkte lustlos ab.

Mir schien, er bemerkte meine schlechte Laune gar nicht.

»Was den Fall Cohen angeht, hätten wir alle es tun können ... Selbst Eve Pickford. Vielleicht spielt sie nur geschickt das ›arme Kind‹.«

»Und Wilson?«

Er lächelte.

»Sie fragten mich eben, ob ich wirklich daran glauben würde, daß Sie der Mörder sind. Nun, überhaupt nicht, und ich würde es selbst dann nicht glauben, wenn alles gegen Sie spräche. Glauben Sie mir, ein Journalist hat einen Riecher dafür. Und so ein alter Hase wie ich erst recht. Meine Nase sagt mir, daß Sie unschuldig sind wie der weiße, jungfräuliche Schnee. Und Wilsons Fall bestärkt mich in dieser Meinung. Schließlich waren wir bei seinem Tod zusammen, also konnten Sie ihn nicht ermorden.«

»Und wenn es kein einzelner Täter ist? Wenn es mehrere sind, die uns umbringen wollen?«

Er blickte auf den leeren Kaffeekocher und seufzte.

»Das würde gewiß die Lage ändern. Aber warum wollen wir gleich das Schlimmste annehmen? Apropos ... würden Sie noch einen Kaffee machen?«

55

Es war schon tiefe Nacht, als die dritte Tasse geleert wurde.

»Nun, haben Sie irgendeinen genialen Einfall?« fragte McCormack, während er seinen Becher auf den Tisch stellte. »Oder ist meine Rolle als Doktor Watson nicht überzeugend genug gespielt?«

»Vorerst habe ich keinen«, sagte ich wahrheitsgemäß. »Ich habe zwar ein paar Vermutungen, aber erst die Zukunft wird zeigen, was sie wert sind. Sofern ich dann noch die Möglichkeit habe, sie einem Publikum zu präsentieren!«

Er lehnte sich in seinem Stuhl zurück und lächelte spöttisch.

»Geben Sie immer so schnell auf?«

Darüber hätte ich ihm zwar einiges erzählen können, aber das war nicht der rechte Zeitpunkt. Ich versuchte lieber, mich zu konzentrieren.

»Wie wär's, wenn wir alle nacheinander durchgingen … Vielleicht bringt das was!«

Plötzlich zog gelassene Zufriedenheit über seine Züge.

»Na sehen Sie! So ist es richtig!«

»Sie dachten wirklich, ich wolle aufgeben?«

»Wieso nicht?« sagte er ernst. »Einmal muß jeder aufgeben.«

Es klang so merkwürdig. Und später, nach einigen Tagen, dachte ich noch darüber nach, ob er wohl damit den Mörder gemeint hatte.

56

»Vielleicht fangen wir am besten mit den Sherpas an«, sagte ich.

»Unnötig«, kam die Antwort. »Schon zweimal haben wir festgestellt, daß sie es nicht sein konnten.«

»In Ordnung«, gab ich zu.

»Damit können wir einundzwanzig Namen von unserer imaginären Liste streichen.«

»Da bleiben schon noch welche ...«

»Dann beeilen wir uns lieber, damit wir noch vor dem Morgengrauen damit fertig sind.«

Das entsprach auch meinen Wünschen.

57

»Es folgen die Wissenschaftler ...«

»Namentlich?«

»Die Überlebenden: Brunning, Cooper, Abramson, Rollo, Paddington und King.«

»Warum hätte es nicht einer von ihnen sein können?«

»Warum hätte es einer sein sollen?«

»Jetzt mal im Ernst«, schlug ich vor. »Nehmen wir an, es war einer von ihnen, okay?«

»Okay!«

»Die Frage ist also, warum. Was war der Grund?«

»Eine komplizierte Frage.«

»Was würden Sie denn darauf antworten?«

Er zuckte mit den Schultern.

»Ich kenne sie nicht. Es könnten persönliche Gründe sein.«

»Zum Beispiel?«

»Zum Beispiel? Weiß der Teufel ... Vielleicht Eifersucht. Ja, genau! Unter Kollegen! Damit muß man bei Wissenschaftlern immer rechnen.«

»Klar. Dann gehen wir mal der Reihe nach. O'Hara war Geophysiker und als solcher der einzige im Team. Warum sollte ihn ein anderer Wissenschaftler umbringen?«

»Keine Ahnung.«

»Oder Kurt Zimmermann. Der Arme war Botaniker. Wir haben zwar noch einen davon, Marc Brunning, der ihn hätte umbringen können, aber warum hat er denn auch noch die restlichen drei ermordet? Einen Folkloristen, einen Paläontologen und sogar einen Geophysiker?«

»Haben Sie noch nie vom perfekten Mord gehört?«

»Wovon?«

»Vom perfekten Mord.«

»Könnten Sie das etwas näher ausführen?«

»Gerne. Sagen wir, A will B töten. Aber er ahnt, daß man ihn sofort verdächtigen würde … Zum Beispiel, weil man von seiner Eifersucht wußte. Verstehen Sie?«

»Bis jetzt schon.«

»Also: A denkt folgendermaßen: Wenn ich B töte, wissen sie, daß ich es war. Also muß ich eine Situation herbeiführen, die meine Motive verschleiert. Deshalb mische ich B in die Gesellschaft von C, D, E und F.«

»Mhm.«

»Wenn das passiert ist, bringe ich zum Beispiel F um. Man traut mir zwar nicht, aber sie können nichts unternehmen, weil ich ja kein Motiv habe. Danach ermorde ich D, was dieselbe Situation hervorruft: kein Motiv, kein Verdacht. Dann töte ich schnell B, den ich eigentlich von Anfang an im Visier hatte.«

»Bravo!«

»Dazu hätte ich jetzt zwar ein Motiv gehabt, aber man kann diesen Mord nicht mehr getrennt untersuchen. Automatisch hat er sich mit den anderen vermischt. Klar?«

»Ich denke, ja.«

»Dann kann die Polizei die Frage nicht mehr so formulieren: Hatte A Grund, B zu töten, sondern: hatte A denn einen Grund, F, D und B umzubringen. Diese drei zusammen. Und darauf lautet die Antwort eindeutig: Nein! Ohne Motiv können sie mich nicht verdächtigen, und schon haben wir den perfekten Mord.«

Er zündete sich eine Zigarette an und ließ hübsche, runde Wolken zur Decke steigen.

»Keine schlechte Idee, nicht wahr?« sagte er schließlich. »Nun habe ich noch vor unserer Abreise einige Dinge nachgeprüft.«

Das überraschte mich ein wenig.

»Ahnten Sie denn etwas, daß Sie plötzlich Detektiv spielten?«

Ein müdes Lächeln huschte über sein Gesicht.

»Ich habe nicht Detektiv gespielt. Aber vergessen Sie nicht, daß ich Reporter bin. Neben der Story über meinen Freund Tyron wollte ich mich auch noch anderweitig vorbereiten. Schließlich bin ich zum erstenmal in Nepal, und ... nun, ich dachte, ich könnte eine Serie über die Forscher schreiben, wie sie unter schwierigsten Bedingungen mit aufopferndem Eifer ihre Entdeckungen machen. ›Der Mensch gegen den Himalaja‹, ›Die Besessenen der Wissenschaft und die majestätischen Bergspitzen‹, so was in der Art.«

»Ich habe verstanden.«

»In Katmandu hatte ich Zeit, etwas herumzutelefonieren. Ich bekam die Liste der Teilnehmer, und daraufhin rief ich der Reihe nach meine Kumpels in den verschiedensten Redaktionen an. Selbst von Fachzeitschriften, und ... nun ... Polizeireporter ...«

»Und was haben Sie dabei herausbekommen?« fragte ich hastig.

Er tat, als ob er mein überschwengliches Interesse gar nicht bemerkt hätte, sondern ließ weiterhin kleine Wolken auf die Holzdecke zuschweben.

»Dies und das. Zuerst einmal, daß keiner von ihnen vorbestraft ist ...«

»Ich höre wohl nicht richtig! Wie ist Ihnen denn überhaupt eingefallen, Polizeireporter zu fragen?«

Er lächelte.

»Aus Routine. Die Jungs haben überall ihre Nase drin und könnten dabei etwas entdeckt haben, was den Reportern der Fachzeitschriften entgangen ist. Nur deswegen.«

»Okay. Also?«

»Nichts. Die von den wissenschaftlichen Kolumnen aber hatten einen Haufen Zeug.«

»Interessant?«

Er hob die Schultern.

»Wie man es nimmt. Auf jeden Fall stellte sich heraus, daß

die wissenschaftlichen Teilnehmer ein äußerst heterogenes Niveau repräsentieren.«

»Was soll denn das sein?«

»Vielleicht habe ich mich falsch ausgedrückt. Ich wollte damit sagen, daß unter ihnen richtige Kanonen sind, wie zum Beispiel Frank King oder der arme Zimmermann. Natürlich ebenso Paddington, der Anwärter für den Nobelpreis ist. Die anderen sind allerdings im Forschungsbereich nur kleine Lichter.«

»Und warum ist das so interessant?«

»Warum? Weil das auch etwas beweist.«

»Und zwar?«

»Schauen Sie sich doch die Cromwell-Expedition an. Die besten Fachmänner der Welt nahmen daran teil. Aber unsere? Ganz anders! Als ob derjenige, der sie zusammengestellt hat, uns gar nicht für wissenschaftliche Zwecke braucht, sondern für etwas ganz anderes … Verstehen Sie?«

»Ungefähr.«

»Außerdem habe ich die Vermögensverhältnisse unserer Mitreisenden überprüft. Nun, abgesehen von wenigen Ausnahmen, haben es die meisten nicht sehr leicht gehabt in der letzten Zeit …«

»Und was beweist das?«

»Daß dies der hauptsächliche Grund gewesen ist, diese Leute auszusuchen. Thompson brauchte Wissenschaftler, die garantiert anbeißen. Er hatte keine Zeit, es mit Tausenden zu probieren und zu warten, bis zwanzig davon mitkommen. Er wollte auf Nummer Sicher gehen, und zwar sofort.«

»Mhm. Und wieso?«

»Weil es ihm nur darum ging, daß diese Expedition so bald wie möglich startet, und zwar mit echten Wissenschaftlern an Bord. Was es für welche sind, und wieviel sie von ihrem Gebiet verstehen, war ihm gleichgültig.«

»Das ist äußerst …«

»Ich ging noch weiter. Als ich von jedem die Daten hatte, stellte sich heraus, daß sich keiner je zuvor mit einem der anderen getroffen hatte. Zumindest nicht in der Öffentlichkeit. Als ob man sie absichtlich deswegen ausgesucht hätte.«

»Und kann das nicht sein?«

»Schon, nur sehe ich keinen Sinn darin. Ich würde sagen, daß dies nur Zufall war.«

»Also?«

»Da sie sich nicht kannten, fehlte die Voraussetzung für einen perfekten Mord. Außerdem, können Sie sich vorstellen, daß sich relativ unbedeutende Wissenschaftler, die sich noch nie gesehen haben, aus Eifersucht umbringen?«

»Schwer.«

»Und noch dazu auf diese Weise? Haben Sie Wilsons Kopf gesehen? Ein einziger, sauberer Schnitt ... Und wo ist das entsprechende Werkzeug dafür?«

Er hatte wirklich recht, es war unvorstellbar.

58

Lange Sekunden schwiegen wir.

»Und jetzt?« fragte ich schließlich.

»Folgt wohl die dritte Gruppe ... Wenn mich nicht alles täuscht, haben Sie die mit Absicht für den Schluß aufgehoben.«

»Mhm.«

»Und weshalb?«

»Einfach. Sie stehen mir am nächsten.«

»Und sind am verdächtigsten.«

»Nicht mehr als alle anderen.«

»Und trotzdem ... Sie waren immer da, wo die Morde passierten ... Irgendwie waren sie inmitten der Geschehnisse.«

»Also?«

»Fangen wir mit uns an?«

Ich schüttelte den Kopf.

»Unnötig. Das würde unsere Grundsätze verletzen. Wenn ich mich recht entsinne, basiert unsere Zusammenarbeit auf gegenseitigem Vertrauen. In diesem Fall sollten wir davon ausgehen, daß es keiner von uns ist.«

»Ja, das denke ich auch.«

»Also können wir schon wieder zwei Namen von der Liste streichen: Ihren und meinen.«

»Bravo! Wenn das so weitergeht, können wir sogar noch schlafen heute nacht!«

Ehrlich gesagt, wagte ich gar nicht mehr, daran zu glauben.

59

»Wer soll der nächste sein?« fragte McCormack.

»Vielleicht Stewart«, sagte ich nur so aufs Geratewohl.

»Okay«, er nickte und verbarg ein kleines Gähnen. »Über ihn weiß ich wirklich so gut wie nichts. Ich hatte keine Zeit mehr, mich über das Personal zu erkundigen ... Wissen Sie etwas über ihn?«

»Nur was er mir selbst erzählt hat.«

»Also?«

»Major Kevin Stewart kämpfte während des Krieges in Burma und Indonesien. Angeblich waren damals die Zeitungen voll mit seinem Namen. Er war Major Stewart, der Held der Berge. Danach versuchte er seine Kenntnisse wohl auch privat zu nutzen und wurde Bergführer in den Alpen. Die letzten zehn Jahre verbrachte er in Österreich, war gerade in Urlaub an der Costa Brava, als das Telegramm mit Thompsons Angebot kam, eine Expedition in die Berge des Himalaja zu führen. Der Rest ist das Übliche. Die finanzielle Seite war so reizvoll, daß er alles stehen und liegen ließ, Costa Brava und die leichten Mädchen vergaß, sich ins Flugzeug setzte und direkt nach Katmandu kam.«

»Jaaa ... Ist es nicht verdächtig, daß er das Angebot sofort angenommen hat?«

»Wieso denn? Schließlich ist es ja sein Beruf, wenn auch nicht in Nepal. Er lebt ja davon, Menschen in die Berge zu bringen. Und Thompsons Vorschuß war außerordentlich großzügig.«

»Trotzdem ... Woher wußte Stewart, daß er für den ihm zugedachten Posten auch geeignet sein würde?«

»Konkret könnte ich das jetzt nicht beantworten. Aber er hat Erfahrung, das ist unumstritten. Außerdem hat er gesagt, er kennt die asiatischen Gebirge. Vielleicht hat er nicht alles erzählt, was ihm im Krieg passiert ist. Vielleicht war er sogar schon mal hier. Wer weiß?«

»Ooh ...«

»Ja, sicher! Aber wir müssen uns mit dem begnügen, was wir haben.«

»Aber etwas verstehe ich immer noch nicht.« McCormack kratzte sich an der Nase. »Ich kann mir ja denken, wie sich jemand die Wissenschaftler zusammensucht ... Sagen wir, er geht in die erstbeste Bibliothek, leiht sich ein paar Fachzeitschriften aus. Er schaut sich die Verfasser an und pickt dann welche raus. So hätte auch ich es gemacht, wenn ich Thompson wäre.«

»Vielleicht hat er es ja auch so getan!«

»Aber woher zum Teufel wußte er, daß Stewart überhaupt auf der Welt ist? Verstehen Sie denn nicht? Das gefällt mir nicht! Wenn Sie Mr. Thompson wären und einen Expeditionsleiter suchten, wie würden Sie es anfangen?«

»Na ja ... ich weiß nicht so recht. Vielleicht wie bei den Wissenschaftlern. Ja, genau, ich würde in eine Bibliothek gehen.«

»Und?«

»Nun ... etwas über Himalaja-Expeditionen lesen. Ich würde einen erfahrenen Mann suchen und ihn dann umwerben. Oder gleich mehrere, sicherheitshalber.«

Zufrieden lehnte er sich zurück.

»Na, sehen Sie. Meine ich nämlich auch ... Nur Mr. Thompson anscheinend nicht.«

»Nicht unbedingt.«

»Seltsamerweise sucht er sich einen Niemand, der, zumindest augenscheinlich, noch nie im Himalaja war. Seit zehn Jahren führt er Touristen durch die Alpen und ist jetzt gerade an der Costa Brava. Aber unser cleverer Mr. Thompson findet ihn selbst dort. Sogleich schickt er ein Telegramm mit einem schwer auszuschlagenden Angebot. Gerade für Stewart.«

Ich mußte zugeben, daß seine Theorie etwas für sich hatte.

»Das ist wirklich seltsam. Vielleicht setzt er darauf, daß ihm keiner in seine Suppe spucken soll.«

Überrascht schaute er mich an.

»In die Suppe spucken?«

Unwillkürlich mußte ich auflachen.

»Nichts, nichts ... Also, es kann sein, daß Mr. Thompson auf das Scheitern der Expedition hofft ... Und nur so zum Schein wird jemand angeheuert, der doch ein wenig über die Berge Bescheid weiß. Um den unangenehmen Fragen der Justiz aus dem Weg zu gehen ... ich meine, nach unserem Tod.«

Er wurde ernst.

»Denken Sie an Versicherungsbetrug?«

»Unmöglich«, ich schüttelte den Kopf. »Es gibt so viele Verdachtsmomente, daß keine Versicherung auf dieser Welt auch nur einen Pfennig für uns bezahlen würde. Sie würden ziemlich schnell die Morde aufdecken und auch, daß Mr. Thompson nicht den richtigen Mann für die Leitung engagiert hat.«

»Was ist also sonst sein Ziel?«

»Vielleicht doch, daß wir einen Führer haben, der diese Gegend nicht kennt.«

Diesmal schüttelte er den Kopf.

»Nein. Schließlich gibt es ja noch die Sherpas.«

»Das stimmt!«

»O ja. Tausendmal haben die schon den Weg zwischen Khangpa und den Grenzgebieten zurückgelegt, wenn auch nicht in die Richtung, die wir nehmen werden. Sie würden auch alleine, ohne einen Expeditionsleiter, zurechtkommen, selbst auf schwierigstem Gebiet ... Mit Stewarts Ausfall hätten wir noch nichts verloren.«

»Was für ein Ausfall?«

»Spekulieren Sie denn nicht darauf, daß er bald ebenfalls zwischen den Opfern liegt?«

Ich spürte plötzlich, wie sich luftige Gedanken zu einer großen, unförmigen Wolke zusammenschlossen, die weder einen Anfang noch ein Ende hatte und auf deren Oberfläche lauter riesige Fragezeichen wuchsen. Und immer größer wurden.

McCormack starrte in die Luft und winkte ab.

»Glauben Sie mir, mit Stewart kommen wir nicht weit. Eine perfekte Sackgasse ... Ganz zu schweigen davon, daß er im Lager war und mit den Sherpas zankte, als Cohen umgebracht wurde. Wir konnten ihn ja alle beobachten von da oben. Wenn wir weiterhin an der Vermutung festhalten, daß alle Morde von einer Person begangen worden sind, können wir Stewart auch abhaken.«

»So sehe ich das wohl auch«, seufzte ich. »Der nächste?«

»Wir haben mit den Männern angefangen, also kommen wir zu Sera.«

»Was wissen Sie über ihn?«

»Rein gar nichts. Ich sah lediglich, wie er aus einem Polizei-Geländewagen kletterte, in das Hotel stolzierte und sich bei Stewart meldete ... Der Wagen fuhr wieder fort, Sera blieb da.«

»Nicht viel.«

»Ja, aber es ist nicht sehr ratsam, sich in die Angelegenheiten der Polizei zu mischen. Übrigens habe ich das meiste von ihm selber.«

»Ach, Sie auch?«

»Natürlich. Daß er bei der Drogenfahndung ist und schon tausendmal den Augenblick verflucht hat, als er sich nicht krank gemeldet hatte, nachdem klar war, daß er mit der Expedition in die Berge soll. Außerdem habe ich das Gefühl, daß er sich bei den Mädchen in Katmandu viel besser fühlt als hier.«

»Hatte jemand bei der Polizei wegen Sera nachgefragt?«

»Wohl kaum«, verneinte er. »Auf jeden Fall hatte er das richtige Empfehlungsschreiben. Stewart selbst hat gesagt, es sei alles in Ordnung. Davon abgesehen ... ich glaube nicht, daß er die nepalische Polizei angemessen repräsentiert. Er ist nicht sehr gewieft und auch ziemlich feige.«

»Und ich habe an seiner Pistole gerochen.«

Er sah mich etwas seltsam an.

»Was haben Sie getan?«

»An seiner Pistole gerochen, nachdem auf mich geschossen wurde. Er war es nicht. Obwohl er natürlich auch noch eine andere Waffe hätte benutzen könnten ...«

»Also soviel zu Sera. Können Sie sich vorstellen, daß er mit Thompson unter einer Decke steckt?«

»Ich habe überhaupt keine Ahnung, was ich von ihm halten soll. Eins aber ist sicher: Es wäre schon sehr komisch, wenn unter einem Dutzend Verdächtiger gerade der Polizist unser Mann sein sollte.«

»Aber so was soll es auch schon gegeben haben, nicht wahr?«

»Zweifellos.«

Und damit waren wir wieder einmal an einem toten Punkt angelangt.

60

»Wer ist jetzt dran?« fragte er nach kurzem Zögern.

»Eve Pickford«, sagte ich schnell.

»Okay. Was wissen Sie von ihr?«

»Nichts.«

»Dann komme ich. Als ich wegen der Wissenschaftler herumtelefonierte, bekam ich auch über sie ein paar Daten. Als Spezialistin für asiatische Sprachen und Kulturgeschichte. Seltsam, nicht?«

»Seltsam? Warum? Daß sie als Frau eine Orientalistin ist?«

»Nein. Daß sie dreiundzwanzig Jahre alt ist.«

»Na und?«

»Sie hat die Universität vor einem Jahr abgeschlossen ... Wissen Sie, wo?«

»Sagen Sie's nur.«

»In Berlin.«

»Na und?«

»In West-Berlin.«

»Ich verstehe immer noch nicht.«

»Wichtig ist nicht, wo sie ihren Abschluß gemacht hat, sondern wie alt sie ist. Sehen Sie, nach dem deutschen System ist ein frisch Diplomierter erst auf der untersten Stufe der wissenschaftlichen Laufbahn. Zuerst kommt der Doktortitel, dann erst ist sie vollwertiges Mitglied der Forscherzunft.«

»Das weiß ich selber.«

»Dann frage ich, was zum Teufel hat Eve Pickford zwischen den Forschern zu tun?«

»Mr. Thompson hat sie eingeladen. Wie die anderen.«

»Das ist es ja gerade, was ich nicht verstehe. Unsere schreckhafte Eve veröffentlichte bis jetzt nur eine vierzigzeilige Rezension in einer deutschen Fachzeitschrift. Vierzig Zeilen! Verstehen Sie? Zu Hunderten rennen überall auf der Welt viel besser ausgebildete Orientalisten herum, die liebend gerne auf so eine Reise mitgekommen wären ... Aber Mr. Thompson wollte gerade Eve Pickford. Warum?«

»Wirklich, warum?«

»Wäre gut zu wissen.«

»Fragen wir sie doch selber«, schlug ich vor.

Er winkte ab.

»Ich bin mir sicher, daß sie es selber nicht einmal weiß. Sie bekam das Angebot und griff mit beiden Händen nach der Chance. Bis dahin hatte sie keine Aussicht auf Arbeit, zumindest, bis ihre Dissertation nicht fertig ist. Das kann Jahre dauern, und so lange muß man ja auch von etwas leben.«

»Das stimmt. Was wissen Sie noch von ihr?«

»Ihr Vater ist Admiral Pickford, der hervorragende Leiter aller Kriegsmanöver in Fernost.«

»War.«

»Nun ja.«

»Ich hörte, er wurde ermordet?«

»Und zwar in London.«

»Wissen Sie darüber etwas?«

Er legte die Stirn in Falten.

»Na, war eine ziemlich dunkle Angelegenheit. Gleich nach dem Krieg ging der alte Pickford in Rente. Der gute alte Picky ...«

»Kannten Sie ihn?«

»Ach wo. Ich sah aber schon etliche Male sein Foto, selbst meine Zeitung hatte Artikel über ihn veröffentlicht.«

»Was für Artikel?«

»Unwesentliche. Einfache und nicht immer sehr feine Armeegeschichten über den Geheimagenten, der nicht die Japaner, sondern die eigenen Abwehrleute erwischte und Ähnliches. Natürlich ist es möglich, daß es für Eingeweihte sehr lustig war. Wie es halt in solchen Geschichten vorkommt ...«

»Verstehe.«

»Als der Krieg vorbei war, bat er um seinen Abgang, was der Generalstab großzügigerweise auch erlaubte.«

»Gab es für sein Gehen einen besonderen Grund?«

»Ich glaube, nein. Wahrscheinlich war er zu alt für die Uniform. Oder er hat sich nur alt gefühlt. Man erzählt sich ja, Kriegsjahre zählten doppelt.«

»Das dürfte stimmen.«

»Nichts wurde publik, weder damals noch später. Es gab keinen Skandal um ihn.«

»Aha. Und dann?«

»Er lebte zurückgezogen unweit von London. Ich weiß wirklich nicht viel über ihn, weil die Zeitungen kaum etwas geschrieben haben. Als ob sie ihn vergessen hätten.«

»Meinen Sie etwa, mit Absicht?«

»Würde ich nicht behaupten ... Früher oder später vergessen die doch sowieso jeden. Besonders alte Soldaten.«

»Schade.«

»Es war schon nicht so schlimm. Manchmal wurde er eingeladen, zu Gedenkfeiern und so weiter ... Sie wissen, an Feiertagen.«

»Und was hörten Sie über seinen Tod?«

»Wieder nur, was in den Zeitungen stand. Ich war zu der Zeit im Ausland und erfuhr erst später davon. Man sagte, es war Raubmord.«

»Raubmord?«

»Ja. Pickford schief im ersten Stock, die Tochter war irgendwo tanzen. Der Alte wachte auf, als unten in der Bibliothek, wo auch der Tresor stand, jemand herumnestelte. Er dachte wohl, es sei seine Tochter und kam runter ... Der Einbrecher schoß und traf genau ins Herz. Er war sofort tot.«

»Und der Täter?«

»Nahm die Sachen und verschwand. Hinterließ keine Spuren, und der Fall wurde unaufgeklärt ad acta gelegt. Ist nicht der erste Fall dieser Art.«

»Hatte der Alte Tagebücher geschrieben?«

»Soweit ich weiß, nicht. Die Polizei meinte, der Grund für den Einbruch seien eindeutig das Geld und die Aktien gewesen. Kein politischer, kein sonstiger Hintergrund.«

»Okay. Und Eve?«

»Sie meinen, ob sie verhört wurde?«

»Eher, ob sie etwas mit der Sache zu tun haben könnte.«

Nachdenklich hob er die Schultern.

»Das weiß der liebe Gott allein. Auf jeden Fall hatte sie ein unumstößliches Alibi. Die ganze Nacht über tanzte sie mit einigen Freunden in einer Bar. Sie hatte mindestens dreißig Zeugen.«

Mir fiel wieder etwas ein, das mir keine Ruhe ließ.

»Wissen Sie eventuell, warum sich Eve gerade die Orientalistik ausgesucht hat?«

Er schaute mich einfältig an, schüttelte dann langsam den Kopf.

»Keine Ahnung. Obwohl ...«

»Obwohl?«

»Vielleicht, weil sie ihre ganze Kindheit in Fernost verbracht hat. In Burma, Malaysia und Gott weiß wo sonst noch. Überall, wo der alte Picky stationiert war. Sie hat vielleicht auch ein paar orientalische Sprachen gelernt. Vielleicht deshalb.«

»Mir scheint, auch mit ihr kommen wir nicht weit.«

Er runzelte die Stirn und sah mir in die Augen.

»Sehen Sie, Leslie, ich weiß nicht, was Sie sich in Ihrem Kopf überlegen, aber eins ist sicher: Der Mörder kann keine Frau sein. Wer so versiert und kaltblütig einen Kopf abtrennt ... und auch das Purbu. Ich kann nicht glauben ...«

Ich hob die Schultern.

»Ich könnte Ihnen viel erzählen über Frauen, die in gewissen Situationen bestialischer waren als Männer. Ich sah sogar welche, die mit einem einzigen Schnitt Köpfe abtrennten ... Aber in diesem Fall dürften Sie recht haben. Ich kann mir das von Eve auch nicht vorstellen ...«

Ich versuchte, mein Gähnen zurückzuhalten, aber es überkam mich zu plötzlich. Und da das ja ansteckend ist, folgte McCormack meinem Beispiel.

Zuerst klebte sein Blick erwartungsvoll am Kaffeekocher, dann winkte er ab. Mir schien, er hatte vorerst genug vom Detektivspiel.

»Was würden Sie dazu sagen, wenn wir uns erst mal bis morgen früh zurückziehen?« fragte er und erhob sich von seinem Stuhl. »Ich meine, heute früh. Ich bin ziemlich fertig …«

Ich tat, als ob ich selber noch genügend Kraft hätte.

»Und Baxter?« fragte ich leichthin.

Er streckte sich und schielte zur Tür.

»Baxter? Wir hatten uns doch geeinigt, daß es keine Frau sein konnte, oder?«

»Nun … eigentlich schon.«

»Warum sollen wir uns dann noch weiter foltern? Auf jeden Fall werde ich meine Augen offen halten … Und wenn Sie dabei sind, können wir die Konsultation morgen fortsetzen.«

Er trat zur Tür, öffnete sie und schaute auf den Gang hinaus.

»Ich hoffe, der Mörder schläft ebenfalls … Also dann, schöne Träume!«

Er winkte mir zu und wollte schon die Tür schließen, als er noch einmal zurückblickte.

»Ach so, noch etwas. Hätte ich fast vergessen.«

»Ja?«

»Was Miss Baxter angeht …«

Ich versteifte mich und sah ihm vorsichtig in die Augen.

»Was denn?«

Er schaute sich auf dem Flur um und flüsterte dann noch leiser: »Etwas sehr Interessantes. Hätte ich Ihnen schon viel früher erzählen sollen. Es fiel mir aber erst jetzt ein.«

»Was denn, um Himmels willen?«

»Wissen Sie, als ich mich in Katmandu nach den Mitgliedern erkundigte, gab ich auch Baxters Namen an. Und wissen Sie, was die mir erzählt haben?«

»Was denn?« fragte ich mürrisch.

»Daß sie eine hervorragende Geologin ist, ungefähr fünfzig Jahre alt, klein und rund, und ihre schwarzen Haare im Knoten trägt ... Also nicht jung, groß, dünn, mit einem roten Pferdeschwanz ... Das dazu ... Wie gesagt, träumen Sie schön!«

61

Ich legte wieder die Kette vor und kochte mir einen weiteren Kaffee. Obwohl ich überhaupt nicht müde war, dachte ich mir, der Duft und Geschmack des heißen Getränks würden mir guttun. Ich füllte etwas Öl in den Ofen nach, setzte mich auf den Bettrand und versuchte nachzudenken. Ohne viel Erfolg.

Es waren vielleicht zehn Minuten seit McCormacks Verschwinden vergangen, als ich von der Tür ein Geräusch vernahm. Dann hörte ich leises Klopfen, dreimal schnell, dann Pause, und dann dreimal langsam.

Ich blies die Lampe aus und trat zur Tür. Dann nahm ich vorsichtig die Kette ab und ließ sie herein.

Sie schwebte in den Raum wie ein entzückendes Gespenst.

»Ich hoffe, mich hat keiner gesehen«, keuchte sie leise und setzte sich auf mein Bett. »Ich möchte nur ungern ein Purbu zwischen meine Rippen kriegen.«

»Gerade eben ist McCormack weggegangen«, verteidigte ich mich.

»Ich weiß. Ich dachte schon, ihr würdet bis zum Morgen hier herumhocken. Habt ihr was herausbekommen?«

»Nicht viel.«

»Hast du einen Verdacht?«

»Ich weiß nicht. Vorerst ist alles noch vage. Ich habe Ideen, kann mit ihnen aber nichts anfangen. Obwohl eine Idee immer mehr Gestalt annimmt.«

Sie blickte mich verstohlen an.

»Erzählst du es mir?«

Ich schüttelte den Kopf.

»Nein. Der Gedanke ist ziemlich abwegig, und ich will dich nicht beeinflussen. Vielleicht würde ich dich auf den Holzweg führen.«

»Okay«, sie nickte. »Ich hake nicht weiter nach. Nur eins noch ... Ahnst du, wer es ist?«

»Natürlich.«

»Verdächtigst du immer noch denselben?«

»Wen sonst?«

»Und was willst du unternehmen?«

»Was kann ich schon tun? Ich habe überhaupt keine Beweise. Solange ich nicht mit Katmandu reden kann, sind mir die Hände gebunden.«

»Wäre es nicht doch besser, ihn irgendwie unschädlich zu machen?«

Ich verneinte.

»Wer wird die Verantwortung übernehmen, wenn ich mich doch irre? Wenn er es nicht ist, und ich habe ihn kaltgestellt. Der echte Mörder lacht sich ins Fäustchen, und wir sind wieder einer weniger.«

»Das stimmt. Aber wenn er weiter frei herumläuft, müssen wir ebenfalls die Verantwortung übernehmen. Selbst Wilson könnte noch leben, wenn wir ihn geschnappt hätten.«

»Dieses verdammte Funkgerät!« fluchte ich.

Sie beugte sich zu mir und schlang ihre Arme um meinen Hals.

»Ich weiß, daß wir nicht sollten, aber ich halte es ohne dich nicht aus! Ich bin fertig mit den Nerven ... dieser furchtbare Sarg da unten. Brr!«

Ich spürte, daß sie nichts unter ihrem dünnen Umhang anhatte. Und ich wußte, daß ich innerhalb weniger Sekunden alles um mich herum vergessen haben würde, Katmandu, den Mörder, die kopflose Leiche und den Himalaja.

»Hast du etwas Verdächtiges bei den Bergen gesehen?« hauchte ich, während mein Mund nach ihrer Brust suchte.

Sie bog sich zurück, und ich spürte, wie sich ihr ganzer Körper versteifte.

»Ich konnte nicht ... weitergehen ... Die ganzen Kinder

rannten mir nach, und ... es war unmöglich, aber ich könnte schwören, daß ... dort, hinter den Hügeln ... Ooh, mein Liebster ... Liebster ...!«

62

Es dämmerte schon, als ich aufwachte. Ich lag alleine im Bett, und die Kette war vorgelegt. Ich war so benommen, daß ich mich nicht mehr daran erinnerte, die Tür zugemacht zu haben.

Das trübe Licht schlich sich durch die Ritzen der Bretterwände; in den rosafarbenen Strahlen sah ich kleine Staubteilchen herumschwirren. Das Feuer im Ölofen war erloschen, die Kälte des Himalaja füllte das Zimmer.

Ich setzte mich auf, zog meinen Jogginganzug an und öffnete die Fensterläden. Ein herrlicher Anblick begrüßte mich. Soweit ich blicken konnte, zogen sich Bergspitzen in endlosen Reihen über den Horizont, hier und da mit einem hoch aufragenden Riesen dazwischen. Zwischen den schneebedeckten Felsen versteckten sich kleine Schäfchenwolken, und die Sonne zeichnete mit fröhlichen Strahlen die Konturen der Gletscher nach. Nur gedämpft vernahm ich das morgendliche Treiben des erwachenden Dorfes. Aus der Ferne, von den gegenüberliegenden Bergen her, hörte ich das friedliche Blöken einiger Tiere. Ich stand am Fenster und konnte mich nicht satt sehen. Ich bestaunte die riesigen Berge, und es war ein gutes Gefühl zu wissen, daß ich beinahe am höchsten Punkt dieser Erde war. Es schien mir zu unwirklich, daß einige tausend Meter weiter tiefer der Lärm der Metropolen gen Himmel zog, einige Millionen Ameisen herumrannten, ihre kleinen Ziele verfolgend, während Fabriken summten, Schiffe das Wasser teilten und unter meinen Füßen praktisch die gesamte Menschheit weinte und lachte.

Ich zog meinen Übermantel an, holte mein Fernglas vor und durchforschte das gesamte Gebiet. Genauso wie gestern,

Zentimeter für Zentimeter. Und fand wieder nicht, was ich suchte.

Ich war mit meinen Beobachtungen gerade fertig, als es klopfte. Ich öffnete die Tür, und zu meiner größten Überraschung standen zwei Mönche vor mir.

Sie trugen gelbe Umhänge, die ihren ganzen Körper verdeckten; auf dem Kopf hatten sie seltsame Mützen mit zwei Flügeln, die vor den Ohren baumelten. Der mir am nächsten Stehende verbeugte sich und sagte etwas, von dem ich natürlich kein Wort verstand. Der andere blieb einfach dahinter, mit einem gleichmütigen Gesichtsausdruck, den ich sonst nur auf Buddha-Statuen gesehen hatte.

»Sprechen Sie Englisch?« versuchte ich das Unmögliche.

Sie lächelten nur geduldig, und nachdem einige Sekunden mit dieser seltsamen Zeremonie vergangen waren, schob mich der eine sanft aus der Tür und spazierte mit dem anderen in mein Zimmer. Ich wollte mich schon beschweren, als ich merkte, daß sie Öl in den Ofen nachschütteten und ihn mit einem seltsamen Feuerwerkzeug fachmännisch anzündeten. Wahrscheinlich hatte sie der Hauptlama beauftragt, uns zu Diensten zu sein.

»Wo sind die Sherpas?« versuchte ich es erneut.

Sie schauten mich an, einer sagte etwas und deutete dabei unbestimmt auf den Hof. Seufzend sah ich ein, daß ich davon nicht viel klüger wurde.

Eine Weile stand ich noch herum, sah ihnen beim Aufräumen zu und entschied erst dann zu gehen, als ich sah, daß sie einen Eimer mit Wasser und einen Besen in das Zimmer brachten. Ich zog meinen Anorak an und schlenderte über den Flur.

Kaum hatte ich ein paar Schritte getan, als mir der eine Mönch nachgerannt kam, mich energisch am Arm packte, verzweifelt vor meinem Gesicht hin und her fuchtelte und mir etwas Unverständliches zuplapperte. Es war zwar kein ausgesprochener Angriff gewesen, seine Hartnäckigkeit brachte mich trotzdem auf die Palme, und ich weiß selber nicht warum, aber ich schrie ihn auf Mongolisch an: »Laß meinen Arm los und verschwinde!«

Die Wirkung, die ich damit erzielte, erschreckte mich selber. Auf jeden Fall ließ er mich los und sah mich an, als ob er einen Srinpo auf irgendeinem Gebirgspaß getroffen hätte und der Geist alle seine einhundertacht Zähne gegen ihn blecken würde.

»Du kannst Mongolisch?« stöhnte er in typisch zentralmongolischem Akzent.

Diesmal war es an mir zu staunen.

»Bist du Mongole?« fragte oder besser stöhnte ich, so wie eben noch er selbst.

»Das bin ich«, sagte er und kam langsam zu sich. »Woher kennst du unsere Sprache?«

»Ich lebte lange Zeit bei euch«, erwiderte ich. »Vor und während des großen Krieges ...«

»Ich flüchtete noch vor dem Krieg«, murmelte er und nahm wieder den Besen in die Hand, den er vorhin fallengelassen hatte. »Als die Japaner in Djahar einfielen, kam ich nach Tibet ... Unser Kloster wurde angezündet ...«

»Die Japaner?«

»Ich weiß es nicht. Es waren Soldaten, und sie sprachen sowohl japanisch als auch chinesisch. Vielleicht waren es nur Plünderer, die nach unseren Schätzen suchten. Viele von uns wurden getötet, das Kloster angezündet. Ich war gerade nicht da, weil ich die Jurten meiner Verwandten besuchte. So blieb ich am Leben. Ins Kloster konnte ich nicht zurück, es gab ja kein Kloster mehr ... Und ich hatte schon lange vorgehabt, die heilige Stadt zu besuchen.«

»Hast du Lhasa gesehen?«

Er nickte ernst.

»Ja. Und auch Seine Heiligkeit. Aber später mußte ich auch von dort flüchten. Nach langem Weg kam ich hierher.«

»Wie heißt du?«

»Mohun.«

»Hat dich der Hauptlama zu meinen Diensten geschickt?«

»Der Stellvertreter. Und wir sollen euch Tee kochen für das Frühstück. Deswegen rannte ich dir nach, weil ich sah, daß du ohne Frühstück aus dem Haus willst. Willst du nicht so lange warten?«

Der andere Mönch hatte inzwischen auch aufgehört zu arbeiten und schaute uns mit ausdrucksloser Miene an. Ein vorerst undeutlicher Plan begann sich in meinem Kopf zu formen, und ich hatte keine Zeit, seine endgültige Version abzuwarten.

»Spricht dein Begleiter Mongolisch?«

»Keiner hier, außer mir, spricht unsere Sprache«, sagte er mit viel Stolz.

»Könntest du mich heute nachmittag besuchen?« fragte ich und lächelte dabei belustigt, als ob ich ihm einen Witz erzählt hätte.

Er lächelte zurück, lachte sogar laut.

»Nach dem Nachmittagsgebet. Aber willst du wirklich keinen Tee?«

Ich verneinte und stand gleich darauf bei McCormacks Tür. Nach leisem Klopfen schlurfte er zur Tür und öffnete sie geräuschvoll.

Er war vollständig angezogen und zog gerade den Reißverschluß seiner Jacke hoch.

»Guten Morgen«, sagte er verdrießlich. »Ist auch bei Ihnen die Zentralheizung ausgefallen?«

»Das Meteorologische Institut hat gerade mitgeteilt, daß warme Luftmassen aus Afrika auf dem Weg zu uns sind.«

Ein leises Lächeln erschien auf seinem Gesicht, dann musterte er mich von oben bis unten.

»Sie stehen doch nicht etwa vor einem Morgenspaziergang?«

»O doch«, ich nickte, »und ich würde mich freuen, wenn Sie mich begleiten könnten.«

»Okay«, sagte er und schloß die Tür hinter sich. Er blickte in mein Zimmer und war erstaunt, als er die beiden Mönche entdeckte, die munter den Fußboden putzten. »Wer sind denn die?«

»Mönche. Der Hauptlama hat sie uns geschickt; sie erfüllen uns jeden Wunsch.«

Er zog die Augenbrauen zusammen.

»Und wo sind die Sherpas?«

»Ich weiß nicht. Wahrscheinlich in einem der Höfe. Vielleicht gehört zu der Unterkunft in Khangpa auch diese Art von Service.«

»Wollen wir nicht Stewart fragen?«

»Er weiß sicher auch nicht mehr als wir.«

Unzufrieden schüttelte er den Kopf.

»Das gefällt mir nicht. Ich mag es nicht, wenn Fremde in meinem Zimmer herumrennen.«

Wir gingen die Treppe hinunter und passierten die Dämonenwächter. McCormack ging zu der Öllampe und drehte den Docht niedriger. Dabei warf er einen schnellen Blick in den Betsaal, wo der Rote Mönch seinen überhaupt nicht ruhigen Schlaf verbrachte.

Wir spazierten über den Hof, auf dem im Gegensatz zum Vortag etliche Mönche herumrannten. Vom Hauptgebäude hörte ich Glöckchen und Zimbeln erklingen, vielleicht probierten gerade die ausgewählten Lamas ihre Musikinstrumente für das Morgengebet aus. Als ich auf unser Gebäude zurückblickte, erkannte ich, daß die meisten Fensterläden noch zugezogen und verriegelt waren, ein Zeichen dafür, daß die Bewohner dahinter in Ruhe schliefen.

So hoffte ich es zumindest.

63

Als wir uns auf der Straße ins Dorf befanden, holte McCormack einige Kekse aus seiner Tasche und teilte sie brüderlich auf. Leise knabberten wir an ihnen und versanken in unsere Gedanken.

Zum Glück hatten wir aufgegessen, als uns die Kinder zum Empfang umringten. Laut schrien sie herum und zerrten uns an den Ärmeln in Richtung der Häuser. Vielleicht wollten sie uns einladen, oder sie wollten einfach nur spielen. Endlich erschien ein alter Mann in einem braunen Kaftan und mit einem furchteinflößenden, langen Stock. Er brummte die Kleinen an, die darauf wie erschreckte Spatzen in alle Richtungen davoneilten. Der Alte schaute zufrieden aus und winkte uns dann freundlich zu. Wir winkten zurück und spazierten weiter.

Auch dieses Mal war der kleine Bursche mit seinen Kühen am Fluß und sang trotz der klirrenden Kälte ein paar Lieder. Die Tiere staunten ihn an, wie das Publikum einer Operngala.

Nicht weit von der Herde entfernt wechselten wir das Flußufer, was nicht sonderlich schwer war, angesichts der Tatsache, daß der Fluß total zugefroren war. Unsere Stiefel rutschten, weswegen wir uns gegenseitig festhalten mußten. Auf jeden Fall half uns dieses Herumturnen, die Anspannung der letzten Tage etwas abzubauen.

Wir verließen das Flußgelände und kletterten auf einen kleinen Hügel. McCormack fragte auch dieses Mal nichts, beobachtete nur aufmerksam die Gegend.

Auf dem Weg nach oben konnten wir wunderbar das Tal überblicken. Das Kloster von Khangpa, das Dorf und den kleinen Wald, hinter dem sich eine flache Weide bis zu dem Fuß der umgebenden Berge hinaufzog. Der allgegenwärtige Schnee ließ hier und da ein paar Grasflächen zum Vorschein kommen, mehr konnte ich allerdings wegen der hohen Baumspitzen nicht erkennen.

Ich versuchte die Entfernung einzuschätzen und wandte mich dann an meinen bis dahin schweigsamen Gefährten.

»Was meinen Sie, wie lange würde es dauern, diesen kleinen Wald zu erreichen?«

»Mindestens anderthalb Stunden.«

»Kommen Sie mit?«

»Warum denn nicht?«

McCormack hätte gut geraten, wenn wir einen gangbaren Weg gefunden hätten. Der Abhang aber, den wir besteigen mußten, war mit etwa dreißig Zentimeter tiefem Schnee bedeckt. Keuchend schleppten wir uns bis zu dem kleinen Tannenwald, und es dauerte gute drei Stunden, bis wir die ersten Bäume erreichten. Wir waren genau drei Stunden und zwanzig Minuten unterwegs, als wir den kleinen Pfad entdeckten. Er schlängelte sich vor uns im Schnee und verschwand zwischen den Bäumen.

McCormack bückte sich und hob etwas auf. Es war ein kleines, flaches Zündholzheftchen. Er reichte es mir, und ich sah es mir etwas genauer an. Streichhölzer waren keine mehr dran, nur noch eines, und das auch ohne Kopf. Darauf abgebildet war ein asiatisches Mädchen, das auf einer Wiese Ball spielte. Eine Aufschrift konnte ich nicht entdecken.

Ich sagte nichts, steckte es nur in die Tasche und deutete auf den Wald.

»Was meinen Sie, könnte hinter den Bäumen sein?«

McCormack lächelte.

»Wissen Sie was, Leslie? Kein Ratespiel mehr ... Wir denken wahrscheinlich sowieso an dasselbe.«

Heftig kämpften wir uns durch die Tannen, und nach zehn Minuten hatten wir den Waldrand erreicht. Auf der flachen, absteigenden Weidefläche konnte der Wind ungehindert seine Kreise ziehen, baute hier und da kleine Schneehaufen auf, ließ dafür woanders die weiße Decke aufbröckeln. Die befreiten Grashalme deuteten trügerisch an, der Frühling sei gekommen, mitten im dicksten Himalaja-Winter.

Zusammen traten wir auf das Feld hinaus und blieben gleichzeitig stehen, als ob wir Wurzeln geschlagen hätten.

In der Mitte der Wiese stand ein graubrauner Helikopter, die Rotorblätter traurig hängenlassend. Die uns zugewandten Fenster waren vom Eis beschlagen, die Kufen steckten tief im Schnee. Die Oberfläche des Feldes war um die Maschine herum unberührt, ein Zeichen dafür, daß die Passagiere schon vor Tagen, vor dem letzten Schneefall, eingeflogen worden waren.

»Also doch ...«, flüsterte McCormack, »also doch ...«

»Ja«, sagte ich und wischte mir über die Stirn. »Mr. Thompson ist doch angekommen ...«

64

Vorsichtig schlenderten wir um den Hubschrauber herum, fanden aber nichts Interessantes. Ehrlich gesagt, wußten wir auch nicht, wonach wir überhaupt suchten. Vielleicht nach einer Visitenkarte mit Mr. Thompsons Namen darauf.

Auf jeden Fall gab es keine Visitenkarte, dafür aber verschlossene Türen. Von weitem sahen wir bestimmt wie Urmenschen aus, die gerade einen toten Dinosaurier begutachten. Neugierig und sprungbereit, falls er sich doch noch bewegen sollte.

Das war nicht der Fall, allerdings spürten wir unsere Mägen, die nach einem Mittagessen verlangten. Der Helikopter schien kein Futter zu benötigen, denn seine Rotoren hingen immer noch genauso da wie bei unserer Ankunft. Es war eine alte, amerikanische Maschine, durch die vielen Einsätze und Kämpfe schon ziemlich ermüdet. Mir schien, sie stand gerne bewegungslos in der stillen Luft des Himalaja.

Wortlos stapften wir zurück durch den Wald, und erst als wir den letzten Baum hinter uns gelassen hatten, meldete sich McCormack.

»Nun, was sagen Sie dazu?«

»Demnach ist Thompson angekommen.«

»Sind Sie sich da so sicher?«

»Sie etwa nicht?«

»Doch, ja … Ich würde es nur gerne von Ihnen hören.«

»Thompson ist angekommen. Ja, genau. Wem sonst könnte die Maschine gehören?«

Er antwortete nicht, spazierte wortlos neben mir her. Nach einer Weile sagte er dann: »Demnach wissen wir nicht, wie wir zu ihm stehen sollen.«

»So ist es.«

»Ich habe das Gefühl, daß hier eine verdammt große Schweinerei im Gange ist. Irgendwer will uns alle umbringen … und hat schon damit angefangen. Nur eines ist mir unklar. Was habe ich damit zu tun?«

»Sie gar nichts«, brummte ich, »aber daß es John McCormack hat, darauf können Sie Gift nehmen!«

»Aber was denn, zum Teufel?«

»Wenn ich es wüßte, wäre es leichter … Ich komme nicht darauf, was hier los ist!«

»Was sollen wir also machen?« Er schaute mich ratlos an.

Ich kratzte mich durch meine Mütze am Kopf.

»Nicht viel. Aber es wäre gut zu wissen, wo sich Mr. Thompson versteckt.«

»Im Kloster etwa?«

»Oder im Dorf.«

»Ich würde eher auf das Kloster tippen.«

»Man sollte aber auch mal das Dorf unter die Lupe nehmen. Kommen Sie?«

Er beantwortete natürlich nicht diese rein rhetorische Frage. Schon deswegen, weil wir in diesem Moment die ersten Häuser erreicht hatten.

65

Überraschenderweise konnten wir die Kinder nirgends entdecken; wahrscheinlich aßen sie alle gerade in den dunklen Ecken der Häuser zu Mittag. Der alte Mann mit dem Stock stand aber immer noch da, mittlerweile an eine Hauswand gelehnt. In seiner Hand hielt er eine Gebetsmühle, drehte manchmal daran und murmelte unverständliche Worte. Als er unser Kommen bemerkte, hob er sein Gesicht und drehte noch einmal kräftig an der Mühle.

Ich hätte viel dafür gegeben, jetzt mit ihm reden zu können. Meine tibetischen und erst recht meine nepalischen Sprachkenntnisse aber beschränkten sich auf ein paar Sätze. Seufzend blieb ich ihm gegenüber stehen und dachte daran, es mit Mongolisch zu versuchen, als mir McCormack zuvorkam.

»Sprechen Sie Englisch?« Er zeigte auf seine Brust.

Der Alte bemerkte endlich unsere Gegenwart, versenkte

die Gebetsmühle in der riesigen Tasche seines Kaftans und spuckte wohlerzogen vor unsere Füße.

»Warum nicht?« sagte er mit seltsam tiefer Stimme. »Was wollen Sie?«

Selbst McCormack war angesichts des Erfolges überrascht.

»Also ...«, stammelte er. »Wie geht es Ihnen?«

Der Alte antwortete gar nicht, spuckte nur erneut. Darauf mußte ich schnell die Initiative ergreifen.

»Hast du einen Enkel, alter Mann?«

»Habe ich«, sagte er lakonisch.

»Ich möchte ihm ein Geschenk geben«, und holte damit ein paar Pfund aus meiner Tasche. »Leider habe ich nichts weiter, nur das hier ...«

Der Alte begutachtete fachmännisch das Geld, griff schnell danach und schickte es der Gebetsmühle hinterher. Danach sah er schon etwas freundlicher aus.

»Was wollt ihr wissen?«

McCormack blickte mich an, aber ich fand nicht, daß es der rechte Zeitpunkt war, vorsichtig zu sein.

»Waren in der letzten Zeit Fremde in der Gegend?«

Er schwieg und starrte mich nur an, so daß ich schon befürchtete, er hätte mich nicht verstanden. Also wiederholte ich die Frage: »Waren hier Fremde?«

»Außer euch keine«, brummte er schließlich. »Hier im Dorf schon lange nicht mehr. Seitdem im Sommer so viele Herren aus dem Kloster weggegangen sind. Engländer, wie ihr.«

Letzteres sagte er mit spürbarer Verachtung, versuchte gar nicht, sie zu verbergen.

»Die Cromwell-Expedition«, sagte McCormack.

»In welche Richtung sind sie gegangen?« fragte ich schnell.

Der Alte deutete auf die Berge.

»Dort, hinter die Bergspitzen. Aber keiner ist zurückgekommen.«

Vielleicht war es nur Einbildung, aber ich hatte das Gefühl, in seinen Worten eine gewisse Genugtuung zu vernehmen. Ich hatte aber keine Zeit, beleidigt zu sein.

»Also du sagst, seitdem diese Herren weg sind, und bis wir

gestern angekommen sind, war kein Fremder hier in Khangpa?«

Wortlos nickte er.

»Kann man das Kloster auch anders erreichen?« erkundigte sich McCormack.

Der Alte blickte mich hilfesuchend an. Mit dem bißchen Englisch verstand er anscheinend die heruntergerasselten Worte des Schotten nicht so recht.

»Kann man von der anderen Seite ins Kloster kommen?« übersetzte ich die Frage.

Der alte Mann drehte den Stock in seiner Hand. »Die aus Katmandu kommen, können nur hier durch. Es sei denn, sie haben Flügel, um über das Dorf zu fliegen.«

»Und ist jemand in der letzten Zeit darübergeflogen?«

Er zog den Kaftan über seiner Brust zusammen und stieß sich von der Wand ab.

»Nur ein Rolang oder ein Srinpo kann fliegen«, murmelte er, schnappte sich seine Gebetsmühle und wankte, ohne sich zu verabschieden, in die nächste kleine Straße hinein.

»Nun?« fragte McCormack, als der Alte verschwunden war.

Ich hob meinen Kopf, mein Blick schweifte über das ins Sonnenlicht getauchte Kloster, und ich spürte, wie mir etwas Kaltes den Rücken runterkroch.

»Thompson ist da oben«, sagte ich. »Jetzt ist es sicher, daß er da oben ist. Die Frage ist nur, was zum Teufel er von uns will!«

66

Munteres Treiben erwartete uns auf dem Hof des Klosters. Mönche kamen und gingen, schwere Kessel auf den Schultern schleppend. Arbeiter aus Khangpa schnitten oder sägten Holz, und aus den Betsälen hörten wir schrillen Glöckchengesang. Einige Lamas putzten mit irgendeinem weißen Mittel die riesigen, fast zwei Meter langen Blashörner.

»Was ist denn das? Die veranstalten doch kein Konzert zur Feier unserer Ankunft, oder?« erschrak McCormack.

»Für das Neujahrsfest«, beruhigte ich ihn.

Bestürzt schaute er mich an.

»Sind Sie verrückt? Es ist Mitte März!«

»Nicht hier! Das buddhistische Neujahr wird nach den Mondmonaten gezählt. Meistens fällt es auf Ende Februar oder Mitte März. So wie jetzt.«

»O Gott!« Er faßte sich an den Kopf. »Wenn mir Silvester jemand in London gesagt hätte, daß ich das neue Jahr zweimal begießen würde ...«

Ich mußte ihn unterbrechen, weil Stewart vom dritten Hof her auf uns zukam.

»Na, Gott sei Dank!« rief er und wischte sich die Stirn ab. »Ich freue mich schon über jeden, der noch lebt, als wäre es mein eigener Verwandter. Wo waren Sie?«

»Spazieren«, sagte ich obenhin.

»Und ich habe versucht, die Sherpas etwas anzutreiben. Ein Glück, daß dieser Mr. Thompson abgesprungen ist. Ich glaube nicht, daß er sie dazu bringen könnte, weiterzuziehen. Besonders, seitdem sie wissen, was mit Wilson passiert ist.«

»Wer hat es ihnen denn erzählt?«

»Was weiß ich. Vielleicht der Lama, Thinka. Meinen Sie, es hätte etwas genützt, es zu verheimlichen? Ich glaube, Wilsons Tod war nur eine Bestätigung für sie. Sie sind sicher, daß wir verflucht sind und alle sterben werden. Und sie ebenfalls, wenn sie mitkommen ...«

Ich wollte es ihm nicht sagen, aber ich wußte, daß die Sherpas eine gute Nase hatten. Wenn wir nicht bald etwas unternahmen, wären wir wirklich alle tot.

67

Im Wohngebäude gab es dicke Luft, die allgemeine Stimmung lag unter dem Gefrierpunkt. Die meisten hatten sich mittels der Kette eingeschlossen und warteten darauf, daß die Zeit verging; und wenn sie sich doch unter Leute trauten, schickten sie wütende Blicke zu den anderen.

Als ich in Stewarts und McCormacks Begleitung eintrat, standen einige schon im Eingang zum Betsaal, direkt neben den Statuen der Dämonenwächter. Im Tageslicht erschien alles freundlicher, und wenn keine Schatten der Vergangenheit auf uns gefallen wären, hätte es sogar ganz nett sein können in diesem Museum. Die Schatten waren aber da, und deswegen war jeder nervös und gereizt.

»Hey!« herrschte Paddington Stewart an, als wir erschienen. »Sie sind doch der wirtschaftliche Leiter, oder was? Was ist mit dem Mittagessen?«

»Gerade deswegen komme ich«, beruhigte ihn Stewart. »Auf jeden Fall hätte ich eine Bitte ...«

»Raus damit, alter Freund!« sagte Abramson.

»Die Sherpas könnten auch ein großes Zelt für unsere Mahlzeiten draußen aufbauen. Aber das würde ich nicht empfehlen. Es ist so laut, daß wir kein Wort verstehen könnten. Die Mönche bereiten sich auf ihr Neujahrsfest vor.«

»Ich hatte das Glück, es mitzubekommen«, brummte Cooper. »Sagen Sie lieber, wo das Essen steht.«

»Das ist es doch gerade! Das Kloster hat laut Thinka keinen freien Raum. Deswegen möchte ich vorschlagen, daß wir hier unsere Kantine einrichten.« Er deutete auf den Betsaal.

Eve Pickford, die gerade auf der obersten Treppenstufe erschien, schrie leise auf.

»Hier? Bitte, nicht ... Ich könnte keinen Bissen runterkriegen neben dieser ... Mumie.«

»Die Dame hat vollkommen recht«, half ihr Cooper ritterlich. »Lassen Sie uns etwas anderes suchen.«

Paddington schnaufte wie ein riesiges Nilpferd.

»O nein! Ich habe ein für allemal genug von den Hysterien

dieser Dame! Es reicht nicht, daß jemand Jagd auf uns macht, wir müssen auch noch täglich die Anfälle dieses hysterischen Kaninchens ertragen! Ich scheiße auf die Mumie und auf jeden, der hier nicht essen kann! Ich will endlich essen, und fertig!«

Pickford schrie wieder leise auf, wurde kreidebleich und fiel beinahe die Treppe runter. Zum Glück erschien Baxter hinter ihrem Rücken, fing sie auf und hielt sie fest, so wie gestern, vorgestern und eventuell schon bei der Geburt.

»Schämen Sie sich nicht, Paddington?« griff sie den Meteorologen an. »Wenn Sie soviel Lust dazu haben, gehen Sie, und stopfen Sie Ihr Maul über der Leiche! Aber Sie können niemanden dazu zwingen, Ihren abnormen Gepflogenheiten zu folgen.«

Paddington wurde bleich vor Wut und tat einen Schritt auf die Treppe zu. Bevor ich mich aber einmischen konnte, trat er wieder zurück, ließ seine drohend vorgestreckten Fäuste sinken, holte tief Luft und zischte dann immer noch gereizt: »Wer hier ein abnormes Verhalten hat, wird sich noch herausstellen, junge Dame!« Dann wandte er sich an Stewart. »Ich will mein Essen hier haben. Die anderen können fressen, wo sie wollen. Ich scheiße auf jede Mumie.«

Stewart schlich unschlüssig um uns herum und traute sich erst etwas zu sagen, als Baxter und Pickford sich in ihre Zimmer zurückgezogen hatten.

»Hat jemand von den Herren etwas dagegen, wenn ich die Sherpas hierher schicke?«

»Ich nicht«, sagte ich, um die letzten Felle zu retten.

»Ich ebensowenig«, brummte McCormack.

»Natürlich nicht«, gab Cooper zu. »Ich sagte es ja nicht, weil ich …«

»Weil du ein charakterschwacher, elender Feigling bist!« brach die Wut aus Paddington raus. »Haben wir denn nicht die ganze Zeit darüber geredet, daß wir die Schnauze voll haben von dem Herumgeplärre dieses blöden Flittchens? Wenn ich sie nur sehe, werde ich rasend vor Wut! Und was machst du? Bei der erstbesten Gelegenheit stehst du ihr zur Seite! Du bist ein verdammter Hurensohn, Cooper!«

Ich stand nur da und traute meinen Ohren nicht. Es schien, als hätten wir die Grenze überschritten, wonach nunmehr alles möglich war.

Cooper sprang blitzschnell auf Paddington zu und streckte ihn mit einem Schlag nieder. Sie wälzten sich auf dem Boden und stießen Laute aus, die man sonst nur in Naturfilmen zu hören kriegt.

»Aufhören!« schrie neben mir Stewart und versuchte die Streithähne zu trennen. Die kümmerten sich natürlich gar nicht um ihn, sondern pufften sich erbittert gegenseitig in den Bauch. Fast hätte ich mich eingemischt, als vom Treppenaufgang ein Schrei ertönte:

»Paddington! Hörst du wohl auf, du Schweinehund!« Damit löste sich ein menschlicher Körper von der Treppe, um mit gewaltigem Schwung auf den anderen zu landen.

Es war Mark Brunning, der Botaniker.

Innerhalb weniger Sekunden brach das Chaos aus; Pietro Rollo und Frank King gesellten sich ebenfalls zu den Raufern, ich konnte nur nicht feststellen, warum und auf wessen Seite.

Stewart rief mir verzweifelt zu: »Mr. Lawrence! Was sollen wir tun? Sagen Sie doch etwas, um Himmels willen, die bringen sich sonst noch um!«

Vorerst sah die Sache aber nicht so schlimm aus. Ich schrie McCormack zu, der sich neben den Dämonentötern an die Wand preßte: »Lassen Sie sie! Nur wenn Sie ein Messer oder eine Pistole sehen, greifen Sie ein!«

Ich drückte mich an die Wand und wartete erst mal ab. Die Raufbolde wirkten allmählich erschöpft, und ich dachte, daß es so wohl das Beste sei. Vielleicht konnten sie mit dieser sinnlosen Schlägerei die Anspannung loswerden, die sich in jedem von uns während der letzten Tage angesammelt hatte. Vielleicht war es ja auch meine Schuld, weil ich sie den ganzen Vormittag alleine gelassen hatte. Vielleicht …

Weiter kam ich allerdings nicht mit meinen Gedanken, denn Paddington erhob sich von dem Boden, schnappte sich den auf allen vieren krabbelnden Cooper und verpaßte ihm einen so gewaltigen Schlag auf das Kinn, daß ich ihn eigentlich dazu beglückwünschen mußte. Das war wirklich eine satte Leistung für einen Meteorologen!

Cooper benahm sich so, wie man es in einer solchen Situation erwartet. Er breitete die Arme aus, umflog schön langsam die zwei Statuen und landete dann nach einigen Sekunden Totenstille im Betsaal. Paddington blickte ihm mit blutigem Gesicht nach, bereit, bei einem Rückflug jederzeit wieder zuzuschlagen.

Sein Opfer Cooper allerdings schien keine Anstalten zu machen, wieder aufzutauchen. Mehrere Sekunden blieb es still, und Paddington senkte schon seine Fäuste, als fürchterliches Geklirre aus dem Raum ertönte und davon zeugte, daß der arme Professor endgültig seinen Ruheplatz gefunden hatte.

Stewart griff sich an den Kopf.

»Du lieber Himmel, der Sarg!«

Wie aus der Pistole geschossen, rannten wir alle in den Betsaal. Rollo und King hörten auf sich zu schlagen und blickten uns verwirrt nach.

Im Saal selber war es ziemlich dunkel; durch die Tür schien nur wenig Licht, und vor den Altaren waren keine Kerzen angezündet. Majtreja Buddha starrte uns mit weit aufgerissenen Augen an, als ob er sich wundern würde, daß wir ihn bei der Meditation störten. Er lächelte verstört; unter anderen Umständen hätte ich dieses Lächeln sicher als freundlich eingestuft, in diesem Fall erschien es mir eher bedrohlich.

Nach ein paar Schritten blieb ich stehen. Eine zusammengesunkene Gestalt torkelte auf den Ausgang zu.

»Was ist, Cooper?« schrie ich ihn an. »Sind Sie verletzt?«

McCormack hatte inzwischen den anderen Türflügel aufgeschlossen, und der Schein der Kerzen vor den Dämonenwächtern erleuchtete ein wenig den Raum. Coopers Augen spiegelten Entsetzen, aus dem Mund rann Blut auf sein Kinn.

»Das ist ja furchtbar!« schrie er. »Entsetzlich!« Damit drehte er sich zur Seite und würgte.

Ich hörte Paddingtons zitternde Stimme hinter mir: »Das wollte ich nicht … Mein Gott, was habe ich getan …!«

Die Teile des zertrümmerten Sarges lagen zerstreut im Saal

herum, irgend etwas Rundes war bis vor die Füße Majtrejas gerollt. Neben den Glassplittern und dem umgekippten Sarg lag etwas Dunkles auf dem Boden: ein Mensch, besser gesagt ein ehemaliger Mensch.

Ich trat zu Cooper und schüttelte ihn an der Schulter.

»Mann, kommen Sie zu sich! Sind Sie verletzt? Was ist passiert? Sie wissen doch, daß dort die Mumie ist?«

Cooper schaute mir in die Augen, schnappte nach Luft wie ein Fisch auf dem Trockenen. »Dort! Dort! Schrecklich! …«

Paddington schob mich zur Seite und umarmte den Paläontologen.

»Hör schon auf, Emil! Es tut mir furchtbar leid, daß ich mich vergessen habe. Bitte, ich tue alles, um es wieder gutzumachen, nur hör bitte auf!« Cooper aber schüttelte Paddingtons Arm ab und drehte immer noch die Augen im Kreis. Als ich seine Pupillen nicht mehr sah, kriegte ich wirklich Angst, daß etwas Schreckliches mit ihm passiert war.

Inzwischen standen schon wieder alle um uns herum: Rollo, King, Brunning, McCormack und Stewart. Und vergaßen die Reibereien von eben.

»Meine Hand!« kreischte Cooper. »Meine Hand ist blutig! Es ist sein Blut!«

Automatisch schaute ich auf seine Hand, sah aber nur ein paar kleine Kratzer.

»Wessen Blut, Emil? Wessen?« Paddington schüttelte Cooper, und seiner Stimme entnahm ich, daß er gleich in Tränen ausbrechen würde. »Du hast doch gar kein Blut auf deiner Hand, Emil … Sie ist sauber!«

Stewart stieß sich plötzlich von dem Türpfosten ab, an den er sich bis dahin gelehnt hatte, kniete sich auf den mit Splittern übersäten Holzboden und drehte den dunklen Körper um. Dann sah er mich an, wurde blaß und krächzte: »Mein Gott, Mr. Lawrence … Mein Gott!«

Wie ein Blitz durchfuhr mich der Gedanke, daß Cooper nicht vor dem Roten Mönch so viel Angst bekommen haben konnte.

Ich ließ den Paläontologen los, der völlig entkräftet in die

Arme Paddingtons fiel, ging zu Stewart und hockte mich auf den Boden. Unter meinen Schuhen knirschte es laut.

»Wer ist es, Stewart? Wer ist es?« fragte ich und tastete im Dunkeln verzweifelt nach dem Körper.

Das wenige Licht, das mir zur Verfügung stand, gestattete mir nur eine oberflächliche Untersuchung. Aber der Körper, von dem der Kopf des Roten Mönches runtergefallen war, konnte kaum einbalsamiert sein, denn meine Nase nahm diesen typisch süßlichen Geruch wahr, den jeder kannte, der in diesem tausendmal verfluchten Krieg gewesen war. Außerdem sah ich, als sich meine Augen an die Dunkelheit gewöhnt hatten, daß die kopflose Leiche einen feinen Anzug und ein ehemals weißes Seidenhemd trug, das inzwischen dreckig und blutüberströmt war.

Ohne Zweifel hatte William Wilsons Körper im Sarg gelegen, bevor ihn Cooper umgeworfen hatte.

68

Wie versteinert kniete ich neben den Glassplittern. Ich bemerkte nur beiläufig, daß Cooper hinter mir weinte. Stewart besorgte eine Kerze und hob sie hoch, damit ich mehr sah.

Aus den Glasvitrinen schauten uns traurig die vielen kleinen Götterstatuen an, und Majtrejas Lächeln hatte jetzt wirklich einen ausgesprochen bedrohlichen Unterton. Der Kopf des Mönchs lag wie eine vergessene, zusammengefallene weiße Melone vor den Füßen des Kommenden Buddhas.

Es wurde still im Saal, furchtbar still. Stewarts Flüstern klang äußerst bedrohlich: »Mein Gott … So werden wir alle enden … Genau so …«

Ich wollte etwas Tröstendes sagen, um den Bann des Augenblicks zu verjagen, brachte aber keinen Ton über meine Lippen.

Cooper legte seinen Kopf auf Paddingtons Schulter, und

ein oberflächlicher Betrachter hätte sicher gemeint, der Paläontologe wäre eingenickt. Auch Rollo, King und Brunning standen bewegungslos da; vielleicht sahen sie sich schon selber anstelle des Toten auf dem Boden zwischen den Scherben liegen …

In diesem Augenblick knarrte die Tür, und wir alle spürten plötzlich die Kälte des Klosterhofs. Die Flamme der Kerze in Stewarts Hand flackerte und erlosch. Dann hörten wir wieder die Tür und schließlich Hauptmann Seras gutgelaunte Stimme aus der Richtung der Dämonentöter: »Hey! Wo stecken Sie? Her mit den Löffeln und Gabeln! Die Sherpas bringen das Mittagessen!«

69

Den Nachmittag verbrachte ich in Gedanken versunken in meinem Zimmer. Obwohl ich einige Male schon fast losgegangen wäre, um mit John zu sprechen, hielt ich mich immer wieder zurück. Es gab etwas, das ich selber aufklären wollte.

Ungefähr um sechs Uhr klopfte es an der Tür. Ich öffnete und fand einen jungen, noch ungeweihten Mönch vor mir stehen, der sichtbar in Verlegenheit war.

»Wer bist du denn?« fragte ich auf Englisch und starrte ihn entgeistert an.

Der Kleine schaute sich auf dem Flur um, beugte sich dann ins Zimmer und flüsterte: »Mohun!«

Ich nickte, zog meinen Anorak an, löschte das Licht und schloß die Tür hinter mir. Der Gang war leer, nicht einmal ein Hüsteln war aus den Zimmern zu vernehmen. Mörder und kommende Opfer warteten hinter verriegelten Türen auf die Nacht.

»Wo gehen wir hin?« fragte ich den Mönch, der aber zuckte nur mit den Schultern, als ob er nichts verstünde. Wahrscheinlich war es auch so.

Wir gingen an den Dämonentötern vorbei und kamen dann über den zweiten Hof in den ersten. Über uns glänzte der saubere, frische Himmel mit seinen Sternen, die schneebedeckten Bergkuppen leuchteten hell.

Ich hatte gar nicht bemerkt, daß der Mönch verschwunden war. Als ich die Dämonenmauer erreichte, war er nicht mehr da und ich stand alleine unter dem großen Relief. Die vom Mondlicht überströmten Dämonenfratzen boten nicht gerade einen beruhigenden Anblick, selbst wenn auf dem Relief alle ihr Schicksal bereits ereilt hatte und sie auf den spitzen Spießen der Götter steckten oder gerade von ihnen zertrampelt wurden. Sindsche, der Herr der Toten, starrte feuerspeiend ins Nichts. Tamgrin, der Gott mit dem Pferdekopf, erwischte gerade einen Dämon mit seiner Harpune; seine aus Schädeln bestehende Halskette streifte den Boden.

Abgesehen von den Umständen, war es eine ganz nette Gegend hier.

70

Da mir nichts Besseres einfiel, lehnte ich mich an die Wand, um mir wenigstens den Rücken freizuhalten. Ich glaubte zwar nicht an einen Angriff, aber mir fiel natürlich ein, daß meine toten Kollegen, die inzwischen im Leichenschauhaus des Klosters ruhten, wahrscheinlich ebenfalls nicht daran geglaubt hatten.

Der mongolische Mönch erschien so unerwartet vor mir, daß ich mich erschreckte. Sicher hatte er sich hinter dem Ende der Mauer versteckt und war dann geräuschlos zu mir gekommen. Er trug eine flache, gelbe Mütze und einen braunen Umhang über dem roten Kaftan.

Ich reichte ihm meine Hand, er nahm mit seiner Rechten meinen Ellbogen und zog mich mit der Linken zu sich hin. Mit diesem Ritual zeigte er mir, daß er mich als Freund anerkannte.

Ich versuchte die Djahar-Sprache wieder hervorzukramen, die ich in den letzten Jahren leider ziemlich vergessen hatte. Und erstaunt mußte ich feststellen, daß die längst verschwommenen Wörter besonders im weiteren Verlauf des Gesprächs nach und nach wieder in meinem Gedächtnis auftauchten und meine Zunge mit Freude die verschollen geglaubte Sprache kostete.

»Entschuldige, daß ich nicht zu dir kam«, begann der Mongole, »aber ich denke, es ist besser so. Ich hörte, daß man den Sarg von Padmasabhavas treuem Schüler zerbrochen hat. Sein Körper wurde gestohlen, sein Kopf entehrt«, klagte der Mönch.

Ich hielt es für meine Pflicht, ihm alles zu erzählen; zumindest fast alles.

Aufmerksam hörte er mir bis zum Ende zu, dann nickte er. »Ich hätte sowieso nicht geglaubt, daß es Absicht war. Aber der Körper ist verschwunden, soviel ist sicher.«

Darauf konnte ich nichts antworten.

»Und das bringt Unglück über das Kloster. Jemand hat es vor vielen, vielen Jahren prophezeit. Obwohl damals noch keiner der heutigen Lamas lebte.«

»Du willst damit sagen, jemand hat ihnen diese alte Weissagung wieder ins Gedächtnis gerufen?«

»So kann man es auch sagen«, er nickte. »Jeder weiß, daß der Körper von Padmasabhavas Schüler verschwunden ist. Und seit heute früh hören wir von der Prophezeiung … Ich weiß nicht, wer sie zuerst erwähnte. Aber die Lamas haben Angst. Große Angst, daß etwas mit dem Kloster passiert. Sie wollen, daß ihr weggeht. So weit wie möglich.«

»Meinst du, unser Leben ist in Gefahr?«

Er schüttelte schnell den Kopf.

»Nicht wegen der Brüder. Sie wollen nur, daß ihr geht.«

»Würden wir ja auch gerne«, sagte ich, »aber das ist im Moment unmöglich. Du weißt selber, daß das Auge von Sindsche über dem Paß erschienen ist.«

Er antwortete nicht, starrte nur eisern in die Luft. Vielleicht dachte er darüber nach, was er an unserer Stelle tun würde.

»Weiter könnt ihr nicht? In die Berge?« fragte er schließlich.

»Wir warten auf jemanden«, sagte ich und versuchte meine Stimme dabei neutral zu halten. »Er hätte schon vor Tagen ankommen müssen ... Leider gibt es keine Spur von ihm. Solange er nicht hier ist, können wir nicht weg. Wir können nicht weiter.«

Er senkte den Kopf und dachte nach. Ich hätte dabei gerne seine Gedanken gelesen, konnte aber nur hoffen, daß es mir vielleicht später gelingen würde.

»Du wolltest mit mir reden.« Er hob sein Gesicht.

»Ja«, ich nickte. »Ich möchte dich etwas fragen. Aber vorher solltest du wissen, daß ich dein Freund bin.«

»Du sprichst unsere Sprache, und das reicht mir.«

»Vor vielen Jahren lebte ich mit euch zusammen. Ich war in Köke Kota und auch in den anderen Städten. Ich möchte, daß du mir vertraust.«

Höflich verbeugte er sich. »Ich habe keinen Grund, mißtrauisch zu sein.«

Seine Stimme klang ehrlich, aber nicht so wie ich es gerne gehabt hätte.

»Antwortest du mir wahrheitsgemäß, wenn ich dich frage?«

Nachdenklich schaute er mich an.

»Frage!«

»Nun ... Ich möchte wissen, ob in den letzten Wochen, ich meine, nachdem die vorherige Expedition weitergezogen ist, Fremde nach Khangpa gekommen sind.«

»Ins Kloster?«

»Ja.«

Er dachte nach und fragte mich erneut. Ich hätte schwören können, er wollte damit nur Zeit gewinnen.

»Was für Fremde?«

»Allerlei Fremde.«

Langsam schüttelte er den Kopf.

»Solche Fremde, die dich interessieren dürften, kaum. Seitdem die vielen Engländer gegangen sind, kam keiner aus Katmandu. Keiner vor euch.«

»Und von den Bergen her?«

Er zog die Augenbrauen zusammen und blinzelte mich argwöhnisch an.

»Wieso interessiert es dich, wer von den Bergen her gekommen ist?«

Es war keiner von den Engländern.

»Und andere?«

Er schaute auf den Mond und fing plötzlich zu zittern an. Vielleicht fiel ihm etwas ein, denn er zog den Mantel fester zusammen.

»Ich muß gehen ... Bald fängt die Abendmesse an. Und wir müssen uns auch für das Fest vorbereiten.«

Ich hielt ihn am Arm fest und versuchte ihn sanft zurückzuhalten.

»Sag nur, ob jemand von den Bergen her gekommen ist. Vor ein paar Tagen ...«

Er schaute sich um und flüsterte dann ganz leise: »Ich denke nicht, daß es dich interessieren wird ... Aber es kamen welche. Vielleicht aus Tibet. Obwohl ...«

»Obwohl?«

»Wenn ich so richtig nachdenke, können sie kaum von dort kommen. Sie hatten weder Jaks noch Gepäck. Als ob sie aus der Nähe gekommen wären. Es kann natürlich auch sein, daß sie, als sie unser Kloster erblickten, vor Freude alles weggeworfen haben ... Und sie hatten keine Lastträger. Wirklich seltsam ...«

»Wie viele waren es?«

»So fünf oder sechs.«

»Weiße?«

»Bitte?«

»Engländer?«

»Das kann ich nicht sagen. Sie hatten Mönchskutten an.«

»Hast du sie gesehen?«

»Ganz aus Versehen ... Ich war gerade Schnee holen, als sie durch das Tor kamen. Ihre Gesichter konnte ich nicht erkennen, weil sie sie vor der Kälte mit Tüchern geschützt hatten. Und nur einer von ihnen sprach.«

»Was sagte er?«

»Er fragte, wo der Hauptlama sei.«

»Und du hast es ihm gezeigt?«

Er verneinte.

»Nicht ich, jemand anders. Ein anderer Mönch. Ich stand weiter weg.«

»Könnte ich mit diesem Mönch reden?«

Er verneinte wieder.

»Ich weiß nicht, wer es war. Ich bin erst seit kurzem hier und kenne die Namen noch nicht alle. Ich weiß nicht, wer es war, mit dem der Pilger gesprochen hat.«

»Pilger?«

»Ich bin sicher, sie kamen aus Lhasa. Bestimmt waren sie heimlich über die chinesische Grenze gekommen. Das kommt vor, wenn auch nicht allzuoft.«

»Was passierte dann?«

»Sie fragten nach dem Hauptlama ... Dann gingen sie zu ihm in das mittlere Wohnhaus. Besser gesagt, ins mittlere Gebäude.«

»Und dann?«

Überrascht blickte er mich an.

»Ich weiß nicht. Vielleicht sind sie auch schon wieder weg.«

»Hast du sie weggehen sehen?«

»Ich nicht. Aber sie können trotzdem weggegangen sein. In einer Nacht. Die nach Lhasa gehen oder von dort kommen, reden nicht viel über ihre Reise.«

»Und wenn sie noch hier sind?«

Er staunte.

»Hier?«

»Hältst du das für unmöglich?«

Er dachte wieder nach und zuckte dann mit den Schultern.

»Nicht gerade unmöglich, aber auf jeden Fall seltsam. Was wollen sie so lange in unserem Kloster?«

»Zum Beispiel, das Auge von Sindsche vorüberziehen lassen.«

»Das glaube ich nicht. Als sie ankamen, wußte noch lange niemand von dem Auge über dem Paß. Selbst wenn sie ein paar Tage gewartet hätten, wären sie sicher nach Katmandu gekommen ... Bestimmt sind sie schon längst da.«

Er wollte wieder gehen, aber ich ließ ihn immer noch nicht los.

»Sag mal … kann man sich im Kloster so verstecken, daß es keiner merkt? Selbst fünf Leute?«

»Denkst du, daß …?« er erschrak.

Ich versuchte ihn zu beruhigen.

»Ich denke gar nichts. Ich frage nur.«

»Na ja … verstecken kann man sich schon, es ist nur schwer. Und wenn sie nicht genügend Essen dabei hatten … Nein, ich denke, es ist unmöglich. Wir würden sie unbedingt nach einigen Tagen bemerken.«

»Also würde der Hauptlama auf jeden Fall davon wissen?«

Er nickte.

»Sicherlich.«

»Kann es sein, daß Karma Damtschö von ihnen weiß?«

»Möglich. Der Hauptlama beredet seine Angelegenheiten nicht mit uns.«

Plötzlich fiel mir etwas Seltsames, sehr Seltsames ein.

»Wann hast du Karma Damtschö zum letzten Mal gesehen?«

Ich sah ihm an, daß er meine Frage nicht so richtig verstand.

»Den Hauptlama? Also … ich weiß nicht. Ziemlich lange … In der letzten Zeit zeigt er sich nicht so oft.«

»Und früher?«

»Früher sahen wir ihn jeden Tag. Aber man sagt, daß er schwach ist, schließlich ist er schon alt und krank …«

Ich drückte seine Hand so fest, daß er vor Schmerz aufstöhnte.

»Au! Was ist in dich gefahren? Jetzt laß mich gehen. Ich sagte doch, ich habe zu tun!«

»Entschuldige«, murmelte ich. »Nur ein Wort noch. Du sagst, daß Karma Damtschö, der Hauptlama, ein alter Mann ist?«

»Was denn sonst?« Er schaute mich beleidigt an. »Er ist über neunzig.«

Die Frage lag mir schon auf der Zunge, wer denn dann der junge Lama gewesen war, der uns in vorzüglichem Englisch als Karma Damtschö empfangen hatte, aber ich wollte ihn nicht erschrecken, also schwieg ich darüber.

»Sag mal, Mohun ... ist der Hauptlama verschwunden, seitdem auch die fünf Pilger hier angekommen sind?«

Er runzelte die Stirn und dachte angestrengt nach.

»Na ja ... so ungefähr. Seit der Zeit ist Karma Damtschö krank. Aber wieso fragst du?«

Ich tat, als hätte ich seine Frage nicht gehört.

»Man sagt, das Funkgerät des Klosters sei kaputt ... ein Mönch, der es bediente, hat es angeblich fallenlassen. Was weißt du darüber?«

»Nichts«, sagte er bestimmt. »Das ist nicht unsere Sache. Das erledigt seine Heiligkeit, Karma Damtschö.«

Langsam paßte alles zusammen. Zumindest vieles. Bevor Mohun sich befreien konnte, beeilte ich mich, das Gehörte zu wiederholen: »Also kam keiner vor unserer Ankunft in das Kloster, außer den fünf Pilgern aus den Bergen. Richtig?«

»Aber nein«, er horchte auf. »Es kam noch jemand.« Jetzt horchte ich auf.

»Wer?«

»Ich glaube, ebenfalls ein Pilger. Aber er kam nachts ... Ihn hatte Bruder Demba gesehen.«

»Nachts aus den Bergen?«

»So ist es. Und jemand aus dem Kloster hatte ihm das Tor geöffnet. Dann verschwanden sie, als ob sie der Boden verschluckt hätte. Bruder Demba rief ihnen sogar nach, weil sie das Tor offengelassen hatten. Bruder Demba mußte es später selber schließen.«

»Auch diesen anderen Pilger hat niemand weggehen sehen?«

»Meines Wissens nicht.«

»Jetzt würde mich nur noch interessieren ...«

Mohun nutzte aus, daß sich mein Griff gelockert hatte, und er befreite schnell seinen Arm. Vorsichtig trat er zur Seite und verbeugte sich.

»Ich muß jetzt wirklich gehen. Was du erfahren hast, weißt du nicht von mir! Man hat mir hier Zuflucht gewährt, und ich möchte in diesem Kloster auch später mal sterben. Du verstehst?«

»Natürlich.«

Ohne ein weiteres Wort drehte er sich um und verschwand hinter der Dämonenwand.

71

Ich lehnte mich an die Wand und versuchte meine Gedanken zu sammeln. Thompson war also angekommen. Ich hatte nämlich überhaupt keinen Zweifel daran, daß die fünf Pilger die Insassen des Helikopters waren. Aber wer konnte der einsame Pilger sein? War er wohl auch mit Thompson gekommen? Warum erreichte er dann erst Tage später das Kloster? Sollte er beim Hubschrauber warten? Auf Nachrichten aus Katmandu?

Die Kälte der Mauer ging in meinen Rücken über, aber das machte mir nichts aus. Ich fühlte, daß etwas mit diesen Pilgern nicht stimmte, aber mir fiel nicht ein, was. Und der später Eingetroffene gefiel mir auch nicht. Er paßte nicht ins Bild.

Natürlich – so überlegte ich mir – war es auch möglich, daß er mit dem Hubschrauber fortgeflogen war und dann wieder zurückkam. Darauf deutete der Umstand, daß man ihm von innen das Tor geöffnet hatte. Wer sonst hätte der Helfer sein können als einer aus Thompsons Truppe?

Der Mond erschien zwischen den Bergspitzen und überzog den Hof mit silberweißen Strahlen. Plötzlich fiel mir etwas ein. Ich holte das Streichholzheftchen hervor, das McCormack neben dem Helikopter gefunden hatte und überprüfte es noch einmal. Das schlitzäugige Mädchen lächelte niedlich auf dem Deckblatt und versuchte den riesigen Ball zu fangen. Ich drehte und wendete das Stück, fand aber auch diesmal nichts.

Von weither aus dem Betsaal hörte ich leises Stimmengemurmel, und im Haupthaus erklangen die kleinen Glöckchen. Ich hätte nicht sagen können, wieviel Zeit seit Mohuns Verschwinden vergangen war; das Rätsel um die Pilger hatte mich vollkommen in Anspruch genommen, wodurch ich mein Zeitgefühl verloren hatte. Vielleicht waren es fünf Minuten gewesen, vielleicht auch eine halbe Stunde. Das bedachte ich in dem Moment natürlich noch nicht, erst später, als ich versuchte, die Ereignisse zu rekonstruieren. Und als es nur noch wenig nutzte.

Ein lauter und gellender Schrei riß mich aus meinen Träumen; Sekunden später verebbte er in einem Röcheln. Und das Schlimmste war wahrscheinlich, daß er direkt aus der Nähe gekommen war. Er beendete abrupt meine Träumerei. Ich löste mich von der Wand und zerrte meine Pistole aus der Tasche. Im Laufen entsicherte ich sie, und das einzige, was ich bewußt von meiner Umwelt mitbekam, war das Knirschen des frischen Schnees unter meinen Stiefeln.

Die Wand des mittleren Hofes hinderte mich plötzlich am Weiterrennen. Sie stand trostlos, fast schon drohend, vor mir. Ich drehte mich blitzschnell um, aber hinter mir regte sich nichts. Es war totenstill, selbst das monotone Gemurmel erstarb.

Ich rannte auf dem vereisten Boden weiter, zurück bis zur Dämonenwand. Tamgrin schaute mich mit seinem Pferdekopf überrascht an, als ob er meine Eile nicht verstünde, jetzt, wo doch sowieso schon alles zu spät war. Ich umrundete die Mauer, rannte durch ihren dunklen Schatten, über den zweiten Hof bis hin zum Eingang des Hauptgebäudes. Keine Menschenseele war zu sehen.

Ich wischte mir die Stirn ab und verstaute die Waffe wieder. Hatte ich nur halluziniert?

Vorsichtig schlich ich mich zum Tor des ersten Hofes und passierte es schließlich. Aus den Fenstern des Betsaales der Lamas strahlte Licht, und das leise Murmeln schwoll wieder an. Unschlüssig stand ich auf der Schwelle. Ich wollte schon wieder zurückkehren, als die Tür eines Saales plötzlich geöffnet wurde und schwerfällig zwei Lamas auf den Hof trotteten. Die weiten Stiefel behinderten sie beim raschen Gehen. So sehr mich auch der Schrei aufgerüttelt hatte, fielen mir doch die alten Zeiten ein, als ich als Mönch gekleidet ebenfalls in solchen Stiefeln herumspaziert war, um die Japaner zu täuschen. Damals erfuhr ich auch, was für einen Sinn diese riesigen Schuhe hatten. »Wir tragen solche Stiefel«, erklärte mein damaliger Meister Dortschzeren, »damit wir keinem anderen Lebewesen Schaden zufügen. Ein gläubiger Lama zerquetscht keine Tiere. Wenn du mit einem ledernen, spitzen Stiefel auf einen Käfer trittst, stirbt er sogleich unter deinen Füßen. Und es hilft dir nicht, daß es ein Versehen war: Bei der nächsten Wiedergeburt wird man es dir trotzdem anrechnen, selbst wenn du auf den ersten Blick nichts dafür konntest ...«

Die Lamas torkelten über den Hof und waren schon bei der Mitte angelangt, als einer von ihnen plötzlich stehenblieb. Ich wollte gerade verschwinden, um nicht mit ihnen zusammenzutreffen, als ich selber erstarrte. Der Lama rief aufgeregt dem anderen etwas zu und kniete sich auf den Boden neben einen dunklen Körper, den ich vorher von dem Tor aus nicht hatte sehen können.

Dieser Körper war ohne jeden Zweifel ein Mensch.

Der zweite Mönch lief auf einmal los. Laut jammernd erreichte er die offene Tür, schaute hinein und rief etwas, worauf das Gemurmel sofort abbrach. Die Messe wurde unterbrochen, und die Mönche rannten, begleitet von lautem Trampeln und Rufen aus dem Saal, durch den Hof und scharten sich um den dunklen Körper.

In dem Moment hielt ich die Zeit für gekommen, etwas zu unternehmen. Ich zog meinen Anorak aus, krempelte ihn um und zog ihn wieder an. Obwohl ich dadurch noch kein Lama wurde, war die braune Farbe weniger auffällig als das grelle Orange. Die Kapuze tief in die Augen gezogen, schlenderte ich zu den Lamas.

Es schien, als wäre meine Vorsicht überflüssig gewesen. Ihr ganzes Interesse galt dem Körper auf dem Boden: Aufgeregt stampften sie um ihn herum und redeten unaufhörlich aufeinander ein, wovon ich natürlich kein Wort verstand. Ein kapuzenloser, alter Mönch bückte sich und drehte den Körper um. Er taumelte aufschreiend nach hinten, als das Mondlicht in die starren Augen schien.

Der Mann auf dem Boden war zweifellos tot. Um seinen Hals lag ein orangefarbenes Seil verknotet, mit dem er offensichtlich erdrosselt worden war.

Und ebenso zweifellos handelte es sich um Mohun, den Djahar Lama. Den ich wahrscheinlich zum letzten Mal lebend gesehen hatte.

72

Vorsichtig zog ich mich zurück, noch bevor mich die Mönche entdecken konnten. Helfen konnte ich sowieso nicht, und es hätte alles nur komplizierter gemacht. Mohun tat mir leid, und ich fühlte mich für seinen Tod verantwortlich. Vermutlich hatte er für das mit dem Leben bezahlen müssen, was er mir erzählt hatte … Und dann war es ratsam aufzupassen. Wahrscheinlich war ich jetzt dran.

Die Pistole in der Hand schlich ich vorsichtig in das Wohngebäude.

Die Dämonentöter schauten mich zufrieden an, die Tür des Betsaales war verschlossen. Ein paar Sekunden lang war ich versucht, in den unheilvollen Raum zu schauen, um mich zu vergewissern, ob die Mönche schon die Scherben zusammengefegt hatten. Dann überlegte ich es mir doch anders. Mir wurde bewußt, daß ich mir kaum einen besseren Platz für meinen Tod aussuchen konnte.

Ich kletterte langsam die Treppe hoch, schloß mich schließlich in mein Zimmer ein und ließ mich auf das Bett fallen. Im Zimmer war es warm. Der Ölofen brannte leise. Ich vernahm nicht das kleinste Geräusch aus den Zimmern nebenan.

Nach einigen erholsamen Minuten nahm ich mich zusammen und zündete die Petroleumlampe an. Dann bereitete ich den Kaffeekocher vor und machte mir einen starken Espresso. So zermürbend es auch erschien, ich mußte das Ganze noch einmal im Geiste durchgehen, schließlich hatten die letzten anderthalb Stunden meine Gedanken ziemlich durcheinandergebracht. Zu dem sich langsam entwickelnden Bild fehlten noch ein paar Details, daneben hatte ich ein paar überflüssige Teile, die überhaupt nicht hineinpaßten. Wie zum Beispiel der Tod von Mohun.

Es sei denn ... Und wieder entwickelte sich etwas in meinem Kopf, zu dessen Vervollständigung ich mindestens zwei Kannen voll Kaffee benötigen würde. Ich wollte gerade aufstehen, als mein Blick versehentlich auf den nur spärlich beleuchteten kleinen Tisch fiel. Dort lag ein kleines, viereckiges Teil, das sich erst bei näherer Betrachtung als eine Audiokassette entpuppte.

Ich griff danach und berührte sie vorsichtig. Sie war kalt, tickte nicht und schien auch sonst ganz harmlos zu sein. Für ein paar Sekunden starrten wir uns gegenseitig an, dann entschied ich mich für die alte Weisheit ›Wer nicht wagt, der nicht gewinnt‹. Ich schnappte sie und schloß für einen Moment die Augen. Als nichts passierte, traute ich mich sogar zu blinzeln. Sie lag immer noch friedlich in meiner Hand und dachte nicht im entferntesten daran zu explodieren.

Vorerst zumindest.

73

Kurzentschlossen sprang ich auf den Flur und klopfte bei McCormack an.

»Wer ist da?« murmelte der Schotte mißmutig.

»Leslie.«

Klimpernd fiel die Kette, und sogleich erschien McCormack in der Tür.

»Wo sind Sie gewesen?« fragte er. »Den ganzen Abend habe ich nach Ihnen gesucht!«

»Ich war spazieren«, antwortete ich kurz, und um ihn von weiteren Fragen abzuhalten, fuhr ich schnell fort: »Könnten Sie für einen Moment rüberkommen?«

»Wenn Sie mich rufen!« murmelte er und wollte schon auf den Gang treten.

»Stop!« rief ich ihm unbedacht zu, so daß der ganze Flur bebte. »Haben Sie einen Kassettenrekorder?« fügte ich leise hinzu.

Ungläubig blickte er mir in die Augen.

»Was wollen Sie damit?«

»Fragen Sie nicht, bringen Sie ihn einfach mit. Drüben …«

Er suchte ein wenig herum, kam dann mit einem ganz modernen, ultrakleinen Gerät an. In meinem Zimmer angekommen, legte er es auf den Tisch und setzte sich daneben.

»Pop oder Tanzmusik?«

»Hören Sie«, sagte ich, »meiner liegt noch unten zwischen den Gepäckstücken. Jemand hat mir dieses Band geschenkt, während ich da draußen … hm … herumspaziert bin.« Ich gab ihm die Kassette. Er nahm sie in die Hand, wendete sie, roch sogar daran.

»Gute Qualität aus Japan«, konstatierte er und sah mich erwartungsvoll an. »Sie sagen, jemand hat es in Ihr Zimmer geschmuggelt?«

»Innerhalb der letzten anderthalb Stunden.«

Er schüttelte den Kopf.

»Wenn Sie dabei an mich denken, verfolgen Sie die falsche Spur. Ich war es nicht.«

»Wollen wir es uns nicht anhören?« schlug ich vor.

Er schaute auf sein Gerät, griff danach und legte die Kassette ein. Er blickte auf und sah mir geradewegs in die Augen.

»Leslie … wollen Sie lieber nicht doch alleine …?«

»Haben Sie Angst?« fragte ich scharf.

»Ach was«, erwiderte er ruhig. »Wenn es eine Bombe ist, wäre sie schon längst explodiert. Aber vielleicht ist das Band für Sie, nur für Sie gedacht … Verstehen Sie, was ich meine?«

Ich war mir nicht sicher, ob ich ihn wirklich verstand, aber dazu hatte ich jetzt auch keine Zeit. Ich gab ihm einen Wink, und er drückte einen Knopf, worauf das Band loslief.

Zuerst hörten wir leises Knistern, dann Windgeheul, das noch dazu fast Orkanstärke hatte. Plötzlich wurde das Knacken lauter und eine heisere, matte Stimme erklang:

»Hier ist Dk-24, Dk-24. Katmandu! Katmandu, bitte melden ...«

Und dann konnte man durch das entfernte Pfeifen und Rasseln auch eine andere Stimme hören, die in schlechtem Englisch antwortete:

»Hier ist Katmandu. Hier ist Blume. Was ist mit Ihnen? Dk-24, antworten Sie! Was ist mit Ihnen?«

Es dauerte mehrere Minuten, bis man durch die Geräuschkulisse wieder etwas vernahm:

»... alle werden umgebracht. Cromwell ist tot. Wenn Sie keine Hilfe schicken, bringt dieser verdammte ...«, wieder folgte lautes Knattern und Knistern, dann ging die Nachricht weiter. »Schnappen Sie sich wenigstens Norbu ... Von ihm erfahren Sie alles ... Dieser verdammte Schweinehund ...« Ein letztes Geräusch, dann verstummte der Rekorder.

Verblüfft schauten wir einander an, dann spulte McCormack schnell das Band zurück, und wir hörten uns die Aufnahme noch einmal an.

»Wissen Sie, was das war?« fragte McCormack, als das Knistern erneut vorbei war und es still wurde im Zimmer.

Ich nickte.

»Wahrscheinlich die letzte Nachricht von der Cromwell-Expedition.«

Er lehnte sich im Stuhl zurück und schüttelte ungläubig den Kopf.

»Hier stimmt was nicht. Man hatte mir doch gesagt ...«, und er verstummte, immer noch kopfschüttelnd.

»Was?«

»Als ich nach meinem Freund Tyron forschte, hatte man mir gesagt, daß in der letzten Nachricht Norbu davon sprach, jeder, außer den beiden Unfallopfern, wäre gesund und munter. Man hat mir ausdrücklich versichert, daß dies die letzte Meldung gewesen sei. Verstehen Sie?«

»Ja ... Beziehungsweise, nein.«

»Wenn wir annehmen, daß dies die letzte Nachricht war«, und er deutete auf das kleine Gerät, »dann hat man mich in Katmandu angelogen.«

»Mit wem haben Sie gesprochen?«

»Mit dem Leiter des Fremdenverkehrsamtes.«

»Hatte er es mit eigenen Ohren gehört?«

»Nein, aber ich hatte keinen Grund, ihm nicht zu vertrauen. Wieso hätte er etwas verschweigen sollen?«

»Weil er der Welt nicht mitteilen wollte, daß die Cromwell-Expedition in tödlicher Gefahr ist. Sofern sie nicht schon längst zerschlagen war.«

»Aber aus welchem Grund denn, um Himmels willen?«

Ich wußte nicht, warum er plötzlich so naiv tat. Hatte die Sorge um seinen Freund ihn so betrübt?

»Aber wir haben doch schon darüber gesprochen. Der Tourismus ... die unerwünschte Propaganda ...«

»Ja, ja, ich erinnere mich. Aber trotzdem: Es geht doch um Menschenleben!«

»Nun, die nepalischen Behörden werden schon alles unternommen haben, während sie nach außen die Unwissenden spielten. Deswegen hatte man selbst ihnen nichts über diese letzte Sendung berichtet. Sie beweist ja eindeutig, daß nicht die Natur der größte Feind der Expedition war.«

»Was denken Sie, was ist da oben zwischen den Bergen passiert?«

»Ich weiß nicht mehr als Sie. Es muß etwas Schlimmes gewesen sein ... Sagen Sie, war das eben die Stimme Ihres Freundes Tyron?«

Er schüttelte den Kopf.

»Nein. Die hätte ich erkannt.«

»Wer könnte es sonst gewesen sein?«

»Keine Ahnung.«

»Warten Sie mal ... Sie sagten, daß insgesamt vier Leute etwas vom Funken verstanden. Harrison, Redhull, Tyron und Norbu.«

»Worauf wollen Sie hinaus?«

»Tyron konnte es nicht sein, sagen Sie, und Norbu ebenfalls nicht. Also war es entweder die Stimme von Redhull oder von Harrison.«

»Sie wissen doch, daß das unmöglich ist! Beide sind doch tot!«

»Sagt Norbu ... Aber geben Sie mir auch einen Beweis dafür!«

»Na ja, sicher. Norbu ist sowieso schon längst tot. Und hier wird er als Lebender gehandelt ...«

»Ein seltener Fall der Auferstehung. Hmm.«

»Was zum Teufel ist wohl mit ihnen passiert?«

»Laut der Nachricht waren nicht mehr viele am Leben. Cromwell bestimmt nicht. Vielleicht werden sie irgendwo gefangen gehalten, und der Tod der beiden Funker ist nur eine Ente. Einer konnte seine Bewacher austricksen, fand das Funkgerät und hatte Katmandu unterrichtet. Nur so konnte es passiert sein.«

»Könnte!«

»Gut, in Ordnung ... Könnte. Aber wer hält eine unschuldige Expedition fest, und warum?«

»Es kann tausendundeinen Grund haben, warum es sich lohnt, Menschen und Expedition umzubringen, aber besser, wir lassen das jetzt.«

»Sagen Sie nur einen davon.«

»Menschenraub wegen Lösegeldforderung.«

»Gerade im Himalaja?«

»Warum nicht? Jeder raubt wo er kann. Wo hätte man eine bessere Möglichkeit, so viele ausgezeichnete Leute gefangenzunehmen? Relativ einfach, ohne viel Risiko.«

»Und was bedeutete dann der Satz, sie wollen alle umbringen?«

»Das weiß ich selber nicht. Vielleicht war der Sprecher nur verzweifelt. Eventuell erfolgte der Überfall nicht so glatt wie geplant. Sie wehrten sich ... Lord Cromwell ist kein Mensch, der sich so einfach gefangennehmen läßt.«

»In Ordnung. Damit wäre jetzt Norbu dran. Norbu, der in einem Grab ruht und trotzdem lebt.«

Er lächelte mich hoffnungsvoll an.

»Dieses Geheimnis werden wir mit Spekulationen sicher nicht lösen. Jemand benutzt zweifellos seinen Namen. Wer, das wird wohl so lange ein Rätsel bleiben, bis wir ihm in die Augen sehen können. Es gibt aber noch eine wichtigere Frage.«

»Und zwar?«

»Wer Ihnen das Band hierher gebracht hat.«

»Und warum.«

»Richtig.«

»Vielleicht sollten wir uns vorerst darauf konzentrieren, wer es war.«

»Haben Sie eine Idee?«

»Dem Namen nach wäre es sicher schwer. Eins ist klar: außer Ihnen und mir hätte es jeder sein können.«

»Auch wir selber.«

»Wir hatten uns doch auf den Grundsatz des gegenseitigen Vertrauens geeinigt!«

»Sie haben recht. Also dann: jeder außer uns.«

»Die Person ist vorerst gar nicht so wichtig. Jemand will unsere Aufmerksamkeit auf die Cromwell-Expedition lenken ... Verstehen Sie? Damit wir sicher sind, daß es keine Lawine war, die die Armen verschüttet hat, und daß sie auch nicht einfach erfroren, sondern irgendeiner Riesenschweinerei zum Opfer gefallen sind. Sollten wir es noch nicht begriffen haben, kriegen wir jetzt dieses Band!«

»Das bedeutet, daß jemand in unserer Umgebung das Rätsel der Expedition lösen will?«

»Genau.«

»Wer hätte das gedacht?«

»Und das ist noch nicht alles ... Dieser jemand ahnt, daß wir demselben Schicksal entgegenblicken wie Cromwell und seine Wissenschaftler ... Deswegen will er uns warnen, unsere Augen offenzuhalten ...«

»Sera!« brach es plötzlich aus McCormack aus.

»Wie bitte?«

»Es kann nur Sera sein! Ich hatte nie geglaubt, daß die nepalische Polizei einen Drogenfahnder zu uns schickt. Und das hat sich jetzt bewahrheitet.«

»Warum? Weil Sera Polizist ist, und noch dazu ein nepalischer?«

»Nicht nur deswegen. Sondern auch, weil schon seine Ankunft rätselhaft war ... Im letzten Moment. Die ganze Zeit über habe ich ihn beobachtet. Ich bin überzeugt, daß er nicht so blöd ist, wie er sich seit dem ersten Tag hingestellt hat ...«

»Gut«, gab ich auf, »also forscht Sera im Auftrag der nepalischen Polizei nach der Cromwell-Expedition. Aber warum kommt er dann nicht und spricht sich mit mir aus? Warum muß er das Band hier einschmuggeln?«

»Weil er sein Inkognito nicht aufgeben will.«

»Aber warum?«

»Warum, warum, warum? Weiß der Teufel. Bestimmt hat er seine Gründe.«

»Hmm. In Ordnung. Aber es gibt auch noch etwas anderes.«

»Und zwar?«

»Hören Sie zu ...«, und ich erzählte ihm alles, was ich vom armen Mohun wußte, und auch, daß er unweit der Dämonenmauer mit einem Strick erdrosselt worden war, den man nur in unserer Ausrüstung findet, da er ausschließlich für diese Expedition als spezielles Kletterseil angefertigt wurde.

Regungslos hörte er mir zu, und als ich fertig war, schwieg er noch eine Weile.

»Glauben Sie, die sind nur gekommen, um uns umzubringen?«

»Möglich.«

»Auf jeden Fall ein erhebendes Gefühl«, sagte er etwas gelöster mit einem schiefen Lächeln.

»Nun ... ja.«

Plötzlich beugte er sich vor und runzelte die Stirn.

»Wer könnten die Pilger sein?«

»Wahrscheinlich die Leute aus dem Hubschrauber.«

»Und wenn?«

»Was meinen Sie damit?«

»Schauen Sie ... wir haben doch gemeinsam den Helikopter gefunden, oder?«

»Ja.«

»Und dort waren wir noch sicher, daß es Mr. Thompson und seine Begleiter waren, die damit gekommen sind. Richtig?«

»Richtig.«

»Nun denn. Wenn Mr. Thompson mit dem Hubschrauber angekommen ist, dann fällt die Behauptung, daß die Leute uns umbringen wollen. Wieso sollte uns Thompson töten wollen? Schließlich hat er die Expedition organisiert und finanziert …«

»Ich kapiere nicht so recht …«

»Was denn? Thompson organisierte die Expedition, wer immer sich auch hinter diesem Namen verbergen mag. Er wird doch nicht seine eigenen Leute umbringen wollen? Cromwell tat das auch nicht.«

»Vielleicht ist es ja Menschenraub. Darüber haben wir schon gesprochen. Nehmen wir an, Thompson stellt eine Mannschaft zusammen und läßt sie so lange verschwinden, bis man ein entsprechendes Lösegeld gezahlt hat.«

Er drehte wild die Augen.

»Sie sind vielleicht ein guter Wissenschaftler, Leslie, aber ein miserabler Wirtschaftsexperte … Rechnen Sie mal nach. Die Expedition mit Jaks, Zelten, Sherpas kostet mindestens eine halbe Million. Dazu kommen die Nebenkosten. Ich denke, wenn wir fair rechnen, sind wir am Ende von der Million nicht weit entfernt. Betrachten Sie jetzt die andere Seite. Wer gehört zu uns? Abgesehen von wenigen Ausnahmen … nun, nicht die Crème de la Crème. Glauben Sie, man würde so viel für uns geben, daß es diesen Aufwand lohnt? Nein, Leslie, Menschenraub lohnt sich nicht, wenn er so abgewickelt wird. Und dann sind da noch die Morde unterwegs. Wer war es, und warum? Schließlich gab es da noch keinen Helikopter oder Thompson … Und selbst wenn er einen Komplizen in unseren Reihen hätte, wer würde die Henne schlachten, die ihm später goldene Eier servieren soll …«

»Sie haben recht … Also ist die Frage, wem dieser Hubschrauber gehört und wer die Pilger sind, immer noch offen.«

»Und wer dieser rätselhafte Norbu ist.«

So viele Fragen … und keine einzige Antwort.

74

Es war Mitternacht, als McCormack wieder ging. Ich stellte die Flamme der Lampe kleiner, schloß die Fensterläden und hockte mich auf das Bett. Ich wartete auf den nächtlichen Besuch.

Dabei war ich wohl ein wenig eingenickt, denn ich schreckte erst durch leise Klopftöne auf. Ich sprang zur Tür, nahm die Kette weg und ließ sie herein. Sie huschte ins Zimmer wie ein Geist, allerdings von der hübscheren Sorte.

»Ich dachte, du schläfst schon«, sagte sie und lehnte sich im Stuhl zurück. »Was habt ihr rausgekriegt?«

»Mit McCormack?«

»Ja.«

»Wir versuchten zu klären, was wohl der Sinn des Spiels sein könnte.«

»Und? Hat es etwas genützt?«

Ich schüttelte den Kopf.

»Vorerst nicht. Obwohl ich mir sicher bin, daß die Lösung ganz einfach ist. Ich brauche nur einen Anhaltspunkt zum Verständnis der Ereignisse.«

»Also ist McCormack als Ideengeber nicht geeignet?«

»Nicht im Moment. Aber ich hatte während unserer Gespräche durchaus einige Einfälle. Ich weiß nur noch nicht, was sich daraus entwickeln wird. Auf jeden Fall ist es besser, als lange Selbstgespräche zu führen.«

»Und wie gefällt McCormack diese Watson-Rolle?«

»Er hat denselben Ausdruck benutzt.«

»Also ist er nicht beleidigt?«

»Ich weiß nicht. Ich glaube, er möchte auch die Lösung finden. Bevor man uns ebenfalls in diese Leichenkammer steckt.«

»Brr! Hast du einen Kaffee?«

Ich präparierte den Kocher, und wir warteten schweigend auf das duftende, heiße Getränk.

»Übrigens ist McCormack nicht McCormack«, sagte ich, als sie ihre Tasse hinstellte.

Sie schaute mich an, als hätte sie in einer Vollmondnacht den Dorfnarren getroffen.

»Nicht? Wer denn sonst?«

»Erwin Long.«

»Und was ist das für ein ...?« Sie benutzte ein Wort, das man normalerweise nicht von hübschen jungen Damen erwartet.

Ich sah sie mißbilligend an, worauf sie sich wieder faßte und meine Hand streichelte.

»Ist ja schon gut. Ich werde Abbitte leisten. Aber wirklich, wer zum Teufel ist er?«

»Das wollte ich dich gerade fragen.«

»Mich? Wieso nicht ihn?«

»Habe ich schon.«

»Und?«

»Er hat es mir sogar verraten. Ich weiß nur nicht, ob ich ihm glauben soll.«

»Wieso, was sagte er denn?«

»Er sei Erwin Long, stellvertretender Redakteur beim Daily Telegraph.«

»So? Und was zum Teufel sucht er hier? Er will doch wohl keine Reportage über den Himalaja schreiben?«

»Fast richtig. Er sucht seinen Freund. Einen gewissen Tyron, der bei der Cromwell-Expedition ist ... oder war.«

»Wieso war?«

»Jemand hat mir eine Kassette auf den Tisch gelegt. Du weißt nichts davon?«

Energisch schüttelte sie den Kopf.

»Nicht die Bohne. Was ist denn drauf?«

Anstelle einer Antwort stand ich auf und schaltete den Rekorder ein. Ohne ein Wort hörte sie dem Funkgespräch zu und pfiff erst durch die Zähne, als der letzte Satz beendet war.

»Diese verdammten Idioten!« wurde sie ausfallend. »Halten die mich für ein blödes Huhn? Na warte, wenn ich zurück bin, schnappe ich mir ihre Dinger und lasse sie daran aus dem Fenster baumeln!«

Sie war so aufgebracht, daß sie sich diesmal erst gar nicht für ihre Ausdrucksweise entschuldigte.

»Von wem redest du?« erkundigte ich mich vorsichtig.

»Von wem? Na von denen in Katmandu. Die mußten doch von dieser Aufnahme wissen.«

»Vielleicht hatten sie einen guten Grund zu schweigen?«

»Natürlich! Gründe gibt es immer! Auch dafür, daß ich sie aus dem Fenster hängen lasse.«

Sie wollte das Thema einfach nicht beenden. Erst brummte sie noch ein wenig vor sich hin, dann beruhigte sie sich plötzlich wieder.

»Zum Teufel mit ihnen. Auf jeden Fall macht dieses Band alles noch komplizierter. Aber zurück zu deinem kleinen Freund!«

»Zu welchem?«

»McCormack ... ich meine, Long. Bist du sicher, daß das sein richtiger Name ist?«

»Überhaupt nicht. Er könnte auch Thompson heißen.«

»Aha. Und jetzt willst du von mir die Antwort wissen, was?«

»Stimmt.«

»Du weißt, daß ich es hasse ...«

»Ich weiß.«

»Und du weißt, daß es mich völlig erschöpft.«

»Ich weiß.«

»Und trotzdem?«

»Es gibt keinen anderen Weg. Natürlich mußt du wissen, daß es selbst so nicht sicher ist. Vielleicht bleibt es nur ein mißglückter Versuch.«

Sie stand auf und trat zum Fenster, schaute durch die Ritzen auf die vom Mondlicht überfluteten Berge und zuckte dann mit den Schultern.

»Scheiße. Von mir aus. Zu Hause kann ich mich ja ausruhen. Komm, laß es uns hinter uns bringen ...«

Sie zog die Schuhe aus, legte sich bequem auf das Bett, plazierte die Arme locker neben dem Körper, so daß die Handflächen nach oben schauten. Sie schloß die Augen und formte mit den beiden mittleren Fingern ein V.

»Okay, du kannst anfangen.«

Ich setzte mich neben sie und begann, ihre Stirn zu streicheln. Manchmal überflogen meine Fingerkuppen auch sanft die Augäpfel, dann flossen sie über die Schläfen. Und dabei redete ich ununterbrochen.

»Laß dich fallen, Liebste … Denk an gar nichts. Laß dich fallen … Bald gehen wir nach Hause … Laß dich fallen …«

Ich fuhr damit so lange fort, bis sich ihre Augen unter den Lidern kaum noch bewegten und die vollen Brüste mit ruhiger Würde sanft auf und ab wogten.

Ich legte einen Finger an ihre Seite, dorthin, wo ich sie immer kitzelte, wenn ich gute Laune hatte. Diesmal kreischte sie nicht, wie sonst immer, sondern ruhte sanft weiter und sog die Luft gleichmäßig ein, als ob sie schlafen würde.

»Baby«, sprach ich sie an, »liest du oft den Daily Telegraph?«

Zuerst flüsterte sie nur, dann sprach sie lauter, etwas heiser und irgendwie fremd: »Den Daily Telegraph? Es kommt vor …«

»Hast du ihn heute schon gelesen?«

»Noch nicht … heute noch nicht …«

»Kauf einen, Kleines!«

»Daily … Telegraph.«

»Genau. Einen Daily Telegraph … Schließlich spazierst du doch auf der Market Street. Dort an der Ecke ist der Zeitungskiosk. Kauf einen Daily Telegraph …«

»Einen Telegraph bitte … Danke sehr …«

»Hast du ihn, Baby?«

»Hier in der Hand …«

»Öffne ihn auf der zweiten Seite … Die zweite Seite …«

Ihre Hand bewegte sich, und die Finger zitterten, als ob sie wirklich in einer Zeitung geblättert hätte.

»Die zweite Seite … Die zweite Seite. Dort müssen die Namen der Redakteure stehen, Darling. Auf der zweiten Seite. Siehst du sie?«

»Ja, Leslie, ich sehe sie.«

»Kannst du sie lesen?«

»Die Buchstaben sind so klein, ich muß mich näher darüber beugen … Langsam brauche ich eine Brille, Leslie. Ich fürchte nur, sie wird mir nicht stehen … Jetzt ist es gut. Jetzt kann ich sie lesen.«

»Schau gut hin, Kleines! Ich brauche einen Namen. Nur einen Namen.«

»Welchen ... Namen?«

»Das sage ich dir gleich ... Wie viele stellvertretende Redakteure hat das Blatt?«

»Eins ... zwei. Ja. Zwei.«

»Siehst du ihre Namen?«

»Ja, Leslie ...«

»Lies sie mir vor! Laut, mein Kleines!«

Zuerst bewegten sich wieder wortlos ihre Lippen, dann stieß sie, wenn auch schwer, die Worte aus sich heraus: »Francis ... Bill ... Bill Francis.«

»Der andere, Darling, der andere?«

»Oscar ... Oscar ... Die Buchstaben sind wieder so klein geworden, Leslie.«

»Es ist sehr wichtig, Baby ... Versuch es zu lesen. Oscar wer?«

»Henderson ... Oscar Henderson.«

»Gut so, Liebste! Noch eine letzte Frage: Siehst du den Namen Long? Erwin Long?«

»Long?«

»Ja.«

Ich spürte, wie ihr Körper unter der Anstrengung zitterte, und ich wußte, daß ich sie in wenigen Augenblicken aufwecken mußte.

»Also ... Erwin Long«, versuchte ich es verzweifelt.

»Long ... Erwin Long. Nein. Es gibt keinen solchen Namen auf der Liste.«

»Danke, Kleines. Gleich wecke ich dich auf. Ruhe dich noch etwas aus.«

Ich ging schnell zum Kocher und setzte noch mehr Kaffee auf. Dann legte ich meine Hand auf ihre Stirn und weckte sie langsam auf. Sie schaute sich etwas zerstreut um und griff nach der Tasse.

»Brr! Wie ich das hasse! Als ob ich eine drei Tage dauernde Hochzeitsnacht mit einem Elefanten durchgezogen hätte! War es wenigstens erfolgreich?«

»Wie man's nimmt. Erwin Long steht nicht auf der Liste.«

»Das ist immerhin etwas.«

Sie setzte sich auf, und ich sah erleichtert, daß sie selbst im trüben Lampenlicht langsam wieder Farbe ins Gesicht bekam.

»Hast du nachgeschaut, worum ich dich gebeten habe?« fragte sie.

»Natürlich. Mit McCormack.«

»Hmm.«

»Ich hatte keine andere Wahl. Alleine wäre es riskant gewesen.«

»Und?«

»Wir haben den Hubschrauber gefunden.«

Vor lauter Überraschung blieb ihr der Mund offen.

»Heiliger Geist! Und das sagst du erst jetzt?«

»Wann hätte ich es denn erzählen sollen? Übrigens war niemand drin …« Und dann berichtete ich von dem Ausflug, meiner Unterhaltung mit Mohun über die Pilger und dem einzelnen Mann, und natürlich auch dem Tod des Mönchs.

»Das war's«, beendete ich die Geschichte.

»Bist du sicher, daß Thompson angekommen ist?« Sie hob ihr hübsches Gesicht.

»Nicht ganz. Aber wer sonst könnte es sein?«

Wir schwiegen wieder eine Weile, dann faßte sie sich an die Stirn, sprang auf und schrie halblaut:

»Ich hab' genug von dem Ganzen! Ich weiß ja nicht mal, ob nicht ich morgen die Nächste bin. Und dann auch noch diese Idioten! Anstelle uns zu unterstützen …«

»Leise, Kleines!« versuchte ich sie zu beruhigen. »Jemand könnte dich hören!«

»Ich scheiß' drauf!« sagte sie lakonisch, riß den Umhang von ihrem Körper und warf sich in meine Arme.

»Komm, laß uns ins Bett gehen, sonst werde ich noch verrückt! Den ganzen Tag passe ich nur auf, ja kein Purbu in den Rücken zu kriegen … Es würde mich nicht wundern, wenn ich durch diese Angst inzwischen frigide geworden wäre. Ich will augenblicklich mit dir schlafen!«

Nun, was das anging, schienen ihre Befürchtungen grundlos zu sein. Zu meiner größten Zufriedenheit, wohlgemerkt.

75

Wir lagen nebeneinander auf dem Bett, als sie plötzlich laut auflachte.

»Weißt du, was mir eingefallen ist, Leslie?«

»Was, Liebling?«

»Wie sehr jetzt die gute alte Baxter staunen würde, wenn sie uns so sehen könnte ...«

Darüber mußte man tatsächlich lachen.

76

Die Morgendämmerung schien schon durch die Spalten der Fensterläden, als sie aufbrechen wollte.

»Was machst du heute?« fragte ich.

»Ich weiß noch nicht«, murmelte sie müde, während sie ihren Umhang anzog. »Ich hasse dieses ewige Bemuttern. Ich kann mich leider immer nur schwer abseilen. Außerdem nervt mich, daß du auch meine Arbeit erledigst.«

»Darüber rege dich mal nicht auf«, beruhigte ich sie.

»Und du?«

»Ich habe dir ja von Mohun erzählt. Er sagte etwas äußerst Seltsames, ich weiß nicht, ob ich es bereits erwähnt habe ...«

»Was, Leslie?«

»Daß Karma Damtschö ein alter Mann ist.«

»Wer zum Teufel ist Karma Damtschö?«

»Der Hauptlama von Khangpa.«

»Was du nicht sagst!«

»Du weißt, was das bedeutet?«

»Was?«

»Daß der Mann, besser gesagt der sehr junge Mann, der uns in so vorzüglichem Englisch empfangen hat und der sich als Karma Damtschö ausgab, nicht der richtige Hauptlama ist. Überhaupt nicht!«

»Sondern?«

»Das ist es, was ich herauskriegen will. Und ich habe auch schon einen Verdacht.«

»Thompson?«

»Vielleicht. Oder einer aus seiner Bande.«

»Also wollte er uns sehen.«

»Richtig. Er kam, uns zu begrüßen, weil er uns in die Augen blicken wollte, was ihm auch gelungen ist. Aber wir haben auch in seine gesehen.«

»Dann sind die anderen Lamas also auch ...?«

»Nicht unbedingt. Mohun wußte auch von nichts. Das Leben im Kloster ist schon etwas Seltsames ... Noch dazu wohnen einige Mönche gar nicht hier, sondern unten im Dorf. Morgens kommen sie hoch, abends kehren sie wieder zurück. Und sie sehen nur selten den Hauptlama. Besonders, seitdem er alt und kränklich ist. Es kann sein, daß sie von alledem keine Ahnung haben.«

»Mein Gott, von was?«

Schnell setzte ich den Kaffee auf.

»Ich bin sicher, daß Thompson den Hauptlama erwischt hat.«

»Mein Gott! Das meinst du nicht im Ernst!«

»Doch, natürlich. Und Thinka, der uns zur Seite gestellt wurde, ist auch mit von der Partie.«

»O Gott!«

»Erinnere dich an seine Augen ... Die ganze Zeit über stand in ihnen die Angst geschrieben. Ich dachte schon beim ersten Mal, als ich ihn sah, daß etwas nicht stimmte, aber ich ahnte nicht, daß es etwas mit uns zu tun hatte.«

»Das ist ja schrecklich! Und was willst du jetzt tun?«

»Ich will mich davon überzeugen, daß ich recht habe.«

»Bitte, bitte, paß sehr auf dich auf!«

»Seit Tagen schon mache ich nichts anderes. Außerdem gilt das für dich ebenso.«

Wir tranken den Kaffee, und kurz bevor sie auf den Flur trat, drehte sie sich noch einmal zu mir um.

»Das Purbu habe ich in die Tasche deines Rucksacks gesteckt. Es ist bei dir besser aufgehoben ... Und noch etwas!

Wenn du zu Karma Damtschö gehst, nimm McCormack mit. Versprichst du es mir?«

»Aber sein Name steht doch nicht im Impressum des Daily Telegraph!«

Schlechtgelaunt schüttelte sie den Kopf.

»Mich interessiert nicht, wer er ist. Aber er gehört nicht zu ihnen. Vielleicht sucht er seinen Freund und lügt alles zusammen, was ihm gerade einfällt. Aber er ist kein Gegner, verstehst du!«

Ich küßte sie auf die Nasenspitze und schob sie vorsichtig aus dem Zimmer.

77

So sehr ich es auch versuchte, ich konnte nicht mehr einschlafen. Der Ölofen brummte zwar angenehm beruhigend an meiner Seite, aber der frühe Kaffee war keine gute Idee gewesen. Ich entschied mich, daß es das Beste wäre, aufzustehen und mir noch vor dem Frühstück die Beine ein wenig zu vertreten.

Der Flur war menschenleer, wie in der letzten Zeit so häufig. Im Morgenlicht erblaßte das flackernde Licht der Petroleumlampe. Aus einer plötzlichen Eingebung heraus trat ich zu ihr und pustete sie aus. Nach einem Blick auf die Treppe aber mußte ich einsehen, daß dieser plötzliche Anflug von Sparsamkeit etwas voreilig gewesen war. Also zog ich Streichhölzer aus meiner Tasche und wollte sie wieder anzünden, mußte aber warten, da die Glasglocke noch heiß war. In meine Hand und auf den heißen Zylinder blasend, und dadurch das eine erwärmend, das andere kühlend, stand ich vor der Lampe, als plötzlich Eve Pickford im Treppenaufgang erschien, hinter ihr die ewige Miss Baxter.

Als sie mich sahen, blieben sie beide plötzlich stehen und starrten mich an, als ob sie den Geist der Lampe aus Tausendundeiner Nacht vor sich hätten.

Baxter schien anscheinend dasselbe eingefallen zu sein,

denn nachdem sie mich erkannt hatte, legte sie das bekannt-berüchtigte, spöttische Lächeln auf.

»Schau da, unser kleiner Aladdin«, sagte sie überhaupt nicht freundlich. »Was zum Teufel treiben Sie da mit dieser Lampe?«

»Ich … äh … wollte sie nur ausmachen.« Ich blickte hilfesuchend zu Eve Pickford.

Das Mädchen errötete bis zum Haaransatz. Unter ihren Augen waren dunkle Ringe zu sehen, und ihre zarte Hand zitterte leicht.

»Was wollten Sie?« hakte Baxter erbarmungslos so laut nach, daß einige in ihren Zimmern aus dem Schlaf gerissen wurden und krächzend aufwachten.

»Leiser, um Himmels willen!« Ich war inzwischen zu mir gekommen, zündete die Lampe wieder an und schloß den verdammt heißen Zylinder. »Wollen Sie alle aufwecken?«

»Kümmern Sie sich mal nicht um die anderen«, rief sie zurück. »Verraten Sie mir lieber endlich, was Sie an der Lampe manipuliert haben! Ihr Verhalten gefällt mir ganz und gar nicht … Wie Sie da neben der Lampe standen, sahen Sie aus wie der Glöckner von Notre-Dame.«

»Jetzt hören Sie mal zu«, sagte ich und tat einen Schritt in ihre Richtung. »Ich habe jetzt genug von Ihren Verdächtigungen … Haben Sie verstanden? Außerdem, fassen Sie den Zylinder an!«

»Den was?«

»Das Glas der Lampe. Der wird Zylinder genannt. Fassen Sie ihn an!«

»Wozu denn?«

»Später. Fassen Sie ihn schon an!«

Ich sah Interesse in ihren Augen aufglimmen, und sie trat zur Lampe. Vorsichtig untersuchte sie sie von weitem und fragte dann unbestimmt: »Was ist daran so Besonderes?«

»Ich sagte doch, fassen Sie ihn an!«

Endlich gab sie sich einen Ruck und glitt mit den Fingern darüber.

Sie schrie so laut auf, daß im nächsten Zimmer Seras verstörtes Gesicht in der Tür auftauchte.

»Aua! Scheiße! Warum haben Sie mir nicht gesagt, daß dieses Ding so heiß ist?«

»Weil ich ihr Gesicht sehen wollte ...«

»Mein Gesicht?«

»Genau. Sie sahen eben so aus wie der Glöckner von Notre-Dame!«

Damit wich ich ihr schnell aus und ging die Treppe hinunter.

»Zum Teufel mit dir, du Blödmann«, brüllte sie mir nach. Und Seras schadenfrohes Lachen weckte garantiert jeden auf, der bis dahin noch geschlafen hatte.

78

Ich war schon auf dem Hof, als mich Sera einholte.

»Das Programm heute morgen war perfekt«, sagte er immer noch lachend. »Aber jetzt mal ehrlich, was war mit dieser Lampe? Haben Sie irgendwas gefunden?«

Ich erzählte ihm, wie das Ganze passiert war. Sera hörte mir zu, sagte aber kein Wort. Still spazierten wir auf dem vereisten Schnee, der unangenehm unter unseren Stiefeln knirschte. Schließlich brach er das Schweigen.

»Was haben Sie vor, Mr. Lawrence?«

»Was genau meinen Sie?«

»Na, mit der Expedition.«

Ich war gespannt, worauf er hinauswollte, also antwortete ich ausweichend: »Ich weiß nicht so recht. Vorerst können wir gar nichts unternehmen. Wir müssen warten.«

»Ja, ja, aber wie lange noch?«

»Mindestens einen Monat.«

Sera erbleichte.

»Meinen Sie das im Ernst?«

»Nicht ich, sondern die Sherpas. Und wenn ich mich nicht täusche, hatten Sie es eigentlich auch eingesehen.«

»Aber man könnte es doch versuchen ...«

»Was?«

»Nach Katmandu zurückzukehren.«

»Wieso wollen Sie denn andauernd umkehren? Wir haben ja noch gar nicht unseren Boss getroffen, Mr. Thompson! Es ist unsere Pflicht, auf ihn zu warten!«

Er sah mich an, als ob ich übergeschnappt wäre.

»Glauben Sie denn wirklich, daß der irgendwann mal auftaucht?«

»Vielleicht ist er ja schon da!«

Er schreckte wie von einer Schlange gebissen zurück.

»Das gibt es nicht! Woher wissen Sie das? Das ist unmöglich!«

Seine Emotionen überraschten mich. Ich blieb stehen und blickte ihn ungläubig an. Der Hauptmann kam langsam zu sich und begann sich nervös zu entschuldigen:

»Bitte verzeihen Sie, aber meine Nerven … Ich sehe schon überall Gespenster. Aber was haben Sie gesagt? Mr. Thompson ist hier?«

Nach diesem Vulkanausbruch hielt ich es für besser, mich zurückzuziehen.

»Nicht doch! Ich wollte nur sagen, daß er hier sein könnte.«

Ich hätte schwören können, daß ihm ein kleiner Kandschendzönga vom Herzen gefallen war.

Zwar ahnte ich, daß damit die Sache für ihn noch nicht ausgestanden war, aber ich ließ mir Zeit und wartete, wie er sein Anliegen vorbringen würde. Wie wir so dastanden, einander musternd, kamen plötzlich Mönche aus dem Tor, das in den zweiten Hof führte. Schön ordentlich und paarweise spazierten sie in Richtung der Betsäle. Ich konnte nicht feststellen, ob sie aus dem Dorf oder aus den kleinen Lehm- und Ziegelhäuschen des Klosters kamen. Gelbe Kaftans, rote Umhänge und gelbe Kopfbedeckungen sowie riesige Stiefel mit gebogenen Spitzen zogen an uns vorbei. Die aus den weiten Ärmeln hervorschauenden Hände drehten Gebetsmühlen, und im blitzend, klaren Morgenlicht glühten, Korallenperlen gleich, ihre rosaroten Augen. Das Schlurfen der Stiefel verschwamm zu einem einzigen monotonen Geräusch; die Lamas passierten uns schließlich und gingen weiter. Sera starrte ihnen gleichgültig nach. Ich sah ihm an, daß seine Gedanken ganz woanders waren. Sicher dachte er darüber nach, auf welche Weise er mir befehlen könnte, nach Katmandu zurückzukehren. Es hätte mich interessiert, was ihn so sehr dorthin zog.

Über den Köpfen der Lamas flogen einige Tauben, als ob sie die Gruppe begleiten würden. Die über den Gebetsfahnen hockenden Krähen erhoben sich mit lauten Rufen in die Luft, als sich die Tauben näherten, und zogen in Richtung Dorf davon. Das Kloster von Khangpa wachte langsam auf.

Die Mönche waren schon eine ganze Weile unterwegs, und ich wollte gerade losspazieren, als Sera plötzlich aufschrie. Ich verstand seine Worte nicht; unfreiwillig hatte er wohl seine Muttersprache benutzt. Und dann sah ich nur noch, daß er zu den Lamas rannte und in seiner Rechten eine Waffe glänzte.

Wie versteinert stand ich da und wußte nicht, was geschah. Was machte dieser Verrückte? Sollte ich ihm nachrennen?

Bevor ich mich noch entscheiden konnte, erschien er wieder mit einem jungen Lama an der Hand und zerrte ihn aus der Gruppe heraus. Die Reihe blieb stehen, und die Mönche schoben sich zusammen.

»Was ist passiert, Hauptmann?« schrie ich ihn an, als ich ihn wieder zu sehen bekam. »Wer ist dieser Mann?«

Sera fegte mit einer schnellen Bewegung die Kapuze des Mönches herunter und blickte ihm ins Gesicht. Dann winkte er resigniert ab.

»Er ist es nicht, zum Teufel!«

»Aber … wer sollte es denn sein?«

Seras Augen glitzerten vor Wut, er dachte gar nicht daran, mir zu antworten.

»Ich werde ihn kriegen! Ich werde ihn schon noch erwischen!« schrie er und schubste den jungen Lama, so daß dieser trotz aller Versuche, sich auf dem vereisten Schnee aufrecht zu halten, nach einigen komischen Verrenkungen doch noch ausrutschte.

Sera war inzwischen schon im Nachbarhof. Wir konnten seine wütenden Schreie noch hören.

Ich rannte zu dem Mönch und half ihm wieder auf die

Beine. Die anderen standen nur um uns herum und verstanden das Ganze nicht. Ich selber übrigens auch nicht.

Der Lama zupfte seine Kleidung zurecht, und ich hielt es für meine Pflicht, wenigstens ein paar freundliche Worte zu sagen.

»Ist dir nichts passiert?« versuchte ich es auf Englisch. Lächelnd schüttelte er den Kopf.

»Nein«, antwortete er. Dann, langsam nach den Worten suchend, fügte er hinzu: »Ich ... habe nichts. Aber was ist mit deinem Freund?«

»Ich weiß nicht. Er dachte, daß du vielleicht jemandem ähnlich siehst, den er kennt.«

Wortlos lächelte er wieder, und ich war mir nicht sicher, ob er mich auch verstand. Ich wollte mich gerade wiederholen, als mit hochrotem Kopf der beschämte Sera wieder auftauchte.

Die Mönche drehte sich wie auf Befehl zu ihm um und flüsterten etwas. Dann schienen sie sich plötzlich zu schämen, daß sie sich solch weltlichen Freuden hingegeben hatten, denn sie reihten sich wieder auf und gingen auf die Betsäle zu.

Sera blieb mit niedergeschlagenem Blick neben mir stehen. Wir schwiegen eine Weile, dann schöpfte Sera Kraft und grinste mich an: »Sie halten mich für blöd, was?«

Ich sagte nichts, was er auch als Zustimmung auffassen konnte.

»Bin ich aber nicht. Nur meine Nerven ... Und Sie wollen weiter in diesem Rattenloch bleiben?«

»Es ist doch ein ganz nettes Kloster«, verteidigte ich Khangpa.

»Pfui«, er rümpfte die Nase. »Sie Europäer haben aber einen komischen Geschmack.«

»Übertreiben Sie nicht ein wenig, Sera?«

»Ich will von hier verschwinden«, sagte er einfach. »Ich habe verdammt die Nase voll! Und wenn Sie bleiben wollen, dann bitte. Mir reicht es.«

Ich spürte, daß seine Verzweiflung diesmal einen besonderen Grund hatte. Und dieser Grund hatte sicher etwas mit dem Phantomgesicht zu tun, das er bei dem Mönch wiedererkannt zu haben glaubte.

Mit einer schnellen Bewegung griff ich ihn am Kragen und zog ihn dicht vor mein Gesicht. Der Angriff überraschte ihn wohl, denn er flog mir entgegen wie ein kleiner Vogel.

»Genug von dem Mist, Sera!« schrie ich ihn an und täuschte vor, meine Geduld verloren zu haben. »Raus damit! Wen hatten Sie zwischen den Lamas entdeckt?«

Erfolglos versuchte er sich aus meinem Griff zu befreien.

»Lassen Sie mich los! Hören Sie? Sofort loslassen!« Er röchelte und wollte mich gegen das Schienbein treten. Ich war gezwungen, ihm sanft, aber bestimmt meine Faust in den Magen zu plazieren, um ihn etwas ruhigzustellen.

»Sie sind verrückt! Sie haben ja den Verstand verloren!« Er schnappte nach Luft. »Sie denken doch nicht ...«

»Wer war dieser Mann, Sera?« fragte ich ruhig und hob wieder meine Faust.

»Nein!« rief er und fügte dann leiser hinzu: »Sie kennen ihn sowieso nicht.«

»Das überlassen Sie mal ruhig mir ... Nun? Raus damit!«

Als ich den Griff etwas lockerte und er wieder Luft bekam, versuchte er erneut das Unmögliche:

»Das verbiete ich mir!« kreischte er. »Ich bin Hauptmann der nepalischen Polizei! Ich werde Sie anzeigen, und dann kommen Sie hinter Gitter, egal, ob Sie Ausländer sind oder nicht! Vergessen Sie nicht, daß wir in Fernost sind; hier verschwinden Leute schneller als sonstwo auf der Welt! Vergessen Sie das nicht!«

Ich schlug wieder zu, so daß er sich aufbäumte. Er würgte verzweifelt.

»Scheiße ... Hören Sie endlich auf! Ich sage es ja, nur hören Sie damit auf!«

»Da Sie schon Fernost und das Verschwinden ansprechen«, erwiderte ich lächelnd, »fällt mir gerade etwas ganz Lustiges ein. Sehen Sie dort an der Wand diese riesigen Gebetsmühlen?«

»Na und?« keuchte er gereizt.

»Nehmen wir an, ich erwürge Sie jetzt ...«

Er zuckte zusammen. Fast wäre mir dabei sein Anorak entglitten.

»Hilfe! Sie sind verrückt geworden ... Sie Mörder!«

»Ich erwürge Sie«, setzte ich unbeirrt fort, »dann bringe ich Sie zu den riesigen Zylindern, öffne einen und stecke die sterblichen Überreste des ehemaligen Hauptmanns Sera hinein … Dann verschließe ich ihn wieder … Stellen Sie sich mal vor, wie gut Sie es dort haben werden, Sera … Wenn die Lamas Ihren Geruch nicht entdecken, können Sie bis in alle Ewigkeit im Kreis drehen … Solange, bis die Gebetsmühle zerfällt … Wie gefällt Ihnen die Idee?«

»Sie sind verrückt … Total verrückt!«

»Singen Sie mal, mein Täubchen! … Ich habe Sie etwas gefragt! Was meine Verrücktheit angeht, ich habe allen Grund dazu! Der letzte Akt des Dramas fängt an, Hauptmann Sera!«

»Was wollen Sie wissen?« brummte er böse, seinen Bauch betastend.

»Das sagte ich schon. Wer war dieser Typ, den Sie erkannt zu haben glaubten?«

»Sein Name würde Ihnen sowieso nichts sagen.«

»Meinen Sie?«

»Ich bin mir sicher.«

»Versuchen Sie's trotzdem!«

»Also gut. Norbu. Ich dachte, dieser jemand sei Norbu. Sind Sie zufrieden?«

Er wußte ja gar nicht, wie sehr. Sollte langsam wirklich der letzte Akt anbrechen?

»Mit wem haben Sie ihn verwechselt? Mit dem jungen Lama?«

»Was weiß ich. Wie ich so dastand mit Ihnen und die Lamas anschaute, sah ich plötzlich Norbus Gesicht vor mir.«

»Wer ist dieser Norbu?«

»Nun … ein bekannter Drogenschmuggler. Ich meine, ich glaubte, ihn zu sehen. Denn daß ich ihn verwechselt habe ist klar. Drogenhändler kommen nicht in diese Gegend. Ich sagte doch, ich bin mit den Nerven am Ende … Deswegen will ich ja auch von hier verschwinden. Verstehen Sie? Wenn ich bleibe, sterbe ich … Und jetzt lassen Sie mich endlich los, zum Teufel!«

Ich ließ ihn gewähren, wodurch er fast auf den Schnee gefallen wäre.

»Was ist denn mit Ihnen los?« fragte er mich klagevoll. »Sie haben mich ja fast umgebracht … Was dachten Sie denn, wen ich zwischen den Mönchen entdeckt hatte? Den Dalai Lama?«

»Keine Ahnung«, sagte ich und paßte auf, daß meine Stimme sorglos klang. »Ich nahm nur an, daß gegen einen Nervenzusammenbruch körperliche Gewalt das beste Mittel sei.«

»Danke sehr«, erwiderte er bitter und massierte immer noch seinen Magen. »Wenn ich das nächste Mal nervös werde, gehe ich Ihnen lieber aus dem Weg.«

»Trotzdem, Freunde?«Ich bot ihm meine Hand an.

Er nahm sie an und schüttelte anerkennend den Kopf.

»Für einen Käfersammler können Sie verdammt hart zuschlagen. Ich möchte kein Insekt sein, das Sie ins Visier genommen haben …«

Darin waren wir uns einig.

79

Ich wartete, bis er im Wohngebäude verschwand und lenkte dann meine Schritte zum Betsaal. Bei meinem Näherkommen flogen zuerst die Tauben weg, die Körner auf dem Hof aufpickten, und dann auch die kleinen Spatzen, die neben dem Eingang auf den beiden großen, bronzenen Räucherfässern saßen. Sie landeten alle zusammen auf den Glöckchen und erfüllten den Hof mit lautem Klingeln.

Im Saal wurde gerade eine Messe gehalten; ich hörte das monotone Gemurmel und das Knistern der Blätter in den Gebetsbüchern. Die Wohnstätte des Hauptlama befand sich wahrscheinlich im ersten Stock des Saales. Das nahm ich zumindest aufgrund meiner Beobachtungen an.

Bevor ich die Treppe erklomm, entsicherte ich meine Pistole. Zuerst wollte ich sie mir in die Außentasche stecken, dann versteckte ich sie doch lieber hinter dem Hosenbund unter dem Pullover.

Die alte Holztreppe knarrte natürlich unter jedem meiner

Schritte und vermittelte mir das Gefühl, sie könne jederzeit unter mir zusammenbrechen. Als ich mich auf das Geländer stützte, knarrte dieses selbstverständlich auch. Mein Plan, mich unbemerkt an Karma Damtschö heranzuschleichen, mußte also gründlich revisioniert werden.

Als ich die letzte Stufe hinter mir hatte, blieb ich für ein paar Sekunden stehen, um mich an die Dunkelheit zu gewöhnen. Nach einiger Zeit bemerkte ich die Umrisse einer riesigen Tür, die sicherlich zur Residenz des Hauptlamas führte. Je mehr ich sah, desto klarer wurde mir auch, warum es hier oben so dunkel war. Die Fensterläden waren zugezogen und gardinenartige Stoffstücke verdeckten sorgfältig jeden noch so kleinen Ritz.

Die dritte Entdeckung war die unangenehmste. Sie enthüllte mir die Silhouette eines Mannes, der während meiner Gardinenschau hinter mir auf der Treppe erschienen war. Und es war auch nicht allzu beruhigend, daß er ein ziemlich großer Messer in der Hand hielt.

Ich drehte mich um und zog meine Waffe hervor. Dann lehnte ich mich vorsichtig an die Wand und merkte erst jetzt, daß die großen dunklen Schatten neben der Eingangstür keine Türpfosten waren, sondern zwei Menschen, die mit verschränkten Armen regungslos warteten.

Ich überlegte gerade, wen ich von den beiden ansprechen sollte, als die Tür einen Spaltbreit geöffnet wurde und Thinka, der uns zugewiesene Lama, erschien.

»Wer ist da?« fragte er stumpf.

»Lawrence.« Ich versuchte einen ruhigen Unterton mitschwingen zu lassen. »Leslie L. Lawrence.«

»Was wollen Sie?« hörte ich Thinka fragen, und ich hätte schwören können, daß er vor Angst zitterte.

»Ich muß mit Seiner Heiligkeit sprechen.«

»Das ist unmöglich«, wimmerte er, »Seine Heiligkeit empfängt niemanden. Der Lebende Gott schläft.«

»Ich muß unbedingt mit ihm sprechen«, ich blieb hart. »Dort unten passieren seltsame Dinge.«

Es schien mir, als hätte ich ein Flüstern hinter seinem Rücken gehört.

»Ich bitte Sie sehr, gehen Sie jetzt«, sagte er nach einer kleinen Pause. »Seiner Heiligkeit geht es nicht gut. Nach dem Mittagessen komme ich zu Ihnen und höre mir ihre Beschwerden an … Seine Heiligkeit bedauert es sehr, Euch nicht empfangen zu können … Er hofft, daß er sehr bald mit Ihnen sprechen kann. Sehr bald … Bis dahin bittet er Sie um etwas Geduld …

Das Flüstern ging weiter, aber Thinka sagte nichts mehr. Er starrte auf den Boden und machte ein Gesicht, als sei ein Messer auf seinen Rücken gerichtet.

Möglicherweise lag ich damit nicht einmal so falsch.

80

»In Ordnung«, sagte ich zu Thinka und dachte über die verschiedenen Möglichkeiten des Rückzugs nach. Dann fiel mir plötzlich etwas ein. Ich trat an ihn heran, mit einer Bewegung, die man ohne weiteres auch als drohend empfinden konnte. Ich wußte, daß es riskant war, aber ich konnte nicht anders. Ich wollte etwas verstehen, besser gesagt, ich wollte mich von etwas überzeugen, das ich schon längst vermutete.

Thinka hob nicht einmal seinen Blick vom Boden, er schaute nur resigniert nach unten, als ob es dort etwas zu sehen gäbe. Nicht aber die beiden Türsteher und der Mann von der Treppe.

Vor mir zuckten die beiden zusammen; der eine pfiff leise, und beide zogen noch im selben Augenblick lange, seltsam aussehende Schwerter unter ihren Kaftanen hervor und kreuzten sie vor meiner Nase, den Eingang damit versperrend. Erst jetzt wachte Thinka auf und schlug erschrocken die Tür zu.

So stand ich den beiden Türstehern gegenüber, während der dritte in mein Ohr keuchte.

Ich wedelte mit meiner Pistole und lehnte mich erneut gegen die Wand. Die beiden vor der Tür senkten langsam wieder ihre Waffen und verstauten sie schließlich genauso elegant, wie sie sie zum Vorschein gebracht hatten. Sie kreuzten die Arme vor der Brust, und ich spürte förmlich ihre brennenden Blicke auf mir. Vorsichtig spähte ich zum Treppenaufgang. Der riesige Schatten stand immer noch auf der letzten Stufe, das Messer sah ich allerdings nicht mehr blitzen.

Sichtbar und hörbar ließ ich eine Patrone in den Lauf gleiten und tat ein paar Schritte zur Treppe. Die Türsteher bewegten sich nicht, kümmerten sich scheinbar gar nicht mehr um mich.

In dem Moment wurde mir klar: Diese Leute wollten mir nichts antun. Sie wollten zwar verhindern, daß ich Karma Damtschö zu sehen kriegte, aber – zumindest vorerst – hatten sie keine weiteren Pläne mit mir.

Ich blickte nach vorne und schluckte. Der riesige Schatten war mindestens anderthalb Köpfe größer als ich und sicherlich auch gute vierzig Pfund schwerer, obwohl ich nicht unbedingt von schwächlicher Statur bin.

Ich steckte die Waffe wieder ein und ging zur Treppe. Dabei stapfte ich absichtlich laut auf, damit Karma Damtschö wußte, daß Fremde hier oben in seinem Vorgarten waren.

Mit wenigen Schritten war ich neben dem Riesen, und auf Zehenspitzen stehend klopfte ich ihm auf die Schulter.

»Hey«, sagte ich locker, während mein Herz fast aus der Brust sprang. »Was ist hier überhaupt los? Wieso darf man den alten Herrn nicht sehen?«

Er erhob sich wie ein Dschinn über mir, der darüber nachdenkt, ob er mich sofort zertreten oder damit noch etwas warten soll.

Mein Mann entschied sich wohl für letzteres, denn obwohl er mit einer einzigen Bewegung meine Hand abschüttelte, versuchte er nicht, mich zu schlagen oder gar zu zertreten. Vorsichtig trat er einen Schritt zurück, als sei es ihm ausgesprochen unangenehm, in meiner Nähe zu stehen.

Ich streckte meinen Zeigefinger und stieß ihm damit in den Bauch.

»Und wer bist du?«

Er schnaufte wie ein riesiges Wildschwein, und ich ahnte, daß seine Augen blutrünstig auf mich blickten. Allerdings konnte ich weder die noch den Rest seines Gesichtes erkennen, also mimte ich weiterhin den Ahnungslosen.

Ich stieß ihm wieder in den Magen.

»Gehörst du zu Karma Damtschö?«

Ich glaube, das war dann doch zuviel für ihn. Mit einer schnellen Bewegung holte er sein riesiges Messer hervor, das ich schon früher hatte bestaunen dürfen.

Automatisch trat ich einen Schritt zurück, um zur Not wenigstens meine Pistole in Anschlag bringen zu können.

Der Riese hob das armlange Messer über den Kopf und machte Anstalten, sich auf mich zu werfen, als ihn ein Aufschrei stoppte. Es war einer der Türpfosten gewesen. Er winkte auch mit der Hand und bedeutete ihm, aufzuhören. Der Riese hielt inne. Viel Zeit zum Nachdenken blieb mir allerdings nicht, denn im nächsten Moment schwang mein Nachbar sein Bein und traf mich direkt in den Magen. Ich hörte meinen eigenen Wehlaut, dann fühlte ich, wie ich abhob und zur Treppe flog. Geräuschvoll landete ich auf den Stufen und rollte schwungvoll weiter nach unten, bis ich wie ein trauriges UFO im Erdgeschoß liegen blieb.

Während des Sturzes hörte ich von oben noch einen Schrei, dann lautes, dröhnendes Lachen, das klang, als käme es aus einem Brunnen. Dann wurde alles still.

Zum Glück war ich aus hartem Holz geschnitzt, außerdem hatten mich die Jahre in Fernost widerstandsfähiger gemacht. Ebenso das Karate- und Judotraining, wo ich gelernt hatte, richtig zu fallen. So konnte ich das Ganze ohne nennenswerte Verletzungen überstehen.

Zugegeben, ich war ein wenig benommen, als ich mich hochrappelte.

Die Statue im Vorraum, die Göttin Tara, schaute mir dabei lächelnd zu und bot mir zum Ausgleich ihre etwas überdimensionierten Brüste an.

Ich schüttelte den Kopf und schlich mich aus dem Gebäude. Draußen glitzerte das Sonnenlicht freundlich, und ein paar Lamas spazierten herum. Fünf Minuten später hätte ich schon selber beinahe nicht mehr sagen können, ob es nur ein Traum oder Wirklichkeit gewesen war. Wie gesagt, fast. Mein schmerzendes Genick gab mir jedoch deutlich Auskunft über die wahre Natur der Ereignisse.

81

Ich ging hoch in mein Zimmer und traf auf dem Weg die Lamas, die das Frühstück brachten. Man sah ihnen nicht an, ob der Vorfall mit Sera sie sehr verstört hatte; sie lächelten freundlich und zuvorkommend. Als sie wieder gegangen waren, machte ich mich über das Essen her. Die in dem milchigen Tee schwimmenden Butterstückchen erinnerten mich an alte Tage in der Mongolei.

Auch der Kuchen war äußerst schmackhaft. Und für nichts in der Welt hätte ich ihn übrig gelassen, wenn ich nicht den Zettel entdeckt hätte, der unter den Butterkeksen versteckt war. Aber ich entdeckte ihn, und das reichte, mir den Appetit zu nehmen. Besser gesagt, meine Gedanken vom Essen abzulenken.

Es war schönes, weißes Büttenpapier, so wie es für exquisite Einladungen benutzt wird, und darauf stand in fehlerfreiem Englisch der folgende Text: »Für Leslie L. Lawrence. Bitte kommen Sie unbedingt heute abend um 10 Uhr in den großen Betsaal. Setzen Sie sich auf den Platz des zeremonieführenden Lama. Sie werden das Schicksal der Cromwell-Expedition erfahren, und ich liefere Ihnen Norbu aus. Hochachtungsvoll: S.«

Ich ließ den Zettel auf das Tablett fallen und konnte nicht viel damit anfangen. Es war klar, daß S. nur Sera sein konnte, vor allem auch, weil er unter den Lamas den rätselhaften Norbu erkannt zu haben glaubte. Hatte ich mich in Sera doch getäuscht?

Ich legte den Kopf in die Hände und versuchte nachzudenken. Demnach hatte Sera Norbu doch noch irgendwo erkannt. Den Norbu, der in seinem Dorf begraben lag … Hmm. Also lebte Norbu noch. Wenn aber Sera ihn kannte, konnte er doch kein einfacher Drogenfahnder sein? Wer war er aber sonst?

Die nächste Frage war, was dieser Norbu hier wollte. Uns genauso umbringen wie die andere Expedition … Ich versuchte erst gar nicht eine Antwort darauf zu finden; wozu auch, hatte ich ja noch nicht einmal für die anderen Probleme eine Lösung. Das Auftauchen von Norbu komplizierte, sofern das überhaupt noch möglich war, die ganze Geschichte wieder einmal. Und es beantwortete keine Fragen. Wir wußten immer noch nicht, wer die Morde begangen hatte ... Und wer dieser Mr. Thompson war ... Und das Purbu ...

Dieser Gedanke alarmierte mich und brachte mich dazu, über das Bett zu springen und in der Tasche meines Rucksacks nachzusehen. Ich tastete sie von außen ab, spürte aber nichts Hartes; also riß ich den Reißverschluß auf und griff hinein.

Das tibetische Opfermesser war verschwunden.

82

Ich zog die seidene Gardine beiseite und starrte ins Sonnenlicht.

Die Berge grüßten mich und hoben ihre schneebedeckten Hüte. Aus dem Dorf hörte ich das leise Blöken einiger Lämmer und ganz aus der Nähe den morgendlichen Gesang der Lamas. Alles war ruhig und friedlich, nur meine Seele rumorte wie ein verkaterter Magen.

Ich hatte guten Grund zu glauben, daß das gestohlene Purbu für heute nacht und für mich bestimmt war. Aber wer hatte es genommen? Sein neuer Besitzer frühstückte jetzt vielleicht gerade seelenruhig und sah das Opfermesser schon sicher in meiner Brust stecken.

Hmm. Ich würde eine ziemlich häßliche Leiche abgeben.

Da mein Sinn für Ästhetik ziemlich ausgeprägt war, nahm ich mir vor, da noch einmal kräftig mitzumischen. Ich wollte meine Reisegefährten vor einem neuen unangenehmen Anblick schützen. Besonders, wenn ich dazu herhalten sollte.

83

Um die Mittagszeit herum betrat ich den Hof, um frische Luft zu schnappen. Und dabei leistete ich mir einen der größten Fehltritte, die ich bei dieser Reise in den Himalaja gemacht hatte. Wie sich später herausstellte, hätte es mich fast das Leben gekostet.

Vielleicht irritierte mich, daß alles so friedvoll aussah. Im zweiten Hof flogen die Vögel herum, und die riesigen Gebetsmühlen drehten sich langsam im Wind und knirschten hin und wieder dabei. Am Himmel zogen kleine Wolken. Wenn es nicht zwanzig Grad minus gewesen wäre, hätte ich mich am liebsten ausgezogen und mich in die Sonne gelegt.

Vorerst aber mußte ich mich damit begnügen, den Tauben zuzuschauen. Fleißig pickten sie die Körner auf, die sie von den Mönchen vorgelegt bekommen hatten, und ganz unfreiwillig fiel mir der Markusplatz ein. O ja, Venedig. Wie weit war doch jetzt Europa!

Ich bemerkte gar nicht, daß sich Hauptmann Sera zu mir gesellt hatte. Zuerst fiel sein Schatten auf die Vögel, dann drehte ich mich um und er stand auch schon vor mir.

»Wie geht es, Hauptmann?« Ich schaute ihn an und freute mich diesmal wirklich über seine Gegenwart.

»Wie denn wohl?« fragte er mürrisch zurück.

»Haben Sie ihn gefunden?«

»Wen?«

»Norbu.«

Er sah mich drohend an.

»Was für einen Norbu?«

»Na, den Sie suchen!«

»Ich suche keinen Norbu ... Und ich weiß auch nicht, woher Sie diesen Namen haben ...«

Das wäre der Zeitpunkt gewesen, wo die Glocken in meinem Kopf hätten Alarm schlagen müssen. Aber der Zauber beim Frühstück hatte wohl einiges durcheinander gebracht.

»Na, machen Sie keine Witze, Hauptmann«, ich lachte ihn an. »Übrigens habe ich Ihren Brief erhalten.«

»Ja?«

»Ich werde da sein. Um Punkt zehn Uhr im Zentralen Betsaal … Und keine Angst: Ich setze mich genau auf den Platz de Zeremonienführers.«

»Aber …«

»Ich verstehe nur nicht, was diese Geheimniskrämerei soll. Glauben Sie, man hört uns ab? In einem Umkreis von hundert Quadratmetern gibt es außer uns und den Tauben doch kein einziges Lebewesen!«

»Hören Sie mal …«

»Los, raus damit, Sera! Haben Sie Norbu schon erwischt?«

Sein Gesicht zuckte, und wütend hob er die Schultern.

»Nein. Ich habe überhaupt keine Ahnung, wer dieser Norbu ist. Heute früh war ich aufgeregt, weil ich glaubte, einen Rauschgifthändler gesehen zu haben, was sich als Täuschung herausstellte. Inzwischen habe ich vielleicht einen Namen gesagt … Aber daß das nicht Norbu war, darauf können Sie Gift nehmen!«

»Spielen Sie mit mir, Sera?«

»Wahrscheinlich Sie mit mir!« antwortete er gereizt. »Und was zum Teufel ist um zehn Uhr im Betsaal los?«

Mir wurde plötzlich schwindelig, und ich hatte das Gefühl, daß die Tauben höhnisch gurrten.

»Nichts, nichts«, murmelte ich. »Sicher auch nur ein Mißverständnis.«

Er zuckte erneut mit den Schultern und ging zum Haus.

»Sie sollten lieber darüber nachdenken, wann wir uns von diesem verdammten Ort verabschieden.« In der Tür drehte er sich noch einmal um, bevor er nach einem Kopfnicken endgültig verschwand.

Die Tauben gurrten weiter, als ob sie mich auslachen wollten, und dieses Geräusch vermischte sich mit dem Klang der kleinen Glöckchen. Ich fühlte mich betrogen und ausgeraubt; ich war in die Falle getappt wie ein blutiger Anfänger.

Ich schnappte ein paarmal tief nach der frischen, kalten Luft und spürte, wie sich meine Lunge mit dem Atem des Himalaja füllte. Zum Teufel mit Sera! Ein Glück, daß er nicht verstanden hatte, wovon ich sprach …

Ich schlenderte in mein Zimmer zurück, um mich auf den Abend vorzubereiten. Dabei überlegte ich mir, ob Sera es wirklich nicht verstanden hatte. Und wenn nicht, wer dann der unbekannte S. sein könnte, der mich zu diesem nächtlichen Rendezvous eingeladen hatte. Und last but not least, wohin das Purbu aus meinem Zimmer verschwunden war.

84

Als es dunkel wurde, hatte ich bereits ein ganzes Pfund Zwieback gegessen und mit zwei Kannen Kaffee heruntergespült. Ich kontrollierte meine Pistole und montierte sicherheitshalber auch den Schalldämpfer auf dem Lauf. Obwohl die Chancen, mein zukünftiges Opfer zu treffen, so viel geringer waren, schätzte ich, daß es in dieser Nacht nicht unbedingt zu einer großen Schießerei kommen würde.

Bevor ich losging, erwog ich noch einmal die Möglichkeit, McCormack mitzunehmen. Mein kleiner Partner im Kopf flüsterte mir zu, ich sollte es lieber alleine versuchen: Wenn man mich umbringen wollte, könnte mir McCormack doch nichts nutzen, ich würde ihn höchstens selber noch mit hineinziehen. Und vielleicht brauchte ja dieser rätselhafte S. meine Hilfe?

Ehe ich mein Zimmer verließ, spähte ich auf den Flur. In der Ecke flackerte traurig die Lampe, ansonsten zeigte sich keine Menschenseele. In den Zimmern war es ruhig, einzig aus Baxters Raum hörte ich Stimmen, sicherlich ließ sich Eve Pickford gerade behandeln.

Ich lächelte und schlich den Gang entlang.

Die Stufen knarrten unangenehm unter meinen Füßen, und die Flamme in der Lampe vor den Dämonentötern lag fast waagerecht im Luftzug. Aus dem Betsaal klangen leise, knarrende Geräusche, als ob sich die beleidigte Mumie des Roten Mönches auf den Weg gemacht hätte, sich nach der gestörten Ruhe ein wenig die Beine zu vertreten.

Ich muß zugeben, daß mein freudiges Lächeln bald erstarb.

Obwohl ich nicht sehr schreckhaft bin, fühlte ich mich immer unbehaglicher. Ich spürte, daß diese Nacht aus irgendeinem Grund sehr denkwürdig sein würde.

Sofern ich sie überlebte.

Auf dem Hof war es totenstill. Die Mönche waren zurück nach Khangpa gegangen und aßen ihr Abendbrot in den kleinen Häusern außerhalb des Klosters. Der Mond lächelte fröhlich am Himmel, und es war so kalt, wie sich ein Lamaist überhaupt nur die Hölle vorstellen konnte. Der gefrorene Schnee knirschte unheilvoll unter meinen Füßen, und die schlechten Vorahnungen stachen so tief in meine Seite, daß ich nach zehn Metern Schleichens stehenbleiben mußte.

Ich zog mich in den Schatten der Mauer zurück und keuchte mich aus. Dank der prächtigen Beleuchtung durch den Mond konnte ich über das Tor hinaus bis in den ersten Hof blicken, wo mich Tamgrin, der Gott mit dem Pferdekopf mit seinen Blicken förmlich durchbohrte. Unter seinen Füßen weinte ein besiegter Dämon und hob sein fürchterliches Gesicht gegen den Gott. Tamgrin trat selbstbewußt lächelnd auf ihm herum und schien mir dabei sogar zuzuzwinkern.

»Siehst du, alter Freund? So muß man das machen!« Ich schloß die Augen und atmete tief durch. Die Kälte biß in meine Lunge und brachte mich wieder zur Vernunft. Als ich mich erneut umschaute, wollte Tamgrin von mir gar nichts mehr wissen; mit ernstem Gesicht kämpfte er mit dem Dämon.

Ich zwinkerte ihm zu, aber dieses Mal zwinkerte er nicht zurück.

85

Die Tore des Betsaales standen sperrangelweit offen, nur die Samtvorhänge schützten die brennenden Kerzen und Öllampen vor meinen Blicken. Der Aufgang zu Karma Damtschös Residenz gähnte dunkel, als würde er seit Generationen nicht mehr benutzt.

Ich blickte auf das Leuchtzifferblatt meiner Uhr: Es war genau neun. Also hatte ich noch eine ganze Stunde bis zum Treffen im Saal.

Leise zog ich mich hinter einen riesigen bronzenen Räucherstäbchenhalter zurück und wartete etwa fünf Minuten. Auf dem Hof regte sich nichts, auch die Fenster von Karma Damtschös Zimmern blieben verdunkelt.

Als ich mich überzeugt hatte, daß mir keine unmittelbare Gefahr drohte, seufzte ich auf und wurde aktiv. Ich schlich zur Gebetsmühlenreihe, die sich neben der Wand befand und suchte mir die achte heraus. Wie ich so dastand, hätte ein Unbeteiligter glauben können, ein Mönch oder ein Pilger bitte seine Sünden ab. Die auf den Deckeln der Mühlen befestigten Fähnchen wehten fröhlich, nur die Achse des Gerätes hätte mal wieder etwas Fett benötigt. Nach einigen Umdrehungen riß ich am Zylinder und versuchte ihn mit aller Kraft hochzustemmen. Der gut anderthalb Meter große Riese sprang von dem Ständer und lehnte sich langsam an meine Schulter. Ich hob ihn aus den Angeln und legte ihn vorsichtig auf den Schnee.

Es dauerte erneut mehrere Minuten, bis ich mich ausgekeucht hatte und meine Ruhe wiederfand, obwohl ich nicht sicher sein konnte, daß man mich hinter den Vorhängen des Hauptlama nicht doch noch beobachtete.

Zu meinem Glück erschienen dunkle Wolken am Himmel; sie verdeckten erst für eine kurze Weile, dann endlich beruhigend lange den Mond.

Ich wartete, bis sich eine ziemlich große Wolke vor die einzige Lichtquelle schob, dann schnappte ich mir den Zylinder und rannte zur Hauswand. Der Mond blickte erst wieder auf die Erde, als ich genau unter den Fenstern des Lebenden Gottes angelangt war.

Ungefähr vier Meter über mir befanden sich einige Verzierungen des Daches; wenn ich sie erwischte, konnte ich hoffen, es auch noch irgendwie auf das Dach zu schaffen. Ich stellte mein Faß hin und zog mich an den hölzernen Ausbuchtungen auf seinen Deckel. Eine Ecke des Daches lag genau über mir, und es war ein Kinderspiel, die hölzernen Ornamente zu fassen zu kriegen.

Ich suchte mir eine Tierfigur aus – wahrscheinlich ein Hirsch oder ein Reh – sprang in die Höhe und griff danach. Ich hatte schon fast die ebenfalls aus Holz gefertigte Dachrinne erreicht, als der Hirsch knackte, abbrach und damit mein Elan plötzlich gebremst wurde. Mit einem halben Salto fiel ich nach hinten und plumpste auf den Boden. Ich hatte Glück, mir nicht das Genick gebrochen zu haben.

Meinen schmerzenden Rücken betastend hockte ich hinter der umgefallenen Gebetsmühle und wartete darauf, daß eines der Fenster aufgemacht wurde und ein Gewehrlauf erschien. Nichts dergleichen geschah, Karma Damtschö hatte anscheinend einen gesunden Schlaf.

Also konnte ich erneut mit meinen Kunststückchen anfangen. Ich stellte den Zylinder wieder hin und zog mich auf den Deckel. Ich tastete nach einer weiteren Figur, zerrte daran, und als sie nach einigen Griffen zu knarren anfing, konnte ich mir sicher sein, daß ich auf diese Weise wieder nur auf dem Boden landen würde. Leise fluchend tastete ich weiter. Ich ärgerte mich, daß ich nicht schon zuvor an diese Möglichkeit gedacht und mir einen entsprechenden Plan ausgearbeitet hatte. Auf einmal hielt ich ein feinmaschiges Drahtnetz in den Händen. Erleichtert seufzte ich auf, als ich daran zog und mich davon überzeugte, daß es sogar einen Elefanten aushalten würde.

Allerdings gab es da ein kleines Problem. Es zog sich nicht am Rande des Daches entlang, sondern darunter. Offensichtlich sollte das Netz den Nestbau der Vögel unter dem Pagodendach vereiteln. Die wunderschön bemalten Holzleisten wären binnen weniger Tage durch den vielen Guano zerstört worden.

Ich hielt mich am Draht fest und sprang vom Deckel des Zylinders hoch. Das Netz senkte sich zwar ein bißchen, hielt aber sonst perfekt. Ich nahm all meine Kraft zusammen und versuchte einen Felgaufschwung. Was mir damals im Gymnasium in Budapest so viel Sorgen bereitet hatte, gelang mir jetzt gleich beim ersten Mal! Bevor ich mich erschrecken konnte, war ich schon auf dem Dach.

Eine Weile lag ich flach, lauschte und kletterte dann weiter. Ich mußte mich äußerst vorsichtig bewegen, wenn ich nicht wollte, daß man dort unten meine Schritte hörte. Die Holzschindeln knarrten beängstigend unter meinen Füßen, und ich hätte viel darum gegeben, meine abgetragenen Hausschuhe anzuhaben. Ich konnte mir allerdings nicht vorstellen, was mein großer Zeh zu der Kälte gesagt hätte …

Das Pagodendach war steil, ich mußte all meine Kraft und Geschicklichkeit aufbieten, um nicht herunterzurollen. In der wohlmeinenden Dunkelheit konnte ich nicht viel sehen, also brauchte ich keine Angst davor zu haben, daß mir plötzlich schwindelig würde.

Ich schaute mich um, aber umsonst. Ich mußte den Mond abwarten, um zu finden, wonach ich suchte. Und tatsächlich! Als ich wieder Licht hatte, sah ich neben einem hervorspringenden Ornament eine glänzende Metallstange. Ein paar Schritte, und ich stand neben der Antenne eines Funkgeräts.

Obwohl die Versuchung zugegebenerweise groß war, einfach dagegen zu treten, konnte ich ihr leicht widerstehen. Im Gegenteil. So schnell ich konnte, kletterte ich zum Rand des Daches, um mich wieder auf meinen Zylinder herunterzulassen.

Dann überlegte ich es mir doch noch anders. Wenn ich schon mal hier war, konnte ich mir auf diese Weise gleich die Gäste von Karma Damtschö anschauen. Ich legte mich auf den Bauch und zog mich Millimeter für Millimeter nach vorne. So lange bis ich schließlich über dem Fenster des Hauptlamas lag. Aber das Fenster war unter mir, und durch die Krümmung des Daches konnte ich nicht hineinsehen.

Ich war schon drauf und dran, meinen Plan aufzugeben, als mir plötzlich das Drahtnetz einfiel. Also nahm ich all meinen Mut zusammen, atmete tief durch und katapultierte mich mit einer Mischung aus Rückwärtssalto und Felgaufschwung ins Netz. Ich bin mir sicher, noch einmal hätte ich es nicht geschafft.

Ein paar Minuten lang lag ich einfach still da, und erst als meine Zehen sich vor Kälte nicht mehr bewegen ließen, setzte ich zum zweiten Teil des Kunststücks an. Ich kroch vorsichtig im Netz nach vorne und versuchte mich so zu plazieren, daß ich durch das Fenster sehen konnte.

Ich weiß nicht, warum mir da unten Tamgrin zugezwinkert hatte, aber es brachte mir das nötige Glück. Zwischen den Fensterläden von Karma Damtschö war ein gut zwanzig Zentimeter breiter Spalt, durch den ein verhaltener Lichtschein nach außen drang.

Als ich sehr behutsam in das Zimmer spähte, sah ich vier oder fünf Männer, die auf und ab gingen und dabei heftig diskutierten. Allesamt trugen sie die typische Mönchskleidung, den Umhang mit der gelben Mütze. Trotzdem hätte ich schwören können, daß sie ungefähr so viel mit dem Lamaismus zu tun hatten wie ich.

Was mein Interesse aber wirklich weckte, war ein ebenfalls als Mönch verkleideter Mann, der mit einem Kopfhörer neben einem Funkgerät saß. Die Lampen der Maschine funkelten in beruhigendem Grün, der dunkelhaarige junge Mann mit der Brille drehte munter die Knöpfe.

Ich versuchte meine langsam absterbenden Beine auszustrecken und betete, daß ich noch ein wenig aushalten möge.

Anscheinend hatte der Gott mit dem Pferdekopf nicht umsonst gezwinkert; in dieser Nacht klappte alles so, wie ich es mir vorgenommen hatte. Das Gesicht des Funkers erhellte sich plötzlich. Er sagte etwas zu den anderen, woraufhin die alle zum Gerät kamen. Der junge Brillenträger nahm ein rundes Mikrofon in die Hand und sprach hinein.

Ich hätte viel darum gegeben, seine Worte hören zu können …

Und Tamgrin half mir wieder.

Der Zigarettenqualm im Raum irritierte anscheinend den Funker, denn er hüstelte zweimal und deutete dann enerviert auf das Fenster. Erschrocken zog ich den Kopf ein und beruhigte mich erst, als ich sah, daß der Fensteröffner sofort wieder zu den anderen zurückkehrte. Aus dem Zimmer strömte warme, stickige Luft nach draußen.

Vorsichtig beugte ich mich wieder vor. Sie saßen alle neben dem Radio und hörten gespannt zu.

»Ja, mein Herr«, hörte ich den Funker sagen. »Alles ist in Ordnung. Sie sind alle hier … Nein, mein Herr, sie ahnen nichts. Wir lassen es nicht zu …«

Danach ertönte lautes Rauschen aus dem Gerät, das ich in meiner Position aber nicht verstehen konnte. Die anderen jedoch schienen alles mitbekommen zu haben, denn sie nickten, und einer von ihnen flüsterte dem Funker etwas zu. Der nickte ebenfalls und wartete höflich ab, bis die Stimme aus dem Äther verstummte.

»Wir erwarten Sie also morgen, mein Herr. Der Landeplatz ist vorbereitet. Es wird keiner entkommen. Und ihn werden wir erledigen, er wird nichts mehr durcheinanderbringen! Seien Sie beruhigt, mein Herr!«

Anscheinend hatten sie das Zimmer genug gelüftet. Einer der ›Lamas‹ fröstelte und trat zum Fenster. Ich hatte gerade noch Zeit, meinen Kopf zurückzuziehen, dann wurde auch schon das Fenster zugeschlagen. Dieser Bruchteil der Sekunde aber hatte ausgereicht, in dem Mönch den jungen Mann zu erkennen, der sich uns als Karma Damtschö vorgestellt hatte und entgegen seiner Herkunft in solch einem perfekten Englisch sprach, als habe er Großbritannien nie verlassen.

Jetzt erst bemerkte ich, wie verdammt kalt es war. Ich befürchtete, am Netz festzufrieren. Also zog ich die Knie an und begann meinen taktischen Rückzug, als ich plötzlich ein leises Knirschen über mir hörte.

Ich lehnte mich an die Wand, und der Ziegel, der über das Dach geschlittert kam, zog an mir vorbei, stieß dann hart an die Verzierungen und fiel schließlich direkt neben mir ins Netz.

Ich erstarrte vor Schreck und versuchte so weit wie möglich unter das Dach zu kriechen. Im nächsten Moment wurde das Fenster wieder geöffnet, und ein Mann beugte sich heraus. Er guckte sich um, wobei in seiner Hand ein großes, anerkennungswürdiges Exemplar einer Schußwaffe glänzte.

»Was ist? Siehst du was?« hörte ich eine Stimme aus dem Zimmer.

»Nichts«, brummte der Mann, »ich hätte schwören können, daß jemand das Fenster beworfen hat!«

»Hört schon auf damit!« kam eine ungeduldige Stimme hinzu. »Das ganze Zimmer wird kalt. Bestimmt wurde irgendein Vogel vom Licht angelockt.«

Knarrend wurden die Fensterflügel zugezogen, und auch der Vorhang kam wieder an seinen Platz. Jetzt beleuchtete wirklich nur noch der Mond die Gegend.

Wieder machte ich mich auf den Weg nach unten. Die Berge beobachteten voller Mitleid, ob ich es wohl schaffen würde, aus dem Netz zu kommen. Übrigens hätte mich das auch interessiert ... Genauso wie die Frage, wer mich von oben mit bunten Ziegeln bewarf.

Ich lauschte also erst einmal. Auf dem Dach bewegte sich nichts, und ich versuchte mich zu überzeugen, daß solche Dinge auch von alleine passieren können. Oder daß es wirklich ein Vogel gewesen war, wie die da drin angenommen hatten.

Ich kniete mich hin, um den Dachrand zu fassen, als ich erneut einem Ziegel begegnete. Ich konnte gerade noch meinen Kopf einziehen, und wieder einmal fing das Netz den Klumpen auf.

Es war mit Sicherheit keine Taube. Ich schnappte meine Waffe, pfiff auf weitere Dachziegel und zog mich wieder herauf. Ich hob meinen Kopf und schielte zu den Pagodenspitzen.

Der Mond überzog sie mit einem silbernen Schleier, genauso wie den Mann, der vorsichtig mit ausgebreiteten Armen zwischen den verschiedenen Dächern balancierte. Sein gelber Kaftan glänzte wie eine riesige Blume, während er mit den überdimensionalen, krummspitzigen Stiefeln vorsichtig auf den Ziegelkanten balancierte. Er bemerkte mich anscheinend nicht, denn er war viel zu sehr damit beschäftigt, die Balance zu halten.

Ich hatte nicht viel Zeit nachzudenken. Ich steckte die Pistole weg und kroch zur Gebetsmühle. Dann hielt ich mich am Drahtgeflecht fest, ließ mich vorsichtig hinunter und suchte mit meinen Füßen nach dem Deckel des Zylinders. Mit riesiger Erleichterung spürte ich plötzlich den willkommenen Widerstand, und nach ein paar Sekunden hockte ich bereits wieder auf der Erde.

Ich lehnte mich an die Mühle und holte wieder meine Waffe hervor. Dann legte ich seelenruhig auf das Dach an.

Nach einigen Augenblicken tauchte auch die Silhouette des Mönches auf. Er schaute sich schnell um, griff mit einer unerwartet behenden Bewegung den Rand des Daches und vollführte eine Übung, die ich zuletzt bei der Schülerolympiade gesehen hatte. Ich sah förmlich sein zufriedenes Lächeln, als er sich auf den Zylinder fallen lassen wollte.

Die riesigen Stiefel strampelten aber umsonst in der Luft herum. Und sicher war ihrem Besitzer auch das Lächeln vergangen. Er hing dort zwischen Himmel und Erde wie eine riesige Fledermaus. Der Eigentümer der Latschen blickte nach unten, sah mich und zog für einen Moment die Beine an, um sich wieder in Sicherheit zu bringen. Dann sah er wohl ein, daß er damit etwas zu spät kam und ließ sich resigniert nieder.

»Wie ist denn so die Luft da oben?« sprach ich ihn auf Englisch an.

Ebenfalls auf Englisch kam die Antwort: »Was wollen Sie von mir? Ich war nur Maiglöckchen pflücken!«

Ich lächelte. Seine Geistesgegenwart gefiel mir. »Haben Sie mich mit Dachziegeln beworfen?«

»Wozu denn … Die sind ganz von alleine gefallen. Beinahe hätte ich Karma Damtschös Decke eingetreten …«

»Wie lange haben Sie vor, noch da oben zu bleiben?«

»Maximal fünf Minuten halte ich es noch aus … Wenn Sie bis dahin nicht den Zylinder zurückgeschoben haben, falle ich runter und breche mir das Genick.«

Seine Stimme klang ausgewogen und sachlich.

Also tat ich, als würde ich nachdenken.

»Was würde es mir nützen, wenn ich Ihnen helfe?«

Er zog sich ein wenig hoch, um einen besseren Halt zu bekommen und brummte dann lustlos: »Wenn Sie die Gebetsmühle zurückstellen, verrate ich Ihnen etwas. Etwas Wichtiges.«

»Tatsächlich?«

»Tatsächlich.«

Also nahm ich die Mühle und stellte sie unter seine Füße. Ich wartete, bis er runtergesprungen war, nahm aber keinen Augenblick die Pistole herab.

»Guten Abend«, sagte er, als er angekommen war und

lächelte meine Waffe an. »Was wollen Sie denn damit? Wenn sie versehentlich losgeht, kommen die alle raus und machen Schaschlik aus uns ...«

»Woher wollen Sie das so genau wissen?«

Er zog die Mütze zurück, und ich konnte endlich sein Gesicht sehen. Es war eines von der hübscheren asiatischen Sorte, das gut zu einem Schauspieler gepaßt hätte.

»Hören Sie«, sagte er schnell, »ich habe nicht viel Zeit ... Ich glaube, Sie haben auch gehört, daß Thompson morgen eintrifft.«

»Wer sind Sie?« Ich schnappte nach ihm.

Er aber wehrte meine Bewegung ab.

»Dafür ist jetzt keine Zeit. Aber ich gebe Ihnen einen guten Rat ... Passen Sie auf Sera auf! Passen Sie sehr auf!«

Ich wollte seine Hand ergreifen, aber er war schon auf der anderen Seite des Zylinders. Er lächelte mich noch einmal an, dann winkte er zum Abschied und verschwand mit eiligen Schritten durch das Tor zum dritten Hof.

Ich nahm die Gebetsmühle und rollte sie auf ihren Platz zurück. Nach einigen vergeblichen Versuchen, sie auf die Schiene zurückzuhieven, sah ich ein, daß ich alleine nicht damit zurechtkam. Also lehnte ich sie an die anderen und hoffte, daß es morgen die Mönche schon machen würden ...

Noch ein letztes Mal blickte ich zu Karma Damtschös Fenstern hinauf und dann auf meine Uhr. Es war zehn vor zehn.

Ich entschied mich, selbst diese zehn Minuten nicht ungenutzt verstreichen zu lassen. Ich versuchte mit meinem Atem meine völlig erfrorenen Hände anzuwärmen, dann folgte ich dem Mönch, obwohl er sicher schon auf und davon war.

Ich schlich durch den zweiten Hof und ging bis zur Dämonenmauer. Tamgrin tanzte immer noch auf dem bösen Geist herum, und in Gedanken bedankte ich mich bei ihm für seinen bisherigen Beistand.

Ich lehnte mich an die Ecke der Wand und versuchte darüber nachzudenken, was ich in den letzten Minuten erlebt hatte. Scheinbar hatte sich mein Frühwarnsystem dabei wieder abgeschaltet, denn das laute Stampfen zweier Stiefel erreichte mich erst, als es auch ihr Eigentümer tat.

Als ich mich umdrehte, wußte ich auch schon, daß es zu spät war. Im nächsten Moment flog ein schwerer Körper gegen meinen, und etwas Hartes knallte auf meinen Kopf. Millionen von Sternen leuchteten jetzt anstelle des Mondes vor meinen Augen. Ich fiel hin und verlor für den Bruchteil einer Sekunde mein Bewußtsein. Das reichte dem Angreifer schon aus, um auf meinem Bauch zu landen. Er schnappte sich meinen Hals und drückte so stark er nur konnte zu. Und als ob das nicht reichen würde, schrie er mich auch noch auf Nepalisch an.

Ich nahm all meine verbliebene Kraft zusammen, um ihn abzuschütteln. Zuerst versuchte ich sein Handgelenk zu brechen, dann, nach Ausbleiben des erhofften Erfolges, wollte ich ihn abschütteln. Ich bäumte mich auf wie ein widerspenstiges Pferd, wieder und wieder, bis ich fühlte, daß das nächste auch gleichzeitig das letzte Mal sein würde. Wenn ich es dann nicht schaffte, würde ich das neueste Opfer dieser Expedition sein.

Dieses Mal aber konnte er nicht oben bleiben. Er wankte, und mit einem schnaufenden Schrei fiel er von mir runter und ließ meinen Hals los. Keuchend stemmte ich mich hoch und schlug ihn so hart ins Gesicht, daß wir beide aufschrien; ihm tat wohl sein Kinn weh und mir meine eisige Faust.

Als er auf dem Boden lag, wußte ich, daß ich diesmal davongekommen war. Aber er hatte sich noch nicht geschlagen gegeben. Ich sah plötzlich, wie seine Hand zur Tasche wanderte; bevor er sie allerdings erreichen konnte, hatte ich schon mit meinem Stiefel zugetreten. Diesmal schrie nur er auf und wand sich unter meinen Füßen wie eine gefangene Kröte.

Ordnungshalber hob ich ihn mit der einen Hand an und versetzte ihm mit der anderen noch eine aufs Auge. Als er wieder flach lag und kraftlos auf dem Boden winselte, zog ich seine Kapuze fort.

Im Mondlicht erkannte ich das schmerzverzerrte Gesicht von Hauptmann Sera.

Lange Sekunden vergingen in stummem Staunen: Wir starrten einander an wie Zwillinge, die sich nach zehnjähriger Pause gerade wiedergesehen haben.

»Sind Sie das, Mr. Lawrence?« stöhnte er mich mit weitaufgerissenen Augen an.

»Wieso, wen haben Sie denn erwartet?«

»Mein Gott, Sie haben mich ja beinahe umgebracht!«

»Na na«, brummte ich, »nun übertreiben Sie mal nicht! Wenn ich Ihren ach so zerbrechlichen Körper nicht abgeschüttelt hätte, würde ich schon das Gras von unten wachsen sehen!«

Sera stemmte sich langsam hoch und lehnte sich an die Dämonenmauer, wobei er seinen Kopf abtastete.

»Was machen Sie denn hier?«

»Meinen Sie nicht, daß ich dasselbe Recht hätte, Sie das zu fragen?«

»Ich wollte nur Luft schnappen«, antwortete er.

»Aha, Sie also auch …und Sie schnappen dann den erstbesten, um ihn so schnell wie möglich zu erwürgen? Sagen Sie mal, Herr Hauptmann, hat man das bei der nepalischen Polizei denn nicht verboten?«

Er streichelte sein Kinn und verstand augenscheinlich nicht den Scherz.

»Also?«

»Ich sah jemanden«, sagte er mürrisch.

»Wen? Doch nicht etwa Norbu?«

Er schnaufte, als ob er wieder angreifen wolle.

»Hören Sie doch endlich mit diesen sinnlosen Anschuldigungen auf!«

»Wer zum Teufel ist denn dieser Norbu?«

»Das müssen Sie selber wissen. Den Namen habe ich von Ihnen.«

Er ließ sein Kinn los und winkte wütend ab.

»Anscheinend ist das Ihr Steckenpferd. Ich wollte wirklich jemanden schnappen. Schließlich werde ich ja dafür bezahlt …«

»Und wen?«

»Wie schon gesagt, ich hatte einen Verdächtigen unter den Lamas entdeckt. Und er erscheint in letzter Zeit immer häufiger … Ich könnte schwören, er hat etwas vor.«

»Dieser Drogenhändler, den Sie heute mittag erwähnten?«

»Ja.«

»Wie heißt er denn?«

»Tenzing. Aber warum fragen Sie?«

Ich tat, als hätte ich die Frage überhört.

»Und wo haben Sie ihn zum letztenmal gesehen?«

»Hier im Hof.«

»Und wieso haben Sie ihn nicht geschnappt?«

»Das ist gar nicht so einfach ... Dieses Schwein kommt in der Dunkelheit besser zurecht als ich.«

»Und wann war das, wenn ich fragen darf?«

»Nun ... vor einer Viertelstunde ungefähr.«

»Hier auf dem Hof?«

»Genau. Er kam alleine aus dem ersten Hof hierher.«

»Woraufhin Sie?«

»Woraufhin ich mich in den Schatten zurückzog. Als ob ich geahnt hätte, daß dieser Kerl hier entlangkommt.«

»Und dann?«

»Irgendein Rindvieh hat eine abgebaute Gebetsmühle mitten in den Weg gestellt. Fast hätte ich ihn erwischt, doch ich bin dagegen gerannt und hingefallen. Und als ich aufstand, war der Kerl schon wieder verschwunden.«

Ich konnte kaum meine Belustigung verbergen.

»Aha. Und dann?«

»Nichts dann. Dann kamen Sie. Aber woher zum Teufel sollte ich ahnen, daß Sie gerade hier spazierengehen wollen?«

»Was würden Sie sagen, wenn ich Ihnen verrate, daß ich selber jemanden gesucht habe?«

»Tatsächlich?«

»Sage ich nur mal so. Vielleicht stimmt es ja gar nicht. Also haben Sie mich entdeckt ...«

»Genau. Und ich dachte, ich hätte meinen Kerl wieder vor mir.«

»Ist Ihnen denn nicht aufgefallen, daß Sie einem buddhistischen Mönch nachjagen und ich mit meinem orangefarbenen Anorak nach vielem aussehe, aber bestimmt nicht nach ihrem Opfer?«

Sich rechtfertigend, zuckte er mit den Schultern.

»Nun, um ehrlich zu sein ... Eigentlich schon, nur bin ich

gerade vorhin um die Tempel herumgerannt. Durch diese verdammte Höhenluft hatte ich dieses Flimmern in den Augen. Ich sah nur, daß sich jemand an die Wand lehnte. Noch dazu gerade dort, wo vor zehn Minuten der andere verschwunden war. Sie verstehen, oder?«

»Okay, Sera«, sagte ich, »und was jetzt?«

Er spuckte auf den Schnee.

»Für heute habe ich genug vom Versteckspielen. Ich gehe nach oben und lege mich hin ... Natürlich hänge ich vorher die Kette ein«, fügte er mit bitterer Miene hinzu und setzte sich in Richtung Eingang in Bewegung. Bevor er allerdings die Schwelle überquert hatte, drehte er sich noch einmal um und lächelte mir sauer zu: »Und Sie?«

»Ich schnappe noch ein wenig frische Luft ...«

»Passen Sie dabei lieber auf! Dieser Kerl ist weitaus gefährlicher, als ich es bin. Wenn Sie ihn treffen, kommen Sie nicht so einfach davon.«

Er war schon längst verschwunden, als ich immer noch bewegungslos dastand und ihm nachblickte. Ich zerbrach mir den Kopf darüber, wer wohl dieser ›Drogenhändler‹ sein konnte, den ich auf dem Pagodendach getroffen hatte und den Sera unbedingt erwischen wollte.

86

Wieder einmal schaute ich auf meine Armbanduhr: es war fünf nach zehn. Ich zog meinen Anorak zusammen und marschierte auf mein Rendezvous mit diesem rätselhaften Brieffreund zu, der demnach sicherlich nicht Sera war.

Ich umrundete die Dämonenwand und ging durch die Tore in den dritten Hof. Vorsichtig schaute ich mich um und wartete ein wenig. Der Hof badete im silbrigen Schein des Mondes, die riesigen Gebetsmühlen träumten wieder ruhig vor sich hin.

Für einen Moment beschlich mich wieder das Gefühl der

Ruhe und des Friedens, doch diesmal ließ ich mich nicht davon beeindrucken. Ich holte meine Waffe aus der Tasche und schlich mich vorsichtig an den Betsaal heran. Ich riß mit einer einzigen Bewegung den Umhang zur Seite und ließ mich in den Raum fallen. Nichts rührte sich.

Der Saal war nicht vollständig dunkel. Gegenüber erkannte ich meine Bekannte von heute morgen, die Göttin Tara, in Gestalt einer riesigen, bronzenen Plastik; sie blickte mir traurig entgegen. Ebenso traurig nahm sie meine ausgestreckte Waffe zur Kenntnis und grübelte wohl gerade darüber nach, welch ein neuartiges Opfer ihr denn dieser weiße Europäer gerade brachte.

Neben und hinter der Göttin stauten sich noch andere Götzen: Sindsche, der Herr der Toten, Shakjamun Buddha, Padmasabhava, der große Zauberer, einige Dalai Lamas und der große Glaubensreformer, Konkhapa. Vor ihnen in den silbernen Opfertabletts lag Opferessen und -wasser. Hier und da spendeten halb abgebrannte Kerzen und kleine Öllämpchen etwas Licht.

Bewegungslos schaute ich mir das Lächeln der Göttin Tara an und wartete auf einen Schuß oder einen Angreifer aus dem Dunkeln. Im Betsaal aber war es still, nur die Dochte der Kerzen knisterten.

Ein paar Sekunden verbrachte ich in dieser unüblich geduckten Haltung, während mir allerlei Dinge durch den Kopf schossen wie einem Ertrinkenden vor seinem Tod. Und dann sagte mir plötzlich eine Stimme tief in meinem Innersten, daß ich nicht hierherbestellt worden war, weil man mich umbringen wollte. Und da dieses Flüstern bereits vorher dasselbe versprochen hatte, wollte ich daran glauben.

Ich blickte nach links, dann nach rechts, sah aber nirgendwo eine Bewegung.

Langsam, damit es ja keiner falsch verstand, drehte ich mich um und umrundete die Figur der Mutter der Götter. Ich spürte, daß ich mich dem Zauber der indisch geschlitzten Augen nicht entziehen konnte: wohin ich auch ging, ihr Blick folgte mir. Und die hübschen, vollrunden Brüste entfachten selbst in dieser Situation ein gewisses Verlangen in mir.

Hinter der Statue waren in einem riesigen, runden Silbergefäß Weizenkörner aufgehäuft; vielleicht um mir die Zeit zu vertreiben, vielleicht aus Aberglauben nahm ich eine Handvoll und bot sie als Opfer an. Vielleicht halfen mir ja die Götter.

Plötzlich spürte ich einen kalten Luftzug an meinen Beinen. Ich drehte mich schnell um, sah aber niemanden. Wahrscheinlich hatte nur der stärker werdende Nachtwind den Eingangsvorhang aufgeweht.

Vor mir standen lange Reihen mit Stühlen, bedeckt mit gelben, roten oder blauen Polstern. Und in der Mitte der linken Gruppe entdeckte ich den Platz des Zeremonienführers.

Langsam bewegte ich mich auf den Stuhl zu. Wie aus Versehen glitt meine Hand dabei über das Bein von Tara, und aus den Augenwinkeln sah ich, daß hinter dem Sitzplatz des Hauptlamas ein riesiger, dunkler Pfeiler stand, etwa eine Armlänge entfernt.

Und hinter dem Pfeiler war nur undurchdringliche Dunkelheit.

Ich seufzte, und mir fiel Julius Cäsar ein, beziehungsweise sein bekannter Ausruf, wonach die Würfel gefallen waren. Mit ein paar Schritten erreichte ich den Sitz und ließ mich auf die Kissen nieder, die sich freundlich zeigten und nachgaben. Vor mir auf einem kleinen Hocker lagen Bücher, deren alte Blätter den Geruch längst vergangener Zeremonien beschwörten.

Da dem Zeremonienführer die meisten Kissen zugestanden wurden, hob sich mein Rücken deutlich aus dem Stuhl hervor und lud förmlich jeden dazu ein, nach Herzenslust damit zu machen, was er wollte ...

Zweifellos hatte ich mich in meinem kurzen Leben auch schon besser gefühlt. Hinter mir der dunkle Pfeiler und die Person, die mich eingeladen hatte ... Inzwischen war ich von seiner Gegenwart überzeugt. Wer sonst hätte für die Nacht Kerzen angezündet?

Plötzlich erschien vor meinem geistigen Auge der aufgespießte Kopf Wilsons und die kopflose Leiche im Sarg des Roten Mönches. Ich spürte, wie mir davon der Schweiß den Rücken runterperlte.

Irgendwo, vielleicht hinter der Plastik der Göttin Tara, erklang ein leises Knirschen, dann noch einmal und nochmal. Und ich war mir ziemlich sicher, daß es keine tanzenden Mäuse im Betsaal von Khangpa gab.

Ich schloß die Augen und wartete auf einen Stich oder einen Schuß. Oder irgendeinen Ton, der mir die Ungewißheit nahm.

Während ich wartete und wartete und immer noch nichts passierte, hörte ich wieder diese innere Stimme, die mir eben zugeflüstert hatte, daß derjenige, der mich gerufen hatte, nichts Böses im Schilde führte. Wenn er mich hätte töten wollen, hätte er bereits genügend Gelegenheiten dazu gehabt. Ich konnte zwar die Waffe in den Händen halten, ehe ich mich aber umgedreht hätte, wäre sowieso schon alles vorbei.

Und ich wußte nun endlich, warum ich diese scheinbar endlosen Minuten abwarten mußte. Mein Gastgeber wollte sich vergewissern, ob ich alleine gekommen war. Erst jetzt konnte ich mir für meinen Entschluß gratulieren, McCormack nicht mitgebracht zu haben.

Wieder knirschte der Boden, diesmal direkt hinter mir.

Im selben Moment hörte ich auch das leise Flüstern:

»Danke, daß du gekommen bist. Ich habe sehr auf dich gewartet.«

Es war genau wie bei einer Kellertheater-Aufführung von Hamlet, wo der junge Königssohn auf der Mauer der Burg den herumirrenden Geist seines Vaters trifft.

»Wer bist du?« fragte ich und wollte mich umdrehen, aber eine kalte, entschlossene Hand hielt mich zurück.

»Nein … Noch nicht … Cat …!«

Das Blut gefror in meinen Adern. Cat! Aber dann …

Nur mit außerordentlicher Beherrschung konnte ich mich zusammenreißen. Cat!

Wenn er meinen Namen wußte, dann mußte er einer der Zehn sein …

»Wer bist du?« flüsterte ich wieder.

»Später, Cat! Man hat mir befohlen, sie zu schnappen … Und du mußt mir dabei helfen, Cat!«

So sehr ich mich auch auf etwas anderes hätte konzentrieren müssen, plötzlich wurden alte Erinnerungen in mir wach; die Tage des Krieges, besser gesagt, die Zeit, als Japan China den Krieg erklärt hatte. Und da waren wir dann, die Zehn, in Hongkong, und erhielten den Befehl, Kontakt zu den Kuomintang und den roten Regionen zu knüpfen. Wir kannten die Namen der anderen nicht. Nur manchmal trafen wir auf den Kriegsschauplätzen zusammen; in Singapur, dann in Burma. Wir waren jung, enthusiastisch und idealistisch. Wir glaubten daran, den japanischen Vormarsch stoppen zu können und das eine oder andere für den Sieg der Alliierten tun zu können.

Mein Deckname war damals Cat gewesen. Ich weiß nicht mehr, wer ihn mir gegeben hatte, er blieb einfach hängen. Vielleicht, weil ich beweglich und leise wie eine Katze war. Und weil ich immer auf den Pfoten landete.

Mein Gott! Die Jahre waren längst vorbei. Wir hatten den Krieg gewonnen ... Oder doch nicht? Das Kolonialreich war zerfallen, und Japan war stärker als je zuvor ... China, das ehemalige Opfer, hüllte sich bei Lop-Nor in die schweigende Atomwolke ... Und was blieb mir? Eigentlich nicht viel. Ein paar Erinnerungen ... Und meine Käfer, die ich inzwischen vielleicht mehr achtete als die alten Freunde. Und dieser uralte Name: Cat!

Ich schüttelte mich und versuchte in die Gegenwart zurückzukehren. Der Unbekannte schwieg, wartete sicherlich auf meine Antwort ...

Wer könnte es wohl sein? Nicht Hobson ... Ihn hatten die Japaner auf Okinawa geköpft. Mit einem einzigen, gut plazierten Samurai-Schnitt. Und Harris? Man sagte, er sei in ein Kamikaze-Flugzeug gestiegen, um ein mit Waffen und Munition beladenes Schiff in die Luft zu sprengen ... Oder der kleine Varga? Ihn hatten die Japaner den Deutschen ausgeliefert. Aber was hatte ich noch damit zu tun?

»Was soll ich machen?« fragte ich trotzdem bedächtig.

Die flüsternde Stimme hinter mir fuhr fort. Durch die Worte wurde mir langsam alles klar. Ich ahnte sogar, wer hinter dem Pfeiler stand.

Als er alles gesagt hatte, antwortete ich nicht sofort. Ich versuchte meine Gedanken zu sammeln, und er störte mich dabei auch nicht. Und da ich wußte, wer er war, überraschte mich das nicht einmal. Man sagte, daß er in Südchina tagelang in einem See auf den Abzug der Japaner gewartet und derweil über ein Bambusröhrchen Luft geholt hatte. Als er dann auftauchte, war seine Haut zusammengeschrumpft wie ein Schwamm. Trotzdem lächelte er so lange, bis er zusammensackte.

»Wahrscheinlich kommt er noch heute nacht an«, sagte er. »Wegen des Sturms macht er sicherlich einen riesigen Umweg. Vielleicht aus China …«

»Ja, so hatte ich es auch auf dem Dach gehört … Da ahnte ich schon ungefähr, wer Thompson ist. Wenn mir auch der Name nichts sagte. Ich hätte aber nie geglaubt, daß du ebenfalls hier bist …«

»Eigentlich sollte nicht ich kommen. Aber es heißt ja, wer den Kampf beginnt, soll ihn auch zu Ende führen.«

»Und der andere?«

»Schnappt ihr ihn euch. Aber am besten noch bevor Thompson ankommt, nicht daß er dann noch stört …«

»Wer war es wohl, den ich auf dem Dach getroffen habe?«

»Ich kann mir nur einen vorstellen. In diesem Fall hat sich euer Verdacht bewahrheitet. Wie auch immer, wenn ihr die Aktion startet, wird er helfen.«

»Also morgen.«

»Ja, morgen. Ich denke, dies wird unsere letzte ungewisse Nacht sein … Gute Nacht, Cat!«

»Gute Nacht!« Ich stand auf und verließ den Betsaal, ohne mich noch einmal umzudrehen.

87

Der Mond überzog den Hof mit einem silbernen Schimmer. Die kleinen Wolkenfetzen waren vom Nachtwind zum Kandschendzönga getragen worden, obwohl sich im Moment kein Lüftchen regte. Die kleinen Glöckchen unter den Dächern schwiegen ausnahmsweise, nur die Gebetsfahnen wölbten sich hin und wieder ein wenig.

Ich spazierte langsam und täuschte Müßiggang vor. Die Fenster der Gebäude gähnten dunkel, hinter ihnen bereiteten sich verschiedene Gruppen von Menschen auf den morgigen Tag vor. Ob wir wohl alle den nächsten Mondaufgang erleben würden?

Ich ging in den zweiten Hof, dann in den ersten, passierte die Dämonenmauer und versuchte meine Schritte zu dämpfen, obwohl der vereiste Schnee unter meinen Füßen unbarmherzig knirschte. Ich konnte nur hoffen, niemandem in die Arme zu rennen.

Jenseits der Mauer konnte ich wieder einmal die Schönheit des Dorfes bewundern, diesmal im Mondschein. Hinter mir erhob sich das Kloster und ruhte einem riesigen Juwel gleich am Fuße der Berge. Die Gipfel reichten bis zu den Sternen und schienen mir ermutigend zuzulächeln. Eine romantischere Seele als ich hätte sich an dem Anblick sicherlich stundenlang ergötzen können.

Die Sherpas lagerten neben dem Weg, der ins Kloster führte. Wahrscheinlich hatten sie diese Stelle zugewiesen bekommen, weil keiner der Höfe sie mitsamt ihren Zelten hätte fassen können. In der Mitte des Lagers brannte auch diesmal wieder ein Feuer, und die züngelnden Flammen machten die ganze Szenerie noch zauberhafter.

Der Alte war zum Glück noch wach. Es dauerte etwa eine halbe Stunde, bis er verstand, was ich von ihm wollte, und eine weitere Stunde, bis wir uns geeinigt hatten. Als er schließlich in meine Hand einschlug, um die Vereinbarung zu besiegeln, konnte ich mir sicher sein, daß er eher sterben würde, als sie zu brechen. Und die anderen ebenso.

88

Ich kehrte in den ersten Hof zurück und fand mich wieder vor der Dämonenwand. Die Götter ruhten gemächlich ihre Füße auf den besiegten Dämonen aus, und Tamgrin ließ auch diese Gelegenheit nicht aus, mich gründlich zu mustern. Ich zwinkerte ihm zu, und er zwinkerte – natürlich – zurück.

Ich war dabei, den dritten Hof zu überqueren, als mich plötzlich ein seltsam ungutes Gefühl überkam. Als würde jemand ganz in der Nähe nur darauf warten, daß ich einen einzigen falschen Schritt machte.

Die Tür des Wohngebäudes stand halb offen, vor den Stauen der Dämonentöter flackerte die allabendlich angezündete Kerze.

Ich wartete eine Weile, aber es regte sich nichts. Irgendwo in der Ferne ertönte dumpfes Knacken; wahrscheinlich bewegten sich die Gletscher auf den Abhängen der Berge.

Ich blickte wieder auf den Mond, dann auf das flackernde Licht der Kerze, dann auf die Wand neben mir, und plötzlich verstand ich alles.

Zwischen dem Kerzenlicht und der Wand stand jemand, und zwar hinter dem halb hervorgezogenen Samtvorhang. Das lodernde Licht vergrößerte seinen Umriß und projizierte ihn wie eine uralte Laterna Magica auf den Hof. Die weiße Oberfläche der Klostermauer war wie geschaffen als Leinwand.

Der Mann wartete offenbar darauf, daß ich eintreten und zu der Treppe gehen würde, um auf mein Zimmer zu gelangen.

Obwohl ich keine unerwarteten nächtlichen Begegnungen mag, wäre das allein ja noch nicht schlimm gewesen.

Allerdings hielt der Mann in seiner erhobenen Hand ein langes, gerades Schwert, bereit dazu, mir mit einem einzigen Schnitt den Kopf abzutrennen, so wie bei dem armen Wilson.

Und diese Möglichkeit bereitete mir schon größere Sorgen.

89

Ich zweifelte nicht im geringsten daran, daß der Mann mit dem Schwert meine Schritte gehört hatte und bis zur Morgendämmerung auf mich warten würde, selbst wenn ich jetzt umkehrte. Ich aber mußte auf jeden Fall in das Gebäude kommen.

Ein paar Sekunden trat ich auf der Stelle, damit er das knirschende Geräusch unter meinen Stiefeln hörte. Unterdessen sann ich nach, was zu tun war.

Auf jeden Fall zog ich erst einmal die Waffe hervor und richtete sie auf die Stelle, wo er dem Schatten nach stehen mußte. Für einen kurzen Moment ging mir auch die Möglichkeit durch den Sinn, als erster zu schießen.

Ich war schon fast vor dem Samtvorhang und spürte förmlich seinen Atem, als mich irgend etwas zwang, mich umzudrehen. Mein Blick schweifte noch einmal über den vom Mondlicht überfluteten Hof und erreichte schließlich die Seitenmauer. Der Schatten bäumte sich hoch und hielt das Schwert bewegungslos mit beiden Händen.

Doch dann bewegte sich plötzlich das Bild und wurde verschwommen. Die dunklen Flecken tanzten hin und her, die Flamme der Kerze flackerte wie wild, und auch der Unbekannte war nur noch ein unförmiges Gebilde auf der Wand.

Der sich auflösende Schatten machte mir klar, daß irgendwo im Haus ein Fenster oder eine Tür geöffnet worden war und die in Wallung geratene Luft beinahe die Kerze löschte. Die Erscheinung war nur noch vage sichtbar.

Und dann hörte der Durchzug auf, die Flamme stabilisierte sich. Wieder erschien der Schatten des Mannes mit dem Schwert in der Hand.

Allerdings war er jetzt nicht mehr alleine. Der sich entwickelnde Schatten brachte die Umrisse eines zweiten Mannes zum Vorschein, der dem anderen gegenüber stand, vielleicht hinter dem zweiten Vorhang.

Dieser zweite Mann hob seine Hand, und etwas flog an der Kerze vorbei.

Der erste Mann schrie plötzlich auf und hob das Schwert noch höher, um zuzuschlagen.

Der andere kam ihm aber zuvor. Er holte mit einer schnellen Bewegung etwas Kurzes, Längliches aus der Tasche und warf es dem ersten in den Hals.

Ich vernahm ein seltsam blubberndes Geräusch, der erste Mann griff zu seiner Kehle, ließ das Schwert fallen und rief etwas auf Nepalisch, dann auch auf Englisch: »Hilfe! Mörder!«

So schnell ich nur konnte, rannte ich zum Eingang. Dann hetzte ich über die Schwelle, geradewegs in einen perfekten Faustschlag, der mich in die Arme der Dämonentöter beförderte.

Das Bewußtsein verlor ich nicht, obwohl mein Kinn schmerzte wie nach einem Zusammentreffen mit einer Backsteinwand. Noch im Fallen hatte ich die Kerze mitgerissen, den ganzen Vorraum damit in Dunkelheit stürzend. Die seidenen Schleifen unter den Opferschalen hatten sich in meinen Füßen verfangen, und ich spürte unzählige heruntergefallene Körner unter meinen Stiefeln knirschen. Ich sah jemanden aus der Tür springen und über den mondhellen Hof rennen. Die Flügel seines gelben Kaftans schwebten förmlich in der Luft. Er hatte durch die riesigen Stiefel einen schweren Gang, aber schließlich erreichte er doch noch das Tor zum zweiten Hof.

Oben regte es sich inzwischen. Zuerst zeugten ein paar verhaltene Rufe, dann lautes Trampeln davon, daß wenigstens einige aufgewacht waren. Jemand schnappte sich die Petroleumlampe aus der Ecke und rannte damit zum Treppenaufgang. Im Lichtschein der Lampe erkannte ich das Gesicht von Pietro Rollo.

»Dio! Was ist denn nun schon wieder passiert?«

Inzwischen war ich wieder zu mir gekommen. Ich fegte die Seidenbänder von den Beinen und kletterte aus den Fängen des am strengsten aussehenden Dämons, in dessen Armen ich schon eine Weile wie ein Teil des Kunstwerkes dagelegen hatte.

Unterdessen erschienen auch die anderen: McCormack, Eve Pickford, Baxter, Paddington, Stewart und der Rest.

Pietro Rollo hob die Lampe noch ein wenig höher, und der Lichtkegel erreichte jetzt den am Boden liegenden Mann.

»Mein Gott!« wiederholte der Italiener. »Wer ist denn das?«

Bevor ich antworten konnte, schrie natürlich Eve Pickford los:

»Sera! Hauptmann Sera!«

Ich schüttelte den Kopf und betastete mein Kinn. Meine Finger griffen in etwas Klebriges und lösen einen so starken Schmerz aus, daß ich erschrocken zusammenzuckte. Baxter trat zu mir und streichelte mir sanft den Kopf.

»Tut es weh, Hübscher?«

Stewart kniete bereits neben Sera und öffnete den Reißverschluß des Polizisten, um seine Brust abzuhorchen. Nach einer Weile atmete er erleichtert auf:

»Er lebt! Vielleicht schafft er es ...«

Ich entriß mich Baxters Streicheleinheiten und kniete mich ebenfalls neben Sera.

»Passen Sie auf, Kevin ... In seinem Hals ...«

»Zum Teufel!« zischte Stewart. »Gut, daß Sie was gesagt haben! Schauen Sie doch!« Er deutete angewidert auf das Messer, das in Seras Kehle steckte.

Es war natürlich ein Purbu.

90

Während Baxter und Stewart Sera versorgten, untersuchte ich das Schwert. Es hatte eine ungewöhnliche Form, die man heutzutage nur noch selten zu Gesicht bekam. So bemerkte ich gar nicht, daß sich McCormack zu mir gesellt hatte. Ich war so sehr in die Erforschung des Schwertes versunken, daß ich überhaupt nichts von der Außenwelt wahrnahm. Ich kehrte erst in diese Welt zurück, als er leise rief:

»Hoho! Zum Teufel! Das ist doch ein ...«

Gerade noch rechtzeitig stieß ich ihm in die Rippen und

legte warnend einen Finger vor den Mund. Seine Augen blitzten, er nickte schnell und trat wieder zur Seite.

Sera atmete inzwischen tief durch und öffnete die Augen. Das Purbu lag auf dem Boden, und Baxter streute gerade desinfizierendes Puder auf die Wunde.

»Sie haben verdammtes Glück, Hauptmann!« Sie schüttelte den Kopf und gab eine letzte Portion Puder in die Wunde. »Dieser Kerl hat Ihre Halsschlagader nur um Millimeter verfehlt ... Wenn er etwas besser gezielt hätte, würde die nepalische Polizei jetzt ihren eigenen Schutzengel haben!«

Sera quittierte den Scherz mit einem sauren Lächeln.

»Was ... ist passiert?«

Er blickte uns alle nacheinander an, als würden wir gerade ein Urteil über ihn fällen.

Die anderen zuckten nur mit den Schultern, und ich wollte sie bei dem Ratespiel nicht unterstützen.

»Das müßten Sie wissen, Hauptmann!« antworte Frank King. »Als wir hier unten ankamen, lagen Sie schon mit dem Messer im Hals dort ... Auch Mr. Lawrence hat einen hübschen Schlag abgekriegt!«

Ein Schatten überflog Seras Gesicht. Schließlich stützte er sich auf die Ellbogen und suchte mit seinem Blick nach mir.

»Mr. Lawrence?«

»Sie wünschen, Hauptmann?« Ich trat näher.

»Mr. Lawrence ... Wie ich höre, wurden auch Sie angegriffen. Was ist denn eigentlich passiert?«

Ich breitete die Arme aus und schüttelte den Kopf.

»Ich habe keine Ahnung. Ich kam aus dem Hof hinein, daran kann ich mich noch erinnern ...«, ich tat, als würde mir das Nachdenken schwerfallen, »ich weiß sogar noch, daß ich die Schwelle überschritt. Dann wurde alles schwarz vor meinen Augen. Jemand hat mir eine aufs Kinn verpaßt.«

»Und sonst wissen Sie nichts?« hakte er mürrisch nach.

Wieder schüttelte ich den Kopf.

»Nein. Obwohl ...«

»Obwohl?«

»Ich sah noch irgendein Schwert blitzen ... Ja! Jetzt erinnere ich mich! Jemand hatte ein Schwert gezückt. Sicher der, der auch Wilson … Sie wissen schon …«

Er nickte erschöpft.

»Das Schwert ist übrigens hier«, sagte ich und zog es hinter meinem Rücken hervor.

»Oh, zum Teufel …«, rutschte es ihm heraus.

»Jetzt regen Sie sich nicht auf, Hauptmann! Obwohl Miss Baxter sagt, daß Ihnen nichts fehlt, sollten Sie doch lieber ruhig bleiben.«

Er zog sich mit Baxters Hilfe vom Boden hoch.

»Mein Gott, bin ich schwach auf den Beinen!«

»Schlafen Sie sich aus, Hauptmann. Diese Nacht …«

Mit einer ungeduldigen Bewegung unterbrach er mich.

»Was ist denn nun Ihrer Meinung nach passiert?«

Innerlich lächelte ich, äußerlich blieb ich todernst.

»Sonnenklar, Hauptmann. Diesmal waren Sie an der Reihe … Und ich kann Ihnen nur gratulieren, daß Sie davongekommen sind.«

»Meinen Sie, daß ich …, er mich auch?«

»Wieso? Dachten Sie etwa, Sie wären eine Ausnahme? Nur war unser Mörder nicht umsichtig genug.«

»An was denken Sie?«

»Er hatte sie schon lange beobachtet, Sera. Er wußte, daß Sie nachts gerne kleine Spaziergänge machen … Und darauf beruhte sein Plan. Er wartete, bis jeder auf seinem Zimmer war, und wollte Sie dann umlegen. Allerdings gab es da einen kleinen Fehler …«

»Wenn ich mich nicht täusche, Sie.«

»Genau. Der Mann hatte sich geirrt. Er dachte, daß ich ebenfalls in meinem Bett schlafe. Aber er hatte sich geirrt.«

»Und das war mein Glück.«

»Ganz genau. Er hatte keine Zeit dazu, hmm …, sein Vorhaben in die Tat umzusetzen.«

»Sagen Sie es ruhig«, stöhnte er. »Er hatte keine Zeit mehr, mir den Kopf abzuschlagen.«

»Nun … ja, das meinte ich.«

»Auf jeden Fall, danke, daß Sie mir das Leben gerettet haben.«

»Nicht der Rede wert. Außerdem war es Zufall. Wenn ich ein wenig später gekommen wäre, sähe die Sache jetzt anders aus.«

»Brr!« Eve Pickford schüttelte sich. »Wie können Sie sich nur so ruhig darüber unterhalten?«

Sera reichte mir seine Hand.

»Ist es dieses Schwert?«

»Ja.«

Er nahm es am Griff, schwang es durch die Luft und gab es mir schließlich zurück.

»Scheint ziemlich scharf zu sein.«

Ich wollte etwas erwidern, doch Paddington rief dazwischen:

»Hey! Halt mal, Leute! Hier stimmt was nicht!«

Unruhig schauten wir ihn an, besonders Sera und ich.

»Hier stimmt was nicht ...«, wiederholte er. »Sehen Sie: bis jetzt hatten wir doch angenommen, daß der Mörder einer von uns sei ... Unter uns«, und er deutete auf unsere kleine Runde. »Aber jetzt hat sich die Situation ja total verändert.«

»Was?« Rollo sah ihn ungläubig an.

»Hören Sie«, erklärte der Meteorologe geduldig, »Sie sagen, daß wir alle da oben waren, außer Hauptmann Sera und Mr. Lawrence, nicht wahr?«

»Richtig.«

»Dann bedeutet das, daß der Mörder nicht unter uns zu suchen ist.

Wenn wir oben waren und der Mörder auf Sera wartete, dann beweist das ja, daß der Täter nicht unter uns zu suchen ist. Ich ahnte es die ganze Zeit über. Können Sie sich etwa vorstellen, daß einer von uns morden könnte? Können Sie das?«

Keiner antwortete darauf, und schließlich mußte wieder mal ich das Schweigen brechen.

»Ich glaube, Sie würden einen lausigen Detektiv abgeben, Mr. Paddington.«

»Warum?« fragte der Meteorologe beleidigt.

»Warum? Weil Ihre Schlußfolgerungen falsch sind ... Jeder hätte es sein können. Sera und ich waren ja bewußtlos.«

»Na und?«

»Na, der Attentäter hätte doch genügend Zeit gehabt, nach oben zu sprinten und sich in seinem Zimmer zu verstecken! Vielleicht hatte er das Schwert weggeworfen, weil er bei einem unfreiwilligen Treffen nicht mit einem Beweisstück in der Hand gesehen werden wollte. Meinen Sie nicht?«

»Na ja ...«

In diesem Moment vernahmen wir das Knirschen des Schnees auf dem Hof, und eilige Schritte kamen auf uns zu. Schnell griff ich mir das an die Wand gelehnte Schwert, McCormack schnappte sich ohne jeden Respekts bezüglich der Verordnungen über Beweisstücke das Purbu.

Der Samtvorhang glitt zur Seite, und ein unbekannter, junger Lama erschien. Er senkte sein Haupt, verkreuzte dann seine Hände und verbeugte sich.

»Seid gegrüßt! Karma Damtschö hat mich zu Euch geschickt.«

Draußen hörten wir weitere Stiefelschritte; aus den Geräuschen versuchte ich herauszulesen, wie viele es sein könnten. Sera stöberte unruhig in seiner Tasche, ich selber hob das Schwert, das dadurch wie aus Versehen direkt auf die Brust des Mönches zielte.

»Übrigens heiße ich Dordsche Dzangpo«, sagte er. Als er mich ansah, entdeckte ich nackte Angst in seinen Augen.

»Bist du ein Lama?«

»Ich bin der Sekretär von Karma Damtschö.« Er senkte den Kopf.

Der Vorhang bewegte sich, aber die Kerze flackerte nicht; demnach war es nicht der Wind gewesen. Anscheinend wollten gespitzte Ohren draußen nicht das Geringste verpassen.

»Karma Damtschö ist sehr besorgt ... Er hat Schreie gehört. Euch ist doch hoffentlich nichts geschehen?«

Ich sah ein, daß es sinnlos war, etwas zu verheimlichen, also ließ ich das Schwert zu Boden sinken und zeigte auf Sera.

»Dieser Mann wurde angegriffen!«

Seine Augen weiteten sich.

»Hier in der Tür, gerade dort, wo du jetzt stehst. Jemand hat ihm aufgelauert und ihn hiermit in den Hals gestochen.« Ich drehte mich um. McCormack hielt bereits das Purbu hoch.

Der Lama schreckte zurück.

»Das ... das ... ist unmöglich! Mit Purbu zu töten ist verboten! Wer so etwas macht, würde niemals, niemals in einer höheren Form wieder geboren werden. Das kann nur ein Ungläubiger gewesen sein! Ist er schwer verletzt?«

»Zum Glück nicht ... Du kannst dem Hauptlama Bescheid sagen, daß nichts Schlimmes passiert ist.«

In den Augen von Dordsche Dzangpo erschien wieder Furcht.

»Ich bringe auch eine Nachricht von Karma Damtschö ...« Er räusperte sich und sah mich erschrocken an. »Seine Heiligkeit lädt Euch herzlich zu dem Neujahrsfest morgen vormittag ein. Bestimmt habt Ihr so etwas noch nicht gesehen ...«

Ich spürte, daß ich nicht anders konnte, anders durfte, und mußte der Etikette entsprechend antworten: »Wir nehmen die Einladung Seiner Heiligkeit dankend an. Aber schau mal dieses Schwert an! Der Attentäter von Hauptmann Sera hat es hiergelassen. Ein seltsames Schwert, nicht wahr?«

Er sah zuerst mich, dann die Waffe ehrfürchtig an.

»Nimm es ruhig!« ermutigte ich ihn.

Ich hielt es ihm entgegen, ließ es aber genau in dem Augenblick fallen, als er danach greifen wollte.

»Oh, ich bin aber ungeschickt!« Ich griff danach, aber Dordsche Dzangpo tat es mir gleich, und so waren für einen Augenblick unsere Gesichter nur wenige Zentimeter voneinander entfernt.

»Seit wann ist Karma Damtschö tot?« flüsterte ich ihm schnell zu.

Er versteifte sich und flüsterte dann zurück:

»Seit drei Tagen ... Seit dem ...«

Schnell hob ich das Schwert wieder auf, gab es ihm aber nicht.

»Hat uns Seine Heiligkeit noch etwas ausgerichtet?«

»Ja. Er möchte nicht, daß Euch etwas passiert. Aus diesem Grund läßt er Wachen aufstellen, hier vor der Tür und auf Eurem Flur. Ihr könnt jetzt in Ruhe schlafen! Keiner wird Euch belästigen!«

Im nächsten Moment glitt der Vorhang zur Seite, und

einige Lamas marschierten in den Vorraum. Sie waren zu fünft und verbargen geschickt ihre Gesichter hinter den riesigen Mützen. Sie bewegten sich geschmeidig und leicht, so daß die Treppe kaum unter ihren Tritten knarrte, als drei von ihnen hochgingen.

Die andern zwei blieben vor dem Eingang stehen, wobei sie auf den Boden sahen, die Arme vor der Brust verschränkt.

Dordsche Dzangpo verbeugte sich und zog sich durch die Tür zurück.

Die Mönche standen stumm an ihren Plätzen, und wir schauten einander ratlos an. Schließlich brach Eve Pickford das Schweigen: »Was … was soll das heißen?«

Miss Baxter klopfte ihr auf die Schulter und fegte dann mit einer einzigen Bewegung ihre schönen roten Haare auf den Rücken.

»Wahrscheinlich, meine Liebe, daß wir jetzt Gefangene sind. Ich weiß nur noch nicht, wessen.«

91

Wir gingen in unsere Zimmer, und jeder bereitete sich auf die Nacht vor. Die drei als Mönche verkleideten Wachen standen bewegungslos auf dem Flur. Ich ahnte, daß sie bis zum Morgen mit undurchdringlicher Miene so dastehen würden, es sei denn, sie bemerkten etwas Beunruhigendes.

Im Moment allerdings war eher ich unruhig. Ich wollte mich diese Nacht unbedingt noch mit McCormack unterhalten und natürlich mit »Ihm«. Schließlich hing unser Leben davon ab, ob wir unseren Gegnern zuvorkommen konnten.

Nach einer halben Stunde öffnete ich vorsichtig die Tür und schaute auf den Gang. Meine Vorahnung hatte sich bewahrheitet: Die drei Posten standen immer noch an derselben Stelle und dachten nicht im Traum daran, sich zu bewegen. Leise fluchend schloß ich die Tür wieder und warf mich angezogen aufs Bett.

92

Ich erwachte, als die Lamas an der Tür klopften. Ich sprang auf, machte die Kette ab und schaute auf den Flur. Die Mönche blickten mich belustigt an und versuchten die vollgepackten Tabletts in Balance zu halten. Aus silbernen Kannen stieg der Duft des mit Milch verfeinerten grünen Tees auf, was mich augenblicklich meine Sorgen vergessen ließ.

Natürlich hatte dazu auch beigetragen, daß unsere Bewacher verschwunden waren.

Mit großem Appetit verzehrte ich das Frühstück, und selbst der immer wieder aufkeimende Gedanke, es könne mein letztes sein, war nicht imstande, mir die gute Laune zu verderben. Schließlich hatte ich alles unternommen, was in meinen Kräften stand. Nur wegen »Ihm« machte ich mir ein wenig Sorgen, obwohl wir im Laufe unseres stürmischen Lebens schon oft in ausweglose Situationen gekommen waren.

Ich hörte, wie nacheinander alle Ketten von den anderen Türen abgenommen wurden, als die Lamas das Frühstück servierten.

Ich war schon fast fertig und dachte über die Möglichkeit nach, mit McCormack spazieren zu gehen, als nach einem leisen Klopfen ein mir unbekannter Mönch in mein Zimmer trat. Er verbeugte sich und verbarg seine Hände in den Falten des Kaftans.

»Seine Heiligkeit Karma Damtschö schickt Euch eine Nachricht.«

Erwartungsvoll blickte ich ihn an und deutete auf den kleinen Stuhl.

»Nehmt doch bitte Platz!«

Er machte eine ablehnende Geste und blieb in der Tür stehen.

»Wie Ihr bestimmt wißt, ist nach unserem Glauben heute der Neujahrstag. Ein neues Jahr begrüßt uns, das Jahr des Hahnes. Heute um neun Uhr früh wird im ersten Hof ein Neujahrstanz zelebriert. Seine Heiligkeit möchte Euch bitten, ihn mit Eurer Gegenwart zu beehren!« Ohne eine Antwort abzuwarten, drehte er sich auf dem Absatz um.

Er stand schon draußen, als er noch einmal seinen Kopf zurückschob.

»Ach, und noch etwas. Seine Heiligkeit möchte ausdrücklich darauf hinweisen, daß das neue Jahr und der Tscham-Tanz ein Fest der Liebe und des Friedens ist. Bringt auf keinen Fall Waffen mit ... Ihr würdet dadurch nur unsere Feierlichkeiten entehren und den Zorn der bösen Götter auf Euch und das gesamte Kloster ziehen ...«

Wenig später hörte ich, wie er an McCormacks Tür klopfte und dann eintrat.

Ich blickte auf meine Uhr: es war halb neun.

93

Fast wäre ich vor Überraschung zurückgewichen, als ich mit Eve Pickford, Miss Baxter und Frank King den Hof betrat. Der mit Fähnchen geschmückte und blankgekehrte Platz hatte so gar nichts gemein mit dem Schauplatz meiner Abenteuer von gestern nacht. Die Mönche hatten sicherlich seit dem frühen Morgen gearbeitet, um sich gebührend auf das Fest vorzubereiten.

In der Mitte des Hofes, ziemlich genau gegenüber dem Hauptgebäude war auf vier schmalen Holzbeinen in etwa anderthalb Metern Höhe eine bunte Plane gespannt, deren Stoff durch den Wind in wallende Bewegung versetzt wurde. Darunter stand, inmitten der Pfeiler, ein kleiner, mit farbigen Seidenbändern bedeckter Tisch, auf dem sich ein pyramidenförmiges Gebilde befand, das mit Pfeilen bestückt war. An den Enden der Pfeile hingen kleine Fähnchen mit Gebetstexten.

Zwischen dem Gebäude und dem Pavillon, auf der Rückseite des Betsaales, stand ein aus Brettern gefertigtes Podest, und als ich an die Nacht zurückdachte, fiel mir ein, daß ich in meinem Traum in einem schon längst vergessenen, weit entfernten osteuropäischen Garten Holz gesägt hatte. Sicherlich waren es die Geräusche der Bauarbeiten gewesen, die mein Unterbewußtsein beeinflußt hatten.

Auf dem Podest standen Bänke und vor den Bänken einige bequeme Sessel.

Die anderen saßen schon auf ihren Plätzen und machten kein sehr glückliches Gesicht. McCormack starrte ernst vor sich hin, und sein Blick wurde erst etwas milder, als er mich entdeckte. Er winkte mir zu, ich winkte zurück.

Zu Füßen des Podiums warteten zwei lächelnde Lamas auf uns: Höflich nahmen sie die Hände der Damen und führten sie an ihre Plätze. Auf den Bänken lagen rote, gelbe und blaue Kissen, die die Härte des blanken Holzes etwas milderten.

Wie ein guter Anführer hielt ich mich zurück, um der letzte zu sein. Als ich mich dann niederlassen wollte, stellte sich mir ein Lama zu meiner größten Überraschung in den Weg. Er sagte etwas und lächelte.

Verstört sah ich ihn an und blickte mich um. Die anderen beobachteten uns, und ich bemerkte, wie Baxter sich unruhig erhob.

»Wo liegt das Problem?« versuchte ich es auf Englisch.

Der Mönch lächelte sanft, nahm meinen Ellbogen und zog mich energisch zu den Sesseln. Er zeigte auf einen von ihnen und bedeutete nur, mich hinzusetzen.

Für einige Sekunden hielt ich inne und dachte über die Möglichkeit nach, Widerstand zu leisten. Ich mußte unbedingt bei den anderen bleiben ... Dann seufzte ich und ließ mich auf den Sitz fallen. Vorerst waren sie sowieso in der Überzahl. Und wenn man sie überhaupt besiegen konnte, dann nur, wenn sie nicht argwöhnisch wurden.

Obwohl ich mich am liebsten zu den anderen umgedreht hätte, tat ich so, als gelte mein ganzes Interesse der Opferpyramide. Anscheinend war sie aus Gerstenteig geformt; ich wußte nur nicht, ob sie am Ende der Zeremonie von den Mönchen aufgegessen werden würde.

Plötzlich hörte ich dumpfes Tuten, das ich sogleich als Ton des Blashornes erkannte, mit dem man uns begrüßt hatte.

Dreimal erklang es, dann wurden die Tore zu den angrenzenden Höfen – und wahrscheinlich auch zur Außenwelt – geöffnet und Mönche und Dorfbewohner strömten auf den Haupthof. Ein Schwall von farbigen Kopfbedeckungen, wehenden Seidentüchern und breiten Hüten ergoß sich über den Platz.

Und laut war es, unerträglich laut.

Beim Einmarsch der Menge atmete ich auf. Wenn sie sie reingelassen hatten, konnten sie wohl kaum einen größeren Anschlag vorhaben. Oder ging es darum, daß sie schon triumphieren wollten, bevor sie mit uns abgerechnet hatten?

Die Menschenmasse hatte sich langsam verteilt. Stiller werdend umringte sie den Pavillon, als das Blashorn erneut erklang.

Zum dritten Ton öffnete sich das Tor zu Karma Damtschös Residenz, und feierlich geschmückte Lamas marschierten heraus. Es waren zehn bis fünfzehn an der Zahl. Sie hielten in den Händen verschiedene Musikinstrumente. An der Ecke des Podestes blieben sie stehen und fingen an zu musizieren. Es waren seltsame, lange Töne, die sich immer wiederholten. Das Publikum war unterdessen vollkommen still und hörte ehrfürchtig zu.

Wann die anderen drei Lamas die Treppe zu Karma Damtschös Zimmern heruntergestiegen waren, weiß ich nicht mehr. Die Vorführung der Musiker hatte mich zu sehr abgelenkt, besonders die des Spielers der langen, alpenhornähnlichen Trompete. Dann entdeckte ich auch das zweite Blasinstrument der Gruppe, eine Flöte, die der Tradition nach nur aus dem Schienbein eines höchstens vierzehnjährigen und unbedingt eines unnatürlichen Todes gestorbenen Kindes gefertigt werden durfte.

Ich schreckte auf, als die drei Mönche sich auf die Sessel neben mir niederließen. Sie lächelten mich an, und ich hätte schwören können, daß ihr Lächeln höhnisch und siegessicher war. Außer dem von Karma Damtschös Sekretär, der auch diesmal nacktes Entsetzen in seinem Blick trug.

Rechts hatte ich den jungen Mann zum Nachbarn, der sich bei unserer Ankunft als der Hauptlama ausgegeben hatte.

Er setzte sich und legte lächelnd die Hand auf meinen Arm.

»Wie gefällt es Ihnen?«

»Es ist wirklich überwältigend ... Aber ich glaubte gehört zu haben, daß der Hauptlama des Klosters auf diesem Platz sitzen sollte.«

Sein Lächeln wurde, sofern das möglich war, noch breiter.

»Oh, natürlich. Nur geht es leider Seiner Heiligkeit nicht gut. Er bat mich, ihn hier zu vertreten. Sie verstehen?«

Und ob ...

»Und die Brüder? Sorgen sie sich nicht um den Lebenden Gott?«

Wieder legte er die Hand auf meinen Arm.

»Wie mitfühlend Sie doch sind! Seine Heiligkeit wird von dort oben den Tanz verfolgen. Und für eine kurze Weile wird sich jeder davon überzeugen können, daß uns sein Interesse vergönnt ist ... Sobald die Tänzer auftreten, wird auch seine Heiligkeit im Fenster erscheinen.«

Die Musiker fuhren fort, das geigenähnliche Instrument jammerte auf, die matten Stakkatotöne der Schädeltrommel erinnerten an Maschinengewehre.

Ein leises Murmeln glitt durch das Publikum, als im Tor des dritten Betsaales die Tänzer auftauchten; mit fließenden Bewegungen nahmen sie ihre Plätze ein.

Ich lehnte mich nach vorne und versuchte herauszubekommen, welchen Tanz sie jetzt zeigen würden. Die Anzüge der Darsteller aber hatten wenig mit dem zu tun, was ich in der Mongolei bei den Tscham-Tänzen gesehen hatte.

Der neben mir sitzende Lama beugte sich herüber.

»Haben Sie schon mal einen Tscham-Tanz gesehen?«

Ich entschied mich, meine Karten noch nicht auszuspielen und schüttelte den Kopf.

»Ich habe nur davon gehört.«

Er lächelte und glaubte mir natürlich kein Wort.

»Wenn Sie erlauben, würde ich es Ihnen gerne erklären.«

»Ich wollte Sie gerade darum bitten.«

»Sie haben schon von Padmasabhava gehört, nehme ich an?«

»Nur sehr wenig.«

»Dachte ich es mir doch! In Europa wird nicht so sehr auf

die geistlichen Strömungen Asiens geachtet. Obwohl das schlecht ist, sehr schlecht.«

Fast klang ehrliches Bedauern in seinen Worten.

»Wissen Sie, wir Tibeter kannten lange Zeit den Glauben des Buddha nicht.«

Überrascht sah ich ihn an.

»Sie sind Tibeter?«

»Halb-halb. Wer hier in den Bergen des Himalaja lebt, ist immer irgendwie Tibeter. Nur dachten sich unsere Ahnen nichts dabei, verließen das Heilige Land und zogen unter die Fittiche der nepalischen Herrscher. Aber trotzdem halten wir uns für Tibeter. Kennen Sie unsere Sprache?«

»Nein.«

»Und die der Sherpas?«

Ich verneinte erneut.

»Schade. Denn unsere Sprache hier ist ebenfalls tibetischen Ursprungs. Aber wir sprachen von Religion ... Also wir, die Tibeter, kannten Buddha sehr lange nicht. Nach Ihrer Zeitrechnung bis ins siebte Jahrhundert.«

Überrascht hob ich den Kopf.

»Woher kennen Sie denn unsere Zeitrechnung so gut?«

Er lachte.

»Oh, diese Europäer! Weil ich eine Mönchskutte anhabe, bin ich automatisch auch dumm? Sehen Sie, die Europäer gehen immer nur von sich selbst aus! Dabei steckt ihre Kultur gegenüber der unseren noch in den Kinderschuhen. Aber wo war ich stehengeblieben?«

»Bei dem tibetischen Buddhismus ...«

»Ach ja. Jedenfalls lebte im siebten Jahrhundert ein tibetischer König ...«

»Srongzansgampo.«

»Woher wissen Sie das?«

»Ein wenig weiß ich über Tibets Geschichte.«

»Sie scherzen!«

Jetzt legte ich meine Hand auf seinen Arm.

»Um nichts in der Welt ... Ich kenne diesen Tanz wirklich nicht!«

»Na ja, ich hätte es wissen müssen. Ich weiß, daß Sie lange

Zeit in Asien gelebt haben … Wie Sie wissen, war der erste indische Religionsbotschafter Padmasabhava. Er war eher ein Zauberer denn ein richtiger Priester. Natürlich ist seine Bedeutung trotzdem immens. Er hat die ersten buddhistischen Klöster in Tibet gegründet. Haben Sie von seinen Kämpfen gehört?«

»Ehrlich gesagt, sehr wenig«, sagte ich wahrheitsgemäß.

»Wissen Sie, als der Meister in Tibet eintraf, sah er sich vielen Schwierigkeiten gegenüber. Im Heiligen Land herrschte damals noch der Bon-Kult. Ich kann Ihnen nur sehr ungenau erklären, was das war. Vielleicht ein anderer Glaube, der sehr wenig Spuren hinterlassen hat. Möglicherweise vom selben Stamm wie der Glaube der Perser, oder aber ihr Eroberer, Alexander der Große, hatte ihn aus Mazedonien mit sich gebracht …«

Alles was recht ist, er war wirklich gebildet!

»Padmasabhava mußte gegen die alte Religion kämpfen, wenn er den buddhistischen Glauben verbreiten wollte. Und so begann ein unerbittlicher Kampf zwischen den Anhängern von Padmasabhava und den Bon-Priestern. Ich muß sicher nicht extra erwähnen, daß die Kämpfe nicht nur auf geistiger Ebene geführt wurden. Die Jünger des Meisters benutzten ein wenig … Gewalt, um es so zu sagen, und die Gegenseite hielt natürlich auch nicht still … Was zwar nicht unbedingt mit den buddhistischen Zielen übereinstimmt, aber, wie Sie so schön im Westen sagen, Not kennt kein Gebot.«

»Mhm.«

»Der Kampf endete mit dem Sieg von Padmasabhava und den Buddhisten. Wie, das kann man heutzutage nicht mehr beantworten. Sicherlich konnten sie einen Großteil der Bevölkerung für sich gewinnen oder zumindest die Mächtigen. Ehrlich gesagt, ich glaube, daß die hohen Herren in Tibet die Phantasie der neuen Religion sahen; viele wurden schnell bekehrt und zu Äbten der neuen Klöster berufen. Sie wissen das sicherlich besser als ich, schließlich ist überall auf der Welt das gleiche passiert, wo ein neuer Glaube Fuß fassen konnte. Nicht wahr?«

»Sicherlich.«

»Nun …, im Grunde genommen handelt der Tanz von dieser Geschichte. Der Sieg Padmasabhavas über die Bon-Priester.«

So weit waren wir gekommen, als aus dem dritten Saal unmaskierte Tänzer traten. Sie hatten einen angeklebten Spitzbart und trugen nur einen schwarzen Talar und einen breiten, schwarzen Hut. Sie stellten sich um den Tisch mit der Opferpyramide und fingen einen langsamen Tanz an. Den Oberkörper hielten sie aufrecht und drehten sich um ihre eigene Achse.

»Das sind die Bon-Priester«, flüsterte der Lama. »Angeblich trugen sie solche Hüte. In alten Büchern fand man einige Zeichnungen … und vielleicht auch im Geiste vieler Menschen.«

Seine Stimme klang traurig.

Ich sah ihn überrascht an.

»Hallo! Ihnen tun diese Bon-Priester ja leid!«

Er machte gar kein Hehl daraus, daß ich seinen wunden Punkt entdeckt hatte.

»Tatsächlich. Sie sind ein Teil der Vergangenheit. Unserer Vergangenheit … Bald gibt es kein Tibet mehr und auch keine Tibeter. Und so vergeht der Ruhm der Welt …«

Dann kamen herausgeputzte, mit aufwendigen Masken geschmückte Tänzer. Es waren ebenfalls ungefähr fünfzehn Personen. Ihre seidenen Kaftane glitzerten bunt, die farbigen Gürtel flogen umher. In ihren Händen hielten sie Messer; natürlich waren es Purbus.

Unruhig blickte ich nach hinten und suchte die anderen. Alle starrten gebannt auf die Tänzer, nur Miss Baxter sah zu mir. Sie erhob sich ein wenig und deutete mit den Fingern das V für Victory an. Ich wußte nur nicht, wem sie damit Mut machen wollte: Padmasabhava oder den Bon-Priestern. Oder mir. Währenddessen schrie irgendein Instrument fürchterlich auf, wahrscheinlich die Schienbein-Flöte. In der Tür des Betsaales erschien jetzt ein Mann mit einer furchterregenden Maske. Er hatte einen beinahe noch schöneren Anzug an, als ihn die Jünger von Padmasabhava trugen.

»Ist das Padmasabhava selber?« fragte ich den Lama.

Er schüttelte den Kopf.

»Der große König: Strongzansgampo. Er hatte Padmasabhava ins Land gerufen und möchte jetzt den Kampf genießen.«

Der große König tat wirklich so, als genieße er es. Er tänzelte langsam mit seinen riesigen Stiefeln und hob manchmal die Hand, als wolle er die Kämpfer anheizen. Er selber aber blieb dem Haupttanz fern wie ein Zuschauer und hetzte die Darsteller gegeneinander auf.

Die Hörner klangen mit elementarer Gewalt, und jetzt endlich erschien auch der Meister selber, Padmasabhava. Links und rechts tanzten seine zwei treuen Gehilfen, in den Händen hielten sie die obligatorischen Purbus.

»Wußten Sie, daß zu der Zeit sogar noch Menschenopfer in Mode waren?« fragte der Lama.

Ich schüttelte den Kopf.

»Doch, doch! In den Klöstern wurden rätselhafte Zeremonien abgehalten, selbst ein paar Dämonen hat man angebetet. Und sie brachten alle Bon-Priester um ... Der Buddhismus war damals noch nicht der Glaube des Pazifismus!«

Inzwischen tanzten schon alle Teilnehmer um den Pavillon herum: im innersten Kreis die Bon-Priester mit ihren breiten schwarzen Hüten, weiter draußen die Jünger Padmasabhavas und im äußersten Kreis der Meister persönlich mit seinen Begleitern. Die Eigentümlichkeit des Tanzes war, daß jede Gruppe die Opferpyramide auf dem Tisch als Mittelpunkt umrundete.

Ein paar Sekunden beschäftigte mich der Gedanke, ob der Tanz nicht etwa aus astronomischen Beobachtungen entwickelt worden war; der Schrein war die Sonne und die Tänzer die einzelnen Planeten. Und so wie die Planeten nicht ihre vorgeschriebene Bahn verlassen konnten, durften augenscheinlich auch die Lamas nicht aus der Reihe tanzen. Sie hielten immer eine Armlänge Entfernung voneinander und durften ihre Bahnen nicht mit denen der anderen kreuzen.

Das Schauspiel dauerte schon etwa eine halbe Stunde an, und ehrlich gesagt war nicht viel derweil passiert. Die Gefolgschaft von Padmasabhava drohte mit entschlossenem

Gesichtsausdruck und die Purbus schwingend den Bon-Priestern, die ihrerseits immer langsamer und müder wurden. Ihre Köpfe zuckten hin und her, und sie verbeugten sich immer wieder ehrfurchtsvoll vor den Feinden. Aus der Pantomime wurde klar, daß der neue Glaube bald einen vernichtenden Sieg erringen würde.

Dann aber geschah etwas Seltsames. Und genau wegen des Überraschungseffekts bemerkte ich es erst, als die Dinge schon in einem ziemlich fortgeschrittenen Stadium waren.

Einer der Bon-Priester stürzte plötzlich hin. Ohne Übergang fiel er einfach um.

Mitleidsvoll sah ich den Armen an, die Sache aber machte mich nicht weiter unruhig, da ich schon oftmals miterlebt hatte, daß Klostertänzer wegen der Aufregung und Erschöpfung einfach in Ohnmacht gefallen waren. Selten kam es vor, daß jemand beim Tscham starb. Es sei denn, er hatte eine Herzkrankheit oder war Epileptiker.

Der Bon-Priester allerdings blieb nicht liegen, sondern stellte sich schnell wieder hin und tanzte weiter. Jetzt, wo ich ihn zur Kenntnis genommen hatte, merkte ich auch, daß er sich irgendwie anders bewegte als seine Freunde. Seine Drehungen waren langsamer, und er blickte immer nach links oder rechts. Sein langer Schnauzbart reichte ihm bis zum Kinn, und ich sah selbst aus dieser Entfernung, daß ihm der Schweiß den Hals herunterrann.

Als ich mich an den Lama neben mir wenden wollte, erkannte ich, daß dieser ebenfalls den Bon-Priester beobachtete. Seine Lippen waren zusammengepreßt und sein Blick starr.

Ich wußte noch nicht, was los war, spürte aber, daß irgendwas mit diesem Tänzer nicht stimmte.

Nun galt mein Interesse nur noch ihm. Ich sah, wie der neben ihm Tanzende blitzschnell hochsprang und ihn mit der Schulter zu Boden stieß. Und sein Nachbar auf der anderen Seite beugte sich über ihn, als ob er ihm beim Aufstehen helfen wolle, und trat ihm dann statt dessen mit dem rechten Fuß mehrmals in die Rippen. Alles wunderbar choreografiert, passend zum Takt.

Als ob ich einem geheimen Zwang gehorchen würde, drehte ich mich zu Karma Damtschös Fenster um und schrie vor Überraschung beinahe auf. Im Fenster stand nämlich ein alter Mann, der der Lebende Gott hätte sein können. Er hatte eine gelbe Lamamütze auf dem Kopf, und hielt sich mit beiden Händen am Samtvorhang fest. Seine Schlitzaugen beobachteten die Tänzer, und um seine Mundwinkel spielte ein grausames Lächeln. Vielleicht hatte ich keinen Grund, das zu glauben, aber mir erschien es sogar blutrünstig. Das Lächeln eines Mannes, der kein Erbarmen kennt.

Plötzlich huschte ein Schatten über sein Gesicht, und er wendete die Augen vom Festspiel. Und dann, als sei er einer magischen Anziehungskraft ausgesetzt, schweifte sein Blick zu mir herüber und blieb auf mir haften. Und als unsere Blicke verschmolzen, war ich sicher, ihn schon einmal gesehen zu haben. Wenn auch nicht Auge in Auge, dann auf einem Foto. Und ich war mir sicher, daß wir keine Verbündeten gewesen waren, sondern Feinde.

Wie in einem Wettstreit starrten wir einander lange an. Der Alte schaute eine Weile kalt zu mir herüber, dann lächelte er triumphierend. Er blinzelte und zog dann langsam die Gardinen zu. Das unheimliche Gesicht verschwand.

Als ich mich wieder umdrehte, lag der Bon-Priester erneut auf dem Boden und kassierte gerade ein paar Tritte. Die Zuschauer bemerkten anscheinend gar nichts von dem stummen und seltsamen Kampf, den die drei Tänzer austrugen. Hin und wieder schrien sie begeistert auf, wenn die Musik lauter wurde.

Erneut drehte ich mich um und wechselte einen Blick mit McCormack. Er schaute mich fragend an und zog die Augenbrauen in die Höhe; eine Andeutung dafür, daß er ebenfalls alles gesehen hatte und ebensowenig daraus klug wurde.

Schließlich merkte ich, daß der verfolgte Bon-Priester nicht nur langsamer war als die anderen, sondern auch immer einen Takt zu spät kam. Und plötzlich wurde mir klar, daß dieser Mönch keine Ahnung von dem Tanz hatte und seine Bewegungen deswegen so seltsam langsam und abgehackt waren, weil er versuchte, sie den anderen nachzumachen.

Demnach war ein Unbefugter unter den Tänzern!

Der neben mir sitzende Lama schaute mit zusammengebissenen Zähnen auf den Bon-Priester, und ich befürchtete, daß das Schicksal dieses Mönches schon besiegelt war.

Der Rhythmus des Tanzes wurde schneller, das Schauspiel näherte sich dem Ende. Padmasabhava hob die Hand und zeigte auf die Bon-Priester. Die schwarzgekleideten Mönche hoben ebenfalls ihre Hände und zuckten in panischer Angst zusammen, als könnten sie den Anblick des Missionars nicht ertragen. Sie senkten die Häupter und warteten auf die Erfüllung ihres Schicksals.

Ich erhob mich, um besser sehen zu können. Die Menge gegenüber wurde lauter, und die ersten Reihen drängten sich näher an das Schauspiel heran, damit sie das Ergebnis ebenfalls aus der Nähe betrachten konnten. Die Dorfbewohner scheuten sich nicht, die Ellbogen zu benutzen. Weiter hinten fielen sogar einige Ohrfeigen.

Der Bon-Priester lag schon wieder auf dem Boden. Verzweifelt zappelte er und versuchte sich – Gott weiß zum wievielten Male – aufzurichten. Die beiden anderen aber traten auf ihn ein, so fest sie nur konnten.

Zwischenzeitlich schrie Padmasabhava auf und hob das Purbu in die Luft. Seine Jünger taten es ihm nach, und es war klar, daß die Buddha-Anhänger zur tödlichen Schlacht bereit waren. Natürlich nur im Rahmen des Tscham-Tanzes.

Die Musik wurde plötzlich für einen Moment ganz laut, und die Purbus blitzten furchterregend im Sonnenschein. Dann war es still, selbst das Publikum hielt den Atem an. Die Dorfleute, die sich vorher um die besten Plätze gestritten hatten, erstarrten auf einmal. Der Kampf des Buddhismus gegen den Bon kam langsam, aber sicher zu einem Ende.

Ein Schrei zerriß plötzlich die Totenstille. Vielleicht war es Padmasabhava selber, vielleicht einer seiner Diener. Die buddhistischen Mönche stachen mit ihren Messern zu, und die Bon-Priester zuckten zusammen, beugten sich zum Boden hinunter, als ob die Purbus wirklich ihre Leben ausgelöscht hätten.

Natürlich waren es keine echten Stiche. Padmasabhavas

Anhänger durften den äußeren Ring nicht verlassen, und da sie mehr als eine Armlänge von ihren Gegnern entfernt waren, konnte man die Treffer nur als symbolisch betrachten.

Wieder ertönten die Hörner und feierten diesmal den endgültigen Sieg des Buddhismus über den traditionellen Glauben Tibets. Das Publikum schrie und tobte, einige klatschten sogar nach europäischer Art mit den Händen.

Erleichtert drehte ich mich um und suchte mit meinen Augen nach McCormack. Dieser winkte mir zu, dann versteinerte sich plötzlich sein Gesicht. Er schaute auf die Tänzer, hob die Hand und rief etwas, das allerdings im allgemeinen Rummel unterging.

Die Tänzer hatten inzwischen schon fast alle ihre Positionen verlassen. Einige Buddha-Anhänger unterhielten sich mit Bon-Priestern, andere zuckten immer noch wie in Trance zu den Klängen der etwas leiser gewordenen Musik.

Der verfolgte Bon-Priester lag auf dem Boden, die anderen beiden knieten auf seinem Bauch und seiner Brust. Der Rest tanzte um sie herum, und die Mönche merkten in ihrer Ekstase wahrscheinlich gar nicht, was unter ihren Füßen geschah.

Der neben mir sitzende Lama schaute mir seelenruhig in die Augen und wollte wohl etwas sagen. Seine Mundwinkel zuckten, aber seine Stimme erreichte mich nicht.

Als ich zu den Tanzenden zurückblickte, war das Schicksal des Bon-Priesters bereits besiegelt. Bevor ich überhaupt etwas hätte tun können, sprang einer der Padmasabhava-Tänzer zu ihm und kniete sich mit dem Purbu in der Hand über den am Boden Liegenden.

Der so Überwältigte kämpfte eindeutig um sein Leben, war aber machtlos gegenüber den drei anderen. Automatisch tastete ich nach meiner Waffe, zögerte aber immer noch, als habe mir jemand zugeflüstert, daß das alles nur ein Spiel sei.

Der Mönch mit dem Purbu erhob sich ein wenig, ohne sein Messer zu senken und schaute auf einen Punkt hinter mir.

Blitzschnell drehte ich mich um und blickte auf die Fenster. Der Alte stand an derselben Stelle, wo er eben noch beleidigt die Gardinen zugezogen hatte. Nur war jetzt dieser Samtvorhang nicht da, und der rätselhafte Bewohner von Karma Damtschös Residenz lächelte zufrieden auf uns herab.

Dann hob er die Hand, und ich sah etwas, das mir bis jetzt nur aus historischen Filmen bekanntgewesen war. Der alte Mann drehte seine rechte Faust mit dem Daumen nach unten, so wie es die Cäsaren gemacht hatten, wenn sie in der Arena den Tod des Besiegten wünschten.

Der Anblick des nach unten gerichteten Daumen ließ mich wieder umdrehen, aber es war bereits zu spät. Der Mönch nickte und ließ dann die Klinge in den Bon-Priester fahren, der sich aufbäumte und mit den Füßen strampelnd im Schnee scharrte, bis seine Bewegungen immer langsamer wurden. Schließlich lag er reglos da.

Ich sprang auf und riß meinen Nachbarn am Kragen hoch.

»Was war das? Haben Sie das gesehen?«

Mit ehrlicher Überraschung blickte er mir in die Augen.

»Was soll denn passiert sein? Der wahre Glauben hat über die Ungläubigen gesiegt!«

Derweil hörte ich hinter mir Stühle hinfallen, und ich war sicher, McCormack war auf dem Weg nach unten.

»Mann! Da wurde jemand ermordet!«

Der Lama nickte.

»Natürlich! Alle sind gestorben. Allerdings nicht jetzt, sondern vor vielen hundert Jahren!«

Unter den Zuschauern wurde es wieder laut. Jemand hatte wohl den am Boden liegenden Priester bemerkt, denn immer mehr Leute schrien und gestikulierten aufgeregt.

Ich drehte mich um und blickte hoch zum Fenster, aber der Vorhang war wieder vorgezogen.

Die Musikanten hörten auf zu spielen und riefen aufgeregt durcheinander. Sie ließen die Instrumente fallen, und ihre Augen waren starr vor Angst.

Die Menschenmasse wurde immer lauter und zeigte auf den Bon-Priester. Neben seinem Körper vergrößerte sich die dampfende Blutlache zusehends, und keiner hatte mehr einen Zweifel daran, daß etwas Furchtbares passiert war.

Auch mein Lama begriff endlich, daß etwas nicht stimmte. Er rappelte sich hoch, schaute stumm den Toten an und schlug dann die Hände zusammen. Einige Tänzer kamen zu ihm. Der Lama zischte ihnen kurz etwas zu, von dem ich nichts verstand, woraufhin diese dann seltsam watschelnd zu ihrem »verunglückten« Bruder rannten.

In diesem Moment brach die Panik aus. Zuerst schrie eine Frau, dann hörte man lautes Schluchzen, das von neuen Schreien und Schluchzern untermalt wurde. Dann, wie auf ein Zeichen, rannten alle aus dem Kloster.

Ein paar Sekunden später waren nur noch die Bewohner und wir auf dem Hof.

Und natürlich der Tote.

94

Die drei verkleideten Mönche traten zu dem Toten. Am liebsten wären sie weggerannt, das sah man ihnen an. Sie sträubten sich dagegen, den Leichnam anzufassen, aus dem bei ungünstigen Umständen sogar ein Rolang entweichen konnte.

Schließlich hoben sie ihn doch hoch: Einer packte ihn bei den Füßen, zwei bei den Armen, und so zogen sie ihn durch den Schnee. Der neben mir stehende Lama breitete die Arme aus, und ich vermeinte, große Zufriedenheit in seinen Augen zu entdecken.

»Ein Unfall … Ein schrecklicher Unfall«, brummte er.

Ich antwortete erst gar nicht, sondern sprang von meinem Sitz auf. Der Leichenzug erreichte gerade unsere Ecke des Podestes, blieb aber auf meinen Wink hin stehen.

Der als Bon-Priester verkleidete Mann war schon seit einigen Minuten tot. Unter der Nase war ein schmaler, schwarzer Strich sichtbar, die Spur des Klebers für den Schnauzbart, den er bei dem Kampf verloren hatte. Aus dem Mundwinkel sickerte Blut.

Ich spürte einen salzigen Geschmack im Mund und mußte die Zähne zusammenbeißen, um nicht laut aufzuschreien.

McCormack stampfte vor Ungeduld hinter mir und rief dann plötzlich:

»Mein Gott, wer ist das?«

Ich antwortete nicht, obwohl ich es hätte tun können. Ich hätte ihm sagen können, daß wir ›Zehn‹ wieder um einen weniger geworden waren, der für den Frieden in Fernost gekämpft hatte.

Viele waren schon gestorben. Und man konnte durchaus darüber streiten, ob nach dem Krieg wirklich diese bessere und schöne Welt gekommen war, auf die wir alle gehofft hatten ...

Hobson war von den Japanern geköpft worden. Harris hatte sein Leben als Kamikaze-Flieger beendet, weil er den Feind mit seinen eigenen Waffen schlagen wollte. Und der kleine Varga ... Er war im Krematorium von Buchenwald verbrannt, nachdem ihn die Japaner den Deutschen überlassen hatten.

Und nun war auch er tot, Hauptmann Sato, der Sohn eines Gemüsehändlers aus San Francisco, der glaubte, seiner alten Heimat am besten dienen zu können, indem er für die neue gegen das Ungeheuer kämpfte, das sich in dem Inselstaat breitgemacht und den gesunden Menschenverstand ausgelöscht hatte.

Hauptmann Sato, der amerikanische Geheimdienstveteran, war tot.

Hauptmann Sato, der mich gestern abend zu dem Rendezvous im Betsaal eingeladen hatte.

Für einen Augenblick sah es aus, als hätten sich die Samtvorhänge hinter Karma Damtschös Fenster leicht bewegt.

95

Die Tänzer und Musiker waren verschwunden, nur wir blieben mit ein paar Mönchen auf dem Hof übrig. Die Leiche wurde fortgeschafft, und die Expeditionsteilnehmer scharten sich alle mit erschrockenem Gesicht um mich.

»Was ist denn passiert?« fragte Frank King. »Ich habe erst was gemerkt, als der Typ schon am Boden lag. Glauben Sie, daß es ein Unfall war, oder wurde er umgebracht?«

»Natürlich wurde er umgebracht«, brummte Stewart und rückte unter der Schulter seine Pistole zurecht. »Sie haben doch gesehen, daß jeder nur in seinem eigenen Kreis tanzen durfte ... Und die mit den Hüten hatten keine Messer. Wenn ich richtig gesehen habe, war es kein Tänzer, der ihn abgestochen hat, sondern ein Mönch.«

»Sie meinen, es war Mord?« schrie Miss Pickford auf. »Schon wieder ein Mord?«

Eine Weile war es still. Nur ungern wollten wir zugeben, daß wir nicht nur Zeugen eines Mordes gewesen waren, sondern noch dazu nichts unternommen hatten, ihn zu vereiteln.

Besonders ich hätte meinen Kopf am liebsten gegen eine Wand gehauen. Selbst wenn ich nicht hatte ahnen können, daß Sato unter der Maske steckte.

»Mein Gott! Was sollen wir tun?« stöhnte Eve Pickford.

»Ich habe die Schnauze voll«, wütete Rich Abramson und warf verzweifelt seine Handschuhe zu Boden. »In meiner Kindheit habe ich das ›Geisterhaus‹ gesehen. Also das hier ist genauso wie in dem Film! Da war so eine junge Katze. Sie gehörte einem der Hauptdarsteller. Und wissen Sie, wer von den über ein Dutzend Bewohnern am Ende am Leben blieb?«

»Bestimmt die kleine Katze«, brummte Stewart.

»Haben Sie den Film auch gesehen?« staunte Abramson.

Ich bewunderte Stewarts Ruhe.

»Nein«, antwortete er bitter, »ich habe nur Phantasie.«

»Denken Sie, daß hier nicht mal eine kleine Katze überleben wird?« King zuckte zusammen und zog zitternd die Schnüre seines Anoraks zu. »Also ich werde nicht darauf warten, das ist sicher! Ich gehe jetzt in mein Zimmer zurück, hole meine Sachen und etwas zu essen und verschwinde auf Nimmerwiedersehen. Adieu, Khangpa.«

»Wollen Sie wirklich losgehen?« erkundigte sich Paddington.

»Natürlich! Ich warte doch nicht, bis die mich auch umbringen! Wenn ich doch bloß schon gegangen wäre, als wir den armen Wilson fanden ... Ich Blödmann, warum bin ich bloß geblieben? Wenn ich diesen ganzen Alptraum zu Hause erzähle, glaubt mir das kein Mensch.«

»Ich komme mit Ihnen«, sagte Paddington.

»Ich auch«, Cooper trat dazu.

Die anderen standen still und senkten die Köpfe. Alleine Baxter lächelte mir in die Augen.

Sera stand hinter den anderen und starrte auf die Klostermauer, als habe er mit der ganzen Sache nichts zu tun.

»Und Sie, Hauptmann?« sprach ich ihn an. »Was meinen Sie? Ist das hier wirklich ein Geisterschloß oder irgend etwas in der Art? Vielleicht wissen Sie etwas über ...«

Sera fröstelte, und sein Gesicht verzog sich.

»Lassen Sie mich in Ruhe, Lawrence«, zischte er mir zu und spuckte wütend aus. »Ich habe nichts mit Ihnen zu tun. Beschützen Sie sich doch, wenn Sie können! Ich scheiße auf Sie!«

Er sprintete los, und bevor wir noch etwas tun konnten, war er schon im zweiten Hof verschwunden.

»Was ist denn mit dem passiert!« erkundigte sich Brunning.

»Sie fragen noch?« antwortete King. »Seine Nerven sind ebenfalls hin. Also was jetzt, meine Herren? Gehen wir packen?«

Ich versuchte, sie von ihren Dummheiten abzuhalten.

»Hören Sie«, ich hob beschwörend meine Hände und meine Stimme, »wir müssen das besprechen. Glauben Sie mir, es ist äußerst wichtig, daß wir uns abstimmen. Deswegen würde ich vorschlagen ...«

Die anderen griffen mich sofort an.

»Ich habe genug vom Reden!« schrie mich Cooper an. »Wir reden, und die Mörder arbeiten! Ich will mich nicht ins Jenseits diskutieren!«

»Ich auch nicht!« unterstützte ihn Paddington.

»Wenn Sie jetzt losgehen, werden Sie bestimmt sterben«, probierte ich es erneut. »Die Sherpas wissen das besser. Wenn es ginge, wären sie schon längst umgekehrt. Sie wissen doch, wie abergläubisch diese Leute sind. Wenn auch nur die geringste Möglichkeit zur Flucht bestünde, wären sie doch schon längst über alle Berge! Aber ihnen ist klar …«

»Gerade weil sie abergläubisch sind, bleiben sie«, brummte Abramson dazwischen. »Sie haben doch auch dieses Dingsbums über dem Paß entdeckt, dieses Damoklesschwert … Wie hieß es doch gleich …?«

»Das Auge von Sindsche.«

»Genau, zum Teufel damit! Wenn wir nicht auf derart abergläubische Typen angewiesen wären, könnte ich schon längst meinen Kaffee in Katmandu genießen und höchstens in Abenteuerromanen über rätselhafte Mordfälle lesen! Langer Rede kurzer Sinn, wir hauen ab … Mr. Stewart!«

»Bitte.«

»Kommen Sie mit?«

»Also, ich weiß nicht so recht … Sicherlich habe ich auch genug von dem Ganzen. Andererseits aber …«

»Was?«

»Andererseits aber ist Katmandu sehr weit, und ich kenne die hiesigen Wetterverhältnisse nicht so gut.«

»Warum zum Teufel sind Sie dann hier?«

»Tja, das würde ich auch gerne wissen. Auf jeden Fall dürfte Mr. Lawrence damit recht haben, was er über die Sherpas sagte.«

»Wie meinen Sie das?«

»Die Sherpas sind hiergeblieben, und das bedeutet, daß sie sich nicht auf den Nachhauseweg trauen. Selbst wenn sie hier im Kloster ständig dem Tod ins Auge blicken müssen.«

»Ach was, Blödsinn«, Cooper wurde wütend. »Wann mußten denn die Sherpas dem Tod ins Auge sehen? Höchstens dort oben auf den Pässen. Keinem der Sherpas ist etwas passiert, der Mörder ist nicht hinter ihnen her, sondern hinter uns. Und das wissen die verdammt gut!«

Pietro Rollo hatte bislang geschwiegen, jetzt allerdings räusperte er sich und meldete sich zu Wort:

»Was die Sherpas angeht …«

»Was ist denn mit ihnen?« brummte ihn Cooper an.

»Sie sind verschwunden.«

»Was sind sie?« schreckte der Paläontologe auf.

»In der Nacht sind sie verschwunden. Mitsamt Zelten und allem drum und dran.«

»Woher wissen Sie das?«

»Heute morgen war ich spazieren. Ich wollte mir ordentlichen Tee von ihnen holen, aber sie waren nicht da. Müssen wohl schon in der Nacht gegangen sein.«

»Verdammte Schweinehunde!« fluchte Paddington. »Sie sind abgehauen! Dann haben wir also wirklich keine Zeit zu verlieren! Die Sherpas sind weg, und ich könnte schwören, daß wir auch den zu unserem Schutz bestellten nepalischen Superpolizisten nie wiedersehen werden. Obwohl ich mich dabei ehrlich gesagt sogar sicherer fühle!«

Mit meinem Gewissen ringend, hörte ich ihnen zu und dachte darüber nach, wieviel ich ihnen erzählen durfte. Ich wußte, daß uns nicht mehr viel Zeit blieb, wenn ich sie einweihen wollte. Ich wollte schon meinen Mund aufmachen, als im Tor zum zweiten Hof Sera auftauchte.

»Schaut mal, unser verschollener Hauptmann!« rief Frank King entzückt aus. »Hat Sie das Auge von Sindsche erschreckt, Mr. Sera?«

Der Polizist antwortete nicht, er schaute nur zur Seite. Dicht hinter ihm gingen zwei Mönche, und es schien, daß sie es gewesen waren, die den Hauptmann am Verlassen des Klosters gehindert hatten. Ich blickte McCormack an, dann Baxter. Beide waren sehr gefaßt, wirkten aber auch nervös. Und ich war sicher, daß man dasselbe auch von meinen Zügen hätte ablesen können. Der letzte Akt hatte also begonnen!

Ich trat schnell zu McCormack und flüsterte ihm ins Ohr:

»John ... Bleiben Sie unter allen Umständen bei Sera ... Den Rest überlasse ich Ihnen. Ich weiß nicht, ob ich Ihnen ein Zeichen werde geben oder Sie warnen können. Wenn Sie eine Chance sehen, einzugreifen, dann tun Sie es! Und verschonen Sie niemanden! Haben Sie verstanden?«

McCormack nickte, obwohl ich sicher war, daß ich ihm das ganze auch auf Chinesisch hätte sagen können. Ich konnte mich nur auf seine Intelligenz verlassen. Und ich bedauerte, daß er nicht mehr wußte, was allerdings einzig und allein mein Verschulden war! Wenn ich es jemandem übelnehmen konnte, dann nur mir selbst. Scheinbar war ich etwas übervorsichtig gewesen.

In diesem Moment öffnete sich die Tür des Zentralen Betsaales und zwei Mönche traten hervor. Einer von ihnen war mein Nachbar vom Tscham-Tanz. Ruhig traten sie zu uns und verbeugten sich leicht.

»Seine Heiligkeit, Karma Damtschö, bittet Euch, mit ihm den Neujahrstee zu trinken«, und er deutete auf den Eingang. »Bitte tretet näher!«

Cooper rümpfte die Nase.

»Ich will seinen Tee nicht! Ich habe die Schnauze voll von Tees, Lamas und Klöstern. Wenn ich diese Sache überstanden habe, werde ich einen weiten Bogen um jeden buddhistischen Mönch machen, den ich treffe. Soll doch Seine Heiligkeit alleine Tee trinken! Oder zumindest ohne mich!«

»Was mich angeht, ich gehe lieber auch packen«, brummte Paddington.

Der Lama lächelte.

»Seine Heiligkeit wünscht ausdrücklich, alle Mitglieder der Expedition kennenzulernen. Es tut ihm sehr leid, daß er bisher nicht ihre Bekanntschaft machen konnte!«

»Hoho!« rief King erstaunt. »Was sagten Sie da? Daß uns Karma Damtschö erwartet? Sind Sie das denn nicht? Als wir ankamen, sagten Sie, Sie wären hier der Häuptling!«

Der Lama lächelte wieder.

»Sicherlich habe ich mich falsch ausgedrückt. Damals sprach ich nur in Karma Damtschös Namen.«

»Wie auch immer, ich gehe auf mein Zimmer«, sagte Abramson bestimmt. »Ich will meine Sachen packen. Wer will, kann ja Tee trinken. Aber eins sage ich jetzt schon: Das Mittagessen warte ich nicht mehr ab. Wenn es sein muß, ziehe ich auch alleine los!

Der Mönch schüttelte den Kopf.

»Ich fürchte, Sie haben meine Worte nicht richtig verstanden, Mr. Abramson. Seine Heiligkeit wünscht Sie alle zu sehen!«

Der Folklorist bekam einen hochroten Kopf.

»Und ich wünsche Seine Heiligkeit nicht zu sehen!« rief er

außer sich vor Wut. »Bisher wollte er mich nicht sehen, jetzt will ich es nicht mehr. Also sind wir quitt!«

Ich nahm seinen Arm und tätschelte ihn beruhigend.

»Mr. Abramson … Seien Sie kein Kind! Sie können sowieso nichts machen, wenn …«

Er riß sich von mir los und stampfte wütend auf das Tor zu.

»Sie können ja streiten, wenn Sie wollen! Soll doch einer versuchen, mich aufzuhalten! …«

Als er dabei war, die Schwelle zu überqueren, wurde das Tor plötzlich zugeworfen, dann ein riesiger Schlüssel umgedreht, und Abramson saß fest und hätte dabei fast auch noch eine platte Nase abbekommen.

Mit blutunterlaufenen Augen drehte er sich um.

»Dafür werden Sie noch bezahlen!« schrie er den Lama an. »Das ist Beraubung der persönlichen Freiheit! Ich werde dafür sorgen, daß …«, und seine Worte gingen in einem unartikulierten Grunzen unter.

Der Lama deutete geduldig auf den Betsaal, als wäre nichts passiert.

»Seine Heiligkeit erwartet Euch bereits. Man darf den Lebenden Gott nicht warten lassen …« Seine Stimme klang dabei ein wenig spöttisch.

Ich ging mit gutem Beispiel voran und bewegte mich auf das Tor zu. Hinter mir hörte ich die Schritte der anderen; den leichten Tritten nach zu urteilen, war Baxter direkt hinter mir.

Die Tür des Betsaales stand sperrangelweit offen. Nur die schweren Samtvorhänge hingen wieder einmal vor uns. Ich wollte sie gerade zur Seite ziehen, als sie plötzlich von alleine aufschwangen wie von einer Photozelle gesteuert.

Nach den nächsten beiden Schritten entdeckte ich auch die dazugehörige Automatik in Form zweier Mönche, die den Vorhang von innen rahmten. Ich verbeugte mich leicht und wollte weitergehen, als sie meine Hände auf einmal festhielten und mich nach allen Regeln der Kunst durchsuchten. Der eine hielt plötzlich inne und holte mit einer flinken Bewegung meine Pistole aus der Tasche, noch bevor ich mich über das unerlaubte Öffnen des Reißverschlusses hätte beklagen können. Ich mußte zugeben, selten solch eine schnelle und professionelle Arbeit gesehen zu haben. Jeder Türsteher eines exklusiven Nachtklubs auf diesem Planeten hätte ihn für diese Fingerfertigkeit beneidet.

Der junge Lama trat inzwischen neben mich und bat mich lächelnd um Verzeihung.

»Seine Heiligkeit wünscht, daß das Neujahrsfest eine Zusammenkunft des Friedens sei, und nicht die der Waffen.«

Hilflos breitete ich die Arme aus, Einverständnis signalisierend. Was sollte ich schon unternehmen?

Ich trat in den Betsaal, in dem es einige Umbauten gegeben hatte. Die Sitze der Lamas waren verschwunden, und auch die Bücherregale konnte ich nicht finden. Statt dessen befand sich ein langer, roter Teppich in der Mitte des Raumes, auf dem an beiden Seiten bequeme Sitzkissen lagen, hin und wieder unterbrochen von sattelähnlichen Hockern. Wir durften also aus den diversen Kategorien fernöstlichen Sitzkomforts das uns Passende aussuchen.

Die Wände waren allerdings immer noch mit denselben Gebetsfahnen und religiösen Bildern bedeckt wie vorher. In der Ecke glänzte ein bronzener Gong, die Fenster waren mit Samtvorhängen verhangen, die glühende Mittagssonne aus dem Saal verbannend.

Vor den bronzenen Götterfiguren standen angezündete Kerzen, die Opfertablettchen waren randvoll gefüllt mit Körnern. Aus einer der Vitrinen starrte mich mein alter Freund Tamgrin an und überlegte sich wohl gerade, ob ich stark genug sei, die folgenden Prüfungen zu überstehen.

Ehrlich gesagt hatte ich da meine Zweifel.

96

Der Betsaal war leer. Außer dem jungen Lama und den beiden Wachen befanden sich keine anderen Leute im Raum. Die Luft war erfüllt mit Weihrauchdampf.

Als ich mich umsah, bemerkte ich, daß die menschengroße

Statue Majtrejas, des Kommenden Gottes, verschwunden und nur der von einem schwarzen Samttuch bedeckte Sockel übriggeblieben war. Alles wirkte furchtbar trostlos und zugleich bedrohlich.

»Seine Heiligkeit wird bald zu Euch kommen«, sagte der Mönch und deutete auf die Kissen am Boden. »Setzt Euch. Die Feier wird gleich beginnen.«

Keiner bewegte sich, seine Worte verhallten ungehört. Er wiederholte sie nicht, sondern blickte immer aufgeregter auf die Tür gegenüber dem Eingang, die für die Festlichkeiten von den großen Fahnen befreit worden war, die sie noch letzte Nacht verdeckt hatten. Unter normalen Bedingungen wurde sie wohl kaum benutzt, denn sie führte in die Residenz des Hauptlamas. Und Karma Damtschö hatte in der letzten Zeit wegen seines Gesundheitszustands kaum an den Gottesdiensten teilgenommen.

Da sich die Tür nicht bewegte, hatte ich Zeit, die anderen zu begutachten. Brunning, Cooper, Abramson, King, Paddington und Rollo standen mit beleidigter Miene in der Tür. Abramson konnte man ansehen, daß er sich nur mit Mühe zurückhielt. Sein Adamsapfel hüpfte aufgeregt hoch und runter, und es war zu erwarten, daß die aufgestaute Wut bald aus ihm ausbrach. Eve Pickford knüllte nervös ihr Taschentuch zusammen, und selbst Miss Baxter preßte die Lippen zusammen. Trotzdem ließ sie ein leichtes Lächeln über ihre Züge huschen, als ich sie anblickte.

Sera stand außerhalb der Gruppe, gut anderthalb Meter entfernt, als wolle er demonstrieren, daß er nichts mit uns zu tun habe. McCormack stand sprungbereit in seiner Nähe. Zuletzt schaute ich zu Kevin Stewart, der sich ganz hinten befand und die heiligen Bilder betrachtete.

Plötzlich ertönte ein schrilles Klingeln irgendwo hinter den Wänden, vermutlich auf dem Flur zwischen dem Betsaal und Karma Damtschös Zimmern. Ein tiefer Gongschlag antwortete, und langsam wurde die gegenüberliegende Tür geöffnet. Wieder erklang der Gong, und durch die offene Tür betraten Mönche den Raum. Es waren acht; sie hatten ihre Kopfbedeckungen tief ins Gesicht gezogen, so daß man im Dämmerlicht der Kerzen gar nichts von ihren Zügen erkennen konnte. Sie traten zwar in den Raum, blieben aber neben der Tür vor der Wand stehen. Auf einen dritten Gongschlag erschien ein kleiner, gebückter, alter Mann, verbeugte sich tief und schaute uns alle lächelnd an. Es war eindeutig der Mann, der das Zeichen für Satos Ermordung gegeben hatte.

Ich spürte, wie sich meine Fäuste verkrampften. Fieberhaft suchte ich in meinem Gedächtnis nach einem Namen, aber umsonst. Sato hatte keinen erwähnt, und mir fiel er auch nicht ein.

Meine Freunde starrten gebannt auf die Erscheinung. Der kleine Mann trug keine Lamakluft, sondern einen modernen europäischen, maßgeschneiderten Zweireiher, auf der Nase saß eine schwarze Rodenstock-Brille, und er sah überhaupt nicht aus wie ein Hauptlama.

Was er ja auch nicht war.

Die Türflügel wurden hinter ihm geschlossen, und er deutete mit unnachahmlicher Eleganz auf die Kissen:

»Nehmen Sie doch Platz, bitte ... Wem es unbequem sein sollte, der kann sich auch auf die Hocker setzen. Bitte, lassen Sie sich nicht abhalten.«

Er sprach etwas rauh und mit typisch asiatischem Akzent, aber praktisch fehlerfrei.

Da jeder vor Schreck erstarrt war, übernahm ich wieder mal die Führerrolle. Ich zog einen der Sättel heran und ließ mich darauf fallen. Ich hatte ihn mir bewußt ausgesucht, nicht nur weil er komfortabler war, sondern auch, weil ich so bessere Chancen hatte aufzuspringen. Obwohl, wer weiß, ob ich überhaupt die Zeit dazu haben würde?

Binnen weniger Sekunden hatten auch die anderen ihre Plätze eingenommen. Aus den Augenwinkeln bemerkte ich, wie sich Miss Baxter neben mich zwängte und Eve Pickford sich selbst überließ, die sich auf einen anderen Hocker pflanzte.

Die Mönche spazierten derweil zu den seitlichen Wänden und verkreuzten die Arme vor der Brust. Das Ganze war wenig ermutigend.

Der Alte sah uns der Reihe nach triumphierend an,

klatschte dann die Hände zusammen und blickte zur Tür. Wieder wurde sie geöffnet, und ein Lama trat ein, in der Hand ein silbernes Tablett haltend. Er ging zu dem alten Mann und reichte es ihm. Jetzt erst sah ich, daß es mit kleinen Schnapsgläschen gefüllt war. Unser Gastgeber nahm eins und winkte. Daraufhin wurde das Tablett herumgereicht, und man bot uns allen etwas an.

Der Alte hob sein Glas und lächelte.

»Bitte verzeihen Sie, meine Damen und Herren, daß ich Sie hergebeten habe. Wie Sie sicher wissen, wird heute Neujahr gefeiert ... Ich möchte Sie bitten, mit mir zu feiern. Für mich ist dieses Fest besonders wichtig. Seit vielen, vielen Jahren habe ich mich darauf vorbereitet, mich mit meinen Freunden zu treffen. Und bitte; dieses Jahr hat mich endlich mit dieser Freude beglückt. Es gibt nichts Schöneres auf der Welt, als wenn jemand sein Ziel erreicht und das so lang ersehnte Wiedertreffen gelingt ... Lassen Sie uns darauf unser Glas heben!«

Wir hoben die Gläser und ich spürte, wie das starke Getränk in meinem Hals brannte, daß meine Augen tränten. Mir gegenüber trank gerade Stewart den letzten Schluck und blickte mich über den Rand des kleinen Glases hinweg an.

»Wer ist dieser Kerl? Ist das ein Verrückter?« fragten seine Augen.

Was hätte ich dafür gegeben, antworten zu können. Aber dafür war es bereits zu spät!

Emil Cooper vergaß auf einmal, daß er noch vor kurzem alleine nach Katmandu spazieren wollte. Er räusperte sich und brummte zufrieden:

»Gar nicht so schlecht ... Wird das hier im Kloster gebraut, so wie es die Mönche in Europa machen?«

Der alte Mann kicherte, als ob er einen besonders guten Witz gehört hätte.

»Nein, ach was! Es wird nicht von uns hergestellt. Das ist eines der besten Getränke der Welt ... Und eines der bekanntesten.«

»Komisch«, sagte Cooper, »so etwas habe ich noch nie getrunken. Würden Sie mir den Namen verraten?«

»Natürlich«, der alte Mann lächelte, »warum auch nicht?

Aber vielleicht hat es ja Mr. Lawrence erkannt ... Nun, Mr. Lawrence?«

Mir ging vieles durch den Kopf, aber vorerst wollte ich sein Spiel mitspielen. Ich würde so tun, als ahnte ich nichts.

Ich roch an dem Glas, hob den Blick zur Decke und schien eifrig nachzudenken.

»Sake!« platzte ich schließlich heraus. »Ich glaube, es ist Sake.«

Der Alte klatschte vor Freude mit den Händen.

»Bravo, Mr. Lawrence, bravo! Ich hätte nicht gedacht, daß die Sinne sich noch so gut erinnern. Es gab Zeiten, da haben Sie jeden Tag Sake getrunken, nicht wahr ...?«

Ich antwortete nicht, und er erwartete wohl auch keine Reaktion, denn wieder kicherte er nur auf seine eigenartige Weise.

»Danach kommt jetzt der feine Tee; zur Feier des Tages und des neuen Jahres.« Nach diesen Worten öffnete sich abermals die Tür. Diesmal kamen zwei Lamas in den Raum und trugen einen riesigen silbernen Teekocher. Ein dritter brachte die henkellosen Tassen und stellte vor jeden eine hin.

Ich hob den Blick und sah Paddington in die Augen. Der Meteorologe lächelte mir zu, tippte mit dem Zeigefinger mehrmals an die Schläfe und blinzelte dabei zu dem Alten. Bitter lächelte ich zurück und schaute gleich wieder weg. Ich wollte ihm keine falschen Hoffnungen machen. Und mir selber auch nicht.

Der Alte schlürfte seinen Tee, wartete, bis wir alle davon getrunken hatten und lachte dann wieder auf.

»Hehehe! Ich freue mich außerordentlich, Sie alle zu treffen. Außerordentlich. Ich könnte sogar sagen, daß dies der glücklichste Tag meines Lebens ist ... Haben Sie den Tscham-Tanz gesehen?«

»Natürlich«, sagte Stewart ernst, »und wir sahen auch, daß jemand ermordet wurde. Er wurde während des Tanzes erstochen ... Wußten Sie davon?«

Der Alte lächelte weiter.

»Oh, Unfälle kommen immer wieder vor ... Immer wieder kommt es vor, daß jemand stirbt.«

»Aber das war kein Versehen! Dieser Mann wurde ermordet ... Mit Absicht getötet!«

Plötzlich verschwand das Lächeln vom Gesicht unseres Gastgebers. Sein neuer Gesichtsausdruck war kalt, zynisch und grausam. Derselbe Ausdruck, mit dem er hinter dem Fenster den Befehl zum Töten gegeben hatte.

»Es war kein Mord«, sagte er mit fester Stimme. »Dieser Mann wurde bestraft ... Er war schuldig, also mußte er bestraft werden. Und die Strafe konnte nichts anderes sein als der Tod.«

Der Schweiß lief mir den Rücken runter, den anderen wahrscheinlich genauso. Eve Pickford schrie leise auf, und Stewart wurde bleich wie die Wand.

»Aber ... was hatte er denn getan?«

Der Alte antwortete mit haßerfüllter Stimme:

»Er hat sich des größten Verbrechens schuldig gemacht, das ein Mensch begehen kann. Er hat seinen Herrscher und sein Vaterland verraten! Gemessen an seinen Sünden fand er einen leichten Tod.«

Paddington blickte mich wieder an und klopfte nicht mehr mit dem Finger auf die Stirn. Anscheinend hatte er sich überzeugt, daß wir es nicht mit einem harmlosen Irren, sondern mit einem gefährlichen Besessenen zu tun hatten.

Der alte Mann trank den Rest seines Tees, stellte die Tasse hin und setzte wieder sein feierliches Lächeln auf.

»Sie haben den Tscham-Tanz gesehen, und ich hoffe, er hat Ihnen gefallen. Nichtsdestotrotz habe ich noch eine weitere Attraktion für heute geplant. Eine Überraschung. Ich muß zugeben, ich habe sie lange vorbereitet. Ich konnte nur nicht ahnen, wer mein Publikum sein würde. Nun, ich bin mit dem Publikum zufrieden ... Hehehe, ich bin sehr zufrieden!«

Baxter ergriff meine Hand und drückte sie, und so saßen wir da, Hand in Hand, zu allem bereit.

»In Kürze folgt ein neues Schauspiel. Nur noch ein paar Sekunden ... Hehehe! Bis die Requisiten bereit stehen ... Hehehe! Möchten Sie noch etwas Tee?«

Die Tür wurde geöffnet, und wieder traten zwei Lamas ein. Der eine hielt ein langes, gerades Schwert in der Hand, der andere einen mit schwarzem Samt ausgelegten Behälter. Er kam damit einige Schritte in den Raum und stellte ihn dann auf den Platz, wo vorher Majtreja gestanden hatte.

Alle blickten wie versteinert auf die Szenerie. Pietro Rollo stöhnte laut auf.

»Was passiert hier, um Himmels willen?«

Jemand stieß seinen Stuhl nach hinten – wahrscheinlich Cooper –, und auch die anderen wollten zusammen mit mir aufspringen. Der Alte blieb ruhig sitzen, gab nur dem jungen Lama einen Wink, der daraufhin seine Hand hob und alle übertönte:

»Bleiben Sie bitte alle auf Ihren Plätzen! Bei der ersten falschen Bewegung werden sie schießen ...«, und er zeigte auf die Mönche neben der Wand.

Diese durchlebten gerade eine grauenvolle Metamorphose. In ihren Händen erschienen plötzlich kleine, bläulich glänzende Maschinenpistolen; sie stellten sich breitbeinig auf wie in alten Partisanenfilmen die SS-Truppen.

Die Mitglieder der Expedition begriffen langsam, daß sie Zeugen, wenn nicht sogar Opfer einer fürchterlichen Tragödie werden sollten.

Pietro Rollo sank auf seinen Hocker zurück und sagte heiser:

»Was wollen Sie von uns? Was haben wir Ihnen denn getan?«

Der alte Mann zog die Augenbrauen in die Höhe.

»Sie gar nichts. Ihnen wird auch nichts passieren, wenn Sie sich vernünftig verhalten. Alles hängt davon ab, wie sich die Dinge entwickeln. Sie haben nichts verbrochen, ich habe also keinen Grund, Sie zu bestrafen. Vorerst nicht ...«

»Wozu ist dann dieses ... Ding gut?« fragte der Linguist und seine Stimme zitterte ein wenig.

Der Alte kicherte.

»Wie schon gesagt, ich möchte das neue Jahr gebührend feiern. Und ebenso die große Begegnung ...«

»Wem sind Sie denn begegnet, zum Teufel?«

»Einigen meiner Freunde, obwohl sie selber mich noch nicht erkannt haben. Vielleicht nur Mr. Lawrence ... Richtig?«

»Richtig.«

»Na, sehen Sie! Deswegen werde ich Ihnen eine kleine Attraktion vorführen … Nach dem Tascham-Tanz folgt jetzt etwas sehr viel Spannenderes!«

»Wa … was?« stöhnte Rollo.

»Eine Hinrichtung. Eine echte Samurai-Hinrichtung. Wissen Sie, was das ist?«

Rollo griff sich an den Hals.

»Sie sind verrückt!«

Das Lächeln auf den Zügen des alten Mannes erstarrte plötzlich.

»Ich bitte Sie sehr, so etwas nicht mehr zu sagen. Mit Ihnen habe ich nicht abzurechnen. Wollen Sie, daß sich das ändert?«

Der Linguist verstummte erschrocken. Aber nur für einen Moment. Er sprang wieder auf und zeigte auf den Gastgeber.

»Sie … Sie sind nicht Karma Damtschö! Sie können es nicht sein … Ich weiß nicht, wer Sie sind, aber …«

Eine der Wachen an der Wand drehte ihre Waffe in Rollos Richtung. Der Alte aber schüttelte den Kopf, woraufhin der Mönch seine vorherige Position wieder einnahm.

»Setzen Sie sich bitte wieder! Und nehmen Sie zur Kenntnis, daß Sie diesen Ausflug nur überleben werden, falls Sie nur dann reden, wenn ich Sie etwas gefragt habe. Haben Sie verstanden? Obwohl ich, wie schon erwähnt, nichts mit Ihnen zu tun habe, könnten Sie mich so weit bringen, daß ich etwas tue, was ich nur ungern tun würde. Setzen Sie sich hin!«

Der kleine Italiener ließ sich wieder fallen und beobachtete stumm das Geschehen. Doch seine Augen rollten wild, und ich wußte, daß ich unter allen Umständen auf ihn zählen konnte. Wenn es sein mußte, würde er mit nackten Händen gegen die Mönche antreten.

Der Alte trank wieder etwas Tee und winkte dann seinen Mönchen an der Wand zu.

»Kommen Sie, bitte.«

Zwei von ihnen bewegten sich und gingen auf ihn zu. Sie nahmen die Mützen ab, und jetzt erst konnte ich sehen, daß sie der älteren Generation angehörten und Brillen trugen. Ich hätte schwören können, sie noch nie zuvor gesehen zu haben.

»Setzen Sie sich doch, meine Herren.«

Die beiden Mönche ließen sich links und rechts von ihm nieder.

Der alte Mann griff in seine Tasche und holte ein Pergamentblatt hervor. Er entfaltete es, legte es vor sich auf den Teppich und strich mit seiner Handfläche darüber. Dann blickte er uns an und fing mit vor Rührung zitternder Stimme an zu reden:

»Ich hatte schon erwähnt, daß dies der schönste Tag meines Lebens ist. Seit langer, sehr langer Zeit warte ich auf diesen Augenblick ... Wenn Sie wüßten, wie viele schlaflose Nächte mich die Vorbereitung dieses Plans gekostet hat! Wie oft mußte ich in letzter Minute alles umändern ... Auf alles achten, damit mir ja keiner entwischt, der hier sein sollte und der jetzt schließlich auch hier ist. Alle sind hier ... Dies ist ein wunderbarer Tag!

»Sie ... Sie ... sind Thompson?« stöhnte Cooper.

»So könnte man es sagen. Ich bin der, der unter diesem Namen die Expedition organisiert hat.«

»Aber warum zum Teufel?« brach Cooper aus.

»Das werde ich Ihnen sagen. Aber zuvor möchte ich noch gerne einen kleinen Ausflug in die Vergangenheit machen, wenn Sie erlauben. Ich verspreche, es wird nicht lange dauern. Folgen Sie mir?«

Anscheinend wollte er jede Sekunde der für uns vorgesehenen Zeit auskosten.

»Kommen Sie schon, Mann«, fluchte Paddington, »erzählen Sie schon! Worauf warten Sie?«

Der Alte schien die Worte gar nicht zu hören. Er versank in seinen Gedanken, lächelte zufrieden und fing dann langsam an:

»Wir müssen in die Vergangenheit zurückkehren ... Zweieinhalb Jahrzehnte. Japan, das wunderbarste Land der Welt, das Reich der aufgehenden Sonne, kämpfte gegen Asien. Und gleichzeitig auch für Asien ... Aber das werden Sie nicht verstehen. Uns wurde die Ehre zuteil, Asien vor dem Untergang zu retten, vor der Barbarei, dem Pazifismus und all seinen dreckigen Formen: dem Kommunismus und der Demokratie.

Vor der Dekadenz, vor allem. Verstehen Sie? Vor den Russen, den Amerikanern und sogar vor den Asiaten ... Nichts verstehen Sie! Auch damals verstand uns keiner, nur unsere Freunde in Berlin ... und die auch nicht ganz. Auf jeden Fall führte Japan Krieg gegen den Rest der Welt, und die japanischen Waffen glänzten wie nie zuvor. Die Samureieigenschaften waren Beispiel für die ganze Welt ... Das Heldentum war noch nicht ausgestorben, genausowenig wie der Glaube an den Kaiser und das Vertrauen in den Dienst für das Vaterland. Es war Banzai! Wir waren die Herren Asiens ...«

»Mein Gott!« flüsterte Rollo.

»In diesen Jahren wurde General Nisimura Chef der Abwehr. Und als sein Stellvertreter wurde ein unerfahrener Mann, Hauptmann Hasegava, ausgewählt, der zwar erst wenige Erfolge vorweisen konnte, dafür aber unbedingt an sein Vaterland und seinen Kaiser glaubte ... Eines Tages bekam Hasegava die Aufgabe, die in Südostasien aktiven, feindlichen Agenten auszuschalten. Er sollte sie schnappen, egal ob er ihnen nach Australien, Burma oder in die Mandschurei folgen mußte ... Hasegava freute sich natürlich über den Auftrag, erlaubte er ihm doch, dem Kaiser und seinem Land zu dienen. Er nahm ein paar erfahrene Soldaten mit, die in den Jahrzehnten zuvor schon etliche fremde Spione unschädlich gemacht hatten, und startete seinen eigenen kleinen Krieg gegen die amerikanischen und englischen Agenten.«

Mit zitternder Hand goß er sich wieder etwas Tee ein und trank. Dann fuhr er mit seinem Monolog fort.

»Hasegava vollbrachte wahre Wunder. Innerhalb von sechs Monaten säuberte er die besetzten Gebiete von Spionen und subversiven Elementen. Die er gefangennahm, richtete er natürlich eigenhändig hin ... Ihre Köpfe packte er später in einen Beutel und schickte diesen General Nisimura. Es waren herrliche Zeiten ...« Er seufzte und trank ein wenig Tee. »Nur wenige konnten ihm entkommen. Er hatte sie schon in den Händen, konnte sie fast spüren und doch nicht erwischen ... Er konnte sie nicht ... nicht mehr ... Sie haben Hiroshima nicht gesehen ...! Sie haben Japan nicht gesehen, zerstört und gedemütigt. Sie haben den Kaiser nicht weinen sehen, unsere

Fahne im Dreck, zertrampelt und zerrissen ... Oder diese Schweine im heiligen Hafen von Yokohama, besoffen, singend und tanzend!« Sein Gesicht verzerrte sich vor Schmerz, und ich dachte schon, er würde gleich weinen.

Der Alte weinte aber nicht. Er hob das Gesicht, von dem man den unmenschlichen Haß ablesen konnte. Seine Augen brannten wie Feuer, wie ein Feuer des Wahnsinns.

»General Nisimura beging Harakiri, als die Amerikaner ...«, seine Stimme verebbte für einen Moment, dann nahm er sich wieder zusammen, »aber er nahm nie seinen Befehl zurück. Dieser Befehl ist auch heute noch gültig ... Hauptmann Hasegava darf solange nicht zu seinen Ahnen kehren, bis er nicht den Befehl vollständig ausgeführt hat ...«

»Du lieber Gott!« fluchte Paddington leise. »Das hätten wir auch eher merken können!«

»Die Zeit war endlich reif zu handeln ... Hauptmann Hasegava fand einen Weg, die letzten Agenten unschädlich zu machen ... Und wenn auch General Nisimura nicht mehr lebt, wird er doch noch den letzten Beutel bekommen. In drei Tagen wird er mit den Köpfen der letzten Feinde Japans auf seinem Grab liegen!«

Stewarts Worte klangen irgendwie hohl:

»Wer zum Teufel sind Sie? Doch nicht ...?«

Der alte Mann lächelte freundlich.

»Doch, doch! Sprechen Sie es ruhig aus!«

»Hauptmann Hasegava?«

»Genau! Nicht Thompson und auch nicht Karma Damtschö, sondern Hasegava, der Hauptmann des Kaisers!«

Er schaute in die Luft, und seine Hände zitterten vor Freude.

»Mein Gott!« rief Eve Pickford. »Mein Gott!«

»Ich war gezwungen, unter dem Namen Thompson eine Expedition zu starten. Es gibt genug Leute in Japan, die für einen guten Zweck ein paar tausend Yen opfern. Und welcher Zweck wäre besser, als die Feinde des Kaisers hinzurichten? Jahrelang haben wir nach ihnen geforscht. Schließlich konnten wir alle außer einem als noch lebend ausfindig machen. Und da fiel mir die Idee mit der Expedition ein. Daß wir in einer solch gottverlassenen Gegend den letzten Kampf für den Kaiser austragen ... Und Sie muß ich um Entschuldigung bitten ... Sie, Forscher, die nichts dafür können. Sie müssen einsehen, daß es uns nur möglich war, den Feind zu täuschen, wenn auch echte Wissenschaftler an der Expedition teilnahmen, die sich wirklich nur um die Forschung kümmern. Ihnen wird nichts passieren ... Aber die Hinrichtungen müssen Sie mitansehen! Auch Sie dürfen nie vergessen, daß jeder so enden wird, der seine dreckige Hand gegen den Kaiser und das Vaterland erhebt!«

Pietro Rollo schüttelte den Kopf und stöhnte ungläubig:

»Das darf doch nicht wahr sein! Sie sind vollkommen verrückt ... Wo sind denn hier Agenten?«

Der Alte lächelte spitzbübisch.

»Wo, mein Lieber? Neben Ihnen. In Ihrer Gesellschaft verstecken sich die niederträchtigsten Hyänen des Krieges. Die den größten Verrat gegen uns begangen haben. Die schwer von Schuld belastet sind, weil sie dafür verantwortlich sind, daß die Flagge mit der aufgehenden Sonne in den Dreck gerissen wurde ..., daß Yokohama geschändet wurde. Aber Sie kennen sich ja selber nicht mal. Ich aber kenne jeden von Ihnen. Sehr gut sogar. Und jetzt fälle ich im Namen des Kaisers Ihre Urteile!«

Er hob das Pergament vom Teppich auf und blickte mich an.

»Leslie L. Lawrence!«

Ich rührte mich nicht.

»Stehen Sie auf!«

Am liebsten hätte ich ausgespuckt. Dann folgte ich doch einem inneren Befehl und erhob mich.

»Leslie L. Lawrence! Sofern es überhaupt eine Abstufung gibt, sind Sie der Hauptschuldige. Sie lieferten Hauptmann Karahasi in Burma an den Galgen und eine ganze Agentengruppe in der Mongolei ebenfalls. Sie verdienen mehrmals den Tod. Und mir tut nur leid, daß Sie nicht tausend Leben haben, die ich Ihnen nehmen könnte! Sie haben meiner Heimat mehr Schaden zugefügt als die Atombombe!«

»Sie schmeicheln mir, Hasegava!« sagte ich ruhig.

»Beleidigen Sie mich nur ... Jetzt können Sie es noch tun. Sie sind nur noch fünf Minuten von Ihrem Tod entfernt. Fünf Minuten ... Aber bis dahin ... Wissen Sie, warum ich Sie noch mehr hasse als die anderen?«

»Sie würden mir einen Gefallen tun, wenn Sie es erzählten.«

»Weil Sie ein dreckiger, verdammter Verräter sind ... Die anderen waren wenigstens Engländer, die für ihr eigenes Vaterland gekämpft haben. Und für wen haben Sie gekämpft?«

»Ebenfalls für mein Vaterland.«

»Sie? Sie wagen es, sich auch noch auf Ihr Vaterland zu beziehen? Sie haben keines, Lawrence! Sie haben kein Vaterland, weder England noch Ungarn ... Sie sind ein Verräter, Lawrence ... Mein Land hatte mit Deutschland und mit Ihrem Vaterland eine Allianz! Sie haben treulos Ihr Land und Ihre Gefährten verlassen und gesellten sich zu den Feinden ... Können Sie das etwa anders erklären?«

Ein paar Momente überlege ich, ob ich mich überhaupt auf ihn einlassen sollte; dann sagte ich nur:

»In ›dieser Zeit‹ war mein Vaterland nicht mein Vaterland. Also konnte ich es auch nicht verraten. Es wurde von den Leuten verraten, die mit Ihren Freunden die Allianz geschlossen haben. Ansonsten habe ich nichts zu sagen.«

Er hob wieder das Blatt und las laut vor:

»Leslie L. Lawrence, Hauptmann der Royal Air Force, ich verurteile Sie zum Tode wegen Verbrechen gegen Japan und Kaiser Hirohito. Die Art der Hinrichtung: Enthauptung mit einem Samurai-Schwert. Ich hoffe, Sie sind zufrieden.«

Ich senkte den Kopf, als ob mich das Urteil tief getroffen hätte, wartete inzwischen jedoch auf den Moment, in dem die Sherpas auftauchen sollten. Es wurde langsam wirklich Zeit, daß sie angriffen!

Hasegava blickte wieder auf sein Blatt.

»Susanne Baxter!«

Baxter blieb sitzen.

»Würden Sie bitte aufstehen?«

»Nein! Und Ihr Scheißtext interessiert mich überhaupt nicht, Sie blöder Sack!«

Das Gesicht des Alten zuckte, er sagte aber nichts dazu. Das Pergament vor den Augen las er:

»Susanne Baxter. Im Krieg Ärztin im Krankenhaus von Okinawa, Offizier des Marine-Nachrichtendienstes. Ihre Aufgabe war es, unter den gefangengenommenen und verletzten Soldaten unsere Spione ausfindig zu machen. Sie sind verantwortlich für den Tod Hauptmann Kubajashis. Deswegen verurteile ich Sie im Namen des Kaisers zum Tode. Susanne Baxter! Auch Ihr Kopf wird auf dem Grab von General Nisimura ruhen …«

Ich ließ ihre Hand los, und obwohl sie mich zurückhalten wollte, sprang ich von meinem Hocker auf.

»Das können Sie nicht machen! Sie hat nichts mit der ganzen Sache zu tun!« schrie ich den alten Mann an.

»Nanu … Wo ist Ihre Beherrschung geblieben, Mr. Lawrence? Und was soll heißen, sie hat mit der Sache nichts zu tun? Ich habe doch gerade ihre Verbrechen vorgelesen!«

»Aber …«

»Nicht«, flehte mich Baxter an und versuchte mich zurückzuziehen, »bitte, Leslie, nicht!«

Ich riß mich von ihr los und schrie:

»Aber diese Frau ist nicht Susanne Baxter! Susanne Baxter ist in England! Verstehen Sie denn nicht?«

Der Alte wurde ernst und schaute seine beiden Partner auf dem Boden an. Zuerst den einen, dann den anderen.

»Nein! Das kann nicht sein! Wer ist sie denn dann?«

Ich fiel auf meinen Sitz zurück und sagte leise, sehr leise:

»Eve Lawrence … Meine Frau.«

97

Der alte Mann sah Eve entgeistert an und flüsterte dann etwas in das Ohr seines rechten Nachbarn. Dieser stand daraufhin auf und ging aus dem Raum. Es war still, und diese Stille legte sich über uns wie eine Schneelawine über die Verschütteten.

Nach einigen Minuten, die mir wie Jahrhunderte vorkamen, betrat ein uns bis dahin unbekannter Mönch den Saal und trat zu dem Alten. Hasegava flüsterte ihm etwas zu, der Lama nickte und blickte uns dann alle der Reihe nach an. Sein Blick brannte förmlich auf unseren Gesichtern.

Als er uns alle durch hatte, drehte er sich zum Alten zurück und schüttelte den Kopf. Dann ging er ohne ein weiteres Wort zu verlieren wieder raus.

Hasegava starrte in die Luft, und zum ersten Mal entdeckte ich Ratlosigkeit in seinem Blick. Er zog die Augenbrauen zusammen; scheinbar dachte er angestrengt nach.

»Nun, das ändert natürlich einiges«, sagte er schließlich. »Susanne Baxter ist uns demnach entkommen. Das tut mir leid, furchtbar leid ... Vielleicht ein andermal. Jemand anders ... Terakura!«

»Jawohl?« sagte einer der Mönche an der Wand.

»Susanne Baxter ist uns entwischt. Sie wissen, was Sie zu tun haben?«

»Jawohl!«

»In Ordnung ... also dann weiter. Susanne Baxter können wir heute nicht bestrafen ... Sehr schade. Aber dieser unglückliche Zufall wird mir nicht meine Freude nehmen können ... Hauptmann Terakura kennt sich aus. Glauben Sie mir: auch Susanne Baxter wird bald bei uns sein!«

Er kratzte sich am Kopf und schaute Eve an.

»Jetzt ist natürlich die Frage, was mit Mrs. Lawrence passieren soll. Eigentlich würden Sie ja dieselbe Strafe verdienen wie Miss Baxter. Beziehungsweise, wie sie Miss Baxter bekommen hätte ...«

»Nein!« rief ich dazwischen.

»Sie verrückter, sadistischer Mörder!« Rollo hob seine Faust.

Eve saß ruhig neben mir, sagte aber kein Wort.

»Aber ich darf es nicht tun. Ich muß mich an die göttliche Vorsehung halten ... Wer schuldig ist, soll sterben, wer unschuldig oder zumindest nicht so sehr schuldig ist, darf gehen. Leider muß ich also davon absehen, Mrs. Lawrence, Ihren hübschen Kopf ebenfalls auf das Grab des Generals zu legen. Er würde sich sowieso nicht freuen. Ungerechtigkeit stand ihm immer fern … Ihr Fall ist also erledigt …«

Erleichtert atmete ich auf. Eve sprang aber auf und rannte vor die ›Richter‹.

»Hören Sie, Sie verdammtes sadistisches Schwein! Wenn Sie glauben, daß Sie mir Angst einjagen können, liegen Sie falsch! Ich habe keine Angst vor solchen alten Böcken wie Ihnen! Und vor dem Tod noch weniger. Ich rate Ihnen, mich auch umzubringen, sonst werde ich nicht ruhen, bis Sie alle aufgehängt werden! Das schwöre ich!«

Der Alte erhob sich und lächelte.

»Sie wissen nicht, meine Liebe, was Sie da sagen. Es dürfte ziemlich schwer sein, uns an den Galgen zu bringen. Wir haben nämlich unsere Aufgabe erledigt. Hauptmann Terakura besorgt den Rest … Um es noch verständlicher auszudrücken, liebe Frau, werden wir, sobald die Urteile vollstreckt wurden, mit Ausnahme einiger weniger Harakiri begehen. Wir haben unseren Schwur erfüllt, und es wird Zeit, daß wir uns mit unseren ruhmreichen Ahnen treffen. Und unsere Namen werden vom Wind weit fort in unser Land getragen. Und es wird eine neue Generation kommen, die unsere Opfer für den Kaiser zu schätzen wissen wird. Und sie werden Legenden über uns singen, im heiligen Hafen von Yokohama … Diese Legenden werden einen neuen Glauben gebären, und glauben Sie mir, wir werden schließlich doch noch gewinnen! Und jetzt setzen Sie sich bitte wieder hin, sonst … nun, ich könnte Ihren Mann noch etwas für Ihre vorlauten Worte bestrafen. Ich lasse ihm zum Beispiel die Haut bei lebendigem Leibe abziehen!«

Eve fiel auf den kleinen Hocker zurück und griff nach meiner Hand wie ein Ertrinkender nach dem Rettungsring. Und sie hätte sie niemals losgelassen, für nichts in der Welt.

Der Alte nahm wieder das Pergament in die Hand und fuhr fort.

»Hauptmann Kevin Stewart, später Major. Leiter der Fallschirmjäger in Burma. Ihre Aufgabe war es, die gefaßten japanischen Kämpfer in die englische Abwehr einzubauen, um so unsere Truppen mit falschen Informationen zu versorgen.

Durch Ihre Schuld starb Major Karavatari. Major Stewart, ich verurteile Sie im Namen des Kaisers und des Vaterlandes zum Tode. Auch Ihr Kopf kommt auf das Grab General Nisimuras!«

Stewart lächelte blaß.

»Das alte Schwein habe ich bisher sowieso nur auf Bildern gesehen. Wissen Sie was, Hasegava? Ich bin äußerst stolz, daß ich Ihren General ein paarmal so übers Ohr gehauen habe wie Scheiße über den Gartenzaun! Haben Sie eine Ahnung, wie viele Kamikaze-Burschen unter meiner Aufsicht weich wurden? Sie können mich nicht erschrecken. Sie sind in meinen Augen nur ein mieser alter Gauner.«

Hasegava wurde rot vor Wut, er nahm sich aber zusammen und fuhr fort: »John McCormack!«

»Hier bin ich, alter Spitzbube!«

»Sie hatten als Adjutant Admiral Pedersens die gefangenen japanischen Soldaten umzudrehen und gründeten das berüchtigte Friedenskorps aus Verrätern und Deserteuren! Im Namen des Volkes und des Vaterlandes verurteile ich Sie zum Tode!«

McCormack lächelte zuckersüß.

»Na, und der Kaiser?«

Der alte Mann verlor endgültig seine Geduld. Anstatt daß wir um unser Leben bettelten, waren wir auch noch frech und verdarben ihm den Spaß!

»Ich verbiete es! Verstehen Sie! Ich verbiete es, daß Sie den Namen des Kaisers in Ihren dreckigen Mund nehmen! Ich ver ...«

Ich war gezwungen, mich wieder einzumischen: »Moment! Langsam mit den jungen Pferden! Dieser Mann ist ...«

McCormack fuhr schnell dazwischen: »Lassen Sie, Leslie ... Es hat keinen Sinn. Es ist reine Zeitverschwendung. Entweder kommen wir hier alle raus, oder ...«

Der Alte sank auf sein Kissen zurück und warf sein Blatt gereizt auf den Boden.

»Wann ist es denn endlich vorbei! Das ist ekelhaft! Ekelhaft!«

Er schrie herum, als ob wir ihn köpfen wollten und nicht umgekehrt.

»Schließlich der Chef der fernöstlichen Abwehr, Admiral John Pickford.«

McCormack lächelte breit: »Dieses Mal haben Sie aber danebengegriffen, alter Hase! Der liebe, gute Picky lebt nicht mehr … Man ist Ihnen wohl zuvorgekommen, alter Mann!«

Hasegava hatte sich inzwischen wieder im Griff und nickte nur.

»Ich weiß«, antwortete er schließlich. »Jemand war schneller als ich. Irgendein armseliger Räuber, wenn man Ihren Käseblättern Glauben schenken darf …«

»Sie können sicher sein, daß Picky nicht unter uns ist. Es sei denn, sein Geist schwebt hier irgendwo herum. Dann sieht es schlecht für Sie aus, mein Alter!«

Unser Gastgeber lachte hölzern.

»Ich habe keine Angst vor Geistern. Sie sind meine Freunde, denn bald werde ich selber einer sein … Aber genug! Wenn auch Pickford nicht bei uns sein kann, so ist doch seine Tochter anwesend! Oder denken Sie, sie wurde nur aus Versehen in diese Expedition gewählt?«

Ich spürte, wie sich die Welt mit mir drehte.

»Sie verdammter Halunke!« schrie ich ihn ungeachtet der Konsequenzen an. »Sie wollen doch nicht etwa über dieses Kind Rache an seinem Vater nehmen? Das können Sie nicht tun! Das wäre eine so große Schweinerei, daß selbst Sie sie nicht begehen könnten, Hasegava!«

Wieder lachte er.

»Wieso denn nicht? Nach der Tradition sind die Kinder für die Sünden der Väter verantwortlich. Bis zur siebten Generation, das sagt sogar Ihre eigene Religion! Oder täusche ich mich da?

»Aber dieses Kind ist doch unschuldig!«

»Und der Vater war schuldig! Das ist das einzige, was zählt … Sie wird für ihren Vater sühnen. Miss Pickford, es tut mir furchtbar leid, aber auch Ihr hübscher Kopf wandert auf das Grab von General Nisimura. Keine Angst, mein Kind. Es dauert nur einen kleinen Moment, und Sie werden gar nichts spüren. Wenn es Sie tröstet, kann ich Ihnen sagen, daß meine Schmerzen weitaus größer sein und länger dauern werden.«

Eve Pickford saß regungslos auf ihrem Platz; nur ihre Tränen verrieten, daß sie alles mitbekommen hatte. Plötzlich wankte sie, und ich befürchtete schon, sie würde ohnmächtig werden und vom Hocker fallen. Ich sprang zu ihr hinüber, umarmte sie, aber sie schob mich energisch weg. Langsam stand sie auf; sie weinte immer noch stumm. Dann nahm sie das Ende ihres Reißverschlusses, zog ihn herunter und schälte sich aus dem Anorak, dann aus einem Pullover und hatte nur noch ein dünnes, weißes Seidenhemd an.

Alle starrten sie fassungslos an, selbst Hasegava war wie vom Blitz getroffen, als habe eine Schlangentänzerin ihre Vorführung begonnen.

Schließlich weinte sie nicht mehr. Sie lächelte plötzlich und fing zuerst leise, dann immer lauter an zu singen: »It's a long way to Tipperary ...«

Und bevor wir es verhindern konnten, zog sie auch das Hemd aus, warf es achtlos zur Seite und marschierte zwischen uns auf und ab. Ihre großen, wohlgeformten runden Brüste erbebten bei jedem Schritt wie reife Früchte, die darauf warteten, gepflückt zu werden. Und dabei sang sie einfach weiter, immer lauter, mit überirdischem Lächeln auf dem Gesicht: »It's a long way to Tipperary ...«

Eve sprang auf, schnappte sich den Anorak, deckte sie damit zu und zog sie zu ihrem Hocker. Dann kniete sie neben ihr und bemutterte sie wie schon die ganze Zeit.

Der alte Mann räusperte sich und murmelte peinlich berührt: »Gleich ist alles vorbei ... Nur noch etwas Geduld ... Sie habe ich mir für den Schluß aufgehoben, äh ..., Sera. Auch Sie müssen sterben. Ihre Sache hat zwar nichts mit der der anderen zu tun, aber ich habe keinen Grund, Sie nicht auch einen Kopf kürzer zu machen ... Leute wie Sie haben keinen Platz unter der Sonne.«

Sera stand auf und erbleichte.

»Aber warum ..., Hauptmann?«

Der Alte zog hochmütig die Augenbrauen in die Höhe.

»Ihr Urteil hat keine Erklärung, Sera. Ich will keine Zeit vergeuden. Natürlich wird Ihr Kopf nicht auf dem Grab von General Nisimura landen. Ich möchte ihn nicht beleidigen.«

Sera fiel auf die Knie.

»Erbarmen! Bitte erbarmen Sie sich meiner, Herr Hauptmann! Ich habe doch nichts getan! Ich habe nichts mit den Herren zu tun! Ich bin nur ...«

Hasegava tat eine herrische Geste.

»Pfui! Elende Kröte! Nehmen Sie sich wenigstens ein Beispiel an den anderen hier! In wenigen Minuten werden sie sterben und benehmen sich trotzdem nicht wie verängstigte Ratten ...«

Während ihn Sera immer noch kniend anflehte, drehte sich Hasegava zu mir um und lächelte mich wissend an.

»Mr. Lawrence!«

»Was wollen Sie?«

»Erwarten Sie jemanden ...?«

»Ich?«

»Diesen Eindruck hatte ich. Sollten Sie übrigens auf die Sherpas warten, so muß ich Sie enttäuschen. Wir wissen, daß Sie sie gestern Abend bewaffnet und fortgeschickt haben. Ich muß Ihnen eine traurige Nachricht übermitteln: die Sherpas sind unsere Gefangenen. Jeder einzelne von ihnen. Wir haben ihnen die Waffen abgenommen und sie in einen anderen Betsaal gesperrt. Das wollte ich Ihnen nur noch sagen, Mr. Lawrence ... Und jetzt, an die Arbeit!«

Er stand auf und klatschte zweimal in die Hände. Der große Mönch, der das Schwert in der Hand hielt, trat neben den schwarzen Kasten und schaute den Alten erwartungsvoll an.

Hasegava drehte sich zu uns um und lächelte.

»Sie sind wirklich mutig. Ich hoffe, Sie ersparen mir die Mühe, Sie mit Gewalt zu dem Richtblock zerren zu lassen ... Miss Pickford! Da Sie doch nur wegen Ihres Vaters hier sind, möchte ich Ihnen wenigstens den Anblick der anderen Enthauptungen ersparen. Bitte wenden Sie sich an Hauptmann Suzuki. Ich verspreche Ihnen, es wird nicht weh tun ... Und wir werden uns dort drüben auf der anderen Seite bald treffen. Wer weiß, vielleicht werden wir sogar Freunde ...«

Ich spürte, wie mir abwechselnd heiß und kalt wurde.

Eve umarmte Miss Pickford und küßte sie auf die Stirn.

In diesem Moment schrie Sera wie ein verletzter Wolf auf. Er warf sich auf den Boden und drehte und wand sich, als ob er den Verstand verloren hätte.

Die erhobene Hand des Alten blieb in der Luft stehen, und Pietro Rollo sprang auf und faßte sich an den Hals. Alle starrten wie versteinert auf den vor Angst winselnden Hauptmann, nur Eve Pickford schien nicht zu merken, was um sie herum geschah. Leise lächelte sie vor sich hin und sang ihr kleines Lied.

Sera hörte nicht auf; er wälzte sich herum, kreischte wie wildgeworden und stieß Geräusche aus, die ich bisher nur von Hunden gehört hatte, kranken Hunden.

Der Alte rief den Wachen etwas zu, das ich allerdings nicht verstand, denn Sera hatte inzwischen die Wand erreicht und schrie und kreischte jetzt der Abwechslung halber. Ich spürte kalten Schweiß auf der Stirn; jetzt wurde mir erst langsam klar, daß wir alle sterben würden.

Der Hauptmann erreichte die Stelle der Wand, wo das riesige Wandbild von Majtreja, dem Kommenden Buddha, hing.

Bei Prozessionen auf dem Hof wurde wohl dieses Bild herumgetragen: Der untere Tel war schon ganz abgerieben, wo die vielen Gläubigen es gestreichelt und um eine Gefälligkeit oder um Hilfe gebeten hatten.

Sera schrie laut auf, erhob sich vom Boden, spannte seinen Körper und blieb mit dem Gesicht vor Majtreja stehen, als ob er ihn bitten wolle, ihn zu verstecken. Majtreja aber schwieg mit seinem undurchdringlichen Lächeln und sah drein, als kenne er alle Geheimnisse des Todes und könne deshalb nicht verstehen, warum jemand Angst davor hat.

Sera aber umarmte Majtreja nicht, wie man es erwartet hätte, sondern sprang mit einem gewaltigen Aufschrei hinter das Fahnenbild.

Der Alte lächelte wieder. Ein paar Sekunden schien er zu zögern; wahrscheinlich dachte er darüber nach, womit er Sera hervorlocken konnte. Als dann aber einige Sekunden lang gar nichts geschah, wich das Lächeln und machte der Ungeduld Platz. Er hob die Hand und schnippte mit den Fingern.

Das wäre wohl das Zeichen gewesen, den Hauptmann hervorzuholen. Statt dessen aber kamen die Kugeln. Der Raum wurde plötzlich von einer lauten Maschinengewehrsalve erschüttert, die hinter dem Majtreja-Bild ihren Ursprung und die Wachen an den Wänden als Ziel hatte.

Ich kann nicht mehr sagen, was genau in den nächsten Sekunden passierte, schließlich geschah alles so schnell, daß ich rein instinktiv handelte und keine Zeit hatte nachzudenken. Auf jeden Fall sehe ich noch heute das durchlöcherte Bild Majtrejas vor mir, die Kugeln und den Pulverdampf. Ich höre noch heute das Knattern der Maschinenpistole und dieses seltsame Geräusch, als die Kugeln aus nächster Nähe die jahrhundertealte Leinwand durchschlugen. Und dann schickte mich eine außerirdische Macht auf eine Flugbahn, die mich geradewegs zu Eve führte. Unter mir lagen menschliche Körper in den verschiedensten Positionen, und ich flog durch den Saal in gut einem Meter Höhe, als ob mir plötzlich Flügel gewachsen wären. Noch im Fall bekam ich Eves Schulter zu fassen, und ich riß sie mit zu Boden. Im selben Moment stürzte jemand auf uns, und für eine kurze Weile wurde alles schwarz vor meinen Augen.

Das pausenlose Entladen der Maschinenpistole ließ mich aber schnell wieder ernüchtern. Ich schrie Eve etwas zu, wahrscheinlich, daß sie liegenbleiben sollte, und erhob mich. Es wurde immer noch geschossen, und keiner stand mehr auf den Beinen. Selbst der Alte kniete zwischen umgestürzten Tassen auf dem Teppich und blinzelte erschrocken, verständnislos ob der veränderten Situation. Die Japaner, die vorher an der Wand gestanden hatten, lagen auf dem Boden; einige bewegten sich noch, die meisten aber lagen regungslos da und gaben keinerlei Zeichen, daß sie sich jemals wieder bewegen würden …

Plötzlich wurde es still: Majtrejas Fahne schwang zur Seite, zuerst tauchte eine Maschinenpistole, dann Seras Gesicht auf. Seine Mütze war fort, sein Gesicht war dreckig und der Anorak zerwühlt und zerrissen. Er wirkte gefaßt und zufrieden, was auch in seinen Bewegungen zum Ausdruck kam.

Er trat hervor und kam zwei Schritte in den Raum hinein. Mit einem Rundblick begutachtete er das Ergebnis: den Alten, die anderen Lamas neben ihm, die Toten an der Wand. Er streckte die Waffe nach vorne und schrie laut:

»Hände hoch! Alle heben die Hände! Sie auch!« Diese letzte Aufforderung galt eindeutig uns.

Für mich war alles klar, für die anderen wohl weniger.

»Stehen Sie auf, Sie ...«, und anscheinend fand er keine entsprechenden Worte, um seinem Haß auf Hasegava Ausdruck zu verleihen.

Der alte Mann quälte sich langsam hoch. Sein Gesicht war ausdruckslos, als sei nichts vorgefallen, als habe er nicht in den vergangenen Sekunden seine größte und letzte Niederlage erlebt.

»Das Spiel ist aus, Hasegava!« zischte Sera und herrschte den neben seinem Schwert hockenden Suzuki an: »Gehen Sie und sammeln Sie die Maschinenpistolen zusammen! Aber keine Dummheiten! Bei der ersten falschen Bewegung bringe ich Ihren Alten um!«

Suzuki stand langsam auf und sammelte die Waffen ein. Der Pulvergeruch schwebte noch immer im Raum, und Suzukis Gestalt verschwand hin und wieder dahinter, aber er hatte anscheinend nicht den Mut, das Leben seines Vorgesetzten zu riskieren.

»Sie haben mich wohl für blöd gehalten, Hasegava!« rief Sera selbstzufrieden, als Suzuki mit den Waffen fertig war und eine hübsche Pyramide aus ihnen neben der Wand gefertigt hatte. »Sie wollten mich übertrumpfen, alter Esel? Vielleicht waren Sie früher mal groß, aber seitdem hat sich die Welt verändert! Alte Scheißer wie Sie kriegen bei uns zu Hause schon seit Jahren nur noch Grießbrei im Altenheim. Sie hatten nur einen Zug, Hasegava, der so halbwegs in Ordnung war: Als man mir dieses verdammte Purbu in den Hals stach. Deswegen werden Sie jetzt büßen, zusammen mit der ganzen Bande!«

Sera betastete seinen Verband am Hals, und Hasegava beobachtete ihn dabei, als habe etwas Hoffnungsvolles in seinen Worten gelegen ...

»Sie glauben wohl, ich würde auf Ihre dreckigen Tricks reinfallen?« flötete Sera weiter. »Glauben Sie, ich wußte nicht, was hier im Gange ist? Ich hatte Zeit genug, jeden Betsaal einzeln zu präparieren … Ich ahnte, daß hier irgendeine Abrechnung stattfinden soll! Aber ich wollte Ihnen die Suppe versalzen … Schon deswegen, weil ich sonst, wie ich Sie kenne, einen Kopf kürzer das Kloster verlassen hätte. Aber Sie sollten schon längst in Rente sein, Hasegava. Oder hätten Sie auch in Ihrer Jugend den Fehler gemacht, den Ort der Hinrichtungen nicht zu durchsuchen? Haben Sie deswegen den Krieg verloren? Hatten wohl mehr Vertrauen in den Kaiser als in den eigenen Verstand?«

Das Gesicht des Japaners zuckte, aber er war machtlos. Man sah Sera an, daß er noch nicht fertig war. Plötzlich aber kam McCormack vom Schock der Ereignisse zu sich, und ihm fiel wohl ein, womit ich ihn beauftragt hatte. Er ließ seine bis dahin erhobenen Hände sinken und ging auf Sera zu.

»Na sowas, Hauptmann! Das haben Sie aber gut durchdacht! Wie zum Teufel kam Ihnen der Gedanke, gerade hier eine Waffe zu verstecken? Und ich dachte noch, Sie …«

Sera schrie laut auf und legte auf ihn an:

»Halt! Bleiben Sie stehen, McCormack! Heben Sie mal schön die Hände! Und keinen Schritt weiter, sonst mache ich ein Sieb aus Ihnen!«

McCormack blieb verständnislos stehen und blickte verstört in die Mündung.

»Aber ich … Ich habe doch nur … Mein Gott, Sera, was soll das bedeuten? Sie haben Sie doch schon besiegt! … Wir leben! Verstehen Sie nicht?«

»Kommen Sie nicht näher, sonst …«

Auch ich ließ meine Hände runter und schrie McCormack an:

»Lassen Sie, John! Verstehen Sie denn nicht?! Lassen Sie, er ist doch der …«

McCormacks Gesicht verzerrte sich vor Entsetzen.

Er blieb stehen, seine erhobenen Hände fielen herab, und er flüsterte leise vor sich hin: »Was sagen Sie? Aber das ist doch unmöglich … Hier muß ein Mißverständnis vorliegen … Nicht wahr, Hauptmann?«

Damit hob er wieder die Arme und trat auf Sera zu. Als die

Maschinenpistole losfeuerte, muße ich die Augen schließen. Eve schrie auf, und als ich den Körper fallen hörte, schaute ich doch noch hin.

McCormack lag auf dem Boden, und Sera schrie, etwas aus der Fassung geraten, über der immer größer werdenden Blutlache:

»Alle heben die Hände! Jetzt habe ich aber genug von Ihnen! Alle werden hier krepieren, verstehen Sie? Wie die Cromwell-Expedition. Diese verdammten Schweine …«

McCormack bewegte sich, stöhnte und sank dann wieder zurück. Meine Hand schloß sich zur Faust, und ich mußte mich zusammenreißen, mich nicht auf Sera zu stürzen.

Dieser trat ein paar Schritte zurück und schrie uns wieder an:

»Alle zur Wand! Neben die Toten!«

Langsam standen wir alle auf und traten neben die Leichen. Meine Frau trug dabei Eve Pickford, die immer noch leise vor sich hinsang und allem Anschein nach in einer ganz anderen Welt war.

Frank King stieß mit mir zusammen und schüttelte den Kopf.

»Hätten Sie gedacht, daß dieser Mistkerl …?« Weiter kam er nicht, denn Sera stellte sich in die Mitte des Raumes, rücklings zur Eingangstür und wendete sich mit zufriedenem Gesicht an Hasegava.

»Ich hoffe, Sie sehen ein, daß ich der Stärkere bin. Ich könnte Sie alle mit Leichtigkeit ins Jenseits befördern, aber ich tue es nicht. Sie haben aus einer bestimmten Sicht sogar recht. Rache ist auch in meinen Augen eine heilige Sache. Sie wollen Rache nehmen, und ich glaube nicht, daß ich das Recht hätte, Sie daran zu hindern. Verstehen Sie mich?«

Der Mund des Alten zuckte, aber er sagte nichts.

»Hören Sie«, fuhr Sera fort, »die Sache ist die: Ich möchte diese Leute loswerden, und Sie ebenfalls. Warum, das soll mein Geheimnis bleiben. Aber Ihnen, Hasegava, werde ich helfen. Ich mache es Ihnen möglich, daß Sie ihre Rache ausüben.«

Das Glitzern kehrte in die Augen des Alten zurück. Trotz

der Niederlage klang seine Stimme immer noch fest und bestimmt: »Wie dachten Sie, es … und was wollen Sie dafür?«

»Sera kicherte belustigt.

»Wollen? Ich? Eher umgekehrt, oder? Aber lassen wir das. Ich bleibe auf jeden Fall am Leben … Ob es Ihnen nun gefällt oder nicht. Daran werden Sie nichts mehr ändern können, Hasegava!«

»Wenn ich Sie richtig verstehe, wollen Sie mir ein Angebot machen.«

Sera wurde ernst.

»Hören Sie, Hasegava. Ich könnte Sie alle töten, das ist Ihnen hoffentlich klar. Trotzdem würde ich es nur ungern tun … Nicht, weil ich es mit meinem Gewissen nicht vereinbaren könnte, sondern weil ich nicht will, daß irgend jemand etwas von meiner Teilnahme an dieser Sache erfährt. Sie werden und sollen das auch nicht verstehen. Ich will nur, daß alle sterben und Sie ihr Henker sind, Hasegava. Und die Welt soll es erfahren!«

»Ich verstehe«, der Alte nickte.

»Sie sagten, wenn Sie fertig sind, wollen Sie Harakiri machen. Meinten Sie das ernst?«

Der Japaner verzog spöttisch seinen Mund.

»Mein Wort ist heilig.«

»Um so besser. Also, mein Angebot, wie Sie es nannten, ist folgendes: Sie können ihre Rache haben. Lassen wir Hauptmann Suzuki ein wenig arbeiten … Jedem muß der Kopf abgehackt werden, keiner darf diesen Raum lebend verlassen … Außer natürlich dem, der Miss Baxter erledigen soll.«

»Terakura ist anscheinend tot.«

»Na, dann schicken Sie jemand anders. Hier ist ja zum Beispiel der gute, alte, treue Suzuki. Was haben Sie gegen ihn einzuwenden?«

»Hauptmann Suzuki sollte dem Plan nach mit mir zusammen diese Welt verlassen …«

»Na, dann ändern Sie Ihren Plan! Es hat sich sowie schon so viel geändert …«

Der Alte runzelte wieder einmal die Stirn.

»Wieso ist es Ihnen so wichtig, daß jemand am Leben

bleibt? Die Rache gehört mir! Und wenn diese Baxter entkommt – na und ...?«

Sera lächelte.

»Sie sind doch kein Kämpfer, der jemanden entkommen läßt! Aber lassen wir das. Ich diktiere die Bedingungen, klar? Also: Alle gehören Ihnen, außer Suzuki. Nach den Hinrichtungen werden Sie und Ihre restlichen Freunde«, und er deutete dabei auf die Mönche, die neben Hasegava kauerten, »ihre Schwerter hervorholen – oder Messer, was soll's –, und Sie fügen sich hier, vor meinen Augen, den alten Gesetzen. Ich nehme mir Kamerad Suzuki mit, in Katmandu kann er dann machen, was er will. Zum Beispiel Susanne Baxter schnappen, damit Sie und Ihr General Nisimura in Frieden verrotten können ... Das ist mein Angebot, Hasegava. Wenn es Ihnen nicht gefällt, auch gut. In diesem Fall bringe ich alle um, und die Welt wird nie erfahren, was wirklich mit der Expedition passiert ist. Es kann auch sein, daß ich Erbarmen zeige und sie laufenlasse ... Was wird dann aus Ihrer Rache? Ihr Leben lang werden sie Sie auslachen, Hasegava!«

Ein Schatten huschte über das Gesicht des Alten. Er drehte sich zu Suzuki und sagte ihm etwas. Unser zukünftiger Henker brummte bestätigend und senkte den Kopf.

Der Alte wandte sich erneut zu Sera und nickte gezwungen.

»In Ordnung. Wir können nicht anders. Hauptmann Suzuki wird im Namen des Kaisers die Urteile vollstrecken und wird Sie nach unserem Tod begleiten. Sind Sie zufrieden?«

»Oh, absolut«, antwortete ihm Sera zuvorkommend. »Würden Sie ihm bitte befehlen, an die Arbeit zu gehen? Wir vergeuden immer mehr Zeit mit sinnlosem Geschwätz!«

Auf einen Wink des Alten erhob sich Suzuki und suchte sein verlorenes Schwert. Er schwang es ein paarmal in der Luft herum, trat dann zu dem samtüberzogenen Kasten. Dann stützte er das Schwert auf den Boden und sah uns teilnahmslos an wie die erprobten Henker im Mittelalter.

Sera seufzte und deutete dann mit der Waffe auf mich. »Ich sehe mich gezwungen, die Reihenfolge zu ändern. Ich hoffe,

Miss Pickford wird mir verzeihen. Sie werden der erste sein, Mr. Lawrence. Ich muß zugeben, ich bin etwas in Sorge. Selbst im letzten Moment könnten Sie noch eine Schweinerei anzetteln. Ich bin erst beruhigt, wenn ich Sie in zwei Teilen vor mir habe. Na, los jetzt. Zeigen Sie Suzuki Ihren klugen Kopf!«

Eve schrie auf, riß meine Hand an sich und ließ sich zu Boden fallen.

»Nein! Was wollen Sie, Sie verdammter Schuft? Glauben Sie, die werden Sie nicht finden? Die nepalische Polizei weiß schon alles! Es ist nur noch eine Frage von Stunden, und Sie warten im Gefängnis von Katmandu auf den Tod!«

Sera zuckte ungeduldig mit den Schultern und herrschte mich an:

»Na los, gehen Sie schon! Genug von diesem Familienzirkus! Und was mich angeht, ich werde mich schon in acht nehmen. Und ich scheiße darauf, was die in Katmandu von mir wissen!«

Eve schrie wieder auf und versuchte mich zurückzuhalten, aber ich trat energisch vor. Dann tat ich noch einen Schritt und bereitete meine Muskeln darauf vor, mich auf ihn zu stürzen. Ich hoffte, solange er sich mit mir aufhielt, könnte einer der anderen eine Maschinenpistole schnappen ... Und hoffentlich war das dann kein Japaner.

Ein weiterer Schritt, und ich berechnete dabei den Winkel, in dem ich springen mußte und ballte die Hände zu Fäusten. Um seine Aufmerksamkeit abzulenken, starrte ich geradeaus auf den schwarzen Kasten. Und wenn es doch nicht funktionierte? Egal. Ich mußte es probieren!

Es war unheimlich still in dem Raum, als ob die Welt um mich herum stehengeblieben wäre. Der Alte stand bewegungslos, ebenso Suzuki und auch Sera. Selbst Eves Weinen konnte ich nicht mehr hören.

Ich schielte zu Sera und wollte gerade springen, als von der Tür her eine feste Männerstimme die Ruhe zerriß: »Hände hoch, Norbu! Werfen Sie die Waffe weg!«

Norbu drehte sich blitzschnell um, kam aber eine Zehntelsekunde zu spät. Wir hörten einen Schuß von der Tür, der die Salve der Maschinenpistole in eine andere Richtung leitete:

Statt den Lama auf der Schwelle zu treffen, schlugen sie in die Decke ein, fürchterliche Verwüstungen unter den Fresken anrichtend.

Ich konnte mich nicht weiter zurückhalten: Obwohl ich sah, daß Sera torkelte und ihm die Waffe aus der Hand fiel, verpaßte ich ihm einen mächtigen Schlag auf sein Kinn. Daraufhin fiel er wie eine Marionette in sich zusammen.

In der darauffolgenden Stille hörte sich Pietro Rollos Flüstern wie das lauteste, hysterische Geschrei an: »Mein Gott … Wer sind Sie? Sie sind gerade recht gekommen.«

Der junge Mönch, mit dem ich mich gestern abend auf dem Pagodendach getroffen hatte, schob die gelbe Mütze aus dem Gesicht und hob die Pistole salutierend an die Stirn.

»Ich bin Hauptmann Sera von der nepalischen Polizei!« Dann pustete er in den immer noch rauchenden Lauf seiner Waffe und zwinkerte uns schelmisch zu.

»Die Thompson-Expedition ist beendet. Sie können jetzt packen gehen!«

98

Das monotone Geräusch des Hubschraubers machte uns langsam müde. McCormack setzte sich vorsichtig auf, betastete den Verband an seiner Seite und wandte sich dann an mich.

»Ich denke, wir haben noch genügend Zeit bis Katmandu. Würden Sie nicht mal das Ganze, wenn auch nur in groben Zügen, zusammenfassen? Woher wußten Sie, daß Sera nicht Sera war? Und überhaupt … Sie wußten viel mehr, als wir auch nur ahnen konnten. Und Sie hatten mir doch Vertrauen und Ehrlichkeit abverlangt …

»Ich hoffe, Sie verzeihen mir, daß ich Sie hin und wieder auf's Glatteis geführt habe …«, ich grinste ihn an.

Er atmete tief durch und schob sich auf dem Kissen noch ein wenig höher.

»Was soll's, ich werde wohl immer der altmodische, englische Gentleman bleiben«, nörgelte er. »Oder glauben Sie etwa, ich hätte nicht gemerkt, daß nachts immer Frauen bei Ihnen waren?!«

»Frauen?« schreckte neben mir Eve zurück.

»So meinte ich das nicht«, verteidigte sich mit hochrotem Kopf McCormack. »Die Mehrzahl war nur ein Versehen. Also, ich dachte, ich würde da ein galantes Abenteuer unterstützen, und am Ende stellt sich heraus, daß ihn die eigene Frau heimlich besucht. Und da wird noch behauptet, es gäbe in unserer überzivilisierten Welt keine Romantik mehr!«

Nachdenklich betrachteten wir die riesigen Berge, dann unterbrach Frank King das Schweigen: »Mr. Lawrence ... Seit wann wußten Sie, was da gespielt wird? Ahnten Sie es bereits, als wir am Salu-Paß waren?«

Ich merkte, wie sich jedes Augenpaar auf mich richtete, selbst die nepalische Krankenpflegerin, die sich um Eve Pickford kümmerte, blickte auf. Ich schaute noch einmal hinab auf den Salu, der gerade hinter dem Horizont verschwand und fing an zu erzählen:

99

»Ich fürchte, ich muß ganz von vorn anfangen. Ich denke, Sie alle wissen, daß der Grundstoff für das meiste nach Europa kommende Rauschgift in China hergestellt wird. Nämlich das Opium. In China hat Opium eine jahrhunderte-, wenn nicht sogar jahrtausendealte Tradition, und der Gebrauch gilt dort als läßliche Sünde. So wie in Europa der Alkohol. Wenn man es bedenkt, ist da auch kein großer Unterschied ... Das eine tötet genauso wie das andere. Opium hat allerdings die unangenehme Eigenschaft, daß es verfeinert werden kann, und je feiner es ist, desto mehr kann es die zerstörerische Wirkung von Alkohol in den Schatten stellen ... Aber das ist alles nur Rhetorik ... Die Fakten lauten folgendermaßen: In China wird der Mohn angebaut, und dort stellt man das Opium her. Durch die chinesisch-nepalische Grenze wird dann das Ganze über verschiedene Organisationen nach Europa geschleust, wo es hauptsächlich in französischen Raffinerien zu Heroin verfeinert wird. Uns interessiert jetzt diese chinesische Verbindung. Natürlich will ich nicht behaupten, daß der Handel mit Wissen und Segen der chinesischen Regierung geschieht. Ich möchte es eher so formulieren: Sie hat nicht die entsprechenden Kräfte zur Verfügung, die Sache zu kontrollieren. Besonders jetzt, während der Kulturrevolution, wo der Machtapparat praktisch zerfallen ist. Frühere Tschiang Kaischeck-Resttruppen haben sich zum Rauschgifthandel verpflichtet, natürlich mit Rang und Abzeichen … Sie haben sich höchstens mit neuen Waffen eingedeckt.

Nun, diese Truppen sammeln das Rohopium bei den Anbauern ein und bringen es über die chinesisch-tibetische Grenze nach Nepal. Und hier, im Himalaja, wo auf den ersten Blick die Transportwege überhaupt nicht ideal wirken, kann man erstklassige Verstecke einrichten, sofern man die Gegend kennt. Ganz zu schweigen von den Schwierigkeiten, das Gebiet zu kontrollieren. Erinnern Sie sich an das Auge von Sindsche? Oft gibt es riesige Unwetter, ein anderes Mal ist alles mit Nebel bedeckt und verhindert die Luftaufklärung. Wer würde da schon nach einem Rauschgifthändler suchen?

Und trotzdem, die Mitarbeiter der nepalischen Drogenfahndung haben vor einigen Jahren Lunte gerochen. Natürlich half ihnen auch Interpol dabei. Einige italienische und französische Gauner verrieten aus Furcht vor Repressalien ein paar Details. Unter anderem, daß es eine nepalische, besser gesagt eine Himalaja-Verbindung gibt. Und die nepalischen Behörden entschlossen sich, sie zu zerschlagen. Nun ja, allerdings sollte das nicht leicht sein. Tausende von Zufluchtsorten konnte es geben, und die Hubschrauber würden selbst bei gutem Wetter kaum die versteckten Karawanen finden. Mit der Luftaufklärung alleine wäre noch nichts erreicht.

Die nepalischen Kollegen wendeten sich also an Scotland Yard. Allerdings konnten die auch nicht viel tun, da das chinesische Grenzland ein äußerst gefährliches Gebiet ist. Stellen

Sie sich die Reaktionen vor, wenn sich ein englischer Fahnder in China verirrte ... Nein, England und Scotland Yard konnten sich so etwas nicht erlauben. In diesem Moment aber, wie schon so oft, kam der Zufall zur Hilfe. Ein reicher Engländer, Lord Cromwell, wollte eine Expedition in den Himalaja führen, noch dazu in ein Gebiet, wo der größte Umschlagplatz vermutet wurde.«

»Umschlagplatz?« fragte Stewart. »Was soll denn das sein?«

»Das Opium wird umgepackt. Aus China kommt es in riesigen Ballen, so groß, wie sie die Pferde oder Jaks nur tragen können. So lohnt es sich.«

»Ich verstehe.«

»In Nepal aber müssen sie diese großen Verpackungen loswerden. Jenseits des Himalaja würden die Schmuggler damit nur Aufsehen erregen. Also muß die Ware umgepackt werden in kleinere, vielleicht sogar nur pfundgroße Päckchen. Diese Umschlagplätze wuchsen zu ganzen unterirdischen Städten oder zumindest Lagerhäusern heran ... Und genau dieses Gebiet hatte sich Lord Cromwell ausgesucht.«

»Ganz ohne Grund?«

»Wenn Sie meinen, ob er von den unterirdischen Lagern wußte, ist die Antwort: nein. Lord Cromwell wurde vom wissenschaftlichen Ruhm angezogen.«

»Also war es purer Zufall, daß er diese äh ... Umschlagpunkte anpeilte?« erkundigte sich King.

»Wahrscheinlich. Aber dem Scotland Yard gefiel die Idee natürlich.«

»Wie in der Kolonialzeit«, bemerkte Pietro Rollo nicht ohne Schärfe.

»Genau. Wo der englische Soldat nicht hinkommt, taucht der englische Privatmann auf. So meinten Sie es doch?«

»So ungefähr.«

»Anscheinend bleiben die Methoden immer dieselben. In diesem Fall allerdings zweifellos für einen guten Zweck.«

»Also?«

»Also entschied sich der Yard, jemanden in die Expedition einzubauen, der clever genug war, um nicht aufzufallen und sich trotzdem im besagten Gebiet umzusehen vermochte. Und Scotland Yard fand im Einvernehmen mit Interpol den richtigen Mann für diese Aufgabe.«

»Doch nicht etwa Lord Cromwell selber?« fragte Brunning.

»Natürlich nicht. Sie brauchten jemanden, der nicht nur das Herz am richtigen Fleck hatte, sondern auch etwas vom Funken verstand ...«

McCormack, besser gesagt Erwin Long blickte erstaunt auf, aber nur für einen Moment, weil ihn dann die Pflegerin mit einem Blick ruhigstellte.

»Doch nicht etwa mein Freund Tyron?«

»Auch der nicht. Der Yard konnte den Physiker Redhull überreden, der nebenbei ein perfekter Radioamateur und Karatemeister des British Empire ist. Redhull nahm an, die Expeditionsmitglieder versammelten sich in Katmandu und bereiteten sich vor.«

»Ich verstehe!« Stewart schlug sich auf die Stirn.

»Die Sache sah also folgendermaßen aus: Es gab eine Expedition, die ein bestimmtes Gebiet des Himalaja erforschen wollte, und es gab das Gebiet, das allerdings bei weitem nicht so unbewohnt und unbekannt war, wie das Lord Cromwell annahm.«

»Die Rauschgifthändler«, bemerkte King.

»Genau. Exakt an der Stelle hatten sie ihre wichtigsten Umschlagbasen und Lagerhöhlen. Und da die Zeitungen in Katmandu das Vorhaben der Expedition natürlich genau beschrieben hatten, wußten die Drogenbosse früh genug Bescheid, daß Lord Cromwell direkt über ihren Köpfen herumforschen wollte.«

»Phantastisch!« brummte Paddington.

»Natürlich freuten sich die Schmuggler nicht über die Neuigkeit. Stellen Sie sich mal vor: Bis jetzt hatten sie sich im Himalaja wie in Abrahams Schoß gefühlt. Doch auf einmal waren die paradiesischen Zeiten vorbei. Typisch für ihre Entschlossenheit ist übrigens die Tatsache, daß sie nicht lange herumüberlegten, sondern schnell die Routen der Lieferungen änderten. Schließlich gibt es genug schwache Stellen an der chinesischen Grenze, wo kein Mensch verkehrt und auch kein verrückter englischer Lord eine Expedition hinführt, obwohl man das nie so genau sagen kann.«

»Einen Moment«, Stewart hob seinen Finger, »soweit so gut. Ich verstehe aber nicht, warum sie die Expedition gestört hat, wenn sie sich sowie eine neue Route ausdenken mußten?«

»Weil es nicht einfach ist, so eine Route zu finden und auch auszubauen. Und es dauert lange. Denken Sie doch mal nach: Die Lieferungen müssen im Sommer wie im Winter auch unter den schlechtesten Bedingungen ihr Ziel finden. Die Opiumraffinerien an der französischen Riviera interessiert nicht das Auge von Sindsche. Sie sind auf die ständigen Lieferungen angewiesen. Und diese Beständigkeit muß von den Schmugglern garantiert werden. Außerdem fungierten diese Basen auch als Lagerhäuser. Mehrere Tonnen Opium waren unter der Erde aufgehäuft, die ebenfalls weggeschafft werden mußten. Sie hätten nicht genug Zeit gehabt, bevor Lord Cromwell das Gebiet betrat. Ich schätzte, die Chefs der Banden taten sich zusammen und kamen zu dem Ergebnis, daß es unmöglich sei, bis zum Start der Expedition dies alles erledigt zu haben ...«

»Klar!« rief King. »Also nahmen sie jetzt die Expedition aufs Korn.«

»Ganz genau. Sie wollten, wenn nötig mit Gewalt verhindern, daß Lord Cromwell das Gebiet untersuchte. Sie brauchten Zeit, selbst wenn es Leben kosten würde. Also schleusten sie ihren besten Mann in die Expedition ein, einen gewissen Norbu. Wie es passierte, weiß keiner, aber einige Tage später war Norbu schon der technische Leiter der Expedition. Sicherlich hatte er gute Empfehlungsschreiben, wenn ihn Cromwell sofort engagierte.«

»Und ob«, sagte McCormack, beziehungsweise Erwin Long. »Solche Schurken haben meistens gute Papiere. Einige ihrer Freunde sitzen an den höchsten Stellen und kassieren am Opium sicher auch noch kräftig mit.«

»Wahrscheinlich haben Sie recht. Nun, die Expedition startete mit zwei eingeschleusten ›Agenten‹, Redhull und Norbu. Was später passierte, kann man vorerst nur vermuten. Auf jeden Fall hatten die Schmuggler zugeschlagen. Die Funksprüche deuten darauf hin.«

»Mein Gott! Was ist bloß mit Tyron?« flüsterte Erwin Long.

»Sicherlich wartet er in einer Höhle auf seine Befreiung, sofern das die Fallschirmtruppen der Armee nicht schon längst getan haben.

»Ihr Wort in Gottes Ohr!«

»Also dann, weiter ... Beziehungsweise kommt jetzt ein gewaltiger Sprung. Wie Sie alle wissen, gibt es in Japan genügend Leute, die nicht aus der Geschichte lernen wollen. Sie haben sicherlich auch schon einige dieser Nachrichten gelesen, wonach einzelne japanische Soldaten ihre eigenen Kriege auf irgendeiner versteckten Insel in Burma oder Indonesien weiterführen ... Regelrechte Fossilien, seltsame Überbleibsel vergangener Zeiten. Aber es gibt sie, und das darf man nicht vergessen. Nun, so ein Fossil ist auch Hasegava mit seiner Gruppe. Hasegava hat ja alles bereits gesagt ... Das brauche ich wohl kaum zu wiederholen. Der Hauptmann konnte den Krieg nicht beenden, bis nicht der letzte Feind von General Nisimura hingerichtet war. Überlegen Sie mal, wie lange er schon diesen Traum hatte! Die Frage war natürlich, wie. Er hätte uns Killer auf den Hals schicken können ...«

»Und warum tat er es nicht?« fragte Brunning dazwischen. »Er hätte sich das ganze Aufhebens sparen können!«

Ich schüttelte den Kopf.

»Sie kennen Hasegava nicht. Er ist kein Verbrecher im eigentlichen Sinn. Er wollte nicht töten, sondern Recht schaffen. Natürlich sein eigenes Recht. Er wollte über uns urteilen, im Namen des Kaisers und des Vaterlandes. Und wie Sie sehen konnten, unter feierlichen Rahmenverhältnissen. Samurai-Schwert, Hinrichtung, schwarzer Samt ...«

Ich spürte, wie Eve fröstelte, und auch den anderen lief ein Schauer über den Rücken.

»Also mußte er diese Rahmenbedingungen für uns irgendwie schaffen. Und das war schwer. Wie sollte er aus Japan uns alle an ein und denselben Ort bringen? Wir, die wir uns noch nicht einmal kannten? Es konnte kein Kameradentreffen sein. Anscheinend stand Hasegava vor einer unlösbaren Aufgabe.

Und dann las er plötzlich von der Cromwell-Expedition … Ich kann mir denken, daß er vor Freude herumtanzte, als ihm der Einfall kam. Ich muß wohl nicht erwähnen, daß er nach dem Krieg alle unsere Spuren verfolgt hatte. Er wußte genau, wer wo welchem Beruf nachgeht, wo er wohnt und so weiter. Daß wir noch dazu alle außer Pickford und Stewart eine wissenschaftliche Karriere anstrebten, war ein purer, aber willkommener Zufall. Außerdem wurde Pickford ermordet.«

»Von wem?«

»Ich habe keine Ahnung. Hasegava hatte sie auch nicht. Entweder war es einfacher Raubmord oder etwas anderes. Das wurde und wird leider auch wahrscheinlich nicht aufgeklärt … Hasegava kombinierte, und langsam formte sich der Plan für die Thompson-Expedition. Dann entwickelten sich die Dinge immer besser. Die Cromwell-Leute verschwanden, und er konnte mit Recht darauf hoffen, uns zu kriegen, wenn er angeblich Cromwell folgen wollte. Verstehen Sie?«

»Na ja, eigentlich nicht«, gab Brunning zu.

»Schauen Sie sich doch die Leute an, mit denen er abrechnen wollte. Wie jeder gute Agent können auch wir nie den Reiz der Jagd und des Spiels vergessen. Vielleicht bleibt es für Jahre im Unterbewußtsein, zum Beispiel in den Universitätsjahren, aber wenn es einmal wieder auftaucht, dann gibt es kein Zurück. Er glaubte, wenn das angebotene Geld nicht ausreichte, so würde es diese Leidenschaft tun. Denn die Gefahr, ich meine für Hasegava, bestand natürlich darin, daß einer von uns nein sagt.«

»Jetzt verstehe ich«, brummte King.

»Hasegava rief also die Thompson-Expedition ins Leben, was praktisch ein Zwischending aus Forschungs- und Suchexpedition sein sollte. Er verschickte seine Telegramme mit den entsprechenden Schecks, und Sie wissen, daß er dabei nicht gespart hat. So wenig, daß auch jeder von den Leuten die Teilnahme zusagte. Der erste Teil seines Plans hatte also prächtig funktioniert … Und da wir einander nicht kannten, hätten wir auch nicht mißtrauisch werden können. Aber weiter … Die Sache wurde publik, und Interpol sagte Scotland Yard Bescheid. Und dort kam man sofort ins Grübeln. Mit der

Cromwell-Expedition war nämlich auch Redhull verschwunden. Und die Leute vom Yard waren inzwischen ziemlich sicher, daß dort eine riesige Schweinerei im Gange war. Als sie hörten, daß ein bestimmter Thompson eine zweite Expedition in dasselbe Gebiet schicken wollte, war es nur logisch, einen zweiten Agenten, diesmal in die Thompson-Truppe, einzuschleusen …«

»Und dieser Agent waren natürlich Sie«, sagte Erwin Long.

Ich mußte lächeln.

»Sie liegen falsch, John, ich meine: Erwin … Sehr sogar.«

»Ja, wer denn sonst?«

»Susanne Baxter, beziehungsweise Eve Lawrence …, meine Frau und Leutnant des Scotland Yard!«

»Mein Gott!« Paddington schlug die Hände zusammen. »Ein weiblicher Bulle!« Dann errötete er und murmelte verlegen: »Verzeihung … ich … habe es natürlich nicht so gemeint.«

Es war wohl besser, schleunigst fortzufahren: »Der Yard konnte Susanne Baxter überzeugen, zu Hause zu bleiben, was übrigens gar nicht so schwer war. Baxter bekam das Geld und brauchte nicht in mehreren tausend Metern Höhe zu erfrieren. Unter ihrem Namen reiste also Leutnant Eve Lawrence nach Katmandu.«

»Das hätte ich nie gedacht!« staunte Paddington.

»Mit Ihrer Erlaubnis möchte ich jetzt wieder einen kleinen Sprung machen.«

»Nur zu«, Erwin nickte großzügig.

»Die Vorbereitungen Hasegavas blieben kein Geheimnis vor der japanischen Polizei. Ich denke, als latenter Militarist stand er laufend unter Beobachtung. Sie wußten sogar, daß sich Hasegava hinter dem Namen Thompson verbarg. Warum sie es Interpol nicht mitgeteilt haben, weiß ich nicht. Vielleicht glaubten sie, es sei eine interne Angelegenheit … Vielleicht. Stattdessen übergaben sie den Fall lieber einem alten Freund von mir, Hauptmann Sato, der im Krieg für die Amerikaner gekämpft hat, nach dem Krieg aber in Japan Mitglied der Polizei wurde. Ich glaube, ihm wurde der Fall zugewiesen, da er die Berge des Himalaja fast auswendig kannte und die Menschen hier ebenso. Sato verfolgte also Hasegava wie ein Schatten.«

»Schrecklich …«, flüsterte King.

»Noch schrecklicher wurde es, weil die Drogenschmuggler und Hasegava nichts voneinander wußten. Sie können sich vorstellen, wie sich die Drogenhändler fühlten, als sie erfuhren, daß eine neue Expedition der von Cromwell folgen sollte … Und sie brauchten immer noch Zeit. Also wollten sie mit Thompson dasselbe machen wie mit Cromwell.«

»Schrecklich!« wiederholte sich King.

»Sicherlich. Wieder wurde Norbu gerufen. Allerdings hatte er es jetzt nicht mehr so leicht. Erstens hatte die Expedition schon einen Führer, nämlich Mr. Stewart. Und zweitens: Die nepalische Polizei fing an nach ihm zu fahnden, hatte Fotos von ihm, seine Fingerabdrücke und so weiter. Und sie hatten vor, ihren fähigsten Beamten der Expedition beizustellen.«

»Das wäre dann Sera gewesen.«

»Er war es auch. Nur passierte inzwischen einiges. Norbu lungerte verzweifelt um das Hotel der Wissenschaftler herum, und die Zeit verging immer rascher. Die Expedition war langsam komplett, wollte losziehen. Da fiel dem verzweifelten Norbu eine Idee ein. Dank seiner Kontakte zur Unterwelt, die selber wiederum Kontakte zur Polizei hatten, konnte er erfahren, wann Hauptmann Sera im Hotel ankommen sollte. Er schnappte sich ein paar Leute, und am Tag der Abfahrt schlug er dann zu: Sie hielten das Auto von Sera an, nahmen ihn verletzt gefangen und transportierten ihn in ein Haus außerhalb der Stadt. Norbu schnappte sich Seras Papiere und meldete sich bei Stewart als Hauptmann der nepalischen Polizei.«

»So ein Teufel!« stellte Frank King anerkennend fest.

»Stewart hatte keinen Grund, mißtrauisch zu sein, waren doch die Papiere echt, und außerdem hätte er sowieso keine Zeit gehabt, deswegen nochmal bei der Polizei nachzufragen. Und warum auch! Nicht wahr, Mr. Stewart?«

»Genauso war es.«

»Mr. Stewart hatte genug mit der Abwesenheit Mr. Thompsons zu kämpfen, erhielt er doch erst im letzten Moment die Nachricht, daß der Organisator der Expedition erst in Khangpa zu uns stoßen würde. So lange sollte er die Truppe leiten und in außerordentlichen Situationen ich …«

Erwin Long erhob sich wieder, ungeachtet der mißbilligenden Rufe seiner Pflegerin, und ließ die Füße vom Bett baumeln.

»Warten Sie mal einen Moment! Man hatte mir gesagt, daß dieser Norbu, der angeblich die Cromwell-Expedition führte, beziehungsweise dessen Alter ego, tot sei … Beziehungsweise er selber gar nicht existiert. Das klingt jetzt vielleicht ein wenig komisch …«

»Sicher. Als den nepalischen Behörden klar wurde, daß Norbu etwas mit der Sache zu tun hatte, stellten sie Nachforschungen an … Sie kamen bis zu seinem Grab und erfuhren, daß er von einer Lawine verschüttet wurde. Selbst die Überreste sprachen dafür. Leider aber stellte sich später heraus, daß er es doch nicht war, trotz diverser Übereinstimmungen. Wahrscheinlich wurde mit Absicht irgendeine Leiche präpariert für den Fall, daß es Norbu einmal nötig haben würde, tot zu sein … Die Überreste wurden nach dem Start unserer Expedition erneut untersucht, und man bemerkte die Fehler der ersten Ausgrabung. Also hatte sich das Problem mit Norbu geklärt. Die Sache war die: Die Expedition war mit Norbu, der sich als Sera ausgab, gestartet, während der richtige Sera in einem Haus in Katmandu gefangengehalten wurde. Einige Leute Hasegavas flogen per Hubschrauber nach Khangpa, um unseren Empfang vorzubereiten, während er selber in Katmandu oder irgendwo in der Nähe wartete. Ach, und noch etwas. Auch Hauptmann Sato machte sich mit ein wenig Proviant, ganz alleine, auf den Weg nach Khangpa … natürlich auf einem Jak. Ein wahres Wunder, daß er das Kloster schließlich erreichen konnte.«

»Wenn ich daran denke, was wir durchgemacht haben, sicherlich …«, brummte Paddington.

»Und jetzt kommen wir zu mir zurück. Ich ruhte mich tatsächlich am Strand von Liliokalani aus, als ich zwei Telegramme bekam. Eins von Thompson mit bekanntem Inhalt und ein anderes von Eve, die schon auf dem Weg nach Katmandu war. Sie konnte natürlich nicht wissen, daß mich Thompson ebenfalls ausgesucht hatte. Wäre ich in London gewesen, hätte alles anders kommen können, so aber wurde das Telegramm von meinem Arbeitsplatz in London nachgeschickt, was wieder einige Tage bedeutete, so daß ich mit Eve nicht darüber sprechen konnte. Hasegava wußte nicht, daß ich auf Hawaii war. Sie können sich sicher meine Überraschung vorstellen, als ich las, daß ich zu einer Expedition in den Himalaja eingeladen war und im zweiten Telegramm meine Frau schreibt, sie müßte dringend nach Nepal. Verstehen Sie? Die Sache war zwar nicht klar, aber doch spürte ich, daß da ein Zusammenhang bestehen mußte. Deswegen überlegte ich auch nicht lange, setzte mich in ein Flugzeug und kam erst am Abend vor unserer Abfahrt an.«

»Das war ja wirklich verdreht!« murmelte jemand.

»Sicher. Und stellen Sie sich vor, wie ich mich fühlte, als mir meine Frau mitteilte, wir müßten unsere Beziehung geheim halten. Wir hatten vielleicht gerade mal zehn Minuten unter vier Augen, was in etwa dazu reichte, das Wichtigste über die Himalaja-Verbindung zu erzählen ... Natürlich glaubte ich damals noch an Mr. Thompson und daß dies eine wissenschaftliche Reise sein sollte ... Bald aber mußte ich erkennen, daß dem keinesfalls so war.«

»Das haben wir wohl alle früher oder später gemerkt«, sagte Stewart.

»Die Expedition startete, und ich fand erst unterwegs Zeit, über ein paar Dinge nachzudenken. Und da gab es einiges, das mir nicht gefiel oder aus dem Rahmen einer wissenschaftlichen Expedition fiel.«

»Diese Zweifel hatten wir wohl alle«, meinte Paddington.

»Wahrscheinlich. Zum Beispiel war da die Zusammenstellung der Expedition. Mehrere bemerkten, daß da etwas nicht stimmte. Als ob ein ahnungsloser Laie die Auswahl getroffen hätte. Da hätten wir zum einen McCormack, der sich mit tropischen Papageien beschäftigt und in eine Himalaja-Expedition eingeladen wird. Von den anderen ganz zu schweigen ... Die Sache gefiel mir überhaupt nicht; Thompson war nirgends zu finden, und es sah ganz danach aus, als ob man mit Absicht eine Alibi-Gruppe zusammengestellt hatte, die einen ganz anderen Zweck erfüllen sollte als angekündigt. Anscheinend hatte man sich einfach in eine Bibliothek gesetzt und die Leute anhand diverser Fachzeitschriften ausgesucht. Nur durch Willkür. Ein paar Personen aber paßten selbst unter diesen Voraussetzungen nicht ins Bild.«

»Wer?« fragte Cooper.

»Zum Beispiel Eve Pickford. Sie steht zwar am Anfang einer hoffnungsvollen Karriere, aber eben nur am Anfang. Und sie hatte bis jetzt keine einzige Publikation in den Fachzeitschriften gehabt. Woher also hatte Thompson von Eve gewußt, und warum brauchte er sie überhaupt, wenn er – verzeihen Sie – hundert besser ausgebildete Orientalisten hätte für sich gewinnen können? Sie war die eine, die nicht ins Bild paßte ...«

»Und wer sonst noch?«

»Hauptmann Sera.«

»Hatten Sie ihn etwa in Verdacht?«

»Verdacht? Wie soll ich es ausdrücken? Ich hatte keinen Verdacht, nur verstand ich ihn nicht. Abgesehen davon, daß er überhaupt kein Polizistenverhalten an den Tag legte, schien er auch erschreckend wenig über polizeiliche Arbeit zu wissen. Das hatte er zwar noch ausreichend mit der Tatsache erklärt, von der Drogenfahndung zu sein. Ich kannte das dortige Ausbildungsniveau nicht und mußte diese Erklärung, wenn auch mit Bedenken, annehmen. Es gab aber noch etwas, etwas, das ausgesprochen unverständlich war.«

»Was denn, um Himmels willen?«

»Meine Frau, also Susanne Baxter, gab mir Bescheid, daß der Mann der nepalischen Polizei, Sera, von ihrer Tarnung wissen müßte. Nur hatte er überhaupt nichts unternommen, mit Eve Kontakt aufzunehmen. Im Gegenteil, er benahm sich, als hätte er keine Ahnung von der Existenz eines Scotland Yard-Mitarbeiters. Verstehen Sie? Obwohl es Sera wissen mußte! Ich gehe noch weiter: Sera nahm an, daß ich ein geheimer Ermittler sein könnte und fing an mich auszuquetschen.

Und obwohl ich im dunkeln tappte, spürte ich, daß mit ihm etwas nicht stimmte.«

Paddington schüttelte den Kopf.

»Aber Sie haben das toll gemacht!«

»Was meinen Sie?«

»Wie Sie sich mit Ihrer Frau gestritten haben ... Oder wie sie mit Ihnen gesprochen hat. Kein Mensch hätte gedacht, daß Sie zusammengehören.«

»Vielleicht haben wir es auch ein wenig übertrieben. Aber glauben Sie, es war notwendig. Ich mußte die Aufmerksamkeit von Eve unbedingt ablenken. Wenn man glaubte, wir wären Feinde, kam man nicht so leicht auf unsere Verbindung. Außerdem wußten wir ja noch nichts: Weder was die Expedition für ein Ziel verfolgt, noch wer sein könnte. Aber kehren wir zu Sera, besser gesagt, Norbu, zurück. Nachdem er glücklich aufgenommen worden war, konnte er mit seinem Plan beginnen. Nach kurzem Überlegen entschied er sich, die Sherpas zu verängstigen und sie damit zur Umkehr zu bewegen. Er wollte jemanden töten und die Sache dann auf den Gott des Kandschendzönga schieben. Er hoffte, daß die Sherpas, die ja bekanntlich sehr strenggläubig sind, nicht mehr weiterziehen würden.

Der erste Teil des Plans funktionierte prächtig. Erinnern Sie sich noch an das Salu-Tal? O'Hara war besoffen und beschimpfte den Gott des Kandschendzönga ... Als ob er es so bestellt hätte, brauchte Sera ihn nur noch mit einem Purbu umzubringen und damit die Sache auf den Gott schieben.

Und sein Plan hätte sicher auch funktioniert, wenn das Auge von Sindsche nicht über dem Paß erschienen wäre. Obwohl die Sherpas am liebsten umgekehrt wären, sagte ihnen ihr gesunder Menschenverstand, daß sie nur nach vorne weiterkonnten. Wenn sie zurückkehrten, erwartete sie der Tod. Die Natur machte ihm also einen dicken Strich durch die Rechnung.

Ich muß zugeben, schon damals einen gewissen Verdacht gegen Sera gehegt zu haben. Und zwar wegen dieses seltsamen Sherpas, der mir O'Hara abgenommen hatte. Obwohl ich sein Gesicht nicht gesehen hatte, bewegte er sich nicht wie ein Europäer. Wie soll ich es erklären? Irgendwie geschmeidiger. Natürlich war das nur ein Gefühl. Auch die Sherpas hätten dahinterstecken können. Aber sie kannten einander, stammten sie doch alle aus ein und demselben Dorf. Es schien ausgeschlossen zu sein, daß einer von ihnen den Mord verübt hatte, noch dazu mit einem Purbu! Und hier lag der Fehler in Seras Plan. Obwohl er den Sherpas mit dem Opfermesser einen Schrecken einjagen konnte, lenkte er auch gleichzeitig den Verdacht von ihnen.

Nach all dem wurde er immer verdächtiger, sowohl mir als auch Eve.

Wir wollten auch daraufhin Kontakt mit Katmandu aufnehmen, allerdings wurde der Sender zerstört. Und das konnte – unserer Meinung nach – nur Sera etwas nützen. Und dann, falls Sie sich erinnern, benahm er sich auch immer rätselhafter. Als ob er uns mit seinen Geschichten über Rolangs, die zurückkehrenden Geister, erschrecken wollte, ganz zu schweigen davon, daß er vehement unsere Umkehr verlangte. Und er war am meisten verärgert, als wir wegen dem Auge doch noch weiterziehen mußten.

Sera verlor also die erste Runde. Obwohl er nicht befürchten brauchte, entlarvt zu werden, konnte er die Expedition auch nicht aufhalten.

Der ›Hauptmann‹ ging also wieder an die Arbeit. Unter den bekannten Umständen brachte er Zimmermann um, stahl das Messer aus meinem Anorak und konnte fast auch noch mich erledigen. Obwohl ich immer noch keinen direkten Beweis gegen ihn hatte, fiel mir auf, daß er immer dort auftauchte, wo etwas los war. Und immer besessener pochte er darauf, nach Katmandu zurückzukehren. Mir wurde klar, daß wer immer er auch sein mochte, es unbedingt verhindern wollte, daß die Expedition nach Khangpa oder sogar weiter gelangte. Genau wie auch der Mörder.

Trotzdem waren noch ein paar Dinge unklar. Wenn Sera uns aufhalten wollte, wer war dann Thompson, und was wollte der? Und was hatten die beiden miteinander zu tun? Ich konnte immer nur ein paar Worte mit Eve wechseln, und damals dachten wir noch, mitten in einen Bandenkrieg geraten zu sein. Aber warum brauchte man uns? Sollten wir die Drogen herstellen? Es gab keinen Chemiker in der Truppe. Ein anderer Grund? Wir konnten nur raten.

Dann passierte der dritte Mord. Und genau wie vorher hatte Sera auch dieses Mal kein Alibi. Seine Ausrede, er wollte bei minus fünfundzwanzig Grad mal kurz beten gehen, schien eher lächerlich zu sein. Bis dahin hatte er keine Andeutung gegeben, etwas Derartiges nötig zu haben.

Ich spürte, daß ich ihn irgendwie unschädlich machen mußte. Aber wie? Wenn ich ihn bewußtlos schlug und dann fesselte und knebelte, hätte es jeder gemerkt und sofort gefragt, warum. Und was hätte ich darauf antworten können? Daß ich ›vermute‹, er wäre der Mörder? Und wenn Sie mich nach Beweisen gefragt hätten? Was dann?

Außerdem gab es noch einen zweiten, wichtigeren Grund: Letztendlich hätte ich mich auch täuschen können, und er war wirklich ein nepalischer Polizist. Vielleicht spielte er nur den unwissenden, genau wie Eve. Und suchte mit Absicht nicht die Nähe des Yard-Offiziers. Wenn ich ihn aus dem Verkehr zog, stellte ich der nepalischen Polizeiaktion ein Bein und würde sogar noch den einzigen Verbündeten verlieren, den wir hatten.

Schließlich entschied ich mich dafür, ihn nicht anzurühren, sondern lieber aufzupassen und den nächsten Mord zu verhindern. Leider wäre dieses nächste Opfer beinahe ich selber gewesen.

Bitte glauben Sie mir, meine Lage war fürchterlich. Ich wußte, daß der Mörder wahllos tötete, jeden, den er gerade erwischte. Und deswegen war es so schwer herauszufinden, wer als nächster dran glauben sollte. Sera war egal, wer, Hauptsache, die Expedition ging nach Khangpa nicht mehr weiter. Und hier komme ich jetzt auf Hasegava zurück. Es war schon eine große Überraschung, als mir Mr. Stewart mitteilte, daß ich laut Thompson in Gefahrensituationen die Leitung übernehmen sollte. Dies bekräftigte mich in der Annahme, daß Thompson im Gegensatz zu Sera wollte, daß wir Khangpa erreichen. Und ich war sicher, daß Stewart einer der Leute war, die unbedingt dort ankommen sollten.

Warum? Das lag an Thompsons Brief. Vielleicht klingt das etwas rätselhaft ...«

»Nicht nur etwas«, unterbrach mich King.

»Aber es ist leicht nachzuvollziehen ... Mr. Stewart war nämlich der Leiter der Truppe. Ein erfahrener Bergführer, allerdings nur in den Alpen. Das mußte Thompson wissen. Er heuerte ihn an, befahl trotzdem, daß ich in kritischen Situationen für Sie alle sorgen sollte. Verstehen Sie, was das bedeutete? Daß Thompson – verzeihen Sie, Mr. Stewart – mehr Vertrauen in mich setzte. Daraufhin folgt sinngemäß die Frage, warum dann Stewart überhaupt zur Expedition gehörte? Weil er Sie, Mr. Stewart, unbedingt in Khangpa haben wollte. Und wenn er mich offiziell mit der Leitung beauftragt hätte, gäbe es keinen Grund, Sie mit auf die Reise zu nehmen. Sie sind ja kein Wissenschaftler, Kevin! Deswegen ging Thompson auf Nummer Sicher: Sie wurden angeheuert, aber ich sollte die Führung übernehmen, falls etwas schiefging. So hatte er mehrere Fliegen mit einer Klappe geschlagen. Wir waren beide da, und die Expedition hatte eine sichere Leitung!«

»Ein wenig kompliziert«, seufzte Cooper.

»Und wie! Langsam wurde mir aber klar, worauf es hinauslief. Jemand wollte uns in den Himalaja locken, und ein anderer jemand wollte es auf jeden Fall verhindern. Wenn es sein mußte, mordete er sogar dafür. So weit war ich, als wir Khangpa erreichten. Erinnern Sie sich noch an den jungen Lama, der uns als Karma Damtschö empfing? Im ersten Moment ahnte ich schon, daß mit ihm etwas nicht stimmte. Er war zu jung und konnte zu gut Englisch. Außerdem verschwand er nach unserer Ankunft spurlos.

Und dann hatte ich einen schrecklichen Verdacht. Und zwar, daß Thompson schon dort war, sich aber nicht zeigen wollte. Er wartete. Aber wenn er da war, dann wo? Wo konnte er sich verstecken? Und ich mußte wieder an den jungen Hauptmann denken.

Wissen Sie, ich habe lange Zeit in der Mongolei verbracht und war schon öfters in Klöstern. Ich wußte, daß es nichts bedeutet, wenn die Lamas nichts von den Vorgängen im Kloster mitbekamen, denn es kommt öfters vor, daß sie ihren

Hauptlama monatelang nicht zu Gesicht bekommen. Noch dazu, wenn es sich um einen Lebenden Gott handelt ... Und ich hatte schon bald festgestellt, daß unsere Mönche nichts wußten, außer der uns zugewiesene Thinka. In dessen Augen entdeckte ich vom ersten Augenblick an fast schon unmenschliche Angst, und ich ahnte auch, weswegen. Mir war klar, daß er vieles wußte, aber mit dem Tod spielte, wenn er uns etwas sagte.

Ich befürchtete also, daß Thompson – oder erst einmal seine Freunde – schon vor unserem Eintreffen das Kloster in seine Gewalt gebracht hatte und nur noch auf uns wartete. Dem sprach dann allerdings zuwider, daß in den nächsten Tagen – außer Wilsons Tod – nichts passierte. Aber warum? Weil sie selber noch jemanden erwarteten. Ich dachte angestrengt nach und kam zu dem Schluß, daß, wenn Thompson in die Sache verwickelt war und sie noch warteten, sie auf Thompson höchstpersönlich warteten. Anscheinend wollte er erst eintreffen, nachdem klar war, daß die anderen alles im Griff hatten. Und was daraus folgte, machte mir Angst ...

Ich entschied mich, mir einen Partner zu suchen, dem ich das eine oder andere anvertrauen könnte. Ich tat es auch für Eve. Ich brauchte jemanden, dem ich sie anvertrauen könnte, falls mir etwas zustoßen sollte ...«

»Und Sie suchten mich, beziehungsweise McCormack aus«, brummte Erwin Long.

»Genau. Ich entschied mich für Sie!«

»Danke, auch im nachhinein.«

»Es war wirklich gut, daß ich mich mit Ihnen unterhalten konnte. Denn die ganze Zeit über dachte ich darüber nach, was wohl Thompson von uns wollte, und ich kam einfach nicht darauf ... Schon deswegen, weil Sera die Sache wieder einmal verkomplizierte.«

»Sie meinen den Tod von Wilson?«

»Nicht direkt. Das war nämlich nicht Sera.«

Alle starrten mich entgeistert an, dann brach King als erster das Schweigen: »Nein? Wer denn sonst?«

»Zuerst dachte ich selber an Sera. Aber leider hatte er ein fast perfektes Alibi. Kurz nach dem Mord trafen wir ihn. Er hatte weder eine Waffe bei sich, noch war seine Kleidung irgendwie blutverschmiert. Außerdem hatte ihn keiner mit Wilson zusammen gesehen. Natürlich war das noch kein Beweis seiner Unschuld. Aber gerade der Tod Wilsons gab mir einen Wink, daß Thompson etwas mit den Japanern zu tun hatte.«

»Wie denn das?« fragte diesmal Paddington.

»Haben Sie Wilsons Kopf gesehen?«

»Leider«, brummte Rollo und erschauderte.

»Nun, der Kopf des armen Wilson wurde mit einem einzigen Hieb abgeschlagen ... Wissen Sie, wie man das nennt? Samurai-Schnitt. So wurden in Japan die gefangengenommenen Amerikaner getötet. Mit einem Samurai-Schwert und einem einzigen Hieb.«

»Furchtbar ...«

»Zweifellos. Nur noch soviel, daß dieser Hieb eine eigene Technik erfordert, die damals den japanischen Soldaten beigebracht wurde. Also vermutete ich, daß irgendwo Japaner in der Nähe sein mußten. Davon zeugte übrigens auch das Streichholzblättchen ...«

»Streichholzblättchen?« Paddington zog erstaunt die Augenbrauen zusammen.

»Mit Erwin Long hatten wir uns vorgenommen, spazieren zu gehen. Die Idee stammte von Eve, die es selber nicht verwirklichen konnte ... Die Kinder aus Khangpa hatten sie okkupiert, und so konnte sie nicht aus dem Dorf kommen. Wozu das Ganze? Einfach: Ich wußte, daß wenn Thompson und seine Freunde wirklich das Kloster und den Hauptlama und damit die anderen Lamas in Schach hielten, sie auch irgendwie hierhergelangt sein mußten. Und die Bewohner des Dorfes behaupteten eindeutig, es sei niemand über die Berge gekommen ... Demnach blieb uns nichts weiter übrig, als das Transportmittel zu finden, das Thompson benutzt hatte. Dieses wiederum konnte nur ein Hubschrauber sein. Also zog ich mit Erwin Long los, Hubschrauber zu jagen ...«

»Na und, waren Sie erfolgreich?«

»Natürlich. Und wir fanden noch etwas in der Nähe: ein Streichholzblättchen.«

»Und was bewies das?«

»Vorerst gar nichts. Es war keine Aufschrift drauf, nur ein Mädchen, das einem riesigen Ball nachjagte. Ein schlitzäugiges Mädchen. Zuerst konnte ich damit nichts anfangen und legte das Blättchen in meine Tasche. Dort blieb es dann auch und ließ mir keine Ruhe. Ich hätte schwören können, dieses Bild schon einmal irgendwo gesehen zu haben.«

Und dann, eines Morgens, wurde es mir plötzlich wieder klar. Ich kann nicht sagen, durch was es mir wieder eingefallen war, aber ich wußte plötzlich, wo ich das Mädchen mit dem Ball schon mal gesehen hatte: In Paris. Verstehen Sie? In Paris.

»In Paris?« murmelte Paddington. »Na und?«

»Auf einer Ausstellung. Der Ausstellung eines Japaners. Seinen Namen weiß ich nicht mehr. Er malte gefällige Sachen, hauptsächlich Kinder, die auf Blumenwiesen oder Straßen mit Bällen spielten. Schon damals fiel mir auf, wie sehr der Künstler diese Bälle betonte. Es waren immer viele oder aber riesige. Ich holte das Streichholzblättchen wieder hervor und schaute es mir genauer an. Zweifellos war es die Reproduktion eines der Bilder dieses Japaners, die ich in Paris gesehen hatte. Also konnte ich mir sicher sein, daß auch die Streichhölzer aus Japan stammten. Verstehen Sie? Es bestand überhaupt kein Zweifel mehr, daß die Japaner in der Nähe waren.

Die Ankunft der Thompson-Bande bestätigte mir übrigens auch dieser arme Djahar Lama, der mir über die seltsamen Pilger berichtete und dafür mit seinem Leben bezahlte. Die Japaner beobachteten uns damals schon auf Schritt und Tritt, während sie nur noch auf Hasegava warteten. Und der Mönch wurde einfach umgebracht. Vielleicht hörte man uns, oder sie hatten ihn sowieso schon in Verdacht. Auf jeden Fall hatte sich mein Lama in einem geirrt: die Japaner waren mindestens doppelt so viele, wie er gesehen zu haben glaubte.

Der Djahar erzählte mir aber auch noch etwas anderes. Er berichtete über einen seltsamen Mönch, der nach der Ankunft der Japaner ins Kloster geschlichen kam. Ich hatte keine Ahnung, wer er sein konnte, ahnte aber instinktiv, daß er Thompson auf der Spur war.

Und jetzt lassen Sie mich nach Katmandu zurückkehren, wo kurz nach unserer Abreise Sera sich die Unachtsamkeit seiner Bewacher zunutze machen und entfliehen konnte. Stellen Sie sich den Schock vor, als er in die Polizeistation spazierte und man plötzlich merkte, daß jemand anderes unter seinem Namen bei der Expedition war. Und zwar gerade dieser tausendmal verfluchte Norbu. Sie versuchten natürlich sofort, uns zu kontaktieren, aber da war bereits das Funkgerät zerstört. Ebenso, wie das von Khangpa, das zu diesem Zeitpunkt schon in japanischen Händen war. Und da das Auge von Sindsche über dem Salu-Paß lag, also die Wetterbedingungen selbst für einen Hubschrauber zu schlecht wurden, entschied sich Sera, mit einem Fallschirm über Khangpa abzuspringen, selbst wenn er dabei sein Leben aufs Spiel setzte. Ein amerikanischer Sportflieger brachte ihn über China nach Khangpa, noch dazu unter schlimmsten Witterungsverhältnissen. Sera hatte aber schließlich Glück und konnte, beobachtet von meinem Lama-Freund, das Kloster erreichen. Innerhalb kürzester Zeit wußte er, was lief, und scharte ein paar Mönche um sich, die ihm die notwendige Kleidung für seine weiteren Ermittlungen besorgten.

Bald darauf traf auch Sato ein, dessen Lage schon wieder viel komplizierter war. Er konnte sich zwar ungesehen in das Kloster schleichen und sich eine Kutte zulegen, da er aber die Sprache nicht kannte, mußte er sich fast die ganze Zeit über versteckt halten. Tagsüber spazierte er von einem Hof in den anderen, als ob er weiß Gott wieviel zu erledigen hätte. Und wenn er Glück hatte, konnte er sich nachts in irgendeine Höhle verkriechen. Und trotzdem: Binnen achtundvierzig Stunden entdeckte er den richtigen Sera und erfuhr alles über die Cromwell-Expedition.

»Einen Moment mal!« rief Erwin Long dazwischen. »Sie sagten, die Japaner hätten Wilson getötet. Aber warum denn?«

»Ich habe keine Ahnung. Das wird wohl Hasegava erzählen müssen, sofern er dazu bereit ist. Vielleicht war es ein Versehen. Vielleicht hatte Wilson etwas entdeckt, das er nicht hätte sehen sollen.«

»Warten Sie«, fuhr Cooper erschrocken dazwischen. »Wenn ich mich nicht täusche, hat Wilson seine gesamte Kindheit in Japan verbracht!«

»Möglicherweise war das der Grund. Er erkannte jemanden von Thompsons Leuten oder hörte nur einfach etwas ... Aber ich fahre fort.«

»Erzählen Sie mir nur noch, Mr. Lawrence, warum die Japaner Wilsons abgehackten Kopf auf diesen – mein Gott, selbst daran zu denken ist schrecklich – Mast gesteckt hatten und diesen fürchterlichen Horror mit der Mumie veranstaltet haben? Schließlich hatten sie uns doch sowieso schon in den Händen.«

»Das waren ja auch nicht sie, sondern Sera.«

»Sera?«

»Ich meine natürlich, Norbu.«

»Ich werde verrückt! Aber warum hat er denn riskiert, eventuell mit den Teilen der Leiche erwischt zu werden?«

»Vergessen Sie nicht, Cooper«, sagte ich, »daß er uns von der Weiterfahrt abhalten wollte. Und Norbu konnte damals noch nicht wissen, worauf das Ganze hinauslief. Woran er dachte, weiß ich nicht, aber sicherlich merkte er, daß außer ihm noch ein anderer am Werk war. Damals nahm er es sich nicht sehr zu Herzen, freute sich vielleicht sogar über Wilsons Tod. Ich weiß nicht, wo man den Forscher ermordete, aber das werden die späteren Untersuchungen sicher noch zeigen. Wo immer es auch war, Norbu fand die Leiche, versteckte mit äußerst kühlem Kopf die Mumie – diese wurde übrigens in einem der Betsäle aufgefunden –, und verstaute Wilson an deren Stelle, während er den Kopf auf diesen Mast steckte. Und diese Arbeit hatte einzig und allein den Zweck, uns nach Katmandu zurückzutreiben.«

»Was dachte er sich wohl dabei? Glaubte er, wir würden uns gegenseitig umbringen?«

»Ich weiß es nicht. Allerdings ist mir klar, was die Japaner dachten. Stellen Sie sich einmal Hasegavas Situation vor: er ist froh, daß alles nach Plan läuft, alle in Nepal sind, mit denen er abrechnen will, einschließlich Pickfords Tochter. Die Karawane ist gestartet, und jeder glaubt daran, daß es sich um eine wissenschaftliche Expedition handelt. Er denkt sogar noch voraus und verfügt, daß ich die Leitung im Falle eines Zwischenfalls übernehmen soll. Also schläft er ruhig und wartet auf gute Nachrichten aus Khangpa. Und plötzlich ertönt das Radio, und er muß erfahren, daß jemand die Mitglieder seiner Expedition dahinschlachtet. Die friedvoll gestartete Expedition geht daneben, und die Forscher wollen nur noch nach Katmandu zurückkehren. Das hätte ihn noch nicht beunruhigt, schließlich hatte er uns ja schon sicher in der Hand, aber er hatte noch vor etwas anderem Angst. Sehr große Angst, denn er hatte verdammt viel Glück bis dahin gehabt. Wissen Sie, warum?«

»Natürlich«, brummte Paddington.

»Okay. Deshalb, weil noch keiner der ausgesuchten Verurteilten Hasegavas unter den Opfern war. Der Mörder hatte bis dahin nur Leute umgebracht, die nichts mit den Plänen des Japaners zu tun hatten. Stellen Sie sich vor, wie er sich gefühlt hätte, wenn ihm jemand zuvorgekommen wäre. Wenn sich sein jahrzehntelang entwickelter Plan durch einen kleinen Rauschgiftschmuggler in Luft aufgelöst hätte.«

»Wir wären so oder so gestorben«, meinte King.

»Ja, nur wollte uns Hasegava bestrafen und nicht einfach ermorden. Wenn jemand anders seine Arbeit verrichtet hätte, wären wir ihm für immer entwischt, verstehen Sie?«

»Klar«, sagte Stewart.

»Nun also, Hasegava merkte, daß Norbu für ihn gefährlich war.«

»Aber woher zum Teufel wußten er oder seine Leute, daß es Norbu war, der uns dezimierte? Auf der Reise war doch kein Japaner bei uns!«

»Nun, Sera hatte es ihnen verraten. Der richtige Sera. Ihm reichten einige Stunden, um hier alles klar und deutlich zu sehen. Obwohl er es noch nicht ganz überblicken konnte, ahnte er, daß die Japaner Norbu an weiteren Morden hindern würden.«

»Bravo!«

»Er ließ den Japanern ein Band zukommen, auf dem er Norbu als den Mörder entlarvte und sie warnte, daß dieser weitere Morde plane. Und die Japaner dachten natürlich nicht lange nach, sondern gingen gleich ans Werk, ihn auszuschalten ... Und beinahe wäre es ihnen auch gelungen.«

»War Ihr Band ebenfalls von Sera?« erkundigte sich Erwin Long.

»Natürlich. Und damit lenkte er auch meine Aufmerksamkeit auf Norbu. Das Purbu hatten allerdings Hasegavas Leute geklaut. Aus dem Band wurde mir dann langsam klar, daß es Norbu war, der in Seras Gewand die Leute umbrachte.«

»Warum haben Sie ihn dann nicht geschnappt, zum Teufel nochmal?« empörte sich Cooper.

»Weil ich immer noch nicht so ganz daran glaubte ...«

»Und Sie wären beinahe das nächste Opfer geworden.«

»Nun ja. Manchmal muß man für seine Dummheit bezahlen. Zum Glück dieses eine Mal nur fast. Aber fahren wir fort. Stellen Sie sich vor, was für eine verrückte Jagd im Kloster begann! Besonders, nachdem Norbu zufällig den echten Sera erblickte. Also: Die Japaner jagen Norbu, der wiederum macht Jagd auf Sera und auf uns. Sato sitzt den Japanern im Nacken, und wir suchen den Mörder. Dann ging plötzlich alles sehr schnell. Sato lud mich zu einem Rendezvous ein und erzählte mir einiges über die Japaner. Norbu schlich derweil Sera nach, konnte ihn aber nicht schnappen. Der hatte, genau wie ich, die Funknachricht Hasegavas über dem Fenster der Japaner abgehört. Auch er erfuhr, worum es bei der Sache ging, und daß man gerade Hasegava über die Gegebenheiten berichtete. Hasegava wollte in derselben Nacht noch ankommen, also traf Sera seine Vorbereitungen. Dabei kam es ihm gerade recht, daß die Japaner Norbu verletzt hatten und er sich so in Ruhe auf die Abrechnung einstellen konnte. Er schnappte sich ein paar verläßliche Lamas, und wie Sie gesehen haben, machte er seine Sache ganz gut.«

»Und was passierte bei diesem gräßlichen Tanz, Mr. Lawrence? Wie hatten denn die Japaner gemerkt, daß der Mönch kein richtiger Mönch war, sondern Hauptmann Sato?«

»Wer weiß? Fakt ist, daß sie ihn ebenfalls entdeckt hatten. Sicherlich nahm er von sich aus an dem Tanz teil ... Vielleicht wurde er gerade gejagt, und er schnappte sich ein Kostüm. Hasegava kam das genau recht. Er hat uns verängstigt, sofern man das überhaupt noch konnte, und sein alter Feind Sato wurde umgebracht.«

»Mein Gott!« sagte Paddington leise. »Wenn ich mir vorstelle, was alles hätte passieren können … Mein Gott! Womit konnte dieser Verrückte die Mönche für sich gewinnen?«

»Er hatte nur ein paar zur Verfügung … Der junge Lama und ein paar andere. Womit? Ich denke mit Geld. Das wird sich schon noch herausstellen.«

Wir schwiegen eine Weile, dann meldete sich plötzlich Eve zu Wort: »Mr. Long! Wieso ist Ihr Name nicht im Impressum des Daily Telegraph?«

Die Augen des Gefragten weiteten sich, und er stammelte: »Was? Wie bitte? Wieso … mein Name nicht in der Zeitung steht? Aber natürlich steht er da. Warum sollte er nicht drin stehen?«

»Tut er nicht«, stellte Eve lakonisch fest. »Wenn ich das sage, dann meine ich das auch. Und das ist mir jetzt wirklich sehr wichtig.«

Long schüttelte den Kopf.

»Wann haben Sie zum letzten Mal den Telegraph gelesen, Fräulein? Verzeihung, ich meine Mrs. Lawrence?«

»Nun …, ungefähr vor einem Jahr.«

Long kicherte.

»Das ist was anderes. Man hat mich erst vor gut sechs Monaten befördert. Aber seitdem, das schwöre ich Ihnen, bin ich auf jeder Nummer drauf.«

Eves Augen blitzten, und ich spürte, wie mir jemand kräftig in die Rippen kniff. Eine ansonsten feine, zärtliche, doch jetzt sehr unbarmherzige Hand …

In Gedanken versunken schwiegen wir und blickten erst auf, als der Hubschrauber schon über die Außenbezirke von Katmandu flog.

»Wird denn dieser verfluchte Krieg nie ein Ende finden?« brach Stewart aus. »Wird er nie vorbei sein?«

Keiner von uns konnte ihm darauf eine Antwort geben.

ENDE